卷3

General Collection of Eight Great Literators' Essays of the Tang and Song Dynasties

唐宋八大家散文总集

新版校评 修订本

郭预衡 郭英德◎主编

欧阳修（二）

刘德清 萧东海 刘伙根◎校评

河北出版传媒集团
河北人民出版社

七 赋颂

红鹦鹉赋 并序

圣俞作《红鹦鹉赋》，以谓禽鸟之性，宜适于山林，今兹鹦徒事言语文章以招累，见囚樊中，曾乌鸢鸡雏之不若也。谢公学士复多鹦之才，故能去昆夷之贱，有金闺玉堂之安，饮泉啄实，自足为乐，作赋以反之。夫适物理，穷天真，则圣俞之说胜。负才贤以取贵于世，而能自将，所适皆安，不知笼槛之于山林，则谢公之说胜。某始得二赋，读之释然，知世之贤愚出处各有理也。然犹疑夫兹禽之腹中或有未尽者，因拾二赋之余弃也，以代鹦毕其说。

后皇之载兮，殊方异类。肖翘蠢息兮，厥生咸遂。镕埏赋予兮，有物司之。泊然后化兮，默运其机。陶形播气兮，小大取足。纷不可状兮，千名万族。

异物珍怪兮，托产遐陬。来海裔兮贵中州。邈丹山于荒极，越凤皇之所宅，禀南方之正气，孕赤精于火德。盖以气而召类兮，故感生而同域。播为我形，特殊其质，不绿以文，而丹其色。物既贱多而贵少兮，世亦安常而骇异。岂负美以有求兮，适遭时之我贵。

客方黜我以文采，吊我于笼樊，谓夫飞鸣而饮啄，不若鸡鹜与乌鸢。噫！不知物有贵贱，殊乎所得。天初造我，甚难而啬，千毛亿羽，曾无其一。忽然成形，可异而珍，慧言美质，俾贵于人。笼轩宝玩，翔集安驯。彼众禽之扰扰兮，盖迹殊而趣乖。既心昏而质陋兮，乃自秽而安卑。乐以钟鼓，宜其眩悲。盖贵我之异禀，何概我于群飞？

若夫生以才夭，养以性违，客之所悼，我亦悼之。我视乎世，犹有甚兮，郊牺牢豕，龟文象齿，蚌蛤之胎，牦牛之尾，既残厥形，又夺其生。是犹天为，非以自营。人又不然，谓为最灵，淳和质静，本湛而宁。不守尔初，自为巧智，凿窍泄和，漓淳杂伪。衣羔染夏，强华其体；鞭扑走趋，自相械系。天不汝文而自文之，天不汝劳而自劳之。役聪与明，反为物使，用精既多，速老招累。侵生盭性，岂毛之罪？

又闻古初，人禽杂处。机萌乃心，物则遁去。深兮则网，高兮则弋。为之职谁，而反予是责！

【解题】

本文作于明道元年（1032）。梅尧臣、谢绛有《红鹦鹉赋》，各主一说。作者代鸟立说，以为物有贵贱，各得其所，而人违反本性，自役招累，况且致鸟于囚笼的也是人，为什么反倒责怪鹦鹉！赋文于梅、谢二说之外别出新意。体杂诗、骚，跌宕有致。

述梦赋

夫君去我而何之乎？时节逝兮如波。昔共处兮堂上，忽独弃兮山阿。呜呼！人羡久生，生不可久，死其奈何！死不可复，惟可以哭。病予喉使不得哭兮，况欲施乎其他？愤既不得与声而俱发兮，独饮恨而悲歌。歌不成兮断绝，泪疾下兮滂沱。行求兮不可过，坐思兮不知处。可见惟梦兮，奈寐少而寤多。

或十寐而一见兮，又若有而若无，乍若去而若来，忽若亲而若疏。杳兮倏兮，犹胜于不见兮，愿此梦之须臾。尺蠖怜予兮为之不动，飞蝇闵予兮为之无声。冀驻君兮可久，恍予梦之先惊。梦一断兮魂立断，空堂耿耿兮华灯。

世之言曰：死者澌也。今之来兮，是也非也？又曰：觉之所得者为实，梦之所得者为想。苟一慰乎予心，又何较乎真妄？

绿发兮思君而白，丰肌兮以君而瘠。君之意兮不可忘，何憔悴而云惜。愿日之疾兮，愿月之迟，夜长于昼兮，无有四时。虽音容之远矣，于恍惚以求之。

【解题】

这是一篇悼亡赋，作于明道二年（1033）。胥夫人猝然病逝，作者长歌当哭，倾吐丧妻之恸。梦中觅妻，写得恍惚虚渺；醒后兴感，尤为凄楚动人。全文如泣如诉，感人肺腑。

黄杨树子赋　并序

夷陵山谷间多黄杨树子，江行过绝险处，时时从舟中望见之，郁郁山际，有可爱之色。独念此树生穷僻，不得依君子封殖备爱赏，而樵夫野老又不知甚惜，作小赋以歌之。

若夫汉武之宫，丛生五柞；景阳之井，对植双桐。高秋羽猎之骑，半夜严妆之钟。凤盖朝拂，银床暮空。固已葳蕤近日，的皪含风，婆娑万户之侧，生长深宫之中。

岂知绿藓青苔，苍崖翠壁，枝蓊郁以含雾，根屈盘而带石。落落非松，亭亭似柏，上临千仞之盘薄，下有惊湍之渍激。涧断无路，林高暝色，偏依最险之处，独立无人之迹。江已转而犹见，峰渐回而稍隔。

嗟乎！日薄云昏，烟霏露滴。负劲节以谁赏，抱孤心而谁识？徒以窦穴风吹，阴崖雪积，哢山鸟之嘲哳，袅惊猿之寂历。无游女兮长攀，有行人兮暂息。节既晚而愈茂，岁已寒而不易。

乃知张骞一见，须移海上之根；陆凯如逢，堪寄陇头之客。

【解题】

此赋作于景祐三年（1036），时作者贬官夷陵，触景生情，咏物自况，表现身处逆境而坚韧不拔的品格。继承魏晋抒情小赋表现手法，体制短小，语言清新，对仗工整，韵律和谐。首尾用事，既平易自然，又略显典重。

哭女师

暮入门兮迎我笑，朝出门兮牵我衣。戏我怀兮走而驰，旦不觉夜兮不知四时。忽然不见兮一日千思，日难度兮何长，夜不寐兮何迟！暮入门兮何望，朝出门兮何之？恍疑在兮杳难追，髧两毛兮秀双眉。不可见兮如酒醒睡觉，追惟梦醉之时。八年几日兮百岁难期，于汝有顷刻之爱兮，使我有终身之悲。

【解题】

作于庆历五年（1045）。作者长女欧阳师夭于是年夏天，时年八岁。文章描写稚女伶俐乖巧、小鸟依人的情状，宛然在目。痛失爱女，追思恍惚，悲怆凄切，读之令人魂销肠断。

鸣蝉赋　并序

嘉祐元年夏，大雨水，奉诏祈晴于醴泉宫，闻鸣蝉，有感而赋云。

肃祠庭以祗事兮，瞻玉宇之峥嵘。收视听以清虑兮，斋予心以荐诚。因以静而求动兮，见乎万物之情。于时朝雨骤止，微风不兴。四无云以青天，雷曳曳其余声。

人兮，曷不归来乎山中？山中之乐不可得，今子其往兮谁从？

梯崖构险兮佛庙仙宫，耀空山兮郁穹隆。彼之人兮，固亦目明而耳聪。宠辱不干其虑兮，仁义不被其躬。荫长松之蓊蔚兮，藉纤草之丰茸。苟其中以自足兮，忘其服胡而颠童。自古智能魁杰之士兮，固亦绝世而逃踪。惜天材之甚良兮，而自弃于无庸。嗟彼之人兮，胡为老乎山中？山中之乐不可久，迟子之返兮谁同？

【解题】

作者庆历三年在京师结识惠勤，有诗《送惠勤归余杭》。又据此后“往来京师二十年”，本文当作于嘉祐八年（1063）前后。文章极陈山林之趣，旨在劝其还俗入世。周必大称之为“惜其才之甚良，自弃于无庸，欲反之正耳”（《益公题跋》卷十二）。

憎苍蝇赋

苍蝇，苍蝇，吾嗟尔之为生！既无峰虿之毒尾，又无蚊虻之利觜，幸不为人之畏，胡不为人之喜？尔形至眇，尔欲易盈，杯盂残沥，砧几余腥，所希杪忽，过则难胜。苦何求而不足，乃终日而营营？逐气寻香，无处不到，顷刻而集，谁相告报？其在物也虽微，其为害也至要。

若乃华榱广厦，珍簟方床，炎风之燠，夏日之长，神昏气蹙，流汗成浆，委四支而莫举，眊两目其茫洋，惟高枕之一觉，冀烦歊之暂忘。念于尔而何负，乃于吾而见殃？寻头扑面，入袖穿裳，或集眉端，或沿眼眶，目欲瞑而复警，臂已痹而犹攘。于此之时，孔子何由见周公于仿佛，庄生安得与蝴蝶而飞扬？徒使苍头丫髻，巨扇挥飏，咸头垂而腕脱，每立寐而颠僵。此其为害者一也。

又如峻宇高堂，嘉宾上客，沽酒市脯，铺筵设席，聊娱一日之余闲，奈尔众多之莫敌！或集器皿，或屯几格。或醉醇酎，因之没溺；或投热羹，遂丧其魄。谅虽死而不悔，亦可戒夫贪得。尤忌赤头，号为景迹，一有霑汙，人皆不食。奈何引类呼朋，摇头鼓翼，聚散倏忽，往来络绎。方其宾主献酬，衣冠俨饰，使吾挥手顿足，改容失色。于此之时，王衍何暇于清谈，贾谊堪为之太息！此其为害者二也。

又如醯醢之品，酱腐之制，及时月而收藏，谨缾罂之固济，乃众力以攻钻，极百端而窥觊。至于大胾肥牲，嘉肴美味，盖藏稍露于罅隙，守者或时而假寐，才稍怠于防严，已辄遗其种类。莫不养息蕃滋，淋漓败坏。使亲朋卒至，索尔以无欢；臧获怀忧，因之而得罪。此其为害者三也。

是皆大者，余悉难名。呜呼！“止棘”之诗，垂之六经，于此见诗人之博物，比兴之为精。宜乎以尔刺谗人之乱国，诚可嫉而可憎。

【解题】

治平三年（1066），作者因“濮议”受谏官弹劾，深感不平，作此赋以刺之。文章铺叙苍蝇罪恶，象征谗人乱国。结尾揭示主题，讽刺效果显著。茅坤评说：“极力摹写，已属透矣。”（《宋大家欧阳文忠公文钞》卷三十二）

荷花赋

步兰塘以清暑兮，飒苹风以中人。撷杜若之春荣兮，搴芙蓉于水滨。嘉丹葩之耀质，出渌水而含新。荫曲池之清泚，漾波纹之渊沦。披红衣而耀彩，寄清流以托根。挺无华之浅艳，靡竞丽乎先春。抱生意以自得兮，及薰时之嘉辰。

若夫夏畹兰衰，梦池草密，惨群芳之已销，独斯莲之迥出。可以嗅清香以析酲，可以玩芳华而自逸。况其晚浦烟霞，水亭风日。投文竿而饵垂，泳萍茎而波溢。丝萦藕以全折，杯卷荷而半侧。坠紫菂以歙烟，敛红芳而向夕。可怜影兮相顾，列金葩而返植。清风遏以似起，碧露合而乍失。

或两两以相扶，渐亭亭而独出。发燕脂于此土，生异香于西域。匪江妃之小腰，即广陵之清骨。尔乃曲沼微阳，横塘细雨。逐桥上之归鞍，笑堤边之游女。堕虹梁而窥影，倚风台而欲舞。覆翠被以薰香，然犀灯而照浦。双心并根，千株泣露。湛月白而风清，杳池平而树古。送艇子于西州，闻棹讴于北渚。迎桃根而待楫，逢宓妃而未渡。迫而视之，靓若星妃临水而脉脉盈盈；远而望之，杳如峡女行云而朝朝暮暮。

其妖丽也，其闲丽也，香茎桡兮木兰舟，澹容与兮怅夷犹。东西随叶隐，上下逐波浮。已见双鱼能比目，应笑鸳鸯会白头。昔闻妃子贵东邻，池上金花不染尘。空留此日田田叶，不见当时步步人。

【解题】

此赋写作年代失考。作者客观咏物，描写荷花的娇艳、袅娜、清香、闲丽，并以荷花比喻美女，寄寓自己的幽思。全文以骈句为主，两句一韵，四六对仗，首尾杂用骚句和歌行句，于工整中见参差，情韵和美。

螟蛉赋 并序

《诗》曰“螟蛉有子，蜾蠃负之”，言非其类也，及扬子《法言》又称焉。嗟夫！螟蛉一虫尔，非有心于孝义也，能以非类继之为子，羽毛形性不相异也。今夫为人，父母生之，养育劬劳，非为异类也。乃有不能继其父之业者，儒家之子卒为商，世家之子卒为皂隶。呜呼，所谓螟蛉之不若也！作《螟蛉赋》，词曰：

爰有桑虫，实曰螟蛉。与夫蜾蠃，异类殊形。负以为子，祝之以声。其子感之，朝夕而成。嗟夫人子，父母所生。父祝之言，子莫之听；父传之业，子莫克承。父没母死，身覆位倾。呜呼为人，孰与虫灵？人不如虫，曷以人称！

【解题】

此赋写作年代失考。古人以为螟蛉以异类蜾蠃为子。作者赞颂螟蛉，感慨人不如虫，人子竟有不能继承父业的。全文四字为句，通篇一韵，语言浅近，主旨鲜明，继承魏晋小赋传统，颇具哲理诗情味。

啄木辞

木皇司春兮物熙以春，芽者斯勾兮甲者斯萌。物赖皇兮荣以欣，翳有虫兮甚不仁。穴皇木兮群以聚，穴不已兮又加咀。皇木病兮窾将深，皇心恻兮伤尔蝎。彼翠鸟兮善啄吾，利汝喙兮饥汝腹。飞以鸣兮啄且食，虫不尽兮啄莫息。山之麓兮水之滨，皮坚节瘿兮龙甲蛇鳞。节流膏兮吻流血，百不一兮徒饥渴。蠹日滋兮翠日苦，京谒皇兮披云路。云之深兮不可见，托归风兮仰诉。

古初之皇兮甚仁惠，怜民爱物使两遂。穴民处兮鲜民食，穴不栋梁兮鲜不薪米，其求甚少兮给之孔易。野郁郁兮山苍苍，土有毛发兮山有衣裳。金不鞴冶兮器不刃铓，木至老朽兮不见菑殃。圣萌机兮五财利，赡有足兮生不匮。蔽风避湿兮修容威，庙祭室寝兮犹无异为。帝何思之不熟兮，忽生般而与倕？丹髹之不已兮又以彫几，斜钩曲斗兮华照栏梯。高构崄兮目精眩，地秃而赭兮山褋而寒，材者伤死兮生者力殚。一躬之庇兮一林夷族，寓龙木马兮重阁阴屋，皇民暴啬兮驱之以扑。

噫，智巧兮谁为是，既纷纷而不止！工蠹则大兮虫蠹则小，捕小纵大兮将何谓？皇惜木兮虽甚恩，虫利食兮啄徒勤，蠹未入口兮刃至其根。与其啄蠹能尽死，不如得啄匠手，使不堪于斧斤。

【解题】

作品原无系年，揣其文意，当作于庆历新政前后。作者以啄木鸟口吻，指责帝王以“一躬之庇”，大兴土木，导致“一林夷族”，“工蠹”大于“虫蠹”。实际是对不恤民生、追求奢华的统治者直言讽谏。句式灵活，气势磅礴，文笔犀利有力。

监试玉不琢不成器赋　良玉非琢，安得成器

至宝虽美，因人乃彰，欲成器而斯尚，由载琢以为良。瑕玷弗施，始中含于温润；切磋有则，取应用于圆方。

披大礼之遗言，洞先儒之所录。以谓玉不因琢，器莫得以自贵；人不因学，道无山而内勖。故我诱之于人，谕之以玉。内含其美，虽禀质而可嘉；外饰其形，假载雕而后足。

然以宝有可尚，世诚所希，价连城而有待，气如虹而上挥。礼神之用斯在，磨玷之言则非。禀尔天真，包十德而成质；制由工巧，参六瑞以凝辉。

然则攻自他山，列乎良璞。虽曰宝也，不能效于自用；虽曰坚也，未有成于不琢。美在中矣，徒内抱于英华；砻而错诸，始外成于圭角。

岂不以玉者华于国而可重，器者用于人而克安。规矩殊形于

其或作屏建亲，命侯封国，小大有民社之制，远迩异封圻之式。非图无以辨乎数，非官无以奉其职。主于空土，既险阻之尽明；别尔分疆，志广轮而可识。

诚由据函夏之至要，赞大君之永图，上以体国而经野，下以建邦而设都。参古号于周宫，各司其局；辨群方于禹迹，无得而逾。

是何标区域以并分，限华夷而靡爽，域中所以张乎大，天下无以逾其广。亦犹五土异物，必辨于司徒之官；九州有宜，乃命乎职方之掌。

用能三壤咸则，四民奠居，穷人迹于遐域，包坤载于方舆。且异夫充国论兵，但模方略之状；酂侯创业，惟收图籍之余。

彼《夏贡》纪乎州名，《汉史》标乎地志。虽前策之并载，在设官而未备，曷若我谨三公于汉仪，专掌图于舆地。

【解题】

此为天圣八年（1030）正月作者礼部应试之作，此试再次夺魁。赋律工整，首尾呼应而相映成章。

殿试藏珠于渊赋　君子非贵，难得之物

稽治古之敦化，仰圣人之作君，务藏珠而弗宝，俾在渊而可分。效乎至珍，虽希世而弗产；弃于无用，媲还浦以攸闻。

得《外篇》之寓言，述临民之致理。将革纷华于偷俗，复芚愚于赤子。谓非欲以自化，则争心之不起。盖贱货者为贵德之义，敦本者由抑末而始。示不复用，虽乎宝而奚为；舍之则藏，秘诸渊而有以。

诚由窒民情者在杜其渐，防世欲者必藏其机，使嗜欲不得以外诱，则淳朴于焉而可归。将抵璧以同议，谅弹雀而诚非。照乘

无庸，尽遗碕岸之侧；连城奚取，皆沉媚水之辉。

用能崇俭德以外昭，复淳风而有谓，民心朴以归本，物产全而靡费。珍虽无胫，俾临渊而尽除；事异暗投，永沉川而不贵。

然而道既散则民薄，风一浇而朴残，玩好既纷乎外役，质素无由而内安。故我斥乃珍奇之用，绝乎侈靡之端。将令物遂乎生，老蚌蔑剖胎之患；民知非尚，骊龙无探颔之难。

是则恢至治之风，扬淳古之式。不宝于远，则知用物之足；不见其欲，则无乱心之惑。上苟贱于所好，下岂求于难得。

是虽宝也，将去泰而去奢；从而屏之，使不知而不识。彼捐金者由是类矣，摘玉者可同言之，谅率归于至理，实大化于无为。

致尔汉皋之滨，各全其本；虽有淮蠙之产，无得而窥。自然道著不贪，时无异物，民用遵乎至俭，地宝蓄而不屈。所以虞舜垂衣，亦由斯而弗咈。

【解题】

此为天圣八年三月作者应试崇政殿之作，中甲科第十四名进士。赋律谨严，而文气自然流畅。能抨击时弊，寄托深义。李调元说：“疏畅之中时露剀切，他日立朝謇谔，斯篇已见于一般。”（《赋话》卷五）

进拟御试应天以实不以文赋 推诚应天，岂尚文饰

天灾之示人也，若响应声；君心之奉天也，惟德与诚。固当务实以推本，不假浮文而治情。彼虽不言，谪见以时而下告；吾其修德，祸患可销于未萌。

臣闻天所助兮，惟善则降祥；德苟至兮，虽妖而不胜。皆由人事之告召，然后天心之上应。若国家有阙失之政，则当频见于

众灾，欲人主知戒惧之心，所以保安于万乘。臣请述当今之所为，引近事而为证。

至如阳能和阴则雨降，若岁大旱，则阳不和阴而可推；去年大旱。阴不侵阳则地静，若地频动，则阴干于阳而可知。去年河东地频动。又如黑者阴之色，晦者阴之时，或暴风惨黑而大至，白昼晦冥而四垂。康定元年三月，黑风起，白日晦。日食正旦，雨冰木枝。今春二月。如此之类，皆阴之为。盖阴为小人与妇人，又为大兵与蛮夷。若四者之为患，则群阴之失宜。故天象以此告吾君，不谓不至；陛下所宜奉天戒，不可不思。是谓应以实者，臣敢列而言之。

若夫慎择左右而察小人，则视听之不惑；肃清宫闱而减冗列，则恭俭而成式。况乎远佞人者，孔宣父之明训；放宫女者，唐太宗之盛德。又若西师久不利，宜究兵弊而改作；叛羌久未服，宜讲庙谋之失得。在陛下之至圣，行此事而不忒，庶天意之可回，虽有灾而自息。

方今民疲赋敛之苦，又值饥荒之年，赀财尽于私室，苗稼尽于农田。劫掠居人，盗贼并起；流离道路，老幼相连。陛下视民如子，覆民如天，在于仁圣，非不矜怜。故德音除刻削之令，赦书行赈济之权。然而诏令虽严，州县之吏多慢；人死相半，朝廷之惠未宣。

夫天至高远也，惟可动以精诚；民之休戚也，皆系君之好尚。惟善政之能惠，则休符之并贶。而况富有四海之大，独制万民之上。一言之出兮，谁敢不从？百事责实兮，自然无旷。发号施令，在圣意之必行；变灾为祥，则太平之可望。

今《汉史》有《五行》之志，《尚书》有《洪范》之文，愿诏侍臣之讲说，许陈古事于听闻。可以见自召妖灾，虽由于时政；能招福应，亦自于明君。故禾偃于风，表周王之觉悟；雉鸣于鼎，成商帝之功勋。盖恐惧修省者实也，在乎不倦；祈禳消伏

者文也，皆不足云。

臣生逢纳谏之圣明，不间直言之狂斐；惟冀愚衷之可采，苟避诛夷而则岂！盖赋者古人规谏之文，臣故敢上干于旒扆。

【解题】

庆历二年（1042），仁宗御试进士，以《应天以实不以文》为赋题，作者拟本赋进奏，受仁宗敕书奖谕。赋文指陈时弊，语言剀切。未守律赋科范，题韵字既非依次递用，也不字字嵌入，句式亦颇自由，风格清新俊丽。

赏以春夏赋　天子行赏，钦顺时令

赏出于国，时行在天，纪勋庸而有序，顺春夏以昭宣。无忘尔劳，法蠢生而布惠；用嘉乃绩，因长养以旌贤。

原夫执政者君，为民之纪，惧赏罚之一失，则恩威之两弛。受焉不以其私，赐之非为其喜。盖夫欲固其国者，必谨国之常；能奉乎天者，是谓天之子。将出令以无僭，必顺持而后轨。显庸制爵，爰占星鸟之中；茂德建官，当俟薰风之始。

且夫春居东以首岁，夏司南而执衡，在气为燠，于时主生。东动也，以之起；南任也，以之成。我所以推本万事之理，钦象四时之行。政刑由是以有度，寒暑于焉而不争。颁以土田，顺木行而养育；昭其服物，助火德之光明。

故曰天之大端在阴阳，君之大柄在刑赏，操其柄以归己，求其端而取象。法太蔟赞阳之月，行庆有常；体林钟种物之时，劝功无爽。

诚以赏当则民协，泽流而德深，但虑过时之失，敢怀虚受之心。故《月令》有布德之文，前规具在；景风为赐爵之候，往牒攸钦。

呜呼！王者畏天以临民，天道在人而可信。事与时合，则为和而为福；时与事逆，则有灾而有馑。在乎察动静以为本，布仁恩而克慎。亦由猕田主教，非仲秋而不行；议狱断刑，须大冬而乃顺。

故能光昭国体，钦奉邦彝，用岂有于逾德，举无闻于振时。且异夫赐以鞶缨，示假人而取诮；赠其衮冕，讥锡命以非宜。

大哉！君之举者必书，上之出者为令。苟违时而不度，惧招尤而失正。故左氏载声子之言，以戒后王之立政。

【解题】

本文写作年代失考。由其用韵、句式，皆严守赋律，应是早期之作。

畏天者保其国赋 祗畏天道，能守其国

圣人以凝命恭默，膺图肃祇。爰务畏天之义，但彰保国之规。惟帝难之，翼翼固钦于乾道；为人上者，兢兢慎守于邦基。用能御宝位而惟永，隆昌运以咸熙者也。

探齐王之式陈，懿子舆之所谓，将设治民之术，先本为君之贵。且曰天惟简在，诚由乎不敢荒宁；国乃洽平，是宜乎克自抑畏。

惠此方国，钦若昊天。实克遵于慄慄，示无爽于乾乾。虑威宣咫尺之间，所以严恭罔怠；致疆启幅员之内，所以底定无愆。

盖由仰高明以惟勤，遂邦家而永保。“又新”之戒斯在，《无逸》之篇可考。顺帝之则，始敦危惧之诚；俾民不迷，终得阜安之道。

岂不以天者本降鉴而是显，国者在绥绥而以兴。畏乎天，表降鉴之甚迩；保乎国，示绥绥而可凭。审虽休勿休之理，遵日慎

一日之称。是故惧无灾以为怀，见楚庄之勿伐；不敢康而在念，识周成之有能。

夫如是，则垂拱是图，持盈可久。不遑启居兮，以圆灵之是奉；无敢暇豫兮，以中区而自守。昭事而宜乎宗社，咸宁之旨攸同；钦承而惠彼民人，设险之功何有。

不然，又安得惟寅谨尔，匪懈昭其？盖足惮于覆焘，必克固于蕃维。《周诗》垂陟降之文，亦足畏也；洊雷著修省之说，于时保之。

至哉，阐绎圣猷，铺昭皇极，眷溰悚以为本，在抚绥而作式。有以见惟天为大，而君则之，故定于万国。

【解题】

写作年代失考。韵合律赋，句法错落。语言清新，侃侃而谈，气势流贯，有似一篇政论文。

斫雕为朴赋　除去文饰，归彼淳朴

德以俭而为本，器有文而可除。爰斫载雕之饰，将全至朴之余。篆刻未销，见背伪归真之始；镂章咸灭，知去华务实之初。

稽史牒之前闻，述政风而遐举。懿淳俭之攸尚，斥浮华而可沮。谓乎防世伪者在塞其源，全物性者必反其所。素以为贵，将抱朴而是思；焕乎有文，俾运斤而悉去。

诚由淳自浇散，器随朴分，骋匠巧而伤本，掩天真而蔑闻。故我反淳风而矫正，杜末作之纷纭。剖刻桷之形，复采椽而不琢；灭镂簋之僭，反木器于无文。

则知工巧尽捐，浮淫是抑，道尚取乎反本，理何求于外饰！圭磨岳镇，归璞玉以全真；罍去山云，表瓦罇而务德。

是则遵乎朴者，将反始而臻极；斫乎雕者，恶乱真而饰非。

约浇风于一变，矫治古以同归。硋而错诸，尽灭彫虫之巧，质为贵者，宁惭朽木之讥？

用能杜文彩之焕然，返淳和而遵彼。雕虽著，则尚可磨也；朴其复，则在其中矣。弃末反本，小巧之工尽捐；革故取新，见素之风可美。

彼琢玉然后成器，命工列乎彫人，务以文而胜质，徒散朴以还淳。曷若剞劂之功靡施，大巧若拙；刻镂之华尽减，其德乃真。

懿之隆者，非假饰以为资；俭之至者，匪奇淫而是党。但期乎去泰去甚，宁患乎匪雕匪斫？有以知一变至道之风，由是而复归乎朴。

【解题】

写作年代失考。全篇句式灵活多变，文气流畅。

祭先河而后海赋　王者行祭，先务其本

在祭者必有常典，务本者贵乎不忘，既先河而告备，乃后海以为常。币玉始陈，恭视诸侯之渎；牲牢继列，方祠百谷之王。

探国典之旧文，抚礼经之大旨。以谓河导其派，本一勺而始矣；海纳其会，实百川之委也。祀容肃设，必先有事于灵长；望秩并修，然后功归于善下。

诚以决九川而分导，括众流而混并，一则穷本而有自，一则兼容而积成。是用分礼章而异数，昭祭典以推行。命祀首陈，始则出图之所；祷辞以设，方祈纪地之名。

用能缛乃令仪，昭夫重祭，利万物以斯善，用五材而并济。无文既秩，禜经渎以领祠；群望继行，祷朝宗而用币。

外则尽物，中惟告虔，既义取于源委，乃礼分于后先。一祷

致诚，必告荣光之涘；大川并走，嗣临重润之渊。

得非众岳肇乎一拳，椎轮生乎五辂，考厥初之攸在，彰返始而为务。亦犹文王之祀虽贵，不逾后稷之尊；齐人之事将行，敢越配林之故。

是知河必居首，取发源而肇兹；海不自大，由积众以成其。导洪流而并注，散灵润以旁滋。顾乃滥觞之因，必有先也；视尔委输之广，然后从之。

异哉，祭尚洁诚，礼惟思反，将展报以为义，必讨源而自远。故夫三王之祭川，必务其本。

【解题】

写作年代失考。全文赋律严整，开章破题，首尾相应，层次井然，自然流转。

大匠诲人以规矩赋　良匠之诲人以规矩

工善其事，器无不良。用准绳而相诲，由规矩以为常。度木随形，俾不欺于曲直；运斤取法，必先正于圆方。

载考前文，爰稽哲匠，伊作器以祖善，必诲人而攸尚。有模有范，俾从教之克精；中矩中规，贵任材而必当。

诚以人于道也，非学而弗至；匠之能也，在器而攸施。既谆谆而诲尔，俾拳拳而服之。默受以全，曲则轮而直则轸；动皆有法，完为鞠而断为棋。

然则道不可以弗知，人不可以无诲。苟审材之义失，则教人之理昧。规矩有取，为圭为璧以异宜；制度可询，象地象天以是配。

匠之心也，本乎大巧；工之事也，作于圣人。因从绳而取谕，彰治材而有伦。学在其中，辨盖舆之异状；艺成而下，明凿枘之殊陈。

义不徒云，道皆有以，将博我而斯在，宁小巧而专美？殊玉工之作器，惟求磨琢之精；异扁人之斫轮，但述苦甘之旨。

是知直在其中者谓之矩，曲尽其妙者本乎规。然工艺以斯下，俾后来之可师。道或相营，引圆生方生而作谕；言如未达，譬周旋折旋而可知。

是何朴斫为工，剞劂斯主，玩其役以虽未，听乃言而可取。故孟子谓学者之诲人，亦必由于规矩。

【解题】

写作年代失考。赋文开章揭示题意，随而引伸发挥，得出“学者之诲人，亦必由于规矩”结论。结构严谨，又有新意。

鲁秉周礼所以本赋　鲁公之后，其本周礼

侯国修度，时王著彝。惟东鲁之大本，秉西周之旧仪。曲阜袭封，率奉先规之盛；镐京遗法，限为至治之基。

说者谓惟王建邦，裂疆分土，禀正朔者归于元后，尊制度者合于前古。惟周之典，世为大则；惟鲁之盛，法为常矩。乃夫姬道衰逸，邦侯侵侮。虽周公之才之美，不行于时；文王之德之纯，尽在于鲁。

逮夫礼与时至，教由治隆，翊奉孺子，位为上公。千乘之国，仰有遗法，数世之后，敢弃元功！虽治邦治刑，尚可宏宣于祖业；而教典教法，犹能固本于民风。

大德纯纯兮世不敢忘，至文微微兮流而自远。守茂典之惟永，遵飞休而可损。一变于道，圣人之后所以昌；百世可知，先王之法以为本。

且夫德固则邦化，法行则教流。治而久，于诸侯则莫若鲁；

教而正，于三代则莫如周。在隐、桓之世，力行纯轨；至定、哀之后，不弃芳猷。盖固蒂以惟至，以治人而可求。彼虽发叹于诗人，改王室而作《离黍》；何俟兴言于声子，见《易》象之与《春秋》。

盖夫与治同道罔不兴，安上治民莫如礼。礼与邦化，则莫窥其枝叶；法因时至，则深蟠其根柢。亦如齐有太公之遗制，定作民彝；杞观夏道之可知，式成邦体。

呜呼！圣之所治，人不可追。移茂实以参用，著通规而有宜。遂使化民之议有所经，理之大者；治国之君无乱纪，则而行之。

大哉！周世所行，鲁邦慎守，秉其法为治之极，则其文延付而后。故仲孙知鲁而不可取者，礼为本焉，致邦仪之含厚。

【解题】

写作年代失考。赋文开章揭示题意，结句遥相照应。虽依题字八韵，但非依次而押。语气流畅，风格庄重雅正。

会圣宫颂 并序

西京留守推官、将仕郎、试秘书省校书郎臣欧阳修，谨斋心涤虑顿首再拜言：

臣伏见国家采《汉书》原庙之制，作宫于永安，以备园寝，欲以盛陵邑之充奉，昭祖宗之光灵，以耀示于千万世，甚盛德也。

修永惟古先王者，将有受命之符，必先兴业造功，以警动觉悟于元元，然后有其位。而继体守文之君，又从而显明丕大，以纂修乎旧物。故其兢兢勤勤，不忘前人。是以根深而叶茂，德厚而流光，子子孙孙，承之无疆。伏惟皇帝陛下以神圣至德，传有大器，乾健而正，离继而明。即位以来，于兹十年，勤邦俭家，以修太平。日朝东宫，示天下孝。亲执笾豆，三见于郊。日星轨道，光明清润，河不怒溢，东南而流。四夷承命，欢和以宾，奔走万里，顾非有干戈告让之命，文移发召之期，而犀珠、象牙、文马、瑴玉，旅于阙庭，纳于廐府，如司马令，无一后先。至德之及，上格于天，下极于地，中浃于人，而外冒于四表。昆虫有命之物，无不仰戴神威圣功，效见如此。太祖创造基始，克成厥家，当天受命之功；太宗征服绥来，遂一海内，睿武英文之业；真宗礼乐文物，以隆天声，升平告功之典；陛下夙夜虔共，嗣固鸿业，纂服守成之勤。基构累积，显显昌昌，益大而光，称于三后之意，可谓至孝。况春秋岁时，以禘以祫，则有庙祧之严；配天昭孝，以享以告，则有郊庙明堂之位；篆金刻石，则有史氏之官。歌功之诗，流于乐府；象德之舞，见乎羽毛。惟是邦家之光，祖宗之为，有以示民而垂无穷者，罔不宣著。陛下承先烈，昭孝思，所以奉之以严，罔不勤备，圣人之德，谓无以加。而犹以为未也，乃复因陵园，起宫室，以望神游。土木之功，严而不华，地爽而洁，宇敞而邃，神灵杳冥，如来如宅，合于《礼经》孝子謦咳思亲之义。

愚以谓宫且成，非天子自临享，则不能以来三后之灵。然郡国不见治道，太仆不先整驾，恬然未闻有司之诏，岂难于动民而迟其来耶？特以龟筮所考须吉而后行耶？不然何独留意于屋墙构筑，而至于荐见孝享，未之思耶？况是宫之制，夷山为平，外取客土，锻石伐木，发兵胥靡，调旁近郡。如此数年，而道路之民徒见兴为之功，恐愚无以识上意。是宜不惜属车上费，无讳数日之劳，沛然幸临，因展陵墓，退而谕民以孝思之诚，遂见守土之臣，采风俗以问高年，亦尧舜之事也。古者天子之出，必有采诗之官，而道路童儿之言皆得以闻。臣是以不胜惓惓之心，谨采西人望幸意，作为颂诗，以献阙下。词曰：

巍峨穹崇，奠京之东，有山而嵩。豅沦道源，汇流而渊，有洛之川。川灵山秀，回环左右，有高而阜。其阜何名？太祖、太宗、真宗之陵。惟陵之制，因山而起，隐隐隆隆。惟陵之气，常王而喜，郁郁葱葱。

帝怀穹旻，受命我宋，造初于屯。帝念先烈，用顾余家，宣力以勤。赫赫三后，重基累构，既丰而茂。燕翼贻谋，是惟永图，具传在予。曰祖曰宗，有德有功，予实嗣之。克勤克绍，以孝以报，予敢不思？惟此园陵，先后之宅，既宅且安。后来游止，弗宫弗室，神何以蠗？

乃相川原，乃得善地，地高惟丘。乃以荆灼，乃讯宝龟，龟告曰猷。帝命家臣，而职我事，而往惟寅。一毫一丝，给以县官，无取于民。伐洛之薪，陶洛之土，瓦不病窳。柯我之斧，登我之山，木好且坚。

家臣之来，役夫万名，三年有成。宫成翼翼，在陵之侧，须后来格。有门有宇，有廊有庑，有庭有序。殿兮耽耽，黼帷袓袓，天威可瞻。庭兮殖殖，钩盾虎戟，容卫以饬。太祖维祖，太宗维弟，真宗维子。三圣嶷嶷，有以正位，于此而会。

圣兮在天，风马云车，其来仙仙。圣会于此，灵威神驭，其宫肃然。圣既降矣，其谁格之，惟孝天子。圣降当享，其谁来荐，亦孝天子。孝既克祗，而来胡迟？其下臣修，作颂风之。

【解题】

据李焘《续资治通鉴长编》卷一百十，天圣九年（1031）三月七日，奉安宋太祖、太宗、真宗画像于西京凤台山会圣宫。作者时为西京留守推官，为作此颂，歌颂三圣盛德，感讽天子来洛临祭。茅坤评说：“借颂以感讽天子临享，此公持大体处。”（《宋大家欧阳文忠公文钞》卷三十二）

有宋右谏议大夫赠开府仪同三司太师中书令兼尚书令魏国韩公真赞

气刚而毅，望之可畏。色粹而仁，近之可亲。有韫于中，必见于外。庶几仿佛，写之图绘。惟其盛德，不可形容。公德之丰，后世之隆。谁为公子？丞相卫公。

【解题】

作于治平元年（1064）。韩公国华，字光弼，安阳人。是韩琦之父，官至泉州知州，卒于大中祥符四年。

钱忠逊王像赞

学窥先天，行履贞素。至大至刚，不忧不惧。治朝之忠，乱世之雄。百年间气，千古攸钟。

【解题】

写作时间失考。钱忠逊王，即钱倧，字隆道，钱塘人。嗣吴越王，为大将胡进思所废，改立其弟钱俶。后二十余年卒，谥忠逊。

八　奏议

通进司上书

十二月二十四日，宣德郎、守太子中允、充馆阁校勘臣欧阳修谨昧死再拜上书于皇帝阙下：

臣伏见国家自元昊叛逆关西用兵以来，为国言事者众矣。臣初窃为三策，以料贼情。然臣迂儒，不识兵之大计，始犹迟疑，未敢自信。今兵兴既久，贼形已露，如臣素料，颇不甚远。故窃自谓有可以助万一而尘听览者，谨条以闻。惟陛下仁圣，宽其狂妄之诛，幸甚！

夫关西弛备而民不见兵者，二三十年矣。使贼萌乱之初，藏形隐计，卒然而来。当是时，吾之边屯寡弱，城堡未完，民习久安而易惊，将非素选而败怯。使其羊驱豕突，可以奋然而深入。然国威未挫，民力未疲，彼得城而居不能久守，虏掠而去可邀击其归。此下策也，故贼知而不为之。戎狄侵边，自古为患，其攻城掠野，败则走而胜则来，盖其常事。此中策也，故贼兼而用之。若夫假僭名号，以威其众，先击吾之易取者一二以悦其心，然后训养精锐为长久之谋。故其来也，虽胜而不前，不败而自退，所以诱吾兵而劳之也。或击吾东，或击吾西，乍出乍入，所以使吾兵分备多而不得减息也。吾欲速攻，贼方新锐；坐而待战，彼则不来。如此相持，不三四岁，吾兵已老，民力已疲，不幸又遇水旱之灾，调敛不胜而盗贼群起，彼方奋其全锐，击吾困弊，可也。使吾不堪其困，忿而出攻，决于一战，彼以逸而待吾劳，亦可也。幸吾苦兵，计未知出，遂求通聘，以邀岁时之赂，度吾困急不得不从，亦可也。是吾力一困，则贼谋无施而不可。此兵法所谓不战而疲人兵者，上策也，而贼今方用之。今三十万之兵食于西者二岁矣，又有十四五万之乡兵不耕而自食其民。自古未有四五十万之兵连年仰食而国力不困者也。

臣闻元昊之为贼，威能畏其下，恩能死其人。自初僭叛，嫚书已上，逾年而不出，一出则锋不可当。执劫蕃官，获吾将帅，多礼而不杀。此其凶谋所畜，皆非仓卒者也。奈何彼能以上策而疲吾，吾不自知其已困；彼为久计以挠我，我无长策而制之哉！

夫训兵养士，伺隙乘便，用间出奇，此将帅之职也，所谓阃外之事而君不御者，可也。至于外料贼谋之心，内察国家之势，知彼知此，因谋制敌，此朝廷之大计也，所谓庙算而胜者也，不可以不思。今贼谋可知，以久而疲我耳；吾势可察，西人已困也。诚能丰财积粟，以纾西人而完国壮兵，则贼谋沮而庙算得矣。

夫兵，攻守而已，然皆以财用为强弱也。守非财用而不久，此不待言，请试言攻。昔秦席六世之强，资以事胡，卒困天下而不得志。汉因文、景之富力，三举而才得河南。隋唐突厥、吐蕃常与中国相胜败，击而胜之有矣，未有举而灭者。秦汉尤强者，其所攻，今元昊之地是也。况自刘平陷没，贼锋炽锐，未尝挫衄。攻守之计，非臣所知。天威所加，虽终期于扫尽，然临边之将尚未闻得贼衅隙，挫其凶锋。是攻守皆未有休息之期，而财用不为长久之计，臣未见其可也。四五十万之人坐而仰食，然关西之地物不加多，关东所有莫能运致。掊克细碎既以无益而罢之矣。至于鬻官入粟，下无应者，改法权货，而商旅不行。是四五十万之人，惟取足于西人而已，西人何为而不困？困而不起为盗者，须水旱尔。外为贼谋之所疲，内遭水旱而多故，天下之患，可胜道哉？夫关西之物不能加多，则必通其漕运而致之。漕运已通，而关东之物不充，则无得而西矣。故臣以谓通漕运、尽地利、权商贾，三术并施，则财用足而西人纾，国力完而兵可久，以守以攻，惟上所使。

夫小琐目前之利既不足为，长久之谋，非旦夕而可效。故为长久而计者，初若迂愚而可笑；在必而行之，则其利博矣。故臣区区不敢避迂愚之责，请上便宜三事，惟陛下裁择。

其一曰通漕运。臣闻今为西计者，皆患漕运之不通，臣以谓但未求之耳。今京师在汴，遭运不西，而人之习见者遂以为不能西。不知秦、汉、隋、唐其都在雍，则天下之物皆可致之西也。山川地形非有变易于古，其路皆在，昔人可行，今人胡为而不可？汉初，岁漕山东粟数十万石，是时运路未修，其漕尚少。其后，武帝益修渭渠，至漕百余万石。隋文帝时，沿水为仓，转相运置，而关东、汾、晋之粟皆至渭南，运物最多，其遗仓之迹，往往皆在。然皆尚有三门之险。自唐裴耀卿又寻隋迹，于三门东、西置仓，开山十八里，为陆运以避其险，卒溯河而入渭，当时岁运不减二三百万石。其后刘晏遵耀卿之路，悉漕江淮之米以实关西。后世言能经财利而善漕运者，耀卿与晏为首。今江淮之米岁入于汴者六百万石，诚能分给关西，得一二百万石足矣。今兵之食汴漕者出戍甚众，有司不惜百万之粟分而及之，其患者，三门阻其中尔。今宜浚治汴渠，使岁运不阻，然后按求耀卿之迹，不惮十许里陆运之劳，则河漕通而物可致，且纾关西之困。使古无法，今有可为，尚当为之，况昔人行之而未远，今人行之而岂难哉？耀卿与晏初理漕时，其得尚少，至其末年，所入十倍，是可久行之法明矣。此水运之利也。臣闻汉高祖之入秦，不由东关而道南阳，过郦、析而入武关。曹操等起兵诛董卓，亦欲自南阳道丹、析而入长安。是时张济乂自长安出武关，奔南阳。则自古用兵往来之径也。臣尝至南阳，问其遗老，云自邓西北至永兴六七百里，今小商贾往往行之。初，汉高入关，其兵十万。夫能容十万兵之路，宜不甚狭而险也。但自洛阳为都，行者皆趋东关，其路久而遂废。今能按求而通之，则武昌、汉阳、郢、复、襄阳、梁、洋、金、商、均、房、光化沿汉之地，十一二州之物，皆可漕而顿之南阳。自南阳为轻车人辇而递之，募置递兵，为十五六铺，则十余州之物日日入关而不绝。沿汉之地山多美木，近汉之民仰足而有余，以造舟车，甚不难也。前日陛下深恤有司之勤，内赐禁钱数十万以供西用，而道路艰远，辇运逾年，不能毕至。至于军装输送，多苦秋霖，边州已寒，冬服尚滞于路。其艰如此。夫使州县纲吏远输京师，转冒艰滞然后得西，岂若较南阳之旁郡，度其道里入于武关与至京师远近等者，与其尤近者，皆使直输于关西。京师之用有不足，则以禁帑出赐有司者代而充用。其迂曲简直，利害较然矣。此陆运之利也。

其二曰尽地利。臣闻昔之画财利者易为工，今之言财利者难为术。昔者之民，赋税而已，故其不足，则铸山煮海，榷酒与茶，征关市而算舟车，尚有可为之法以苟一时之用。自汉、魏迄今，其法日增，其取益细，今取民之法尽矣。昔者赋外之征，以备有事之用。今尽取民之法，用于无事之时，悉以冗费而糜之矣，至卒然有事，则无法可增。然独犹有可为者。民作而输官者已劳，而游手之人方逸；地之产物者耕不得代，而不垦之土尚多。是民有遗力，地有遗利，此可为也。况历视前世，用兵者未尝不先营田。汉武帝时，兵兴用乏，赵过为畎田人犁之法以足用。赵充国攻西羌，议者争欲出击，而充国深思全胜之策，能忍而待其弊。至违诏罢兵而治屯田，田于极边，以游兵而防钞寇，则其理田不为易也，犹勉为之。后汉之时，曹操屯兵许下，强敌四面，以今视之，疑其旦夕战争而不暇。然用枣祗、韩浩之计，建置田官，募民而田近许之地，岁得谷百万石，其后郡国皆田，积谷无数。隋、唐田制尤广，不可胜举。其势艰而难田，莫若充国；迫急而不暇田，莫如曹操，然皆勉焉。不以迂缓而不田者，知地利之博而可以纾民劳也。今天下之土不耕者多矣，臣未能悉言，谨举其近者。自京以西土之不辟者，不知其数。非土之瘠而弃也，盖人不勤农，与夫役重而逃尔。久废之地，其利数倍于营田，今若督之使勤，与免其役，则愿耕者众矣。臣闻乡兵之不便于民，议者方论之矣。充兵之人遂弃农业，托云教习，聚而饮博，取资其家，不顾无有，官吏不加禁，父兄不敢诘，家家自以为患也。河东、河北、关西之乡兵，此犹有用。若京东、西者，平居不足以备盗，而水旱适足以为盗，其尤可患者。京西素贫之地，非有山泽之饶，民惟力农是仰。而今三夫之家一人、五夫之家三人为游手，凡十八九州，以少言之，尚可四五万人不耕而食，是自相糜耗而重困也。今诚能尽驱之使耕于弃地，官贷其种，岁田之入与中分之，如民之法募吏之习田者为田官，优其课最而诱之，则民愿田者众矣。太宗皇帝时，尝贷陈、蔡民钱，使市牛而耕。真宗皇帝时，亦用耿望之言，买牛湖南而治屯田。今湖南之牛岁贾于北者，皆出京西，若官为买之，不难得也。又宜重为法以困所谓私牛之客者，使不客于民而乐为官耕，凡民之已有牛者使自耕，则牛不足而官市者不多。且乡兵本农也，籍而为兵，遂弃其业。今幸其去农未久，尚可复驱还之田亩，使不得群游而饮博，以为父兄之患，此民所愿也。一夫之力，以逸而言，任耕缦田一顷，使四五万人皆耕，而久废之田利又数倍，则岁谷不可胜数矣。京西之分，北有大河，南至汉而西接关，若又通其水陆之运，所在积谷，惟陛下诏有司而移用之耳。

其三曰权商贾。臣闻秦废王法，启兼并，其上侵公利，下刻细民，为国之患久矣。自汉以来，尝欲为法而抑夺之，然不能也。盖为国者兴利日繁，兼并者趋利日巧，至其甚也，商贾坐而权国利。其故非他，由兴利广也。夫兴利广则上难专，必与下而共之，然后通流而不滞。然为今议者，方欲夺商之利，一归于公上而专之。故夺商之谋益深，则为国之利益损。前日有司屡变其法，法每一变，则一岁之间所损数百万。议者不知利不可专，欲专而反损，但云变法之未当，变而不已，其损愈多。夫欲十分之利皆归于公，至其亏少十不得三，不若与商共之，常得其五也。今为国之利多者茶与盐耳。茶自变法已来，商贾不复，一岁之失，数年莫补，所在积朽，弃而焚之。前日议者屡言三说之法为便；有司既以详之矣，今诚能复之，使商贾有利而通行，则上下济矣。解池之盐，积若山阜，今宜暂下其价，诱群商而散之，先为令曰三年将复旧价，则贪利之商争先而凑矣。夫茶者生于山而无穷，盐者出于水而不竭，贱而散之三年，十未减其一二。夫二物之所以贵者，以能为国资钱币尔，今不散而积之，是惜朽壤也，夫何用哉？夫大商之能蓄其货者，岂其锱铢躬自鬻于市哉？必有贩夫小贾就而分之。贩夫小贾无利则不为，故大商不妬贩夫之分其利者，恃其货博，虽取利少，货行流速，则积少而为多也。今为大国者，有无穷不竭之货，反妬大商之分其利，宁使无用而积为朽壤，何哉？故大商之善为术者，不惜其利而诱贩夫；大国之善为术者，不惜其利而诱大商。此与商贾共利，取少而致多之术也。又今商贾之难以术制者，以其积货多而不急故也。利厚则来，利薄则止，不可以号令召也。故每有司变法，下利既薄，小商以无利而不能行，则大商方幸小商之不行，适得独卖其货，尚安肯勉趋薄利而来哉？故变法而刻利者，适足使小商不来，而为大商贾积货也。今必以术制商，宜尽括其居积之物，官为卖而还之，使其货尽而后变法。夫大商以利为生，一岁不营利，则有惶惶之忧，彼必不能守积钱而闲居，得利虽薄，犹将勉而来。此变法制商之术也。夫欲诱商而通货，莫若与之共利，此术之上也。欲制商，使其不得不从，则莫若痛裁之，使无积货。此术之下也。然此可制茶商耳，若盐者，禁益密，则冒法愈多而刑繁。若乃县官自为鬻市之事，此大商之不为，臣谓行之难久者也。诚能不较锱铢而思远大，则积朽之物散而钱币通，可不劳而用足矣。

臣愚不足以知时事。若夫坚守以扞贼，利则出而扰之，凡小便宜，愿且委之边将。至于积谷与钱，通其漕运，不二三岁，而国力渐丰，边兵渐习，贼锐渐挫，而有隙可乘，然后一举而灭之，此万全之策也。愿陛下以其小者责将帅，谋其大计而行之，则天下幸甚。

臣修昧死再拜。

【解题】

作于康定元年（1040），时作者在京师任馆阁校勘，修《崇文总目》。本书提出“通漕运”、“尽地利”、“权商贾”三大主张，旨在促进经济发展，增强国力，坚持与西夏作战，故宋人黄震《黄氏日抄》卷六十一指出：“《通进司上书》言治西贼三事。”茅坤评述说：“览此书，反复利害，洞悉事机。欧阳公少时已具宰相之略如此，不可不知。”（《宋大家欧阳文忠公文钞》卷一）

进拟御试应天以实不以文赋引状

臣伏睹今月十三日御试《应天以实不以文赋》，题目初出，中外群臣皆欢然，以谓至明至圣，有小心翼翼事天之意。盖自四年来，天灾频见，故陛下欲修应天以实之事。时谓出题以询多士，而求其直言。外议皆称自来科场只是考试进士文辞，但取空言，无益时事，未有人君能上思天戒，广求规谏以为试题者。此乃自有殿试以来，数百年间最美之事，独见于陛下。

然臣窃虑远方贡士，乍对天威，又迫三题，不能尽其说以副陛下之意。臣忝列书林，粗知文字，学浅文陋，不自揆度，谨拟御题，撰成赋一首。不敢广列前事，但直言当今要务，皆陛下所欲闻者。臣闻古者圣帝明王，皆不免天降灾异，惟能修德修政，则变灾为福，永享无穷之休。臣不胜大愿。其赋一首，谨随状上进。

【解题】

庆历二年（1042）三月，仁宗御试进士，以《应天以实不以文》为赋题，欧阳修拟作一篇进奏，指陈时弊，言辞剀切，得敕书奖谕。本文为进奏赋文的引状，叙其进赋旨意及其本末。

准诏言事上书

月日，臣修谨昧死再拜上书于皇帝陛下。臣近准诏书，许臣上书言事。臣学识愚浅，不能广引深远，以明治乱之原，谨采当今急务，条为三弊、五事，以应诏书所求，伏惟陛下裁择。

臣闻自古王者之治天下，虽有忧勤之心而不知致治之要，则心愈劳而事愈乖；虽有纳谏之明而无力行之果断，则言愈多而听愈惑。故为人君者，以细务而责人，专大事而独断，此致治之要术也；纳一言而可用，虽众说不得以沮之，此力行之果断也。知此二者，天下无难治矣。

伏见国家自大兵一动，中外骚然，陛下思社稷之安危，念兵民之疲弊，四五年来，圣心忧劳，可谓至矣。然而兵日益老，贼日益强，并九州之力讨一西戎小者，尚无一人敢前，今又北戎大者违盟而动，其将何以御之？从来所患者夷狄，今夷狄叛矣；所恶者盗贼，今盗贼起矣；所忧者水旱，今水旱作矣；所赖者民力，今民力困矣；所须者财用，今财用乏矣。陛下之心，日忧于一日；天下之势，岁危于一岁。此臣所谓用心虽劳，不知求致治之要者也。近年朝廷开发言路，献计之士不下数千，然而事绪转多，枝梧不暇。从前所采，众议纷纭，至于临事，谁策可用？此臣所谓听言虽多，不如力行之果断者也。

伏思圣心所甚忧而当今所尚阙者，不过曰无兵也，无将也，无财用也，无御戎之策也，无可任之臣也。此五者，陛下忧其未有，而臣谓今皆有之。然陛下未得而用者，未思其术也。国家创业之初，四方割据，中国地狭，兵民不多，然尚能南取荆楚，收伪唐，定闽岭，西平两蜀，东下并、潞，北窥幽、燕。当时所用兵、财、将、吏，其数几何？惟善用之，故不觉其少。何况今日，承百年祖宗之业，尽有天下之富强，人众物盛，十倍国初，故臣敢言有兵、有将、有财用、有御戎之策、有可任之臣。然陛下皆不得而用者，其故何哉？由朝廷有三大弊故也。

何谓三弊？一曰不慎号令，二曰不明赏罚，三曰不责功实。此三弊因循于上，则万事弛慢废坏于下。臣闻号令者，天子之威也；赏罚者，天子之权也。若号令不信，赏罚不当，则天下不服。故又须责臣下以功实，然后号令不虚出，而赏罚不滥行。是以慎号令，明赏罚，责功实，此三者，帝王之奇术也。自古人君，英雄如汉武帝，聪明如唐太宗，皆知用此三术，而自执威权之柄，故所求无不得，所欲皆如意。汉武好用兵，则诛灭四夷，立功万里，以快其心。欲求将，则有卫、霍之材以供其指使；欲得贤士，则有公孙、董、汲之徒以称其意。唐太宗好用兵，则诛突厥，服辽东，威振夷狄，以逞其志。欲求将，则有李靖、李勣之徒入其驾驭；欲得贤士，则有房、杜之徒在其左右。此二帝者，凡有所为，后世莫及，可谓所求无不得，所欲皆如意。无他术也，惟能自执威权之柄耳。

伏惟陛下以圣明之姿，超出二帝，又尽有汉、唐之天下。然而欲御边，则常患无兵；欲破贼，则常患无将；欲赡军，则常患无财用；欲威服四夷，则常患无策；欲任使贤材，则常患无人。是所求皆不得，所欲皆不如意，其故无他，由不用威权之术也。

自古帝王，或为强臣所制，或为小人所惑，则威权不得出于己。今朝无强臣之患，旁无小人偏任之溺，内外臣庶尊陛下如天，爱陛下如父，倾耳延首，愿听陛下之所为，然何所惮而不为乎？若一日赫然执威权以临之，则万事皆办，何患五者之无？奈何为三弊之因循，一事之不集？

臣请言三弊：夫言多变则不信，令频改则难从，今出令之初，不加详审，行之未久，寻又更张。以不信之言，行难从之令，故每有处置之事，州县知朝廷未是一定之命，则官吏或相谓曰“且未要行，不久必须更改”，或曰“备礼行下，略与应破指挥”。旦夕之间，果然又变。至于将吏更易，道路疲于送迎；符牒纵横，上下莫能遵守。中外臣庶，或闻而叹息，或闻而窃笑，叹息者有忧天下之心，窃笑者有轻朝廷之意。号令如此，欲威天下，其可得乎？此不慎号令之弊也。

用人之术，不过赏罚。然赏及无功，则恩不足劝；罚失有罪，则威无所惧，虽有人，不可用矣。太祖时，王全斌破蜀而归，功不细矣，犯法一贬，十年不问。是时方讨江南，故黜全斌，与诸将立法，及江南已下，乃复其官。太祖神武英断，所以能平定天下者，其赏罚之法皆如此也。昨关西用兵，四五年矣，赏罚之际，是非莫分。大将以无功罢者依旧居官，军中见无功者不妨得好官，则诸将谁肯立功矣。裨将畏懦逗留者皆当斩罪，或暂贬而寻迁，或不贬而依旧，军中见有罪者不诛，则诸将谁肯用命矣？所谓赏不足劝，威无所惧，赏罚如此，而欲用人，其可得乎？此不明赏罚之弊也。

自兵动以来，处置之事不少，然多有名而无实。臣请略言其一二，则其他可知。数年以来，点兵不绝，诸路之民半为兵矣，其间老弱病患，短小怯懦者，不可胜数，兵额空多，所用者少，是有点兵之虚名，而无得兵之实数也。新集之兵，所在教习，追呼上下，民不安居，主教者非将领之材，所教者无旗鼓之节，往来州县，愁叹嗷嗷，既多是老病小怯之人，又无训齐精练之法。此有教兵之虚名，而无训兵之实艺也。诸路州军分造器械，工作之际已劳民力，辇运般送又苦道涂，然而铁刃不刚，筋胶不固，长短大小多不中度。造作之所但务充数而速了，不计所用之不堪，经历官司又无检责。此有器械之虚名，而无器械之实用也。以草草之法教老怯之兵，执钝折不堪之器械，百战百败，理在不疑，临事而悟，何可及乎！故事无大小，悉皆卤莽，则不责功实之弊也。

臣故曰三弊因循于上，则万事弛慢废坏于下。万事不可尽言，臣请言大者五事：其一曰兵。臣闻攻人以谋不以力，用兵斗智不斗多。前代用兵之人，多者常败，少者常胜。汉王寻等以百万之兵遇光武九千人而败，是多者败而少者胜也；苻坚以百万之兵遇东晋二三万人而败，是多者败而少者胜也；曹操以三十万青州兵大败于吕布，退而归许，复以二万人破袁绍十四五万，是用兵多则败、少则胜之明验也。况于夷狄，尤难以力争，只可以计取。李靖破突厥于定襄，只用三千人，其后破颉利于阴山，亦不过一万。其他以三五千人立功塞外者，不可悉数，盖兵不在多，能以计取尔。故善用兵者，以少为多；不善用者，虽多而愈少也。为今计者，添兵则耗国，减兵则破贼。今沿边之兵不下七八十万，可谓多矣。然训练不精，又有老弱虚数，则十人不当一人，是七八十万之兵，不当七八万人之用。加又军无统制，分散支离。分多为寡，兵法所忌。此所谓不善用兵者虽多而愈少，故常战而常败也。臣愿陛下赫然奋威，敕励诸将，精加训练，去其老弱，七八十万中可得四五十万数。古人用兵以一当百，今既未能，但得以一当十，则五十万精兵可当五百万兵之用。此所谓善用兵者以少而为多，古人所以少而常胜者，以此也。今不思实效，但务添多，耗国耗民，积以年岁，贼虽不至，天下已困矣。此一事也。

其二曰将。臣又闻古语曰“将相无种”，故或出于奴仆，或出于军卒，或出于盗贼，惟能不次而用之，乃为名将耳。国家求将之意虽劳，选将之路太狭。今诏近臣举将而限以资品，则英豪之士在下位者不可得矣；试将材者限以弓马一夫之勇，则智略万人之敌皆遗之矣；山林奇杰之士召而至者，以其贫贱而薄之，不过与一主簿、借职，使其怏怏而去，则古之屠钓饭牛之杰皆激怒而失之矣。至于无人可用，则宁用龙钟跛躄、庸懦暗劣之徒，皆委之要地，授之兵柄，天下三尺童子皆为朝廷危之。前日澶渊之卒几为国家生事，此可见也。议者不知取将之无术，但云当今之无将。臣愿陛下革去旧弊，奋然精求。有贤豪之士，不须限以下位；有智略之人，不必试以弓马；有山林之杰，不可薄其贫贱。惟陛下能以非常之礼待人，人臣亦将以非常之效报国，又何患于无将哉？此二事也。

其三曰财用。臣又闻善治病者，必医其受病之处，善救弊者，必寻其起弊之源。今天下财用困乏，其弊安在？起于用兵而费大故也。汉武好穷兵，用尽累世之财，当时勒兵单于台，不过十八万，尚能困其国力。况未若今日七八十万，连四五年而不罢，所以罄天地之所生，竭万民之膏血，而用不足也。今虽有智者，物不能增，而计无所出矣。惟有减冗卒之虚费，练精兵而速战，功成兵罢，自然足矣。今兵有可减之理，无人敢当其事；贼有速击之便，无将敢奋其勇。后时败事，徒耗国而耗民。惟陛下以威权督责之，乃有期耳。此三事也。

其四曰御戎之策。臣又闻兵法曰：“上兵伐谋，其次伐交。”北虏与朝廷通好仅四十年，不敢妄动，今一旦发其狂谋者，其意何在？盖见中国频为元昊所败，故敢启其贪心，伺隙而动尔。今若敕励诸将，选兵秣马，疾入西界，但能痛败昊贼一阵，则吾军威大振，而虏计沮矣。此所谓上兵伐谋者也。今诇事者皆知北虏与西贼通谋，欲并二国之力，窥我河北、陕西。若使二虏并寇，则难以力支。今若我能先击败其一国，则虏势减半，不能独举。此兵法所谓伐交者也。元昊地狭，贼兵不多，向来攻我，传闻北虏常有助兵。今若虏中自有点集之谋，而元昊骤然被击，必求助于北虏。北虏分兵助昊，则可牵其南寇之力；若不助昊，则二国有隙，自相疑贰。此亦伐交之策也。假令二国克期分路来寇，我能先期大举，则元昊苍皇自救不暇，岂能与北虏相为表里？是破其素定之约，乖其克日之期。此兵法所谓亲而离之者，亦伐交之策也。元昊叛逆以来，幸而屡胜，常有轻视诸将之心，今又见朝廷北忧戎虏，方经营于河朔，必谓我师不能西出。今乘其骄怠，正是疾驱急击之时。此兵法所谓出其不意者，此取胜之上策也。前年西将有请出攻者，当时贼气力方盛，我兵未练，朝廷尚许其出师，况今元昊有可攻之势，此不可失之时。彼方幸吾忧河北，而不虞我能西征，出其不意，此可攻之势也。自四路分帅，今已半年，训练恩信，兵已可用，故近日屡奏小捷。是我师渐振，贼气渐衄，此可攻之势也。苟失此时，而使二虏先来，则吾无策矣。臣愿陛下不以臣言为狂，密诏执事之臣，熟议而行之。此四事也。

其五曰可任之臣。臣又闻仲尼曰：“十室之邑，必有忠信。”况今文武列职遍于天下，其间岂无材智之臣？而陛下总治万机之大，既不暇尽识其人，故不能躬自进贤而退不肖；执政大臣动拘旧例，又不敢进贤而退不肖；审官、吏部、三班之职，但掌文簿差除而已，又不敢越次进贤而退不肖。是上自天子，下至有司，无一人得进贤而退不肖者。所以贤愚混杂，侥幸相容，三载一迁，更无旌别。平居无事，惟患太多，而差遣不行，一旦临事要人，常患乏人使用。自古任官之法，无如今日之缪也。今议者或谓举主转官为进贤，犯罪黜责为退不肖，此不知其弊之深也。大凡善恶之人，各以类聚。故守廉慎者各举清干之人，有赃污者各举贪浊之人，好徇私者各举请求之人，性庸暗者各举不材之人。

朝廷不问是非，但见举主数足，便与改官，则清干者进矣，贪浊者亦进矣，请求者亦进矣，不材者亦进矣。混淆如此，便可为进贤之法乎？方今黜责官吏，岂有澄清纠举之术哉？惟犯赃之人因民论诉者，乃能黜之耳。夫能舞弄文法而求财赂者，亦强黠之吏，政事必由己出，故虽诛剥豪民，尚或不及贫弱。至于不材之人不能主事，众胥群吏共为奸欺，则民无贫富，一时受弊。以此而言，则赃吏与不材之人为害等耳。今赃吏因自败者，乃加黜责，十不去其一二。至于不材之人，上下共知而不问，宽缓容奸。其弊如此，便可为退不肖之法乎？贤不肖既无别，则宜乎设官虽多而无人可用也。臣愿陛下明赏罚，责功实，则材皆列于陛下之前矣。

臣故曰五者皆有，然陛下不得而用者，为有弊也。三弊五事，臣既已详言之矣，惟陛下择之，天下之务不过此也。方今天文变于上，地理逆于下，人心怨于内，四夷攻于外，事势如此矣，非是陛下迟疑宽缓之时，惟愿为社稷生民留意。臣修昧死再拜。

【解题】

庆历二年五月，仁宗下诏“三馆臣僚上封事及听请对”，作者时任集贤校理，应诏上奏本书。文章全面分析北宋仁宗朝在政治、经济、军事等方面的弊端，概括为“三弊”、“五事”，并提出切实可行的解决办法，是反映作者政治思想，了解北宋积贫积弱局势的重要资料。茅坤评述本文：“欧公经略，已具见其概矣。”（《宋大家欧阳文忠公文钞》卷一）

谏院谢赐章服表

臣某等今月日准阁门告报，奉圣旨，来日改赐章服者。臣等寻以列状，具言供职以来，未有能效，不敢即受，乞赐停寝。明日朝于垂拱，退立庑下，俟命不报。方共彷徨，未知进退，而阁门吏已迫臣等入对。及见于延和，有司赞使俯伏受命。臣等不胜惶恐，趋出以辞。伏蒙遣中使宣谕，云出自宸衷，并不因臣僚荐举，不得辞让。臣等知君命甚宠，不可必让，因退而拜受。俯伏之际，竦动群臣。

伏惟陛下圣德仁慈，优容臣下。凡有上殿者，多因事陈述，自乞章服。故陛下不因臣等奏事之时，特召赐见，又宣明命，告以出自宸衷。盖不欲使臣等雷同徼幸之流，而为外人讥议。乃知陛下爱惜臣等，至于如此。臣等爱君忧国之勤，自宜如何？伏惟天地之恩，无物可称，欲伸报谢，惟有至诚。今陛下以一章服赐臣等，尚不欲令外人所非。伏况陛下上承社稷之重，下制元元休戚之命，举动得失，所系者大。则臣等固当事无大小，一一规正，致陛下纤过小失，不见于外。然后可以称臣等报君之心，如陛下所以爱惜臣等之意。臣等无任。

【解题】

据胡柯《庐陵欧阳文忠公年谱》：庆历三年“九月戊辰，赐绯衣银鱼。”此表为赐绯衣银鱼后致谢作。

辞召试知制诰札子

臣今早准中书传指挥，令臣到聚厅处，寻问得有圣旨，令臣就试。

伏念臣自忝谏垣，言事无状，日月未久，恩渥已频。凡朝廷任用非人，侥幸干进，在于臣职，皆所当言，岂有自为侥幸，以冒荣宠？其召试指挥，伏乞特赐追寝。取进止。

【解题】

以下五道奏状，均作于庆历三年（1043）十二月。时作者知谏院，召试知制诰。欧阳修于十二月六日上札子、状辞命，仁宗有旨不试，直接授右正言知制诰，仍供谏职，欧阳修又上辞免第二状，朝廷不从，方有谢表。(以下四道奏状解题从略)

辞召试知制诰状

臣今日准中书召臣，闻有圣语，令臣就试，已曾略具札子辞免。退而循省，未止忧惊。

伏念臣本乏才能，岂堪任用？误蒙圣奖，擢在谏垣。窃自思惟，无以论报，但竭愚虑，知无不为。凡奸邪在朝，侥幸求进，多以激讦沽名，未察臣心，纷然议诮。臣亦自省忠国之节，特惟陛下知之，而可畏之言，何由悉辨！但誓不敢干进，庶几久乃自明。今若骤觅宠荣，越次升用，则是讥议者谓臣向之所为，果是沽激，本非为国而去恶，但务倾人而进身。不惟使今后朝廷擢用忠言之臣，不以自明而取信，兼恐小人见言者得进既速，则各务奔趋。一长其风，遂成偷弊。盖上干于国体，非止徇于臣私。况臣供职未久，言效无闻。方今百度未修，四夷多事，言者正当以失职坐黜，岂可以亡状遽迁？其召试之命，必望特赐追寝。

缘臣早来为中书催召，仓卒之际，论述未详，谨再具状奏闻。

辞直除知制诰状

今月六日，准中书召臣试，寻曾具札子并奏状辞免。今日忽闻已有圣旨，更不召试，直除知制诰者。

伏以圣恩优异，至宠至荣。臣所以敢兹恳请者，盖以上系朝廷任人之体，非专臣子饰让之私。唯冀圣明，察臣悃愊。

窃以朝廷进用臣下，患忠邪不分。欲辨忠邪，须核情伪。今一言事之臣得速进，则小人好进纷然，争以口舌为事，至其甚弊，理难抑绝。则后来有说言之士，必雷同以干进见疑，使君子、小人，情伪何别？故臣以谓任人之体，惟言事者不可以速冒宠荣。臣累得对便殿，奏事之际常陈此说。

伏况臣供职已来，日月未久，幸值陛下切于求理，优容直言。然而夷狄未宾，盗贼未息，官吏未汰，黎民未苏，以事考言，其效安在？而数月之内，恩典频仍，当黜而升，宜罚而赏。系于国体，则如前所陈；揣于臣私，则自知若此。且夫设官赋禄，本以劝善。擢臣一人，好进者得以奔趋，无劳者皆容忝冒，所损已多。伏望圣慈悯臣愚讷，直降恩命，特赐寝停。

辞免知制诰第二状

昨以准中书札子，为臣累辞恩命，奉圣旨，不得辞让者。

伏以臣之事君，有诚无饰。若理必当受，则岂敢虚辞，上烦圣聪，自陷矫诈？盖臣所陈述者，上系朝廷事体，非独专徇臣私。如臣之愚，本以言事者速进，则伪言者诱以争趋。今若辞让而不获，则伪让者终于得进。损之又损，不如不辞。臣猥以非材，已在言责。若陛下欲擢臣以责效，则今所居之职，自足展效，但患无能，若以宠典为赏劳，又无可赏。伏况此来恩命，特出圣心，臣子至荣，人所愿得。苟非深思熟虑，理须避让；岂敢固自稽迟，以干典宪？

伏望圣慈察臣至诚至恳，所除诰敕，早赐追还。

谢知制诰表

臣某言：伏奉制命，蒙恩特授臣右正言、知制诰者。

伏以王者尊居万民之上而诚意能与下通，奄有四海之大而惠泽得以遍及者，得非号令告诏发挥而已哉！然其为言也，质而不文，则不足以行远而昭圣谟；丽而不典，则不足以示后而为世法。居是职者，古难其人。乃以愚臣，而当此选。臣某中谢。

伏惟尊号皇帝陛下，茂仁圣之姿，荷祖宗之业，日慎一日，曾未少懈。而自羌夷负固，边鄙用师，勤俭率先于圣躬，焦劳常见于玉色。虽有忧民之志而亿姓未苏，虽有欲治之心而群臣未副。故每进一善，则未尝不欲劝天下之能；每官一贤，则未始不欲尽人材之用。虽以爵禄而砥砺，尚须训诫之丁宁，尤假能言，以论至意。可称是者，不又艰欤？

伏念臣虽以儒术进身，本无辞艺可取，徒值向者时文之弊，偶能独守好古之勤，志欲去于雕华，文反成于朴鄙。本惧不适当世之用，敢期自结圣主之知？陛下奖之特深，用之太过。此臣所以恳让三四，至于辞穷。而天意不回，宠命难止，尚虑顽然之未谕，更加使者以临门。恩出非常，理难屡渎。及俯而受命，伏读训辞，则有必能复古之言，然后益知所责之重，夙夜惶惑，未知所措。伏况文字之职，厕于侍从之班，在于周行，是为超擢。不徒挥翰以为效，自当死节以报恩。惟所使之，期于尽瘁。

举吕溱自代状

准先降敕节文“应两省台官尚书六品已上、诸司四品已上，授官讫，具表让一人自代，于阁门投下，方得入谢”者。

右，臣伏见著作郎、直集贤院、知苏州吕溱，首登辞科，素有文学。不肯碌碌，以希例进，请补外郡，躬勤政事，今苏州治状，为两浙第一。臣尝与溱同在馆阁，闻其论议，服其度量。材美甚众，非臣所如。擢以代臣，庶允公议。谨具状奏举以闻。

【解题】

作于庆历三年（1043）十二月。时作者授知制诰，仍供谏职，按规定需荐举一人自代后，方准入谢，故有此状。吕溱，字济叔，扬州人，宝元元年举进士第一。

谢奖谕编次三朝故事表

臣修言：今月二十八日，进奏院递到诏书一道，以臣前奉诏编次《三朝故事》成，上进讫，特赐奖谕者。圣后当天，孝循先志，嘉与左右，奉为大法。成编上闻，惧不称旨，蒙诏温谕，以荣以悸。臣某中谢。

臣闻艺祖造邦，翕受骏命，文绥武服，震詟万方，十七年间，大业以定。神宗享御，睿谋独断，照奸以察，固贤以诚，政清法明，夷夏安乐。章圣绍衣上下，错国既安，玉帛走于庭，犀革櫜于库，刑赏有典，礼乐有经，草木人灵，愷懋欢喜。恭惟皇帝陛下以甚盛之德，位久大之业，日旰坐朝，昧爽思道，置器安处，纳民大中。尚惟一祖二宗之远谟，有百世无疆之丕训，君臣所以固附，天人所以调谐，法令所以必行，邦国所以从乂，天垂日皎，布在方册。爰诏近侍，采摭要实，秘在大府，用禅圣政。盖守成念夫至艰，孝者先乎善继，睿心远绍，振古与偕。臣亲被上音，适终论次，虑失烦简，陨越待罪。圣度兼贷，锡以褒言。誓捐微躯，仰荷鸿覆。瞻望宸扆，无任激切。

【解题】

作于庆历四年（1044）九月。胡柯《庐陵欧阳文忠公年谱》：庆历四年“九月，《三朝典故》成书，以公尝预编纂，赐诏奖谕”。《三朝典故》即《三朝政录》，又称《三朝故事》、《祖宗故事》，由王洙、余靖、孙甫、欧阳修等人分类编纂，成十卷九十六门。此书久已佚，仅见于他书征引。

谢赐庆历五年历日表

伏以圣人在上，天地节，阴阳和。一日、十二辰、五星、二十八舍，皆安次而行；四时、八风、六律、二十四气，各应时而至。臣愚幸同万物，俱被长育，而得与草木自别，使知寒暑之期。臣某中谢。

伏惟尊号皇帝陛下，聪明睿智，天纵多能。向因万机之余，亲考上元之历，以授百职，以同万方。而臣官任转输，兼司按察。若乃加正朔于四海，颁政教于明堂，陛下总其要而举其大端。至于经时节，劝农桑，候丰凶，勤畜积，顺时令，察奸非，则臣敢不守其职而行其小者。庶无失业，以答洪恩。

【解题】

作于庆历四年九月。

滁州谢上表

臣某言：臣伏蒙圣恩，授臣依前右正言、知制诰、知滁州军州事，已于今月二十二日赴上讫者。谤谗始作，大喧群口而可惊；诬罔终明，幸赖圣君之在上。列职尚叨于清近，为邦仍窃于安闲。祇荷恩荣，惟知感涕。臣某中谢。

伏念臣生而孤苦，少则贱贫。同母之亲，惟存一妹，丧厥夫而无托，携孤女以来归。张氏此时，生才七岁。臣愧无蓍龟前知之识，不能逆料其长大所为，在人情难弃于路隅，缘臣妹遂养于私室。方今公私嫁娶，皆行姑舅婚姻。况晟于臣宗，已隔再从；而张非己出，因谓无嫌。乃未及笄，遽令出适。然其既嫁五六年后，相去数千里间，不幸其人自为丑秽，臣之耳目不能接，思虑不能知。而言者及臣，诚为非意，以至究穷于资产，固已吹析于毫毛。若以攻臣之人，恶臣之甚，苟罹纤过，奚逭深文？盖荷圣明之主张，得免罗织之冤枉。然臣自蒙睿奖，尝列谏垣，论议多及于贵权，指目不胜于怨怒。若臣身不黜，则攻者不休，苟令谗巧之愈多，是速孤危于不保。必欲为臣明辩，莫若付于狱官；必欲措臣少安，莫若置之闲处。使其脱风波而远去，避陷穽之危机。虽臣善自为谋，所欲不过如此。

斯盖尊号皇帝陛下，推天地之赐，廓日月之明，知臣幸逢主圣而敢危言，悯臣不顾身微而当众怨，始终爱惜，委曲保全。臣虽木石之心顽，实知君父之恩厚。敢不虔遵明训，上体宽仁，永坚不转之心，更励匪躬之节。

【解题】

作于庆历五年（1045）十月。在庆历新政失败的背景下，守旧派罗织的“张甥案”冤情虽已澄清，但作者仍以别的名目贬知滁州。这是作者至滁州后的谢表，自辩诬罔，并揭示受诬原因在于谏官任上“议论多及于贵权，指目不胜于怨怒”。

贺章献明肃章懿二皇后祔庙表

臣修言：伏睹十月九日赦书，章献明肃皇后、章懿皇后祔庙礼毕者。大孝发于宸衷，刑于四海；休气蒸乎美泽，赉及万方。华夏欢呼，人祇咸悦。臣某中贺。

恭惟尊号皇帝陛下，自天生德，继圣垂衣，率勤俭以在躬，推仁恩而浃物。动稽先训，谦弗自专。奉二后之慈灵，永怀罔极；询百执之公议，所据有经。然后肃清庙以载严，由閟宫而升祔。上仪交举，大庆咸均。孝思永奉于烝尝，懿范有光于典策。臣守藩地近，受国恩深，欣盛事之亲逢，与苍生而共乐。

【解题】

连下二表状皆作于庆历五年十月。据《续资治通鉴长编》卷一五七，十月辛酉日，章献明肃刘太后（真宗皇后）、章懿李太后（仁宗生母）神主祔于太庙。欧阳修进奏贺表。礼毕，进俸银五百两。

贺祔庙礼毕进奉银五百两状

右，臣伏以庙容祔室，一人式奉于孝思；方物克庭，万国率从于奔走。前件物坚刚挺质，粹美称珍，勉修邦贡之仪，用罄臣忠之节。

谢赐庆历六年历日表

祗膺宠锡，伏积兢荣。臣某伏惟尊号皇帝陛下，爱人育物，精意奉天，日用而百姓不知，圣德与四时合序。是以星辰顺轨，日月清明，阴阳和，风雨节。恭己南面，授人以时。属此岁端，大颁玉历。臣职在守土，愧无他能，谨守诏条，其敢失坠！

【解题】

作于庆历五年。

谢赐庆历七年历日表

臣修言：本州进奏院递到诏书一道，赐臣庆历七年历日一本者。天序方周，王正肇建。凡尔守邦之吏，皆蒙颁历之恩，匪以为私，盖遵彝典。臣某中谢。

伏惟尊号皇帝陛下乾坤覆载，日月照临，不言而四时行，有作而万物睹。而乃考览气象，精穷天人，著为玉历之文，以叶明堂之政。舟车所至，正朔咸加，虽被谪以穷居，亦以时而受赐。臣敢不虔遵圣训，顺布民时，上副欲治之心，少逃旷官之责。

【解题】

作于庆历六年（1046）。

慰申王薨表

臣某言：臣得进奏院状报，五月二十三日，以皇叔申王德文薨，皇帝幸后苑举哀挂服者。

伏以申王德文，位崇王爵，地重宗藩，遽背明时，奄然殂谢。伏惟尊号皇帝陛下，仁亲九族，孝治万方，成服发哀，恩隆礼备。臣忝居侍从，远守诏条，不获躬诣阙庭，以伸奠慰。臣无任哀感之至。

【解题】

庆历七年（1047）五月二十三日，皇叔申王赵德文卒，仁宗亲临后苑发哀。作者时知滁州，致此表慰唁。

贺鸿庆宫成奉安三圣御容表

臣修言：伏睹南京鸿庆宫成，奉安三圣御容者。

一人致孝，式表于奉先；三后在天，并垂于鸿祐。人灵交感，华夏欢呼。臣某中贺。

伏惟尊号皇帝陛下，以上圣之姿，抚重熙之运。亲执玉币，礼天地之神祇；时奉烝尝，报祖宗之功德。乃眷别京之重，载崇原庙之仪。衣冠出游，仰稽于故事；郡国尝幸，俾得以奉祠。实隆广孝之风，以著不刊之典。臣猥叨辞职，方守郡条，瞻盛礼以阻陪，效欢声而徒切。

【解题】

据《续资治通鉴长编》卷一六一记事，七月癸未，“奉安太祖、太宗、真宗御容于南京鸿庆宫”。作者进此表致贺。

谢加上骑都尉进封开国伯加食邑三百户表

训辞深厚，恩典优隆。祗服以还，战兢无错。臣某中谢。

伏念臣材非世用，行与时违，过蒙奖擢之私，忝居侍从之列。坐尸厚禄，安处善邦。当见帝以亲郊，莫陪严祀；洎受厘而均庆，亦被宠光。进爵赐勋，即封加户。并兹荣数，及乃无功。敢不退自省循，益思砥砺。上答乾坤之造，更坚犬马之诚。

【解题】

胡柯《庐陵欧阳文忠公年谱》：庆历七年（1047）“十二月，以南郊恩，加上骑都尉，进封开国伯，加食邑三百户”。作者上此表谢恩。

贺平贝州表

伏闻闰月一日攻下贝州，杀到妖贼王则者。盗孽窃兴，人祇共忿。果凭睿算，悉殄凶徒。臣某中贺。

伏惟尊号皇帝陛下，推仁育物，浸泽在人，常服俭以躬行，惟足兵而在念。至于多捐金币，讲好戎夷，务休战争，盖惜士卒。德至深而莫报，恩既厚则生骄。敢肆妖狂，自干斧钺，驱胁士众，闭守城闉，既违天而逆人，宜不攻而自破。而况圣神运略，将相协忠，不遗一人，咸即大戮。悖慢者警而肃恪，昏愚者知有诛夷，销沮奸萌，震扬威令。臣幸忝郡寄，欣闻德音。

【解题】

庆历七年十一月，贝州宣毅军小校王则据城起事，八年闰正月一日，明镐、王彦博攻克贝州，王则起事失败。作者即作此表致贺。

扬州谢上表

臣修言：准枢密院递到诰敕一道，伏蒙圣恩，授臣起居舍人，依前知制诰、知扬州军州事，已于今月二十二日赴任讫者。贬所脱身，遽叨临于督府；岁成无状，仍叙进于官联。被渥以优，抚心增惧。臣某中谢。

伏念臣材非适用，行辄违时，徒知好古之勤，自励匪躬之节。误蒙奖拔，骤玷宠荣。小器易盈，固已宜于颠覆；尽言取祸，仍多结于怨仇。仰恃公朝，臣虽自信；在于物理，岂有不危？矧利口之中人，譬含沙之射影，谓时之众嫉者易为力，谓事之阴昧者易为诬。上繄天听之聪，终辨狱辞之滥。苟此冤之获雪，虽永弃以犹甘，而况得善地以长人，享及亲之厚禄。坐安优逸，未久岁时，亟就易于方州，仍陟迁于秩序。有以见圣君之意，未尝忘言事之臣。孤拙获全，忠善者皆当感励；奸谗不效，倾邪者可使息心。非惟愚臣，独以为幸。

此盖伏遇尊号皇帝陛下，乾坤覆载，日月照临，察人常务于究情，行赏必思于有劝，致兹恩典，施及懦庸。誓坚始终之心，少答生成之造。

【解题】

胡柯《庐陵欧阳文忠公年谱》：庆历八年“闰正月乙卯，转起居舍人，依旧知制诰，徙知扬州”。作者二月二十二日抵达扬州，进奏此表。

颍州谢上表

臣修言：伏蒙圣恩，就差臣知颍州军州事，臣已于三月十三日赴上讫者。规求安闲，坐享荣禄。虽大君之德曲示含容，而为臣之心岂自遑处？臣某中谢。

伏念臣材能浅薄，性识昏蒙。偶自弱龄，粗知学古，谓忠义可以事国，名节可以荣身。自蒙不次之恩，亦冀非常之效。然而进未有纤毫之益，已不容于怨仇；退未知补报之方，遽先罹于衰病。神与明而并耗，风乘气以交攻。睛瞳虽存，白黑才辨。盖积忧而自损，信处世之多危。

伏蒙尊号皇帝陛下，造化陶钧，高明覆载。闵其孤拙，未即弃捐。付以善邦，俾从私便。所冀疗治有验，瞻视复完。则及物之仁，荷更生之大赐；使身不废，犹后效之可图。

【解题】

胡柯《庐陵欧阳文忠公年谱》：皇祐元年“正月丙午，移知颍州；二月丙子，至郡”。表中所说“三月十三日赴上讫者”，“三月”恐为“二月”之讹。作者同年《与韩忠献王书》其八：“仲春初旬，已趋官所。”可证《胡谱》是。

谢转礼部郎中表

臣某言：蒙恩授臣礼部郎中、知制诰，依旧知颍州者。恩出非常，荣逾始望。人以臣为宠，臣以喜为忧。

伏念臣自小无能，惟知嗜学，常慕古人而笃行，不思今世之难行。而自遭遇圣明，骤蒙奖拔，急于报国，遂欲忘躯。结怨仇者，皆可畏之人；所违忤者，悉当权之士。既将行己，又欲进身，惟二者之难兼，虽至愚而必达。况臣粗知用舍，颇识廉隅。故其自被谗诬，迨于降黜。当举朝沸议，未尝以寸牍而自明；及累岁谪居，不敢以半辞而自理。其后再经宽赦，移镇要藩。曾未逾年，遽求小郡。盖臣知难当之众怒，尚未甘心；思苟免之善谋，惟宜退迹。则臣于荣进，岂敢侥求？

此盖皇帝陛下，日月照临，乾坤覆载，不忘旧物，曲轸睿慈。谓臣贬职之人悉皆牵复，悯臣无名之罪久未雪除，故推叙进之文，特示甄收之意。然臣近于去岁，早已改官，逮此便蕃，岂宜叨窃？欲固让，则有嫌疑之避；欲遽受，则怀忝冒之惭。进退之间，凌兢失措。惟当尽节，上报深恩。

【解题】

皇祐元年（1049）四月丙戌，作者官转礼部郎中，上此表以谢恩。

谢复龙图阁直学士表

臣修言：今月十八日，枢密院递到诰敕各一道，伏蒙圣恩，授臣依前礼部郎中，充龙图阁直学士，仍旧知颍州者。恩还旧职，事雪前诬，感极心惊，涕随言出。臣某中谢。

臣伏见前世材贤之士身结主知，勋德之臣功施王室，然尚或一遭谤毁，欲辨无由，少忤要权，其祸不测。顾如臣者，何足道哉！臣材不逮于中人，功无益于当世，用之未见其效，去之无足可思。矧罔极之谗交兴而并进，易危之迹何恃而不颠？而圣心不忘，恩意特至，辨罔欺于暧昧，沮仇嫉于众多。虽暂居谴谪之中，而屡被升迁之渥。今又特蒙甄录，牵复宠名。以臣之愚，岂比前人而独异；推其所幸，盖由圣主之亲逢。谓宜如何，可以论报！再念臣禀生孤拙，本乏艺能。徒因学古之勤，粗识事君之节。苟临危效命，尚当不顾以奋身；况为善无伤，何惮竭忠而报国？誓期尽瘁，少答高明。

【解题】

皇祐元年（1049）八月辛未，作者官复龙图阁直学士，上此表致谢。

南京谢上表

臣某言：伏蒙圣恩，就差臣知应天府兼南京留守司事，臣已于今月二十四日赴上讫者。守宫钥之谨严，敢忘夙夜？布政条之纤悉，上副忧勤。寄任非堪，兢营并集。臣某中谢。

伏念臣赋才庸薄，禀数奇屯。毁誉交兴，两尝过实。宠荣逾分，动辄招尤。念报效之未伸，敢不竭忠而尽瘁；困风波之可畏，则思远去以深藏。迨此六年，外更三守。学偷安而杜口，负素志以愧心。朽质易衰，已凋零于齿发；良时难得，尚希慕于功名。岂谓皇慈，未捐旧物，擢从支郡，委以名都。惟此别京，旧当孔道。簿领少勤于职事，厨传取悦于路人。苟循俗吏之所为，虽能免过；非有古人之大节，未足报君。

【解题】

胡柯《庐陵欧阳文忠公年谱》：皇祐二年（1050）“七月丙戌，改知应天府，兼南京留守司事。”同月二十四日抵达应天府，上奏此谢表。表文情真意挚，感铭斯切。茅坤称赞本文“情幽”（《宋大家欧阳文忠公文钞》卷九）。

谢明堂覃恩转官加勋表

臣某言：今月十三日，进奏院递到诰敕各一道，伏蒙圣恩，授臣尚书吏部郎中，加轻车都尉，依前龙图阁直学士，仍旧知应天府兼南京留守司事，及放朝谢者。天地号令，风雷鼓行，一气所均，万物咸被。遂容侥幸，亦与褒升。臣某中谢。

伏念臣材不逮人，识非虑远，徒有事君之节，未知报国之方。冒宠贪荣，已逾其量；见利临得，曾不知惭。此者伏遇尊号皇帝陛下尧舜聪明，禹汤勤俭，修前王之旷典，述先志以继成。昭致精禋，躬临路寝，膺受上天之多福，推与万方而不私。臣于此时，限以官守。讲仪制礼，不预议郎博士之流；助祭陪祠，不在诸侯方物之列。既乏一言之献，又无执事之劳。徒随翟阍，共享余赐。普天率土，难异众以独辞；踏厚跼高，但抚躬而无措。

【解题】

皇祐二年十月五日，因明堂大礼，作者官转吏部郎中，加轻车都尉，上此表致谢。

谢赐对衣状

右，臣伏以粹然玉色，方觐于清光；贲以身章，遽蒙于宠赐。授受之际，兢惧交相。

伏念臣材靡及中，器非周用。遘光华之在旦，荷荣禄以逾涯。非惟罪谤之多罹，实亦祸罚之并至。苟存遗体，仅续余生。敢谓伏蒙尊号皇帝陛下覆焘之恩，幽微必及，召从庐次，复以官联。当陛见之云初，陈笥衣而有焕。饰躬增耀，愈彰不称之讥；处物虽愚，犹识谢生之所。臣无任。

【解题】

至和元年（1054）五月，作者丧服期满，六月一日抵京师。觐见时，仁宗赏赐对衣。作者上此谢状。

辞翰林学士奏

臣今日准閤门告报，蒙恩除臣翰林学士，所降敕告，臣未敢祗受。

窃以内制之职，选用非轻。臣以庸虚，缪尘侍从，岁月虽久，能效无闻。居外任不历烦难，在朝廷未有补益。见居学士之职，已甚厚颜，岂敢更希荣进？况臣屯蹇之迹，忧患所侵。齿发凋残，心志衰耗。向侍老母，久缠疾恙；寻丁忧制，仅有余生。累岁以来，学业荒废，诏诰之任，尤非所当。欲望圣慈察臣衰拙，所有恩命特赐寝停。臣无任。

【解题】

连下二状同作于至和元年九月。胡柯《庐陵欧阳文忠公年谱》：至和元年“九月辛酉，迁翰林学士”。作者有此辞奏，不从，作谢状。仁宗赐对衣、金带、鞍辔马，又有谢状。奏状陈词恳切，真情动人。茅坤评述《谢宣召入翰林表》说：“句句字字，呜咽累唏。”（《宋大家欧阳文忠公文钞》卷九。以下二状解题从略）

谢宣召入翰林状

使车入里，君命在门。闾巷惊传，岂识朝廷之故事；搢绅竦叹，以为儒者之至荣。在臣之愚，何以堪此？窃以文章之任，自古非轻。待遇宠荣，至有私人之目；询谋献纳，因加内相之名。恩既异于常伦，人愈难于称职。

伏念臣器非宏远，识匪该明，学不通古今之宜，材不识方圆之用。久叨尘于侍从，曾莫著于劳能。而自出守外藩，近遭家祸，苟存余喘，复齿周行。风波流落者十年，天日再瞻于双阙。进对之际，已萧飒于霜毛；慰劳有加，赐悯怜于玉色。形神若此，志意可知。身已分于早衰，心敢萌于希进？加以羁危之迹，仇嫉交攻，进退动系于群言，论议多烦于睿听。虽覆载之造，每赐保全；而孤蹇偷安，常思引去。

敢谓伏蒙尊号皇帝陛下，俯怜旧物，曲轸宸慈，因内署之阙员，俾备官而承乏。臣敢不勉寻旧学，益励前修，感遗簪未弃之仁，竭驽马已疲之力。庶伸薄效，少答鸿恩。

谢对衣金带鞍辔马状

右，臣伏蒙圣慈，以臣入院，特赐衣一对、金带一条、金镀银鞍辔马一匹者。禁林促召，弥峻于近班；慈泽逾涯，复叨于蕃锡。退循昧陋，曷称晖荣？

伏念臣素乏艺文，久尘清近。神都繁浩，常惧于旷官；内署凝严，遽叨于厕职。便蕃曲被，兢栗方深。岂谓载厚宸慈，式垂宠赉。兼金锡带，荣逾廓落之名；在笥颁衣，愧甚曳娄之刺。辍以内闲之骏，饰精宝校之光。俯耀微躯，仰惭殊渥。庸何酶补，但誓糜捐。臣无任。

论奖谕叔韶奏

臣伏准中书札子下本院，为右屯卫大将军叔韶进《祝圣寿歌》、《日月玄枢论》，奉圣旨，令学士院降敕书奖谕。窃以叔韶，宗室之子，好学修辞，诚可嘉奖。然臣伏见“玄”字，自来公私文字悉皆讳避。其叔韶所进《日月玄枢论》，欲暂降付本院，略更详其文理，庶于诏辞褒劝之间，因而得以训励。今取进止。四月日学士臣欧阳某札子。

〔贴黄〕所有奖谕敕书，未敢修撰，乞早降指挥。

〔内批〕其《元枢论》名以犯讳字，因而讽谕，使后来所撰益精。其文字更不付外，只如此降诏施行。

【解题】

此奏原在《内制集》，今依本书体例，移入此处。作于至和二年（1055）四月。

贺 寿 星 表

臣某等言：天虽不言，事以象见，保佑圣德，其祉无疆。臣某等中贺。

伏惟尊号皇帝陛下，以忧劳勤俭之志，躬自发愤，而以仁慈宽厚之惠，爱养元元。下洎万邦，小大诸物，咸欲各正性命而毕安其生。上天降监，宜有以报。庚寅之夕，星见南方，占考天文，福在人主。惟天去人不远如此，灾祥在德，可不戒哉!

臣等忝备词臣，无所裨补。惟愿清心屏欲，以隆南山之固，而享无疆之休。

【解题】

作于至和三年（1056）二月，时作者任翰林学士，出使契丹刚还朝。仁宗本年元旦暴病，数十日不能朝。二月庚寅，寿星现于南方，作者上表祝贺。

乞洪州札子

臣去冬曾有奏陈，乞差知洪州一次，寻以差入贡院，无由再述恳私。

伏念臣本以庸愚，叨尘恩宠，一入禁署，迨今三年。进无补于朝廷，退自迫于衰病。眼目昏暗，脚膝行步颇艰，右臂疼痛，举动费力。虽翰苑事无繁剧，圣恩曲赐优容，然非养病尸居之地。兼臣乡里在吉州，昨于丁忧持服时归葬亡母，荒迷之中，庶事未备。本期服阕还朝，上告圣慈，乞一近乡州郡，贵得俸禄，因便营缉。而自叨禁职，荏苒岁时，贪宠忘亲，此又人子之责也。所以夙夜彷徨，不能自止。

欲望圣慈悯臣衰朽，察臣恳迫，特许差知洪州一次。取进止。

【解题】

作于嘉祐二年（1057）冬。其乞洪州所陈理由，一为利于养病，一为便于营缉父母墓园，语辞恳切，决非矫情之作。

辞侍读学士札子

臣准阁门告报，伏蒙圣恩，授臣兼侍读学士。臣伏见侍读之职，最为清近，自祖宗以来，尤所慎选，居其职者，常不过一两人。今经筵之臣一十四人，而侍读十人，可谓多矣。臣以愚缪，忝厕翰林，又充史职、太常礼仪、秘阁、秘书省、尚书礼部、刊修《唐书》。然则在臣不谓无兼职，而经筵又不阙人。忽沐圣慈，特此除授，盖以近年学士相承，多兼此职，朝廷以为成例，不惜推恩。

比来外人议者，皆云讲筵侍从人多，无坐处矣。每见有除此职者，则云学士俸薄，朝廷与添请俸。官以人轻，一至于此！欲乞罢臣此命，不使圣朝慎选之清职，遂同例授之冗员。况臣材识浅薄，自少以来，粗习辞章，过蒙进擢，俾尘禁署。中年衰病，常忧废职。至于讲说经义，博闻强记，矧复非臣所长。今耆旧之臣、经术之士并侍讲读者，足以备顾问，承清光。

欲望圣慈矜臣不材自知，俾免冒荣之诮。所有告敕，不敢祗受。取进止。

【解题】

与下辞状皆作于嘉祐三年（1058）三月。此月，命欧阳修兼侍读学士。作者以侍读员多辞命，不从，再上辞状，许之。（下状解题从略）

再辞侍读学士状

右，臣准中书札子，以臣辞免侍读学士恩命，奉圣旨不许辞让者。

伏念臣猥以庸虚，过蒙奖擢。禁署为一时清选，既已忝窃；经筵况近例多兼，何必辞让？盖以臣身见兼八职，侍读已有十人，为朝廷惜清职遂为冗员，况讲席不添人，未至阙事，所以敢陈瞽说，乞免冒荣。

臣伏见国家近年以来，恩滥官冗，议者但知冗官之弊，不思致弊之因。盖由凡所推恩，便为成例。在上者稍欲裁减，则恐人心之不足；在下者既皆习惯，因谓所得为当然。积少成多，有加无损，遂至不胜其弊，莫知所以裁之。中外之臣，无有贤愚，共知患此。而臣为陛下学士，职号论思，岂有目睹时弊，心知可患，无所献纳，而又自身蹈之？今既已陈述，若又不自践言，则贪荣冒宠，不止寻常之责；而虚辞饰让，又为矫伪之人。此臣所以恐迫惶惑，不自知止也。

伏望圣慈矜臣至恳，察臣狂言，许寝新恩，俾安常分。谨具状奏闻，伏候敕旨。

辞开封府札子

臣伏闻内出诰敕各一道付阁门，除臣兼龙图阁学士、权知开封府。臣以庸拙，久尘侍从。初无劳效，以伸补报，日夕循省，常愧心颜。今者曲蒙圣慈误加选用，岂可苟避繁剧，辄希辞免？盖臣有不得已者，须至缕陈。

臣自前岁已来，累有奏列，乞一外任差遣。盖以臣久患目疾，年齿渐衰，昏暗愈甚。又自今年春末，忽得风眩。昨于韩绛入学士院敕设日，众坐之中遽然昏踣，自后往往发动。缘臣所修《唐书》，已见次第，所以盘桓，欲俟书成，便乞补外。岂期圣造，委以治烦？

臣素以文辞专学，治民临政既非所长，加以早衰多病，精力不强，窃虑隳官败事，上误圣知。兼所修《唐书》，不过三五月，可以毕手。置局多年，官吏拘留，縻耗供给，今已垂成。若别差人，转成稽滞；只委臣了毕，则恐无暇及之。欲望圣慈，矜臣衰病，才非所长。欲乞别选材能，许臣且仍旧职，候《唐书》成日，乞一外任差遣，以养衰残。今取进止。

【解题】

胡柯《庐陵欧阳文忠公年谱》：嘉祐三年（1058）："六月庚戌，加龙图阁学士，权知开封府"。作者上此辞奏，恳切陈词，只求《新唐书》成书后派个外任，养病保身，安度晚年。终未获允。

乞洪州第二札子

臣辄有愚恳，上干圣聪，出于至诚，不敢缘饰。

臣本以愚懦，别无材能，过蒙恩私，列在侍从，初无补报之效，每以尸素为惭。昨者忽被选差，俾权京尹。臣虽知材力浅薄，衰病侵陵，当此浩穰，实难办济。直以忝厕翰苑，迨今数年。所职清闲，过享优逸，一旦遽蒙烦使，不可再辞，亦欲勉强年岁之间，少陈筋力之效，苟无旷败，乞一外州。不意眼目旧疾，遽然发动。盖自供职以来，旦旦常于灯烛下看读文字，及签书发遣，自早至夜，率以为常，全藉眼力。而臣旧患已及十年，两目眊然，中外具见。近一两月来，暗昏疼痛，屡在假告，不无废事。人虽未责，臣岂自安？

臣自前累，曾陈乞江西差遣一任。欲乞检会臣前后陈乞，依蔡襄例，除臣洪州一次，俾解繁剧，以养衰残。伏望圣慈，特赐矜允。今取进止。

【解题】

此札子与下第三状、第四札子皆作于嘉祐四年（1059）正月。时作者知开封府，入春以来，一直告假休病。为了不贻误职事，三次上书求免开封府事，诉说衰病，请免剧繁，移知洪州。（第三状、第四札子解题从略）

乞洪州第三状

右，臣近罄悫私，自陈衰病，愿罢权尹，乞一外州。伏蒙圣恩，降诏不允。

臣以庸缪，过叨奖擢，不能陈力，辄欲辞劳，当被刑诛，敢期诏谕？理宜祗惕明训，勉励疲驽。而敢再干天聪，固自愚执者，盖臣有不得已也。臣旧患两目，于今十年。近日以来，发作尤甚，眵泪浸涩，睛瞳眊昏，视物稍多，其痛如割。欲频请假告，则浩穰之地，岂自遑安？欲竭力枝梧，则疾患内攻，有难勉强。夙夜忧畏，不知所为。欲竭圣慈，悯臣衰残，察臣愚拙，许解繁剧，假一远外之州，俾之待罪。臣无任瞻天祈恩激切之至。

谨具状陈乞，伏候敕旨。

乞洪州第四札子

臣近两曾陈乞差知洪州一任，未蒙恩许。

盖以臣衰病不支，难当任使，素心所切，苟欲便私，非敢自图外州，以就优逸。臣年虽五十三岁，鬓须皓然，两目昏暗。自丁忧服阕，便患脚膝。近又风气攻注，左臂疼痛，举动艰难。一身四肢，不病者有几？以此贪冒荣禄，兼处剧繁，实知难济。矧自权行府事以来，三致台谏上言，两烦朝廷起狱。其他碌碌常事，亦无分寸可称。盖其资材本自庸虚，加以精神日渐耗竭。处之清职，则论议谋猷无一可取；擢以烦使，又心力疲惫自诉不能。上赖圣慈怜悯，虽未欲遽弃于外，而臣自处，实所难安。伏见侍从之班，交相出入。昨吕溱、刘敞并请补外，不三数岁，今悉召归。况如臣者，留之无所补，去之无所惜者哉？

欲望圣慈矜臣此志，乞一外任差遣，得以养理衰残。誓于余年，少图报效。今取进止。

辞转给事中札子

臣近曾陈乞外任差遣，伏蒙圣慈许臣解罢府事，兼授臣给事中。

臣本以庸虚，误蒙奖任，不能陈力。况未及期，遽以衰病自求罢去，理当黜责，以励不才，岂宜非时，滥被恩赏？况臣权府之初，已蒙加以兼职，到今才及半年有余。不因朝廷别有差使，只是自以疾病求罢，岂可又转一官？虽圣恩优厚，过宠衰残，而臣自揣量，无容滥受。所有恩命，乞赐停寝，只许令臣归院供职，所贵少安疲病。今取进止。

【解题】

与下札皆作于嘉祐四年（1059）二月。作者对朝廷的优容迁转自感惭怍，一再上疏辞让。（下札解题从略）

再辞转给事中札子

臣近准阁门告报，蒙恩授臣给事中。臣寻曾沥恳，乞赐寝停。今准中书札子，奉圣旨不许辞让，便令授告敕者。

臣本庸材，蒙陛下擢在翰苑。言语侍从，既无所纳，以伸报效；任以烦使，又自陈疲病，诉以不能。然则如臣久冒宠荣，果堪何用？上赖圣君优容，未加黜责。岂可授命之日，已蒙加职，不久罢去，又复转官？此臣所以惭惧徊徨，不敢即授也。臣窃见前知府吕公弼差知益州，授枢密直学士，即公弼辞免不行，徙领群牧，遂却只依旧充龙图阁直学士。王素、蔡襄，并因方面之寄乃迁职。是则罢府供职京师者，不当别有迁转，此近例也。

臣非敢饰伪，上烦圣聪，直以恩宠频并，理当辞避。欲望圣慈察臣无所堪用，矜臣能自揣量，俾寝新恩，免贻群议。今取进止。

举吕公著自代状

臣伏见司封员外郎、崇文院检讨吕公著，出自相门，躬履儒行。学赡文富，器深识远。而静默寡欲，有古君子之风。用之朝廷，可抑浮俗；置在左右，必为名臣。非惟臣所不如，实当今难得之士。臣今举以自代。

【解题】

作于嘉祐四年二月。作者举吕夷简之子公著自代，见其胸怀宽阔，爱赏人才，为人公平正大。

乾元节谢内中露香表

伏以清穹眷佑，皇绪丕隆。方阳月之正时，属诞辰而著节。仰瞻霄极，荐此芬馨。冀膺敷锡之祥，永保延鸿之庆。

【解题】

此三表为作者于嘉祐五年（1060）乾元节谢恩表。原在《内制集》，今依本书体例，一并移在此处。（下二表解题从略）

乾元节谢内中真宗皇帝表

伏以佳名著节，载诞纪辰。永惟凉眇之躬，获荷显休之业。动遵圣训，期保庆基。怵惕之怀，孝思罔极。

乾元节谢内中章献明肃皇太后章懿皇太后章惠皇太后表

伏以天阳正候，寿节纪时。深惟载育之恩，缅慕至慈之德。敢忘翼励，期保延鸿。

进新修唐书表

臣公亮言：

窃惟唐有天下，几三百年。其君臣行事之始终，所以治乱兴衰之迹，与其典章制度之英，宜其粲然著在简册。而纪次无法，详略失中，文采不明，事实零落。盖百有五十年，然后得以发挥幽昧，补缉阙亡，黜正伪谬，克备一家之史，以为万代之传。成之至难，理若有待。臣某中谢。伏惟尊号皇帝陛下，有虞、舜之智而好问，躬大禹之圣而克勤，天下平和，民物安乐。而犹垂心积精，以求治要，日与鸿生旧学，讲诵六经，考览前古。以谓商周以来，为国长久，惟汉与唐，不幸接乎五代，衰世之士，气力卑弱，言浅意陋，不足以起其文。而使明君贤臣俊功伟烈，与夫昏虐贼乱祸根罪首，皆不足暴其善恶，以动人耳目。诚不可以垂劝戒，示久远，甚可叹也。乃因迩臣之有言，适契上心之所闵。于是刊修官、翰林学士臣欧阳修，端明殿学士臣宋祁，与编修官、知制诰臣范镇，臣王畴，集贤校理臣宋敏求，秘书丞臣吕夏卿，著作佐郎臣刘羲叟等，并膺儒学之选，悉发秘府之藏，俾之讨论，共加删定，凡十有七年，成二百二十五卷。其事则增于前，其文则省于旧。至于名篇著目，有革有因，立传纪实，或增或损，义类凡例，皆有据依，纤悉纲条，具载别录。

臣公亮典司事领，徒费日月，诚不足以成大典、称明诏，无任惭惧战汗屏营之至。

【解题】

题下原注："嘉祐五年七月戊戌为提举编修曾公亮作。"欧阳修至和元年八月入唐书局，时开局修书已有十年，但久而未成。欧入局又召吕夏卿、刘羲叟、梅尧臣等同修，历六年有余，终底于成。较《旧唐书》，《新唐书》"其事则增于前，其文则省于旧"。本文述修书宗旨和本末。

辞转礼部侍郎札子

臣准阁门告报，蒙恩除臣礼部侍郎，令臣授告敕者。

臣伏思圣恩所及，必以臣近进《唐书》了毕，凡与修书官，并均睿泽。窃缘臣与他修书官不同。检会宋祁、范镇到局，各及一十七年，王畴一十五年，宋敏求、吕夏卿、刘羲叟并各十年已上。内列传一百五十卷，并是宋祁一面刊修，一部书中三分居二。范镇、王畴、吕夏卿、刘羲叟并从初置局便编纂故事，分成卷草，用功最多。如臣者，盖自置局已十年后，书欲有成，始差入局，接续残零，刊撰纪、志六十卷。是臣到局月日不多，用功最少。今来一例受赏，臣实愧心。兼臣自嘉祐二年蒙恩转谏议大夫，三年蒙恩加龙图阁学士，四年蒙恩转给事中，到今方及一年，岂可又以无功滥赏？臣不敢虚饰辞让，烦黩朝廷，理有不安，实难自默。欲望圣慈，特寝新命。今取进止。

【解题】

连下状皆作于嘉祐五年七月。胡柯《庐陵欧阳文忠公年谱》：嘉祐五年“七月戊戌，上新修唐书二百五十卷。庚子，推赏转礼部侍郎”。作者一再以“到局月日不多，用功最少”辞让转官，未获允。（下状解题略）

再辞转礼部侍郎状

右，臣今月二十三日，奉被诏书一道，以臣乞寝新除礼部侍郎恩命不允事。

伏念臣出自孤寒，累蒙奖擢，职忝学士，官至给事中，前后所授恩命不少。岂敢顿于此际，过饰伪辞，取好让之虚名，为有识之所诮？实以臣抚心内愧，不敢自欺。盖以《唐书》置局已十余年，纂录垂就，臣最后至，接续分撰，卷数不多，用功最少，不敢与从初置局及在局年深用功勤劳人一例受赏。所陈情实，皆有据依，不敢过言，冀为可信。敢谓特烦诏谕，前例所无，上体圣恩，便合祗受。而臣迫于悬悃，实所难安，夙夜徊徨，莫知所措。若以臣虽无功效，不欲独遗，欲望圣慈稍加裁损，或于阶、勋、食邑一有所沾，俾臣得不过分，足以为荣。臣若自欺不言，则冒宠虽多，为愧愈甚。

臣不胜激切战惧屏营之至。谨具状陈乞以闻，伏候敕旨。

乞洪州第五札子

臣猥以庸虚，过蒙奖擢，久列侍从，讫无补报。年齿老大，疾病侵陵，听重目昏，聪明并耗，发白手颤，精力俱衰。兼以父母坟茔远在江外，未有得力子弟照管，诚心迫切。臣自三四年来，累曾陈乞一外任差遣。中间缘奉敕刊修《唐书》，未见次第，所以盘桓岁月，不敢再三坚请。今来《唐书》已得了当，欲望圣慈差臣知洪州一次，所冀退养衰拙，兼便私茔。取进止。

【解题】

作于嘉祐五年七月。时《新唐书》修成进奏，作者上此札又一次乞知洪州。未从，又有第六、第七状，叙病体，念祖茔，陈情恳挚，呜咽涕洟，感人至深。然终未获允。（第六、七状解题略）

乞洪州第六状

右，臣近沥恳私，上干睿听，以臣年衰多病，父母坟墓在远，无人照管，乞一次江西差遣，至今未蒙恩旨。

臣以病攻于外，事迫于中，既不自安，实难缄默，将期得请，不避烦言。重念臣不幸少孤，先父远葬乡里，在吉州之吉水。昨臣丁母忧日，又扶护归葬。然臣方在忧祸，故事力有所不周。臣但仰天长号，抚心自誓，只期服阕，便乞一江西差遣，庶几近便营缉。至于种植松柏，置田招客，盖造屋宇，刻立碑碣之类，事虽仓卒，冀于一二年间勉力可就。当是时，乡人、父老、亲族、故旧，环列墓次，并闻臣言。自臣除服还朝，皆引领望臣归践前约。而臣迁延荏苒，一住七年。是臣欺罔幽明，贪恋荣禄，食言不信，罪莫大焉。兼臣禀赋奇薄，衰羸多病，两目昏暗，已逾十年。近又两耳重听，如物闭塞。前患左臂疼痛，举动无力。今年以来，又患右手指节拘挛。至于须鬓萧飒，久已皤然。臣自视形容如此，不惟不宜滥厕贤材英俊之士出入朝廷，以取笑于搢绅之列。实虑早衰易殒，恐遂不得一偿素志，以为终身之恨。

臣自数年以来，虽累曾陈乞，而悬诚不至，天听未回。亦向欲伺候《唐书》了毕，今者幸已成书上奏，其余所领，并是寻常职务，别无朝廷差委勾当未了事件。臣是敢罄述愚衷，备尽微琐。

伏念臣本乏材能，初无阶援。特蒙睿奖，拔自常流，置在侍从，殆今十有七年矣。讫无补报，孤负恩荣。伏望圣慈察臣心志凋零，形骸朽悴，闵臣昔当少壮，锐意立朝，今而衰退，一至于此，哀臣情实迫切，乞赐检会数年以来前后陈乞，特许与除知洪州一次。臣虽疲惫，犹能遵奉诏条，修举常职，誓殚犬马之力，上酬天地之仁。臣无任徊徨激切。

谨具状奏闻，伏候敕旨。

乞洪州第七状

右，臣奉被今月二十一日诏书一道，以臣陈乞江西差遣宜不允者。伏念臣早以孤贱，误玷恩荣。而生禀拙艰，动罹谤咎。往自河北，斥守滁阳，在外十年，遂至白首。顷除忧制，还奉内朝。幸蒙圣恩，收以桑榆，置之翰苑。凡今仕宦光宠，孰不乐在朝廷；职任清优，顾亦无出禁近。臣岂不思向之流落，引领欲还，而乃却蹈风波，自投远外？此之愚计，岂近人情？盖以臣事迫心危，有不得已。

凡诸悃悃，尝具剖陈，不敢烦言，况已罄尽。再念臣遭遇明圣，过被恩私，犬马无知，犹能报效。而臣性既疏简，识非敏明，少以专学而自愚，不能趋世以济务。效当求实，而安事虚名？才贵适时，而一无可用。至于上所询访，时有论议，亦碌碌随众人，未尝有所建言。纵令有之，亦不足采。惟有文字，缪为流俗过称。而自供职禁庭，殆今七载，属中外无事，文书甚简，不过月赴四五直，饱食甘寝，止撰青词、斋文一两通。只此为臣所能，是臣事业，去之亦何阙于事？存之又奚补于时？将何以上烦睿慈？曲示恩意，特颁诏谕，前例所无。捧读惊惭，继以感涕。

臣亦窃闻近日两制臣寮多求外任，彼皆材业有素，年齿方强，又无事于外方，可以且留供职。惟臣材无可用，年又渐衰，外有私营，冀偿夙素。欲望圣慈畀之一郡，使其志毕愿从。若天幸余龄，未填沟壑，则遗簪旧物，尚或冀于见收；而疲马君轩，岂不知于有恋？臣无任祈恩激切之至。

谨具状陈乞以闻，伏候敕旨。

辞侍读学士状

右，臣准阁门告报，蒙恩除臣兼侍读学士者。窃以学士不宜兼侍读，臣于前岁已具陈论。当时蒙恩，遂许辞免。在于今日，岂宜复授？得非以方今经筵阙人，而臣在学士中，适当次补，圣恩优异，不忍独遗？臣以衰残，久尘禁署，已兼龙图阁学士。而在院学士，多未有兼职。况臣前已有言，理宜自践。

欲乞许臣只兼旧职，其经筵阙侍读，别赐除人。所有诰敕，臣不敢祇受。今取进止。

【解题】

胡柯《庐陵欧阳文忠公年谱》：嘉祐五年“九月丁亥，兼翰林侍读学士”。作者上此状以辞，未获允。

辞枢密副使表

臣某言：伏奉制命，蒙恩特授臣依前礼部侍郎，充枢密副使，仍加食邑、实封，散官、勋、赐如故者。成命始行，骤惊于众听；抚心增惧，曾莫以自容。臣某中谢。

窃以枢要之司，朝廷慎选。出纳惟允，实赞于万机；礼遇均隆，号称于二府。顾任人之得失，常系国之重轻，苟非其材，所损不一。伏念臣器能甚薄，风力不强。少喜文辞，殆浮华而少实；晚勤古学，终迂阔以自愚。而自遭逢盛明，擢在侍从。闲尝论天下之事，言出而众怨已归；思欲报人主之知，智短而万分无补。徒厝危躬于祸咎，每烦圣造之保全。既不适于时宜，惟可置之闲处。故自叨还禁署，逮此七年，屡乞方州，几于十请。沥愚诚而恳至，被明诏之丁宁。虽大度并包，猥荷优容之赐；而群贤在列，敢怀希进之心？岂谓伏遇尊号皇帝陛下，急于求人，思以济治，因柄臣之并选，怜旧物以不遗。然而致远之难，力不胜者必速其覆；量材不可，能自知者犹得为明。

敢冀睿慈，察其迫切，俾回涣渥，更选俊良。如此，则器不假人，各适贤愚之分；物皆知报，何胜犬马之心。

【解题】

与下谢表皆作于嘉祐五年十一月。《续资治通鉴长编》卷一九二载，嘉祐五年十一月辛丑，欧阳修、陈旭、赵概并为枢密副使。作者先有辞表，不允，又有谢表。（下谢表解题略）

谢枢密副使表

臣某言：伏奉制命，蒙恩特授臣依前官充枢密副使，寻具表陈免，蒙降批答不允、断来章者。右枢虚府，充位宜求于俊贤；多士盈庭，误选乃先于庸妄。既牢辞之靡获，徒以宠而为忧。臣某中谢。

伏念臣少本贱愚，初无志虑。为小人之事，力不胜于负薪；程有司之文，学止期于干禄。过被仁恩之乐育，早从英俊之并游。遂叨侍从之流，久玷论思之地。方时求治，殆无补于毫分；顾质早衰，况渐凋于齿发。但思藏缩，敢望甄升？矧惟赞万事之机，必也极一时之选。岂容滥得，猥以备员？当命令之始行，方惶惑以自失。而睿恩至渥，召旨甚严。莫谐恳避之诚，徒负贪荣之愧。此盖伏遇尊号皇帝陛下，廓天地之量，垂日月之光。怜朴直之无他，谓疲驽之可勉。俾承阙乏，以效拙勤。臣敢不奋励无能之姿，感激难逢之会。职思其位，庶免于旷官；谋不以身，少期于报国。

辞参知政事表

职参论道，宜极选于一时；授匪其人，实骇闻于众听。恩荣所被，跼蹐难安。臣某中谢。

伏念臣本乏材能，徒缘幸会。列于侍从，白首无闻；置左枢机，素餐已甚。虽圣主之恩，天地曲示含容；而朝廷之事，毫厘动关利害。岂止旷官之诮，每怀误国之忧。矧惟政事之臣，实代天工之任。俾之赞贰，宜择材贤。伏望尊号皇帝陛下，收误奖之恩，广佥谐之访。悯疲驽之已试，备见无庸；求俊乂于在廷，擢之不次。俾获安于旧职，冀免速于罪辜。报效之诚，殒縻后已。

【解题】

与下谢表皆作于嘉祐六年（1061）八月。胡柯《庐陵欧阳文忠公年谱》：嘉祐六年“八月辛丑，转户部侍郎、参知政事……公辞转官，许之”。《续资治通鉴长编》卷一九五载事同此。今存作者辞、谢参知政事表，辞户部侍郎表已佚。（下谢表解题略）

谢参知政事表

赞贰国钧，参闻庙论，谓宜不次而选，冀得非常之材。乃以叙迁，俾之承乏，误恩过被，诉让靡从。臣某中谢。

伏念臣少迫贱贫，偶勤学问。儒者博而寡要，况匪多闻；文章世之空言，岂能适用？徒以早遘亨嘉之会，骤蒙奖拔之私。叨言语侍从之流，逮今逾纪；玷出纳枢机之任，初乏可称。幸先弹理之未加，每欲逡巡而引去。敢期睿眷，俾与政机，优以宠章，进其爵秩？望非意及，荣与忧并。此盖伏遇尊号皇帝陛下，尧德聪明，禹躬勤俭，博求俊乂，以济治康。谓臣既朴且愚，必能循于忠谨；虽庸而懦，尚可策其疲驽。猥以备员，遂兹冒宠。臣敢不益坚素守，自勉不强，惟殚犬马之劳，上答乾坤之造。

辞明堂加恩表

祭之为惠，虽泽贵乎均，而赏不因功，则士无以劝。既难安于兢愧，敢自避于黩烦？臣某中谢。

伏念臣性本颛愚，学无师法，才不适当世之用，识不通治古之原。误蒙圣知，擢自平进。俾参国论，幸有蕴而得施；坐耗岁时，讫无称而取诮。方惧素餐之责，敢怀滥得之心？属宗祀之有严，奉精禋之致孝。陪一二大臣之后，既窃窥于盛仪；献千万岁寿之觞，获共庆于成礼。然而赐之胙馂，蒙福已多；加以宠荣，在臣岂称？伏望尊号皇帝陛下回高明之听，察恳至之诚。推一人有庆之恩，务先于幽远；悯小器易盈之量，俾免于覆颠。特收涣汗之行，仰冀曲全之造。

【解题】

嘉祐七年（1062）九月辛亥，大飨明堂，大赦天下，百官进秩。欧阳修进阶正奉大夫，加柱国，仍赐推忠佐理功臣。作此辞表，未允谦让。

谢赐飞白并赐宴诗状

右，臣去月二十七日，伏蒙圣慈召赴天章阁观太宗、真宗御集，次赴宝文阁观御飞白书，赐以金花笺字，遂锡宴于群玉殿。臣本出寒儒，遭逢盛旦，误被奖擢，参赞钧衡。陛下忧勤万机，德被四海，边鄙不耸，年谷顺成，民物熙闲，圣心怡豫。臣于此际，既得以尸素偷安，而又获亲侍清光。便蕃恩锡，一时之盛事，千载之难遇，臣不胜至荣至幸。谨课成《召赴天章阁宝文阁观祖宗御集赐飞白群玉殿赐宴》五言八韵诗一首，随状上进。

干渎宸严，无任惶恐战汗屏营之至。

【解题】

作于嘉祐八年（1063）正月。胡柯《庐陵欧阳文忠公年谱》载，七年十二月二十三日，仁宗召群臣往龙图阁、天章阁观祖宗书，又往宝文阁作飞白分赐群臣，欧阳修得双幅大书“岁”字。

仁宗作《观书诗》，令群臣属和，宴群玉殿。二十七日，再召群臣往天章阁、宝文阁，复宴群玉殿。

谢覃恩转户部侍郎表

皇明继照，如日之升；睿泽滂流，溥天咸被。时惟朽懦，亦玷光华。臣某中谢。

伏念臣本以庸虚，仅知学问，识不周于往行，材莫逮于中人。方其壮年，喜论时事。名声滥得，招谤咎以偕来；荣宠逾涯，蹈忧危而亦至。晚被先朝之误奖，俾陪二府之后尘。居无补于休明，方自期于引避。遽号弓而结恨，虽殒体以何追？

伏遇皇帝陛下奋发乾刚，嗣承天统。当茂业继文之始，乃欢讴归启之初，宗社获安，人神洽庆。矧惟新之号令，方无间于幽遐。顾于兹时，其敢独异？俯从祇受，但益凌兢。敢不勉励衰残，感遇今昔，更竭疲驽之效，庶伸尘露之微。

【解题】

题下原注："嘉祐八年英宗登极，四月上。"据胡柯《庐陵欧阳文忠公年谱》，欧阳修于四月甲申，因英宗即位，转官户部侍郎。

谢皇太后表

嗣圣当天，法重离而正位；鸿恩浃物，均万国以同休。遂容尸素之臣，猥被优隆之渥。臣某中谢。

伏念臣名虽学古，性实迂儒，徒诵习于《典》、《坟》，靡该通于今古。爰从束发，遭会明时，蒙先帝之误知，与群英而并进。紫枢黄阁，叨陪论道之司；白首丹心，徒有报君之志。属缀衣之扬命，奉主鬯以承祧，方推庆赐之行，遽荷便蕃之宠。

伏遇皇太后殿下坤元厚载，母道居尊，惟兹听览之初，务霈汪洋之泽。臣敢不勉修职业，上副忧勤，送往事居，忘身尽节，庶展涓埃之效，少酬覆焘之私。

【解题】

原无系年，详其内容，当与上表作于同时。嘉祐八年四月，英宗即位，覃恩转官，上表谢皇太后。

辞特转吏部侍郎表

受宠若惊，况被非常之命；事君无隐，敢倾至恳之诚。仰黩高明，唯知跼蹐。臣某中谢。

伏念臣性姿庸近，识局昏冥。学古自愚，非有适时之用；论材甚薄，岂堪任重之难？徒以荷先帝之误知，自孤生而拔擢。犬马未报，但虞填壑之有时；弓剑忽遗，遽叹攀髯之莫及。而属皇明继照，圣治惟新。送往事居，虽策疲驽而自励；进思退补，未知罪戾之所逃。至于贪逾分之宠荣，冀无功之爵赏，非惟愚虑所不敢及，顾有公议，其将谓何？而甫兹弥年，再以增秩，方命书之始下，骇群听以生疑。此臣所以剖沥肺肝，不能自止，彷徨夙夜，莫获偷安。

伏望皇帝陛下回日月之余光，廓乾坤之大度，察其悃愊，假以矜宽。虽成命已行，国体当严于出令；而从人之欲，天高幸或于听卑。特收涣汗之恩，以息喧哗之论。庶安常业，誓毕愚衷。

【解题】

此连下二表、三札子均作于治平元年（1064）闰五月。胡柯《庐陵欧阳文忠公年谱》：治平元年“闰五月戊辰’，特转吏

部侍郎”。欧阳修愧于无功赏爵，一表三札坚辞；终不获允，方有谢表。（以下三札一表解题略）

再辞转官第一札子

臣此者伏蒙圣恩，特除臣吏部侍郎，依旧居职。臣早来获对天颜，虽略具陈述，退而循省，未尽悬诚。

伏念臣本以常材，误蒙任使。问其所职，则皆朝廷之大事；较其成效，则无尺寸之可称。外惟碌碌以随人，内则区区而自守。当陛下圣政惟新之始，励精求治之时，虽天度包容，未加斥罢；而臣心自揣，常负惊忧。岂谓宜黜而升，当责而赏？非惟臣自知不可，顾于物论，其谓如何？况自去年陛下即位之初，均庆之典，臣已首叨迁秩。今来恩命，实出非常，在臣之愚，难以自处。欲望圣慈矜察，特赐寝停。今取进止。

再辞转官第二札子

臣今日伏蒙圣慈差中使传宣，令于后殿告谢。臣与赵概等遂诣垂拱殿门请对，欲再具敷陈。续奉圣旨，须管便受告敕。臣以圣驾已起，君命甚严，惶惑之间，不知所措。虽已受告敕，寻于延和殿得对，已曾沥恳，备述圣恩非次，义实难安。盖以无功受赏者，众以为非，若窃事为功，则罪又大矣。

伏以陛下承先帝已定之命，入继大统，此天人之意也。而即位之始，偶因过哀，致违和裕。既而勿药有喜，圣躬清宁。盖由宗社神灵，显此异事，欲彰皇天眷祐陛下，使不由人力而致康复。而臣今乃贪以为功，坐获厚赏，此臣所谓于义难安者也。至于陛下未亲庶政之间，中外幸得无事，此有宋百年，四圣相继，威德在人。顾臣等辈有何施设，遇蒙睿奖，以此畴劳，况臣猥以庸材，参闻国政，上所赏罚，臣职奉行。若群臣之间，有功状不明，迹涉侥幸，尚当裁抑，以绝滥恩。而臣乃自贪宠荣，以速议论，此臣所以区区不能自已也。故圣恩虽极优异，而臣不免屡渎天听。

伏乞早回圣断，追寝成命，俾臣获安常分，以息群言。今取进止。

再辞转官第三札子

臣今日伏蒙圣慈差入内高品陈日新至中书传宣，令臣系新除官。臣寻与曾公亮等具札子奏，乞候来日复奏。伏缘此来恩命，出于非常，臣与韩琦等进退惶惧，夙夜思惟。虽君恩至优，违则有咎；然事体所系，义有难安。所恃者睿圣聪明，必察臣等悬诚之至；圣心宽恕，不以臣等屡黩为烦。欲望天慈省阅臣等前后所陈事理，曲加裁择，特赐寝停。免于此四方旱灾、百姓嗷嗷之际，是臣等合被责之时。滥受非次之赏，则臣不胜幸甚。

臣诚迫意切，言不成文，干冒冕旒，伏俟诛戮。今取进止。

谢特转吏部侍郎表

骤膺涣渥，备沥愚诚。虽至辞穷，罔避烦言之为黩；重乎令出，莫回成命于已行。祗受以还，惊惶失节。臣某中谢。

伏念臣学不通于元本，材不足以经纶。但知守拙以为忠，每务师心而自信。徒以遭逢先帝，拔自众人，久参侍从之联，遂玷机衡之贰。而属大横启兆，嗣统膺期，方初政之清明，思百度之修理。内量谫薄，实忧以圣而责愚；矧迫衰残，方念乞身而告病。不谓皇慈曲被，宠数屡加。当覃大庆之初，已无功而冒赏；曾未逾年之久，复进秩以叨荣。

此盖伏遇皇帝陛下圣政惟新，用人务广，谓才难于求备，思悦使以忘劳，悯其勤劬，锡以优洽。虽荣逾于望表，亦宠与其忧并，誓殚犬马之微，少答乾坤之造。

乞外任第一表

臣某言：臣闻事君以忠，本期尽瘁，不能者止，亦贵自知。敢倾悃愊之诚，仰渎高明之听。臣某中谢。

伏念臣本由寒素，偶践科场，只希干禄以养亲，敢冀逢时而见用！盖以腐儒章句之学，岂堪王佐之材；童子雕篆之文，固异贤人之事。而误蒙睿奖，俾贰宰司，讫无毫发之可称，常惧满盈之必覆。加以年龄迫于衰晚，气血损于忧伤。惟两目之旧昏，自去秋而渐剧，精明晻蔼，瞻视茫洋，冬春以来，职业多废。当圣君求治之始，是群臣宣力之时。自嗟犬马之微生，遽先疲乏；惟恃乾坤之大度，曲赐含容。虽未责于旷官，亦难安于尸禄。与其坐待于弹劾，岂如自乞于哀怜？

伏望推天地之恩，回日月之照，察其愚直，不敢矫诬。许辞政事之名，假以州符之寄。则臣不止偷安而养拙，亦将自疗以求痊，尚冀昏瞳之复明，会图后效而论报。

【解题】

此乞外任三表二札子上于治平二年（1065）正月。去年秋天以来，欧阳修多病缠身，入春以来又以“濮议”受攻击，一再上书乞求外任。第一表、疏正月二十三日上，二十五日批答不

允；二十六日进奏第二表、疏，二十九日批答不允；二十九日进奏第三表，二月二日批答不允。（下二札二表解题略）

乞外任第一札子

臣所有诚恳，昨日获对使坐，已具敷述。盖臣自去年八月丧一女子，凡庶常情，不免悲苦，因此发动十年来久患眼疾。又为老年，全服凉药不得，自深冬已来，气晕昏涩，视物艰难。接此春旱，阳气上攻，遂至大段妨事。然臣愚心只欲俟寿圣节随班上寿，一展臣子之诚，以为荣幸，然后恳求罢去，所以勉强迁延至今。缘此是臣私故琐屑，虽臣子之于君父，理当无隐，然难委曲尽载表章，所以先具奏陈，冀蒙省察。

臣以非才，过蒙任用。使其聪明强健，犹惧不能称职，况此衰病，何以堪处？昨日虽面奉圣旨，令且未要入文字，盖臣迫于情恳，退不自安。今已具表陈乞，伏望圣慈哀许。今取进止。

乞外任第二表

臣某言：臣近贡封章，乞解政事，伏奉批答不允者。天甚仁而溥爱，人有欲而必从。苟睿听之未回，由恳诚之不至，敢干斧钺，再沥肺肝。臣某中谢。

伏念臣学不通经，材非适用。徒以遭逢亨会，进冒宠荣，一玷机衡，五迁岁律。伏遇皇帝陛下，握图抚运，嗣统当天。览决万事，则尧舜之聪明；爱养群生，则禹汤之勤俭。贤材并进，圣治惟新。臣于此时，得与大政。何修何饰，而可以称职；旅进旅退，而莫知所为。已惭廊庙之讦谟，既无远略；惟有簿书之琐屑，尚可宣劳。而若此双瞳，莫能久视，眊然终日，兀尔尸居。上无以副人主之忧勤，下无以伸臣子之报效。久而不去，罪则奚逃？此臣所以夙夕彷徨，难安自默者也。

伏望皇帝陛下曲回天听，少轸皇慈。念臣日侍冕旒，察臣心非木石。禄位者人情之所顾惜，孰肯妄辞；筋骸者物理之有盛衰，不能无乏。哀其可悯，宽以不诛。俾谐得请之恩，当识谢生之所。

乞外任第二札子

臣受国厚恩，叨与机政，材识庸下，不能有所补报。上赖圣君含垢，未即斥去。而又不思勉强竭力，以修职业，辄以衰疾自陈，欲图安便。重烦圣念，特降中使传宣，赐以训诲，丁宁切至，而又顽然未即听从。在臣之罪，可诛者非一。臣以方具表陈乞，理当阖门俟命，不得进见阙庭，面陈悃愊。

臣闻自古君臣去就之际，与今不同。盖昔之公卿解职，便归田里，其朝居君侧，暮已绝于朝廷，所以臣重去其君，君亦难其臣之去，然犹去者相继。今则不然，凡辞职任者皆不去禄仕，或优游侍从之班，或出守藩要之地，岂为避宠辞荣，乃是免劳就逸，实人臣之侥幸也。况如臣者，尸禄终日，无劳可均。实以两目俱昏，是十年旧疾，自去秋发动，日益昏涩，看读文字，艰难忧虑，职事旷废，有误国家。所以敢布恳诚，乞伶君父，冀一闲僻处将养三二年，或目复清明，却乞一边远繁难处展效。乃是臣自为侥幸之计，与辞荣避宠者不同。

欲望圣慈不以为难，早赐恩许。今取进止。

乞外任第三表

臣某言：近上表章，乞解政事，伏蒙圣慈再降批答不允者。臣闻事君以忠信为本，立朝以进退为难。惟不自疑，乃能取信于上；苟无大过，庶儿善退其身。昔之为臣，全此者少。今臣遇聪明之圣主，固不自疑；荷保庇之宽仁，幸无大过。是以敢因疾病，直露情诚，而封章屡陈，俞旨未赐。臣窃谓日月之明无不照，岂不谅臣之乃心；得非天地之恩有所怜，未忍许臣之遽去？在臣自揣，何以克堪？岂合更此多言，上烦宸听？所难遂默，盖切恳私。臣某中谢。

伏念臣以中下之才，被非常之任。日谐进见，则蒙眷待之优隆；退接同寮，则绝纤毫之间隙。自可安然乐职，亦复何所忧危。况千载一遇者，盛时之难逢；高秩厚禄者，常情之贪得。苟非迫于衰病，岂敢固自欺诬？伏望皇帝陛下曲轸睿慈，俯哀愚款。念其蒲柳，质易朽而先衰；譬若马牛，力已疲而则止。赐其如请，恕以苟安。则臣刮膜祛昏，尚冀清明之来复；捐躯殒命，终图报效于余生。

为雨水为灾待罪乞避位第一表

臣某言：臣闻任非其人，则官必旷职；时多阙政，则天为降灾。惟谴咎之有归，难侥幸于独免。臣某中谢。

伏念臣本以庸妄，遭逢盛明，擢贰宰司，与闻国论。不能叶宣上德，辅导至和。频年已来，害气交作。春饥已甚，馑疫相望，秋潦暴兴，覆溺无数，下致生民之愁苦，上贻圣主之焦劳。

臣独何心，安于厥位？举朝廷之典法，便合黜幽；赖覆焘之宽仁，尚容自劾。

伏望皇帝陛下，特回天造，俯察愚忠，俾解政机，推行宪罚，以塞上穹之降责，以警庶位之修官。然后别选俊贤，俾居参辅，益图更化之术，上副求治之心。自然人神以和，灾异咸弭，不惟臣适其分，亦俾国无屈刑。

【解题】

《续资治通鉴长编》卷二〇六：治平二年“八月庚寅，大雨，辛卯，地涌水，坏官私庐舍，漂杀人民畜产，不可胜数”。欧阳修时为参知政事，不安在位，三表乞退，未获允。（以下二表解题从略）

为雨水为灾待罪乞避位第二表

臣某言：近以雨水之变，上表待罪，蒙降批答不允者。上天告戒，比屋罹灾。虔思消异之方，愿避进贤之路。特迂圣训，未谅愚诚，退自省循，岂遑安处？臣某中谢。

伏以天人之相去不远，见于事者若响之应声；赏罚之至要易知，举其大则以一而警百。是以政有得而有失，则灾祥以类而来；官若成而若亏，则黜陟以时而举。伏念臣猥由愚陋，进冒宠荣。一贰政机，五更岁律。相府之事无不总，既皆得以与闻；斯人之居不聊生，欲于何而归咎？辜朝廷之委任，贻君父之忧劳。此而不诛，何以励众？

伏望皇帝陛下奋然睿断，赫以皇明，理其旷败之愆，正厥经常之法，置之散地，全以宽恩。誓坚犬马之心，终效涓埃之报。

为雨水为灾待罪乞避位第三表

臣某言：近以雨水之灾，再上表待罪，蒙降批答不允，仍断来章者。阴沴干时，圣心轸虑。明诏一下，群臣震惶。况居任责之司，敢为幸免之计！臣某中谢。

伏惟皇帝陛下自膺眷命，光绍丕图，总览万机之繁，讲求三代之治。旰不遑食，励文王之小心；行之以勤，躬伯禹之盛德。固已生民受赐，品汇蒙休，宜召至和，以来嘉应，而善气未效，时灾荐臻。惟天聪明，异不虚出，示人警戒，咎必有归。所以三事之臣，连章沥恳。况臣最为滥窃，尤玷宠荣。方平日以尸居，不知引分；及败官而宜罚，其敢逃刑？

伏望皇帝陛下，俯抑至慈，深思大谴。退其不肖，以为修政之先；不以空文，庶得应天之实。

再乞外任第一表

臣闻忠以事上，虽见义而必为；力有不能，则知难而当止。是惟臣子进退之分，实系国家利害之机。则其居也，敢怀窃位之安；其去也，岂止全身之计？辄殚拙讷，上黩高明。臣某中谢。

伏念臣本以庸妄，出于孤平，学不通方，识非虑远。徒以遭逢先帝，误被圣知，擢自诸生，俾参大政。伏遇皇帝陛下膺期出震，继统当天，方圣政之惟新，思群材而并济。臣以衰迟之朽质，久当机要以妨贤，有守经泥古之愚，无应变适时之用。考于外论，早合黜幽。伏蒙皇帝陛下廓大度以兼容，谓众恶者必察，特加庇覆，俾获保全。固当勉励疲驽，誓图报效。而臣量盈器极，福过灾生。两目眊昏，积年旧苦；中消渴涸，新岁所加。精液销澌，志与神而并耗；革肤朘削，气将力以俱殚。臣若犹强残骸，窃贪厚禄，坐取败官之责，上累知人之明。苟以此致兴于人言，则乃是可畏之公议，异夫诬谤，难复主张。此臣所以深自揣思，敢陈悃迫。

伏望皇帝陛下曲回睿眷，俯察愚忠，念其获亲日月之光，颇历岁时之久。居常碌碌，曾莫异于片言；一有纷纷，遂独当于众怒。尚乏周身之智，岂堪为国之谋？因其自诉于病衰，幸俾获逃于罪戾，退之散地，得尽余龄。则臣永荷天地之恩，敢忘犬马之报？

【解题】

此再乞外任三表五札子作于治平三年（1066）。时欧阳修因“濮议”受辱，继正月乞外任不允以后，三月二十四日上再乞外任第一表、第一札子，二十七日批答不允；二十八日上第二表、第二札子，四月三日批答不允；四日上第三表、第三札子，七日批答不允。断来章；仍有第四、五札。作者坚辞乞外，决意急流勇退，终未获允。(下二表五札解题从略)

乞出第一札子

臣昨日获对便坐，辄述恳私，乞解政事之任。缘臣疾患累日，气血虚乏，头目昏眩，不能久立，不得久侍天颜，悉陈悃愊。

伏自濮园之议既兴，言事之臣荒唐不学，妄执违经非礼无稽之说，耻于不用，不胜其忿，遂厚诬朝廷，借以为名，因乃肆言讪上，指臣为奸邪首议之人。陛下至圣至明，洞见中书与两制所议本末，察臣无罪，曲赐保全。而吕诲等附下罔上，语言悖慢，无复君臣之礼，以至斥黩母后，非毁诏书等事，陛下皆屈意含容，不加显戮，止于退罢而已。及诏定濮王典礼，不如诲等所诬，既又诏榜朝堂，谕以本末。由是中外释然，凡素为诲等诬诳衒惑之人，皆识朝廷本意，但恨晓谕之晚。今则是非已正，曲直已分，臣所被诬，亦已获雪。然则更何所辨，岂合有言？而臣义有不得已者。

盖以执政之臣，天下之所瞻望，朝廷以为重轻。若其名誉烜赫，非止一人之荣，乃是朝廷之光也；其或身名毁辱，非止一人之辱，乃是朝廷之辱也。昔唐文宗甘露事后，小人用事，宰相李石为其所恶，乃遣盗杀之，不中而断石马尾，石遂求罢。文宗虽知石贤相可惜，亦不得已而罢石为荆南节度使，盖顾国体当尔也。今臣固无李石可惜之贤，而其所被毁辱者，何止断马尾而已？吕诲等连章累疏，恶言丑诋。陛下为臣爱惜，留中而不出。诲等自写章疏，宣布中外，今闾巷之人，皆能传诵。虽诲等急于卖直取名，肆其诬罔，不暇惜国体而自为传播，如臣者岂合强颜忍耻，犹安厥位，使天下何所瞻望？凡臣所贪以为荣者，乃朝廷之辱也。由是言之，臣岂得已哉？使臣无疾病，犹当恳自引去，况臣不幸适值自春来痟渴不止？

昨日面奉德音，陛下悉已知臣所苦，圣恩悯恤，为之恻然。伏望陛下特赐除臣近京一郡，俾养衰残，则臣未死之间，誓当别图报效。今取进止。

乞出第二表

臣近贡封章，愿还政事，伏蒙圣慈特降批答不允者。臣闻愚诚虽微而苟至，可以动天；大仁博爱而无私，未尝违物。敢殚恳悃，再冒诛夷。臣某中谢。

伏念臣智识非精，器能甚浅。禀生奇薄，自少尝履于艰虞；虽处困穷，所守粗知于名节。而自早蒙擢用，思奋猷为。不善自谋，遂致怨仇之积；罔知避祸，屡触陷阱之机。先皇帝深察孤忠，悉排群议，甄收奖进，终始保全，以至晚年，致之二府。念初无于报效，徒久玷于恩荣。逮逢神圣之嗣兴，顾已岁时之三易。问其职业，曾无补于毫分；听于喧哗，则不胜于诋辱。犹强尪残之质，坐怀宠禄之贪。昔云高位之疾颠，何况千人之所指？继以恙痾之苦，茶然气血之衰。药石之功，既难求于速效；机政之地，岂宜久于旷官？

伏望皇帝陛下曲轸睿慈，俯哀危悃，谓献纳讦谟之任，已无益于明时，而沮伤憔悴之余，实难安于久处，许其引避，宽以优容。傥后来因此以得贤，则臣去犹为于有补。苟未填于沟壑，誓终竭于涓埃。

乞出第二札子

臣近再述悃诚，上干天听，乞解重任，伏蒙圣慈特降批答，丁宁训诲，未赐允俞。

臣本庸材，不堪大用，遭逢圣主，误被奖知。陛下急于求治，取信辅弼，言无不从。臣于此时，不谓不得君，不谓不得位。而智识驽下，初无补报。既不能建明大义，镇遏群言；又不能和会众心，叶于一德。遂至浮词异论，中外喧哗。惟务含胡，无一言以辨正，但欲因循，苟于无事。以此养成群小，诬谤圣朝，上则烦黩睿聪，下则自取身辱。虽陛下闵臣拙直，众怒独当，察臣暗愚，不识陷阱。然臣拙于谋身，不堪任用，已验如此，可黜不疑。

陛下圣度宽仁，曲加保庇，以为簪履旧物，不忍一旦弃捐。

然臣夙夜彷徨不能安于自处者，盖以朝廷轻重，系在大臣。若大臣望重，则朝廷尊；大臣望轻，则朝廷不重。大臣望轻犹为不可，何况恶言丑诋，毁辱百端？今“豺狼当路、奸邪在朝”之语，下传闾巷，外播四夷。以是而言，何止望轻而已。陛下有臣如此，岂不为朝廷之辱哉！虽陛下至圣至明，察臣无过，臣能自信无愧于心，而中外之人不可家至而户晓。百辟之瞻望，众人之讥诮，臣亦何颜以处之？与其负惭俛首以见缙绅，孰若乞身远去，少避指目？是则圣恩许臣解罢，俾臣稍获便安，乃是臣居位也以荣为辱，其去也以黜为升。

惟望天慈，曲从人欲。今臣已上第二表，伏望圣慈，曲从人欲，除臣蔡、亳一州差遣。

乞出第三表

臣近以疾患自陈，乞解重任，伏蒙圣慈再降批答不允者。坐贪国宠，既以难安；仰叫帝阍，期于必达。臣某中谢。

伏念臣早缘幸会，亲遘休辰，以一经之腐儒，参万机之密论。违时背俗，速谤招尤。虽无独立弗惧之明，粗怀可杀不辱之节。所以强颜忍耻，不知轩冕之荣。加之多病久衰，难胜筋力之任。近从去岁，益以中干，渴如鼹鼠之饮河，喘若吴牛之见月，多言外嗓，众疾内攻。心已自危，岂足当于谋虑；力虽欲强，几或至于踣颠。方奋锐于壮时，犹无可道；迨摧伤于晚节，亦复何堪？虽幸圣君容覆之恩，岂逭神理满盈之罚？苟不知退，其将殒生。伏望皇帝陛下推天地之私，回日月之照，察臣粗识廉耻，闵臣遽此衰疲，丐以一州，俾从素志。如此，则力排群议，已荷于保全；遂养残生，更繄于亭育。虽同草木之贱，尚识造化之仁。

乞出第三札子

臣近以疾病，乞解重任除一蔡、亳州差遣，已三上表及两具札子陈述，伏蒙圣慈累降批答不允、断来章者。臣窃伏思惟，臣之披沥肝血，祈天请命之恳，其说甚详而其诚至矣。陛下每降答谕，丁宁奖勖，所以过赐优待臣之恩礼，亦已至矣。而臣不能仰遵圣训，力疾就职，而犹更哀鸣，上烦天听者，盖臣义不获已，与近日韩琦、曾公亮、胡宿等从容于进退者，事体不同也。

臣以非才被任，违时忤众，自招谤怒，不容其身。今上自朝廷，下至闾阎巷陌，远洎四海，外及夷狄，皆能传吕诲等章疏矣。其罔诬丑诋之语，莫不能道之矣。而臣以顾惜国体，既不当更与诲等辩正，便合引避去位，而以是非曲直付之公议，乃为合理。昔汉世大臣有被诬以罪者，例不对理陈冤。盖其人或遂废黜，或被刑诛，所以更不自辨可矣。未有论议喧沸，不自辩明，而顽然自安其位者也。今朝廷处臣者何位，任臣者何事，所系事体者如何，而诲等诋臣者何语，臣其可安处此位者乎？昨濮园之议，自手诏告示中外后，凡中书论议本末邪正及诲等加诬诋讪等事，皆已幸蒙辨正矣。惟臣所被“邪谋首议、奸谀徼宠”之恶名，既不能自辨，若又不识廉耻，顽如木石，遂安其位，陛下谓有臣如此，其可当国家之大任乎？此臣所以夙夜思惟。诲等诋臣者，谀佞希荣宠耳。故惟有恳辞重任，远避宠荣，乃可以塞小人之口。然则陛下圣恩，一许臣罢去，是为臣辨诬谤、全名节，其赐臣者多矣，厚于赐以高秩重禄万万也。臣幸蒙陛下知奖久矣，臣之心迹，圣鉴昭然，洞见表里，此臣不当复言。臣所谓辨诬谤、全名节者，为中外之人不可家至户晓者尔。盖非早自引去，无以塞诬谤臣者之口也。夫爵禄，朝廷所以宠臣下也，使身心安泰、名誉光显者居之，则不胜其荣也。若毁辱愧耻愤闷忧郁者居之，适足为苦耳。

伏望圣慈察臣哀切恳迫之诚，不以臣比从容于进退者，特许臣解罢政事，除臣一外任差遣，则臣虽死之日，犹生之年。今取进止。

乞出第四札子

臣近以疾病，乞解重任，已具札子，罄述恳私，更不敢重叠叙陈，上烦天听。臣以非才，误膺奖任，存之既无所惜，去之何足可思？然而不早罢去，此乃陛下至仁至慈，怜臣衰残，不忍遽便弃捐，务欲退人以礼。今臣表章、札子各已三上，伏蒙三降批答，丁宁训勖，未即允俞。中外之人，皆知陛下曲意留连，恩礼已足。伏乞出自宸断，早赐恩许，除臣一外任差遣。

乞出第五札子

臣昨日获对威颜，备陈恳迫，而言意拙讷，不能感动。愚诚虽切，天听未回，夙夜省循，莫遑安处。

臣本庸材，不足比数，然而职所任者国政，身所系者国体。而遭罹诬枉，毁辱百端，既不自辨明，便当引去。加以年齿凋耗，疾病侵凌，岂可勉强衰残，不知廉耻？此臣所以披肝沥血，干冒诛夷，不能自止者也。再念臣材识驽下，过蒙陛下奖用，固当奋发事业，粗立功名，上报君恩，次雪身辱。然臣出入二府，已七八年，讫无一言建明，一事可采。以前日之碌碌如此，可知后日之无所为也。若终于尸禄偷安，苟贪荣宠，不惟上辜委遇，实亦自负初心。盖材力短长，固有不能勉强，若进退名节，尚可自择。前世人主之待其臣也，事非一端。或高其行义，不夺其志；或许其闲退，俾自安全。不必悉以高秩厚禄，但曲从所欲，便是君恩。

伏望圣慈察臣悃愊，特许臣所乞，则臣未尽之年，尚知论报。今取进止。

辞覃恩转左丞表

臣某言：伏奉制命，蒙恩特授臣行尚书左丞，依前参知政事，加阶、食邑、食实封及赐功臣者。泽施无外，虽务极于汪洋；宠至若惊，实难安于启处。敢倾拙讷，上黩高明。臣某中谢。

伏念臣本以妄庸，早由平进。一经之学，乃自守之迂儒；十驾其驽，终不堪于远用。徒以旦暮千载，遭逢两朝；擢贰钧衡，坐淹岁月。国恩未报，但虞填壑以遗羞；金鼎已成，岂谓攀胡之莫及？幸遇皇帝陛下重离继照，正统当天，万物睹而咸忻，大号涣其均庆。致兹孱朽，亦玷光华。然夫位高而疾颠者，是亦其势然；器满而必覆者，盖由于量过。敢忘戒惧，诚迫恳私。

伏望皇帝陛下特轸睿慈，俯矜愚守。当万机之新政，收厚赏于无功。则臣虽蒲柳之易衰，尚冀涓埃于后效。

【解题】

题下原注：“治平四年正月神宗登极，二月上。”正月八日，英宗卒，神宗即位。十九日，欧阳修覃恩转尚书左丞，加阶特进。作者进奏辞表，不获允，方有谢表。（下谢表解题略）

谢覃恩转左丞表

臣某言：云云。大庆均行，霈流而甚渥；鸿恩曲被，俯偻以无容。臣某中谢。

伏念臣性质迂愚，器能浅陋，言不足以备典谟之奥，学不足以通治乱之原。徒以早荷两朝之误知，拔自孤生而奖用。疲驽虽勉，讫无补于毫分；岁月屡迁，犹坐贪于宠禄。方惧黜幽之典，敢希冒进之荣！此盖伏遇皇帝陛下光绍宝图，惟新圣政，继离明而大照，推乾施以无偏。致此妄庸，首沾涣汗。臣敢不退思警惧，益励衰疲。感风云际会之难，依日月光华之末，少图后效，冀尽夙心。

乞根究蒋之奇弹疏札子

臣近因误于布衣下服紫袄，为御史所弹。臣即时于私第待罪，蒙圣恩差中使传宣，召入中书供职。今窃闻蒋之奇再有文字，诬臣以家私事。臣忝荷国恩，备员政府，横被污辱，情实难堪。虽圣明洞照，察臣非辜，而中外传闻，不可家至而户晓。欲望圣慈解臣重任，以之奇所奏出付外庭，公行推究，以辨虚实，显示多方。取进止。

【解题】

此乞根究蒋之奇八札子，及乞罢政事三表、谢赐手诏二札子、又乞外郡三札子，均作于治平四年（1067）二、三月间。“濮议”之争结束后，御史蒋之奇以“帷薄”事诬告欧阳修，事连长媳吴氏。欧阳修连章请求追究蒋之奇劾疏来由，并自请罢参知政事，以利尽公追查。神宗两赐手诏抚慰，贬黜彭思永、蒋之奇，并敕榜朝堂，明其虚妄。欧阳修受此大辱，屡上奏疏，请求出知外郡，终在三月二十日罢参知政事，除观文殿学士，转刑部尚书，出知亳州。（下三表十二札之解题均略）

再乞根究蒋之奇弹疏札子

臣昨日曾有奏陈，为台官蒋之奇诬奏臣以家私事，乞以之奇所奏出付外庭，公行推究，以辨虚实，未蒙降出施行。

臣夙夕思惟，之奇诬罔臣者，乃是禽兽不为之丑行，天地不容之大恶。臣若有之，万死不足以塞责；臣若无之，岂得含胡隐忍，不乞辨明？伏况陛下圣政惟新，万方幽远，咸仰朝廷至公，不为辨曲直。而臣身为近臣，忝列政府。今之奇所诬臣之事，苟有之，是犯天下之大恶；无之，是负天下之至冤。犯大恶而不诛，负至冤而不雪，则上累圣政，其体不细。由是言之，则朝廷亦不可含胡，不为臣辨明也。

大抵小人欲中伤人者，必以暧昧之事，贵于难明，易为诬污。然而若以无根之谤绝无形迹，便可加人，则人谁不可诬人？人谁能自保？

欲望圣慈特选公正之臣为臣辨理，先赐诘问之奇所言。是臣闺门内事，之奇所得，必有从来，因何彰败，必有踪迹。据其所指，便可推寻，尽理根穷，必见虚实。若实，则臣甘从斧钺；若虚，则朝廷典法必有所归。

如允臣所请，乞以臣札子并蒋之奇所奏，降出施行。

乞罢政事第一表

臣某言：臣闻事君之节，虽尽瘁以为期；量力而行，有不能而则止。敢黩盖高之听，沥陈至悃之诚。臣某中谢。

伏念臣本出羁单，粗知业履。逢右文崇学之代，窃并群英之游；当好问纳谏之朝，获从诸老之后。遂蒙奖用，叨贰机衡。幸四海之无虞，得容尸素；荷三圣之殊遇，特察孤忠。坐贪宠禄之荣，不觉岁时之久。而余龄向晚，百疾交侵。四体癯羸，甚已衰之蒲柳；双瞳眊瞀，几不辨于騧骊。顷自去秋，累陈愚款。先皇帝恻然垂闵，慰以恩言，许至新年，俾解重任。万乘之仙游忽远，孤臣之素愿莫从。方今圣统嗣兴，皇明继照，人神胥悦，中外晏安。顾无避事之嫌，敢遂乞身之请。

伏望皇帝陛下特回睿眷，俯察孺衷，念孤根之易危，哀小器之难用，置之闲处，赐以保全。如此，则天地之仁，曲从于物性；犬马之报，尚识于主恩。

又乞罢任根究蒋之奇言事札子

臣为台官蒋之奇诬奏阴私事，已具札子，乞差官根究，明辨虚实。伏缘臣见任政府，在于事体，理合避嫌。欲望圣慈先罢臣参知政事，除一外任差遣。臣既解去事权，庶使所差之官无所畏避，得以尽公根究。

臣窃虑朝廷未明虚实，不欲直以此事罢臣职任。臣已别具表章，伏乞早赐施行。

谢赐手诏札子

臣伏蒙圣慈差内臣朱可道传宣抚问，仍赐臣手诏，委曲慰安。臣孤危之迹，横为言事者诬以莫大之罪。自非遭遇圣明特为穷究，则当为冤死之鬼。然事出暧昧，上烦天造累行诘问，必见踪由。臣仰恃圣君在上，内省于心，必冀终获辨雪。

臣无任捧诏涕泗，感天荷圣激切屏营之至。谨奏。

乞诘问蒋之奇言事札子

臣近为蒋之奇诬奏臣以阴私事，前日再具札子，乞诘问之奇自何所得，因何踪迹彰败？乞差官据其所指，推究虚实。

伏缘之奇所诬臣者，乃是非人所为之大恶，人神共怒、必杀无赦之罪。传闻中外，骇听四方。四方之人，以谓朝廷执政之臣犯十恶死罪，乃旷世所无之事，皆延首倾耳，听朝廷如何处置。惟至公以服天下之心，若实有之，则必明著事迹，暴扬其恶，显戮都市，以快天下之怒；若其虚妄，使的然明白，亦必明著其事，彰示四方，以释天下之疑。至如臣者，若实有之，则当万死；若实无之，合穷究本末，辨理明白，亦不容苟生。若托以暧昧，出于风闻，臣虽前有鼎镬，后有铁钺，必不能中止也。以此言之，系天下之瞻望，系朝廷之得失，系臣命之死生，其可忽乎？其得已乎？

伏乞以臣所奏，诘问蒋之奇得于何人？其人所说有何事？更不得徒说虚辞，直具所说人姓名及所闻事状，据实闻奏。

臣所沥血恳，必望朝廷理办虚实。乞不留中。

再乞诘问蒋之奇言事札子

臣近累陈血恳，烦黩天听，为彭思永、蒋之奇诬奏臣阴私事，乞辨明虚实。伏蒙圣恩累赐诘问，至今未闻有所指陈。

窃以台宪之司虽许风闻言事，然所谓风闻者，谓事不亲见而有闻于他人耳。然其说必有其人，其人必有姓名。若所闻小事，则有不足论。若所闻大事，系人命之死生，则必须审问所说之人事状虚实，然后可以上言。况之奇明列章疏，伏地顿首，坚请必行。若不明见事状，审知虚实，岂敢果决如此！及朝廷穷究，又却不指定所闻之人姓名，亦不明言有何事迹，但饰游辞，无所的确。盖之奇初以大恶诬臣，期朝廷更不推究，便有行遣。及累加诘问，遂至辞穷也。不然，思永、之奇惧见指说出所说人姓名后，朝廷推鞫，必见其虚妄，所以讳而不言也。臣忝列政府，动系国体，不幸枉遭诬陷，惟赖朝廷至公推究，别证虚实，使罪有所归，则臣虽死之日，犹生之年也。

臣窃虑朝廷须所说人姓名，思永、之奇无事指说，必以朝廷拒谏为言。此乃辞穷理屈而妄说也。臣谓若朝廷闻言事不行，则是拒绝言者。今以所言事体不可直行，须当根究虚实，乃是用台官之言即须行遣尔，岂足为拒谏也？

封进批出蒋之奇文字札子

臣以拙直，受恩两朝，惟以至公之心为报国之效，凡于亲旧，不敢有纤介阿私。是致怨怒臣深者造为飞语，诬臣以家私阴事。是人伦之大恶，所以语骇人听，易于传布。

窃以言事之臣，谓之天子耳目之官，本期裨益聪明。若闻外有怨家仇人造作飞语，中伤执政之臣，正当奋然嫉恶，为臣根穷起谤之人，辨别虚实，明其诬罔，使后凶人不敢陷害良善，以彰朝廷之明。此乃言事之职。今思永心知事无实状而不能为臣辨明，反碌碌随众，腾口摇舌。蒋之奇专用怨仇人飞语，便以虚为实，上惑圣聪。及至朝廷再三诘问，须要事实，则各不能明指一人之言，明陈一事之据。思永既云无实状，则知虚妄可知。之奇则饰游辞，谓风闻于众。且台官虽许风闻，而朝廷行事，岂可不辨虚实？

大凡可骇之语，易于传布。假如怨仇之人有诬大臣以叛逆不道者，飞语一出，则必腾口相传，岂可便以传闻之众，致大臣族诛？如此，则为大臣者终日恐惧，弥缝不暇，何敢尽公行事，以身当怨？而一夫之怒，飞语腾出，可以摇动朝廷，则正人端士不立足矣。以此言之，则思永、之奇专用风闻惑乱圣聪，为耳目之官，罔上欺君，其害岂细？今闾巷小民有罪，犹须证验分明，案节圆备，方可行刑。之奇言臣死罪，未明虚实，岂可含胡？

伏乞朝廷以至公之明，必为分别。令事理穷尽，止于两端，不过虚与实而已。实则臣当死，虚则之奇安得无罪？使事实而臣不死，不足以显之奇之言；使事虚不罪之奇，不足以雪臣之冤枉。臣非敢固惜名位，不自引去。但以冤若不得雪，则身是罪人，朝廷自当行法，岂容臣自引退？若虚，则幸望朝廷辩别分明，使中外之人知臣无罪，然后可以容臣自陈引去。臣初乞朝廷差官根究虚实，故当乞解权任以避嫌，今既蒙朝廷直行诘问，故臣合杜门俟命。

乞不留中，降出施行。

乞辩明蒋之奇言事札子

臣先于庆历中擢任谏官，臣感激仁宗恩遇，不敢顾身，力排奸邪，不避仇怨。举朝之人侧目切齿，恶臣如仇。

适会臣有一妹夫张龟正前妻女，嫁臣一疏族不同居侄晟，于守官处与人犯奸。是时钱明逸为谏官，遂言臣侵欺本人财物，与之有私。既蒙朝廷置狱穷勘，并无实状，事得辩明。而当时执政之臣恶臣者众，其阴私事虽已辩明，犹用财物不明降臣知滁州。今惟赵概知此事甚详。若非仁宗至圣至明，察臣无辜，为臣穷究，则臣岂复更有今日？仁宗岂有用臣至此？

今台官方举前事，弹钱明逸陷害良善，不意蒋之奇自又效尤。欲望朝廷特加裁察，若以蒋之奇所对语无事实，知其虚妄，乞早赐明告中外，以辨臣冤。若犹疑于虚实之间，则乞更加尽理，推穷辩正。

再乞辩明蒋之奇言事札子

臣近以蒋之奇诬奏臣家私事，乞赐辩正，杜门俟命，今已多日。虽蒙朝廷累赐诘问，之奇则但云得自彭思永，而思永又云事无实状。是暧昧之言若此，便欲加臣十恶大罪，虽州郡小民犯罪，官司断狱，必未敢便断其死。

臣孤拙无党，特被两朝眷遇，忝列政府。横被小人诬以禽兽不为之恶。本因臣以至公报国，以身当怨，不徇亲党阿私，至多积仇怨，造作飞语中伤，而以忠取祸。之奇乃以虚为实，欺天罔上，及至朝廷诘问，则辞穷理屈，并无实状指陈。至于彭思永亦自言暧昧无实，各自乞罢去。若臣果有实状，何故惜而不言？何故自言无实状而自乞罢去？以此见思永、之奇专欲以暧昧之事惑乱圣聪，使臣不能自辩，冀望朝廷更不辩明，便以风闻行法。

况圣君在上，公道方行。臣必不能枉受大恶之名，当举族碎首，叫天号冤，仰诉于阙庭，必不能含胡而自止。当陛下圣政惟新之日，使执政之臣守阙号冤，固知非朝廷美事。然臣以恶名不可虚受，将不得已而为之，期于以死必辩而后止。

臣无任恳血哀号激切之至。取进止。

谢赐手诏札子

臣今日伏蒙圣慈差中使朱可道传宣抚问，赐臣手诏，为言者污臣以大恶，已令降黜，仍出榜朝堂，令中外知其虚妄，敕臣宜起视事如初，无恤前言者。

臣捧读感咽，不知涕泗之横流。窃伏自念，天地父母能生臣身，不能免臣于忧患。陛下神圣聪明，无幽不烛，察臣孤危，辨臣冤枉，使臣不陷大恶，得为完人，至德大恩过于天地父母万倍。则臣余生之命，是陛下所延之命，今日之身，是陛下再造之身。虽尽此命，捐此身，亦不能上报至德大恩之万一。

而臣又有大罪者。蒙国宠荣，忝居重位，处危机之地而自任拙直，不防祸患，怨仇所积，谤怒交兴。当陛下即位之初，外有机政之繁，内有孝思感慕之戚。于此之时，致言事者以阴私之恶，丑秽之言，上黩圣听。烦陛下晓夕在怀，为臣亲加诘问，特赐辨明。臣之此罪，何以自赎？扪心内省，何以自安？臣无任感天荷圣惭惧涕泗激切屏营之至。

臣已依诏旨，来日诣阁门祇候入见，冀面天颜，别陈血恳次。

乞罢政事第二表

臣某言：臣近贡封章，乞解职任，伏奉批答，未赐允俞者。臣闻高而必危，盖处易倾之势；满则招损，实存至戒之言。敢再沥于悬私，辄自干于斧钺。臣某中谢。

伏念臣本以庸妄，出于遭逢，误被国恩，俾参政论。材非适用，而当重任之难；智不周身，而履危机之地。既不能于阿徇，故多积于怨仇。谤怒之兴，纷纭靡一。所恃者，圣君在上，公道方行。虽构造中伤，人言可畏；而聪明听察，天鉴孔昭。既悉辨于罔诬，遂判分于枉直，俾臣不陷大恶，得为完人。今乱国之谗已蒙于远屏，立朝之士皆保于自安，则臣仰衔再造之鸿慈，正合捐躯而自效。然念臣病羸之质，年迫已衰，宠禄之盈，理难久处。顷事先帝之日，屡贡乞骸之言，间奉德音，亦蒙恩许。一麾之请，素志甚勤。

伏望皇帝陛下推天地之仁，回日月之照，闵其孤拙，曲赐矜从。予之一州，俾自退处，亦有民社，可宣教条。苟知尽瘁之方，未失事君之节。

乞罢政事第三表

臣某言：臣近再上表，乞解政事，除一外郡差遣，奉今月八日批答，所乞宜不允者。臣闻士之行己，所慎者始终之不渝；臣之事君，所难者进退而合理。苟无大过，善退其身。昔之为臣，全此者少。臣顷侍先帝，屡陈斯言。今之恳诚，盖迫于此。臣某中谢。

伏念臣识不足以通今古，材不足以语经纶，幸逢盛际之休明，早自诸生而拔擢。方其与儒学文章之选，居言语侍从之流，每蒙过奖于群公，常愧虚名之浮实。暨晚叨于重任，益可谓于得时，何尝敢伤一士之贤，岂不乐得天下之誉？而动皆臣忌，毁必臣归。人之爱憎，不应遽异；臣之本末，亦岂顿殊？盖以处非所宜，用过其量。惟是要权之地，不胜指目之多。周防所以履危，而简疏自任；委曲所以从众，而拙直难移。宜其举足则蹈祸之机，以身为敛怨之府。复盘桓而不去，遂谤议以交兴。谗说震惊，舆情共愤。皇明洞照，圣断不疑，孤臣获雪于至冤，四海共忻于新政。至于赖天地保全之力，脱风波险陷之危，使臣散发林丘，幅巾衡巷，以此没地，犹为幸民。况乎拥盖垂襜，其荣可喜；抚民求瘼，所寄非轻。苟可效于勤劳，亦宁分于内外？

伏望皇帝陛下曲回天造，俯察愚衷，许解剧繁，处之闲僻。物还其分，庶获遂于安全；心匪无知，岂敢忘于报效？

又乞外郡第一札子

臣前日获对便坐，已具血恳，披陈为台官诬臣以阴丑之事。臣闻《诗》曰："中冓之言，不可道也。所可道也，言之丑也。"盖阴丑之事，君子之所深恶，犹不可自道于口，而况上达君父之听，污黩朝廷，惊骇中外？事虽起于诬罔，然本臣而发。此臣所以夙夜惭惧而无地自容也。

伏况当陛下即政之初，日有军国万机之繁，乃以人口不道之事，上烦圣虑。蒙陛下晓夕在怀，亲批诘问，再三穷究，得其虚妄之状，特赐行遣，晓告中外，使臣大冤获雪，人疑尽释。夫辩枉直，雪幽冤，以释天下之疑，以快舆情之愤，此固陛下神圣聪明，自是新政之一事。然亦因臣致劳圣虑，此亦臣所以夙夜惭惧而无地自容也。

只此二事，臣自循省，已不能安。然而上赖陛下至宽至仁，必以此事是臣寮中伤臣，非臣自作以紊烦朝廷，以此必赐矜恕。然臣有不得已而必不能处者。

盖臣所以致此大谤者，本出怨仇之口，由臣拙直，多忤于物，而在位已久，积怨已多。若使臣顿然变节，勉学牢宠小人，以弭怨谤，非惟臣所不能，亦非陛下所以任臣之意。若使臣复居于位，只如前日所为，则臣恐怨家仇人以臣不去，必须更为朝廷生事，臣亦终不能安。况臣一二年来，累为言者攻击，心志摧沮，加以衰病所侵，两目昏暗，四支骨立。顾身已如此，而人情又如此，亦复何心贪冒荣宠？

伏望圣慈悯臣之志诚可哀矣，察臣之迹实难安矣，特许臣解罢，除一外郡，则天地保全之恩，何以论报？

臣今已上第三表，伏乞早赐降出施行。

又乞外郡第二札子

臣近者虔露恳诚，乞解政事，已三上表。殆今累日，夙夕俟命，跼蹐靡遑。臣窃伏自思理宜罢退者，其事非一。

臣闻所谓大臣者，必能宣布上德，叶和中外，使人心悦豫，朝政肃清，此乃辅弼之任也。臣性既简拙，耻为阿徇；又复愚暗，不识祸机。多积怨仇，动遭指目，谤怒毁辱，不可胜言。一二年来，屡为言事者攻击。以臣一人无日不烦君父，不惟朝廷未尝少静，而臣亦未尝少安，则臣之小材不堪大用，从可知矣。

臣又思朝廷每用柄臣，必取人望者，以其为众人所服，故使处众人之上也。今如臣者，举必为众人所怒，动必为众人所怨，谗谤忌嫉，丛集于一身，以此而居要任者八年矣。其未陷于祸咎者，臣窃自怪以为晚也。所赖者圣君在上，朝廷至公，察臣孤危，辨正诬罔，使臣不罹枉横，得为完人。臣于此时不自引去，是不知进退矣。

臣窃见前世元勋旧德社稷之臣，一有间隙，尚或罹于祸咎。而臣能薄材劣，窃位已久。语其勤，则劳效未著于毫发；询于众，则怨毁已积于丘山。所谓众怒难犯，孤根易危，岂敢与人自结仇敌？昨缘思永等诬臣以大恶之名，于义不可虚受，若不辨于今时，则无以自明于后世。故臣屡乞辨理者，盖事不获已而为之，非敢与言事者争胜负也。而自思永等得罪以来，言事者固已耻于不胜，若臣复处事权，迁延不去，彼必自疑而不安。是臣下有众人之怨嫉，旁为言事者切齿，他人视之，犹为臣寒心，顾臣何以自处？

伏望圣慈哀臣言之至恳，察臣势已难安，予之一州，俾自藏缩。如此，则臣大冤已雪，既彰新政之清明；孤迹获安，又荷圣恩之优假。言事者但得臣去，亦稍释其忿，必无疑而安处，别不为朝廷生事。则臣之一去，所利甚多。

惟乞出自睿断，早赐允俞。

又乞外郡第三札子

臣今月二十日，伏蒙圣恩，以臣所上第三表乞解政事，特降批答不允，仍断来章者。闻命以还，忧惶殒越，恳诚所迫，欲止不能。

臣以非才，误膺委用，岁月已久，不知引避。而宠禄盈满，福过灾生，仇怨既多，谤谗大作，众情不与，孤迹已危，陛下既已深察而哀怜之矣。臣之忧危迫切、披肝沥血之诚，亦已屡渎于天聪，而陛下固已谅臣至诚至恳，察臣事势当去而无疑矣。然而圣恩未忍遽许臣解罢者，必以不欲令臣因言者而罢尔。盖自思永等远窜，榜朝堂告示以来，中外皆知臣事已辨雪，陛下至圣至明，言事者不能动摇朝廷矣。今臣自以恳请，与言事者不复相关。若赐允俞，是陛下出臣于万死之中，保全其终始而使之善退也。如此，则臣之大冤已蒙辨雪，危迹又保安全，陛下天地父母之恩，自非殒骨糜躯，何以论报？

臣自上三表后，已两具札子披陈，必已蒙省览。臣之血诚，竭于是矣。今更不敢烦言上黩睿听，惟乞圣慈哀悯，早赐施行。

谢传宣抚问札子

臣今日伏蒙圣慈差中使传宣抚问，以臣累表乞解政事之职，已除观文殿学士、刑部尚书、知亳州，仍问臣几日朝参者。

臣近以迫切之诚，累形章表，上烦天听，合被罪诛。乃蒙睿恩，曲赐矜许，既特加美职，又超转官资，仍假善邦，俾从私便。臣孤危之迹，已荷保全，衰晚之年，犹贪荣宠，但以未受新命，无由入谢。又蒙圣造曲赐记录，丁宁慰谕，趣其入见。恩数优异，举族欢呼。

伏缘自二十六日后，前后殿不坐。臣欲乞候御殿日参假，冀面天颜，别披血恳次。

【解题】

作于治平四年（1067）三月二十四日。欧阳修受命出知亳州当日，神宗差中使传宣抚问。欧为作此疏致谢。

辞刑部尚书札子

臣今月二十六日，伏蒙圣恩，赐臣告敕各一道，授臣刑部尚书，充观文殿学士，知亳州。

臣猥以庸材，久窃重任。虽策励驽蹇，讫无补报，而荏苒岁月，渐迫衰残。所以屡陈危恳之诚，上干宸造者，正以愿避宠荣，冀全衰朽。而天私曲被，恩命过优，既加以美职，又超转官资。臣窃寻前例，参贰之职，出处非一，而推恩之数，罕有若臣之优者。况臣近遇覃庆，已叨迁秩，未逾两月，恩典频仍，无功之赏，度越常格。非惟臣自循省，莫知所措，而名器所假，人言谓何？

欲望圣慈悯臣孤拙，察臣畏避宠荣之恳，特许臣只以本官兼职，或止转一官，庶俾少安常分。臣誓竭晚节，上报鸿恩。今取进止。

【解题】

连下谢表皆作于治平四年三月。作者于本月二十六日受“刑部尚书，充观文殿学士，知亳州”告敕后，上表辞官，不获允，又有谢表。（下表解题略）

谢观文殿学士刑部尚书表

臣某荷国厚恩，除为刑部尚书者。职清书殿，实为儒者之荣；望峻天台，仍忝刑官之重。内循谫薄，仰玷光华。臣某中谢。

伏念臣禀质迂愚，粗知业履，因时幸会，遂窃宠灵。无拾遗补阙之勤，常陪法从；非大册高文之手，久厕翰林。晚缀宰寮，俾闻国论。荷三朝之眷遇，每察懦衷；幸四海之清平，得容尸禄。居满盈而不戒，积灾衅以自贻。属圣统之嗣兴，赫皇明而继照。诬言诘服，已大释于群疑；危迹保全，俾不亏于素守。犬马合思于报效，桑榆奈迫于衰迟。屡贡恳私，上干聪睿。遂蒙开允，俾解繁机。然而晚节余生，本期避宠；清资显秩，益更贪荣。被优渥之非常，但凌兢而失措。

此盖伏遇皇帝陛下圣神御极，亭育推仁。闵孤拙之势危，无容自立；谓疲驽之力竭，难责远图。曲轸至慈，俯从诚请。仍怜旧物，特示殊恩。顾非木石之顽，宜识乾坤之造。飒然素领，虽难强于筋骸；皎若丹心，犹自期于尘露。

进永厚陵挽歌辞三首引状

右，臣伏蒙圣恩，差臣知亳州军州事，见发赴本任次。

伏见大行皇帝将来八月迁坐于永厚陵，中外群臣咸进挽歌辞。臣以非才，久窃重任，遭遇先帝，蒙被圣知，恩极昊天，未知论报，痛深丧考，徒切攀号。臣今谨撰成《大行皇帝灵驾发引日挽歌辞》三首，谨随状上进，伏候敕旨。

【解题】

作于治平四年闰三月，时欧阳修陛辞，获准取道颍州赴任亳州。因为英宗将于本年八月二十七日安葬于永厚陵，故预作挽歌辞三首，连同本引状一道进奏。

亳州谢上表

臣某言：伏蒙圣恩，授臣观文殿学士、刑部尚书、知亳州军州事，已于今月二日赴上讫者。贰政非才，虽获奉身而退；分符善地，犹怀窃禄之惭。祇荷宠灵，惟知战惧。臣某中谢。

伏念臣章句腐儒之学也，岂足经邦；斗筲小器之量也，宁堪大用？而叨尘二府，首尾八年。荷三朝之误知，罄一心而尽瘁。若乃枢机宜慎，而见事辄言；陷阱当前，而横身不避。窃寻前载，未有能全。一昨怨出仇家，构为死祸。造谤于下者，初若含沙之射影，但期阴以中人；宣言于廷者，遂肆鸣枭之恶音，孰不闻而掩耳？赖圣神之在上，廓日月之至明，悉究谲诬，遂投谗贼。

再念臣性实甚愚，而疏于接物，事多轻信者，盖以至诚。如彼匪人，失于泛爱。平居握手，惟期道义之交；延誉当朝，常丐齿牙之论。而未干荐祢之墨，已弯射羿之弓。知士其难，世必以臣为戒；常情共恶，人将不食其余。而臣与游既昧于择贤，在满不思于将覆，自贻祸衅，几至颠跻。上烦睿圣之保全，得完名节于终始。洎恳辞于重任，尤深恻于皇慈。虽避宠辞隆，仅能去位；而清资显秩，愈更叨荣。莫逃侥幸之讥，实负心颜之靦。

斯盖伏遇皇帝陛下乾坤大度，尧舜至仁。察臣自取于怨仇，本由孤直；悯臣力难于勉强，盖迫衰残。既获免于非辜，仍曲从于私欲。遂同万物，俾无失所之嗟；未尽余生，敢忘必报之效！

【解题】

作者于治平四年五月二十八日抵达亳州，六月二日视事，作此谢表。自述八年执政，为报效朝廷，不避横身之祸，终遭诬陷，感谢神宗保全之恩，斥责蒋之奇之流忘恩负义的行径。语言工丽而疏畅，感情真挚而深沉。

谢赐仁宗御集表

臣某言：伏准御药院告报，伏蒙圣慈赐臣《仁宗御集》一部一百卷者。倬彼云章，方联于宝轴；刻之玉版，忽被于恩颁。臣某中谢。

恭惟仁宗皇帝睿哲聪明，宽仁恭俭，每虚心而访道，务向学以崇儒。天纵生知，臻作者之谓圣；功高德盛，由焕乎其有文。

伏惟皇帝陛下，纂绍丕图，善继先志。惟仁祖发挥于众制，乃英考序述而成编。昭如三光，并照万物；法彼后世，同符六经。方副本之颁行，非近辅而莫获。敢期睿眷，尚及愚臣，宠异群邦，光生蔀室。载念臣出身寒苦，自少遭逢。晚蒙奖任之殊，尝与赓歌之后。捐躯论报，余生已负于素心；拜赐为荣，抚事但零于清血。

【解题】

作于治平四年。神宗赐欧阳修《仁宗御集》一部，欧作此表以谢恩。

亳州乞致仕第一表

臣某言：

臣闻难进易退者，礼经之格言；知足不辱者，道家之明戒。苟贪荣而不止，宜招损以自贻。况灾疾之所缠，顾筋力之难强。辄披悃愊，自冒诛夷。臣某中谢。

伏念臣生也多屯，少虽有志，而识不明于大体，用不适于当时。徒以荷三朝之误知，属四方之无事，遂容章句之学，窃与机政之司。逮更二府之繁，盖亦八年之久。既不能遇事发愤，慨然有所建明；又不能与世浮沉，默尔以为阿徇。每多言而取怨，积众怒以难当。继逢时事之方艰，思欲乞身而未获。不虞暗祸，陷臣于风波必死之渊；上赖至仁，脱臣于鲛鳄垂涎之口。以至平生所守之名节，晚暮未尽之年龄，岂臣能于自全？皆陛下之所赐。

既恳辞于重任，仍假守于善邦。固已坦无危疑，幸此优逸。而风霜所迫，鬓发凋残；忧患已多，精神耗尽。加之肺肝渴涸，眼目眊昏，去秋以来，所苦增剧。两胫惟骨，拜履俱艰；双瞳虽存，黑白才辨。顾形骸之若此，尸宠禄以何安？

伏望皇帝陛下特轸睿慈，俯从人欲，许还官政，俾返田庐。白首明时，幸遘垂衣之治；酣歌圣化，愿追击壤之民。虽居畎亩之间，永荷乾坤之造。

【解题】

此五表五札子，作于熙宁元年（1068）春夏间。欧阳修感慨“濮议”怨谤，风波余生，又加疾病缠身，坐尸厚禄，为保全名节，保养残躯，累章请求退休，未能获允，祈请守亳而不移替，亦未获允。茅坤评述第二表说：“写情输悃之言。”（《宋大家欧阳文忠公文钞》卷九）概括了此类表状的共同特点。（下四表五札解题均略）

亳州乞致仕第一札子

臣辄沥血恳，上干宸慈。臣本以庸虚，误蒙奖擢，滥尘二府，获事三朝。无德可称，无言可采，既不能报国，又不善谋身。怨嫉谤谗，喧腾众口，风波陷阱，仅脱余生。忧患既多，形神俱瘁，齿发凋落，疾病侵陵。故自数年以来，窃有退休之志。而臣猥以非才，久叨重任，连值国家多事，所以未敢遽言。

顷自去春，伏蒙陛下矜悯孤危，保全晚节，许解政事，得从外补。臣于此时，遂乞守亳，盖以去颍最近，便于私营。及入辞之日，亦具奏陈，乞枉道至颍，修葺故居。幸蒙圣恩，皆赐允许。

臣自到亳以来，殆将期岁。旧苦痟渴，盖已三年，腰脚细瘦，惟存皮骨，行步拜起，乘骑鞍马，俱觉艰难。而眼目昏花，气晕侵蚀，视一成两，仅分黑白。职事至简，犹多妨废，坐尸厚禄，益所难安。然臣向者不敢启言，而今乃辄兹有请者，盖以方今朝廷无事，中外晏然，臣亦幸无任责之重，其进退之际，既无所嫌避，又不系重轻。故敢直以臣子之私诚，自乞君父之怜悯。

臣以守官在外，不得亲伏旒扆之前，缕陈悃愊。臣今已具表章，欲乞一致仕名目，就近于颍州居止，以养残年。伏望圣慈特赐开许，臣无任祈天俟命。

亳州乞致仕第二表

臣某言：臣近贡封章，乞还官政。伏奉诏答，未赐允俞。退自省循，奚胜殒越？

臣闻神功不宰而万物得以曲成者，惟各从其欲；天鉴孔昭而一言可以感动者，在能致其诚。敢倾虔至之心，再渎高明之听。臣某中谢。

伏念臣本以一介之贱，叨尘二府之联，知直道以事君，每师心而自信。然而既乏捐躯之效，又无先觉之明。用之已过其分，而曾不自量；毁者不堪其辱，而莫知引去。幸赖乾坤之再造，得逃陷阱之危机，仍许避于要权，俾退安于晚节。今乃苦于衰病，莫自支持，顾难冒于宠荣，始欲收于骸骨。敢期圣念，过轸天慈，谓虽迫于桑榆，未忍弃于草莽。窃以古今之制，沿袭不同。盖由两汉而来，虽处三公之贵，每上还于印绶，多自驾于车辕，朝去朝廷，暮归田里，一辞高爵，遂列编民。岂如至治之朝，深笃爱贤之意，每示隆恩之典，以劝知止之人。故虽有还政之名，而仍享终身之禄。固已不类昔时之士，无殊居位之荣。然则在臣素心，虽切退休之志；迹臣所乞，尚虞侥幸之讥。

伏望皇帝陛下，恻以深仁，矜其至恳，俾解方州之任，遂归环堵之居。固将优游垂尽之年，涵泳太平之乐。惟辛勤白首，迄无一善之称；孤负明时，莫报三朝之德。此为惭恨，何可胜陈。

亳州乞致仕第二札子

臣近以疾病衰迟，再上表章，沥陈血恳，乞一致仕名目，以养残年。圣恩怜悯，不忍遽弃，特降诏谕，未赐允俞。承命之际，惟知感泣。

臣窃以七十之制虽著礼经，而历代以来，人臣进退多不拘此，有年已过而不得去者，有年未及而可以去者。盖以人有贤愚，理难一概。其或上智高才，元勋旧德，用舍去就系朝廷得失轻重者，故虽年已过之，理不得去，而人皆不以为非也。若中常之人碌碌备位，存之既无所益，去之亦无可思，其用舍不为得失，去就不系轻重，其人苟能量分知止，奉身而退，朝廷则必嘉其趣尚而成就其志，故虽年未及而特许其去，而人亦不以为非也。彼中常之人者，居常则无足可称，及能识分自量，不待年及而知止，则尚有一节可取。故人君推乐贤养士之心，务欲奖成其名节，所以不待年及而亦许其去也。

如臣愚陋，不敢过自陈其不肖，辄窃自比于中常之人，所谓碌碌备位，存之无所益，去之无可思，而用舍去就不系朝廷得失轻重者，臣某是也。然臣比于中常之人，犹有不及者。贪冒荣宠，过其涯分，荷三朝之恩德而无所报效，被小人摧辱而不能远去，固非有识分知止之明，而直以疾病侵陵，心神昏耗，力不能勉，然后不得已而自陈耳。此臣自愧于心者也。

虽然，臣以犬马之贱，蒙陛下天地养育之恩，始终保全，以至今日。惟晚暮一节，尚赖君父之仁，奖成其志。

臣今已具第二表陈乞，伏望圣慈特赐开许。今取进止。

亳州乞致仕第三表

臣某言：臣近者再贡封章，乞从致仕，伏奉诏书，宜不允者。窃稽典礼，退止一辞；上黩睿慈，臣今三请。虽未忍弃捐之意，曲烦再谕以丁宁；而不胜迫切之诚，尚冀终蒙于开可。臣某中谢。

伏念臣禀生至陋，力学不强。徒以略诵仁义之言，粗知廉耻之节，早缘一艺，擢自诸生。智非先见之明，材无适用之敏，但知报国，不敢谋身。惟枉寻直尺之不为，故圆凿方枘而难合，以至被侵凌于群小，遭诋毁之百端。而臣忍辱强颜，逾时历岁，盖思责任之方重，顾于去就而难轻。今者幸蒙宽恩，获保孤拙，脱于死地，优以便藩，既无效于勤劳，徒坐尸于宠禄。加以艰危备历，忧患已多，老将疾以偕来，形与神而俱瘁。昔而少健，黔驴之伎已殚；今也病衰，驽马之疲难强。始露肺肝之恳，乞收骸骨而归。迹臣前后之心，可见迟徊之久。不敢为于妄举，盖幸冀于必从。

伏望皇帝陛下推天地之仁，垂日月之照。察臣既非狷愤，以肆一朝之忿；又非矫激，而希高世之名。本由多难之余，诚以不能而止。矜其朽惫，赐以哀怜，许上印章，退居田里。使病樗拥肿，尽尔天年；斥鹖逍遥，遂其物性。幸克成于素志，惟仰赖于鸿私。

亳州乞致仕第三札子

臣辄有血恳，上干天慈，意迫言烦，合从诛戮。臣近以衰年疾病，三上表章，乞一致仕名目。伏蒙圣恩累降诏谕，未赐允俞。祇服训辞，惟知感涕。

臣闻陈力就列，不能者止，此臣子之常分也。臣以庸缪，遭遇三朝，误被奖擢，叨尘二府。论其报效，初无取于毫分；积为怨仇，则不胜于诋訾。虽忠邪善恶，上则难逃圣鉴之明；毁誉是非，下则一付至公之论。可以抚心省己，自信不疑。其如蹇拙孤危，亦已甚矣。而犹贪冒荣宠，不知进退，以至横遭诬陷，几至颠隮。上赖陛下推天地父母之恩，以保全之。察其诚心，许解重任，假以善地，从其私便。偷安苟禄，优幸已多。而臣量盈器极，福过灾生。衰疾所婴，积年滋甚。中虚渴涸，若注漏卮；腰脚伶俜，仅存皮骨。旧患两目，气晕侵蚀，日加昏暗，签书文字，转觉艰难。一郡之间，事多旷废。是敢直露肺肝，愿还印绶。而皇慈垂恻，未忍遽弃，三赐诏谕，慰以恩言。中外之人，皆知圣君恩礼之数过厚，于臣者至矣。而臣之恳悃迫切不能自止之诚，亦已至矣。

伏望圣慈悯臣衰残，哀臣恳追，特赐允臣累表所乞，俾以本官致仕，归老田间。则臣虽死之年，犹生之日。今取进止。

亳州乞致仕第四表

臣某言：臣累贡封章，乞从致政，伏奉诏书，所乞宜不允者。未忍遽捐，幸曲怜于旧物；尚兹再黩，盖中迫于危诚。进冒诛夷，俯深殒越。臣某中谢。

伏念臣以一介无能之贱，荷三朝特达之知。仁宗擢自诸生，俾参二府；先帝力排群议，深察孤忠。暨逢神圣之纂临，窃幸风云之感会。至于辨正诬枉，保全始终。虽天地之施无私，恩非责报；而犬马之微自效，力不逮心。继之衰疾之缠绵，加以年龄之晚暮。宠荣既过，小器盈而必颠；筋力已疲，飞鸟倦而思止。辄露乞身之请，愿谐解组之归。而皇慈恻然，明诏屡下，示廓含容之大度，慰安憔悴之余生。祇服训辞，惟知感涕。然而忠信所以事上，理无弗践之空言；进退各有其宜，力或不能而当止。虽礼著引年之制，必待及时；而身有负薪之忧，亦容辞仕。是敢再殚悃愊，仰冀哀矜。

伏望皇帝陛下轸尧舜之深仁，推乾坤之曲造，悯其确至，赐以允俞，俾还颍尾之居，遂养漳滨之病。再念臣早从壮岁，粗学文辞，久冒荣阶，常丰禄赐。尚能遇樵夫而谈道，宣上德以谕愚民；与故老而挥金，均君恩而荣里巷。以终晚节，永荷鸿私。

亳州乞致仕第四札子

臣近者累具章表札子，披述恳诚，上干宸造，乞一致仕名目，归老田庐。伏蒙五降诏书，未赐俞允，训谕丁宁，恩意深至。捧读之际，惟知感泣。而臣情迫于中不能自止者，盖以疾病侵攻，心志衰尽，欲于未填沟壑之间，自为苟且朝暮之计。是敢更沥肝膈，冀蒙哀怜。

臣自治平二年已来，遽得痟渴，四肢瘦削，脚膝尤甚，行步拜起，乘骑鞍马，近益艰难。而两目昏暗，多年旧疾，气晕侵蚀，积日转深，视瞻恍惚，数步之外，不辨人物。至于公家文字，看读签书，动成妨废。臣本庸常之人，非有深识远虑。每见比来臣寮多因疾病致仕，其人既遂闲退，往往稍复康安。臣伏自念无才无能，叨窃荣宠，满盈之罚，福过灾生。亦欲量分知止，辞去官禄，庶于晚暮之年，少免灾疾之苦。又臣所患眼目，自今年春夏以来，日更增加，其势未止，惟恐年岁之间，遂成废疾。若幸于未废之前，获遂退休之请，与其病废，尚窃美名，臣之愚虑，所希实止于此。

臣遭遇明圣，过蒙知奖，其孤危蹇拙之迹，荷保全终始之恩，可谓至矣。而未知报效，遽迫病衰。天心仁悯，必垂矜恻。臣不敢避烦言屡黩之罪，今已再具表陈乞，伏望圣慈特赐开许。今取进止。

亳州乞致仕第五表

臣某言：臣近者累具陈乞，愿还官政。伏蒙圣慈五降诏书，未赐俞允。上恩曲谕，已至矣而丁宁；下愚弗移，但顽然而迷执。论罪合当于诛戮，原情尚冀于矜从。臣某中谢。

伏念臣以空言少实之文，守泥古不通之学，遭逢亨会，玷窃宠灵。禄利已丰，乃辞陈力；恩私未报，辄欲便身。推是以言，固难逃责。若乃艰危险陷，仅存将尽之余龄；沮辱摧伤，无复平生之壮气。加以形骸衰飒，疾病侵凌。顾难恋于轩裳，遂退甘于畎亩。语其此志，又若可哀。自伸五请之勤，已涉三时之顷。天慈恻隐，圣度优容。谓驽马难疲，念服辕之已久；而蓍簪至贱，闵旧物而不忘。固当上体至仁，勉安厥位。而夏秋交际，痼疹日增。弱胫零丁，惟存骨立，昏瞳眊瞀，常若冥行。既未知痊损之期，终当废去；而苟遂退休之恳，尚窃美名。是敢更殚悃愊之私，冀动高明之听。

伏望皇帝陛下推乾坤亭育之施，回日月照临之光，少宽屡黩之刑，俯徇至诚之请。庶使戒满盈而知止，免灾疾以全生。老安治世之和，永荷终身之赐。

第五乞守旧任札子

臣今月六日，准枢密院递到诏书一道，以臣上第五表乞致仕，伏蒙圣恩，未赐俞允者。伏念臣以庸虚浅末之学，遭遇三朝，荷非常不次之恩宠，未知报效之方。而遽迫衰病，自惧盈满，思慕古人知止之节，愿于圣世，获遂退休。陛下仁圣宽慈，俯哀诚悃，既恕其屡黩之罪，未加诛戮，而又推天地父母之恩，不忍遽令退去，六降诏书，丁宁训谕。感极惟泣，不知所容。

再念臣昨蒙恩许，守此便郡以养衰残，今到任已及一年。盖为脚膝乘骑鞍马艰难，忧虑非时别有移替。欲望圣慈许臣且更于此将理一二年间，若稍获安痊，则不敢上烦圣听。

臣以孤危蹇难之迹，荷陛下始终保全之恩，以至今日。犹以衰残疾病之恳，烦君父含容养育之私。臣无任。

辞免青州第一札子

臣今月八日，准枢密院递到诰敕各一道，蒙恩授臣兵部尚书，依前观文殿学士、知青州者。伏念臣近以疾病衰残，累上表章陈乞致仕。天慈悯恻，六降诏书，未赐俞允。臣以训谕丁宁，不敢更烦睿听。然臣久患脚膝，乘骑鞍马艰难，又到任已逾一年，深虑非时别有移替。已具札子奏陈，乞且于亳州将理一二年间，若稍获痊安，冀可陈力。敢谓圣恩优异，命出非常，超转官资，移委大郡。

再念臣累年痟渴，众所具知，肌体瘦削，精神昏耗，本以衰羸，惧难勉励，遂乞休致。今青州所管一路寄任至重，实藉干才，以臣居之，必至旷败。兼臣所患脚膝，道路乘骑鞍马艰难。欲望圣慈特赐矜察，许臣且守旧任，冀得将理衰残。

所有诰敕，臣未敢祗受，已送军资库寄纳，今取进止。

【解题】

此四札子一表，作于熙宁元年八月至十月。胡柯《庐陵欧阳文忠公年谱》；熙宁元年“八月乙巳，转兵部尚书、改知青州，充京东东路安抚使”。八月九日、二十八日有辞免青州第一、二札子，九月有第三札子，又有辞转官札子，皆不允。十月二十七日抵达青州上任，有谢表。(下三札一表之解题均略)

辞免青州第二札子

臣今月二十七日，准枢密院递到诏书一道，以臣辞免青州恩命，所乞宜不允者。臣窃惟表海名邦，青为重地，圣恩优借，以宠衰残。岂合固辞，上烦宸听？伏念臣情有迫切不能自已者。

盖臣近以疾病侵陵，心志昏耗，方沥血恳，乞从退休。陛下曲赐矜怜，不忍废弃，丁宁训谕，未赐允俞。今则忽被新恩，有此迁擢，乃是臣乞退休而得进秩，方称疾而领要任。则臣向所陈请，矫激欺诈以要恩宠之罪，何以自逃？虽天度宽仁，未以此责臣，而臣之心颜，何以自处？使臣筋力可以勉强，犹当陈述义理，必冀获辞，以免清议之责。况臣衰病羸悴，实如累表所陈。陛下推天地父母之恩，未忍废退，且令苟禄养疾于便郡，臣已不胜侥幸之惭，岂敢更望迁进？况亳州于近邦之中尤为善地，前后曾任两府臣僚如陈执中、宋庠，皆得养疾于此者甚多。伏望圣慈悯臣衰病，哀臣诚悃，俾臣且守旧任，更将理一二年间，苟其筋力稍完，则臣尽瘁薄效，岂无犬马识恩知报之心？

所有降到诏敕，臣不敢祗受，见在本州军资库寄纳。伏乞早赐许臣缴纳。臣无任。

辞免青州第三札子

臣今月十四日，准枢密院递到诏书一道，以臣辞免青州恩命，所辞宜不允，及准中书札子，奉圣旨，令臣便受敕告，疾速发赴青州本任者。

伏念臣自去春蒙恩，许解重任，俾守便郡，以养衰残。方及一年，忽被恩渥，超转官资，移委藩镇。圣恩眷异，便当祇受，岂合固辞，上烦睿听？臣罪当万死。然念臣义迫情切，不能自止者，缘臣久患眼目、脚膝，心志昏耗，自惧盈满，乞从休退，六蒙诏谕，丁宁深至。臣上体圣眷殊常，未敢固辞再黩，方且乞更将理一二年，冀少痊安，庶可勉强，而不图遽被迁擢之命。臣窃思圣恩本以悯臣惟悴，加以宠荣，以慰臣之衰暮。而臣蹇薄羁危，不能上副恩眷。今进退皆触于罪戾。盖臣若进而祇受，则有连章累恳、矫激欺诈以邀恩宠之罪，而其罪大。若退而恳辞，则有稽违君命、烦言屡黩之罪，然比于矫诈邀恩，则其罪似轻。在臣愚计自择，则固当逃大罪而就轻罪。臣又窃惟陛下所以保全爱惜臣者，至深至厚矣，亦必不使臣至于大罪也。故臣披沥肝血，不敢避烦言屡黩之诛。

臣所患眼目、腰脚，前奏已具陈述，不敢虚矫。

欲望圣慈于未许臣休致间，且令臣守旧任，便于将理。

所有敕告，见寄纳本州军资库。稽留君命多日，臣晓夕忧惶，如履冰炭，伏乞早赐许臣缴纳。臣无任。

辞转兵部尚书札子

臣近蒙恩除臣兵部尚书，移知青州，臣已三具札子辞免，伏奉今月二十五日诏书，所辞宜不允者。圣恩优异，训谕丁宁，便当祇命而行，岂合上烦睿听？罪宜诛戮，无以自逃。然臣恳血之诚，犹有不能自已者。

伏念臣本以衰羸疾病，方乞恳休，遽兹迁擢，义迫难安，所以恳祈辞免。至于恩典超优，迁转频数，使臣不因疾病乞退，亦合恳辞。盖臣近自去春，由尚书吏部侍郎转左丞。未逾两月，又超转三资，除刑部尚书。今才逾岁，又超转两资。尚书六曹，一岁之间超转其五，无功之赏，公议岂容？此臣所以不避烦言屡黩之罪而上干宸造也。

然臣已三被诏书，慰谕深切，进退惶惑，不知所措，敢不力勉衰残，上副恩眷。臣今更不敢辞免青州差遣，若得祗守旧官而往，庶几可免矫激邀求之责。

伏望圣慈察臣悃愊，特许免臣转官恩命，缴纳近降诰敕。所有青州差敕，臣见别候指挥。今取进止。

青州谢上表

臣某言：伏蒙圣慈，特授臣兵部尚书，依前观文殿学士、知青州军州事，充京东东路安抚使，臣已于今月二十七日赴上讫。掌国五兵，叨进中台之秩；宣风一面，俾绥东土之人。祗荷宠灵，徒知殒越。臣某中谢。

伏念臣学非通敏，材实空疏。幸逢千载之休明，误被三朝之奖擢，久陪法从，尝与政机。国恩未报，而身已先衰；世涂可畏，而命亦多蹇。顷缘灾疾，遂决退休。敢期上恻于皇慈，未忍遽捐于旧物，而复过推优渥，以慰癃残。惟孤拙之无堪，蹈艰危而已甚。世之所荣者，臣之所惧；人以为宠者，臣以为忧。是敢辄殚悃愊之诚，累黩高明之听，迫于危虑，罔避烦辞。而圣度并容，宽其罪戾，恩言屡降，譬以丁宁。知成命之难回，勉靦颜而祗受。而况全齐旧壤，负海奥区。民俗富完，而凿井耕田各安其业；诏条宽大，而奉法守职足以修官。内省庸虚，奚胜忝幸？

此盖伏遇皇帝陛下日新求治，天覆推仁。谓簪履虽为于贱微，尚堪收录；而犬马苟丰于豢养，犹可使令。臣敢不策励疲羸，勤思夙夜，庶期尽瘁，少答鸿私。

谢南郊加食邑五百户表

紫坛高峙，式荐于精禋；皇泽雾流，推行于大庆。祇膺宠数，伏切兢营。臣某中谢。

伏惟皇帝陛下出震膺期，继文兴治，百度讲明于新政，群生涵泳于至和。乃考旧章，聿思报本。谓三岁一郊之礼，必举以时；俾四海九州之人，并受其福。遂因景至，躬款阳丘。万国充庭，其谁敢后；六卿联事，各以其官。而臣职忝颁条，位拘守土。执豆笾而祇役，罔获施劳；逮辉翟之馂余，遽蒙均惠。无功受赏，莫遑俯伛之辞；尽瘁事君，惟誓縻捐之效。

【解题】

胡柯《庐陵欧阳文忠公年谱》：熙宁元年“十月丁亥，郊祀，恩加食邑五百户，实食封二百户”。十一月作此表以谢恩。

谢传宣抚问赐香药银合表

臣某言：今月二十五日，伏蒙圣慈差入内侍省西头供奉官王延庆传宣抚问，仍赐臣香药一银合者。祇命有严，瞻天威而不远；抚躬增惕，拜君赐以为荣。臣某中谢。

伏念臣本以妄庸，幸缘遭际。进陪国论，莫赞万机之微；出布政条，未闻五月之报。属北州之灾馑，邻东土之封疆。皇帝陛下子育黔黎，仁深覆载，闵扶携而转徙，轸宵旰之焦劳。而臣职在抚绥，任叨寄委，曲烦训谕，备极丁宁。仍因使传之驰，特示恩颁之宠。臣敢不恪官自警，祇事以时。惟善是从，勉企前人之迹；俾民受赐，上宽明主之忧。

【解题】

连下表皆作于熙宁二年（1069）三月，时作者知青州。胡柯《庐陵欧阳文忠公年谱》：熙宁二年“三月，内侍王延庆便道传宣抚问，仍赐香药一银合，又递赐新校定《前汉书》，以公尝预刊定也”。欧阳修作二表谢恩。本表原系“二月”，恐误。茅坤称赞《谢赐汉书表》，说：“浑雄典则。”（《宋大家欧阳文忠公文钞》卷九）

谢赐汉书表

臣某言：臣伏蒙圣恩，赐臣新校定《前汉书》一部，已于今月日据进奏院递到，臣已祇受讫者。俯躬承命，拭目生辉。臣某中谢。

窃以右文兴化，乃致治之所先；著录藏书，须太平而大备。惟汉室上继三代之统，而班史自成一家之书。文或舛讹，盖其传之已久；诏加刊定，俾后学之无疑。一新方册之文，增焕秘书之府。而奏篇之始，方经衡石之程；赐本之荣，惟及钧枢之近。敢期孤外，特与恩颁。

此盖伏遇皇帝陛下曲轸睿慈，俯矜旧物。谓其尝与臣邻之列，不忍遽遗；怜其自喜文字之间，俾之娱老。然臣两目皆眊，虽嗟执卷之已艰；十袭珍藏，但誓传家而永宝。

乞寿州第一札子

臣辄沥诚恳，上干天聪。

臣本以妄庸，逢时窃禄，宠荣逾分，报效无闻。顷在亳州，尝以疾病，乞从休退。圣恩怜悯，未忍遽捐，累降诏谕，丁宁备至。适会东秦阙守，误被选差，超转两官，委以一路。臣亦屡陈朽惫，既不获辞，便当策励尪疲，上副忧寄。而臣迫以年齿晚暮，近日以来，心力俱耗，事多健忘。腰脚旧苦，拜起艰难。两目气晕，尤更昏然，仅分黑白。虽勉力支持，日虞旷败。兼臣到任已及一年有余，欲乞就移淮、颍间一差遣，以便私计。

伏望圣慈特赐怜悯，许差臣知寿州一次，冀就闲僻，苟养衰残。今取进止。

【解题】

乞寿州二札子作于熙宁二年冬。时作者知青州已一年有余，以疾病衰残，请求移知淮、颍之间的寿州，为退隐颍州作准备，然未获允。（第二札子解题从略）

乞寿州第二札子

臣近以疾病，乞就移知寿州一次，伏奉今月九日诏书，宜不允者。圣恩优假，训谕丁宁。迫以危诚，不能自默，再烦睿听，罪合诛夷。

伏念臣旧患眼目已十余年，又苦渴淋亦五六岁，年日加老，病日加深。睛瞳气晕，侵蚀几尽；脚膝瘦细，行步艰难。自入今岁以来，心神又更昏耗，事多健忘，动辄差失。九州一路，寄任匪轻，勉强尪残，日虞旷败。况臣贪冒荣宠，过分已多，年齿衰迟，又复如此。理宜量力知止，早自退休。

盖臣昨在亳州，累陈此恳。伏蒙陛下至仁至慈，怜悯旧物，不忍遽弃，屡颁恩诏，委曲慰安，欲令且更勉励。故臣今者未敢别有陈请，只欲求淮、颍之间一便郡，苟窃俸禄，以尽余生，庶几上副圣君天地父母含容养育之恩。

伏望睿慈，特赐矜许。今取进止。

谢擅止散青苗钱放罪表

臣某言：今月二十九日，准中书札子，以臣奏乞不依秋料青苗钱事，奉圣旨，不合不听候朝廷指挥，擅行止散之罪，特与放免者。有罪必诛，是为彝典；原情以恕，特出深仁。闻命惊惭，省躬涕泗。臣某诚惶诚感。

伏念臣以一介之微贱，荷三圣之奖知。宠禄既丰，初无报效，筋骸已惫，尚此迟徊。曲蒙大度之并容，误委一方之寄任，职当抚俗，责在分忧。方兹旰昃之劳心，岂敢因循而避事？昨遇国家新建官司而主计，大商财利以均通。分命出使之车，交驰于郡县；悉发旧藏之镪，取息于民氓。而臣方久苦于昏衰，初莫详其利害。既已大喧于物议，始知不便于人情。亦尝略陈众弊之三，冀补万分之一。属再当于班给，顾已逼于会期，虽具奏陈，乃先擅止。据兹专辄，合被谴呵。岂谓伏蒙皇帝陛下深轸睿慈，俯矜朴拙，免从吏议，特贷刑章。

夫何草木之微，曲被乾坤之施。臣敢不益思祗畏，更励操修？戒小人之饰非，希君子之改过，冀逾薄效，少答鸿私。

【解题】

熙宁三年（1070）正月十四，神宗诏诸路给散青苗钱，禁抑配亦不得沮遏。欧阳修春夏间上《言青苗钱》二札子，请罢青苗法，没待朝廷批准，擅自在京东东路停止发放秋料青苗钱。据《续资治通鉴长编》卷二一一记载，五月二十一日，“诏欧阳修不合不奏听朝廷指挥，擅止散青苗钱，特放罪”。二十九日，欧上表谢罪，虽然承认“据兹专辄，合被谴呵”，但对青苗法的观点并没有变。茅坤评述本文："大略此公之才多婉丽，故于四六往往摹写情神，点缀色泽，至于遭谗罹患处，更多呜咽累唏之思。较之韩、柳、曾、苏诸公，皆所不逮者也。"(《宋大家欧阳文忠公文钞》卷九)

辞宣徽使判太原府札子

臣准今月二十九日，入内东头供奉官冯宗道到州传宣抚问，赐臣告敕各一道，伏蒙圣慈除臣宣徽南院使、判太原府事。

伏念臣久苦老疾，自今春眼目疼痛，及渴淋旧疾作，脚膝细瘦，行步艰难。自二月已来，交割却本州公事，见今在假将理。所有今来恩命优异，寄任非轻，以臣非才，固不敢当。兼以久婴疾病，未得痊安。见别具奏章，陈乞一小郡差遣次。所有赐到敕告，臣未敢祗受，已于青州军资库寄纳，别听指挥次。今取进止。

【解题】

此六札子作于熙宁三年（1070）夏。胡柯《庐陵欧阳文忠公年谱》：熙宁三年"四月壬申，除检校太保、宣徽使、判太原府、河东路经略安抚监牧使，兼并代泽潞麟府岚石路兵马都总管"。神宗令欧赴阙朝见，风传朝廷将用欧阳修为相。欧阳修六上札子，坚辞不受，强调"义所难安"、"精力已衰"、"用非所学"，自请淮、颍间小郡蔡州，贻养残年。七月，终获朝廷俞允。(下五札解题从略)

辞宣徽使判太原府第二札子

臣前月二十九日，伏蒙圣恩差中使赍赐臣告敕，除臣宣徽南院使、判太原府事。臣寻已具奏陈，未敢祗受。今辄再沥危恳，上干天聪，意迫言烦，敢避诛戮？

伏念臣自至青州，忽已逾岁。适值年时丰稔，盗讼稀少。足以偷安窃禄。而臣自以年齿日加，衰残日甚，心识昏耗，难于勉强，以谓一路九州不可常幸于无事，每忧缓急，有误寄委。所以去冬累陈衰病，乞移一淮、颍间小郡。未赐允俞之间，遂接春阳戒候，为风气上攻，眼目骤加昏痛。因此服药过度，发动渴淋旧患，甚于初得疾时，腰脚枯瘦，行履艰难。自三月后来，不免两次交割却本州公事，在假将理，百方治疗，终未痊损。敢期于疾告中，忽被睿恩，有此差遣？不惟宠命优异，非臣敢当，兼以久病淹延，筋力难强。

欲望圣慈曲赐哀悯，特许检会臣前所陈乞，于淮、颍间移一小郡，俾养残年。所有太原重任必难久阙人，伏乞别选用人，上副忧寄。今取进止。

辞宣徽使判太原府第三札子

臣近蒙圣恩，除臣宣徽南院使、判太原府事，续准中书札子，奉圣旨，令臣依前降指挥疾速起发，仍赴阙朝见讫，发赴本任者。

伏念臣以老疾经春，方在病假中，忽被此恩命，自揣才力难当寄任，不敢祗受。寻已具辞免，仍乞一淮、颍间小郡。见别听候朝旨次。今取进止。

辞宣徽使判太原府第四札子

臣此者伏蒙圣旨，除臣宣徽南院使、判太原府事，特差入内供奉官冯宗道赐臣告敕各一道，兼传宣抚问，续准中书札子，奉圣旨，令臣疾速起发，仍赴阙朝见讫赴任者。

伏缘臣以非才久病，心力衰耗，难当擢任之宠。兼自春以来疾患，久在假告。已于四月二十九日、五月一日，两具札子奏闻，辞免恩命。至今祗候提点刑狱席汝言到任，交割公事，别听朝旨次。欲望圣慈矜察，早赐允俞。今取圣旨。

辞宣徽使判太原府第五札子

臣今月二十二日，准进奏院递到诏书一道，伏蒙圣慈以臣辞免恩命，未赐允俞者。训谕丁宁，理宜祗受，恳诚迫切，尚敢烦言。

伏念臣本以妄庸，误叨器使，宠荣逾分，福过灾生。五七年来，缠绵疾病。向蒙圣念，许解政机，仍与近藩，俾从优便。臣以高秩厚禄，非为养病之资；窃位素餐，难久偷安以处。所以决谋休致，累上封章。陛下尚以簪履之微，曲怜旧物，不忍遽弃，屡赐安存。既又徙以东州，兼委兵民之任。然而虽名一路，不系边防；所管九州，苦无军马。加以岁时稍稔，盗讼颇稀。臣得以偶免旷瘝，盖出天幸。

而臣常窃自念，年齿日以向暮，筋力知不复完，与其临事而后辞，不若量分而先止。故于去冬，再沥恳私，乞一小郡，冀就迁于淮、颍，得渐近于田庐。敢期病告之中，忽被优殊之命，超转贵职，付以极怀。使臣未至衰残，尚非所受；而况实难勉强，敢不必辞。

再念臣自在亳州，累乞致仕，殆今三岁矣。而口诵退休之言，身贪荣进之宠，既自违于言行，岂不愧于心颜？虽圣度之兼容，必公议之难遏。

伏望睿慈，曲加悯察，特赐追还新命，许换近颍一州。则天地父母之恩，敢忘犬马之报。今取进止。

辞宣徽使判太原府第六札子

臣今月十五日，准枢密院递到诏书一道，伏蒙圣恩，以臣辞免宣徽南院使、判太原府事、充河东四路经略安抚使恩命，乞差知蔡州一次，所乞宜不允者。圣训丁宁，已烦再谕；臣诚迫切，难避严诛。

臣窃以朝廷之用人，臣子之事上，盖常察其进退不违于理，则可以知其大节之所守。而予之爵禄，将以为宠，则必使不犯清议之所非。授受之间，可谓两难矣。故高秩厚禄，人臣所愿，必也处之无愧，然后得以为荣。或其义有不安，所以容其自免。今陛下宠臣者至矣，任臣者优矣。而臣不幸心怀自愧，义有难安，敢更竭此恳诚，必期哀许。

伏念臣妄以迂儒，遭逢三圣，宠逾其分，器小易盈。爰自中年，早苦多病。臣因窃思前世为人臣者，不待伏于床第，然后称疾；不必废其支体，然后辞官。但其心志已衰，筋力难强，则义当知止，不可贪荣尔。此臣所以不待年及，累乞退休。而睿圣慈仁，不忍遽弃，六赐诏谕，备极恩怜。而臣上体圣眷之优殊，不敢自决而引去。然止当跧伏闲处，偷安窃禄，譬诸已乏之马牛，俾尽余生于刍豢而已。此乃粗为合理，其如事则不然。盖臣前岁以老告，便超兵部尚书；今春以疾辞，又转宣徽南院使。辞淮南一州，则领淄、青九州；免京东一路，则总并、代四路。是每求退则得进，每辞少则获多。使其一出偶然，人情犹或少恕，若其每举必尔，则公议岂复可容？虽幸人之未言，顾臣何以自处？此臣所谓心怀自愧、义有难安者也。使臣筋力犹强，尚合恳辞恩宠。况臣疾病，积有岁年，已具奏陈，累干听览？臣亦窃闻议者以臣脚膝未至着床枕，眼目犹可分人物，便谓尚堪驱策，致此误蒙选任。殊不知臣心志已衰，精神并耗，虽未伏枕，实一行尸。

再念臣本出书生，老于文字，赋才非敏，以学自愚。故历官以来，多触罪辜，屡罹忧患，盖以不通时务，不习人情。加以晚年，继之衰疾，识虑昏眊，举事乖违。大抵时多喜于新奇，则独思守拙；众方兴于功利，则苟欲循常。至于军旅之间，机宜之务，则又非其所学，素不经心。盖以病悴已衰之躯，持昏眊乖违之见，任素非所学之事，一有败阙，虽戮臣身不足以塞责，而误国之计，如后患何！使臣粗有爱君忧国之心，岂敢不思及此而贪荣苟得？

臣所宜必辞者三：义所难安，一也；精力已衰，二也；用非所学，三也。然于三者之中，其二尤急。若其义所难安者，幸蒙圣恩获免，俾臣不取非于清议，而无愧于晚节，则陛下之赐臣者，荣于高秩厚禄之赐远矣。至于用非所学，致误国家之计，贻朝廷之忧，则当君父旰昃忧劳求治之时，圣虑所宜留意也。

伏望圣慈哀臣诚至之言，察非矫伪之饰，特赐允臣屡请，追还新命，换一小州，则臣虽死之日，犹生之年。今取进止。

蔡州谢上表

臣某言：臣伏奉敕命，就差知蔡州军州事，已于九月二十七日赴上讫者。负薪婴疾，获辞四贵之迁；剖竹分符，尚忝一麾之守。荷宽恩之优假，抚朽质以兢惭。臣某中谢。

伏念臣本出孤平，粗亲文艺，遭逢亨会，叨窃宠荣。方犬马之壮时，早无施于尺寸；况桑榆之晚景，嗟已迫于衰迟。一昨误被选抡，擢升要近，付以一方之民政，委之四路之兵机。惟寄任之匪轻，揣庸虚而内惧，辄陈恳悃，屡黩高明。敢冀天慈不违人欲，还其旧职，易以近藩。惟古豫之名邦，控长淮之右壤，土风深厚，物产丰饶。虽宣化班条，惭无异术，而守官循法，足以偷安。

此盖伏遇皇帝陛下恻以至仁，包之大度，既不责其避事，又曲从其便私，哀尔尪残，容其侥幸。仰被乾坤之造，顾非木石之顽。臣敢不勉自励其筋骸，更殚尽瘁之节。苟未填于沟壑，尚知图报之方。

【解题】

胡柯《庐陵欧阳文忠公年谱》：熙宁三年“七月辛卯，改知蔡州，九月甲寅，至蔡”。欧阳修至蔡即上此谢表，感谢神宗“既不责其避事，又曲从其便私”。自述体衰多病，形象生动，其情可悯。

蔡州再乞致仕第一表

臣某言：臣闻士之致政而传家，虽著礼经之常制；昔有乞骸而称疾，不待年及者固多。况臣久苦于病衰，早岁已陈于悃愊。敢兹再黩，仰冀哀怜。臣某中谢。

伏念臣以一介之妄庸，荷三朝之眷奖。因时窃位，尝俾赞于万机；积日累年，讫无称于一善。徒缘朴戆，动触机危。每烦君父之保全，不殒终身之名节。向由灾疾，愿谢轩裳。披沥肺肝，累奏封而五上；留连宠禄，复岁序之三迁。间被误恩，骤加擢任。顾已难于策励，遂复力于恳辞。上赖慈仁，曲加悯恻，既不责其避事，又曲从其便私，得善地之宽闲，俾残躯之养息。而臣年日加老，病益交攻。新春以来，旧苦增剧。中痟渴涸，注若漏卮；弱胫零丁，兀如槁木。加以睛瞳气晕，几废视瞻，心识耗昏，动多健忘。虽圣君之念旧，廓大度以兼容。而隳职旷官，实为可畏；贪荣窃食，难久自安。

伏望皇帝陛下，日月照临，乾坤亭育，察其情实，赐以矜从，许解郡章，归荣里闬。俾其酣咏乐时之盛化，优游为世之幸民，以毕余生，永繄鸿造。

【解题】

此三表二札子，作于熙宁四年（1071）夏。继亳州乞致仕五表四札以后，又一次连章求退，志在必得，终获允命。此类表疏，正如茅坤在《宋大家欧阳文忠公文钞》卷九序中所说：“欧阳公之文，多遒逸可诵，而于表启间，则往往以忧谗畏讥之余，发为呜咽涕洟之词，怨而不诽，悲而不伤，尤觉有感动处。”何焯称赞其中第二表说：“此篇更有情味。”（《义门读书记》欧文上卷）（下二表二札之解题从略）

蔡州再乞致仕札子

臣辄沥恳私，上干宸造，愚诚所迫，罪戾难逃。臣自顷蒙恩，许解政事，即曾乞一近颍州差遣，庶得渐谋归老。上荷至仁，悯臣衰病，允其所乞，差知亳州。到任之明年，遂乞致仕。圣念恻然，怜其旧物，不忍废置。凡五上表章，四具奏札，皆蒙诏答，未赐允俞。臣以不敢更为烦黩，遂且中止。寻又蒙恩超转臣兵部尚书，安抚淄、青一路。既不获恳辞，遂勉力就任。而臣迫以昏衰，事多旷废。甫及一年，则又陈乞寿州，亦以近颍，冀便于归老。未得请间，寻又蒙恩除臣宣徽使，移守并门，付以河东一路。官益荣，任益重，而臣身益老，病益加，不胜忧惧之情，所以累沥血恳，上烦天听。伏蒙睿慈，察其诚实，养疾便私，悉如其请。

臣自到今任，忽已半年，幸值岁物丰成，民讼稀少，坐尸厚禄，足以偷安。臣上戴陛下天地父母之恩，未知论报之所。而心与愿违。盖自冬春以来，旧苦愈增，上渴下淋，昼夜不止，脚膝细瘦，仅存皮骨，行履拜跪艰难。加以眼目昏暗，视物睛痛，有妨签书看读公家文字。载念臣昏衰疾病，既已累年，量分知止，亦非一日，宠禄之荣，无容久窃。

臣今辄具表章，再伸旧请，乞一致仕名目。欲望圣慈，特赐开许。今取进止。

蔡州再乞致仕第二表

臣某言：臣近上表章乞从致仕，伏奉诏书，所乞宜不允者。睿训丁宁，曲加慰谕。愚衷恳迫，尚敢黩烦。将再干于冕旒，宜先伏于砧锧。臣某中谢。

伏念臣世惟寒陋，少苦奇屯，识不达于古今，学仅知于章句。名浮于实，用之始见于无能；器小易盈，过则不胜于几覆。徒以早遘千龄之亨会，误蒙三圣之奖知。宠荣既溢其涯，忧患亦随而至。禀生素弱，顾身未老而先衰；大道甚夷，嗟力不前而难强。每念恩私之莫报，兼之疾病以交攻。爰于守亳之初，遂决窜漳之计。逮此三迁于岁律，又更两易于州符。而犬马已疲，理无复壮，田庐甚迩，今也其时。是敢更殚蝼蚁之诚，仰冀乾坤之造。况今时不乏士，物咸遂生。凫雁去来，固不为于多少；鸢鱼上下，皆自适于飞潜。苟遂乞于残骸，庶少赏其夙志。

伏望皇帝陛下哀怜旧物，隐恻至仁，察其有素非伪之诚，成其识分知止之节，曲从其欲，赐报曰俞。俾其解组官庭，还车故里。披裘散发，逍遥垂尽之年；凿井耕田，歌咏太平之乐。其为荣幸，曷可胜陈。

蔡州再乞致仕第二札子

臣此者伏奉诏书，以臣再乞致仕，未赐允俞，恩旨稠重，伏读感涕。臣自熙宁元年，初有陈乞，迨今四年之间，凡八上表章，五具札子。其恳悃迫切，言意重复，干冒天慈，烦黩圣听，固已可厌而可责矣。而蒙陛下未加诛谴，曲为优容，八被诏音，丁宁慰譬，此天地父母之仁可谓至矣。然臣犹有不得已者。

臣前尝奏述古之为臣，不必伏于床枕然后称疾，不待废其支体然后辞官。但其心力已衰，不能勉强，则自宜知止而不可贪荣。此臣前次陈乞之时，所志止于如此尔。盖自守亳迨今，又已四年，身比前日加老，则气血比前日益衰，而疾病比前日益不支持，但未伏床枕、废支体尔。此臣不能自已者也。

臣窃伏思圣君久已察臣区区，而未允其请者，必以臣历事三朝，最为旧物，圣恩眷眷，未忍废弃，而年又未及，去之太早耳。然臣前又尝奏述今之致仕与古之人不同，恩礼优幸，不为废弃。至于年未及而早去，亦今昔人臣常事。臣窃见《实录》所载，太宗时有太常少卿孔承恭者，年才六十一便乞致仕。太宗皇帝欣然许之，仍特降诏书褒奖，以敦劝人伦。盖当时议者不以朝廷许承恭早去为非，而但称承恭之善，又以有臣如此，可以劝励风俗，自为朝廷美事也。欲望圣慈，少纡听览。果若致仕，优幸不为废弃。虽年未及，又议者不以为非，而反为朝廷美事，则理无可疑。而臣若蒙哀怜，得遂其请，则上不损朝廷之体，下不失优幸之恩，而又窃知止之名，为一时之佳事，则臣之受赐者多矣。

臣不胜意迫言烦，惶惧激切、俯伏待罪之至。今取进止。

蔡州再乞致仕第三表

臣某言：今月二十一日，准枢密院递到诏书一道，伏蒙圣慈以臣再乞致仕，未赐允俞者。恩深煦妪，感极涕洟。虽情有迫于危心，不知自止；而辞已穷于累牍，几至无言。惟以至诚，期于必达。自乞怜于君父，不复讯于蓍龟。臣某中谢。

伏念臣家世单平，性姿中下。少从宦学，本免饥寒，不自意于遭逢，遂进阶于华显。然而群材方茂，蒲柳未秋而早衰；众骏并驰，驽骀中道而先乏。而况荷难胜之任用，窃逾分之宠荣，风波忧畏而虑已深，疾病侵凌而老亦至。故自辞于机政，即愿谢于轩裳。蒙上圣之至仁，念三朝之旧物，每曲烦于训谕，久未忍于弃捐。窃惟臣之事君，必本忠信，言不顾行，是为罔欺。而臣口日诵于田间，身坐贪于禄利，可畏至公之议，何施有腼之颜？每自省循，莫遑启处。是敢罔避再三之烦黩，犹希万一之矜从。

伏望皇帝陛下特轸天慈，俯回睿听。察前言之可复，盖屡请者有年；哀下愚之不移，俾卒成于素志。徇其所欲，乞以残骸。臣若得上还印绶于有司，自驾柴车而即路，晚节知无于大过，没身永荷于鸿私。

谢致仕表

臣某言：今月十七日，进奏院递到敕告，伏蒙圣恩除臣太子少师、依前观文殿学士致仕者。愚诚恳至，曲轸于皇慈；宠命优殊，特加于常品。本期得谢，更此叨荣。臣某中谢。

伏念臣猥以庸近之材，早遘休明之运。不通之学，既泥古以难施；无用之文，复虚言而少实。是以三朝被遇，四纪服劳，蒙德重于丘山，论报亡于毫发。而年龄晚暮，疾病尪残，辄希知止于前人，不待及期而后请。自陈悃愊，屡至渎烦，既久历于岁时，始曲蒙于开可。仍超加于异数，非止赐于残骸。道愧师儒，乃忝春宫之峻秩；身居畎亩，而兼书殿之清名。至于头垂两鬓之霜毛，腰束九环之金带，虽异负薪之里，何殊衣锦之归？使闾巷咨嗟，共识圣君之念旧；搢绅感悦，皆希后福之有终，岂惟愚臣独受大赐？

此盖伏遇皇帝陛下无私覆物，博爱推仁。以其夙幸遭逢，密契风云之感会，曾经服御，不忘簪履之贱微，致此便蕃，萃于衰朽。虽伏枥之马，悲鸣难恋于君轩；而曳尾之龟，涵养未离于灵沼。余生易毕，鸿造难酬。

【解题】

胡柯《庐陵欧阳文忠公年谱》：熙宁四年（1071）“六月甲子，以观文殿学士、太子少师致仕”。带职致仕，是朝廷对名臣的“宠命优殊”，欧阳修上此表谢恩，感铭斯切，陈词涕零。

乞免明堂陪位札子

臣伏准今月二日诏书，以明堂大礼，特令臣赴阙陪位者。臣窃惟大飨之礼，国家盛典，千官分职以奉事，万国骏奔而在庭。方以老病衰残，退伏闾里，尚蒙天慈，曲加记录，特赐诏召，俾与侍祠之列。此臣子之至荣至幸，岂臣克堪。

而臣不幸早婴灾疾，沥恳累年，近蒙圣恩，许以归老。而自春涉秋，旧苦增剧，脚膝细瘦，行履拜跪艰难。伏况祠事恭虔，出于强力。而臣迫此疾苦，不获祗赴召命，无以上副君父记录爱怜之恩。臣不胜皇恐。

【解题】

此二表一札子作于熙宁四年（1071）八、九月间。胡柯《庐陵欧阳文忠公年谱》：熙宁四年“八月，将祀明堂，诏赴阙陪位，公上章乞免，从之。礼成，赐衣带器币牲饩”。欧阳修八月二日上疏乞免，获允后有谢表。九月十日，大飨明堂，十七日，朝廷特差王昌赐衣带器币等物，又有谢表。（下二表解题从略）

谢免明堂陪位表

合宫大启，爰讲于上仪；明诏忽颁，俾祗于严召。被恩言之优渥，抚病质以兢营。臣某中谢。

伏惟皇帝陛下仁圣聪明，忧勤慈俭，遂群生而涵育，臻至治于和平。乃因万物之成秋，爰即九筵而展礼。陟降荐献，百官以职而各供；膺受福禧，一人有庆而咸赖。而臣近辞印绂，方伏田庐，当与庶民，并蒙余泽。敢期睿眷，尚录孤孱，俾陪在外之臣，来预侍祠之列。载念臣自缘灾疾，幸获退休，殆未逾时，尚婴旧苦。虽朝廷礼乐之盛，得与者为荣；而犬马筋力之衰，告疲而已久。既不能于策励，姑自信于奇屯。太史滞于周南，惟知叹命；子牟瞻于魏阙，但极驰心。

谢明堂礼毕宣赐表

臣某言：臣今月十七日，伏蒙圣恩特差右班殿直王昌，赐臣衣一袭、金腰带一条、银器一百五十两、绢一百五十匹、米面羊酒等者。太室精禋，方集神明之贶；筚门增耀，亦沾庆赐之优。

祇受以还，兢营失措。臣某中谢。

伏惟皇帝陛下垂衣致治，尽志奉先，率循三岁之旧章，时举季秋之大飨。四方万国，执玉帛以盈庭；群卿百司，洁豆笾而恭事。而臣以衰残之病质，荷宽假之深仁，方居畎亩以偷安，莫睹朝廷之盛礼。玺书赐召，不遑祗命而趋；使指就临，特被匪颁之宠。此盖伏遇皇帝陛下容之大度，推以至慈。念簪履之虽微，犹为于旧物；闵桑榆之向暮，俾慰其余生。惟嗟犬马之已疲，莫报乾坤之大施。

代进奉承天节绢状

右，臣伏以重熙纂历，载诞启辰。正宁陈仪，允昭于嘉会；庶邦修贡，咸效于骏奔。前件绢三壤所宜，九赋攸出。备诸宰旅，实纤篚以非工；窃比野人，得美芹而是献。虔诚斯至，欣颂咸同。

【解题】

无系年。有人向朝廷进献承天节绢，欧阳修代作此进奉状。

代进奉土贡状

右，臣伏以百嘉咸茂，允赖圣功；九贡所仪，备存方志。前件物出茧税，载厥仙经，疏密有程，甘馨可采。以时述职，庶六尚之攸资；向日倾诚，保亿龄而是祝。干渎宸造，臣无任。

【解题】

无系年。有人向朝廷进献土产，欧阳修代作进奉状。

代薛仲孺乞御篆神道碑状

右，臣辄沥哀恳，上干睿听。人子之志，盖急于显亲；天心至仁，仰冀于从欲。

伏念臣先臣奎早以孤直，遭逢盛明，自结主知，参预国政。谠言忠节，著在朝廷；遗德余芳，宜刻金石。伏见两府旧臣之家所立神道碑，多蒙圣恩赐以御书名额。臣今欲于先臣墓隧刻立碑名，欲望圣慈特赐御篆神道碑额。所冀神翰之光，照临幽壤，不独荣其后嗣，实以劝于事君。

谨具状陈乞以闻。

【解题】

无系年。薛仲孺，字公期，本为薛塾之子，薛奎子薛直孺死后，以薛仲孺为嗣。薛奎死于景祐元年。欧阳修为薛直孺作墓志铭，称其“后薛奎六年而卒”，则薛仲孺为薛奎嗣在康定元年。本文作于康定元年以后。

论乞不受吕绍宁所进羡余钱札子

臣风闻转运使吕绍宁才至淮南，便进见钱十万贯，不知是否？

臣见兵兴以来，天下困弊者，非独备边之费，半由官吏坏之。今三司自为阙钱，累于东南划刷，及以谷帛回易，则南方库藏岂有剩钱，闾里编民必无藏镪，故淮甸近岁号为钱荒。不知绍宁才至淮南，用何术，于何处，得此钱以进？若将官库钱上进，则逐州合使钱处甚多，必致阙乏。若于民间科率，则人力岂任？

且十万缗钱，国家得之所益至微，外处取之为害不细。往年李定、王逵辈，皆刻剥疲民进奉，至今南方嗟怨。况今年江淮，王伦大惊劫后，继以蝗旱为孽，民间困窘，尤要抚存。而绍宁欺罔朝廷，妄有进献。

伏乞特降指挥，下别路选差一精强官，将淮南一路见管钱帛磨勘大数，取见绍宁所进何处得来？苟涉欺妄，乞赐重行朝典。其所进钱，伏乞圣慈拒而不受，以彰朝廷均恤外方，防御奸吏刻剥之意。取进止。

【解题】

作于庆历三年（1043）四月。《续资治通鉴长编》卷一四〇载，庆历三年四月二十三日，“（吕）绍宁至淮南，亟上羡钱十万。谏官欧阳修请却所上钱，并治绍宁欺罔之罪，以戒奸吏刻剥”。本文表现作者革弊兴利、廉政爱民思想。

论按察官吏札子

臣伏见天下官吏员数极多，朝廷无由遍知其贤愚善恶。审官、三班、吏部等处，又只主差除月日，人之能否，都不可知。诸路转运使等，除有赃吏自败者临时举行外，亦别无按察官吏之术。致使年老病患者，或懦弱不材者，或贪残害物者，此等之人布在州县，并无黜陟。因循积弊，冗滥者多，使天下州县不治者十有八九。

今兵戎未息，赋役方烦，百姓嗷嗷，疮痍未复，救其疾苦，择吏为先。臣今欲乞特立按察之法，于内外朝官中，自三丞以上至郎官中，选强干廉明者为诸路按察使。

自来虽差安抚使，缘管他事，不专按察。今请令进奏院各录一州官吏姓名，为空行簿以授之，使至州县，遍见官吏。其公廉才干、明著实状，及老病不才、显有不治之迹者，皆以朱书于姓名之下。其中才之人，别无奇效，亦不至旷败者，则以墨书之。又有虽是常材，能专长于一事，亦以朱书别之。使还具奏，则朝廷可以坐见天下官吏贤愚善恶，不遗一人，然后别议黜陟之法。如此，足以澄清天下，年岁之间，可望致治。只劳朝廷精选二十许人充使，别无难行之事。取进止。

【解题】

作于庆历三年（1043）四月。《续资治通鉴长编》卷一四一系于五月，云“先是，谏官欧阳修既受命，首建议……选强干廉明者为诸路按察使”。据胡柯《庐陵欧阳文忠公年谱》，三月癸巳知谏院，四月至京。作者认为朝政积弊，首先在于官吏冗滥，建议特立按察之法，别议黜陟之法，澄清天下吏治。当时朝廷只是参用欧议，命令各路转运使兼按察使，次年初才全面实施按察法。

论按察官吏第二状

右，臣近曾上言，为天下官吏冗滥者多，乞遣使分行按察。昨日窃睹降敕下诸路转运使司，令兼按察使。

窃以转运使自合察举本部官吏，今若特置使名，更加约束，则于常行之制，颇为得宜；必欲救弊于时，则未尽善。且臣初乞差按察使者，盖欲朝廷精选强明之士。窃闻朝议以所选非人，故不遣使。今所委转运使，岂尽得人乎？其间昏老病患者有之，懦弱不材者有之，贪赃失职者有之。此等之人自当被劾，岂可更令按察？其间纵有材能之吏，又以斡运财赋，有米盐之繁；供给军须，有星火之急。既不暇遍走州县专心察视，则稽迟卤莽不得无之。故臣谓转运使兼按察使，不材者既不能举职，材者又不暇尽心，徒见空文，恐无实效。在于事体，不若专遣使人。

伏自兵兴累年，天下困弊，饥荒疲瘵既无力以赈救，调敛科率又无由而减省，徒有爱民之意，绝无施惠之方。若但能逐去冗官，不令贪暴，选用良吏，各使抚绥，惟此一事，及民最切。苟可为人之利，何惮选使之劳？况自近年累遣安抚，岂于今日顿以为难？

今必恐三丞至郎中内难得其人，即乞且依前后安抚，于侍从臣寮及台官馆职中选差十数人，小处路分，兼察两路。其侍从臣寮，仍各令自辟判官，分行采访，用臣前来起请事件施行。其转运兼按察使若能精选其人，亦乞著令，为今后常行之制。

臣伏思从来臣寮非不言事，朝廷非不施行，患在但著空文，不责实效。故改更虽数，号令虽烦，上下因循，了无所益。今必欲日新求治，革弊救时，则须在力行，方能济务。臣所言者，生民之急也，天下之利也，不徒略行一二分以塞言责而已，伏望留意详择。

谨具状奏闻，伏候敕旨。

【解题】

此二状作于庆历三年（1043）五月。继上月《论按察官吏札子》后，欧阳修再上二状，以为转运使兼按察使，流于形式，敦请精选强干之士，纠举并淘汰年老、病患、赃污、不材四种人，并提出具体可行措施，展示作者的朝政改革思想。（下状之解题从略）

再论按察官吏状

右，臣自初忝谏官，于第一次上殿日，首曾建言方今天下凋残，公私困急，全由官吏冗滥者多，乞朝廷选差按察使，纠举年老、病患、赃污、不材四色之人，以行澄汰，仍具陈按察之法，条目甚详。如臣之议，盖欲使使者四出而天下悚然，知朝廷有赏善罚恶之意，然后按文责实，甚恶者黜，有善者升，中材之人尽使警励。凡臣所言者，乃所以救民急病、革数十年蠹弊之事，若非遭逢圣主锐意求治之时，上下力行之，不可也。奈何议者惮于作事，惟乐因循，只命诸路转运使就兼其职。命出之日，外论皆谓诸路之中，贪赃如魏兼，老病如陈杲，秽恶如钱延年，庸常龊龊如袁抗、张可久之辈，尽为转运使，皆自是可黜之人，必不能举职。臣亦再具论奏，其议格而不行。按察空名，今遂寝废，生民蠹病，日益可哀。

伏见陛下圣德日新，忧心庶政，近发手诏，督励宰辅。然天下之事，积弊已多，如治乱丝，未知头绪。欲事事更改，则力未能周而烦扰难行，欲渐渐整顿，则困弊已极而未见速效。臣谓如欲用功少，为利博，及民速，于事切，则莫若精选明干朝臣十许人，分行天下，尽籍官吏能否而升黜之，如臣前所陈者而后可。臣闻治天下者，如农夫之治田，不可一概也。蒿莱芜秽久荒之地，必先力加垦辟芟除，待其成田，然后以时耘耨。冗滥之官，芜秽天下久矣，必先力行澄汰，待其百职粗治，然后精选有司，常令纠举。今特遣之使如久荒而芟辟也，转运兼按察乃以时之耘耨者耳，宽猛疾徐，各有所宜也。汉时刺举，唐世黜陟使、考课使之类，岁岁遣出，祖宗朝亦有考课院。盖按察升黜，古今常法，非是难行之异事也。

方今言事者，多以高论见弃，或以有害难行。如臣所言，只是选十余人明干朝臣，察视官吏善恶，灼然有迹易见者，著之簿籍，朝廷详之，黜其甚者耳。臣自谓于论不为甚高，行之有利无害。然尚虑议者未以为然，谨条陈冗官利害六事，以明利博效速而可行不疑。伏望圣慈，特赐裁择，如有可采，乞早施行。

一曰去冗官，则民之科率十分减九。臣伏见兵兴以来公私困弊者，不惟赋敛繁重，全由官吏为奸。每或科率一物，则贪残之吏先于百姓而刻剥，老缪之吏恣其群下之诛求，朝廷得其一分，奸吏取其十倍。民之重困，其害在斯。今若去此四色冗官，代以循良之吏，事随便宜，绝去搔扰，使民专供朝廷实数科率，免却州县分外诛求。故臣谓于民力十分减九也。比于别图减省细碎无益者，其利博矣。

二曰不材之人，为害深于赃吏。国家之法，除赃吏因民告发者乃行之。其他不材之人，大者坏州，小者坏县，皆明知而不问。臣谓凡赃吏多是强黠之人，所取在于豪富，或不及贫弱。不材之人不能驭下，虽其一身不能乞取，而恣其群下共行诛剥，更无贫富，皆被其殃，为害至深，纵而不问。故臣尤欲尽取老病缪懦者，与赃吏一例黜之。

三曰内外一体，若外官不澄，则朝廷无由致治。今朝廷虽有号令之善者降出外方，若落四色冗官之手，则或施设乖方，不如朝廷本意，反为民害；或稽滞废失全不施行，而又无纠举，弃作空文。若外边去却冗官，尽得良吏，则朝廷所下之令虽有乖错，彼亦自能回改，或执奏更易，终不至为大害。是民之得失，不独上赖朝廷，全系官吏善恶。以此而言，冗官岂可不去？

四曰去冗官，则吏员清简，差遣通流。今天下官有定员，而入仕之人无定数。既不黜陟，冒滥者多。差遣不行，贤愚同滞。每有一阙，众人争之，争得者无廉耻之风，不得者腾怨嗟之口。滥官之弊，近古无之。今若择四色冗官去之，则待阙之人可无怨滞。

五曰去冗官，则中材之人可使劝惧。今天下官吏岂必尽是不材？盖为朝廷本无黜陟，善恶不分。今若见国家责实求治，逐一人人精别，则中材之人皆自勉强，不敢因循。虽有贪残，亦须敛手。

六曰去冗官，则不过期月，民受其赐。方今朝廷虽有爱念疲民之意，然上下困乏，必未有余力广惠及民，若但去冗官，则民受速赐。盖臣常见外处州县，每一缪官替去，一能者代之，不过数日，民已歌谣。今若尽去冗滥之吏，而以能吏代之，不过期月，民即受赐，此臣所谓及民速、于事切者也。

论凌景阳三人不宜与馆职奏状

右，臣今日窃闻凌景阳召试馆职，外议皆以为非。

臣闻圣王之以风化励天下，不能家至户到，但进一善人则天下劝，退一不肖则天下惧，用功至简，其益极多。苟赏罚之过差，系朝廷之得失。伏况国家自祖宗以来，崇建馆阁，本以优待贤材，至于侍从之臣、宰辅之器，皆从此出，其选非轻。如凌景阳者，粗亲文学，本实凡庸。近又闻与在京酒店户孙氏结婚，推此一节，其他可知。物论喧然，共以为丑。此岂足以当国家优待贤材之选？又闻夏有章、魏廷坚等亦皆得旨，将试馆职。此二人者，皆有赃污，著在刑书，此尤不可玷辱朝化。其凌景阳今已就试，乞不与馆职。有章、廷坚乞更不召试。

窃以累年以来，风教废坏，士无廉耻之节，官多冒滥之称。当其积习因循，则不以为怪，如欲澄清治化，则宜革此风。臣谓黜此三人，则天下士人当修名节。臣职在谏诤，忝司耳目，采是非之公论，合具密陈；见选任之非人，皆当论列。

谨具状奏闻，伏候敕旨。

【解题】

《续资治通鉴长编》系本状于庆历三年（1043）五月。欧阳修闻讯凌景阳三人召试馆职，列举其人劣迹，建议黜此三人，以达到澄清治化，勉励天下士人进修名节的目的。

论韩琦范仲淹乞赐召对事札子

臣伏见自西鄙用兵以来，陛下圣心忧念，每有臣寮言及西事，必皆倾心听纳。今韩琦、范仲淹久在陕西，备谙边事，是朝廷亲信委任之人。况二臣才识不类常人，其所见所言之事，不同常式言事者，陛下最宜加意访问。

自二人到阙以来，只是逐日与两府随例上殿，呈奏寻常公事，外有机宜大处置事，并未闻有所建明，陛下亦未曾特赐召对，从容访问。况今西事未和，边陲必有警急，兼风闻北虏见在凉甸与大臣议事，外边人心忧恐。伏望陛下因无事之时，出御便殿，特召琦等从容访问，使其尽陈西边事宜合如何处置。今琦等数年在外，一旦归朝，必有所陈，但陛下未赐召问，此二人亦不敢自请独见。

至如两府大臣，每有边防急事，或令非时召见聚议，或各令互述所见，或只召一两人对见商量，此乃帝王常事，祖宗之朝并亦如此，不必拘守常例也。取进止。

【解题】

《续资治通鉴长编》卷一四一系本札于庆历三年（1043）五月末。建议仁宗召对韩琦、范仲淹，听其陈述西境边备事宜，实为庆历新政张本。

论河北守备事宜札子

臣伏见朝廷方遣使与西贼议通和之约，近日窃闻边臣频得北界文字，来问西夏约和了与未了。苟实如此，事深可忧。

臣以谓天下之患，不在西戎，而在北虏，纵使无此文字，终须贻患朝廷。契丹通好仅四十年，无有纤介之隙，而辄萌奸计，妄有请求。窃以戎狄贪婪，性同犬彘，遇强则伏，见弱便欺，见我无谋，动皆屈就，谓我为弱，知我可欺。故添以金缯，未满其志；更邀名分，抑使必从。无事而来，尚犹如此，若更因西事，揽以为功，别有过求，将何塞请？此天下之人无愚与智，共为朝廷寒心者也。今若果有文字来督通和之事，则臣谓丑虏狂计，其迹已萌。不和则诘我违言，既和则论功责报，不出年岁，恐须动作，苟难曲就，必至交兵。

至于选将练师，既难卒办，御戎制胜，当在机先。臣窃怪在朝之臣，尚偷安静，自河以北，绝无处置，因循弛慢，谁复挂心？岂可待虏使在廷，寇兵压境，然后计无所出，空务张皇而已哉！今国家必谓两意虽乖，尚牵盟誓，边防处置，未敢张皇。以臣思之，莫若精选材臣，付与边郡，使其各图御备，密务修完，此最为得也。况今边防处置，百事乖方，惟有择人，最为首务。今北边要害州军，不过十有余处，于文武臣寮中选择十余人，不为难得。各以一州付之，使其各得便宜，如理家事，完城垒，训兵戎，习山川，蓄粮食，凡百自办，不烦朝廷经度。以兹预备，尚可枝梧。至如镇、定一路，最为要害。张存昔在延州，以不了事罢去，今乃委以镇府；王克基凡庸轻巧，非将臣之材，而任定州。其余州郡，多匪其人。臣欲乞陛下特诏两府大臣，取见在边郡守臣可以御敌捍城、训兵待战者留之，其余中常之材不堪边任者，悉行换易。若秋风渐劲，虏衅有端，陛下试思边鄙之臣，谁堪力战？朝廷之将，谁可出师？

当臣初授谏职之时，见朝廷进退大臣，陛下锐意求治，必谓群臣自此震慑，百事自此修举。西北二事最为大者，自当处置，不待人言。及就职以来已数十日，而政令之出，渐循旧弊。惟言事之臣拾遗补阙者，勉强施行其一二。至如讲大利害，正大纪纲，外制四夷，内纾百姓，凡庙堂帷幄之谋，未有一事施行于外者。臣忝司谏诤，岂敢不言？

伏望陛下不忘社稷之深耻，无使夷狄之交侵，骏发天威，督励臣下。仍乞询问两府大臣，西鄙和与不和，能保契丹别无辞说否？苟有所说，能以庙谋奇算沮止之否？苟无谋以止之，则练兵选将，备边待寇，贼至而后图，能不败事否？臣愿陛下勿谓去岁六符之来可以贿解，今而有请，则事难从矣。勿谓累年西贼为患，习以为常，若此事一动，则天下摇矣。

臣所言者，社稷之大计也，愿陛下留意而行之。取进止。

【解题】

《续资治通鉴长编》卷一四一系本札于庆历三年五月末。宋夏议和之际，欧阳修奏请选将练兵，加强河北守备。茅坤评此札为“先事制胜之言”（《宋大家欧阳文忠公文钞》卷五）。

论沂州军贼王伦事宜札子

臣近闻沂州军贼王伦等杀却忠佐朱进，打劫沂、密、海、扬、泗、楚等州，邀呼官吏，公取器甲，横行淮海，如履无人。比至高邮军，已及二三百人，皆面刺天降圣捷指挥字号，其王伦仍衣黄衫。据其所为，岂是常贼？骤闻可骇，深思可忧。

臣窃见自古国家祸乱，皆因兵革先兴，而盗贼继起，遂至横流。后汉、隋、唐之事，可以为鉴。国家自初兵兴，必知须有盗贼，便合先事为备。而谋国之臣，昧于先见，致近年盗贼纵横，不能扑灭。未形之事，虽或有所不及；已兆之患，岂可因循不为？臣遍思天下州军，无一处有备。假令王伦等周游江海之上，驱集罪人，徒众渐多，南越闽、广而断大岭，西走巴峡以窥两蜀，所在空然，谁能御之？若不多为方略，窃恐未可剪除。而朝廷之臣，尚若常事，不过差一两人使臣，领兵捕捉，此外更无处置。

窃以去患宜速，防祸在微。伏望陛下深惧祸端，督责宰辅，早为擘画，速务剪除。臣亦有短见数事，谨具条列，以裨万一。

一、乞访寻被杀朱进，或有儿男，便与一官，令其捕贼，以复父仇。仍许令乘驿，随逐指射兵士随行。

一、窃知王伦在沂、密间只有四五十人，及至高邮已二三百人，皆是平民，被其驱胁。欲乞除军贼不赦外，特赦驱胁之人。先与安慰其家，各令家人以书招谕。有能杀军贼脱身自归者，等第重与酬赏。可使自相疑贰，坏散凶徒。

一、窃虑江淮诸处先有贼盗，渐与王伦合势，则凶徒转炽，卒难剪灭。欲乞指挥，募诸处未获盗贼，有能谋杀军贼者，亦等第重行酬奖。可使贼心自疑，徒党难集。

一、乞出榜招募诸处下第举人及山林隐士、负犯流落之人，有能以身入贼算杀首领，及设计误贼陷于可败之地者，重与酬奖。所贵凶党怀疑，不肯招延无赖之人以为谋主。

一、窃见朝廷虽差使臣领兵追捕，而凶贼已遍劫江淮，深虑赶趁不及，徒党渐多。欲乞特差中使，驰骑先计会沿江淮诸路州军，会合巡检、县尉，预先筹截，续发禁兵，随后追逐。所贵不至走透。

右臣所陈五事，伏乞详择施行。外有先被王伦胁从人等首身者百余人，其中有当与酬赏及合行分配者，乞早赐施行，用安反侧。谨具状奏闻。

【解题】

此二札子作于庆历三年六月，《续资治通鉴长编》系“再论”札子于六月十八日。上月，沂州军卒王伦于山东起事。欧阳修此二札替朝廷出谋划策，主张从速剪除，严厉镇压。（下札解题略去）

再论王伦事宜札子

臣窃见近日四方盗贼渐多，凶锋渐炽，扑灭渐难，皆由国家素无御备，官吏不畏赏罚。臣谓夷狄者皮肤之患，尚可治；盗贼者腹心之疾，深可忧。而朝廷弛缓，终未留意，每遇有一火贼，则临事惊骇仓皇，旋发兵马，终不思经久御贼之计。只如王伦者，今若幸而剪扑，则其杀害人民，为患已广；如更未能剪扑，使其据城邑，则患祸不细矣。

臣数日前已有奏论，只是条列招捉王伦一火事宜。至如池州、解州、南京、邓州诸处强贼甚多，今后亦须禁绝其端，不可更令频有。臣欲乞陛下特敕两府大臣，议定经制。臣亦有短见数事，备列如后：

一、臣窃见王伦所过楚、泰等州，知县、县尉、巡检等并不斗敌，却赴王伦茶酒，致被夺却衣甲。盖由法令不峻，无所畏禀。官吏见朝廷宽仁，必不深罪，而贼党凶虐，时下可惧，宁是畏贼，不畏朝法。臣今欲乞凡王伦所过州县夺却衣甲处官吏，并与追官勒停。其巡检仍先除名，令白身从军自效，俟贼破日，却议叙用。仍今后用此为例。

一、外处知州本号郡将，都监、监押只管在城巡检，若贼入城，不能擒捕，则设之何用？臣欲乞应有不能御备，致贼人入城打劫，不寻时斗敌致全火走透者，知州亦特勒停。都监、监押除名，白身从军自效，能获贼，则议叙用。

一、臣见诸处有贼，多是自京师别差使臣兵马捉杀，则本地分元置都监、巡检、县尉等设之何用？每有些小贼盗，不获又无深责，稍似强贼则别差人捉杀，如此可以推避因循。臣欲乞若朝廷别差人捉获，则本地分巡检、县尉，仍坐全不获贼之罪。及从初不切收捕，致走透他处，及溃散后，别地分巡检、县尉捉获者，元出贼处官吏，不得与破全火批书。

一、窃见诸处县尉，多是新及第少年，儒生怯懦，往往不能捉贼，虚令陷罪。臣今欲下铨司，详议选择县尉之格，以武勇人材堪充者充，仍重定赏罚之法。其见今有新及第少年怯懦者，委诸路按察使先次举奏替换。

一、臣窃见自来所差巡检兵士，多不能捕贼，反与州县为患。臣今欲乞自朝廷选募使臣，令使臣自选募兵卒，不拘厢、禁军，令所在州军指名抽射，仍重立赏罚之法。

论谏院宜知外事札子

臣窃闻近日为军贼王伦事，江淮州军频有奏报，朝廷不欲人知，召进奏官等于枢密院，责状不令漏泄，指挥甚严。不知此事出于圣旨，或只是两府大臣意欲如此？以臣料之，为近日言贼事者多，朝廷欲人不知，以塞言路耳。

臣谓方今多事之际，虽有独见之明，尚须博采善谋，以求众助，岂可聋瞽群听，杜塞人口？况朝廷处事，未必尽能合宜；臣下献忠，未必全无可采。至如王伦驱杀士民，攻劫州县，江淮之上，千里惊搔，事已若斯，何由掩盖？当今列辟之士，极有忧国之人，欲为人主献言，常患闻事不的。况台谏之官，尤是本职，凡有论列，贵在事初，善则开端，恶则杜渐，言于未发，庶易回改。今事无大小，常患后时，或号令已行，或事迹已布，纵欲论救，多不能及。若更秘密，不使闻知，则言事之臣何由献说？

臣今欲乞指挥进奏院，凡有事非实封者，不须秘密。臣因此更有起请事件，画一如后：

一、窃见御史台见有进奏官逐日专供报状，欲乞依御史台例，选差进奏官一人，凡有外方奏事及朝廷诏令除改，并限当日内报谏院。

一、窃见唐制，谏臣为供奉之官，常在天子仗内，朝廷密议皆得闻之。今虽未曾恢复旧制，欲乞凡遇朝廷有大处置，四方奏报，事非常程，及谏官风闻，事未得实者，并许诣两府请问，庶知审实，得以论列。

右件二事，如允臣所请，乞降指挥施行。取进止。

【解题】

作于庆历三年六月。欧阳修获知王伦起事后，朝廷隐匿江淮州军奏报，奏请恢复祖宗旧法，让谏官逐日了解外方奏事及朝廷诏令，为提高谏官地位、促进庆历新政创造必要条件。茅坤称誉为“忠悃之识”(《宋大家欧阳文忠公文钞》卷四)。

论禁止无名子伤毁近臣状

右，臣窃见前年宋庠等出外之时，京师先有无名子诗一首传于中外，寻而庠罢政事。近又风闻外有小人欲中伤三司使王尧臣者，复作无名子诗一篇，略闻其一两句。臣自闻此诗，日夕疑骇，深思事理，不可不言。

伏以陛下视听聪明，外边事无小大无不知者，窃恐此诗流传渐广，须达圣聪。臣忝为陛下耳目之官，不欲小人浮谤之言上惑天听，合先论列，以杜奸谗。况自兵兴累年，继以灾旱，民财困竭，国币空虚，天下安危系于财用虚实，三司之职，其任非轻。近自姚仲孙罢去之后，朝廷以积年蠹弊、贫虚窘乏之三司付与尧臣，仰其办事，乃是陛下委信责成之日，尧臣多方展效之时。臣备见从前任人，率多顾惜禄位，宁可败事于国，不肯当怨于身。如尧臣者，领职以来，未及一月，自副使以下不才者悉请换易，足见其不避嫌怨，不徇人情，竭力救时，以身当事。今若下容谗间，上不主张，则不惟材智之臣无由展效，亦恐忠义之士自兹解体。臣思作诗者虽不知其姓名，窃虑在朝之臣有名位与尧臣相类者，嫉其任用，故欲中伤，只知争进于一时，不思沮国之大计。

伏自陛下罢去吕夷简、夏竦之后，进用韩琦、范仲淹以来，天下欣然，皆贺圣德。君子既蒙进用，小人自恐道消，故共喧然，务腾谗口，欲惑君听，欲沮好人，不早绝之，恐终败事。况今三司蠹弊已深，四方匮乏已极，尧臣必须大有更张，方能集事。未容展效，已被谤言。臣近日已闻浮议纷然，云尧臣更易官吏，专权侵政。今又造此诗语，摇惑群情，若不止之，则今后陛下无以使人，忠臣无由事主。

谗言罔极，自古所患，若一启其渐，则扇惑群小，动摇大臣，贻患朝廷，何所不至！伏望特降诏书，戒励臣下：敢有造作言语、诬构阴私者，一切禁之；及有转相传诵，则必推究其所来，重行朝典。所贵禁止谗巧，保全善人。

谨具状奏闻，伏候敕旨。

【解题】

作于庆历三年夏。四月二十二日，王尧臣权知三司使，采用改革举措，有人制造流言蜚语，造谣中伤。欧阳修主张悬赏追查，保护好人。茅坤称赏此状言事“亦是大体所系”（《宋大家欧阳文忠公文钞》卷六）。

论乞诏谕陕西将官札子

臣风闻昊贼今次人来，辞意极不逊顺，所请之事，必难尽从。事既不成，则元昊必须作过，朝廷须合先为御备。

窃虑沿边将帅见西人入朝，惟望通好，便生懈怠，万一西贼骤出忿兵，击吾弛惰，则立见败事。乞速诏边臣，密谕与西贼辞未逊顺、必不通和之意，各使先知，绝其顾望，早为准备，庶不败事。

仍虑边将谓朝廷此时议虽未合，若后次更来，必须和好，因此便无讨贼之志。仍乞便因诏谕，示以激厉之言，云朝廷以昊贼罪大，意在讨除，今不许其和好者，盖以外有尔辈在边，必望破贼成功之意，使其不生退心。

臣见唐武宗英武之主，所任宰相李德裕最号有材，当时用兵征伐，指挥将帅，处置事宜，动以诏书约束劝厉，故终成功业。国家用兵以来，未闻以赏罚号令激动人心、使其竭力者，此最宜留意。取进止。

【解题】

作于庆历三年夏。时西夏因久战疲困，遣使求和。欧阳修担心边塞将帅盼和懈怠，提醒朝廷晓谕边将，加强守备，以防不虞，显示作者的老成持重，深谋远虑。

论乞令百官议事札子

臣伏见祖宗时，犹用汉、唐之法，凡有军国大事及大刑狱，皆集百官参议。盖圣人慎于临事，不敢专任独见，欲采天下公论，择其所长，以助不逮之意也。

方今朝廷议事之体，与祖宗之意相背。每有大事，秘不使人知之，惟小事可以自决者，却送两制定议。两制知非急务，故忽略拖延，动经年岁，其中时有一两事体大者，亦与小事一例忽之。至于大事秘而不宣，此尤不便。当处事之始，虽侍从之列，皆不与闻。已行之后，事须彰布，纵有乖误，却欲论列，则追之不及。况外廷百官疏远者，虽欲有言，陛下岂得而用哉？所以兵兴数年，西北二方累有事宜处置多缪者，皆由大臣自无谋虑，而杜塞众见也。

臣今欲乞凡有军国大事，度外廷须知而不可秘密者，如北虏去年有请合从与不合从，西戎今岁求和当许与不当许，凡如此事之类，皆下百官廷议。随其所见同异，各令署状，而陛下择其长者而行之。不惟慎重大事，广采众见，兼又于庶官、寒贱、疏远人中，时因议论，可见其高材敏识者，国家得以用之。若百官都无所长，则自用庙堂之议。至于小事，并乞只令两府自定。其钱谷合要见本末，则召三司官吏至两府，讨寻供析，而使大臣自择。至于礼法，亦可召礼官、法官询问。如此，则事之大小，各得其体。

如允臣所请，且乞将西戎请和一事，先集百官廷议。取进止。

【解题】

作于庆历三年夏。欧阳修奏请恢复祖宗时廷议军国大事的旧法，批评当今朝廷议事之体，并请求将西夏请和一事首先付百官廷议。茅坤评述说：“开诚布公之见，汉唐以来所少者。”（《宋大家欧阳文忠公文钞》卷四）

论郭承祐不可将兵状

右，臣伏闻朝旨，用郭承祐为镇定部署。

臣自闻此除改，夙夜思惟。国家用兵已五六年，未有纤毫所得，挫尽朝廷威势，困却天下生灵，细思厥由，其失安在？患在朝廷拘守常例，不肯越次择材，心知小人，付以重任，后虽败事，亦终不悔。

今每有除拟，人或问于大臣，则曰：“虽知非材，舍此别无人。”甚者欲塞人言，则必曰：“尔试别思更有谁可用乎?”臣亦常闻此言，每退而叹息。夫所谓别无人者，岂是天下真无人乎?盖不力求之耳。今不肯劳心选择，越次而用，但守常循例，轻用小人，宁误大计，一误不悔，后又复然。至如葛怀敏顷在西边，天下皆知其不可，当时议者但曰舍怀敏别未有人，难为换易。及其战败身亡，横尸原野，怀敏既不复生，亦须别求人用。臣谓今日任承祐，亦犹当时用怀敏也。况如承祐者，凡庸奴隶之才，不及怀敏远甚。顷在澶州，只令筑城，几至生变。岂可当此一路?臣谓朝廷非不知承祐非才，议者不过曰例当叙进，别更无人，此乃因循之说尔。

方今黠虏狂谋，祸端已兆。中外之士见国家轻忽戎患，弛武北方，人皆献言，愿早为备，忽见如此除改，谁不惊忧！前者刘六符之来，朝廷忍耻就议，盖为河朔无可自恃，难与速争，须至屈意苟和，少宽祸患。今幸得此自纾之计，所宜多方汲汲精意，将臣先为御备，犹恐不及，岂是因循守例，轻任小人之日也?

其郭承祐，欲乞早移与一不用兵处知州，或召还别与一闲慢职秩。若欲录其勤旧，优其戚里之恩，闲官厚禄足可养之，不必须令居此要任。伏愿陛下深思大计，不惮改为，则天下幸甚。取进止。

【解题】

《续资治通鉴长编》卷一四二系此状于庆历三年七月十三日。本文论郭承祐无将兵之才，因循守例，命为镇定部署，批评朝廷拘守常例，轻任小人。

论苏绅奸邪不宜侍从札子

臣昨日窃闻敕除太常博士马端为监察御史，中外闻之，莫不惊骇。

端为性险巧，本非正人，往年常发其母阴事，母坐杖脊。端为人子，不能以礼法防其家，陷其母于过恶，又不能容隐，使母被刑，理合蒙羞负恨，终身不齿官联，岂可更为天子法官？臣不知朝廷何故如此用人？纵使天下全无好人，亦当虚此一位，不可使端居之，况刚明方正之士不少。臣求其故，盖是从初不合令苏绅举人。绅之奸邪，天下共恶，视正人端士如仇雠，惟与小人气类相合，宜其所举如此也。端之丑恶，人谁不知？而绅敢欺罔朝廷者，独谓陛下不知耳。此一事尚敢欺罔人主，其余谗毁忠良、以是为非之说，其可信乎？

其马端，伏乞追寝成命。苏绅受诏举此丑恶之人，罔上欺下，亦乞坐此黜外任，不可更令为人主侍从。取进止。

【解题】

作于庆历三年七月。欧阳修闻讯苏绅荐举马端为监察御史，上疏论马端险巧丑恶，建议连同举主一并黜落。《续资治通鉴长编》卷一四二庆历三年七月三日载苏绅出知河阳，附载欧此札，并云“绅由是黜”。

论王举正范仲淹等札子

臣伏见朝廷擢用韩琦、范仲淹为枢密副使，万口欢呼，皆谓陛下得人矣。然韩琦禀性忠鲠，遇事不避，若在枢府，必能举职，不须更藉仲淹。如仲淹者，素有大材，天下之人皆许其有宰辅之业。外议皆谓在朝之臣忌仲淹材名者甚众，陛下既能不惑众说，出于独断而用之，是深知其可用矣。可惜不令大用。盖枢府只掌兵戎，中书乃是天下根本，万事无不总治。伏望陛下且令韩琦佐枢府，移仲淹于中书，使得参预大政。

况今参知政事王举正，最号不才，久居柄用，柔懦不能晓事，缄默无所建明，且可罢之，以避贤路。或未欲罢，亦可且令与仲淹对换。当今四方多事，二虏交侵，正是急于用人之际。凡不堪大用者去之，乃叶天下公论，不必待其作过，亦不须俟其自退也。况若令与仲淹对换，则于举正不离两府，全无所损。

伏望陛下思国家安危大计，不必顾惜不材之人，使妨占贤路。如允臣所请，即乞留中，特出圣断指挥。或尚未欲施行，即乞降付中书，令举正自量材业优劣何如仲淹，若实不如，即须自求引避，以副中外公议。取进止。

【解题】

《续资治通鉴长编》卷一四二：庆历三年七月十一日，“谏官欧阳修、余靖、蔡襄咸言举正懦默不任职，枢密副使范仲淹有宰辅才，不宜局在兵府，愿罢举正，以仲淹代之。举正亦自求罢，上从其请”。

论乞廷议元昊通和事状

右，臣近有奏论，今后军国大事不须秘密，请集百官廷议。近闻元昊再遣使人将至阙下，和之与否，决在此行。窃计庙谋合思成算，臣谓此最大事也，天下安危系之。

今公卿、士大夫爱君忧国者，人人各为陛下深思极虑，惟恐庙堂之失策，遂落夷狄之奸谋，众口云云，各有论议。一曰天下困矣，不和则力不能支，少屈就之，可以纾患。一曰羌夷险诈，虽和而不敢罢兵，则与不和无异，是空包屈就之羞，全无纾患之实。一曰自屈志讲和之后，退而休息，练兵训卒，以为后图。然此亦必不能者，只以河朔之事可知。盖虑才和之后，便忘发愤，因循弛废，为患转深。一曰纵使元昊复臣，西边减费，不弛武备，不忘后图，然犹有大可忧者，北戎将揽通和之事以为己功，过有邀求，遂兴兵革，是暂息小患于关西，复生大患于河北。臣忝为耳目之官，见国有大事，旁采外论，所闻如此异同，然大抵皆谓就和则难，不和则易，不和则害少，和则害多。然臣又不知朝廷之意，其议云何？

臣见汉唐故事、祖宗旧制，大事必须廷议。盖以朝廷示广大，不欲自狭；谋臣思公共，不敢自强。故举事多臧，众心皆服。伏思国家自兵兴以来，常秘大事，初欲隐藏护惜，不使人知，及其处置乖违，岂能掩蔽？臣谓莫若采大公之议，收众善之谋，待其都无所长，自用庙谋未晚。

其元昊请和一事，伏乞于使人未至之前，集百官廷议。臣只自朝夕以来，诸处询访，已闻众说如此。若使并集于廷，各陈所见，必有长策，以裨万一。谨具状奏闻，伏候敕旨。

【解题】

《续资治通鉴长编》卷一四二系本状于庆历三年七月二十日。时西夏国主元昊遣使者吕你如定、张延寿等来到汴京，协商议和条件，欧阳修反对急于议和，主张召集百官廷议，以免庙堂失策。茅坤评述说："欧公于西事独持不和之议，此状借人言以感悟主上，最婉而剀。"（《宋大家欧阳文忠公文钞》卷八）

论元昊来人不可令朝臣管伴札子

臣风闻朝旨，欲以殿中丞任颛管领元昊遣来一行人等。臣窃知元昊此来，全无好意，不肯称臣，索物太多，其志不小，乃是欲以强相迫胁尔。朝廷既不能从，则待其来人，凡事不可过分。至于礼数厚薄，赐与多少，虽云小事，不足较量，然于事体之间，所系者大。

凡兵交之使来入大国，必须窥伺将相勇怯，觇察国家强弱。若见朝廷威怒未息，事势未削，则必内忧斩戮，次恐拘留，使其偶得生归，自为大幸，则我弱形未露，壮论可持。今若便损国威，过加厚礼，先为自弱，长彼骄心，使其知我可欺，则议论愈难合矣。必若成就其事，尤须镇重为先，况其议必不成，可惜空损事体。前次元昊来人至少，朝廷只差一班行待之；今来渐多，遂差朝士；若其后次来者渐盛，则必须差近侍矣。是彼转自强，我转自弱。况闻邵良佐昨来往彼，仅免屈辱而还，则彼虽戎狄，不谓无谋。今其来人，必须极骋强辞以图相胜，若能先薄其礼以折之，亦挫贼之一端也。

其元昊来人，欲乞更不差官管领，送置驿中，不须急问。至于监视馈犒、传道语言一了事，班行足矣。臣料今国家若不能曲从其意，即虽尊宠来人，厚加礼遇，元昊不免出兵攻寇，逞彼忿心。等是不和，何必自亏事体？不若急修边备，以图胜算。取进止。

【解题】

此二札子，《续资治通鉴长编》卷一四二系于庆历三年七月二十五日，并云："修虽有此意，然朝廷竟不从也。"欧阳修反对朝廷的隆重接待夏使，主张不派官员陪伴，不赐御筵，以挫伤对方的傲气。

论元昊来人请不赐御筵札子

臣窃知昊贼所遣来人将欲到阙，风闻管勾使臣须索排备，次第甚广，及闻才至，欲赐御筵管领。臣知昊贼此来，意极不逊。臣料朝廷必欲要其臣服，方许通和。若欲如此，则便须有以挫之，方能抑其骄慢，庶可商量。今若便于礼数之间过加优厚，则彼必以我为怯，知我可欺，议论之间，何由屈折？若果能得其臣顺，则待议定之后，稍加礼数，亦未为迟。仍须杜渐防微，常为挫抑之计，岂可一事未成，先亏国体？

其元昊一行来人，伏乞凡事减勒，无令曲加优厚。若因此得其抑挫而臣伏，则吾计无失；如其必不臣伏，则免至虚亏事分。取进止。

论西贼议和利害状

右，臣伏自如定等到京以来，窃闻朝议不许贼称“吾祖”，必欲令其称臣，然后许和。此乃国家大计，庙堂得策。盖由陛下至圣至明，不苟目前之事，能虑向去之忧，断自宸衷，决定大议。然数日来，风闻颇有无识之人妄陈愚见，不思远患，欲急就和。臣虽知必不能上惑圣聪，然亦虑万一少生疑沮，则必坏已成之计。臣职在言责，理合辨明。

伏自西贼请和以来，众议颇有异同，多谓朝廷若许贼不称臣，则虑北戎别索中国名分，此诚大患。然臣犹谓纵使贼肯称臣，则北戎尚有邀功责报之患，是臣与不臣，皆有后害。如不得已，则臣而通好，犹胜不臣，然于后患不免也。此有识之士、忧国之人，所以不愿急和者也。今若不许通和，不过惧贼来寇耳。且数年西兵遭贼而败，非是贼能善战，盖由我自缪谋。今如遣范仲淹处置边防，稍不失所，则贼之胜负尚未可知。以彼骄兵，当吾整旅，使我因而获胜，则善不可加。但得两不相伤，亦已挫贼锐气。纵仲淹不幸小败，亦所失不至如前后之缪谋，是比于通和之后别有大患，则所损犹少。此善算之士、见远之人，所以知不和害小，而不惧未和也。

臣谓方今不羞屈志、急欲就和者，其人有五：一曰不忠于陛下者欲急和，二曰无识之人欲急和，三曰奸邪之人欲急和，四曰疲兵懦将欲急和，五曰陕西之民欲急和。自用兵以来，居庙堂者劳于斡运，在边鄙者劳于戎事。若有避此勤劳，苟欲陛下屈节就和，而自偷目下安逸，他时后患任陛下独当。此臣所谓不忠之臣欲急和者也。和而偷安，利在目下，和后大患，伏而未发。此臣所谓无识之人欲急和者也。自兵兴以来，陛下忧勤庶政，今小人但欲苟和之后，宽陛下以太平无事，而望圣心怠于庶政，因欲进其邪佞，惑乱聪明。大抵古今人主忧勤，小人所不愿也。此臣所谓奸邪之人欲急和也。屡败之军不知得人则胜，但谓贼来常败。此臣所谓懦将疲兵欲急和也。此四者，皆不足听也，惟西民困乏，意必望和，请因宣抚使告以朝廷非不欲和，而贼未逊顺之意，然后深戒有司，宽其力役可也。其余一切小人无识之论，伏望圣慈绝而不听，使大议不沮，而善算有成，则社稷之福也。

谨具状奏闻，伏候敕旨。

【解题】

此一状一札子，《续资治通鉴长编》卷一四二系于庆历三年七月二十八日。欧阳修陈述急于议和的利害关系，反对屈志辱国、急于就和，反对元昊名号由“兀卒”改为“吾祖”，表现爱国者的忠义正气。茅坤评述说：“当时揣上下必听其称臣处和矣，欧公特欲持重此事，以笼西夏。”（《宋大家欧阳文忠公文钞》卷八）（下札解题略去）

论元昊不可称吾祖札子

臣伏见如定等来，西贼欲称“吾祖”，向闻朝议，已不许之。今日风闻议却未定，不知虚的，深切惊忧。且“吾祖”两字，是何等语？便当拒绝，理在不疑，安有未定之说哉！

夫吾者，我也；祖者，俗所谓翁也。今匹夫臣庶尚不肯妄呼人为父，若欲许其称此号，则今后诏书须呼“吾祖”，是欲使朝廷呼蕃贼为我翁矣，不知何人敢开此口？且蕃贼撰此名号之时，故欲侮玩中国而已。今若得其称臣，则此二字尤须论辨。今自元昊已下，名称官号，皆用夷狄。若蕃语“兀卒”，华言“吾祖”，则今贼中每事自用夷礼，安得惟于此号独用华言而不称“兀卒”？且彼于我称臣，而使我呼为“祖”，于礼非便，故当以此折之可也。

朝廷自有西事以来，处置乖方、取笑于人者多矣，未有如此一事最可笑也。窃虑小人妄有议论，伏乞拒而不听。取进止。

论孙抃不可使契丹札子

臣伏见差孙抃等充契丹人使。臣谓朝廷新遭契丹侮慢陵辱之后，必能发愤，每事挂心，凡在机宜，合慎措置。及见抃等被选，乃知忘忽虑患，依旧因循。今西贼议和，事连北虏，中间屡牒边郡，来问西事了与未了。今专使到彼，必先问及，应对之际，动关利害，一言苟失，为患非轻，岂可四人之中令抃先往？抃本蜀人，语音讹谬，又其为性，静默自安，军国之谋，未尝与议，凡关机事，多不谙详。臣闻古者遣使，最号难才，不受以辞，许其专对，盖取其临事而敏，应卒无穷。今抃既不可预教以言，则将何以应卒？苟一疏脱，取笑四夷。

其孙抃，欲乞不令出使。或恐中书不能逆抃人情，尚执前议，即乞别令一人言语分明、稍知朝廷事者先往，贵不误事。且丑虏君臣颇为强黠，中国常落其计，不可不知。今欲雪前耻，虽知未能，其如后患，岂可不虑？伏望圣慈，早令两府别议。取进止。

【解题】

《续资治通鉴长编》卷一四二庆历三年八月十五日，“起居舍人、知制诰孙抃为契丹国母生辰使”，附载欧此疏，并云“不报”。欧阳修论孙抃语音讹谬、静默寡语，又不谙国事，请求换人，朝廷未从。

论范仲淹宣慰陕西札子

臣风闻如定等不久放还，窃缘此来议论必未谐和，须虑骄贼猖狂，忿兵攻寇。凡关边备，正要枝梧，伏睹朝旨，已差范仲淹、田况等为宣抚使。今日风闻韩琦以仲淹已作参政，欲自请行，不知是否？

以臣愚见，不若且遣仲淹速去。琦与仲淹，皆是国家委任之臣，材识俱堪信用，然仲淹于陕西军民恩信，尤为众所推伏。今若仲淹外捍寇兵，而琦居中应副，必能共济大事，庶免后艰。若陛下以新用仲淹，责其展效，则且令了此一事，俟边防稍定，不两三月自可还朝，既先弭于外虞，可渐修于阙政，今边事是目下之急，不可迟缓，以失事机。伏望断自宸衷，辍仲淹速去，以备不虞。取进止。

【解题】

此二札子，同作于庆历三年八月。宋夏第一次议和未成功，欧阳修建议范仲淹宣慰陕西，加强边境防卫；又主张徐还如定等人，而不派张子奭出使西夏。据《续资治通鉴长编》卷一四二本月十九日记事，韩琦为陕西宣慰使，张子奭出使夏州，二札子均未从。（下札解题略）

论乞不遣张子奭使元昊札子

臣窃闻昊贼来人议论数日，全无逊顺之意，朝廷又欲遣张子奭复往贼中，仍闻且只令在延州，伺候贼意，待其来迎，方敢前进。不知果有如此议否？若实有之，大为不便。

臣谓方今两议未决，正是各争名分之时，尤不可自亏事体。元昊既见朝廷议论不合，必料边防须为准备，其伪以好辞来迎子奭，使我望和而少弛，然后出不意以攻，子奭或被拘留，或遭虐害，以为中国万世之辱，则悔何及焉！虽不如此，使子奭端坐延州，不来省问，欲归则又虑来迎，久待则寂然无报，进退不得，何耻如之！盖元昊已与中国三次商量，必知难合。子奭之往，又别无议论未尽之事，彼必不急求相见，则于臣二说，虑有一焉。

臣不知朝廷以昊贼为可臣乎，不可乎？若有可臣，则自当以重兵压境，仍选忠厚知谋之士直入贼中，说令臣伏。如其不可，则何必遣人？或但欲迁延岁月不拒绝之，则只当因如定之回，赐以甘言，许其厚赂，谕以若能逊顺则使通意边臣，俟得其实，然后定议，乃是未绝其来之意也。不可令天子使臣待贼命而进退，万一遭其拒绝，或被拘执，则于事无益，空损国威。

为今计者，不若速遣范仲淹严备边境，徐放如定等还，当自为谋，以求胜算。取进止。

论盗贼事宜札子

臣近因军贼王伦等事，累有论奏。为见天下空虚，全无武备，指陈后汉、隋、唐亡国之鉴，皆因兵革先兴而盗贼继起，不能扑灭，遂至横流。又见国家纲纪隳颓，法令宽弛，赏罚不立，善恶不分，体弱势危，可忧可惧。欲乞朝廷讲求御盗之术，峻行责下之法。

兼闻搢绅之内忧国者多，日有封章，皆论贼事。臣但谓朝廷见已形之患，闻众多之言，必动于心，略知恐惧。及闻枢密院戒励进奏官不使外人知事，方认两府厌苦献言之人。又见自和州奏破王伦之后，更不讲求御贼之策，又认上下已有偷安之意。殊不知前贼虽灭，后贼更多。

今建昌军一火四百人，桂阳监一火七十人，草贼一火百人，其余池州、解州、邓州、南京等处，各有强贼不少，皆建旗鸣鼓，白日入城。官吏逢迎，饮食宴乐。其敢如此者，盖为朝廷无赏罚，都不足畏；盗贼有生杀，时下须从。臣恐上下因循，日过一日，国家政令转弱，盗贼威势转强，使畏贼者多，向国者少，天下之势，从兹去矣。

臣窃闻京西提点刑狱张师锡，为部内使臣与贼同坐吃酒，及巡检、县尉不肯用心，曾有论奏，其言甚切。臣旧识师锡，其人恬静长者，迟缓优柔，不肯生事，今尚有此奏，则臣谓天下无贤愚皆为国家忧之。独不忧者，朝廷尔。嗟夫！古之智士，能虑未形之机；今之谋臣，不识已形之祸，以患为乐，以危为安。见盗贼虽多而时有败者，遂生玩寇之意；见言事者众而听之已熟，遂有忽人之心。臣近曾求对便殿，伏蒙陛下语及贼事，忧形于色。及退见宰辅，闲暇从容。天下之事，深可忧矣！

今建昌、桂阳贼数不少，想其为害，尤甚王伦，在于远处，更合留意。今自京发兵，则道远不及；外处就拨，则处处无兵。欲乞严敕大臣，鉴此已成难救之患，速讲定御盗之法，颁行天下，使四方渐为备御，及早擘画，剪扑诸处见在贼数。

自有贼已来，群臣上言者，皆为自来宽法，致得不肯用心捉贼，皆乞峻行法令。近见池州官吏各只罚铜五斤，乃知言者皆不蒙听纳。臣谓大臣为国计者，宁厌忠言之多，不厌盗贼之多，乃如此行事尔！

臣前后上言贼事文字不少，仍乞类聚，择其长者，讲定法制。陛下欲知大臣不肯峻国法以绳官吏，盖由陛下不以威刑责大臣。此乃社稷安危所系，陛下之事也，伏望留意而行之。取进止。

【解题】

此六札子作于庆历三年八、九月间，都是论述镇压京西“盗贼”事宜。所谓“盗贼”，指张海、郭貌山等农民起义军。八月，张、郭率领饥民在陕西商山起义。欧阳修主张峻立法令，从速剿灭，提出置兵、选官、明赏罚、抚疲民等策略，并建议派人打入起义军内部从事破坏活动，统一朝廷兵马的军事指挥等，既表现作者的政治、军事见识，也表现其维护统治阶级利益的残忍性。（以下五札解题从略）

论京西贼事札子

臣窃闻近日张海、郭貌山与范三等贼势相合，转更猖狂，诸处奏报，日夕不绝。伏惟圣虑必极忧劳，不闻庙谋有何处置。

臣窃见朝廷作事，常有后时之失，又无虑远之谋。患到目前，方始仓忙而失措；事才过后，已却弛慢而因循。昨王伦暴起京东，转攻淮甸，横行千里，旁若无人。既于外处无兵，须自京师发卒，孙惟忠等未离都下，而王伦已至和州矣。赖其天幸，偶自败亡，然而驱杀军民，焚烧城市，疮痍涂炭，毒遍生灵。此州郡素无守备，而旋发追兵，误事后时之明验。臣谓朝廷因此必悔前非，须有改更，以防后患。而自王伦败后，居两府者了无擘画，有上言者又不施行，上下拖延，日过一日，遂致张海、郭貌山等又起京西，攻劫州县，横行肆毒，更甚王伦。依前外处无兵，又自京师发卒。臣闻张海是李宗伙内恶贼，郭貌山在商山已及十年，其骁勇凶奸不比王伦偶起之贼，纵使官兵追及，亦其胜负未知。天下之忧恐自此始。

臣亦知近日臣寮上言贼事者甚众，窃虑两府进呈文字之时，必须奏言已差使臣选兵追捕，将此拙计，便为庙谋，上宽圣怀，苟自塞责。张海等二百余人尽有甲马，日行一二百里，马力困之则弃，别夺民间生马乘骑，窃料官兵必难追逐。纵使追兵能及，生灵已受其殃。此度贼虽能平，后患岂可不虑？

以今四方盗起，所在各要提防，则臣前所言御贼四事之中，州县置兵，最为急务。伏望陛下悯此生民见受屠戮之苦，不听迂儒迟缓误事之言。其州县置兵事件，富弼已有起请，伏乞决于宸意，速与施行。取进止。

再论置兵御贼札子

臣近为张海等贼势猖狂，曾上言御贼四事。内一件州郡置兵为备，风闻朝议已依富弼起请施行。其余三事：一乞选捕盗官，二乞定赏罚新法，三乞按察老病贪赃之官。此三事至今未闻拟议。

臣伏见去年朝廷于诸道州府，招宣毅兵士及添置乡兵弓手，当时搔扰次第不小，本要为州县御贼之备。及一旦王伦、张海等相继而起，京东、淮南、江南、陕西、京西五六路，二三十州军，数千里内杀人放火，肆意横行，入州入县，如入无人之境。则去年所置宣毅兵、乡兵、弓手等，尽皆何在？无一处州县得力者，盖由官吏不得其人，赏罚无法，而所置宣毅、乡兵、弓手皆不堪使用，所以张皇搔扰，空有为备之名，而无为备之用。今朝廷虽依富弼起请，令州郡置兵，若不先择官吏，严立法令，则依前置得不堪使用之兵，空有其名，终不济事。故臣谓必欲州郡置得精兵，则须采臣所陈三事，一一施行，方可集事。

其州县官吏误事，臣请试言京西一两处，则其他可知。郢州知州王昌运老病，腰脚行动不得，每日令二人扶出坐衙，三年之内，州政大坏。临替，得一比部员外郎刘依交代。其刘依亦是七十余岁，昏昧不堪，昨在滑州寄居，臣为通判，三四度来看臣，每度问臣云："中书有一个王参政，名甚?"如此不知人事，陛下试思如此等人，能为国家置兵御贼乎？今汝州知州鲍亚之，是三司以不才柬退者，邓州知州朱文郁，是转运使中不材选退者，二人老懦不才。如此等人，能为国家置兵御贼乎？陛下欲知全盛之世盗贼便敢如此者，盖为处处官吏非人。故臣前后累言乞按察冗滥之官者，盖为恐有此事也。

两府之议，不肯于无事之时先为御备，直待打破一州，方议换知州，打破一县，方议换县令。其余未经打破州县，一任老病贪缪之官坏之，臣谓是大臣不欲以身当怨之过也。今天下生民获安乐，则皆须上感陛下圣德。若其父子杀戮，离散不安，则亦必归怨陛下。今大臣不肯澄汰，盖避百十人官吏怨其身，宁使百万苍生涂炭而怨国家。今盗贼一年多如一年，一伙强如一伙，天下祸患，岂可不忧!

伏望圣明特出睿断，如必行州郡置兵之法，则先须慎择官吏，免致虚为搔扰，反更害民。臣前后三次乞按官吏，况国家自来每有灾伤路分，累曾遣使安抚，岂于今日视民如此涂炭，顿以遣使为难？愿陛下力主而行之，则天下幸甚。取进止。

论御贼四事札子

臣昨自军贼王伦败后，寻曾极言论列，恐相次盗贼渐多，乞朝廷早为御备。凡为国家忧盗贼者，非独臣一人，前后献言者甚众，皆为大臣忽弃，都不施行。而为大臣者又无擘画，果致近日诸处盗贼纵横。

自淮海已南新遭王伦之后，今自京已西州县又遭张海、郭貌山等劫掠焚烧，桂阳监昨奏蛮贼数百人，夔峡、荆湖各奏蛮贼皆数百人，解州又奏见有未获贼十余火，滑州又闻强贼三十余人烧却沙弥镇，许州又闻有贼三四十人劫却椹涧镇，此臣所闻目下盗起之处如此纵横也。此外，京东今岁自秋不雨，至今麦种未得。江淮伦贼之后，继以饥蝗。陕西灾旱，道路流亡日夜不绝。似此等处，将来盗贼必起，是见在者未灭，续来者愈多。而乾象变差，谴告不一，于古占法，多云天下大兵并起。今兵端已动于下，天象又告于上，而朝廷安恬舒缓，无异常时，此臣前状所谓古之智者能虑未形之机，今之谋臣不识已形之祸者也。

臣闻两汉之法，凡盗贼并起、人民流亡、天文灾异如此等事，皆责三公，或被诛戮，或行黜放。今幸陛下仁圣宽慈，大臣偶免重责，而犹忘忽祸患，偷习因循，此臣所谓大臣不肯峻国法以绳官吏，盖由陛下不以威刑责大臣者也。今见在贼已如此，后来贼必更多，若不早图，恐难后悔。

臣计方今御盗者，不过四事：一曰州郡置兵为备；二曰选捕盗之官；三曰明赏罚之法；四曰去冗官，用良吏，以抚疲民，使不起为盗。此四者，大臣所忽，以为常谈者也。然臣视今朝廷于此四者，未有一事合宜。伏望圣慈严敕两府大臣，问其舍此四事，别有何术可为？苟无他术，则此四事宜早施行。臣窃闻州郡置兵，富弼已有条奏。其余三事，前后言事者论议甚多。伏乞合聚群议，择其善者而行。其御盗四事，方今措置乖失极多，容臣续具一二条奏。取进止。

论募人入贼以坏其党札子

臣窃闻京西贼盗日近转多，在处纵横，不知火数。所患者素无御备，不易枝梧，然独幸贼虽猖狂，未有谋画。若使其得一晓事之人，教以计策，不掠妇女，不杀人民，开官库之物以振贫穷，招愁怨之人而为党与；况今大臣不肯行国法，州县不复畏朝廷，官吏尚皆公然迎奉，疲民易悦，岂有不从？若凶徒渐多而不暴虐，则难以常贼待之，可为国家忧矣。以此思之，贼众虽多，尚可力破，使有一人谋主，卒未可图。

臣前因王伦贼时，曾有起请十余事。内一件，乞出榜招募诸处下第举人及山林隐士、负犯流落之人，有能以身入贼算杀首领及设计误贼陷于可败之地者，优与酬奖。所贵凶党怀疑，不纳无赖之人以为谋主。当时议者颇以为然。伏乞采臣此意，速降指挥与杜杞，令所在张榜，使贼闻知。所贵投贼之人，怀疑不纳，但无谋主，尚可剪除。取进止。

论宜专责杜杞捕贼札子

臣伏见昨张海等贼势初盛之时，京西未有得力官吏，遂自朝廷差台官蔡禀催督捉杀。后来已别选杜杞充京西转运使，委以一路之事。兼近日差出兵马甚多，分为头项不少，部分进退，须要统一，指踪号令，不可二三。窃虑杜杞、蔡禀不相叶同，各出异见，凡指挥诸事，使诸将难从，一失事机，反成败误。自兵士差出，今已多时，然未闻奏报与贼斗敌及杀获次第。窃虑官兵互相回避，空作往来。或恐进退之间，号令不一，致兹逗遛，未见成功。今虽贼奏稍稀，然亦未见杀获之数。困兽犹斗，不可不虞，寇死命穷，恐未易敌，合早除剪，仍须督责。况蔡禀是应急差出，杜杞乃选材用之，责任之间，宜专在杞。兼闻蔡禀自到京西，处置多未合宜，近闻欲枷一巡检，致得兵士喧谋，几至生变。苟或如此张皇，窃恐别致生事。其蔡禀，伏乞早赐指挥抽回。只委杜杞一面催捉，庶得专一，早能了当。取进止。

论李淑奸邪札子

臣昨日因奏事于延和殿，已曾面论李淑向在开封府，犹为疏外，今拜学士，是禁中亲近之职。窃缘此人不宜在侍从之列，其奸邪阴险之迹，陛下素已知之。今外边臣寮、骨肉同坐者，不敢道李淑姓名，盖其秽恶，丑不可当。据外人如此恶之，岂合却在人主左右？

淑自来朋附夷简，在三尸五鬼之数，盖夷简要为肘腋，所以援引至此。不知今日朝廷如此清明，更要此人何用？若欲藉其词业，则臣谓才行者人臣之本，文章者乃其外饰耳。况今文章之士为学士者，得一两人足矣。假如全无文士，朝廷诏敕之词直书王言，以示天下，尤足以敦复古朴之美，不必雕刻之华。自古有文无行之人，多为明主所弃。只如徐铉、胡旦，皆是先朝以文章著名于天下，二人皆以过恶废弃，终身不齿，当时朝廷亦不至乏人。淑居开封，过失极多，然止是一府之害。今在朝廷，若有所为，少肆其志，则害及忠良，沮坏政治，是为天下之害，故臣不可不言。

今虽陛下主张正人，不信谗巧，然淑之为恶出于天性，恐不能悛改，窃虑依旧谮毁好人。伏望圣慈一切不纳，早与一外任差遣，使正人端士安心作事，无谗毁之避。取进止。

【解题】

《续资治通鉴长编》卷一四三系此二札子于庆历三年九月十二日。李淑，字献臣，李若谷子，聪颖博学，为人却阴险奸诈。欧阳修早年曾登门问学，又曾投书咨询，结交已久，相知甚深。时李知开封府，将晋升为翰林学士，欧阳修在朝堂当面谏阻，退而连上两疏。仁宗一度将李淑改知寿州，继而不行，入居翰院。同月二十八日，新知开封府吴育劾奏李淑罪迹，方罢知郑州。(下札解题从略)

再论李淑札子

臣近日窃闻李淑已有圣旨令与寿州，却知中书不肯便行，须得淑自上章求出，方敢差除。臣谓李淑奸邪之迹，陛下既已尽知，若得断自宸衷，则使天下之人皆知陛下聪明神圣，辨别忠邪，黜去小人，自出圣断。如此，则今后奸邪险恶之人可使知惧，而不敢为害。今若如中书之意，须待其自求退，则是赏罚之柄不由明主自行，去住之谋一任臣下取便。如此，则今后小人皆知虽为奸邪险恶，天子欲力去，而中书未必肯行，若不自退，则无人敢差。臣恐自此小人转为得计，不肯悛心。

进贤退不肖者，宰相之职也。今大臣既自避怨，不肯为陛下除去奸邪，赖陛下圣明，洞分邪正，又不能便依圣旨，直与差除，更须曲收人情，优假群小。三四日来，外边闻陛下欲除李淑寿州，人人鼓舞，皆贺圣德。盖淑二三十年出入朝廷，奸险倾邪，害人不少，一旦见人主斥去左右，莫不欣抃。却闻中书如此迂回，自相顾避，可惜圣明之断不尽施行。

臣欲望更不须候其请郡，因两府奏事之时，特出圣旨处分，直除一外郡，使天下皆知此奸邪秽恶之人，是人主力自除去，以彰圣明之德。取进止。

论吕夷简札子

臣昨日伏睹外廷宣制，吕夷简守太尉致仕。以夷简为陛下宰相，而致四夷外侵，百姓内困，贤愚失序，纪纲大隳，二十四年间坏了天下。人臣大富贵，夷简享之而去；天下大忧患，留与陛下当之。

夷简罪恶满盈，事迹彰著。然而偶不败亡者，盖其在位之日专夺国权，胁制中外，人皆畏之，莫敢指擿。及其疾病，天下共喜奸邪难去之人且得已为天废。又见陛下自夷简去后，进用贤才，忧勤庶政，圣明之德日新又新，故识者皆谓但得大奸已废，不害陛下圣政，则更不复言。所以使夷简平生罪恶，偶不发扬，上赖陛下始终保全，未污斧锧。是陛下不负夷简，夷简上负朝廷。今虽陛下推广仁恩，厚其礼数，然臣料夷简必不敢当，理须陈让。臣乞因其来让，便与寝罢，别检自来宰相致仕祖宗旧例，与一合受官名。

然臣犹恐夷简不识廉耻，便受国家过分之恩，仍虑更乞子弟恩泽。缘夷简子弟，因父侥幸，恩典已极。今边鄙多事，外面世寮辛苦者未尝非次转官，岂可使奸邪巨蠹之家，贪赃愚骇子弟，不住加恩？窃恐朝廷贻滥赏之讥，未弭物论。其子弟，伏乞更不议恩典。取进止。

【解题】

此三札子，《续资治通鉴长编》卷一四三系于庆历三年九月。吕夷简，字坦夫，寿州人。仁宗即位，拜参知政事，天圣六年拜相，先后在相位二十年。欧阳修劾奏吕夷简隳坏朝纲，导致外敌入侵，百姓苦困。反对为无功之臣私宠仆奴而乱国法；反对吕夷简罢政后暗入文书，眩惑皇帝视听。文章慷慨陈词，说理严密，跌宕多变化。茅坤评述《论止绝吕夷简暗入文字札子》："此即古人斜封之戒，文凡五转。"(《宋大家欧阳文忠公文钞》卷三)(以下两札之解题从略)

论吕夷简仆人受官札子

臣伏见国家每出诏令，常患官吏不能遵行，不知患在朝廷自先坏法，朝廷不能自信，则谁肯信而行之？然多因小人侥幸而不加抑绝，所与之恩虽少，所损之体则多。

臣闻去年十月中，曾有臣寮上言，乞今后大臣厮仆不得奏荐班行。敕旨颁下才三四月，已却用吕夷简仆人袁宗等二人为奉职。夷简身为大臣，坏乱陛下朝政多矣，苟有利于其私，虽败天下事尚无所顾，况肯为陛下惜法？但朝廷自宜如何？今一法才出，而为大臣先坏之，则其次臣寮仆人岂可不与？不与，则是行法有二；与之，则近降敕旨，今后又废。有司为陛下守法者，不思国体，但徇人情。或云二仆得旨与官，在降敕前。奈何授官在降敕后？凡出命令，本为厘革前弊，法家以后敕冲前敕。今袁宗等虽曾得旨，而未授命之间，已该新制，自合厘革。夷简不能止绝而恣其侥求，朝廷又不举行近敕而自隳典法，今后诏令，何以遵行？

其袁宗等，伏乞特追奉职之命，别与一军将之类闲慢名目，足示优恩，不可为无功之臣私宠仆奴而乱国法。取进止。

论止绝吕夷简暗入文字札子

臣风闻吕夷简近日频有密奏，仍闻自乞于御药院暗入文字，不知实有此事否？但外人相传，上下疑惧。

臣谓夷简身为大臣，久在相位，尚不能为陛下外平四夷，内安百姓，致得二虏交构，中国忧危，兵民疲劳，上下困乏，贤愚失序，赏罚不中，凡百纪纲，几至大坏。筋力康健之日，尚且如此乖缪，况已罢政府，久病家居，筋力已衰，神识昏耗，岂能更与国家图事？据夷简当此病废，即合杜门自守，不交人事。纵有未忘报国之意，凡事即合公言，令外廷见当国政之臣，共议可否。岂可暗入文书，眩惑天听？况夷简患瘫风，手足不能举动，凡有奏闻，必难自写。其子弟辈又不少，须防作伪，或恐漏泄，于体尤为不便。虽陛下至圣至明，于夷简奸谋邪说必不听纳，但外人见夷简密入文书，恐非公论，若误国计，为患不轻。夷简所入文字，伏乞明赐止绝。

臣闻任贤勿贰，去邪勿疑。见今中外群臣各有职事，苟有阙失，自可任责，不可更令无功已退之臣转相惑乱。取进止。

论葛宗古等不当减法札子

臣伏见近日赃吏葛宗古、王克庸、滕宗谅等相继赃污事发，内葛宗古情理尤恶。

臣伏睹去年朝廷命贾昌朝等减省天下冗费，上自陛下供御之物，至于皇后、宫嫔饮食已来，尽皆减节。盖谓调度至多，公私已乏，故陛下以身先天下，自行减刻，要供军费。凡为边将者，所得一钱一帛，宜思此物自生民困苦之中取其膏血，陛下忧劳之际减自圣躬，如此得之，宜作如何使用。今乃盗朝廷赏劳蕃夷之物，赡养求食妇人全家骨肉，及供自己家口，并营造工作、私家冗用之类。量其如此用心，岂是爱君忧国、忘身破贼之人？何足爱惜？若律文已重，即乞尽行，更不减法。若旧法尚轻，仍望特加重断。其滕宗谅、王克庸，若事状分明，亦望早赐勘鞫，正行国典。

窃虑议者为宗古等方任边陲，宜从宽贷。臣非不知驾驭英雄难拘常法，如太祖委用李汉超等。盖汉超能捍寇戎，不为边患，功大过小，理可优容。诸将守边未有尺寸之效，而先已逾违不法，外恃敌在而欲望朝廷屈法姑息。今朝廷未曾行宽假之惠，而此三人不法如此，若更宽之，则今后边臣不复可以法制矣。臣思边上公使必欲使将臣不拘常法者，若用之阴养死士，招延布衣，利啗敌人，赏劳将校，如此之数皆不必问其出入，可恣所为。或其性本阔略，偶不点检，误用于私家，原其本情，亦可轻恕。若宗古等故意偷谩减刻宴犒蕃夷、军士之物入己者，有何可恕之理，特减从轻？有何可赎之功，得以屈法？若此三人不行重断，则边臣知元昊常在，则可以常为不法，臣恐玩寇弄兵，事无了日。今取进止。

【解题】

作于庆历三年九月。时郑戬揭发滕宗谅在知泾州任上滥用公使钱，监察御史梁坚弹劾之，事连延州西路都巡检使葛宗古、原州知州狄青等。枢密使杜衍主张重法严惩，参知政事范仲淹则主张酌情宽大。欧阳修开始听信台谏官劾奏，上此札子主张严加惩处，后来获知详情，连上数疏，反对株连过甚，主张原情宽宥。

论学士不可令中书差除札子

臣近见翰林学士苏绅、叶清臣等相继解职。风闻侍从之臣内有奸憸小人，颇急经营，争先进用，至有喧忿之语传闻中外者，既亏廉让之风，又损朝廷之体。

臣伏思翰林之职，重于唐世，乃是天子亲信、朝夕谋议内助之臣，当时号为内相。故其进用，尤极精选，只用材识，不限资品，往往自州县官而拜者。国朝近岁于此一职，颇非其人，既见其材识愚下，不足以备访问，人主因之，薄其待遇，迹渐疏外，同于冗官，遂容小人得以滥进。臣思其弊，盖由不合令中书依资差除。且学士之职，本要内助天子，讲论外朝阙失。今若却令中书除人致于内，则是恩出中书之人，虽在天子左右，与无同也。

伏乞自今后翰林学士不必足员，用人不限资品，但择有才望正人堪充者，出自上意擢用，以杜小人争进之端，而天子左右更无奸邪之人，庶清侍臣之列。取进止。

【解题】

作于庆历三年秋。本札子奏请翰林学士一职不可由中书差除，应由皇帝亲自擢用，并主张唯才是任，不限资品，以杜绝小人争先进用的弊端。

论燕度勘滕宗谅事张皇太过札子

臣昨日风闻张子奭未有归期消息，贼昊又别遣人来，必恐子奭被贼拘留。西人之来其意未测，边鄙之事不可不忧，正是要藉将帅效力之际。旦夕来传闻燕度勘鞫滕宗谅事，枝蔓勾追，直得使尽邠州诸县枷杻，所行拷掠皆是无罪之人，囚系满狱。边上军民将吏见其如此张皇，人人嗟怨，自狄青、种世衡等并皆解体，不肯用心。朝廷本为台官上言滕宗谅支用钱多，未明虚实，遂差燕度勘鞫，不期如此作事，摇动人心。若不早止绝，则恐元昊因此边上动摇、将臣忧恐解体之际突出兵马，谁肯为朝廷用死命向前？

臣忝为陛下耳目之官，外事常合采访。三五日来，都下喧传边将不安之事。亦闻田况在庆州日，见滕宗谅别无大段罪过，并燕度生事张皇，累具奏状，并不蒙朝廷报答。况又遍作书，告在朝大臣，意欲传达于圣听。大臣各避嫌疑，必不敢进呈况书。臣伏虑陛下但知宗谅用钱之过，不知边将忧嗟搔动之事，只如臣初闻滕宗谅事发之时，独有论奏，乞早勘鞫行遣。臣若坚执前奏，一向遂非，则惟愿勘得宗谅罪深，方表臣前来所言者是。然臣终不敢如此用心，宁可因前来不合妄言，得罪于身，不可今日遂非，致误事于国。

臣窃思朝廷于宗谅必无爱憎，但闻其有罪则不可不问，若果无大过则必不须要求瑕疵。只恐勘官希望朝廷意旨，过当张皇，搔动边鄙。其滕宗谅，伏望速令结绝。仍乞特降诏旨，告论边臣以不枝蔓勾追之意。兼令今后用钱，但不入己外，任从便宜，不须畏避。庶使安心放意，用命立功。其田况累次奏状并与大臣等书，伏望圣慈尽取详览。田况是陛下侍从之臣，素非奸佞，其言可信。又其身在边上，事皆目见，必不虚言。今取进止。

【解题】

此三札子，作于庆历三年十月。作者对燕度查处滕宗谅案的株连牵累不满，主张略迹原情，请求仁宗安抚边将，防止扩大化，并建议公使钱只要不入私人腰包，允许边将便宜从事。对杰出的边将狄青、种世衡，则另具奏疏，力主宽恕，予以保全。这些建议，后来基本上被采纳。（以下二札之解题从略）

再论燕度鞫狱枝蔓札子

臣昨日风闻燕度勘滕宗谅事枝蔓张皇，边陲搔动，曾有论奏，乞降诏旨安慰边臣。今日又闻度辄行文牒劾问枢密副使韩琦议边事因依，不知燕度实敢如此否？若实有之，深可惊骇。

窃以韩琦是陛下大臣，系国家事体轻重。今燕度敢兹无故意外侵陵，乃是轻慢朝廷，舞文弄法。臣每见前后险薄小人多为此态，得一刑狱，勘鞫踊跃，以为奇货，务为深刻之事，以邀强干之名。自谓陷人若多，则进身必速，所以虚张声势，肆意罗织。今燕度本令只勘滕宗谅使过公用钱，因何劾问大臣议边事？显是节外生事，正违推勘敕条。况枢密使是辅弼之任，宣抚使将君命而行，本藉重臣，特行镇抚。今若无故遭一狱吏侵欺，而陛下不与主张，则今后奉君命而出使者皆为边鄙所轻，为人臣而作事者反畏小人所制。故燕度论于国体，便合坐以深刑；责其俗吏，亦自违于条制。罪须行遣，情不可容。

今枢密副使尚被侵陵，则以下将帅无辜遭其枝蔓者不少，据其如此作事，此狱必无平允。其滕宗谅一宗刑狱状，乞别选差官，取勘结绝。其燕度，亦乞别付所司，勘罪行遣。取进止。

论乞不勘狄青侵公用钱札子

臣风闻边臣张亢近为使过公用钱，见在陕西置院根勘，其勘官所取，干连人甚众。亦闻狄青曾随张亢入界，见已勾追照对。臣伏见国家兵兴以来，五六年所得边将，惟狄青、种世衡二人而已。其忠勇材武，不可与张亢、滕宗谅一例待之。

臣料青本武人，不知法律，纵有使过公用钱，必不似葛宗古故意偷谩，不过失于点检，致误侵使而已。方今议和之使正在贼中，苟一言不合，则忿兵为患，必至侵边。谨备过防，正藉勇将，况如青者，无三两人。可惜因些小公用钱，于此要人之际，自将青等为贼拘囚，使贼闻之以为得计。伏望特降指挥元勘官，只将张亢一宗事节依公根勘，不得枝蔓勾追。其狄青纵有干连，仍乞特与免勘。

臣于边臣本无干涉，岂有爱憎？但虑勘官只希朝廷意旨，不顾边上事机，将国家难得之人与常人一例推鞫，一旦乏人误事，则悔不可追。伏乞朝廷特赐宽贷。边臣知无功之将犯法必诛，要藉之人以能赎过，则人人自励，将见成功。取进止。

论李昭亮不可将兵札子

臣伏见朝廷近自河东移李昭亮为镇、定、高阳三路都部署。窃以北戎险诈，必与国家为患，北面之事，常须有备。此一事，陛下圣心久自忧之，执政大臣非不知而忧之，天下之人共为朝廷忧之。李昭亮不才，不堪为将帅，不可委兵柄。此一人，陛下圣心久自知之，执政大臣非不知之，天下之人亦共知之。不审因何遽有此命？大凡朝廷行事不当者，或为小事而忽略，容有不知，致误施行而至乖错者有矣。未有以天下大可忧患而上下共知之事，公然乖缪，任以非人如此者。

臣料两府之议，必因施昌言等近奏三路阙都部署，而目下无人，以昭亮塞请，而欲徐别选择，不过如此而已。然臣窃见朝廷作事常患因循，应急则草草且行，才过便不复留意。只如今秋用郭承祐于镇、定，寻以非才罢之，当时应急，且以康德舆为钤辖，阙却部署一职，本待徐择其人。臣初喜朝廷必能自此精于选任，经今数月，何曾用意求人？一旦昌言奏来，又遣昭亮且去。今平时无事之际，尚如此不能选人任用，若一旦仓皇事动，更于何处求人？故臣谓朝议欲徐择人而代昭亮者，乃虚语尔。

方今天下至广，不可谓之无人，但朝廷无术以得之耳。宁用不材以败事，不肯劳心而择材，事至忧危，可为恸哭。臣思朝廷所以乏人任用之弊，盖为依常守例，须用依资历级之人，不肯非次拔擢，所以无人可用。古人谓劳于择贤而逸于任使，今人既难得，求之又不勤，待其自来，何复可得？臣累曾上言练兵选将之法，未赐施行，又曾言乞于沿边十数州且选州将，亦不蒙听纳。宁可公选不材之人，委以大兵之柄，一旦误事，悔何及之！

伏望圣慈出于睿断，其李昭亮，早令两府择人替换，仍早讲求选将之法。若大将难卒然而得，即乞于沿边州军选择州将近下资浅人中，庶乎易得。昨北使姓名稍迟数日，中外之士已共忧疑。幸其未动之间，宜作先时之备。兵法曰："无恃其不来，恃吾有以待之。"惟陛下为社稷之计，深思而行之，则天下幸甚。取进止。

【解题】

此二札子，《续资治通鉴长编》卷一四四系于庆历三年十月三日。作者悉李昭亮新授镇、定、高阳三路都部署，上疏论李氏不才，请求命令两府择人替换。又详论军中选将办法，主张通过公平竞争，从士卒中选拔将领。茅坤论后一札子："军卒中选将，亦是一策。"（《宋大家欧阳文忠公文钞》卷四）（下札解题略）

论军中选将札子

臣伏见国家自西鄙用兵，累经败失，京师劲卒，多在征行，禁卫诸军，全然寡少，又无将帅，以备爪牙。方今为国计者，但务外忧夷狄，专意边陲。殊不思根本内虚，朝廷势弱，万一有事，无以枝梧。今军帅暗懦非其人，禁兵骄惰不可用，此朝廷自以为患，不待臣言而可知也。臣亦历考前世有国之君，多于无事之际，恃安忘危，备患不谨，使祸起仓卒而至败亡者有矣，然未有于用兵之时而反忘武备如今日者。

兵法曰："将者民之司命，国家安危之主也。"今外以李昭亮、王克基辈当契丹，内以曹琮、李用和等卫天子，如当今之事势，而以民之司命、国之安危系此数人，安得不取笑四夷，遭其轻侮？臣谓去岁北虏忽兴狂悖，今年元昊妄有请求，若使朝廷有一二人中材之将，叩头效死，奋身请战，誓雪君耻，少增国威，则戎狄未敢侵陵，朝廷未至屈辱。奈何自中及外，都无一人，既无可恃以力争，遂至甘心于自弱。夫天下至广，遂无一人者，非真无人也，但求之不勤不至耳。臣伏思自用兵以来，朝廷求将之法，不过命近臣举朝士换武官，及选试班行、方略等人而已。近臣所举不过俗吏材干之士，班行所选乃是弓马一夫之勇，至于方略之人尤为乖滥，试中者仅堪借职县尉、参军、斋、挽而已。于此求将而欲捍当今之患，此所以困天下而败于夷狄者也。臣不知朝廷以此数事为求将之术，果是乎？果非乎？以为是，则所得何人？知其非，则盍思改革？又不知朝廷以将为易得乎？为难得乎？为易得，则数岁未见一人。知其难得，则当多方用意，早思求择。俟其临患，何可得乎？

伏望陛下特诏两府大臣，别议求将之法，尽去循常之格，以求非常之人。苟非不次以用人，难弭当今之大患。臣亦尝有愚见，久欲条陈，若必讲求，庶可参用。

臣伏见唐及五代至乎国朝，征伐四方，立功行阵，其间名将，多出军卒。只如西鄙用兵以来，武将稍可称者，往往出于军中。臣故谓只于军中，自可求将。试略言求将之法，谨条如左：

凡求将之法，先取近下禁军至厢军中年少有力者，不拘等级，因其技同者每百人团为一队而教之。较其技精而最勇者，百人之中必有一人矣，得之以为队将。此一人技勇，实能服其百人矣，以为百人之将可也。合十队将而又教之，较其技精而最勇者，十人之中必有一人矣，得之以为裨将。此一人之技勇，实能服其千人矣，以为千人之将可也。合十裨将而又教之，夫技勇出千人之上而难为胜矣，则当择其有识见、知变通者，十人之中必有一人矣，得之以为大将。此一人之技勇，乃万人之选，而又粗知变通，因择智谋之佐以辅之，以为万人之将可也。幸而有技勇不足而材识出乎万人之外者，此不世之奇将，非常格之所求也。臣所谓只于军中自可求将者，此也。诚能如此，得五、七万兵，随而又得万人之将五、七人，下至千人、百人之将皆自足。然后别立军名而为阶级之制，每万人为一军，以备宿卫。有事则行师出征，无事则坐威天下。比夫以丰衣厚禄养骄惰无用之卒，而递迁次补至于校帅，皆是凡愚暗懦之人，得失相万矣！若臣之说果可施行，俟成一军，则代旧禁兵万人散出之，使就食于外。新置之兵便制其始，稍增旧给，不使太优；常役其力，不令骄惰。比及新兵成立，旧兵出尽，则京师减冗费，得精兵，此之为利又远矣。

右臣所陈，只是选勇将、训卫兵之一法耳。如捍边破贼，奇才异略之人，不可谓无，伏乞早赐留意精求。

谨具奏闻，伏候敕旨。

论乞主张范仲淹富弼等行事札子

臣伏闻范仲淹、富弼等自被手诏之后，已有条陈事件，必须裁择施行。臣闻自古帝王致治，须待同心叶力之人，而君臣相得，谓之千载一遇之难。今仲淹等遇陛下圣明，可谓难逢之会；陛下有仲淹等，亦可谓难得之臣。陛下既已倾心待之，仲淹等亦又各尽心思报。上下如此，臣谓事无不济，但顾行之如何。伏况仲淹、弼是陛下特出圣意自选之人。初用之时，天下已皆相贺，然犹窃谓陛下既能选之，未知用之如何耳。及见近日特开天章，从容访问，亲写手诏，督责丁宁，然后中外喧然，既惊且喜。此二盛事，固已朝报京师，暮传四海，皆谓自来未曾如此责任大臣，天下之人延首拭目，以看陛下欲作何事，此二人所报陛下果有何能？是陛下得失，在此一举；生民休戚，系此一时。以此而言，则仲淹等不可不尽心展效，陛下不宜不力主而行，使上不玷知人之明，下不失四海之望。

臣非不知陛下专心锐志，必不自怠，而中外大臣且忧国同心，必不相忌而沮难。然臣所虑者，仲淹等所言，必须先绝侥幸因循姑息之事，方能救数世之积弊。如此等事，皆外招小人之怨怒，不免浮议之纷纭，而奸邪未去之人，亦须时有谗沮，若稍听之，则事不成矣。臣谓当此事初，尤须上下叶力，凡小人怨怒，仲淹等自以身当浮议奸谗，陛下亦须力拒，待其久而渐定，自可日见成功。伏望圣慈留意，终始成之，则社稷之福，天下之幸也。取进止。

【解题】

《续资治通鉴长编》卷一四四系本疏于庆历三年十月十日。欧阳修敦请仁宗力拒浮议奸谗，实施范仲淹新政措施。茅坤评述说："欧阳公此时亦必闻范、富所条之事，恐仁宗一时不肯遽行，又怕群小内攻，故先为顶门一针语，所谓拿云手是也。"（《宋大家欧阳文忠公文钞》卷三）

论台官不当限资考札子

臣伏见御史台阙官，近制令两制并中丞轮次举人，遂致所举多非其才，罕能称职。如昨来苏绅举马端，却烦朝廷别有行遣。臣谓今两制之中奸邪者未能尽去，若不更近制，则轮次所及，须令举人。近闻梁适举王砺、燕度充台官，其人以适在奸邪之目，各怀愧丑，惧其污染，风闻皆欲不就。以此言之，举官当先择举主。臣欲乞今后只令中丞举人，或特选举主。

仍见官班中虽有好人，多以资考未及，遂致所举非人者，皆为且就资例可入。仍乞不限资考，惟择材堪者为之。况台中自有里行之职，以待资浅之人。

仍乞重定举官之法，有不称职，连坐举主，重为约束，以防伪滥，庶几称职，可振纲纪。取进止。

【解题】

《续资治通鉴长编》系二札子于庆历三年十一月七日。时台官缺人待补，欧阳修有感于取人之路狭窄，所举台官非材，主张不限资考，唯才是举，并主张举官先择举主，制定举官之法。这是实施庆历新政，改革吏治，振兴朝纲的具体措施，是欧阳修政治思想的重要内容。（下札解题略）

再论台官不可限资考札子

臣近曾上言，为台官阙人，乞不依资限选举。仍乞添置里行，所贵得材，可以称职。窃闻近诏宋祁举人，依前只用资例，又未见议复里行。

臣窃叹方今事无大小，皆知其弊，不肯更改。凡台官举人，须得三丞已上成资通判，此例起自近年。然近年台官无一人可称者，近日台官至有弹教坊倭子郑州来者，朝中传以为笑。其台宪非才，近岁尤甚，是此例不可用明矣。然而宁用不材以旷职，不肯变例以求人。今限以资例，则取人之路狭，不限资例，则取人之路广。广之犹恐无人，何况专守其狭？若使资例及者入三院，未及者为里行，又于差除都不妨碍。况今四方多事之际，扬威出使，正要得人。臣今欲乞特降指挥，令举官自京官已上不问差遣次第，惟材是举，使资浅者为里行，资深者入三院。

臣见前后举台官者，多徇亲戚，举既非材，人或问之，则曰："朝廷用资限，致别无人可举。"今若革此缪例，责其惟材是举，则不敢不举好人。所冀渐振台纲，免取非笑。取进止。

论举馆阁之职札子

臣伏见国家近降诏书，条制馆阁职事。有以见陛下慎于名器，渐振纪纲。然而积弊之源，其来已久，侥幸之路，非止一端，今于澄革之初，尚有未尽其甚者。

臣窃见近年外任发运、转运使、大藩知州等，多以馆职授之，不择人材，不由文学，但依例以为恩典。朝廷本意，以其当要剧之任，欲假此清职以为重。然而授者既多，不免冒滥，本欲取重，人反轻之。加又比来馆阁之中，太半膏粱之子，材臣干吏羞与比肩，亦有得之以为耻者。假之既不足为重，得者又不足为荣，授受之间，徒成两失。臣欲乞今后任发运、转运、知州等，更不依例帖职。若其果有材能，必欲重其职任，则当升拜美官，优其秩禄。况设官之法，本贵量材，随其器能，自可升擢，岂必尽由儒馆，方以为荣？

一、臣窃见近年风俗浇薄，士子奔竞者多，至有偷窃他人文字，干谒权贵以求荐举，如丘良孙者。又有广费资财，多写文册，所业又非绝出，而惟务干求势门，日夜奔驰，无一处不到，如林概者。此二人并是两制臣寮奏乞召试，内丘良孙近虽押出，而林概已有召试指挥。旧来本无两省以上举馆职明文，尚犹如此奔竞，今若明许荐人，则今后荐者无数矣。臣欲于近降诏书内两省举馆职一节，添入“遇馆阁阙人，即朝廷先择举主，方得荐人”。仍乞别定馆阁合存员数，以革冗滥。

一、臣窃见近降诏书，不许权贵奏荫子弟入馆阁。此盖朝廷为见近年贵家子弟滥在馆阁者多，如吕公绰、钱延年之类尤为荒滥，所以立此新规，革其甚弊。臣谓今后膏粱子弟既不滥居清职，则前已在馆阁者，虽未能沙汰，尚须裁损。欲乞应贵家子弟入馆阁，见在人中，若无行业文词为众所知，则不得以年深迁补龙图、昭文馆并待制、修撰之类。所贵侍从清班，不至冗滥。

【解题】

《续资治通鉴长编》卷一四五庆历三年十一月十九日载“两省举馆职诏令”，附载此疏。欧阳修奏请规定馆阁员数，使侍从清班不致冗滥。庆历新政“抑侥幸”一事开始实施。

论乞令宣抚使韩琦等经略陕西札子

臣窃闻已降中书札子，抽回韩琦、田况等归阙。昨来琦等奉命巡边，本为西贼议和未决，防其攻寇，要为御备。今西人再来，方有邀请，在于事体，必难便从，边上机宜，正须处置。仍闻韩琦、田况各有奏状，言边防有备，请朝廷不须怯畏，每事曲从。窃以胜败之间，安危所系，料琦等如此奏来，则边事可知自有枝梧，不至败误。臣谓且令琦等在彼抚遏，则朝廷与贼商议，自可以持重，不须屈就。今议方未决，中道召还，则是使贼知朝廷意在必和，自先弛备。况事无急切，何必召归？其召韩琦札子，伏乞速赐指挥抽回。且令琦等在彼经略，以俟西贼和议如何。取进止。

【解题】

《续资治通鉴长编》卷一四五系于庆历三年十一月二十六日，时宋、夏议和未决，加强边防，方可在议和当中占据主动。宋廷撤回边帅，则是向西夏表示志在必和，欧阳修因此谏阻，惜未从。

论西贼议和请以五问诘大臣状

右，臣伏见张子奭奉使贼中，近已到阙。风闻贼意虽肯称臣，而尚有数事邀求，未审朝廷如何处置。

臣闻善料敌者，必揣其情伪之实；能知彼者，乃可制胜负之谋。今贼非难料难知，但患为国计者昧于远见，落彼奸谋，苟一时之暂安，召无涯之后患，自为削弱，助贼奸谋。此《左传》所谓疾首痛心，贾谊所以太息恸哭者也。今议贼肯和之意，不过两端而已。欺罔天下者，必曰贼困窘而求和；稍能晓事者，皆知贼权诈而可惧。若贼实困窘，则正宜持重以裁之。若知其诈谋，则岂可厚以金缯，助成奸计？

昨如定等回，但闻许与之数不过十万。今子奭所许乃二十万，仍闻贼意未已，更有过求。先朝与契丹通和，只用三十万。一旦刘六符辈来，又添二十万。今昊贼一口许二十万，到他日更来，又须一二十万。使四夷窥见中国庙谋胜算，惟以金帛告人，则邈川首领岂不动心？一旦兴兵，又须三二十万。生民膏血有尽，四夷禽兽无厌，引之转来，何有限极？今已许之失，既不可追，分外过求，尚可抑绝。见今北虏往来，尚在沿边市易，岂可西蕃绝远，须要直至京师？只用此词，自可拒止。至如青盐弛禁，尤不可从，于我虽所损非多，在贼则为利甚博。况盐者民间急用，既开其禁，则公私往来，奸细不分。若使贼捐百万之盐以啗边民，则数年之后，皆为盗用矣。凡此三事，皆难允许。

今若只为目下苟安之计，则何必爱惜，尽可曲从。若为社稷久远之谋，则不止目前，须思后患。臣愿陛下试发五问，询于议事之臣：一问西贼不因败衄，忽肯通和之意，或用计困之使就和乎？或其与北虏连谋而伪和乎？二问既和之后，边备果可彻而宽国用乎？三问北使一来与二十万，西人一去又二十万，从今更索，又更与之，凡庙谋为国计者，止有此策而已乎？四问既和之后，能使北虏不邀功责报乎？虏或一动，能使天下无事乎？五问元昊一议许二十万，他日保不更有邀求乎？他日有求，能不更添乎？陛下赫然以此五事问之，万一能有说焉，非臣所及；若其无说，则天下之忧从此始矣。

方今急和谬议既不可追，许物已多必不能减，然臣窃料元昊不出三五年，必须更别猖獗以邀增添，而将相大臣只如今日之谋，定须更与添物。若今日一顿尽与，则他时何以添之？故臣愿惜今日所求。其如西贼虽和，所利极鲜，若和而复动，其患无涯。此臣前后非不切言，今无及矣。伏望陛下留意而思之，且可不与。彼若实欲就和，虽不许此亦可；若实无和意，与之适有后虞。

谨具状奏闻，伏候敕旨。

【解题】

《续资治通鉴长编》卷一四五系于庆历三年十一月二十七日。欧阳修反对宋廷向西夏屈己通和，对急于主张议和的大臣提出严辞责问。茅坤称此文“要之以五事”（《宋大家欧阳文忠公文钞》卷八）。

论江淮官吏札子

臣闻江淮官吏等各为王伦事奏案，已到多时，而尚未闻断遣，仍闻议者犹欲宽贷。臣闻昨来江淮官吏，或敛物献送，或望贼奔迎，或献兵甲，或同饮宴。臣谓伦一叛卒，偶肆猖狂，而官吏敢如此者，盖知贼可畏而朝廷不足畏也。今若更行宽贷，则纪纲隳坏，盗贼纵横，天下大乱，从此始矣。何以知之？昨王伦事起，江淮官吏未行遣之间，京西官吏又已弃城而走，望贼而迎。若江淮官吏不重行遣，则京西官吏亦须轻恕。京西官吏见江淮官吏已如此，则天下诸路亦指此两路为法。在处官吏皆迎贼弃城、献兵纳物矣，则天下何由不大乱也？臣伏思祖宗艰难，创造基图；陛下忧勤，嗣守先业。而一旦四夷外叛，盗贼内攻，其坏之者谁哉？皆由前后迂缪之臣因循宽弛，使朝威不振，纲纪遂隳。今已坏之至此而犹不革前非，以宽济宽，何以救弊？如晁仲约等，情法至重，俱合深行，议者无由曲解。

或闻以谓自是朝廷素不为备，不可全罪外官。假如有杀父与兄者，岂可只言自是朝廷素无教化，而不罪杀亲之人？又如有人掠夺生人男女、金帛，不可只言自是朝廷素无礼让，而不罪劫人之贼。迂儒不可用，可笑如此！李熙古岂独是朝廷素有备之州？傅永吉岂独是朝廷素练之兵？盖用命则破贼矣。今朝廷素无御备，为大臣者又不责之守州县者，合有罪又宽之，天下之事，何人任责？

窃缘韩纲是大臣之家，父子兄弟并在朝廷，权要之臣皆是相识，多方营救。故先于江淮官吏宽之，只要韩纲行遣不重。今大臣不思国体，但树私恩。惟陛下以天下安危为计，出于圣断，以励群下，则庶几国威粗振，赏罚有伦。其晁仲约等，乞重行朝典，乞不宽恕。取进止。

【解题】

此四札子，作于庆历三年十一月。王伦起事被平息以后，欧阳修从维护封建统治秩序出发，主张严惩江淮间渎职官吏，重定捕贼赏罚条例，依法斩决韩纲，严厉镇压光化军起事士兵，尽戮其家族人员，表现封建士大夫镇压反抗者的残忍性。（以下三札解题略）

论捕贼赏罚札子

臣伏见方今天下盗贼纵横，王伦、张海等所过州县，县尉、巡检有迎贼饮宴者，有献其器甲者，有畏懦走避者，有被其驱役者。朝廷于此忧贼之时，正患乏人之际，或于巡检、县尉之内，得一捕贼可使之人，则必须特示旌酬，以行激励。苟或未能者，犹须悬赏以待之。何况有而失赏？

伏见吏部选人区法，自出身以来，两任县尉。初任临江军新淦县，三年之内，大小贼盗获四十余伙，内虽小盗数多，其如强劫群贼亦不为少，据于赏格，合改京官。而有司守纤细之文，执寻常之例，谓其所获虽为全伙而不同时，因不与理为劳绩。臣料天下州县盗贼之多，无如新淦；天下县尉能捉贼之多，亦无如区法。又闻法次任吉水县尉，使其县民结为伍保，至今吉水一县全无盗贼，民甚便之。法为县尉，官至卑贱，所至之处，皆有可称。臣思朝廷非不欲赏善罚恶，以行劝戒，而患于有司法弊，拘守常文，致抑才能，失于旌赏。其区法偶与臣相识，因得知之。然人所不知抑而不申者，何可胜数？

窃以盗贼是方今急患，县尉是方今切要之人，皆朝廷常合留意之事。臣辄有起请事件，具画一如后：

一、选人区法捕贼之效甚多，但为有司拘守细碎之文，不理劳绩。其人已升得职官，伏乞追取本人历子，别加考验。如实有劳能，即乞不拘常格，特与酬奖，以劝后来。

一、臣谓天下群盗纵横，皆由小盗合聚，今但患其大，而不防其微。故必欲止盗，先从其小。能绝小盗者，巡检、县尉也。然而赏罚之法，其弊极多。只如捕盗，去恶但要净尽，岂必须是一日之内同时捕获？假如有全伙强盗，县尉、巡检以死命斗敌，若于两日内捉尽，已不理为劳绩。其守文之弊，如此极多。欲乞下铨司，重定捕贼赏格施行。

一、臣伏见自天下有盗贼以来，议者多陈御盗之策，皆欲使民结为伍保，则奸恶不容。今区法于吉水县立伍保之法，三年之内，劫贼不敢入其县界。臣欲乞特降指挥下江南西路，体量吉水县自区法创立伍保之法以来，如实全无劫贼，又民间以为便利，即乞颁行伍保之法于天下。

右，谨具如前。取进止。

论光化军叛兵家口不可赦札子

臣窃见近日盗贼纵横，张海等二三百人未能败灭，光化军宣毅又二三百人作乱。臣谓朝廷致得盗贼如是者，不惟中外无备，盖由威令不行。

昨王伦贼杀主将，自置官称，着黄衣，改年号。事状如此，乃是反贼。使其不败，为患如何？既败之后，不诛家族。凡小人作事，亦须先计成败。今使其事成则获大利，不成则无大祸，有利无害，谁不欲反？只如淮南一带官吏，与王伦饮宴，率民金帛献送，开门纳贼，道左参迎。苟有国法，岂敢如此！而往来取勘，已及半年，未能断遣。古者称罚不逾时，所以威激士众，今迟缓如此，谁有惧心？遂致张海等，官吏依前迎奉。顺阳县令李正已延贼饮宴，宿于县厅，恣其劫掠，鼓乐送出城外。其人敢如此者，盖为不奉贼则死，不奉朝廷则不死，所以畏贼过如畏国法。臣恐朝廷威令，从此遂弱，盗贼凶势，从此转强。

臣闻刑期无刑，杀以止杀，宽猛相济，用各有时。伏望陛下勿采迂儒所说、妇人女子之仁，尚行小惠，以误大事。其宣毅兵士必有家族，伏乞尽戮于光化市中，使远近闻之悚畏，以止续起之贼。其李正己，仍闻已有台宪上言，亦乞斩于邓州，使京西一路官吏闻之畏恐，知国法尚存，不敢奉贼。从来只被迂懦之人因循不断，误陛下事，坏得天下事，势已如此，不可更循旧弊，有失威断。惟陛下力行之。取进止。

论韩纲弃城乞依法札子

臣伏见前知光化军韩纲，近为酷虐兵士，致兵士等作乱，攻劫州县，惊动朝廷，上贻君父之忧，下致生民之患，而又不畏法，弃城遁走。其罪状显著，便合诛夷。朝廷慎于用刑，尚令勘鞫，至今多日，未见施行。

窃以断狱之议，不过两端而已，有正法则依法，无正法则原情。今韩纲所犯，法有明文，情无可恕。谨按律文："主将守城，为贼所攻，不固守而弃者斩。"此韩纲于法当斩，有明文也。纲不能抚绥士卒，致其叛乱，但其弃城而走，情最难容。当初乱兵未有器械，韩纲手下自有六十余人不乱兵士，又有官库器甲，既不能尽力御捍，又不能闭城坚守，公然将手下兵士津送全家上船，便弃牌印、城池而去，致兵之乱起自纲身，临难逃身而不死国。方今盗贼可忧之际，若使天下州县皆效韩纲，见贼便走，则在处城池皆为贼有，陛下州县谁肯守之？此韩纲之情，又无可恕也。纲之一死，理在不疑。

外人但见拖延多日，未行断决，皆谓朝廷好行姑息，渐有恩贷之意。又缘纲是大臣家子，作如此大过，生如此大患，犯如此大刑名，若曲法不行，即不知孤寒有罪者何以行法？其韩纲，伏望圣慈出于睿断，早赐依法施行。取进止。

论沣州瑞木乞不宣示外廷札子

臣近闻沣州进柿木成文，有“太平之道”四字。其知州冯载，本是武人，不识事体，便为祥瑞以媚朝廷。

臣谓前世号称太平者，须是四海晏然，万物得所。方今西羌叛逆，未平之患在前；北虏骄悖，藏伏之祸在后。一患未灭，一患已萌。加以西则泸戎，南则湖岭，凡与四夷连接，无一处无事。而又内则百姓困弊，盗贼纵横，昨京西、陕西出兵八九千人捕数百之盗，不能一时剪灭，只是仅能溃散，然却于别处结集。今张海虽死，而达州军贼已劫百人，又杀使臣，其势不小。兴州又奏八九十人。州县皇皇，何以存济？以臣视之，乃是四海骚然，万物失所，实未见太平之象。

臣闻天道贵信，示人不欺。臣不敢远引他事，只以今年内事验之。昨夏秋之间，太白经天，累月不灭，金木相掩，近在端门，考于星占，皆是天下大兵将起之象。岂有才出大兵之象，又出“太平之道”字，一岁之内，前后顿殊？岂非星象丽天，异不虚出？凡于戒惧，常合修省；而草木万类，变化无常，不可信凭，便生懈怠。

臣又思若使木文不伪，实是天生，则亦有深意。盖其文止曰“太平之道”者，其意可推也。夫自古帝王致太平皆自有道，得其道则太平，失其道则危乱。臣视方今，但见其失，未见其得也。愿陛下忧勤万务，举贤纳善，常如近日，不生逸豫，则三二岁间，渐期修理。若以前贼张海等小衰，便谓后贼不足忧；以近京得雪，便谓天下大丰熟；见北虏未来，便谓必无事；见西贼通使，便谓可罢兵，指望太平，渐生安逸，则此瑞木乃误事之妖木耳。

臣见今年曾进芝草者，今又进瑞木，窃虑四方相效，争造妖妄。其所进瑞木，伏乞更不宣示臣寮。仍乞速诏天下州军，告以兴兵累年，四海困弊，方当责己忧劳之际，凡有奇禽异兽草木之类，并不得进献。所以彰示圣德，感励臣民。取进止。

【解题】

《续资治通鉴长编》卷一四五系本札子于庆历三年十二月。文章批驳沣州进献瑞木，请求诏令天下州、军，不得进献奇禽异兽草木之类。全文扣住“太平”二字层层剖析，说理透辟，层次清晰，颇具说服力。茅坤评述说：“亦是持大体处。”（《宋大家欧阳文忠公文钞》卷五）

论美人张氏恩宠宜加裁损札子

臣近风闻禁中因皇女降生，于左藏库取绫罗八千匹。染院工匠当此大雪苦寒之际，敲冰取水，染练供应，颇甚艰辛。臣伏思陛下恭俭勤劳，爱民忧国，以此劳人枉费之事，必不肯为。然外议相传，皆云见今染练未绝。臣又见近日内降美人张氏亲戚恩泽太频。臣忝为谏官，每闻小有亏损圣德之事，须合力言，难避天谴。

臣窃见自古帝王所宠嫔御，若能谦俭柔善，不求恩泽，则可长保君恩；或恣意骄奢，多求恩泽，则皆速致祸败。臣不敢远引古事，只以今宫禁近事言之。陛下近年所宠尚氏、杨氏、余氏、苗氏之类，当其被宠之时，骄奢自恣，不早裁损，及至满盈，今皆何在？况闻张氏本良家子，昨自修媛退为美人，中外皆闻，以谓与杨、尚等不同，故能保宠最久。今一旦宫中取索顿多，恩泽日广，渐为奢侈之事，以招外人之言，臣不知陛下欲爱惜保全张氏，或欲纵恣而败之？若欲保全，则须常令谦俭，不至骄盈。臣料八千匹绫罗，岂是张氏一人独用，不过支散与众人而已。乃是枉费财物，尽为众人。至于中外讥议，则陛下自受。以此而言，广散何益？

昨正月一日曹氏封县君，至初五日又封郡君，四五日间，两度封拜。又闻别有内降，应是疏远亲戚，尽求恩泽。父母因子而贵可矣，然名分亦不可太过。其他疏远，皆可减罢。臣谓张氏未入宫之前，疏远亲戚，各皆何在？今日富贵，何必广为闲人，自招谤议，以累圣德？若陛下只为张氏计，亦宜如此。况此事不独为张氏？

大凡后宫恩泽太多，宫中用度奢侈，皆是亏损圣德之事。系于国体，臣合力言。伏望圣慈防微杜渐，早为裁损。取进止。

【解题】

庆历三年十二月，宫妃张温成得宠，生皇女，染绫罗八千尺，无人敢言。欧阳修上此疏，陈述女宠骄恣的危害性，请求裁减后宫恩宠，表现直言谠论、正直刚烈的个性特点。茅坤称赏本文“他人所不敢言，亦所不能言”（《宋大家欧阳文忠公文钞》卷二）。林云铭也评述说：“委曲详尽，谏疏之工，无有逾此者。”（《古文析义》二编卷七）

荐李允知光化军札子

臣近为光化军遭韩纲酷虐，致得兵士作乱，曾荐国子博士李允，前知光化军日，军民畏爱，乞却令依旧知军，不蒙朝廷施行。近闻光化军兵民官吏列状，奏乞李允知军，正与臣等所言符合。臣等职在谏诤，事无大小，只要上益朝廷，下叶物议。今来所荐李允，臣皆不识其面，但采访得此人实有吏才，在光化日甚有惠政，当此军城烧劫之后，此人必可抚绥。今朝廷只见臣等荐论，未赐深信；既是本军陈乞，可以不疑。

朝廷前来失选良吏，致因韩纲屠虐军城。今又不能别选良吏，抚绥残破，致使军民自乞一旧知军。若又不与，则臣恐军民怨怒，变乱复生。其李允，伏乞依光化军民所请，却令知军。取进止。

【解题】

作于庆历三年冬。平息光化军兵变以后，欧阳修两荐前任知军李允再知光化军，以抚绥变乱后光化军百姓。

论乞赈救饥民札子

臣伏见近降大雪，虽是将来丰熟之兆，然即日陕西饥民流亡者众，同、华、河中尤甚，往往道路遗弃小儿不少。只闻朝旨令那移近边兵马及于有官米处出粜，此外未闻别行赈救。此急在旦夕，不可迟回。其遗弃小儿，亦乞早降指挥，令长吏收恤。仍闻京西、东大雪不止，毁折桑柘不少。窃虑向去丝蚕税赋无所出，致贫民起为盗贼，亦乞特降指挥体量。

臣窃见国史书祖宗朝，每奏一两州军小有灾伤，亦随多少赈恤，或蠲免税租。盖以所放者少，不损国用，又察民疾苦，微细不遗，所以国恩流布，民不怨嗟，不必须待灾伤广阔，方行赈救也。方今人贫下怨之际，不厌频推恩惠，伏望圣慈，特赐矜悯。取进止。

【解题】

此二札子作于庆历三年冬。时京西、东大雪成灾，百姓饥寒交迫，冻死者甚多。欧阳修上此疏请求救灾恤贫，表现对灾民的怜悯同情。为民请命，语词恳切，动情之处，催人泪下。（下札之解题略）

论救赈雪后饥民札子

臣风闻京城大雪之后，民间饥寒之人甚多，至有子母数口一时冻死者。虽豪贵之家往往亦无薪炭，则贫弱之民可知矣。

盖京师小民例无蓄积，只是朝夕旋营口食，一日不营求，则顿至乏绝。今大雪已及十日，使市井之民十日不营求，虽中人亦乏绝矣，况小民哉！雪于农民虽为利泽，然农亩之利远及春夏，细民所苦急在目前。日夕已来，民之冻死者渐多，未闻官司有所赈救。欲乞特降圣旨下开封府，或分遣使臣，遍录民间贫冻不能自存者，量散口食，并各于有官场柴炭草处就近支散，救其将死之命。至于诸营出军家口，亦宜量加存恤，以示圣恩。所散不多，所利者众。仍令两府条件应有军士在外辛苦及民人支移税赋残零、输送艰辛等处，并与擘画，早加存恤。

若使戍兵愁苦，道路怨嗟，饥冻之尸列于京邑，则大雪之泽，其利未见，而数事之失，所损已多。伏乞圣慈，特赐留意。取进止。

论杨察请终丧制乞不夺情札子

臣近见丁忧人茹孝标，居父之丧，来入京邑，奔走权贵，营求起复，已为御史所弹。又闻新及第进士南宫觐，闻母之丧，匿不行服，得官娶妇，然后徐归，见在法寺议罪。孝标官为太常博士，觐在场屋粗有名称，此二人犹如此，则愚俗无知、违礼犯义者，何可胜数矣！盖由朝廷素不以名教奖励天下，而礼法一隳，风俗大坏。

窃以风化之本，由上而下。伏见起复龙图阁待制杨察，累有章奏，乞终母丧，而朝旨未允。夫臣子之行，惟孝与忠。察以文中高科，官列近侍，而能率励颓俗，以身为先。陛下宜曲赐褒嘉，遂成其志，使迁善化俗，自察而始。岂可不通人情，胶执旧弊，推禄利之小惠，废人臣之大节？臣谓近侍夺情，本非军国之急，不过循旧例、示推恩而已。今察以节行自高，志在忠孝，知贪冒禄利为可耻。若朝廷抑夺其情，使其于身不得成美行，而于母有罔极之恨，岂足谓之推恩乎？方今愚俗无知，违犯礼义，至使繁狱讼，严刑罚，而不能禁止。脱有一人欲守名教而全忠孝以励天下者，又为朝廷不许，则风俗之弊，其咎安在？伏乞早降恩旨，许其终丧，不独成察之志，亦以为朝廷之美。取进止。

【解题】

作于庆历三年谏官任上，原系二年，误。欧阳修主张准许杨察终母丧，以名教奖励天下，矫正颓坏世风。

论赵振不可将兵札子

臣风闻河东近日累奏事宜，探得昊贼点集兵马。伏缘昨来张延寿议和之际，尚有朝廷未许事节，深虑狂贼因忿出兵，即三路边防，皆合设备。

伏见河东都部署明镐，虽是材臣，未谙战阵。副部署赵振，人品庸劣，全不知兵，只是好交结，沽买声誉，所以不因功业，擢至将帅。前在延州，遂致败误，虽行责降，不及期年，却授兵权，全无报效。其人少壮，尚不堪用，今又年老病患，全然不堪战斗，一旦临事，必误国家。

臣闻将者，国之司命。今陛下安危之机系于将帅，而河东一路无一战将，只有赵振老病一人而已。细思此事，大可寒心，苟有误事，忧在朝廷。其赵振，伏乞速下本路体量，如或实老病不任，即乞罢归散秩，别委将臣。窃以河东一路兵马极多，岂是蓄养病将之处？西北二虏为患如此，亦非赵振可当。若使临事败误，悔恐不及。伏望圣慈深思大计，无惜一老病败事之人。取进止。

【解题】

作于庆历三年。论河东副都部署赵振老病庸劣，全不知兵，请求将其罢归散秩，别委将臣，不误河东路边防。

荐姚光弼状

右，臣等伏睹庆历元年南郊赦书节文："委史院检阅国朝将帅有威名勋业者，寻访子孙录用。"风闻史院已具检勘姓名闻奏，至今未见施行。

伏以赦令之文，国家大信。度必难行之事，则不当轻言；若已布告天下，则不可失信。况此一节，自是当今合行之事。必虑将家子孙例多不肖，则宜于寻访之时，便责州郡察其行止，无大过恶者乃得以闻。今旧将名在史官能应赦书所求者有几？若更去其不肖者不用，则推恩所及，不过一二十人耳，不至滥行恩赏。所可惜者，因此一二十人，而失国家大信。

臣等伏见故庆州刺史姚内斌有孙光弼，好学有行止，能记前世兵法及史籍所载名将用兵取胜之术，比于累年所试方略滥进之人，不可同类，若蒙擢用，必有所为。伏乞举行赦书，特赐召试，仍下所居州县邻里考其行实，参验而行。其余将家，亦乞遍行寻访。臣等职在谏诤，当补阙遗。见国家赦令已行而自失大信，及士有豪俊沉弃而未用者，皆当论列。臣等又睹赦书节文云："本房子孙，与班行安排。如实有胆勇谋略者，仍与边上任使。”详此，虽无材艺者，亦预推恩也。今光弼据其学识，况有可采。

臣等所陈，只乞比近年方略之人，特与一试，上以全国家大信，下可收遗逸之人。伏望圣慈，特赐施行。取进止。

【解题】

作于庆历三年。姚光弼，原庆州刺史姚内斌孙，好学有行，覃恩录用。此状又载蔡襄《端明集》卷二十五。

论慎出诏令札子

臣伏以朝廷每出诏令，必须合于物议，下悦民情。真宗皇帝初置谏官，诏书内条列六事，首言“诏令不便者，许谏官论列”，盖朝廷慎于出令之意也。

近见诏书褒美陕西转运使卞咸。风闻咸在陕西，为买百姓青苗及转般大麦，此两事大与西人为患，逃移却人户极多，至今西人怨谤不已。赖吴遵路减得转般一事，人获稍宁。今所降诏书，两人一时褒美，善恶不分，无所激劝。使陕西人见者，必谓朝廷咫尺，绝不恤念西人，不知西事，误下诏书，美此与民为害之人，必转生怨谤。臣窃料朝廷必因边臣奏举咸等能积粮储，故赐奖谕。盖失于采访，不知咸处置乖方之事，致西民流移怨谤之因。

欲乞今后戒此失误，慎出诏令；及戒励群臣，今后荐举人不得妄有称美。其已出之诏，既不可追，臣又恐朝廷因此遂待卞咸为材吏，别有任用，却致败事。臣职在谏诤，不可不言。

【解题】

作于庆历三年。时仁宗诏书褒奖陕西转运使卞咸，欧阳修列举卞咸在陕西的劣迹，提醒朝廷应该慎出诏令，使合于物议，悦于民情。

论乞止绝河北伐民桑柘札子

臣风闻河北、京东诸州军见修防城器具，民间配率甚多。澶州、濮州地少林木，即今澶州之民为无木植送纳，尽伐桑柘纳官。

臣谓农桑是生民衣食之源，租调系国家用度之急，不惟绝其根本，使民无以为生，至于供出赋租，将来何以取足？臣伏思兵兴以来，天下公私匮乏者，殆非夷狄为患，全由官吏坏之。其诛剥疲民，为国敛怨，盖由郡县之吏，不得其人。故臣前后累乞澄汰天下官吏者，盖备见其弊如此也。今澶州之民骤罹此苦，岂非长吏非才，处事乖缪所致？兼闻澶州民桑已伐及三四十万株，窃虑他郡尽皆效此，伏乞早赐指挥禁绝。其合用材木，仍乞下转运司，令相度渐次那容准备。其澶州人户经伐桑者，乞差官检覆，量多少与权免将来丝绵䌷绢之税。

窃以军国所须，出自民力，必欲外御契丹之患，常须优养河朔之民。若使道路怨嗟，人心离叛，则内外之患，何以枝梧？伏望圣慈特赐留意。取进止。

【解题】

作于庆历三年。时河北、京东各州军修城防，木料摊派民间，百姓砍伐桑柘送纳。此札请求诏令制止，以保障民生衣食之源。展示作者爱民政治的拳拳之心。

论方田均税札子

臣窃见近有臣寮上言均天下税赋，已送三司商量施行。臣尝闻自前诸处亦曾有均税者，多是不知均定之术，或严行刑法，或引惹词讼，或奸民欺隐，或官吏诛求，税未及均，民已大扰。

臣前任通判滑州日，有秘书丞孙琳与臣同官。其人言先差往洺州肥乡县与郭咨均税，创立千步方田法，括定民田，并无欺隐，亦不行刑罚，民又绝无词讼。其时均定税后，逃户归业者五百余家，复得税数不少，公私皆利，简当易行。其千步均田法，自有制度二十余条。臣在滑州时，因闻此事，遂略行体问邻近州军，大率税赋失陷一半。方欲陈述，乞行琳等均田之法。今来已有臣寮上言均税事，窃虑未得千步方田简当之法。其孙琳现任滑州职官，郭咨为崇仪副使在外。欲乞召此二人，送三司令一处商量。取进止。

【解题】

作于庆历三年。大理寺丞郭咨、秘书丞孙琳创立千步方田法，核量民田，收逋赋，复流民。欧阳修提议召见二人，推广方田均税法。

论大臣不可亲小事札子

臣伏见兵兴累年，天下多故，枢密之职，事任非轻，虽典兵戎，体均宰辅，至于大小机务，其繁文倍于中书。所以国家旧制，都、副承旨皆用士人，位比属僚，事参谋议。祖宗之制，尤慎择材，或取其历职详练者以为副使。自承平以来，纲纪隳废，惟用人吏备员而已。

当四方无事之时，两府检例行事，上下尸旷，恬然不怪。自兵戎既动，中外事繁，犹务因循，致多败误。今承旨不亲职事，惟署文书，凡百行遣，皆委诸房小吏。使、副大臣不免亲临细事，既不得精心思虑，专意庙谋；至于碎务繁多，又不能躬自检察。遂使边防急奏，多苦滞留，军国密谋，动成漏泄。凡关事体，不便处多，皆由枢臣难自躬亲，而承旨不能举职也。

臣今欲乞依祖宗旧制，承旨特用士人，如武臣中难得其人，即请于文官中精选材能，换与合入官资，责其举职，仍令枢密使、副条列常行事目，有可以分职责成者，悉以委之。使大臣专意庙谋，属吏分行职事，时参国论，庶有裨补。既复朝廷之旧制，又于事体而合宜。伏望圣慈，特赐裁择。取进止。

【解题】

作于庆历三年。本文针对枢密院用人纲纪隳废，使、副大臣不得不躬亲琐细，难以专心朝政大事，请求恢复祖宗旧制，精选材能，分职责成，使大臣专意庙谋要事。

论中书增官属主文书札子

臣伏见近来朝廷号令烦数更改，又频降出，四方多不遵禀。而朝廷之臣无专主者，亦不勾校稽违，考责实效。以不锐之意，行不信之言，宜乎空文虽多而下不畏听。今百职废坏，弊实由斯。

臣窃见汉丞相官属甚多，欲乞精选材臣，采汉名号，增置两府官属官一二员，使专掌政令之出者，置簿拘管，俟天下施行报应，校其稽违，举行朝典。即不得以承受回申便为报应，须是施行实迹，具以条闻，旋行勾销，以见能否。臣谓苟设此官，则天下知朝廷有责实之意，今后可使令出必行，官无旷职。如允臣所请，乞下两府重议施行。取进止。

【解题】

作于庆历三年。针对朝廷号令频繁更改，无人考核实效，欧阳修建议两府增设一二属官，专掌政令颁发，检查执行情况。

论班行未有举荐之法札子

臣伏见朝廷选任百官，文武参用。文官在选者，各以举主迁京朝官，其间虽容时有滥冒，然孤寒有才行之人，亦往往获进。惟有武官中近下班行，并无贤愚分别，一例以年岁递迁。自借职得至供奉官，须是三十余年。使贤愚同滞，而国家缓急，要人使用，无由知其能否。或要人使，则临时只看脚色点差，多是不副所选。

臣谓班行入仕之人虽多端，然其中亦极有才能可任用者，但国家举选之法全未精博。臣欲乞将近下班行比类选人，别立举官之法。凡无人举者，官有所止，更不例迁，有举主者，方与迁转。或且令无举主者，依旧年限迁转，将有举主者，别作任使。仍乞严为约束，重其连坐之法，使举者不容冒滥。则才与不才，渐可分别，而用人不滥。况今四方多事，天下都监、巡检、监当之类，尽要得人，方能集事，不必边任并阁职方用举荐，其他要切使唤处多。如允臣所请，乞付枢密院商量，立定法制颁行。取进止。

【解题】

作于庆历三年。针对朝廷举官之法全未精博，欧阳修建议另立近下班行选人之法，保障用人不滥。

论乞放还蕃官胡继谔札子

臣窃见朝廷前岁以延州蕃官胡继谔因为边臣所疑，移入内地，见任亳州都监，以子守清悉领父之诸部。风闻近为不服亳州水土，死亡却家族，身又疾病，曾有奏陈，乞移一京西地凉之处。

臣谓方今西鄙用兵之际，朝廷宜广推恩信，扶御蕃夷。既欲守清尽死于边疆，当厚遇继谔，保全其家族，岂有既任其子，又疑其父？继谔求迁内地，其实异乡，虽曰居官，乃是囚系，致其失所，身病家亡。况彼初心，又无显过。在继谔之身，已有幽囚冤枉之叹；于守清之分，又失驾驭豪杰之方。万一继谔疾病，死而不归，守清父子之心，岂得无恨？反视中国，乃为世雠，必与边陲别生患害，其余部族亦必离心。国家自用兵以来，凡有计谋，未闻胜算，尤于招抚蕃夷之术，常失恩威，致使离叛者多，皆愿附贼。在于继谔，处置特乖。

臣欲乞因其有请，召至京师，与雪前疑，厚加礼遇，放还本族，示以推诚。守清得父子复完，必思尽节；继谔感国家之遇，必有所施。若朝廷犹以为疑，即乞先以此意诏问守清，计其必无弃父之理。若彼自不欲其归，则他日可无后患。取进止。

【解题】

作于庆历三年。时任亳州都监的蕃官胡继谔因疾病请移京西路，欧阳修奏请厚加礼遇，召至京师，放还本族，以安抚边境蕃夷之族。茅坤评述为；“深透人情国体之言”（《宋大家欧阳文忠公文钞》卷五）。

缴进王伯起上书状

右，臣今月二十五日出外，至夜归家，有相州进士王伯起看臣不见，后留下长书一封。中言为检匣抑塞言事者，责臣不能规谏人主，开益聪明。及自言有策可以弱北虏，使十年不为害。又言有上皇帝书，为有司所抑，不得上达。仍于长书后，卷却奏状一封，意欲令臣缴奏。

臣窃详王伯起所与臣书，词理极有可采，但未知奏状内所言何事。缘臣本不识其人，又无处寻访，只据所与臣书，内言有策可使北虏十年不为害，此一事是朝廷当今急务。其奏状，臣不敢滞留，谨并元与臣书缴连上进。伏望圣慈特赐省览，或有可采，乞下开封府寻访本人，更加询问。

谨具状奏闻。

【解题】

作于庆历三年。相州进士王伯起献书欧阳修，自言有强兵安边之策，并请转缴奏状一封。故作此状以转呈。

论大理寺断冤狱不当札子

臣风闻大理寺近奏断德州公案一道，为一班行王守度谋杀妻事，止断杖六十私罪。其守度所犯，情理极恶。本因逾滥，欲诱一求食妇人为妻，自持刃杖恐逼正妻阿马，令其诬以奸事，髡截头发。又自以绳索付与阿马，守度持刀在旁逼令自缢，其命垂尽，只为未有棺器，却且解下。其后又与绳索令自缢，阿马偶得生逃。臣略闻此大概，其他守度凶恶之状，备于案牍，人不忍闻。阿马幽苦冤枉如此，而法吏止断诬奸，降以杖罪。

窃以刑在禁恶，法本原情。今阿马之冤，于情可悯；守度所犯，其恶难容。若以法家断罪举重而论，则守度诬奸不实之罪轻，迫人以死之情重，原其用意，合从谋杀。凡谋杀之罪，其类甚多。或有两相争恨，理直之人因发忿心，杀害理曲之人者，死与未死，须被谋杀之刑。岂比守度曲在自身，阿马本无所争，备极陵辱，迫以自裁，虐害之情深于谋杀远矣。臣尝伏读真宗皇帝赐谏臣之诏曰：“冤枉未申，赏刑逾度者，皆许论列。”今之冤妇，臣职当言者也。岂有圣主在上，国法方行，而令强暴之男而敢逼人以死！臣恐守度不诛，则自今强者陵弱，疏者害亲，国法遂隳，人伦败矣。

其王守度一宗公案，伏望圣慈特令中书细详情理，果如臣之所闻，即乞行刑法，以止奸凶。取进止。

【解题】

作于庆历三年。大理寺于王守度杀妻未遂案量刑过轻，欧阳修以人情立论，论辨其非，请令中书另行刑法，以止奸凶。

论内臣冯承用与外任事札子

臣伏见内官冯承用近因过失，为臣寮论奏，陛下亲发睿断，不私小人，听纳群言，逐去左右，中外之士，莫不相庆。然初闻朝议将与外任，至今多日，未见指挥。近日外面虚传，云却得教坊勾当，留在京师。

窃以方今内外臣寮，若有罪犯，便须勘劾，依法行遣。今承用本因有过，超转官资，只与外任，尚为优幸。若更迟留不遣，则使今后伏事陛下左右者，恣为过恶，无以戒劝。承用从来过犯甚众，人皆畏惧，不敢明言，自其罢却入内已来，旧迹渐多彰露。内廷之事，臣不细知，外边作过，颇有实状。今若未行远黜，则言事臣寮不免再有论奏，勾连狱讼，生事转多。

其冯承用，伏乞早与一外任闲慢差遣，便令出京，可以戒励后人，外弭物论。取进止。

【解题】

作于庆历三年。时宦官冯承用因过失贬外，却迟迟不下诏书，此疏敦请仁宗早与一外任闲散官，以戒励后人，平息物议。

论张子奭恩赏太频札子

臣风闻知汝州范祥为相度陕西青白盐，敕差张子奭权知汝州。子奭自选人二年内迁至员外郎，朝廷之意虽曰赏劳，而天下物议皆云侥幸。

盖以子奭宣劳绝少，止两次，而迁官、恩赐已数重。自古赏功不过一次，赏之不已，故难弭人言。初自选人改京官，曰赏劳；未及二岁改秘书丞，又曰赏劳；赐以章服，又曰赏劳；秘书丞不久又转官，又曰赏劳；合得太常博士，超迁员外郎，又曰赏劳；后行祠部，为名曹，又曰赏劳；作京官，合作知县而作签判，又曰赏劳；一任未满，合更有一任知县，又超通判差遣，又曰赏劳。此所以外人之议不允也。况范祥暂出勾当，只合交割以次官员，或转运司自差人权。今朝廷差人，已是失体，又于子奭，为此侥幸。今朝臣待阙在京者甚众，岂无一人堪权知州者？朝廷每用一人，必当使天下人服。今每一差遣，则物议沸腾，累日不息。昔五代桑维翰为晋相，一夕除节度使十五人为将，而人皆服其精。今中书差一权知州，而不能免人讥议者，盖事无大小，当与不当而已。其张子奭，伏乞追寝权差之命。仍乞今后外处差出知州，只委本路转运使差官权。

至于赏罚之柄，贵在至公。今莫大之罪不过一刑而止，岂有劳者终身行赏而不已？亦乞今后有劳效之人，量其大小，一赏而止。若其别著能效，则拔擢自可不次，人亦自然无言。伏以朝廷用人，惟患守例而不能不次选任，但不涉于侥幸，实有材艺之人，谁敢有言？子奭作使西鄙，不谓无劳，但恩典已优，于赏已足。可惜令天下指为侥幸之人，而掩其前效，况又上亏朝政，不可不思。取进止。

【解题】

《续资治通鉴长编》卷一四六系于庆历四年（1044）二月二日。张子奭因出使西夏而连连“赏劳”，敕差权知汝州，欧阳修上疏指斥张氏为“侥幸小人”，请求追回任命，不亏朝政。茅坤称赏本文“慨切”（《宋大家欧阳文忠公文钞》卷三）。

论乞与元昊约不攻唃厮啰札子

臣风闻鱼周询、余靖、孙抃等奉使北虏，皆有事宜，为北虏中诘问元昊通和之意，将来必须因此别与朝廷生患。又闻虏人已欲议移界至，渐示相侵，祸乱之萌，其端可见。

臣自去年春始蒙圣恩，擢在谏列，便值朝廷与西贼初议和好。臣当时首建不可通和之议，前后具奏状、札子十余次论列，皆言不和则害少，和则害多，利害甚详，恳切亦至。然天下之士无一人助臣言，朝廷之臣无一人采臣说。今和议垂就，祸胎已成，而韩琦自西来，方言和有不便之状；余靖自北至，始知虏利急和之谋。见事何迟，虽悔无及。当臣建议之际，众人方欲急和，以臣一人，诚难力夺众议。今韩琦、余靖亲见二虏事宜，中外之人亦渐知通和为患，臣之前说，稍似可采。但愿大臣不执前议，早肯回心，则于后悔之中，尚有可为之理。

昨来许贼之物，数已太多，然尚有禁青盐、还侵地等事，非贼所利。幸其因此自绝，不遣人来，朝廷深戒前非，慎自持重，因而罢议，不落贼计，则转祸为福，后策可为。若贼志愈骄，贪心未满，复遣人使，更有须求，则假此为名，亦可拒绝。今通和之事，为中国之患大，为二虏之利深。万一西贼贪深利而不惜侵地，更无他求，急来就和，则此时取舍，便系安危。陛下宜诏执议之臣，定果决之计，认贼肯和之意，知我害彼利之谋，尤须多方以事拒绝。

臣计西贼无故而请和者，不止与北虏通谋共困中国，兼欲诈谋款我，并力以吞唃厮啰、摩旃、瞎旃之类诸族，地大力盛，然后东向以攻中国耳。今若未有他计拒其来和，则当赐以诏书，言唃厮啰等皆受朝廷官爵，父子为国蕃臣，今若讲和，则不得攻此数族。且攻此数族，是贼本心所贪，闻我此言，必难听约，用此为说，亦可解和。

臣所以区区惟愿未和者，盖臣愚虑知不和患轻，易为处置；和后患大，不可枝梧。臣前后奏章，论列已备，此乃天下安危大计，圣心日夜所忧。臣为言事之官，见利害甚明，若不极言，罪当诛戮。伏望圣慈，特赐省览。取进止。

【解题】

《续资治通鉴长编》卷一四六系于庆历四年二月七日。时宋廷内外已渐知急于议和之患，为了避免元昊吞并唃厮啰、摩旃、瞎旃等诸族，之后并力向东攻宋，欧阳修特奏此疏。茅坤评述说：“虏族不和，则中国自尊，”（《宋大家欧阳文忠公文钞》卷五）

论京西官吏非人乞黜按察使陈洎等札子

臣窃见去年五月诏敕节文：“诸路转运并兼按察使，或贪残老昧、委是不治者，逐处具状闻奏。若因循不切按察，致官吏贪残，刑狱枉滥，民庶无告，朝廷察访得知，并当勘罪，重行黜降。”窃见近日贼人张海等入金州，劫却军资甲仗库，盖为知州王茂先年老昏昧，所以放贼入城，及张海等到邓州，顺阳县令李正已用鼓乐迎贼入县饮宴，留贼宿于县厅，恣其劫掠，其李正已亦是年老昏昧之人。

京西按察使陈洎、张昪，自五月受却朝廷诏书后，半年内并不按察一人。如王茂先、李正己，并显然容庇，不早移换，致得一旦贼至，不能捍御。及光化军韩纲在任残酷，致兵士作乱，亦不能早行觉察。其陈洎等故违诏书，致兴盗贼，并合依元降诏敕，重行黜降，中书又不举行，使国家号令弃作空文，天下祸乱贻忧君父，盖由上下互相蒙庇之罪也。其陈洎、张昪，伏乞依诏敕施行，重与黜降。

若明降诏敕，显有违者并不举行，则今后朝廷号令，徒烦虚出。伏望出于圣断，以警后来。取进止。

【解题】

此二札子，《续资治通鉴长编》卷一四六系于庆历四年二月九日。欧阳修奏论陕西张海、郭貌山起义时期，京西官吏失职，而转运使兼按察使陈洎、张昪并不举劾，应予黜降，以儆效尤。（下札之解题略）

再论陈洎等札子

臣近曾上言，为京西转运使陈洎、张昪违废诏书，并不按察部下官吏，致使盗贼纵横，贻忧君父。其陈洎等合坐此罪名，重行黜降。此事非是臣自生狂见，敢有妄言，乃是朝廷元降诏书内指挥，自合行遣。

今诸路转运使不按察官吏者甚众，然别不至大段生事及部内官吏不甚昏老者，亦可且示优容。如陈洎等部内，显然官吏昏老贪残，并不举劾，致得盗贼并起，事势可忧。此若不行，则国家诏敕，乃是空文，今后号令，有谁肯听？臣伏见近日顿易诸路转运，方思改作，欲除旧弊，朝廷此后政令，须要必行。今若自废诏书，示人无信，则新转运见朝廷先自弛废，言不足听，则更无禀畏，必效因循，虚烦更张，必不济事。古人于作事之初，尚或借人行法，况洎等首自违犯，理合举行。宜于革弊之初，先行励众之事。或谓洎等于少人之际，且要任使。即乞各与降官，依旧差遣，以责后效，徐议复资，亦使过之术也。

尚虑议者谓淮南王伦贼后，不曾行遣转运。盖淮南新授诏书，未及按察，而贼已卒至，又部内官吏如晁仲约等，本非昏老。不比京西慢贼经年，不能剪灭，直至养成凶势，又其部内官吏，显是昏老误事之人，授诏半年，故违不举较其事体与淮南不同。今若以淮南不曾行遣，便舍洎等不问，则今后犯者又指洎等以为例，是则朝廷命令，永废不行。伏惟陛下聪明睿断，惟是则从，尚恐大臣务收私恩，不顾国体。若能不惜暂降洎等一两资官，存取朝廷纲纪，以励中外，则庶几国威复振，患难可平。取进止。

论体量官吏酷虐札子

臣等风闻朝廷近降指挥与诸路转运使，令体量州县官吏酷虐军民者。臣料朝旨如此，必是因韩纲酷虐，近致光化兵士作乱，故有此指挥。窃以昨来光化兵变，虽因韩纲自致，其如兵亦素骄，处置之间须合中道。韩纲自当行法，骄兵亦合讨除，如此两行，方始得体。今若明行号令，遍约官吏，则骄兵增气，转更生心；长吏畏避，无由行事。其所降与转运司文字，窃虑朝夕之间，传播中外，扇动群小，引惹事端。然已失之令既不可追，伏乞速降指挥与诸路转运使，令密切禀行，不得漏泄，所贵别不生事。取进止。

【解题】

《续资治通鉴长编》卷一四六系于庆历四年二月九日。时朝廷以韩纲暴虐导致光化兵变，下令追查州县官虐待士兵、百姓状况，欧阳修担心此举助长士卒骄气，奏请秘密执行此令，不得泄漏。

论罢郑戬四路都部署札子

臣伏睹敕除郑戬知永兴军，仍兼陕西都部署。自闻此命，外人议论，皆以为非，在臣思之，实亦未便。

窃以兵之胜负，全由处置知何。臣见用兵以来，累次更改，或四路都置部署，或分而各领一方，乍合乍离，各有利害。惟夏竦往年所任，郑戬今日之权，失策最多。

请试条列。臣闻古之善用将者，先问能将几何。今而不复问戬能将几何，直以关中数十州之广、蕃汉十万之兵、沿边二三千里之事，尽以委之，此其失者一也。或曰戬虽名都部署，而诸路自各有将，又其大事不令专制，而必禀朝廷。假如边将有大事先禀于戬，又禀于朝廷，朝廷议定下戬，戬始下于沿边，只此一端，自可败事，其失二也。今大事戬既不专，若小事又不由戬，则部署一职，止是虚名。若小事一一问戬，则四路去永兴皆数百里，其寨栅远者千余里。使戬一一处分合宜，尚有迟缓之失；万一耳目不及，处置失宜，则为害不细，其失三也。若大小事都不由戬，而但使带其权，岂有数十州之广、数十万之兵、二三千里之边事，作一虚名，使为无权之大将？若知戬可用，则推心用之；若知不可用，则善罢之。岂可尽关中之大，设为虚名，而以不诚待人？其失四也。今都部署名统四路，而诸将事无大小不禀可行，则四路偏裨各见其将不由都帅，则上下相效，皆欲自专，其失五也。今都部署是大将，反不得节制四路，而逐路是都帅部将，却得专制一方，则委任之意大小乖殊，军法难行，名体不顺，其失六也。若知戬果不可大用，但不敢直罢其职，则是大臣顾人情，避己怨。如此作事，何以弭息人言？其失七也。料朝廷忽有此命，必因韩琦等近自西来，有此擘画。琦等身在边陲，曾为将帅，岂可如此失计？

臣今欲乞两府之臣，明议四路不当置都部署利害。其郑戬既不可内居永兴而遥制四路，则乞落其虚名，只令坐镇长安，抚民临政，以为关中之重。其任所系亦大而使四路各责其将，则事体皆顺，处置合宜。今取进止。

【解题】

原系庆历二年，误。《续资治通鉴长编》卷一四〇庆历三年四月七日，任命郑戬为陕西四路都部署。四年二月二十一日，从欧阳修此奏，罢郑氏陕西四路都部署。茅坤评述本文“擘画中将领机宜”（《宋大家欧阳文忠公文钞》卷三）。

论救赈江淮饥民札子

臣伏见近出内库金帛赐陕西，以救饥民。风闻江淮以南，今春大旱，至有井泉枯竭、牛畜瘴死、鸡犬不存之处，九农失业，民庶嗷嗷，然未闻朝廷有所存恤。陛下至仁至圣，忧民爱物之心无所不至，但患远方疾苦，未达天聪。苟有所闻，必须留意，下民疾苦，臣职当言。

昨江淮之间，去年王伦蹂践之后，人户不安生业。伦贼才灭，疮痍未复，而继以飞蝗。自秋至春，三时亢旱，今东作已动，而雨泽未露，此月不雨，则终年无望。加又近年已来，省司屡于南方敛率钱货，而转运使等多方刻剥，以贡羡余。江淮之民，上被天灾，下苦盗贼，内应省司之重敛，外遭运使之诛求，比于他方，被苦尤甚。今若不加存恤，将来继以凶荒，则饥民之与疲怨者相呼而起，其患不比王伦等偶然狂叛之贼也。

臣以为民怨已久，民疲可哀，因其甚困，宜速赐惠，不惟消弭盗贼之患，兼可以悦其疲怨之心。伏望圣慈特遣一二使臣，分诣江淮名山，祈祷雨泽。仍下转运并州县，各令具逐处亢旱次第奏闻，及一面多方擘画，赈济穷民，无至失时，以生后患。取进止。

【解题】

《续资治通鉴长编》卷一四七系此札子于庆历四年三月三日。欧阳修奏论江淮大旱，民众嗷嗷待哺，请求朝廷赈济穷民。为民请命，情辞恳挚。

论更改贡举事件札子

臣窃闻近有臣寮上言，请改更贡举进士所试诗、赋、策论先后，事已下两制详议。伏以贡举之法，用之已久则弊，理当变更。

然臣谓必先知致弊之因，方可言变法之利。今贡举之失者，患在有司取人先诗赋而后策论，使学者不根经术，不本道理，但能诵诗赋，节抄《六帖》、《初学记》之类者，便可剽盗偶俪，以应试格。而童年新学，全不晓事之人，往往幸而中选。此举子之弊也。今为考官者，非不欲精较能否，务得贤材，而常恨不能如意，太半容于缪滥者，患在诗赋、策论通同杂考，人数既众而文卷又多，使考者心识劳而愈昏，是非纷而益惑，故于取舍往往失之者。此有司之弊也。故臣谓先宜知此二弊之源，方可言变法之利。今之可变者，知先诗赋为举子之弊，则当重策论；知通考纷多为有司之弊，则当随场去留。而后可使学者不能滥选，考者不至疲劳。今若不改通考之法，而但更其试日之先后，则于革弊，未尽其方。

凡臣所请者，若漫然泛言之，恐不能尽其利害，请借二千人为率，以明变法之便。谨条如左：

凡贡举旧法，若二千人就试，常额不过选五百人。每年到省就试及取人之数，大约不过此。是于诗赋、策论六千卷中每一人三卷。选五百人，而日限又迫，使考试之官殆废寝食，疲心竭虑，因劳致昏，故虽有公心而所选多滥。此旧法之弊也。今臣所请者，宽其日限，而先试以策而考之。择其文辞鄙恶者，文意颠倒重杂者，不识题者，不知故实、略而不对所问者，限以事件若干以上。误引事迹者，亦限件数。虽能成文而理识乖诞者，杂犯旧格不考试者，凡此七等之人先去之，计于二千人可去五六百。以其留者，次试以论，又如前法而考之，又可去其二三百。其留而试诗赋者，不过千人矣。于千人而选五百，则少而易考，不至劳昏。考而精当，则尽善矣。纵使考之不精，亦选者不至大滥，盖其节抄剽盗之人，皆以先经策论去之矣。策论逐场旋考，则卷子不多，考官不至劳昏，去留必不误。比及诗赋，皆是已经策论，粗有学问、理识不至乖诞之人，纵使诗赋不工，亦足以中选矣。如此，可使童年新学，全不晓事之人无由而进。此臣所谓变法必须随场去留，然后能革旧弊者也。其外州解送到，且当博采，只可尽令试策。要在南省精选。若省榜奏人至精，则殿试易为考矣。故臣但言南省之法，此其大概也。其高下之等，仍乞细加详定，大率当以策论为先。

右，臣所陈，伏乞特加详览。苟有可采，即乞降付有司，与前所上言参同详议，著于令式。谨具状奏闻。

【解题】

《续资治通鉴长编》卷一四七系《详定贡举条状》于庆历四年三月十二日，稍早些时日，欧阳修有《论更改贡举事件札子》。此二奏系统阐述科举改革主张及措施，是庆历新政“精贡

举”的具体内容，具有重要史料价值。(下条状解题略)

详定贡举条状

臣等准敕差详定贡举条制者。伏以取士之方，必求其实；用人之术，当尽其材。今教不本于学校，士不察于乡里，则不能核名实；有司束以声病，学者专于记诵，则不足尽人材。此献议者所共以为言也。臣等参考众说，择其便于今者，莫若使士皆土著而教之于学校，然后州县察其履行，则学者修饬矣。故为学制，合保荐送之法。

夫上之所好，下之所趋也。今先策论，则文辞者留心于治乱矣；简其程式，则闳博者得以驰骋矣；问以大义，则执经者不专于记诵矣。故为先策论过落，简诗赋考试，问诸科大义之法，此数者其大要也。其诗赋之未能自肆者杂用今体，经术之未能亟通者尚依旧科，则中常之人皆可勉及矣。此所谓尽人之材者也。

其通礼一有司之所习及州郡封弥誊录、进士诸科帖经之类，皆细碎而无益者，一切罢之。凡其所为，皆申之以赏罚而劝焉。如此，则养士有素，取材不遗。苟可施行，望赐裁择。

论湖南蛮贼可招不可杀札子

臣风闻杨畋近与蛮贼斗敌，杀得七八十人首级。仍闻入彼巢穴，夺其粮储，挫贼之锋，增我士气。畋之勇略，固亦可嘉，然朝廷谋虑事机，宜思久远。窃恐上下之心，急于平贼，闻此小捷，便形虚喜，不能镇静，外示轻脱。其间二事，尤合深思：一曰不待成功，便行厚赏；二曰谓其可杀，更不肯招。苟或如此，则计之大失而事之深害也。

今湖南捕贼者，杀一人头赏钱十千，官军利赏，见平人尽杀。平人惊惧，尽起为盗，除邓和尚、李花脚等数十头项外，其余随大小成伙者不可胜数。今畋所击只一洞，所聚已二千余人，于二千人中杀七八十人，是二十分之一，其余时暂鸟散，必须复集。臣见自古蛮蜒为害者，不闻尽杀，须是招降。昨缘邵饰等失信于黄捉鬼，遂恐更难招诱。今若因畋小胜，示以恩威，正是天与招服之机，不可失也。若令畋自作意度招取大头项者，因此小胜，传布捷声，其余诸处结集者分行招诱，藉此声势，必可尽降，旬日之间，湖南定矣。若失此时，渐向夏热，以我所病之兵，当彼惯习水上之贼，小有败衄，则彼势复坚，不惟为害湖南，必虑自此贻朝廷忧患。今于未了之间，便行厚赏，则诸处巡检、捕贼官等见畋获赏，争杀平人；而畋等自恃因战得功，坚执不招之议；朝廷亦恃畋小胜，更无招辑之心。上下失谋，必成大患。

其杨畋等，伏乞且降敕书奖谕，授与事宜，俟彼招安，便行厚赏。今湖南贼数虽多，然首恶与本贼绝少，其余尽是枉遭杀戮、逼胁为盗之徒，在于人情，岂忍尽杀？惟能全活人命多者，则其功更大。仍乞明说此意，谕与杨畋。其赏典，乞少迟留，庶合事体。取进止。

【解题】

《续资治通鉴长编》卷一四七系此二札子于庆历四年三月十二日，另有《论讨蛮贼任人不一札子》也作于此二札子前后。三札子共论平定湖南瑶民起义军事事宜，欧阳修主张对起义军只可招降，不可滥杀；朝廷委派军事将领应该任人专一，统一指挥。（下二札解题从略）

再论湖南蛮贼宜早招降札子

臣风闻湖南蛮贼近日渐炽，杀戮官吏，锋不可当。新差杨畋，锐于讨击，与郭辅之异议，不肯招降。又王丝去时，朝廷亦别无处分。虑丝到彼，与畋同谋。

盖蛮贼止可招携，卒难剪扑，而畋等急于展效，恐失事机。今深入而攻，则山林险恶，巢穴深远，议者皆知其不可。若以兵外守，待其出而击之，则又未见其利也。盖以蛮所依山，在衡州、永州、道州、桂阳监之间，四面皆可出寇。若官兵守于东，则彼出于西；官兵守于南，则彼出于北；四面尽守，则用兵太多；分兵而邀之，则兵寡易败，此进退未有可击之便也。今盘氏正蛮，已为邓和尚、黄捉鬼兄弟所诱，其余山民莫徭之类，亦皆自起而为盗。窃闻常宁一县，殆无平民，大小之盗，一二百伙。推其致此之因，云莫傜之俗，衣服言语一类正蛮，黄、邓初起之时，捕盗官吏急于讨击，逢蛮便杀，屡杀平人，遂致莫傜惊惶至此。以此而言，则本无为盗之心，固有可招之理。

然欲诸盗肯降，必须先得黄、邓。昨邵饰等初招黄捉鬼之时，失于恩信，致彼惊逃，寻捕获之，断其脚筋，因而致死。今邓和尚等若指前事为戒，计其必未轻降，如云且招，终恐难得，必须示以可信之事，推以感动之恩。若得黄、邓先降，其余指麾可定。今深入而攻既不可，待其出而击之又不可，且杀且招又不可，以臣思之，莫若罢兵曲赦，示信推恩，庶几招之，可使听命。臣亦广询南方来者，云我若推信，彼不难招。邓和尚等，大则希一班行，其次不过殿侍足矣。正蛮叛者，得一团主之名亦足矣。莫傜之类，使安耕织，而岁输皮粟，得为平民，乃彼大幸，不徒足志而已。

今若击之不已，则其为害愈深。况渐近夏暑，南方烨湿，士卒不习水土，须虑死伤。仍恐迫之太急，则潭、郴、全、邵诸寨向化之蛮，皆诱胁而起，则湖南一路，可为国家之忧。臣欲乞速令两府大臣深究招杀之利害，共思长策，决定庙谋。若迁延后时，致彼猖炽，不幸官吏频遭杀害，则朝廷之体，难为屈法而招。彼以其罪既多，必恐不能自信，则兵久不解，害未有涯。伏望圣明，断之在早。取进止。

论讨蛮贼任人不一札子

臣尝患朝廷虑事不早，及其临事，草草便行，应急仓皇，常多失误。昨湖南蛮贼初起，自昇州差刘沆知潭州，授龙图阁学士，令专了蛮事。沆未到湖南，又差杨畋作提刑，又令专了蛮事。畋未到，续后又差周陵为转运使，令专了蛮事。周陵差敕未到，又自朝廷遣王丝安抚，令专了蛮事。王丝方在路，又自淮南遣徐的往彼，令专了蛮事。不惟任人不一，难责成功。兼此数人一时到彼，不相统制，凡于事体，见各不同，使彼一方，从谁则可？若所遣皆是才者，则用才不在人多；若遣不才，虽多适足为害。此臣所谓临事仓皇，应急草草之失也。

今刘沆自守方面，不可动。杨畋、周陵自是本路，不可动。徐的于数人中最才，又是朝廷最后差去，可以专委责成。其间惟有王丝一人在彼无用，可先抽回。近闻丝有奏请，欲尽驱荆南土丁，往彼捉杀。臣曾谪官荆楚，备知土丁仔细，若果如此，则必与国家生患。朝廷已不从之，然丝处事可见矣。若丝到彼，默然端坐，并无所为，一任徐的等擘画，则丝在彼何用？自可召还。若以其身是台官，出禀朝命，耻以不才默坐于中，强有施为，窃虑的等不能制丝。又州县畏丝是朝廷差去，从其所见，误事必多。

尚恐大臣有主张丝者，遂非偏执，曲庇于丝，不欲中道召回，彰己知人之失，护其不才之耻，未肯抽回。即乞谕徐的专了贼事，只令丝至一路州军遍行安慰讫即速还，庶不败事。取进止。

论内出手诏六条札子

臣伏闻近出手诏，条六事以赐两府大臣，有以见陛下忧勤责任之意。然而天下纪纲隳坏，皆由上下因循。一旦陛下奋然，虽有责成之心，而大臣尚习因循之弊，不能力行改作，以副圣怀。

自去年范仲淹、韩琦等特被选擢，陛下寻开天章阁召见，而大臣递互相推，并不建明一事以救天下之弊。洎至内出手诏，范仲淹、富弼等方始各条数事。至今半年有余，或寝而不行，或行而不尽，或虽行而未有明效。今陛下又以六事责之，臣恐两府大臣依前无以上副忧勤之意，下救当今之急。

臣愿陛下不因常例奏事之时，特御便殿，召两府大臣赐坐，先戒以不得推避缄默，后以当今大务问之，须令有所陈述。所问之急不过三四大事而已：二虏交侵，一也；三路御备之术何者可以易行而速效，二也；百姓困匮，国用不足，何以使公私俱济，三也。若两府大臣于此三事能其一者，便委其专管，示以责成可也。若其不然，臣恐手诏屡出，圣意虽劳，而大臣相推，终未济事。陛下必欲速救时弊，非专任而切责之不可也。取进止。

【解题】

作于庆历四年三月。新政实行半年，阻力重重，进展不如人意，仁宗急于求成，“出手诏，条六事，以赐两府大臣”，欧阳修上此疏，劝仁宗不可操之太急，稳住其改革弊政的决心和信心。语辞婉曲。

论葬荆王札子

臣伏睹朝旨，虽差宋祁监护故荆王葬事，然未见降下葬日及一行事件。或闻以岁月不利，未可葬；或闻有司以财用不足，乞且未葬。夫阴阳拘忌之说，陛下聪明睿圣，必不信此巫卜之言而违礼典。但虑议者坚执方今财用不足不可办葬，陛下闻有劳民枉费之说，则不得不虑，因以迟疑。

臣谓前后敕葬大臣，浮费枉用之物至多，岂是朝廷本意？皆为主司措置之失，致人因缘以为奸尔。今若尽节浮费及绝其侵蠹，而使用物不广，则将复以何辞而云不葬？臣不知所司曾将一行用度计定大数否？内若干是浮费，若干是实用？若实用之物数犹至多，而力不可办，则缓之可也。若实用之物少，只是旧例浮费多，则可削去浮费而已。今都不计度，而但云无物可葬，则不可也。未见实用之数多少，不量力能及否，而曰必须遵礼，而曰必须葬，亦未可也。如臣愚见，酌此两端，葬则为便。然须先乞令王尧臣、宋祁等，将一行合用之物列其名件，内浮费不急者，一一减去之。若只留实用之物，数必不多。假如稍多，更加节减，虽至俭薄，理亦无害。如此，则葬得及时，物亦不费。夫俭葬，古人之美节；侈葬，古人之恶名。今避俭葬，不肯节费，留丧而待有物之年以就侈葬，则非臣所知也。若曰俭葬亦未能办，则乃过言之甚也。

然外之舆议，为国家论事体者，皆云葬则为便。今朝廷议者分而为二，顾物力者则不顾典礼、国体，论典礼、国体者则不思财用办否，各执偏见，议久不决，以惑陛下之聪明。今便葬之害一，不葬之害五。便葬之害，不过费物，然力有可为。不葬之害，所失则大。不肯薄葬而留之以待侈葬，成王之恶名，一也。信巫卜之说而违典礼，二也。目下减节，力所易为；他时丰足，理或难待。使皇叔之柩五七年间不得安宅，而神灵无归，三也。使四夷闻天子皇叔薨而无钱出葬，遂轻中国而动心，四也。今天下物力虽乏，然凡百用度不能节费处多，独于皇叔之身有所裁损，伤陛下孝治之美，五也。此臣所谓葬则为便者也。

荆王于国属最尊，名位最重，伏乞早令定议，无使后时。取进止。

【解题】

此二札子作于庆历四年春。正月十二日，荆王赵元俨卒，有人提议因为国用不足，等待丰年厚葬。欧阳修上疏力主减费而葬，并提出节省浮费的具体措施，均被仁宗采纳。茅坤评述此二札子说：“总只是恤财用为本”，“本朝唯三原王公可及”。（《宋大家欧阳文忠公文钞》卷二）（下札解题从略）

论葬荆王一行事札子

臣风闻已有圣旨，荆王葬事，令三司与太常礼院及监葬官等同议减节浮费。此足见陛下厚于皇叔之恩、念民惜费之意，一举而两得也。

然臣每见朝廷作事，欲爱民节用，而常枉费劳人。盖为议事之初，不得其要，或失于不精审者有四：民间不科配，一也；州县供应，物有定数，二也；送葬之人在路，禁其呼索，三也；州县官吏不得过外供须以邀名誉，四也。苟绝此四者，则无大患矣。

昨京西一路遭张海惊劫之后，不可更有诛求。臣今欲乞指挥三司，应是合要之物并须官给，不得民间科买。仍乞先将一行仪仗人马并送葬人等一人以上，先定人数，然后札与京西，令依数供顿，则可无广费。自荆王以下诸丧，非至亲者不必令其尽往，仍乞限定人数，及每人将带随行人数亦乞限定，凡皇亲及一行官吏，除宿顿合供饮食外，不得数外呼索。州县官吏，亦不得于官供饮食外，别以诸物献送权要。其受献送并呼索，并以入己赃论。仍乞御史里行一人，随行纠察。其数外带人，及州县随顺呼索献送物等官吏，物出于已，亦从违制。若托以供应为名，于民间贱买及率掠者，皆以枉法赃论。如此防御，方可杜绝浮费，以称陛下厚亲节用之心。

论燕王子允良乞未加恩札子

臣伏见昨燕王初薨，其子允良于苫块中便答书题，仍不称孤子，不落官衔。今闾巷民家犹能检接书仪，粗知丧礼，而允良为国宗属，全然不晓人事。京师士流间传说为笑，有玷圣朝。又闻燕王诸子皆失教训，自其父病，多不躬侍汤药；才至父死，便乞家财管勾；居丧之礼，亦无哀戚。

臣伏见近降诏敕，约束补荫子弟，须是习试经业，盖谓训诱臣寮子弟，欲为臣下立家。至于宗室之亲，号为藩屏，全不训诲，使其不知礼义，不及民间之子，而不孝之声流闻中外。其允良等过失，伏虑陛下仁慈以睦宗族，未欲别行责罚，只乞不缘燕王薨谢，别加恩典，且与裁抑，令其知过，俟其向后改悔迁善，方与加恩。仍乞明以此意戒谕近贵，其余宗室闻之，各思向善，不使外人非笑，玷辱皇风。取进止。

【解题】

作于庆历四年春。荆王赵元俨（后赠燕王）子允良居丧失礼，贻笑京师士流，欧阳修奏请仁宗裁抑恩典，以戒谕皇室近贵。

论臣寮不和札子

臣伏睹方今夷狄外强，公私内困，盗贼并起，蝗旱相仍。陛下轸念生民，深思祸患，忧勤之意，夙夜焦劳。而中外臣寮，未能为国家虑远谋，建长策，少济时事，以宽圣怀。近日以来，风俗尤薄，缙绅之列不务和同，或徇私意以相倾，或因小事而肆忿，纷然毁訾，传布道涂。饰己短以遂非，各期必胜；进偏辞而互说，上惑圣聪。当陛下思念远图之时，致陛下日厌纷纭之议。至于朝廷得失，邦国安危，熟视恬然，各思缄默。陛下仁慈睿圣，务存大体，未欲明行责罚以戒浇浮。

伏望圣慈特降诏书，戒励中外革兹时弊，各使同心忧国，舍小谋大。然后陛下不为小事纷纭烦于听览，则可以坐运宸算，以康时难。取进止。

【解题】

作于庆历四年春。欧阳修针对朝臣之间钩心斗角、徇私肆忿，上此疏请求仁宗下诏戒励群臣，革此时弊，求同存异，同心协力辅佐朝政。

论三司判官择人之利札子

臣伏见近差薛绅为转运使。绅是三司判官资例，合作转运使，然外人议论未允者。若以昔日差人，更有不如绅者，亦不足怪。盖见朝廷近更新制，不次用人，凡旧转运使稍不材者悉令换易，忽见却用薛绅，所以人言未允。昨来京东用沈邈替却晁宗简，今用薛绅又更不及宗简，此臣之所未喻也。

平时无事，公私上下从容，吏无大小，奉法守常而已。所以龊龊廉谨，不为大过，虽庸暗缪懦者，皆可苟禄偷安。而朝廷可以不择贤愚，一例差拨，官虽渐滥，犹未败误。今天下事势岂比向时？盗贼纵横而州郡无备，公私困乏而用度转多，赋役繁兴而人户凋耗，虽有出人之才，尚恐不能了事，岂可尚循旧例，依次用人？然臣窃思方今中外差除，未肯脱去旧例，如绅之辈，谓其已作省判，须且依例除转运。以此思之，若省判须令作转运，则弊在差省判之时不早慎择也。夫前已滥者不能骤去，后来者又不择之，永无澄清之时矣。

臣今欲乞详定差省判之法，每遇阙人，或令本省使、副自举，或朝廷先择举主，令举主择人，但重其保任同罪之法，而不必限其资序。如此，则省判得人。省判得人，则将来有好转运使。有好转运使，则逐路澄清，民纾用足。以此而言，择得一省判，为数十州民之福，其利甚大。夫得人为利甚大，则失人为害亦大矣。伏望圣慈，留意裁择。取进止。

【解题】

作于庆历四年春。庆历新政不次用人，引起朝臣非议，欧阳修奏此札子，请求详定差省判法制，或先择举主，重其保任同罪之法，使省判得人，百姓获利。

论水洛城事宜乞保全刘沪等札子

臣近风闻狄青与刘沪争水洛城事，枷禁沪等奏来。窃以边将不和，用兵大患。况狄青、刘沪皆是可惜之人，事体须要两全，利害最难处置。

臣闻水洛城自曹玮以来，心知其利，患于难得，未暇经营。

今沪能得之，则于沪之功不小，于秦州之利极多。昨韩琦等自西来，闻有论奏，非以水洛为不便，但虑难得而难成。今沪能得之，又有成之之志，正宜专委此事，责其必成。而狄青所见不同，遂成衅隙。其间利害，臣请详言。

国家近年边兵屡败，常患大将无权。今若更沮狄青，释放刘沪，则不惟于狄青之意不足，兼沿边诸将皆挫其威，此其不便一也。臣闻刘沪经营水洛城之初，奋身展效不少，先以力战取胜，然后诱而服从，乃是党留诸族畏沪之威信。今忽见沪先得罪，带枷入狱，则新降生户岂不惊疑？若使翻然复叛，则今后边臣以威信招诱诸族，谁肯听从？不惟水洛城更无可成之期，兼沿边生户永无可招之理，此其不便二也。自用兵以来，诸将为国立事者少。此水洛城，不惟自曹玮以来未能得之，亦闻韩琦近在秦州，尝欲经营而未暇。今沪奋然力取，其功垂就，而中道获罪，遂无所成，则今后边将谁肯为国家立事？此其不便三也。臣又闻水洛之戍，虽能救援秦州，而须藉渭州应副。今刘沪既与狄青异议，纵使水洛筑就，他时万一缓急，狄青怒沪异己，又欲遂其偏见，稍不应副，则水洛必须复失，此其不便四也。缘此之故，遂移青于别路，则是因一小将移一部署，此其不便五也。此臣所谓利害甚多，最难处置者也。

臣谓今宜遣一中使，处分鱼周询等速令和解，务要两全。必先密谕狄青曰："沪城水洛，本有所禀，非是擅为。役众筑城，不比行师之际，沪见利坚执，意在成功，不可以违节制加罪。沪宜释放，朝廷不欲直放，恐挫卿之威，卿自释之，使感卿惠。若他时出师临阵，有违进退之命者，任卿自行军法。"然后密谕沪曰："汝违大将指挥，自合有罪。朝廷以汝于水洛展效，望汝成功，故谕青使赦汝，责尔卒事以自赎。"俟水洛功就，则又戒青："不可因前曾异议，坚执不修，惟幸失之，遂己偏见。今后水洛缓急，尤须极力应副，万一小有疏失，则是汝挟情故陷之，必有重责。”如此，则水洛之利可成，蕃户之恩信不失，边将立事者不懈，大将之威不挫。苟不如此，未见其可。

盖罪沪既不可，罢水洛城又不可，沮狄青又不可。事关利害伏望圣虑深思。取进止。

【解题】

《续资治通鉴长编》卷一四八分别系此二札子于庆历四年四月六日和二十五日。时因水洛筑城事件，尹洙、狄青逮捕了刘沪、董士廉，准备以违抗军令罪问斩。为了保护边将双方，迫不得已，欧阳修提议改移尹洙。仁宗最终采用此策，避免了边将失和，稳定了边塞秩序。茅坤评述第一札子：“何等熟悉，何等忠悃！”（《宋大家欧阳文忠公文钞》卷三）（下札解题从略）

再论水洛城事乞保全刘沪札子

臣伏见朝廷近为修水洛城事，虽已差鱼周询等就彼相度，风闻周询近有奏来，为水洛蕃族见狄青枷取刘沪等，因致惊搔，周询却乞将带沪等往彼。以此足验刘沪能以恩信服彼一方。

朝廷必知水洛为利而不欲废之，非沪守之不可。然沪与狄青、尹洙已立同异，难使共了此事。臣谓必不得已，宁移尹洙，不可移沪。尚虑议者必谓不可因小将而动大将。今若但移洙而不动狄青，即不是特移大将矣。若却移路分，更升差遣，或召拜他官，苟不类前后因事移替之人，即不是因沪被移矣。如此，则于洙无损，于沪获全其功，于边防利便，三者皆获其利。

若曲为尹洙、狄青，却将立功将校轻沮，则其害有三：大凡文武官常以类分，武官常疑朝廷偏厚文臣。假有二人相争，实是武人理曲，然武人亦不肯服，但谓执政尽是文臣，递相党护，轻沮武士。况今沪与洙争，而沪实有功效，其理不曲。若曲罪刘沪，则沿边武臣尽鼓怨怒，其害一也。自有西事以来，朝廷擢用边将极多，能立功效者绝少，惟范仲淹筑大顺城，种世衡筑青涧城，沪筑水洛耳。臣亦闻三者，惟沪尤为艰辛，是功不在二人之下。今若曲加轻沮，则今后武臣不肯为朝廷作事，其害二也。沪若不在水洛，则蕃族恐他人不能绥抚，别致生事，则今后边防永不能招缉蕃部，其害三也。

今三利三害，其理甚明，但得大臣公心，不于尹洙曲有党庇，则不与边防生患。此系国家利害甚大，伏望圣意断而行之。取进止。

论陈留桥事乞黜御史王砺札子

臣伏睹朝廷近为王尧臣、吴育等争陈留桥事，互说是非，陛下欲尽至公，特差台官定夺。而王砺小人，不能上副圣意，挟公徇私，妄将小事张皇，称王尧臣与豪民有情弊，诬奏慎钺令凶吏潜行杀害，及妄称真宗皇帝朝移桥不便，致民切齿等事。及勘出事状，王尧臣元不曾受豪民请嘱，慎钺亦不曾令小吏潜行杀害，及据先朝日历内真宗皇帝亲谕王旦，为陈留桥损害舟船，特令修换。证验得王砺所言，悉是虚妄，上惑圣听。赖陛下圣明，慎于听断，不便轻信其言，别令吕觉根勘。今既勘出事状，方明王砺不公。伏以台宪之职，本要纠正纪纲，而砺但务挟私，欺罔天听，合行黜责。其罪有四：一曰谤黩先朝圣政。谨按日历书真宗皇帝亲谕王旦移桥一事，乃是先帝知民间利病，移得此桥为便。故史官书之，以彰圣政，为后世法。今王砺却称是真宗朝权臣受豪民献赂，移得此桥不便，民间至今切齿。若如王砺所说，即是真宗误信权臣移桥，致民怨怒，乃是当时阙政。今国史书桥便利，彰先帝圣政；王砺言移桥不便，是先朝阙政。臣不知国朝旧史可信，为复王砺之言可凭？其虚妄谤黩之罪，可诛一也。二曰中伤平人，使今后劳臣不劝。臣见向前三司使不能擘画钱谷，至有强借豪民钱二十万贯，买天下官私物货，至税果菜之类，细碎刻剥。自尧臣在三司，不闻过外诛求，而即今财用不至大阙。亦闻南郊渐近，诸事亦稍有备。当此窘迫乏用之时，而能使民不加赋，而国用粗足，亦可谓劳能之臣。方当责其办事，今因移一桥小事，而王砺诬其与豪民有情，致兴大狱。及至勘出，并无情弊。是王砺不恤朝廷事体，当此乏用之际，将能干事之臣因小事妄加伤害，其罪二也。三曰诬奏平人为杀人贼。凡台官言事许风闻者，谓耳目不及之事，即许风闻。今王砺目见慎钺所遣小吏别无武勇，又无器仗，而称其有杀害之心。及至勘出，并无迹状，其罪三也。四曰挟私希旨。初，朝廷本为省、府互争，别选不干碍官定夺。王砺既吴育是举主，即合自陈，乞别差官，岂可谤黩先朝，希合举主？且砺言慎钺是尧臣所举，感惠必深，今砺是吴育举，岂不怀感？且吴育与王尧臣本无怨恨，各为论列本司公事，所见异同，乃是常事。但王砺小人，妄思迎合，张皇欺诳，其罪四也。

且王砺谤黩先朝圣政之罪若不重责，则无以彰陛下孝治之明；中伤尧臣若不重责，则使劳能之臣不能安心展效；其诬奏慎钺遣吏杀害及挟私迎合举主之罪若不重责，则今后小人恣情妄作，狱讼必多。事系朝廷之体，臣忝谏诤，不可不言。

其王砺，伏乞重行贬黜。取进止。

【解题】

《续资治通鉴长编》卷一四八系此二札子于庆历四年四月十八日。时监察御史王砺奏论陈留移桥事，欧阳修劾奏其偏袒朋党，挟公徇私，主张重行改黜。王砺因罢御史，通判邓州。（下札解题从略）

论王砺中伤善人乞行黜责札子

臣近有札子，并曾面奏，为台官王砺特被差委，辄敢徇私，妄言王尧臣因移桥别有情弊等事，欺诳朝廷，上赖陛下圣明，再令推究，勘得尧臣并无私曲，已蒙圣恩释放。自王砺妄形弹奏，罗织无事之人，欲借国威以报私忿，立朝之列，人各自危。及闻尧臣不陷枉刑，更蒙陛下恩释，中外之士，稍复安心。

然小人在朝，非国之利。如砺善恶未辨，尚可含容。今既试之以事，见其倾险之迹，则岂可更令滥处台宪，中伤善人？伏望圣慈，早行黜责，以戒在位倾邪之辈，兼亦使今后选用之人，不敢尚辜委任，别造过愆。若砺不黜，窃虑今后被差委者动皆作过，则陛下无由使人。此事所系不细。取进止。

论与西贼大斤茶札子

臣伏睹昨者西贼来议通和，朝廷许物数目不少，内茶一色，元计五万斤。缘中国茶法大斤小斤不同，当初拟议之时，朝廷谋虑不审，不曾明有指定斤数。窃虑西贼通和之后，须要大斤，若五万斤大斤，是三十万小斤之数。如此，则金帛二十万，茶三十万，乃是五十万物。

真宗时，契丹大举至澶州，只用三十万物。三十年后，乘国家用兵之际，两国交争，方添及五十万。今元昊一隅之敌，一口便与五十万物，臣请略言为国家大患一两事，不知为国计者何以处之？三十万斤之茶，自南方水陆二三千里，方至西界。当今民力困乏，陛下不耻屈志就和，本为休民息力，若岁般辇不绝，只此一物，可使中国公私俱困，此大患一也。计元昊境土人民，岁得三十万茶，其用已足。然则两榷场舍茶之外，须至别将好物博易贼中无用之物，其大患二也。契丹常与中国为敌国，指元昊为小邦，若见元昊得物之数与彼同，则须更要增添，何以应副？不过云茶不比银、绢，本是粗物，则彼必须亦要十数万大斤。中国大货利止于茶盐而已，今西贼一岁三十万斤，北虏更要三二十万，中国岂得不困？此其大患三也。

昨与西贼议和之初，大臣急欲事就，不顾国家利害，惟恐许物不多。及和议将成，契丹语泄，两府方有悔和之色，然许物已多，不可追改。今天幸有此一事，尚可罢和。臣乞陛下特召两府大臣共议，保得久远供给四夷，中国不困，则虽大斤不惜。若其为患如臣所说，不至妄言，即乞早议定计。取进止。

【解题】

《续资治通鉴长编》卷一四九系于庆历四年五月二十五日。宋夏议和，贡茶五万斤，未指明大斤小斤，本出于朝廷虑事不周，欧阳修认为今可藉此罢和，乃是幸事。朝廷未从此议。奏札表现作者反对屈辱议和的爱国思想。

论西贼占延州侵地札子

臣窃闻元昊近于延州界上修筑城垒，强占侵地，欲先得地，然后议和，故杨守素未来，而占地之谋先发。又闻边将不肯力争。此事所系利害甚大。臣料贼意，见朝廷累年用兵有败无胜，一旦计无所出，厚以金帛买和，知我将相无人，便欲轻视中国，一面邀求赂遗，一面侵占边疆。不惟骄贼之心难从，实亦为国之害不细。

今若纵贼于侵地立起堡寨，则延州四面更无捍蔽，便为孤垒。其贼尽据要害之地，他时有事，延州不可保守。若失延州，则关中遂为贼有。以此而言，则所侵之地不可不争。伏况西贼议和，事连北虏。今人无愚智，皆知和为不便，但患国家许物已多，难为中悔，若得别因他事，犹可绝和。何况此侵地是中国合争之事，岂可不争？

臣谓今欲急和而不顾利害者，不过边臣外惮于御贼，而内欲邀议和之功，以希进用耳，故不肯击逐羌人，力争侵地。盖小人无识，只苟目前荣进之利，不思国家久远之害。是国家屈就通和，只与边臣为一时进身之利，而使社稷受无涯之患。陛下为社稷计，岂不深思！大臣为社稷谋，岂不极虑！伏望圣慈遣一使往延州，令庞籍力争，取昊贼先侵之地，不令筑城堡寨。若缘此一事得绝和议，则社稷之福也。

臣仍虑西贼来人，尚有青盐之说，此事人人皆知不可许。亦虑小人无识急于就和者，尚陈盐利，以惑圣聪。伏望圣慈，不纳浮议。取进止。

【解题】

《续资治通鉴长编》卷一四九系于庆历四年五月二十五日。时元昊强占延州侵地，并修筑城堡。欧阳修奏请仁宗命令边将夺回侵地，并主张因此断绝议和。茅坤评述说：“欧公之言，可谓忠谋远览之至者也。”（《宋大家欧阳文忠公文钞》卷五）。

论台官上言按察使状

右，臣伏睹近降朝旨，约束诸路按察使，备载台官所上之言，意谓按察使等所奏之人多不实，或因迎送文移之间有所阙失，挟其私怒，枉奏平人。朝廷都不深思，轻信其说。臣自闻降此约束，日夕忧嗟。窃思国家方此多事难了之时，正是责人展效之际，奖之犹恐不竭力，疑之谁肯尽其心？

昨大选诸路按察之际，两府聚厅数日，尽破常例，不次用人。中外翕然，皆谓一时之极选。凡被选之者，皆亦各负才业，久无人知，常患无所施为；一旦忽蒙擢用，各思宣力，争奋所长。不惟欲报朝廷，岂不更希进用？岂可顿为欺罔，便循私情？料其心必未至此。苟或如台官所说，则是两府聚厅数日，选得不公之人。其或不至如斯，何必更加约束？窃以任人之术，自古所难。常能力主张，犹或有沮者，何况更生疑异，使其各自心阑。如此用人，安能集事？况按察之任，人所难能，或大臣荐引之人，或权势侥幸之子，彼按察使者下当怨怒、上忤权势而不敢避者，只赖朝廷主张而已。今按察者所奏则未能施行，沮毁者一言则便加轻信，皆由朝廷未知官吏为州县大患而按察可以利民，委任之意不坚，故毁谤之言易入也。所可惜者，自差诸路按察，今虽未有大效，而老病昏昧之人望风知惧，近日致仕者渐多，州县方欲澄清，而朝廷自沮其事。

臣欲乞圣慈令两府召台官上言者至中书，问其何路按察之人因挟私怒。苟有迹状，乞下所司辨明。若实无人，乃是妄说，其近降札子乞赐抽还，不使四方见朝廷自沮按察之权，而为贪赃老缪之吏所快。

谨具状奏闻，伏候敕旨。

【解题】

《续资治通鉴长编》卷一五一系于庆历四年八月二十六日。各路按察使秉公执法，奋力报效朝廷，州县吏治有所澄清，却有人指使谏官弹劾按察使挟私枉奏；仁宗降诏指责。欧阳修奏请收回原诏，维护按察使权威，保障各路按察工作正常进行。

论刘三嘏事状

臣伏见契丹宣徽使刘三嘏挈其爱妾儿女等七口，向化南归，见在广信军听候朝旨。窃虑朝廷只依常式，投来人等，依例约回不纳。国家大患，无如契丹，自四五十年来，智士谋臣昼思夜算，未能为朝廷出一奇策，坐而制之。今天与吾时，使其上下乖离，而亲贵臣忽来归我，此乃陛下威德所加，祖宗社稷之福。窃虑忧国之臣，过有思虑，以谓纳之别恐引惹。臣请略陈纳之、却之二端利害，伏望圣慈裁择其可。

往年山遇舍元昊而归朝，边臣为国家存信，拒而遣之。元昊甘心山遇，尽诛其族。由是河西之人皆怒朝廷不纳，而痛山遇以忠而赤族。吾既自绝西人归化之路，坚其事贼之心，然本欲存信以怀元昊，而终至叛逆，几困天下。是拒而不纳，未足存信，而反与贼坚人心，此已验之效也。其后朝廷悟其失计，归罪郭劝，悔已难追矣。此事不远，可为鉴戒，伏望陛下思之。此不可拒而可纳一也。三嘏是契丹贵臣，秉节钺，兼宣徽，可谓至亲且贵矣。一旦君臣离心，走而归我，是彼国中大丑之事，必须掩讳，不欲人闻，必不敢明言求之于我。此其可纳二也。况彼来投，又无追者相继，既绝踪迹，别无明验，虽欲索之于我，难以为辞。此其可纳三也。三嘏既彼之贵臣，彼国之事无不与知，今既南来，则彼之动静虚实我尽知之，可使契丹日夕惧我攻取之不暇，安敢求索于我，自起兵端？若使契丹疑三嘏果在中国，则三四十年之间，卒无南向之患。此又纳之大利，其可纳四也。彼既穷来归我，若拒而遣之，使其受山遇之祸，则幽燕之间，四五十年来，心欲南向之人尽绝其归路，而坚其事狄之心，思为三嘏报仇于中国，又终不能固契丹之信。此为误计，其失尤多。且三嘏在中国，则契丹必尽疑幽燕之人，是其半国离心，常恐向背。凡契丹南寇，常藉幽燕，使其尽疑幽燕之人，则可无南寇之患。此又可纳大利五也。

占语曰："天与不取，反受其咎。"此不可失之几也。其刘三嘏，伏望速降密旨与富弼，令就近安存，津遣赴阙。惟乞决于睿断，不惑群言。取进止。

【解题】

《续资治通鉴长编》卷一五二庆历四年十月六日，宋廷遣还刘三嘏，本状当作于此前。刘三嘏自契丹投奔宋廷，欧阳修主张收留以诘问敌国秘事。因杜衍等不同意，仁宗未从此奏。茅坤评述说："通达之识，而其文当与汉谷永谏不受伊莫演之降及扬雄谏不受单于朝书参看。"

论任人之体不可疑札子

臣近见淮南按察使邵饰奏，为体量知润州席平为政不治及不教阅兵士等，朝廷以饰为未足信，又下提刑司再行体量。

臣窃以转运、提刑俱领按察，然朝廷寄任重者为转运，其次乃提刑尔。今寄任重者言事反不信，又质于其次者而决疑，臣不知邵饰果是才与不才，可信与不可信？如不才不可信，则一路数十州事岂宜委之？若果才而可信，又何疑焉？又不知为提刑者，其才与饰优劣如何？若才过于饰，尚可取信。万一不才，于饰见事相背，却言席平为才，邵饰合有罔上之罪矣。若反以罪饰，臣料朝廷必不肯行。若舍饰与席平俱不问，则善恶不辨，是非不分。况席平曾作台官，立朝无状，只今制勘，亦不能了，寻为御史中丞，以不才奏罢。朝廷两府而下，谁不识平？其才与不才，人人尽知，何必更令提刑体量，然后为定？今外议皆言执政大臣托以审慎为名，其实不肯主事而当怨，须待言事者再三陈述，使被黜者知大臣迫于言者不得已而行，只图怨不归己。苟诚如此，岂有念民疾苦、澄清官吏之意哉？若无此意，只是好疑不决，则尤是朝廷任人之失。

自去年以为转运使不察官吏，特出诏书，加以使名，责其按察。今按察使依禀诏书，举其本职，又却疑而不听，今后朝廷命令，谁肯信之？凡任人之道，要在不疑，宁可艰于择人，不可轻任而不信。若无贤不肖，一例疑之，则人各心阑，谁肯办事？今邵饰言一不才显者，所贵朝廷肯行，然后部下振竦，官吏畏服。今反为朝廷不信，却委别人，则饰之使威，谁肯信服？饰示惭见其下，今后见事，不若不为。不独邵饰一人，臣窃闻诸处多有按察官吏，皆为朝廷不行，人各嗟惭，以谓任以事权，反加沮惑，朝廷之意，不可谕也。

伏望圣慈特敕其邵饰所奏，特与施行。又令今后按察使奏人，如不才、老病灼然不疑者，不必更委别官，示以不信。所贵不失任人之道，而令臣下尽心。取进止。

【解题】

庆历四年，淮南按察使邵饰劾奏知润州席平，朝廷不信，派员重新调查。欧阳修以为这是朝廷过失，用人不疑，方不失用人之道。茅坤称赏为“的确”之论。(《宋大家欧阳文忠公文钞》卷四)

论两制以上罢举转运使副省府推判官等状

右，臣近准御史台牒，为臣寮上言待制以上举省府推、判官、转运使、副等事，奉圣旨，去年敕命更不行用，令臣知委者。臣窃详臣寮上言，悉涉虚妄。盖因近日陛下进退大臣，改更庶事，小人希合，欺罔天聪。臣试请辨之。

据上言者云："若令两制以上保举，则下长奔竞之路。"方今上自朝廷，下至州县，保举之法多矣。只如台官，亦是两制以上举，以至大理详断、审刑详议、刑部详覆等官，三路知州，知县、通判，选人改京官，学官入国学，班行迁阁职，武臣充将领，选人入县令，下至天下茶盐场务、榷场，及课利多处酒务，凡要切差遣，无大小尽用保举之法，皆不闻以奔竞而废之，岂可独于省府等官，独长奔竞而可废？此其欺妄可知也。上言者又云："遂令端士，并起驰骛。"且驰骛尽系小人，岂名端士？至如自来举官之法多矣，岂能尽绝小人干求？况自颁新敕以来，何人旧是端士，顿然改节，驰骛于何门而得举？乞赐推究姓名。若果无之，则见其欺妄可知也。上言者又云："不因请托，人莫肯言。"此又厚诬之甚也。今内外臣寮无大小，曾受人举者十八九，岂可尽因请托而得？自两府大臣而下，至外处通判以上，人人各曾举官，岂可尽因请托而举？若云其他举官不请托，只此敕举官须请托，即非臣所知也。今两制之中好人不少，繁难要害之地，皆已委信任用，岂可不如外郡通判等，不堪委任举官？况两制之臣，除此敕外，亦更别许举官，岂可举他官则尽公，惟此敕则顿徇私请？此其欺妄可知也。又云："每岁举一百五十人，致人多而争差遣。"臣算一人有三人举主，方敢望差遣，一百五十人，须一岁内有四百五十员两制为举主。今两制不及五十人，使人人岁举三人，即才各是一人举主，岂敢便争差遣？况有不曾举人者，或举不及三人者。乞赐检会去年终两制以上举到人数，便可知其恣情欺妄也。近日改更政令甚多，惟此一事，尤易辨明，故臣不避烦言而辨者，伏冀陛下因此深悟小人希合而欺妄也。

缘自去年陛下用范仲淹、富弼在两府，值累年盗贼频起，天下官吏多不得力，因此屡建举官之议。然亦不是自出意见，皆先检祖宗故事，请陛下择而行之，所以元降敕文，首引国书为言是也。当时臣寮并不论议，近因仲淹等出外与朝廷经画边事，谗嫉之人幸其不在左右，百端攻击。只此事，朝廷不暇审察，便与施行。臣昨见富弼自至河北，缘傍山海，经画勤劳，河北人皆云自来未有大臣如此。其经画所得，事亦不少。归至国门，临入而黜，使河北官吏军民见其尽忠而不知其罪状。小人贪务希合，又不为朝廷惜事体，凡事攻击，至今未已。况朝廷用人屡有进退，岂有一人才出，便不问是非，尽改所行之事？若大臣一度进退，政令一度改更，如此纷纭，岂有定制？伏望陛下重察爱憎之私，辨其虚实之说，凡于政令，更慎改张。

臣检详元降举官敕意，亦是于国书检用祖宗所行之法。今上言者却云“因谏官论列，致差遣不定而有更张”。事涉臣身，不敢自辨。然臣在谏署日言事无状，致今来臣寮指以为辞，岂可尚冒宠荣，不能自劾？请从黜罚，以弭人言。臣伏见陛下圣德仁慈，保全忠正之士，进退之际，各有恩意，此所以能使忠臣义士忘身报国，至死而不已也。其今后臣寮希附上言，攻击前两府所行之事，乞赐辨明，择其实有不便者方与改更，庶全大体，则天下幸甚也。臣伏睹去年八月二日元降敕命节文，云“比于国书，择诸治要，见其官人之际，尤慎外台之选”，又云“然其进任，必属近臣”。又命告示赏罚之命，皆三朝之攸行。此是元议，举官因依，乞赐详酌。臣无任激切祈天待罪之至。

【解题】

《续资治通鉴长编》卷一五四系于庆历五年（1045）二月二十八日。朝廷欲废去两制以上保举转运使副、省府推判官等新法，欧阳修上此状力持异议。朝廷没有批答。

论杜衍范仲淹等罢政事状

臣闻士不忘身不为忠，言不逆耳不为谏。故臣不避群邪切齿之祸，敢干一人难犯之颜。惟赖圣明，幸加省察。

臣伏见杜衍、韩琦、范仲淹、富弼等，皆是陛下素所委任之臣，一旦相继罢黜，天下之士皆素知其可用之贤，而不闻其可罢之罪。臣虽供职在外，事不尽知，然臣窃见自古小人谗害忠贤，其说不远。欲广陷良善，则不过指为朋党；欲动摇大臣，则必须诬以专权。其故何也？夫去一善人而众善人尚在，则未为小人之利；欲尽去之，则善人少过，难为一二求瑕，惟有指以为朋，则可一时尽逐。至如大臣已被知遇而蒙信任，则难以他事动摇，惟有专权，是上之所恶，故须此说，方可倾之。臣料衍等四人各无大过而一时尽逐，弼与仲淹委任尤深而忽遭离间，必有以朋党、专权之说上惑圣聪。臣请试辨之。

昔年仲淹初以忠言谠论闻于中外，天下贤士争相称慕，当时奸臣诬作朋党，犹难辨明。自近日陛下擢此数人，并在两府，察其临事，可以辨明也。盖衍为人清慎而谨守规矩，仲淹则恢廓自信而不疑，琦则纯正而质直，弼则明敏而果锐。四人为性，既各不同，虽皆归于尽忠，而其所见各异，故于议事，多不相从。至如杜衍欲深罪滕宗谅，仲淹则力争而宽之。仲淹谓契丹必攻河东，请急修边备，富弼料以九事，力言契丹必不来。至如尹洙，亦号仲淹之党，及争水洛城事，韩琦则是尹洙而非刘沪，仲淹则是刘沪而非尹洙。此数事尤彰著，陛下素已知者。此四人者，可谓天下至公之贤也。平日闲居，则相称美之不暇；为国议事，则公言廷诤而不私。以此而言，臣见衍等真得汉史所谓忠臣有不和之节，而小人谗为朋党，可谓诬矣。

臣闻有国之权，诚非臣下之得专也。然臣窃思仲淹等自入两府以来，不见其专权之迹，而但见其善避权也。夫权，得名位则可行，故好权之臣必贪名位。自陛下召琦与仲淹于陕西，琦等让至五六，陛下亦五六召之。至如富弼三命学士，两命枢密副使，每一命，未尝不恳让，恳让之者愈切，而陛下用之愈坚。此天下之人所共知，但见其避让太繁，不见其好权贪位也。及陛下坚不许辞，方敢受命，然犹未敢别有所为。陛下见其皆未行事，乃开天章，召而赐坐，授以纸笔，使其条事。然众人避让，不敢下笔，弼等亦不敢独有所述。因此又烦圣慈，特出手诏，指定姓名，专责其条列大事而行之。弼等迟回，近及一月，方敢略条数事。仲淹老练世事，必知凡事难遽更张，故其所陈，志在远大而多若迂缓，但欲渐而行之以久，冀皆有效。弼性虽锐，然亦不敢自出意见，但举祖宗故事，请陛下择而行之。自古君臣相得，一言道合，遇事便行，更无推避。臣方怪弼等蒙陛下如此坚意委任，督责丁宁，而犹迟缓自疑，作事不果，然小人巧谮已曰专权者，岂不诬哉！至如两路宣抚，国朝常遣大臣。况自中国之威，近年不振，故元昊叛逆一方，而劳困及于天下。北虏乘衅，违盟而动，其书辞侮慢，至有贵国、祖宗之言。陛下愤耻虽深，但以边防无备，未可与争，屈意卖和，莫大之辱。弼等见中国累年侵凌之患，感陛下不次进用之恩，故各自请行，力思雪耻，缘山傍海，不惮勤劳，欲使武备再修，国威复振。臣见弼等用心，本欲尊陛下威权以御四夷，未见其侵权而作过也。

伏惟陛下睿哲聪明，有知人之圣，臣下能否，洞见不遗。故于千官百辟之中，亲选得此数人，骤加擢用。夫正士在朝，群邪所忌，谋臣不用，敌国之福也。今此数人一旦罢去，而使群邪相贺于内，四夷相贺于外，此臣所以为陛下惜之也。伏惟陛下圣德仁慈，保全忠善，退去之际，恩礼各优。今仲淹四路之任亦不轻矣，愿陛下拒绝群谤，委信不疑，使尽其所为，犹有裨补。方今西北二虏交争未已，正是天与陛下经营之时，如弼与琦，岂可置之闲处？伏望陛下早辨谗巧，特加图任，则不胜幸甚。

臣自前岁召入谏院，十月之内，七受圣恩，而致身两制，常思荣宠至深，未知报效之所。今群邪争进谗巧，而正士继去朝廷，乃臣忘身报国之秋，岂可缄言而避罪？敢竭愚瞽，惟陛下择之。臣无任祈天待罪、悬激屏营之至。

臣修昧死再拜。

【解题】

《续资治通鉴长编》卷一五五系于庆历五年三月。范仲淹、富弼、杜衍、韩琦相继罢政，出知外郡，庆历新政宣告失败。欧阳修十分悲愤，上此状犯颜直谏，为杜、范等人辩白冤屈。清人储欣评述本文论辩技巧："辩朋党，则曰忠臣有不和之节；辩专权，则怪其迟缓自疑。俱进一步、加一倍说，最醒豁。"（《唐宋八大家类选》卷一）

论权贵子弟冲移选人札子

臣勘会铨司近年选人倍多，员阙常少。待阙者多是孤寒贫乏之人，得替住京，动经年岁，遇有合入阙次，多被权贵之家将子弟亲戚陈乞，便行冲改。或已注授者，且令待阙；或才到任者，即被封移。只就权贵勾当家私，不问孤寒便与不便。兼臣所见臣寮陈乞，多非急切事故，或云近便乡里，或云看觑坟茔。侥幸希求，妄托名目；孤寒阻滞，徒益怨嗟。

臣欲乞今后臣寮须有急切事故，如委任边寄不许般家，及致仕、分司、丁忧、病患之类，方许陈乞子弟差遣。其虽无事故，自将恩泽陈乞者，许铨司勘会。如已注人者更不改注，已到任者更不冲移，并令别具陈乞，仍不许连并陈乞两任。如允臣所请，乞下铨司遵守施行。今取进止。

【解题】

作于至和元年（1054）七月，时作者服阙归京，权判流内铨。题下原注作"六月"，恐误。胡柯《庐陵欧阳文忠公年谱》：至和元年"七月甲戌，权判流内铨"。针对权贵子弟冲移贫寒选人的现状，欧阳修疏请限制臣僚陈乞子弟差遣。文末原注：“依奏，并下三班、审官，并依此。”

荐王安石吕公著札子

臣伏见陛下仁圣聪明，优容谏诤。虽有狂直之士犯颜色而触忌讳者，未尝不终始保全，往往亟加擢用，此自古明君贤主之所难也。

然而用言既难，献言者亦不为易。论小事者既可鄙而不足为，陈大计者又似迂而无速效，欲微讽则未能感动，将直陈则先忤贵权。而旁有群言，夺于众力，所陈多未施设，其人遽已改迁。致陛下有听言之勤，而未见用言之效。颇疑言事之职，但为速进之阶。盖缘台谏之官，资望已峻，少加进擢，便履清华。而臣下有厌人言者，因此亦得进说，直云此辈务要官职，所以多言。使后来者其言益轻，而人主无由取信，辜陛下纳谏之意，违陛下赏谏之心。臣以谓欲救其失，惟宜择沉默端正、守节难进之臣置之谏署，则既无干进之疑，庶或其言可信。

伏见殿中丞王安石，德行文学，为众所推，守道安贫，刚而不屈。司封员外郎吕公著，是夷简之子，器识深远，沉静寡言，富贵不染其心，利害不移其守。安石久更吏事，兼有时才，曾召试馆职，固辞不就。公著性乐闲退，淡于世事，然所谓夫人不言、言必有中者也。往年陛下上遵先帝之制，增置台谏官四员。已而中废，复止两员。今谏官尚有虚位，伏乞用此两人，补足四员之数，必能规正朝廷之得失，裨益陛下之聪明。

臣叨被恩荣，未知报效，苟有所见，不敢不言。取进止。

【解题】

作于至和元年秋。原系“至和中”，据札子称“殿中丞王安石”，可知王氏尚未就任群牧判官，而元年九月一日，殿中亟王安石为群牧判官。茅坤评述说：“王荆公学行属望固似不难，而吕申公则欧公所仇而屡斥之者，公举其子，可见公之公平正大矣。”（《宋大家欧阳文忠公文钞》卷三）

论臣寮奏带指使差遣札子

臣等勘会本班见管使臣至八千余员。其入仕之源，既已冗滥，及差遣之际，又多有因缘，附权贵者侥幸多门，致孤寒者怨嗟不已。

伏见近年文武臣寮出外任者，多带指使随行，不久便奏乞监押、巡检差遣，仍多指定去处陈乞。亦有元只是诸司职掌人奏带随行，后来改转班行，并不曾历短使、监当差遣，便入监押、巡检亲民，亦无合入远近路分，取便指射有职田处。朝廷以重违臣寮奏请，更不勘会差遣资序、路分远近、合与不合入得，便行差除。相继成例，近日渐多，合行厘革。

臣今欲乞今后臣寮奏带随行指使之人，及三年已上，并只与理为一任，候归班依例差遣外，更不得陈乞差遣，所贵止绝侥幸。今取进止。

【解题】

作于至和元年九月，时作者任翰林学士，兼史馆修撰，又差勾当三班院。针对当时文武臣僚出外任指定随行差遣等现象，请求改革这一成例，堵塞权贵子弟入仕侥幸之门。

请驾不幸温成庙札子

臣伏见今月八日圣旨，疏决禁囚，特行减降，及军士各有特支。陛下圣慈，本以兴国寺奉安真宗皇帝御容，有此恩旨。而中外之议纷然不一，皆云正月八日是温成皇后周年，故有此特支、疏决。又见圣驾朝谒万寿宫，又云温成画像在彼，所以圣驾亲临。盖为自去年追册温成皇后之后，朝廷每于典礼，过极优崇，遂致议者动皆疑惑。今又闻来日圣驾幸奉先寺酌献宣祖皇帝，外议喧然，又云温成皇后祠庙在彼。

伏以陛下圣德仁孝，本为祖宗神御，以时酌献，不可使中外议者言陛下意在追念后宫宠爱，托名以谒祖宗。亏损圣德，其事不细。臣欲乞明日幸奉先寺酌献毕，更不临幸温成祠庙，以解中外之疑，以止议者之说。

臣职忝侍从，无所裨补，闻外人议论，不敢不言。不惟臣有爱君之心，合具陈述，陛下举动为万世法，亦不可不慎。取进止。

【解题】

至和二年（1055）正月十二日，仁宗朝谒宣祖神御殿，欧上此札子劝阻仁宗不赴温成陵庙。仁宗从其奏。

论雕印文字札子

臣伏见朝廷累有指挥禁止雕印文字，非不严切，而近日雕板尤多，盖为不曾条约书铺贩卖之人。臣窃见京城近有雕印文集二十卷，名为《宋文》者，多是当今论议时政之言。其首篇是富弼往年让官表，其间陈北虏事宜甚多，详其语言，不可流布，而雕印之人不知事体。窃恐流布渐广，传入虏中，大于朝廷不便。及更有其余文字，非后学所须，或不足为人师法者，并在编集，有误学徒。

臣今欲乞明降指挥下开封府，访求板本焚毁，及止绝书铺，今后如有不经官司详定，妄行雕印文集，并不得货卖。许书铺及诸色人陈告，支与赏钱二百贯文，以犯事人家财充。其雕板及货卖之人并行严断，所贵可以止绝者。今取进止。

【解题】

《续资治通鉴长编》卷一七九系于至和二年五月二十七日。民间有人未经官方审批，妄自雕印文集，欧阳修奏请朝廷采取切实措施予以制止。

论台谏官言事未蒙听允书

月日，具官臣欧阳某，谨昧死再拜上书于体天法道钦文聪武圣神孝德皇帝阙下：

臣闻自古有天下者，莫不欲为治君而常至于乱，莫不欲为明主而常至于昏者，其故何哉？患于好疑而自用也。夫疑心动于中，则视听惑于外。视听惑，则忠邪不分，而是非错乱。是非错乱，则举国之臣皆可疑。尽疑其臣，则必自用其所见。夫以疑惑错乱之意而自用，则多失；多失，则其国之忠臣必以理而争之。争之不切，则人主之意难回；争之切，则激其君之怒心而坚其自用之意，然后君臣争胜。于是邪佞之臣得以因隙而入，希旨顺意，以是为非，以非为是，惟人主之所欲者从而助之。夫为人主者，方与其臣争胜，而得顺意之人，乐其助己而忘其邪佞也，乃与之并力以拒忠臣。夫为人主者拒忠臣而信邪佞，天下无不乱，人主无不昏也。

自古人主之用心，非恶忠臣而喜邪佞也，非恶治而好乱也，非恶明而欲昏也，以其好疑自用而与下争胜也。使为人主者豁然去其疑心而回其自用之意，则邪佞远而忠言入。忠言入，则聪明不惑而万事得其宜，使天下尊为明主，万世仰为治君，岂不臣主俱荣而乐哉！与其区区自执而与臣下争胜、用心益劳而事益惑者，相去远矣。臣闻《书》载仲虺称汤之德曰“改过不悋”，又戒汤曰“自用则小”。成汤，古之圣人也，不能无过，而能改过，此其所以为圣也。以汤之聪明，其所为不至于缪戾矣，然仲虺犹戒其自用，则自古人主惟能改过而不敢自用，然后得为治君明主也。

臣伏见宰臣陈执中，自执政以来，不叶人望，累有过恶，招致人言。而执中迁延，尚玷宰府。陛下忧勤恭俭，仁爱宽慈，尧舜之用心也。推陛下之用心，天下宜至于治者久矣。而纪纲日坏，政令日乖，国日益贫，民日益困，流民满野，滥官满朝。其亦何为而致此？由陛下用相不得其人也。近年宰相多以过失因言者罢去，陛下不悟宰相非其人，反疑言事者好逐宰相。疑心一生，视听既惑，遂成自用之意，以谓宰相当由人主自去，不可因言者而罢之。故宰相虽有大恶显过，而屈意以容之；彼虽惶恐自欲求去，而屈意以留之；虽天灾水旱，饥民流离，死亡道路，皆不暇顾，而屈意以用之。其故非他，直欲沮言事者尔。言事者何负于陛下哉？使陛下上不顾天灾，下不恤人言，以天下之事委一不学无识、谄邪狠愎之执中而甘心焉。言事者本欲益于陛下，而反损圣德者多矣。然而言事者之用心，本不图至于此也，由陛下好疑自用而自损也。

今陛下用执中之意益坚，言事者攻之愈切，陛下方思有以取胜于言事者。而邪佞之臣得以因隙而入，必有希合陛下之意者，将曰执中宰相，不可以小事逐，不可使小臣动摇，甚者则诬言事者欲逐执中而引用他人。陛下方患言事者上忤圣聪，乐闻斯言之顺意，不复察其邪佞而信之，所以拒言事者益峻，用执中益坚。夫以万乘之尊，与三数言事小臣角必胜之力，万一圣意必不可回，则言事者亦当知难而止矣。然天下之人与后世之议者，谓陛下拒忠言，庇愚相，以陛下为何如主也？

前日御史论梁适罪恶，陛下赫怒，空台而逐之。而今日御史又复敢论宰相，不避雷霆之威，不畏权臣之祸。此乃至忠之臣也，能忘其身而爱陛下者也，陛下嫉之恶之，拒之绝之。执中为相，使天下水旱流亡，公私困竭，而又不学无识，憎爱挟情，除改差缪，取笑中外，家私秽恶，流闻道路，阿意顺旨，专事逢君。此乃谄上傲下愎戾之臣也，陛下爱之重之，不忍去之。陛下睿智聪明，群臣善恶无不照见，不应倒置如此，直由言事者太切，而激成陛下之疑惑尔。执中不知廉耻，复出视事，此不足论。陛下岂忍因执中上累圣德，而使忠臣直士卷舌于明时也？

臣愿陛下廓然回心，释去疑虑，察言事者之忠，知执中之过恶，悟用人之非，法成汤改过之圣，遵仲虺自用之戒。尽以御史前后章疏出付外廷，议正执中之过恶，罢其政事，别用贤材，以康时务，以拯斯民，以全圣德，则天下幸甚。

臣以身叨恩遇，职在论思，意切言狂，罪当万死。臣昧死再拜。

【解题】

作于至和二年六月二日。欧阳修声援台谏官弹劾宰相陈执中，批评仁宗“拒忠臣而信奸佞”。文章纡徐委备，跌宕有致。茅坤评述说：“如川云，如岭月，其出不穷。”（《宋大家欧阳文忠公文钞》卷二）方苞称赏此书“所向曲折如意，如乘快马行平地，迟速进退，自由其心”（《古文辞类纂》诸家集评）。

论罢修奉先寺等状

右，臣近曾上言，为京师土木兴作处多，乞行减罢。寻准敕差臣与三司同共相度减定，续具奏闻次。今又闻圣旨下三司，重修庆基殿及奉先寺屋宇。

臣伏见近年政令乖错，纪纲隳颓，上下因循，未能整缉。惟务崇修祠庙，广兴土木，百役俱作，无一日暂停。方今民力困贫，国用窘急，小人不识大计，不思爱君，但欲广耗国财，务为己利，恣侵欺于官物，图酬奖之功劳，托名祖宗，张大事体。况诸处神御殿，当盖造之初，务极崇奉，栋宇坚壮，莫不精严，虽数百年，未必损动。近年以来，不住修换，昨开先殿只因两柱损，遂换一十三柱，前后差官检计，朝廷并不取信，只凭最后之言，遂至广张物料。盖缘广张得物料，即多图酬奖恩泽。窃以崇奉祖宗，礼贵清净。今乃频有迁徙，轻黩威灵，要其所归，止为小人图利。臣见自古人君好兴土木者，自《春秋》、《史记》，历代以来并皆书为过失，以示万世。今小人图一旦之利，黩祖宗之威灵，置人主于有过之地，谁忍为之？臣实痛惜。

臣因准敕减定，于三司略见大概。开先殿初因两条柱损，今所用材植物料共一万七千五百有零，睦亲宅神御殿所用物料又八十四万七千，又有醴泉、福胜等处物料，不可悉数。此外军营库务合行修造者，又有百余处。使厚地不生他物，惟产木材，亦不能供此广费。自古王者尊祖事神，各有典礼，不必广兴土木，然后为能。臣窃见累年火灾，白玉清昭应、洞真、上清、鸿庆、寿宁、祥源、会灵七宫，开宝、兴国两寺塔殿，并皆焚烧荡尽，足以见天意厌土木之华侈，为陛下惜国力民财，谴戒丁宁，前后非一。

陛下与其广兴土木以事神，不若畏惧天戒而修省，其已兴作者既不可及，其未修者宜速寝停。况睦亲神御殿，于礼不宜作，其事甚明，别无礼典讲求，乞更不下太常，便行寝罢。其庆基殿，如的有损漏，只令三司差官整补，不得理为劳绩。其奉先寺，乞勒寺家自修。今垂拱殿是陛下常坐之处，近闻为无梁木，且止未修。诸皇亲自火烧居宅后，至今寄寓他所。陛下尊为天子，无梁木修一殿；富有四海，而皇族无屋可居。盖为将良材美木俯徇小人，并于不急处枉费，遂致合行修造处却至乏材。

伏愿陛下追思累次大火常发于土木最盛处，凡国家极力兴修者，火必尽焚。且天厌土木而焚之，又欲兴崇土木以奉之，此所以福应未臻而灾谴屡降也。伏乞上思天戒，下察人言，人言虽狂而实忠，天戒甚明而不远。伏惟陛下圣德恭俭，不乐游畋，凡所兴修，皆非嗜好，但以难违小人一时之请，自取青史万世之讥，实为陛下惜之。伏望圣慈，广赐裁择。

谨具状奏闻，伏候敕旨。

【解题】

至和二年七月，开先殿、永隆殿重修工程竣工，仁宗下旨三司，打算重修奉先寺等建筑。欧阳修上此状谏阻，主张强令僧家自修寺，缓解民力困贫和国用窘急。

论使臣差遣札子

臣勘会本班见管使臣八千一百一十二员，自古滥官未有如此之多也。臣遂将簿籍，根磨增添数目，只自皇祐二年终至今，实四年半之内，自借职以上增添二千八十五员。于中近日增添并多，只自皇祐五年终至今年六月，一年半之内增四百九员，殿侍犹不在数。盖由曲恩滥赏，临时无节，以日计月，所积遂多。率计一岁常增四百五十员。若不塞其滥源，则更三五年后，不胜其弊矣。于今裁损已为太晚，若更增添，则四海之广不能容滥官，天下物力不能给俸禄矣。

臣今略举入仕侥幸者二事，乞先赐指挥，厘革其余。见在者既不可减损，惟其入仕之源，欲乞令当政大臣早赐擘画，所贵不为将来之患。所有臣擘画二事，今具画一如后：

一、自来诸皇亲宅前勾当人，除郡王宫殿侍年深有例送三班院差使外，其余官院殿侍及客司、书表、宅案等，别无恩例。只自庆历八年创立年限，上自郡王，下至观察使以下，应缘皇亲宅前殿侍、客司、书表、宅案等，并只勾当五年，便送三班差使，等第年限，转充借、奉职。此入仕之源，最为侥幸者。臣今欲乞应郡王已下宅前殿侍、客司、书表、宅案，勾当及五年者，更不送三班，只令在宅依旧勾当，所有合转殿侍至借职年限，并依庆历八年密院札子指挥。如此，则皇亲勾当人不妨恩泽，只是免得诸宫院送纳三班后续补人数。兼诸宫院若得依旧勾当，并是谙熟委使之人，又三班减得人数，甚为利便。

一、百司人吏旧来出职，皆有职名、年限。近年多候转及职名，及年限未满，多乞情愿就近下恩泽，或侥求因人奏带，及抽差勾当，叙劳酬奖，及合作选人者，情愿就班行之类。臣今乞一切止绝。

右，臣所起请，只是因述滥官，略陈此二事。如允臣所请，乞下三班院与勾当臣寮同共铺陈条贯，立定新制，奏乞朝廷降下施行。取进止。

【解题】

作于至和二年。时作者任翰林学士，兼判三班院，见三班院所管武官三班使臣日渐冗滥，提出两项措施，以堵塞滥源，改革弊政。从中可以看到欧阳修吏治改革的一贯思想。

论删去九经正义中谶纬札子

臣伏见国家近年以来，更定贡举之科，以为取士之法，建立学校，而勤养士之方。然士子文章未纯，节行未笃，不称朝廷励贤兴善之意、所以化民成俗之风。

臣愚以谓士之所本，在乎六经。而自暴秦焚书，圣道中绝。

汉兴，收拾亡逸，所存无几，或残编断简出于屋壁，而余龄昏眊得其口传。去圣既远，莫可考证，偏学异说，因自名家，然而授受相传，尚有师法。暨晋、宋而下，师道渐亡，章句之篇，家藏私畜，其后各为笺传，附著经文。其说存亡，以时好恶，学者茫昧，莫知所归。至唐太宗时，始诏名儒撰定九经之疏，号为正义，凡数百篇。自尔以来，著为定论，凡不本正义者谓之异端，则学者之宗师，百世之取信也。然其所载既博，所择不精，多引谶纬之书，以相杂乱，怪奇诡僻，所谓非圣之书，异乎正义之名也。

臣欲乞特诏名儒学官，悉取九经之疏，删去谶纬之文，使学者不为怪异之言惑乱，然后经义纯一，无所驳杂。其用功至少，其为益则多。臣愚以谓欲使士子学古励行而不本六经，欲学六经而不去其诡异驳杂，欲望功化之成，不可得也。伏望圣慈下臣之言，付外详议。今取进止。

【解题】

原无系年，据宋人赵汝愚《诸臣奏议》、明人杨士奇《历朝名臣奏议》，系于至和二年。欧阳修建议删芟九经正义的谶纬之说，纯洁儒家经义。后因执政不同意，未能实行。

论修河第一状

右，臣窃见朝廷近因臣寮建议，欲塞商胡，开横垅，回大河于故道，已下三司，候今秋兴役，见令京东计度物料次。

臣伏以国家兴大役、动大众，必先顺天时、量人力，谋于其始而审于其终，然后必行，计其所利者多，乃能无悔。伏见比年以来，兴役勤众，劳民费财，不精谋虑于厥初，轻信利害之偏说，举事之始，既已苍惶，群议一摇，寻复悔罢。臣不敢远引他事上烦圣聪，只如往年河决商胡，是时执政之臣不慎计虑，遽谋修塞。科配一千八百万梢芟，搔动六路一百有余州军。官吏催驱，急若星火，民庶愁苦，盈于道涂。或物已轮官，或人方在路，未及兴役，遽已罢修。虚费民财，为国敛怨，举事轻脱，为害若斯。虽既往之失难追，而可鉴之踪未远。

今者又闻复有修河之役，聚三十万人之众，开一千余里之长河，计其所用物力，数倍往年。当此天灾岁旱之时、民困国贫之际，不量人力，不顺天时，臣知其有大不可者五。盖自去秋以及今春，半天下苦旱，而京东尤甚，河北次之。国家常务安静振恤之，犹恐饥民起而为盗，何况于此两路聚大众、兴大役？此其必不可者一也。河北自恩州用兵之后，继以凶年，人户流亡，十失八九。数年以来，人稍归复，然死亡之余，所存无几，疮痍未敛，物力未完，今又遭此旱岁。京东自去冬无雨雪，麦不生苗，已及暮春，粟未布种，不惟目下乏食，兼亦向去无望。而欲于此两路兴三十万人之役，若别路差夫，则远处难为赴役，就河便近，则此两路力所不任。此其必不可者二也。臣伏见往年河决滑州，曾议修塞，当时公私事力，未如今日贫虚，然犹收聚物料，诱率民财，数年之间，方能兴役。况今国用方乏，民力方疲，且合商胡塞大决之洪流，此自是一大役也。凿横垅，开久废之故道，此又一大役也。自横垅至海一千余里，埽岸久已废坏，顿须修缉，此又一大役也。往年公私有力之时，兴一大役，尚须数年。今并三大役，仓卒兴为于灾旱贫虚之际，此其必不可者三也。就令商胡可塞，故道可回，犹宜重察天时、人力之难为。何况商胡未必可塞，故道未必可回者哉？臣闻鲧障洪水，九年无功。禹得《洪范》五行之书，知水趋下之性，乃因水之流，疏决就下，而水患乃息。然则以大禹之神功，不能障塞其流，但能因而疏决尔。今欲逆水之性，障而塞之，夺洪河之正流，斡以人力而回注，此大禹之所不能，此其必不可者四也。横陇湮塞，已二十年，商胡决疏，又亦数岁，故道已塞而难凿，安流已久而难回。昨闻朝廷曾遣故枢密直学士张奎计度，功料极大，近者再行检计，减得功料全少。功料少则所开浅狭，浅狭则水势难回，此其必不可者五也。

臣伏见国家累岁灾谴甚多，其于京东，变异尤大。地贵安静，动而有声。巨嵎山摧，海水摇荡，如此不止仅乎十年，天地警戒，必不虚发。臣谓变异所起之方，尤宜加意防惧。今乃欲丁凶旱之年，聚三十万之大众于变异最大之方，臣恐地动山摇，灾祸自此而始。方今京东，赤地千里，饥馑之民，正苦天灾，又闻河役将动，往往伐桑拆屋，无复生计。流亡盗贼之患，不可不虞。欲望圣慈特降德音，速罢其事，当此凶岁，务安人心。徐诏有司审详利害，纵令河道可复，乞候丰年余力，渐次兴为。

臣实庸愚，本无远见，得于外论，不敢不言。谨具状奏闻。

【解题】

此三状作于至和二、三年，时贾昌朝、李仲昌先后提议改修黄河水道。二年三月二十九日欧阳修上第一状，列举五大理由，驳斥贾氏“塞商胡，开横垅”的主张。茅坤评述说：“此等奏疏，利害最深切，文字最圆畅。西汉而下，不多见者。”(《宋大家欧阳文忠公文钞》卷七)。九月二十一日上第二状，反对李氏“开修六塔河口”的新议，并提出自己的治河主张。茅坤评述说：“指言利害明切。”（同上）三年初奏第三状，请求“速罢六塔之役”，并揭示其严重后果。储欣评述说，“利害朗然，尤妙在前段揣度人情，毫发不爽。欧公此状，其伤大臣与小人之心者多矣。”(《唐宋八大家类选》卷一）仁宗、富弼未从其奏，终于酿成四月一日商胡重新决口的惨祸。（以下二状解题从略）

论修河第二状

臣伏见学士院集两省台谏官议修河事，未有一定之论。盖由贾昌朝欲复故道，李仲昌请开六塔，互执一说，莫知孰是。以臣愚见，皆谓不然。

言故道者，未详利害之原；述六塔者，近乎欺罔之缪。何以言之？今谓故道可复者，但见河北水患，而欲还之京东。然不思天禧以来河水屡决之因，所以未知故道有不可复之势。此臣故谓未详利害之原也。若言六塔之利者，则不攻而自破矣。且开六塔，既云减得大河水势，然今恩、冀之患，何缘尚告危急？此则减水之利，虚妄可知。开六塔者又云可以全回大河，使复横垅故道。见今六塔只是分减之水，下流无归，已为滨、棣、德、博之患，若全回大河以入六塔，则其害如何？此臣故谓近乎欺罔之缪也。

臣闻河本泥沙，无不淤之理。淤淀之势常先下流，下流淤高，水行不快，乃自上流低下处决，此其常势也。然避高就下，水之本性，故河流已弃之道，自是难复。臣不敢远引书史，广述河源，只以今所欲复之故道，言天禧以来屡决之因。初，天禧中，河出京东，水行于今所谓故道者。水既淤涩，乃于滑州天台埽决，寻而修塞，水复故道。未几，又于滑州南铁狗庙决。其后数年，又议修塞水，令复故道。已而又于王楚埽决，所决差小，与故道分流，然而故道之水终以壅淤，故又于横垅大决。是则决河非不能力塞，故道非不能力复，不久终必决于上流者，由故道淤高、水不能行故也。及横垅既决，水流就下，所以十余年间，河未为患。至庆历三、四年，横陇之水又自下流先淤，是时臣为河北转运使，海口已淤一百四十余里。其后，游、金、赤三河相次又淤，下流既梗，乃又于上流商胡口决。然则京东、横垅两河故道，皆是下流淤塞河水已弃之高地。京东故道，屡复屡决，理不可复，其验甚明，则六塔所开故道之不可复，不待言而易知。臣闻议者计度京东故道功料，止云铜城已上地高，不知大抵东去皆高，而铜城已上乃特高耳，其东比铜城已上则似低，比商胡已上则实高也。若云铜城已东地势斗下，则当日水流宜决铜城已上，何缘而顿淤横垅之口，亦何缘而大决也？

然则两河故道既皆不可为，则河北水患何为而可去？臣闻智者之于事，有不能必，则较其利害之轻重，择其害少者而为之，犹胜害多而利少，何况有害而无利。此三者，可较而择也。臣见往年商胡初决之时，议欲修塞，计用一千八百万梢芟，科配六路一百有余州军。今欲塞者乃往年之商胡，必须用往年之物数。至于开凿故道，张奎元计功料极大，后来李参等减得全少，犹用三十万人。然欲以五十步之狭，容大河之水，此可笑也。又欲增一夫所开三尺之方，倍为六尺。且阔厚三尺而长六尺，已是一倍之功，在于人力，已为劳苦。若云六尺之方，以开方法算之，乃八倍之功，此岂人力之所胜？是则前功浩大而难兴，后功虽小而不实。大抵塞商胡、开故道，凡二大役，皆困国而劳人，所举如此，而欲开难复屡决已验之故道，使其虚费，而商胡不可塞，故道不可复，此所谓有害而无利者也。就使幸而暂塞暂复，以纾目前之患，而终于上流必决，如龙门、横垅之比，重以困国劳人，此所谓利少而害多也。若六塔者，于大河有减水之名，而无减水之实。今下流所散，为患已多，若全回大河以注之，则滨、棣、德、博河北所仰之州，不胜其患，而又故道淤涩，上流必有他决之虞，此直有害而无利耳，是智者之不为也，今若因水所在，增治堤防，疏其下流，浚以入海，则可无决溢散漫之虞。今河所历数州之地，诚为患矣；堤防岁用之夫，诚为劳矣。与其虚费天下之财、虚举大众之役而不能成功，终不免为数州之患，劳岁用之夫，则此所谓害少者，乃智者之所择也。

大抵今河之势，负三决之虞：复故道，上流必决；开六塔，上流亦决；今河下流若不浚使入海，则上流亦决。臣请选知水利之臣，就其下流，求其入海之路而浚之。不然，下流梗涩，则终虞上决，为患无涯。臣非知水者，但以今事目可验者而较之耳。言狂计愚，不足以备圣君博访之求。此大事也，伏乞下臣之议，广谋于众而裁择之。

谨具状奏闻，伏候敕旨。

论修河第三状

右，臣伏见朝廷定议开修六塔河口，回水入横垅故道。此大事也，中外之臣皆知不便，而未有肯为国家极言其利害者，何哉？盖其说有三：一曰畏大臣，二曰畏小人，三曰无奇策。

今执政之臣用心于河事亦劳矣，初欲试十万人之役以开故道，既又舍故道而修六塔，未及兴役，遽又罢之。已而终为言利者所胜，今又复修，然则其势难于复止也。夫以执政大臣锐意主其事，而又有不可复止之势，固非一人口舌可回。此所以虽知不便，而罕肯言也。李仲昌小人，利口伪言，众所共恶。今执政之臣既用其议，必主其人。且自古未有无患之河，今河浸恩、冀，目下之患虽小，然其患已形；回入六塔，将来之害必大，而其害未至。夫以利口小人为大臣所主，欲与之争未形之害，势必难夺。就使能夺其议，则言者犹须独任恩、冀为患之责，使仲昌得以为辞，大臣得以归罪。此所以虽知不便，而罕敢言也。今执政之臣用心太过，不思自古无不患之河，直欲使河不为患。若得河不为患，虽竭人力，犹当为之。况闻仲昌利口诡辩，谓费物少而用功不多，不得不信为奇策，于是决意用之。今言者谓故道既不可复，六塔又不可修，诘其如何，则又无奇策以取胜。此所以虽知不便，而罕肯言也。众人所不敢言而臣今独敢言者，臣谓大臣非有私仲昌之心也，直欲兴利除害尔。若果知其为患愈大，则岂有不回者哉？至于顾小人之后患，则非臣之所虑也。

且事欲知利害，权重轻，有不得已则择其害少而患轻者为之，此非明智之士不能也。况治水本无奇策，相地势，谨堤防，顺水性之所趋尔，虽大禹不过此也。夫所谓奇策者，不大利，则大害。若循常之计，虽无大利，亦不至大害，此明智之士善择利者之所为也。今言修六塔者，奇策也，然终不可成而为害愈大；言顺水治堤者，常谈也，然无大利亦无大害。不知为国计者欲何所择哉？若谓利害不可必，但聚大众，兴大役，劳民困国以试奇策，而侥幸于有成者，臣谓虽执政之臣亦未必肯为也。

臣前已具言河利害甚详，而未蒙采听。今复略陈其大要，惟陛下诏计议之臣择之。臣谓河水未始不为患，今顺已决之流，治堤防于恩、冀者，其患一而迟。塞商胡复故道者，其患二而速。开六塔以回今河者，其患三而为害无涯。自河决横垅以来，大名金堤埽岁岁增治，及商胡再决，而金堤益大加功。独恩、冀之间，自商胡决后，议者贪建塞河之策，未尝留意于堤防，是以令河水势浸溢。今若专意并力于恩、冀之间，谨治堤防，则河患可御，不至于大害。所谓其患一者。十数年间，今河下流淤塞，则上流必有决处。此一患而迟者也。今欲塞商胡口使水归故道，治堤修埽，功料浩大，劳人费物，困弊公私，此一患也。幸而商胡可塞，故道复归，高于难行，不过一二年间上流必决。此二患而速者也。今六塔河口虽云已有上下约，然全塞大河正流，为功不小。又开六塔河道，治二千余里堤防，移一县两镇，计其功费，又大于塞商胡数倍。其为困弊公私，不可胜计，此一患也。幸而可塞，水入六塔而东，横流散溢，滨、棣、德、博与齐州之界咸被其害。此五州者，素号富饶，河北一路财用所仰，今引水注之，不惟五州之民破坏田产，河北一路坐见贫虚，此二患也。三五年间，五州凋弊，河流注溢，久又淤高，流行梗涩，则上流必决。此三患也，所谓为害而无涯者也。今为国误计者，本欲除一患而反就三患，此臣所不谕也。至如六塔不能容大河，横垅故道本以高淤难行而商胡决，今复驱而注之，必横流而散溢，自澶至海二千余里，堤埽不可卒修，修之虽成，又不能捍水。如此等事甚多，士无愚智，皆所共知，不待臣言而后悉也。

臣前未奉使契丹时，已尝具言故道、六塔皆不可为，惟治堤顺水为得计。及奉使往来河北，询于知水者，其说皆然，虽恩、冀之人今被水患者，亦知六塔不便，皆愿且治恩、冀堤防为是。下情如此，谁为上通？臣既知其详，岂敢自默？伏乞圣慈特谕宰臣，使更审利害，速罢六塔之役，差替李仲昌等不用。选一二精干之臣与河北转运使、副及恩、冀州官吏，相度堤防，并力修治，则今河之水，必不至为大患。且河水天灾，非人力可回，惟当顺导防捍之而已，不必求奇策立难必之功，以为小人侥冀恩赏之资也。况功必不成，后悔无及者乎！

臣言狂计愚，惟陛下裁择。

论水入太社札子

臣所领太常寺累得郊社勾当人状申，为雨水掩浸太社、太稷坛四面及屋宇墙壁摧塌，乞行修整。寻曾具状申奏，及累牒三司，至今未见有人兴功整缉。但闻行路之人咨嗟传说，言国家社稷之坛损坏如此。

臣遂躬亲往诣太社及斋宫里外觑当，见二坛浸在水中，四神门及阙庭斋宫屋宇并各倒侧摧圮，并自来所植树木亦有僵仆，与瓦石土木纵横狼藉于水中，四面并无墙垣，行路之人往来皆见。

窃以宗庙社稷，礼贵尊严。今四面并无遮映，使巷陌人马往来亵渎如此，而又积水围浸，瓦木土石狼藉其中。臣初到彼，旁侧居民见臣来觑当，亦有对臣咨嗟者。又见有数人兵士在彼戽水，问得只有二十三人，仍是今日才方差到，既无家事戽水，又无官员监督。社稷之重，岂宜如此？

窃以水入社稷，咎罚岂轻！陛下仁圣宽慈，未有过失，天之谴告，必有所因。伏乞特谕执政之臣，退省已失之事，各思警惧，速务修完。仍较量事体轻重后先，以社稷为国家大事，不与军营仓卒一例行遣。乞专差大臣一员，充修太社、太稷使，并差干事诸司使及使臣一两员监役，及差兵匠，并力先且决泄，戽出积水，筑起四面垣墙，不使路人车马往来亵渎，然后整缉诸屋舍等。以称陛下尊严社稷、上畏天戒之意。

臣以职事，不敢不言。取进止。

【解题】

作于至和三年（1056）夏，本年九月改元“嘉祐”。五月以来，京师大雨不止，大水浸淹社稷坛。此疏奏请仁宗迅速派人修葺，以示敬畏天戒之意。文末原注：“差知礼院王起、三司判官王绎监修提举。”可知仁宗从其奏。

荐布衣苏洵状

右，臣猥以庸虚，叨尘侍从，无所裨补，常愧心颜。窃慕古人荐贤推善之意，以谓为时得士，亦报国之一端。往时自国家下诏书戒时文，讽励学者以近古，盖自天圣迄今二十余年，通经学古、履忠守道之士，所得不可胜数。而四海之广，不能无山岩草野之遗，其自重者既伏而不出，故朝廷亦莫得而闻，此乃如臣等辈所宜求而上达也。

伏见眉州布衣苏洵，履行淳固，性识明达，亦尝一举有司，不中，遂退而力学。其论议精于物理而善识变权，文章不为空言而期于有用。其所撰《权书》、《衡论》、《机策》二十篇，辞辩闳伟，博于古而宜于今，实有用之言，非特能文之士也。其人文行久为乡闾所称，而守道安贫，不营仕进，苟无荐引，则遂弃于圣时。其所撰书二十篇，臣谨随状上进。伏望圣慈下两制看详，如有可采，乞赐甄录。

谨具状奏闻，伏候敕旨。

【解题】

作于至和三年夏，原系五年，误。欧阳修所撰苏洵墓志铭："当至和、嘉祐之间，与其二子轼、辙偕至京师，翰林学士欧阳修得其所著书二十二篇，献诸朝。"此状高度赞赏苏洵的道德与文章。

论狄青札子

臣闻人臣之能尽忠者，不敢避难言之事；人主之善驭下者，常欲闻难言之言。然后下无隐情，上无壅听，奸宄不作，祸乱不生。自古固有伏藏之祸、未发之机，天下之人皆未知，而有一人能独言之，人主又能听而用之，则销患于未萌、转祸而为福者有矣。若夫天下之人共知，而独人主之不知者，此莫大之患也。今臣之所言者，乃天下之人皆知，而惟陛下未知也。

今士大夫无贵贱，相与语于亲戚朋友，下至庶民无愚智，相与语于闾巷道路，而独不以告陛下也，其故何哉？盖其事伏而未发，言者难于指陈也。臣窃见枢密使狄青，出自行伍，号为武勇，自用兵陕右，已著名声，及捕贼广西，又薄立劳效。自其初掌机密，进列大臣，当时言事者已为不便。今三四年间，虽未见其显过，然而不幸有得军情之名。推其所因，盖由军士本是小人，面有黥文，乐其同类，见其进用，自言我辈之内出得此人，既以为荣，遂相悦慕。加又青之事艺实过于人，比其辈流又粗有见识，是以军士心共服其材能。国家从前难得将帅，经略招讨常用文臣，或不知军情，或不闲训练。自青为将领，既能自以勇力服人，又知训练之方，颇以恩信抚士。以臣愚见，如青所为，尚未得古之名将一二。但今之士卒不惯见如此等事，便谓须是我同类中人，乃能知我军情而以恩信抚我。青之恩信亦岂能遍及于人？但小人易为扇诱，所谓一犬吠形，百犬吠声，遂皆翕然喜共称说。且武臣掌机密而得军情，不唯于国家不便，亦于其身未必不为害。然则青之流言，军士所喜，亦其不得已而势使之然也。臣谓青不得已而为人所喜，亦将不得已而为人所祸者矣。

为青计者，宜自退避事权以止浮议。而青本武人，不知进退。近日以来，讹言益甚，或言其身应图谶，或言其宅有火光，道路传说以为常谈矣，而惟陛下犹未闻也。且唐之朱泚，本非反者，仓卒之际，为军士所迫尔。大抵小人不能成事而能为患者多矣，泚虽自取族灭，然为德宗之患，亦岂小哉？夫小人陷于大恶，未必皆其本心所为，直由渐积以至蹉跌，而时君不能制患于未萌尔。故臣敢昧死而言人之所难言者，惟愿陛下早闻而省察之耳。

如臣愚见，则青一常才，未有显过，但为浮议所喧，势不能容尔。若如外人众论，则谓青之用心有不可知者，此臣之所不能决也。但武臣掌机密，而为军士所喜，自于事体不便，不计青之用心如何也。伏望圣慈深思远虑，戒前世祸乱之迹，制于未萌，密访大臣，早决宸断，罢青机务，与一外藩，以此观青去就之际，心迹如何，徐察流言，可以临事制变。且二府均劳逸而出入，亦是常事。若青之忠孝出处如一，事权既去，流议渐消，则其诚节可明，可以永保终始。夫言未萌之患者，常难于必信；若俟患之已萌，则又言无及矣。臣官为学士，职号论思，闻外议喧沸而事系安危，臣言狂计愚，不敢自默。取进止。

【解题】

作于至和三年七月。五月以来，京师大雨成灾，朝廷内外流言纷纷，牵涉枢密使狄青。欧阳修请罢狄青枢密，出知外郡，以保全其人。疏上“月余，青罢枢密知陈州”（文末原注）。茅坤评述说：“言人之所难言，见人之所不见，只缘宋承五代之后，欧公故不得不为过虑，然亦回护狄公，狄公亦所甘心。”（《宋大家欧阳文忠公文钞》卷三）

论水灾疏

七月六日，翰林学士、朝散大夫、尚书吏部郎中、知制诰、充史馆修撰、判太常寺兼礼仪事、轻车都尉、赐紫金鱼袋臣欧阳某，谨昧死再拜上疏于体天法道钦文聪武圣神孝德皇帝陛下：

臣伏睹近降诏书，以雨水为灾，许中外臣寮上封言事，有以见陛下畏天爱人、恐惧修省之意也。窃以雨水为患，自古有之，然未有水入国门，大臣奔走，掩浸社稷，破坏都城者，此盖天地之变也。至于王城京邑，浩如陂湖，冲溺奔逃，号呼昼夜，人畜死者不知其数。其幸而免者，屋宇摧塌，无以容身，缚栰露居，上雨下水，累累老幼，狼藉于天街之中。又闻城外坟冢，亦被浸注，棺椁浮出，骸骨漂流。此皆闻之可伤，见之可悯。生者既不安其室，死者又不得其藏，此亦近世水灾未有若斯之甚者。此外四方奏报，无日不来，或云闭塞城门，或云冲破市邑，或云河口决千百步阔，或云水头高三四丈余，道路隔绝，田苗荡尽。是则大川小水，皆出为灾，远方近畿，无不被害。此陛下所以警惧莫大之变，隐恻至仁之心，广为咨询，冀以消复。窃以天人之际，影响不差，未有不召而自至之灾，亦未有已出而无应之变。其变既大，则其忧亦深。臣愚谓非小小有为可以塞此大异也，必当思宗庙社稷之重，察安危祸福之机，追已往之阙失，防未萌之患害。如此等事，不过一二而已。

自古人君必有储副，所以承宗社之重而不可阙者也。陛下临御三十余年而储嗣未立，此久阙之典也。近闻臣寮多以此事为言，大臣亦尝进议，陛下圣意久而未决。而庸臣愚士知小忠而不知大体者，因以为异事，遂生嫌疑之论，此不思之甚也。且自古帝王有子至三二十人者甚多，材高年长罗列于朝者亦众。然为其君父者，莫不皆享无穷之安，岂有所嫌而斥其子耶？若陛下鄂王、豫王皆在，至今则储宫之建久矣。世之庸人，偶见陛下久无皇子，忽闻此议，遂以云云尔。且《礼》曰："一有元良，万国以正。"盖谓定天下之根本，上承宗庙之重，亦所以绝臣下之邪谋。自古储嗣，所以安人主也。若果如庸人嫌疑之论，则是常无储嗣则人主安，有储嗣则人主危，此臣所谓不思之甚也。

臣又见自古帝王建立储嗣，既以承宗庙之重，又以为国家美庆之事。故每立太子，则不敢专享其美，必大赦天下，凡为人父后者皆被恩泽，所以与天下同其庆喜，然则非恶事也。汉文帝初即位之明年，群臣再三请立太子，文帝再三谦让而后从之。当时群臣不自疑而敢请，汉文帝亦不疑其臣有二心者，臣主之情通故也。五代之主，或出武人，或出夷狄，如后唐明宗尤恶人言太子事，群臣莫敢正言。有何泽者，尝上书乞立太子。明宗大怒，谓其子从荣曰："群臣欲以汝为太子，我将归老于河东。"由是臣下更不敢言。然而文帝立太子之后，享国长久，为汉太宗，是则何害其为明主也？后唐明宗储嗣不早定，而秦王从荣后以举兵窥觊，陷于大祸，后唐遂乱。此前世之事也。况闻臣寮所请，但欲择宗室为皇子尔，未即以为储贰也。伏惟陛下仁圣聪明，洞鉴今古，必谓此事国家大计，当重慎而不可轻发，所以迟之耳，非恶人言而不欲为也。然朝廷大议，中外已闻，不宜久而不决。

昨自春首以来，陛下服药于内，大臣早夜不敢归家，饮食医药侍于左右，如人子之侍父，自古君臣未有若此之亲者也。下至群臣士庶、妇女婴孩，昼夜祷祈，填咽道路，发于至诚，不可禁止。以此见臣民尽忠，蒙陛下之德厚，爱陛下之意深，故为陛下之虑远也。今之所请，天下臣民所以为爱君计也，陛下何疑而不从乎？中外之臣既喜陛下圣躬康复，又欲见皇子出入宫中，朝夕问安侍膳于左右，然后文武群臣奉表章为陛下贺，辞人墨客称述本支之盛，为陛下歌之颂之，岂不美哉！伏愿陛下出于圣断，择宗室之贤者，依古礼文，且以为子，未用立为储副也。既可以徐察其贤否，亦可以俟皇子之生。

臣又见枢密使狄青出自行伍，遂掌枢密，始初议者已为不可。今三四年间，外虽未见过失，而不幸有得军情之名，且武臣掌国机密而得军情，岂是国家之利？臣前有封奏，其说甚详，具述青未是奇材，但于今世将率中稍可称耳。虽其心不为恶，不幸为军士所喜，深恐因此陷青以祸而为国家生事。欲乞且罢青枢务，任以一州，既以保全青，亦为国家消未萌之患。盖缘军中士卒及闾巷人民，以至士大夫间，未有不以此事为言者，惟陛下未知之尔。臣之前奏，乞留中而出自圣断。若陛下犹以臣言为疑，乞出臣前奏，使执政大臣公议。

此二者，当今之急务也。凡所谓五行灾异之学，臣虽不深知，然其大意可推而见也。《五行传》曰："简宗庙则水为灾。"陛下严奉祭祀，可谓至矣，惟未立储贰。《易》曰："主器莫若长子。"殆此之警戒乎？至于水者，阴也，兵亦阴也，武臣亦阴也，此推类而易见者。天之谴告，苟不虚发，惟陛下深思而早决，庶几可以消弭灾患而转为福应也。臣伏睹诏书曰："悉心以陈，无有所讳。"故臣敢及之。若其他时政之失，必有群臣应诏，为陛下言者。臣言狂计愚，惟陛下裁择。

臣昧死再拜。

【解题】

此二状作于至和三年七月。京师大雨成灾，仁宗诏群臣言时政缺失，欧阳修先论请立皇子，请出狄青，暂未从；再论进用贤之说，推荐包拯、张瓌、吕公著、王安石四贤。茅坤评述《再论水灾状》说："因水灾议及用贤，亦探本之论。"（《宋大家欧阳文忠公文钞》卷七）（下状之解题从略）

再论水灾状

右，臣伏睹近降手诏，以水灾为变，上轸圣忧。既一人形罪己之言，宜百辟无遑安之意，而应诏言事者犹少，亦未闻有所施行。岂言者不足采欤，将遂无人言也？岂有言不能用欤？然则上有诏而下不言，下有言而上不用，皆空言也。臣闻语曰："应天以实不以文，动民以行不以言。"臣近有实封应诏，窃谓水入国门，大臣奔走，掩浸社稷，破坏都城，此天地之大变也，恐非小有所为可以消弭，因为陛下陈一二大计。而言狂计愚，不足以感动听览。

臣日夜思惟，方今之弊，纪纲之坏非一日，政事之失非一端，水灾至大，天谴至深，亦非一事之所致。灾谴如此，而祸患所应于后者，又非一言而可测。是则已往而当救之弊甚众，未来而可忧之患无涯，亦非独责二三大臣所能取济。况自古天下之治，必与众贤共之也。《诗》曰："济济多士，文王以宁。"《书》载尧舜之朝，一时同列者，夔、龙、稷、契之徒二十余人，此特其大者尔，其百工在位，莫不皆贤也。今欲救大弊，弭大患，如臣前所陈一二大计既未果为，而又不思众贤以济庶务，则天变何以塞，人事何以修？故臣复敢进用贤之说也。

臣材识愚暗，不能知人，然众人所知者，臣亦知之。伏见龙图阁直学士、知池州包拯，清节美行，著自贫贱，谠言正论，闻于朝廷，自列侍从，良多补益。方今天灾人事非贤罔乂之时，拯以小故，弃之遐远，此议者之所惜也。祠部员外郎、直史馆、知襄州张瓌，静默端直，外柔内刚，学问通达，似不能言者，至其见义必为，可谓仁者之勇。此朝廷之臣，非州郡之才也。祠部员外郎、崇文院检讨吕公著，故相夷简之子，清静寡欲，生长富贵而淡于荣利，识虑深远，文学优长，皆可过人而喜自晦默，此左右顾问之臣也。太常博士、群牧判官王安石，学问文章，知名当世，守道不苟，自重其身，论议通明，兼有时才之用，所谓无施不可者。凡此四臣者，难得之士也。拯以小过弃之，其三人者进退与众人无异。此皆为世所知者犹如此，臣故知天下之广，贤材沦没于无闻者不少也。此四臣者名迹已著，伏乞更广询采，亟加进擢，置之左右，必有裨补。

凡臣所言者，乃愿陛下听其言，用其才，以济时艰尔，非为其人私计也。若量沾恩泽、稍升差遣之类，适足以为其人累耳，亦非臣荐贤报国之本心也。臣伏见近年变异非止水灾，谴告丁宁，无所不有。董仲舒曰："国家将有失道之败，而天乃先出灾害以谴告之。不知自省，又出怪异以警惧之。尚不知变，而伤败乃至。"斯言极矣。伏惟陛下切诏大臣，深图治乱，广引贤俊，与共谋议。未有众贤并进而天下不治者，此亦救灾弭患一端之大者。

臣又窃见京东、京西皆有大水，并当存恤，而独河北遣使安抚，两路遂不差人。或云就委转运使，此则但虚为行遣尔。两路运司只见河北遣使，便认朝廷之意有所重轻，以谓不遣使路分，非朝廷忧恤之急者。兼又放税赈救，皆耗运司钱物，于彼不便。兼又运使未必皆得人，其才未必能救灾恤患。又其一司自有常行职事，亦岂能专意抚绥？故臣以为虚作行遣尔。伏乞各差一使，于此两路安抚，虽未能大段有物赈济，至于兴利除害，临时措置，更易官吏，询求疾苦，事既专一，必有所得，与就委运司，其利百倍也。

又闻两浙大旱，赤地千里。国家运米，仰在东南。今年灾伤若不赈济，则来年不惟民饥，国家之物亦自阙供。此不可不留心也。窃闻三司今岁京师粮米已有二年备准外，犹有三百五十万余未漕之物。今年东南既旱，则来年少纳上供，此未漕之米诚不可不惜，然少辍以济急，时亦未有所阙。欲下三司勘会，若实如臣所闻，则乞量辍五、七十万石物与两浙一路，令及时赈救一十三州，只作借贷，他时米熟，不妨还官，然所利甚博也。此非弭灾之术，亦救灾之一端也。

臣愚狂妄，伏望圣慈特赐裁择。谨具状奏闻，伏候敕旨。

举梅尧臣充直讲状

右，臣等忝列通班，无裨圣治，知士不荐，咎在蔽贤。伏见太常博士梅尧臣，性纯行方，乐道守节，辞学优赡，经术通明，长于歌诗，得风雅之正。虽知名当时，而不能自达。窃见国学直讲见阙二员，尧臣年资皆应选格，欲望依孙复例，以补直讲之员。必能论述经言，教导学者，使与国子诸生歌咏圣化于庠序，以副朝廷育材之美。如后不如举状，臣等并甘同罪。

【解题】

作于嘉祐元年（1056）秋。夏末，梅尧臣除母丧返抵汴京。此状称赏梅尧臣的道德及文章，请求朝廷依照当年录用孙复的先例，补梅尧臣为国子学直讲。仁宗从其荐举。

乞添上殿班札子

臣伏见陛下自今春服药已来，群臣无得进见。今圣体康裕，日御前后殿视朝决事，中外臣庶，无不感悦。然侍从、台谏、省府臣寮皆未曾得上殿奏事。今虽边鄙宁静，时岁丰稔，民无疾疠，盗贼不作，天下庶务，粗循常规，皆不足上烦圣虑，陛下可以游心清闲，颐养圣体。然侍从、台谏、省府臣寮，皆是陛下朝夕左右论思献纳委任之臣，岂可旷隔时月，不得进见于前？不惟亦有天下大务理当论述者，至于臣子之于君父，动经年岁不得进对，岂能自安？

今欲望圣慈每遇前后殿坐日，中书、枢密院退后，如审官、三班、铨司不引入，则许臣寮一班上殿，假以顷刻进瞻天威，不胜臣子区区之愿也。如允臣所请，乞下阁门施行。仍约束上殿臣寮，不得将干求恩泽、诉理功过及细碎闲慢等事上烦圣聪，或乞约定上殿时刻，所贵不烦久坐。伏候敕旨。

【解题】

作于嘉祐元年十月。仁宗正月暴病，数十日不能朝；只有两府执政得以奏事。此疏请仁宗许臣寮一班上殿。仁宗从其奏。文末原注：“其后上殿添一班。”

论贾昌朝除枢密使札子

臣伏见近降制书，除贾昌朝为枢密使。旬日以来，中外人情莫不疑惧，缙绅公议渐以沸腾。盖缘昌朝禀性回邪，执心倾险，颇知经术，能文饰奸言，好为阴谋，以陷害良士。小人朋附者众，皆乐为其用。前在相位，累害善人，所以闻其再来，望风恐畏。

陛下聪明仁圣，勤俭忧劳，每于用人，尤所审慎。然而自古毁誉之言，未尝不并进于前，而听察之际，人主之所难也。臣以谓能知听察之要，则不失之矣。何谓其要？在先察毁誉之人。若所誉者君子，所毁者小人，则不害其进用矣。若君子非之，小人誉之，则可知其人不可用矣。今有毅然立于朝，危言谠论，不阿人主，不附权臣，其直节忠诚，为中外素所称信者，君子也。如此等人，皆以昌朝为非矣。宦官、宫女、左右使令之人，往往小人也。如此等人，皆以昌朝为是矣。陛下察此，则昌朝为人可知矣。

今陛下之用昌朝，与执政大臣谋而用之乎？与立朝忠正之士谋而用之乎？与左右近习之臣谋而用之乎？或不谋于臣下，断自圣心而用之乎？昨闻昌朝阴结宦竖，构造事端，谋动大臣以图进用。若陛下与执政大臣谋之，则大臣势在嫌疑，必难启口。若立朝忠正之士，则无不以为非矣。其称誉昌朝、以为可用者，不过宦官、左右之人尔。陛下用昌朝，为天下而用之乎？为左右之人而用之乎？臣伏思陛下必不为左右之人而用之也。然左右之人，谓之近习，朝夕出入，进见无时，其所谗谀能使人主不觉其渐。昌朝善结宦官，人人喜为称誉，朝一人进一言，暮一人进一说，无不称昌朝之善者，陛下视听渐熟，遂简在于圣心，及将用之时，则不必与谋也。盖称荐有渐，久已熟于圣聪矣。是则陛下虽断自圣心，不谋臣下而用之，亦左右之人积渐称誉之力也。

陛下常患近岁以来大臣体轻，连为言事者弹击。盖由用非其人、不叶物议而然也。今昌朝身为大臣，见事不能公论，乃结交中贵，因内降以起狱，以此规图进用。窃闻台谏方欲论列其过恶，而忽有此命，是以中外疑惧，物论喧腾也。今昌朝未来，议论已如此，则使其在位，必不免言事者上烦圣听。若不尔，则昌朝得遂其志，倾害善人，坏乱朝政，必为国家生事。臣愚欲望圣慈抑左右阴荐之言，采缙绅公正之论，早罢昌朝，还其旧镇，则天下幸甚。

臣官为学士，职号论思，见圣心求治甚劳，而一旦用人偶失，而外廷物议如此，既有见闻，合思裨补。取进止。

【解题】

嘉祐元年十一月三日，贾昌朝出任枢密使，欧阳修上奏此疏。题下原注："一作《论某人交结宦官状》。"本文论贾氏禀性回邪，勾结宦官，得以进用，请求罢政还归旧镇。茅坤评述说："猫猫捕鼠须咬颈，公之弹劾昌朝，却本所荐之路攻之，仁庙焉得不动心。"（《宋大家欧阳文忠公文钞》卷三）

举留胡瑗管勾太学状

右，臣伏见新除国子监直讲胡瑗充天章阁侍讲，有以见圣恩奖崇儒学、褒劝经术之臣也。

然臣等窃见国家自置太学，十数年间，生徒日盛，常至三四百人。自瑗管勾太学以来，诸生服其德行，遵守规矩，日闻讲诵，进德修业。昨来国学、开封府并锁厅进士得解人中，三百余人是瑗所教。然则学业有成，非止生徒之幸、庠序之盛，亦自是朝廷美事。今瑗既升讲筵，遂去太学，窃恐生徒无依，渐以分散。窃以学校之制，自昔难兴，惟唐太宗时生员最多，史册书之，以为盛美。其后庠序废坏，至于今日，始复兴起。若一旦分散，诚为可惜也。

臣等欲望圣慈特令胡瑗同勾当国子监，或专管勾太学，所贵生徒不至分散。伏候敕旨。

【解题】

作于嘉祐元年十二月。胡瑗本年迁太子中允，充天章阁侍讲。《读资治通鉴长编》卷一八四嘉祐元年十二月八日："太子中允、天章阁侍讲胡瑗管勾太学"。当从欧阳修此状。

议学状

右，臣等伏见近日言事之臣为陛下言建学取士之法者众矣，或欲立三舍以养生徒，或欲复五经而置博士，或欲但举旧制而修废坠，或欲特创新学而立科条，其言虽殊，其意则一。陛下慎重其事，下其议于群臣。而议者遂欲创新学，立三舍，因以辨士之能否而命之以官。其始也，则教以经艺文辞；其终也，则取以材识德行。听其言则甚备，考于事则难行。

夫建学校以养贤，论材德而取士，此皆有国之本务，而帝王之极致也。而臣等谓之难行者，何哉？盖以古今之体不同，而施设之方皆异也。古之建学取士之制，非如今之法也。盖古之所谓为政与设教者，迟速异宜也。夫立时日以趋事，考其功过而督以赏罚者，为政之法也，故政可速成。若夫设教，则以劝善兴化、尚贤励俗为事，其被于人者渐则入于人也深，收其效者迟则推其功也远，故常缓而不迫。古者家有塾，党有庠，遂有序，国有学。自天子诸侯之子，下至国之俊选，莫不入学。自成童而学，至年四十而仕。其习乎礼乐之容，讲乎仁义之训，敦乎孝悌之行，以养父兄、事长上、信朋友，而临财廉，处众让。其修于身，行于家，达于邻里，闻于乡党，然后询于众庶，又定于长老之可信者而荐之，始谓之秀士。久之，又取其甚秀者为选士；久之，又取其甚秀者为俊士；久之，又取其甚秀者为进士。然后辨其论、随其材而官之。夫生七八十岁而死者，人之常寿也。古乃以四十而仕，盖用其半生为学考行，又广察以邻里乡党，而后其人可知。然则积德累善如此勤而久，求贤审官如此慎而有次第，然后矫伪干利之士不容于其间，而风俗不陷于偷薄也。古之建学取士，其施设之方如此也。方今之制，以贡举取人。往者四岁一诏贡举，而议者患于太迟，更趣之为间岁。而应举之士来学于京师者，类皆去其乡里，远其父母妻子，而为旦暮干禄之计。非如古人自成童至于四十，就学于其庠序，而邻里乡党得以众察徐考其行实也。盖古之养士本于舒迟，而今之取人患于急迫，此施设不同之大概也。

臣请详言方今之弊。既以文学取士，又欲以德行官人，且速取之欤，则真伪之情未辨，是朝廷本欲以学劝人修德行，反以利诱人为矫伪。此其不可一也。若迟取之欤，待其众察徐考而渐进，则文辞之士先已中于甲科，而德行之人尚未登于内舍。此其不可二也。且今入学之人，皆四方之游士，赍其一身而来，乌合群处。非如古人在家在学，自少至长，亲戚朋友、邻里乡党众察徐考其行实也。不过取于同舍一时之毁誉，而决于学官数人之品藻尔。然则同学之人，蹈利争进，爱憎之论，必分朋党。昔东汉之俗尚名节，而党人之祸及天下，其始起于处士之横议而相訾也。此其不可三也。夫人之材行，若不因临事而见，则守常循理，无异众人。苟欲异众，则必为迂僻奇怪以取德行之名，而高谈虚论以求材识之誉。前日庆历之学，其弊是也。此其不可四也。今若外方专以文学贡士，而京师独以德行取人，则实行素履，著于乡曲，而守道丘园之士，皆反见遗。此其不可五也。近者朝廷患四方之士寓京师者多而不知其士行，遂严其法，使各归于乡里。今又反使来聚于京师，云欲考其德行。若不用四方之士，止取京师之士，则又示人以不广。此其不可六也。

夫儒者所谓能通古今者，在知其意、达其理而酌时之宜尔。大抵古者教学之意缓而不迫，所以劝善兴化，养贤励俗，在于迟久，而不求近效急功也。臣谓宜于今而可行者，立为三舍可也，复五经博士可也。特创新学，虽不若即旧而修废，然未有甚害，创之亦可也。教学之意，在乎敦本而修其实事，给以糇粮，多陈经籍，选士之良者，以通经有道之士为之师，而举察其有过无行者黜去之，则在学之人皆善士也。然后取以贡举之法，待其居官为吏，已接于人事，可以考其贤善优劣，而时取其尤出类者旌异之。则士知修身力行，非为一时之利，而可伸于终身，则矫伪之行不作，而偷薄之风归厚矣。此所谓实事之可行于今者也。

臣等伏见论学者四人，其说各异，而朝廷又下臣等，俾之详定。是欲尽众人之见，而采其长者尔。故臣等敢陈其所有，以助众议之一，非敢好为异论也。伏望圣慈，特赐裁择。

【解题】

作于嘉祐元年。文章批评当时建学取士的弊病，以为立三舍，复五经，创新学、修旧废均可，旨在敦本而修实。议论精辟，条分缕析，极有见地。茅坤评述说："议论有深识。当与朱子议贡举等文参看。"(《宋大家欧阳文忠公文钞》卷六)

举布衣陈烈充学官札子

臣伏见国家崇建学校，近年以来，太学生徒常至三四百人。此朝廷盛美之事，数百年来，未尝有也。然而教导之方，必慎其选。其进德修业，必有笃行君子可以不言而化者，使居其间，以为学者师法，庶几内修其实，不止聚徒之多，为虚名之美也。

伏见福州处士陈烈，清节茂行，著自少时，晚而益勤，久而愈信。非惟一方学者之所师，盖天下之士皆推尊其道德，谓宜以礼致之朝廷，必有裨补。近闻命以官秩，使教学于乡里，其礼甚薄，未足以称励贤旌德之举。臣今乞以博士之职召致太学，虽未能尽其材，亦足以副天下学者之所欲而成朝廷崇贤劝学之实。取进止。

【解题】

作于嘉祐元年，次年又有《再乞召陈烈札子》。陈烈，字季慈，福州侯官人。为人清节茂行，以孝友著称，从学者常数百人。欧阳修二疏举为太学博士，仁宗一再召用，陈烈辞而不就。（下札之解题从略）

再乞召陈烈札子

臣尝奏举福州处士陈烈有道德，可为博士，处之太学。窃闻朝廷命以官秩，俾之讲说，而烈辞让不起。臣亦尝知烈之为人，其学行高古，然非矫激之士，其所蕴蓄，亦欲有所施为。况圣恩优异，褒贲所及，足以劝天下之为善者，在烈不宜辞避。然其进退之际，亦有所难。盖朝廷前命以本州教授，彼方辞让，而遽有国学之召，义不得不辞。然自古国家乐贤好士，未始不如此，在下者逡巡而避让，在上者勤勤而不已，以励难进之节。而天下靡然识上有好贤不倦之心，上下相成，以劝风俗。

臣谓朝廷宜再加优命，致烈必来，则于其进退之际，已足以勉励偷薄。臣今欲乞未命以官，但且召至京师，彼必无名辞避。俟其既至，徐可推恩。况今胡瑗疾病，方乞致仕，学校之职，不可阙人，能继瑗者，非烈不可。欲乞早赐指挥。取进止。

条约举人怀挟文字札子

臣伏见国家自兴建学校以来，天下学者日盛，务通经术，多作古文，其辞艺可称、履行修饬者不可胜数。然累次科场，人数倍多于往岁，事既太盛，弊亦随生。

窃闻近年举人公然怀挟文字，皆是小纸细书，抄节甚备。每写一本，笔工获钱三二十千。亦有十数人共敛钱一二百千，雇倩一人，虚作举人名目，依例下家状，入科场，只令怀挟文字，入至试院，其程试则他人代作。事不败则赖其怀挟，共相传授。事败则不过扶出一人，既本非应举之人，虽败别无刑责，而坐获厚利。窃以国家取士，务得实材，今若浮伪之人容其滥进，则使负辛勤、蕴实学者无以自别。且自来科场，务存事体，所以优加礼遇，用待贤能。今浮薄之徒不知朝廷崇奖之意，自为奸伪，以至于此，甚可叹也。谓宜峻立科条，明加约束，使浮薄奸伪之徒不容于其间，则实有学行之人得被选进，然后士子无滥举，朝廷得实才。

臣今欲乞增定贡院新制，宽监门之责，重巡铺之赏。盖以入门之时一一搜检，则虑成拥滞。故臣乞自举人入院后严加巡察，多差内臣及清干京朝官巡铺，每获怀挟者，许与理为劳绩，或免远官，或指射差遣。其监门官与免透漏之责。若搜检觉察得人数多者，令知举官闻奏取旨，重加酬奖。其巡铺官除只得巡察怀挟及传授文义外，不得非理侮慢举人，庶存事体。且朝廷待士甚厚，而小人自为浮薄，不可不行禁止，以革弊源。如允臣所奏，乞立定巡铺官赏格及怀挟人责罚刑名，添入贡院新定条制。仍牓南省门及下进奏院，颁告天下。所贵先明条约，然后必行。取进止。

【解题】

嘉祐二年（1057）正月，欧阳修权知贡举，针对当时科场积弊，上奏此疏。旨在严肃考场纪律，杜绝舞弊行为。

论保明举人行实札子

臣伏睹近降敕命更定科场条制，内一节令本县令佐、知州、通判保明举人行实委无玷缺，若因事彰露，只罪令佐、知州、通判，所断刑名，并用旧制，虽去官经恩不得原减者。

伏缘旧制刑名甚重，今来去官经恩不得原减，则官吏所责不轻。而玷缺之累，中人所不能免，小过微累，皆为玷缺，难以必用深刑责官吏保其所不能尽知者。若谓止坐大事，则又无明文。窃虑后有犯者，难用必行之法。臣今欲乞指定举人玷缺事状，如事亲不孝、行止逾滥、冒哀匿服、曾犯刑责及虽有阴赎而情理重者。以上事节，苟犯其一，并不得收试。如违，必用旧制刑名。所贵事简而易遵，法严而必用。如允臣所请，乞下礼部贡院施行。今取进止。

【解题】

作于嘉祐二年正月。针对朝廷新定科场条制的某些笼统提法，请求指定具体事项，以达到“事简而易遵，法严而必用”的目的。

论契丹求御容札子

臣伏见契丹所遣汎使，专为御容而来。中外之议，皆谓前岁既已许之，于理不可中止，失于不早践言，至彼非时遣使。及朝夕以来，传闻颇异，或云大臣共议，欲遂拒而不与。若然，则臣恐衅隙之端，自此而始。祸患之起，未易遽言。

大凡为国谋事者，必先明信义，重曲直，酌人情，量事势，四者皆得，然后可以不疑。苟一有未然，尚恐败事，况四者俱失，岂可不思？契丹与中国通盟久矣，而向来宗真特于信好，自表慇懃，别有家书，继以画像。圣明纳其来意，许以报之。而乃迁延至今，遂欲食言而中辍。是则彼以推诚结我，我以不信待之。失信伤义，甚非中国待夷狄之术，而又其曲在我，使彼易以为辞。自南北通和以来，信问往复之际，每于报答，常从优厚，假借既久，其心已骄。况此画像之来，特表殷勤之意。是则于平常之礼，厚报以骄之；殷勤之来，则不报以沮之。沮之彼必怒，不报彼必耻，怀耻畜怒，何所不为，此人之常情也。许其父不许其子，厚薄之际，此亦人情之难处也。臣窃见契丹来书，初无寒温候问之言，直以践言孤约为说，其意在于必得。若此时被沮，势必更来，事既再三，岂能坚执？若待其失于逊顺，已成衅隙，然后与之，则重为中国之辱。又使夷狄谓中国难以恩意交，惟可以势力胁，因之引惹，别有他求，则为后患，何可涯哉！今虏主虽弱，而中国边备未完，庙谋未胜，未可生事，而欲执我曲彼直之议，以起戎而结祸。夫察彼事势，必不能中止；量我事势，又未能必沮之。臣故曰四者俱失也。

臣又闻虏使入境之日，地震星殒，变异非常。先事深防，犹恐不及，失计招祸，岂可自为？

臣愿圣慈出于独断，勿沮其善意，无失我信言。臣今欲乞回谕虏中，告以如约，直候今冬因遣常使时与之，则于事体稍便。伏乞速下两府商议。上系国家利害，臣不敢不言。今取进止。

【解题】

嘉祐二年三月十九日，契丹使者来汴京索求两年前宋廷允诺过的真宗、仁宗画像，执政大臣打算拒绝交付。欧阳修上此札子，主张遵守信义，兑现诺言。茅坤称赏为“老成练达之言”（《宋大家欧阳文忠公文钞》卷五）。

举宋敏求同知太常礼院札子

臣等勘会同知太常礼院张师中，近被朝命，差充两浙提点刑狱。伏见太常丞、集贤校理宋敏求，文学该赡，多识故事，家藏古今书史、礼乐、制度、记传尤多，礼官、博士每有所疑，多就之质证。其人见是知州差遣，资望不浅。臣等今保举，欲乞就差充同知太常礼院一次。如后不如举状，臣等甘当朝典。今取进止。六月日。

【解题】

作于嘉祐二年六月。文末原有附注："右公在翰苑时荐宋敏求奏札，得之汪逵。既云臣等，则非独荐，或公自草，或止预名，不可知也。"文章称赏宋敏求的文学才华，保举差充同知太常礼院。

论选皇子疏

八月日，翰林学士、朝散大夫、右谏议大夫、知制诰、充史馆修撰、刊修《唐书》、判太常寺兼礼仪事、上轻车都尉、赐紫金鱼袋臣欧阳某，谨昧死再拜上书于体天法道钦文聪武圣神孝德皇帝陛下：

臣闻言天下之难言者，不敢冀必然之听；知未必听而不可不言者，所以尽为忠之心。况臣遭遇圣明，容纳谏诤，言之未必不听，其可默而不言？

臣伏见自去岁以来，群臣多言皇嗣之事，臣亦尝因灾异，窃有奏陈。虽圣度包容，不加诛戮；而愚诚恳至，天听未回。臣实不胜爱君之心，日夜区区未尝忘此，思欲再陈狂瞽，而未知所以为言。今者伏见兖国公主近已出降，臣因窃思人之常道，莫亲于父子之亲；人之常情，亦莫乐于父子之乐。虽在圣哲，异于凡伦，其为天性，于理则一。陛下向虽未有皇嗣，而尚有公主之爱，上慰圣颜。今既出降，渐疏左右，则陛下万机之暇，处深宫之中，谁可与语言，谁可承颜色？臣愚以谓宜因此时出自圣意，于宗室之中选材贤可喜者，录以为皇子，使其出入左右，问安侍膳，亦足以慰悦圣情。

臣考于书史，窃见自古帝王虽曰至尊，未尝独处也。其出而居外也，不止百司公见奏事而已，必有儒臣学士讲论于闲宴，又有左右侍从顾问语言。其入而居内也，不止宦官宫妾在于左右而已，其平居燕寝也，则有太子问安侍膳于朝夕；其优游宴乐也，多与宗室子弟欢然相接如家人。计其一日之中，未尝一时独处也。今陛下日御前后殿，百司奏事者往往仰瞻天颜而退，其甚幸者得承一二言之德音。君臣之情不通，上下之意不接。其余在廷之臣、儒学侍从之列，未闻一人从容亲近于左右。入而居内，则至于问安侍膳，亦阙于朝夕。是则陛下富有四海之广，躬享万乘之尊，居外则无一人可亲，居内则无一人得亲，此臣所以区区而欲言也。

伏况陛下荷祖宗之业，承宗庙社稷之重，皇子未降，储位久虚，群臣屡言，大议未决。臣前所奏陈，以谓未必立为储贰，而且养为子，既可以徐察其贤否，亦可以待皇子之降生。于今为之，亦其时也。臣言狂计愚，伏俟斧钺。

臣昧死再拜。

【解题】

嘉祐二年八月四日，仁宗爱女兖国公主出嫁，身边寂寞。欧阳修趁机上疏，继去年夏秋进言之后，再次奉请仁宗选养皇侄作为后嗣。仁宗寝而不报。茅坤以“忠恻”二字概述本文内容（《宋大家欧阳文忠公文钞》卷二）储欣评为“入情”、“恳切”、“语入肺腑”。（《唐宋八大家类选》卷一）。

乞写秘阁书令馆职校雠札子

臣近准敕，兼判秘阁。检会先准皇祐元年七月十一日中书札子节文："奉圣旨，秘阁有阙者，书名件用《崇文总目》逐旋补写，依例雠校了，以黄绢装褫正副二本收附，准备御览，内中取索。"本阁寻其画一合行事件闻奏，蒙依所奏施行。当时虽有此行遣，寻值抄写观文殿书，权住至今。伏见馆阁校雠之官，员数甚多，除系省府、南曹外，其余主判闲局及别无主判者，并各无书校对。既无职事，因此多不入馆。

伏以馆阁，国家优养贤材之地，自祖宗以来，号为清职。今馆宇阒然，尘埃满席，有同废局，甚可叹嗟。臣今欲乞检会先准皇祐元年七月十一日所降指挥及一宗行遣次第，许从本阁选请在院馆职官员，先将秘阁书目与《崇文总目》点对。内有见阙书籍，即于三馆取索，先校定，然后抄写成书，仍差初校、覆校官刊正装褫。其合行事件，已有画一起请依奏指挥，亦乞检会施行。惟元乞公用钱，乞更不支破。其抄写楷书，候见得阙书数目，将见在楷书人数，酌量多少，如阙人，即别具擘画闻奏。今取进止。

【解题】

嘉祐二年九月二日，欧阳修兼判秘阁秘书省。本札子请求补抄秘阁现缺书籍，落实皇祐元年七月十一日有关圣旨。

乞定两制员数札子

臣窃以学士、待制，号为侍从之臣，所以承宴闲，备顾问，以论思献纳为职。自祖宗以来，尤精其择，苟非清德美行，蔼然众誉，高文博学，独出一时，则不得与其选。是以选用至艰，员数至少。官以难得为贵，人以得职为荣，搢绅之望既隆，则朝廷之体增重。其后用人颇易，员数渐多，往时学士、待制至六七十员。近年以来，稍慎除拜，即今犹及四十余员。

臣以谓爱惜名器，不轻授人，朝廷既已知之矣。而为国家计者，宜于此时创立经制。今惟翰林学士、中书舍人、知制诰各有定员，其余学士、待制未有定数。臣今欲乞检详前史及国朝故事，自观文殿大学士至待制，并各立定员数。遇有员阙，则精择贤材以充其选，苟无其人，尚可虚位以待。如允臣所请，乞赐详议施行。取进止。

【解题】

《续资治通鉴长编》卷一八七系于嘉祐三年（1058）三月一日。本文请求参考前朝及本朝旧例，规定自观文殿大学士至待制的编制，保持侍从之职的清贵。

请今后乞内降人加本罪二等札子

臣伏见谏官陈旭起请，侥求内降之人，委二府劾奏干请者之罪。蒙朝廷依奏施行。寻闻李璋因内降责罚，自后罕闻敢求内降以希恩赏者。以此见至公之朝，必信之法，可以令行而禁止也。

然旭所请，只为恩赏之一端，而小人侥求，无所不至。臣自权知开封府，未及两月之间，十次承准内降，或为府司后行，或为宫院姨媪，或为内官及干系人吏等。本府每具执奏，至于再三，而干求者内降不已。至于婢妾贱人犯奸滥等事，亦敢上烦圣聪，以求私庇。宦竖小臣自图免过，反彰圣君曲法之私。虽有司执奏，终许公行，然小人干求，未有约束止绝。

臣今欲乞今后应有因事敢干求内降者，依旧许本府执奏外，更乞根究因缘干求之人，奏摄下府勘劾，重行责罚。如本人自行干请者，亦乞一就勘鞫，加元犯本罪二等断遣。其情理稍深及干求不已者，亦许本府一面牒报御史台，弹纠勘劾施行。所贵止绝小人干乱公朝，败紊纲纪。今取进止。

【解题】

作于嘉祐三年（1058）七月，时作者以龙图阁学士权知开封府。京师权贵触犯刑律，常从宫中谋得内旨以逃避惩罚，欧阳修此疏要求对请求内旨的人一并治罪，罪犯自求内降者则加重处罪。贵戚势要一时为之敛手，京师得以大治。

论梁举直事封回内降札子

臣勘会本府见勘内臣梁举直公事，两曾执奏，三准内降，特与放罪。臣伏见近年权幸之臣，多是公然作过，不畏宪法，恃干求内降，紊乱纪纲。所以前后臣寮，累具论述。陛下特降明诏，许承受官司执奏，不得施行，布告天下，著为信令。

今梁举直累烦睿听，干求不已，本府遵依前后诏敕，再具执奏，未许公行。伏以曲庇小臣，挠屈国法，自前世帝王苟有如此等事，史册书之，以著人君之过失。今梁举直不欲受过于其身，宁彰陛下之过于中外，举直此罪，重于元犯之罪。今纵未能法外重行，以戒小人干求内降者，其元犯本罪，岂可曲恕？

举直苟为爱身之计，不思爱君之心，乃是小人全无知识尔。如臣，忝被恩宠，列于侍御，职在献纳，合思裨补。岂可阿意顺旨，为陛下曲法庇纵小臣，以彰圣君之失？其内降，臣更不敢下司，谨具状缴连进纳。今取进止。

【解题】

作于嘉祐三年七月以后。原系嘉祐二年，误。作者权知开封府，内臣梁举直干犯禁令，却屡讨内旨，企图逃脱惩罚。欧阳修封回内降，不肯阿意顺旨、庇纵小人，表现出直道行事的刚正性格。

论郭皇后影殿札子

臣所领太常礼院得御药院公文称，奉圣旨送画到景灵宫广孝殿后修盖郭皇后影殿图子一本，赴太常礼院详定者。其图子，已别具状缴奏讫。

臣伏见近年京师土木之功，糜耗国用，其弊特深。原其本因，只为差内臣监修，利于偷窃官物，及讫功之后侥求恩赏，以故多起事端，务广兴作。其甚则托以祖宗神御，张皇事势。近年以来，如此兴造，略无虚岁。伏以景灵宫建自先朝，以尊奉圣祖，陛下又建真宗皇帝、章懿太后神御殿于其间，天下之人皆知陛下奉先广孝之意。然则此宫乃陛下奉天奉亲之所，今乃欲以后宫已废未复之后建殿，与先帝、太后并列，渎神违礼，莫此之甚。臣窃谓此事必不出于圣意，皆小人私于兴作，有所侥求尔。

盖自前世帝王，于宗庙之外别为庙享以追奉祖宗者则有之，未闻有自追奉其妃、后者也。盖小人不识事体，但苟一时之利，不思亏损圣德。伏乞特赐寝罢，以全典礼。今取进止。

【解题】

据《续资治通鉴长编》卷一八八，嘉祐三年十月，诏建郭皇后影殿于景灵宫，欧阳修上此疏谏阻，仁宗从之。

论编学士院制诏札子

臣伏见国家承五代之余，建万世之业，诛灭僭乱，怀来四夷，封祀天地，制作礼乐。至于大臣进退，政令改更，学士所作文书皆系朝廷大事，示于后世，则为王者之训谟；藏之有司，乃是本朝之故实。自明道以前，文书草稿，尚有编录。景祐以后，渐成散失。臣曾试令类聚，收拾补缀，十已失其五六。使圣宋之盛，文章诏令废失湮沦，缓急事有质疑，有司无所检证。盖由从前虽有编录，亦无类例卷第，只是本院书吏私自抄写，所以易为废失。

臣今欲乞将国朝以来学士所撰文书，各以门类，依其年次，编成卷秩，号为《学士院草录》。有不足者，更加求访补足之。仍乞差本院学士从下两员，专切管勾，自今已后，接续编联。如本行人吏不画时编录，致有漏落，许令本院举察，理为过犯。

此臣本院常事也，所以上烦圣听者，盖以近岁以来，百司纲纪相承废坏，事有曾经奏闻及有圣旨指挥者，仅能遵守。若只是本司临时处置，其主判之宫才罢去，则其事寻亦废停。所以臣欲乞朝廷特降指挥，所贵久远遵行，不敢废失。今取进止。

【解题】

作于嘉祐三年。鉴于景祐以来，学士院制未有编录，十失五六，欧阳修奏请将宋朝立国以来的学士所撰文书，分门别类，按年月编次成《学士院草录》，并访求外录，保存珍贵史料。

乞罢上元放灯札子

臣伏以三元放灯，不出典礼，盖因前世习俗所传。陛下俯徇众心，欲同民乐，勉出临幸，非为嬉游。若乃时岁丰和，人物康富，以为乐事，亦是人情。今自立春以来，阴寒雨雪，小民失业，坊市寂寥，寒冻之人，死损不少，薪炭食物，其价增倍，民忧冻饿，何暇遨游！臣本府日阅公事，内有投井投河不死之人，皆称因为贫寒，自求死所。今日有一妇人冻死，其夫寻亦自缢。窃惟里巷之中，失所之人何可胜数？昨日圣恩差官表钱，正为如此。

目下阴雪未解，假使便得晴明，坊市不免泥淖，圣驾所历，冲冒风寒。况方以日蚀之灾避殿减膳，圣心忧畏，中外所知。欲乞特罢放灯，所有常年酌献之礼，若至日未得晴明，亦乞差大臣摄事，所有见今供拟游幸及修道路寒冻兵士，并乞放罢，庶几上副陛下畏天忧民之心。今取进止。

【解题】

作于嘉祐四年（1059）正月。时阴寒雨雪，冻饿死人甚众，欧阳修请求罢免放灯，以示仁宗畏天忧民之心。

论包拯除三司使上书

臣闻治天下者，在知用人之先后而已。用人之法，各有所宜，军旅之士先材能，朝廷之士先名节。军旅主成功，惟恐其不趋赏而争利，其先材能而后名节者，亦势使之然也。朝廷主教化，风俗之薄厚，治道之污隆，在乎用人。而教化之于下也，不能家至而谆谆谕之，故常务尊名节之士，以风动天下而耸励其偷薄。夫所谓名节之士者，知廉耻，修礼让，不利于苟得，不牵于苟随，而惟义之所处。白刃之威有所不避，折枝之易有所不为，而惟义之所守。其立于朝廷，进退举止皆可以为天下法也。其人至难得也，至可重也。故其为士者，常贵名节以自重其身；而君人者，亦常全名节以养成善士。

伏见陛下近除前御史中丞包拯为三司使，命下之日，中外喧然，以谓朝廷贪拯之材，而不为拯惜名节。然犹冀拯能执节守义，坚让以避嫌疑，而为朝廷惜事体。数日之间，遽闻拯已受命，是可惜也，亦可嗟也。拯性好刚，天姿峭直，然素少学问，朝廷事体或有不思。至如逐其人而代其位，虽初无是心，然见得不能思义。此皆不足怪。若乃嫌疑之迹，常人皆知可避，而拯岂独不思哉？昨闻拯在台日，常自至中书，诟责宰相，指陈前三司使张方平过失，怒宰相不早罢之。既而台中寮属相继论列，方平由此罢去，而以宋祁代之。又闻拯亦曾弹奏宋祁过失，自其命出，台中寮属又交章力言，而祁亦因此而罢，而拯遂代其任。此所谓蹊田夺牛，岂得无过？而整冠纳履，当避可疑者也。如拯材能资望，虽别加进用，人岂为嫌？其不可为者，惟三司使尔。非惟自涉嫌疑，其于朝廷，所损不细。臣请原其本末而言之。

国家自数十年来，士君子务以恭谨静慎为贤。及其弊也，循默苟且，颓惰宽弛，习成风俗，不以为非，至于百职不修，纪纲废坏。时方无事，固未觉其害也。一旦黠虏犯边，兵出无功，而财用空虚，公私困弊，盗贼并起，天下骚然。陛下奋然感悟，思革其弊，进用三数大臣，锐意于更张矣。于此之时，始增置谏官之员，以宠用言事之臣，俾之举职。由是修纪纲而绳废坏，遂欲分别贤不肖，进退材不材。而久弊之俗，骤见而骇，因其指言事者而非之，或以谓好讦阴私，或以为公相倾陷，或谓沽激名誉，或谓自图进取，群言百端，几惑上听。上赖陛下至圣至明，察见诸臣本以忘身徇国，非为己利，谗间不入，遂荷保全。而中外之人，久而亦渐为信。自是以来，二十年间，台谏之选，屡得谠言之士。中间斥去奸邪，屏绝权幸，拾遗救失，不可胜数。是则纳谏之善，从古所难，自陛下临御以来，实为盛德，于朝廷补助之效，不为无功。今中外习安，上下已信，纤邪之人凡所举动，每畏言事之臣，时政无巨细，亦惟言事官是听。原其自始开发言路，至于今日之成效，岂易致哉！可不惜哉！

夫言人之过似于激讦，逐人之位似于倾陷。而言事之臣得以自明者，惟无所利于其间尔；而天下之人所以为信者，亦以其无所利焉。今拯并逐二臣，自居其位，使将来奸佞者得以为说而惑乱主听，今后言事者不为人信而无以自明。是则圣明用谏之功，一旦由拯而坏。夫有所不取之谓廉，有所不为之谓耻。近臣举动，人所仪法，使拯于此时有所不取而不为，可以风天下以廉耻之节。而拯取其所不宜取，为其所不宜为，岂惟自薄其身，亦所以开诱他时言事之臣，倾人以觊得，相习而成风。此之为患，岂谓小哉！然拯所恃者，惟以本无心耳。夫心者，藏于中而人所不见；迹者，示于外而天下所瞻。今拯欲自信其不见之心，而外掩天下之迹，是犹手探其物，口云不欲，虽欲自信，人谁信之？此臣所谓嫌疑之不可不避也。

况如拯者少有孝行，闻于乡里；晚有直节，著在朝廷。但其学问不深，思虑不熟，而处之乖当，其人亦可惜也。伏望陛下别选材臣为三司使，而处拯他职，置之京师，使拯得避嫌疑之迹，以解天下之惑，而全拯之名节，不胜幸甚。臣叨尘侍从，职号论思，昔尝亲见朝廷致谏之初甚难，今又复见陛下用谏之效已著，实不欲因拯而坏之者，为朝廷惜也。臣言狂计愚，伏俟诛戮。

【解题】

嘉祐四年三月二十五日，包拯出任三司使。鉴于其先后弹劾三司使张方平、宋祁，取而代之，欧阳修上此疏持异议。仁宗未从。文章论说周详，逻辑严密。茅坤评述说："包拯不能不汗颜心服。"（《宋大家欧阳文忠公文钞》卷二）

论孟阳河开掘坟墓札子

臣勘会府界创开孟阳新河，相次据祥符县人户经府披诉，称被人夫开掘坟墓、斫伐桑枣、拆拽舍屋等事。寻差兵曹参军张稚圭往彼检视，得已开河道六里有余，计三料，开掘却村民坟墓八十二所，大墓园三所，草瓦屋七十七间。其未开三料，犹有坟墓二十五所，舍屋四十七间，桑五百余株，田土八十段。臣因体问得村民所掘坟墓，尸首骨殖布在新河两岸，子孙骨肉环坐守之，仰天号恸，尸骨暴露，并无所归。其甚贫者用火烧焚，向空撒弃。其庄宅屋宇，累世安居，旦夕毁拆，全家露坐，冤痛之声，闻于远近。方此春月，朝廷务行仁政之时，横尸暴骨，殃及幽明，可为悯伤，可为惊骇。

兼体问得所开新河，有害无利。其万胜斗门及阳武桥斗门两处减水，尽入白沟河，所以年年决溢。今又创开新河，亦入白沟。是则三道减水，尽聚一河，将来决溢可知。兼今所开新河深六尺至七尺，白沟河只深四尺至五尺，下源高仰，水势难行。

臣今欲乞权住夫役三两日，差朝臣一员计会，都水监、开封府各差官一员同行相度。苟如臣所说不虚，未开三料乞更不开掘，却移夫役修整旧河。其元献利见开河之人，本为自图功赏，及从初检计壕寨官吏蒙昧朝廷，不言有坟墓、宅舍、桑枣在所开地内，情理难恕，欲乞下开封府取勘。其献利之人与壕寨等并行决配，官员悉与停废。所贵少谢枯骨，兼慰生人。今取进止。

【解题】

作于嘉祐四年春。时开封府开掘孟阳新河，扰民害民，欧阳修此札子为民请命，请求惩治有关人员，实施爱民政治。

论史馆日历状

右，臣伏以史者，国家之典法也。自君臣善恶功过，与其百事之废置，可以垂劝戒、示后世者，皆得直书而不隐。故自前世有国者，莫不以史职为重。

伏见国朝之史，以宰相监修，学士修撰，又以两府之臣撰时政记，选三馆之士当升擢者乃命修起居注。如此，不为不重矣。然近年以来，员具而职废，其所撰述简略遗漏，百不存一，至于事关大体者，皆没而不书，此实史官之罪而臣之责也。然其弊在于修撰之官，惟据诸司供报，而不敢书所见闻故也。今时政记虽是两府臣寮修纂，然圣君言动有所宣谕，臣下奏议事关得失者，皆不纪录，惟书除目、辞见之类，至于起居注亦然，与诸司供报公文无异。修撰官只据此铨次，系以月日，谓之日历而已。是以朝廷之事，史官虽欲书而不得书也。自古人君皆不自阅史，今撰述既成，必录本进呈，则事有讳避，史官虽欲书而又不可得也。加以日历、时政记、起居注，例皆承前，积滞相因。故纂录者常务追修累年前事，而岁月既远，遗失莫存。至于事在目今，可以详于见闻者，又以追修积滞，不暇及之。若不革其弊，则前后相因，史官永无举职之时，使圣朝典法遂成废坠矣。臣窃闻赵元昊自初僭叛至复称臣，始终一宗事节，皆不曾书。亦闻修撰官甚欲纪述，以修纂后时，追求莫得故也。其于他事，又可知焉。

臣今欲乞特诏修时政记、起居注之臣，并以德音宣谕、臣下奏对之语书之。其修撰官不得依前只据诸司供报编次除目、辞见，并须考验事实。其除某官者以某功，如狄青等破侬智高、文彦博等破王则之类，其贬某职者坐某罪，如昨来麟州守将及并州庞籍缘白草平事、近日孙沔所坐之类，事有文据及迹状明白者，皆备书之，所以使圣朝赏罚之典，可以劝善惩恶，昭示后世。若大臣用情、朝廷赏罚不当者，亦得以书为警戒。此国家置史之本意也。至于其他大事，并许史院据所闻见书之，如闻见未详者，直牒诸处会问，及臣寮公议异同、朝廷裁置处分并书之。已上事节，并令修撰官逐时旋据所得录为草卷，标题月分，于史院躬亲入柜封锁，候诸司供报齐足，修为日历。仍乞每至岁终，命监修宰相亲至史院，点检修撰官纪录事迹，内有不勤其事、隳官失职者，奏行责罚。其时政记、起居注、日历等，除今日以前积滞者不住追修外，截自今后，并令次月供报，如稍迟滞，许修撰官自至中书、枢密院催请。其诸司供报拖延，及史院有所会问，诸处不画时报应，致妨修纂者，其当行手分，并许史院牒开封府勾追严断。其日历、时政记、起居注，并乞更不进本。所贵少修史职，上存圣朝典法。

此乃臣之职事，不敢不言。谨具状奏闻，伏候敕旨。

【解题】

作于嘉祐四年七月，作者时为翰林学士，主修《唐书》。本状请求改革修史弊端，恢复前代优良传统，并注意保存当代史料。茅坤在数百年后，认为“今国家亦合采而酌行之”（《宋大家欧阳文忠公文钞》卷六）。

乞与尹构一官状

右，臣等伏见故起居舍人、直龙图阁尹洙，文学议论，为当世所称；忠义刚正，有古人之节。初蒙朝廷擢在馆阁，而能不畏权臣，力排众党，以论范仲淹事，遂坐贬黜。其后元昊僭叛，用兵一方。当国家有西顾之忧，思得材谋之臣，以济多事。而洙自初出师，至于元昊纳款，始终常在兵间，比一时之人，最为宣力。而群邪丑正，诬构百端，卒陷罪辜，流窜以死。向蒙陛下仁圣恩怜，哀其冤枉，特赐清雪，俾复官资。足以感动群心，劝励忠义。

今洙孤幼并在西京，家道屡空，衣食不给。洙止一男构，年方十余岁，茕然无依，实可嗟恻。伏见将来祫享大礼，在近群臣皆得奏荫子孙。伏望圣慈录洙遗忠，悯洙不幸，特赐其子一官，庶霑寸禄，以免饥寒，则天地之仁，幽显蒙德。

臣等忝列侍从，愧无献纳，苟有所见，不敢不言。谨具状奏闻，伏候敕旨。

【解题】

作于嘉祐四年。时尹洙去世十二年，其子尹构已成人，茕然无依。此状力陈尹洙生前忠义刚正、蒙冤受屈，请赐遗孤尹构官职。仁宗从之。茅坤评述说：“正议，即古人录孙叔敖之裔而负薪作歌者。”（《宋大家欧阳文忠公文钞》卷六）

举丁宝臣状

右，臣窃见太常丞、湖州监酒务丁宝臣，前任知端州日，因遭侬智高事停官，叙理监当。方智高攻劫岭南，州县例以素无备御，官吏各至奔逃。如闻当时独宝臣曾捉得智高探事人，便行斩决，及曾斗敌。朝廷以其如此，故他人皆夺两官，独宝臣只夺一官，以此见其比众人情理之轻。

臣伏见宝臣履行清纯，颇有官业。惟海贼遽至，力屈致败，出于不幸。今者伏遇祫享恩赦，欲望圣慈特与不候监当满任，牵复官资，就移一亲民差遣。如后犯入己赃，臣甘当同罪。

谨具奏闻，伏候敕旨。

【解题】

作于嘉祐四年冬。丁宝臣在皇祐末年侬智高叛乱中因失城受谪，值此祫享覃恩，欧阳修叙其情实，保举恢复原官资。仁宗从之。茅坤评述说：“丁元珍为智高所败一节，欧公所最怜，故其论救如此。观王荆公志铭尤可涕。”（《宋大家欧阳文忠公文钞》卷六）

乞免举台官札子

臣近准敕，为见阙台官，下学士院令臣与孙抃等同共保举两人闻奏者。伏以学士之职，置自有唐，初以文辞供奉人主，其后渐见亲信，至于朝廷机密及大除拜，每被询访，皆与参决。当时居是职者，选择既精，信任亦重。下至五代，莫不皆然。国朝遵用唐制，尤重其任。自比年以来，选用之际，时容缪滥，职以人废，官以人轻。往时台官阙人，只命学士一员独举，今乃令三人共举。若以为俱可信，则一员足以公举。若以为俱不可信，则虽众举，亦岂为得人？若以为有可信有不可信者，则自宜舍不可信者，专委可信者。其不可信者既不称职，罢黜之可也。

以臣思之，朝廷所以遽改旧制，而学士不足取信，皆由用非其人，如臣是也。今在院学士三员，孙抃、胡宿各曾独举台官，朝廷尝所取信，惟臣未曾举人。伏念臣材识庸暗，不能知人。使臣随众署名，则臣实为耻。欲三人所见皆一，则理必不能。欲望圣慈免臣共举，却依旧制，只命学士一员专举。况孙抃、胡宿，尝曾举官，可以不疑。如以臣为不可独任，乞候将来续有台官员阙，更不差臣专举。非敢避事，直以任非其才，不足取信，致烦朝廷改更旧制，以此不敢不言。今取进止。

【解题】

作于嘉祐四年。时台官缺员，仁宗令翰林学士欧阳修、孙抃、胡宿共同保举。欧阳修请循旧例，仍以一人专举。措辞委婉，文意含蓄蕴藉。

论茶法奏状

右，臣伏见朝廷近改茶法，本欲救其弊失，而为国误计者，不能深思远虑，究其本末，惟知图利，而不图其害。

方一二大臣锐于改作之时，乐其合意，仓卒轻信，遂决而行之。令下之日，犹恐天下有以为非者，遂直诋好言之士，指为立异之人，峻设刑名，禁其论议。事既施行，而人知其不便者，十盖八九。然君子知时方厌言而意殆不肯言，小人畏法惧罪而不敢言。今行之逾年，公私不便，为害既多。而一二大臣以前者行之太果，令之太峻，势既难回，不能遽改。而士大夫能知其事者，但腾口于道路，而未敢显言于朝廷；幽远之民日被其患者，徒怨嗟于闾里，而无由得闻于天听。陛下聪明仁圣，开广言路，从前容纳，补益尤多。今一旦下令改事，先为峻法，禁绝人言。中外闻之，莫不嗟骇。语曰："防民之口，甚于防川，川壅而溃，伤人必多。"今壅民之口已逾年矣，民之被害者亦已众矣，古不虚语，于今见焉。

臣亦闻方改法之时，商议已定，犹选差官数人，分出诸路，访求利害。然则一二大臣不惟初无害民之意，实亦未有自信之心。但所遣之人既见朝廷必欲更改，不敢沮议，又志在希合，以求功赏。传闻所至州县，不容吏民有所陈述，直云："朝廷意在必行，但来要一审状尔。"果如所传，则误事者在此数人而已。盖初以轻信于人，施行太果，今若明见其害，救失何迟？患莫大于遂非，过莫深乎不改。臣于茶法，本不详知，但外论既喧，闻听渐熟。古之为国者，庶人得谤于道，商旅得议于市，而士得传言于朝，正为此也。

臣窃闻议者谓茶之新法既行，而民无私贩之罪，岁省刑人甚多，此一利也。然而为害者五焉。江南、荆湖、两浙数路之民，旧纳茶税，今变租钱，使民破产亡家，怨嗟愁苦，不可堪忍，或举族而逃，或自刭而死。此其为害一也。自新法既用，小商所贩至少，大商绝不通行。前世为法以抑豪商，不使过侵国利与为僭侈而已，至于通流货财，虽三代至治，犹分四民以相利养。今乃断绝商旅。此其为害二也。自新法之行，税茶路分犹有旧茶之税，而新茶之税绝少。年岁之间，旧茶税尽，新税不登，则顿亏国用。此其为害三也。往时官茶容民入杂，故茶多而贱，遍行天下。今民自买卖，须要真茶，真茶不多，其价遂贵。小商不能多贩，又不暇远行，故近茶之处，顿食贵茶，远茶之方，向去更无茶食。此其为害四也。近年河北军粮用见钱之法，民入米于州县，以钞算茶于京师。三司为于诸场务中择近上场分，特留八处，专应副河北入米之人翻钞算请。今场务尽废，然犹有旧茶可算，所以河北和籴，日下未妨。窃闻自明年以后，旧茶当尽，无可算请，则河北和籴，实要见钱。不惟客旅得钱，变转不动，兼亦自京师岁岁辇钱于河北和籴，理必不能。此其为害五也。一利不足以补五害，今虽欲减放租钱以救其弊，此得宽民之一端尔，然未尽公私之利害也。

伏望圣慈特诏主议之臣，不护前失，深思今害，黜其遂非之心，无袭弭谤之迹，除去前令，许人献说，亟加详定，精求其当，庶几不失祖宗之旧制。臣冒禁有言，伏待罪责。谨具状奏闻，伏候敕旨。

【解题】

《续资治通鉴长编》卷一九一系于嘉祐五年（1060）三月。朝廷取消茶叶专卖，实行通商法，经一年多实施，欧阳修以为弊大于利。本状列举新茶法的一“利”五“害”，请求另立新法，除弊惠民。茅坤称誉本文论理“详确”（《宋大家欧阳文忠公文钞》卷六）。

论监牧札子

臣所领群牧司，近准宣差吴中复、王安石、王陶等同共相度监牧利害事。窃以国马之制，置自祖宗。岁月既深，官司失守，积习成弊，匪止一时，前后因循，重于改作。今者幸蒙朝廷因言事之官有所陈述，选差臣寮，相度更改。臣以谓监牧之设，法制具存，条目既繁，弊病亦众。若只坐案文籍，就加增损，恐不足以深革弊源。如欲大为更张，创立制度，则凡于利害，难以遥度，必须目见心晓，熟于其事，然后可以审详裁制，果决不疑。盖谋于始也不精，则行于后也难久。况此是臣本职，岂敢辞劳！欲乞权暂差臣，仍于吴中复等三人内更差一人，与臣同诣左右厢监牧地头，躬亲按视。至于土地广狭，水草善恶，岁时孳牧，吏卒勤惰，以至牝牡种类各随所宜，棚井温凉亦有便否，向何以致马之耗减，今何以得马之蕃滋，既详究其根源，兼旁采于众议。如此，不三数月间可以周遍。然后更将前后臣寮起请，与众官参详审处。与其坐而遥度，仓卒改更，其为得失，不可同日而论也。

臣又窃思今之马政，皆因唐制。而今马多少与唐不同者，其利病甚多，不可悉举。至于唐世牧地，皆与马性相宜，西起陇右金城、平凉、天水，外暨河曲之野，内则岐、豳、泾、宁，东接银、夏，又东至于楼烦，皆唐养马之地也。以今考之，或陷没夷狄，或已为民田，皆不可复得。惟闻今河东岚、石之间，山荒甚多，及汾河之侧，草地亦广，其间草软水甘，最宜牧养。往时河东军马，常在此处牧放，今马数全少，闲地极多。此乃唐楼烦监地也，可以兴置一监。臣以谓推迹而求之，则楼烦、天池、元池三监之地，尚冀可得。又臣往年因奉使河东，尝行威胜以东及辽州平定军，见其不耕之地甚多。而河东一路，山川深峻，水草甚佳，其地高寒，必宜马性。及京西唐、汝之间，久荒之地，其数甚广。欲乞更下河东、京西转运司差官，就近于辖下访求草地有可以兴置监牧处。如稍见次第，即乞朝廷差官与群牧司官员同共往彼踏行擘画。若可以兴置新监，则河北诸监内有地不宜马处，却可议行废罢。

惟估马一司，利害最为易见。若国家广捐金帛，则券马利厚，来者必多，于其多中，时得好马。若有司惜费，则蕃部利薄，马来渐少，兼亦好马不来。然而招诱之方，事非一体，亦须知其委曲。欲乞特差群牧司或礼宾院官一员，直至秦州以来体问蕃部券马利害。

凡此三者，虽暂差官。比及吴中复等检阅本司文字，讲求商议，未就之间，已各来复。可以参酌相度，庶不仓卒，轻为改更。如允臣所请，乞赐施行。今取进止。

【解题】

《续资治通鉴长编》卷一九二系于嘉祐五年八月二十八日。四年四月十二日，欧阳修兼充群牧司。此疏论马政改革事宜，以为改革势在必行，需调查研究，方能深革弊源。朝廷下其奏疏于相度牧马所，吴奎等人请按欧阳修奏疏办理。

免进五代史状

右，臣准中书札子，为知制诰范镇等奏，乞取臣五代文草付《唐书》局缮写上进事。伏念臣本以孤拙，初无他能，少急养亲，遂学干禄，勉作举业，以应所司。自忝窃于科名，不忍忘其素习，时有妄作，皆应用文字。至于笔削旧史，褒贬前世，著为成法，臣岂敢当？

往者曾任夷陵县令及知滁州，以负罪谪官，闲僻无事，因将《五代史》试加补缉，而外方难得文字检阅，所以铨次未成。昨自还朝，便蒙差在《唐书》局，因之无暇更及私书，是致全然未成次第。欲候得外任差遣，庶因公事之暇，渐次整缉成书，仍复精加考定，方敢投进。冀于文治之朝，不为多士所诮。

谨具状奏闻，伏候敕旨。

【解题】

作于嘉祐五年九月。欧阳修等进奏《唐书》后，范镇等人奏请取欧阳修《五代史》缮写上进。此状以“全然未成次第”

为由，婉言请求免进。《五代史》皇祐年间撰成初稿，此后不断修订，直到熙宁五年欧阳修去世后才奉旨上进。

论均税札子

臣为谏官时，尝首言均税事，乞差郭咨、孙琳，蒙朝廷依臣所言，起自蔡州一县，以方田法均税。事方施行，而议者多言不便，寻即罢之。近者伏见朝廷特置均税一司，差官分往河北、陕西均税。始闻河北传言，人户虚惊，所伐桑枣，尚不为信。次见陕西州郡有上言岁俭民饥、乞罢均税者，稍已疑此一事，果为难行。而朝廷之意，决在必行，言者遂不能入。近者又见河北人户凡千百人，聚诉于三司。然则道路传言与州郡上言，虽为不足信，其如聚集千人于京师，此事不可掩蔽，则民情可知矣。盖均税非以规利，而本以便民，如此，民果便乎？

窃知朝廷本只以见在税数量轻重均之，初不令其别生额外之数也。近闻卫州、通利军括出民冒佃田土，不于见在管催数内均减重者摊与冒佃户，却别生立税数配之。此非朝廷本意，而民所以喧诉也。又闻澶州诸县见今实额管催数外，将帐头自来椿坐有名无纳及开阁将行两项远年税数，并系祥符、景德已前以至五代长兴年椿管虚数，并摊与见今人户。又闻以地肥瘠定为四等，其下等田有白硷带碱地，并碱卤沙薄可殖地、死沙不可殖地，并一例均摊与税数，谓此虽不可耕种，尚可煎盐。且河北之民自祖宗以来，蒙赐恩恤，放行盐禁，只令据盐斤两纳税。今煎盐者已纳盐税，又令更纳田税，岂祖宗所以惠河北之民意？又闻河南不殖之地，系禁盐地分者，亦均摊与税，又不知使民何以纳也？澶、卫去京师近，偶可闻知者如此，其余远方，谓所均税悉便于民，其可得乎？以此见朝廷行事至难。

小人希意承旨者，言利而不言害。俗吏贪功希赏，见小利，忘大害，为国敛怨于民。朝廷不知则已，苟已知之，其可不为救其失哉？欲望圣慈特赐指挥，令均税所只如朝廷本议，将实催见在税数量轻重均之，其余生立税数及远年虚数，却与放免，及未均地分，并且罢均。且均税一事，本是臣先建言，闻今事有不便，臣固不敢缄默。今取进止。

【解题】

《续资治遗鉴长编》卷一九二系于嘉祐五年九、十月之间。欧阳修庆历年间首倡方田均税法。去年八月以来，河北、陕西推行此法，结果民心浮动，社会骚乱，百姓遭殃，因此奏本请求罢免方田均税。

论许怀德状

右，臣今月初四日当直，准内降许怀德让恩命表一道撰批答。臣勘会昨来许怀德祫享加恩，自合两表陈让，只曾投进一表，批答后，更不曾进第二表。稽停至今，四十余日，制书留在阁门，既不受命，又不陈让。直至今来移镇，方于让表内因带引叙前来祫享加恩，乞并寝二命。盖怀德以祫享例加恩命为轻，所以更无表让，却于今来表内，因带叙陈。其前来恩制，久已稽留，不让不受，显是轻侮朝廷，违慢君命。阁门无所申举，台司、风宪亦无弹纠。况怀德身是将臣，职典禁卫，敢此违废国家典制，罪大不恭。

其批答，臣未敢撰辞，乞下所司勘劾怀德，正以典刑，庶肃朝纲，以戒不恪。谨具状奏闻，伏候敕旨。

【解题】

此二状作于嘉祐五年。欧阳修论许怀德祫享加恩失礼，轻侮朝廷，违慢君命，请下有司劾劾，以整振朝纲。茅坤评述再论状说："宋人于国家体统处多失之因循宽弛，故欧公往往发愤，劝主人振肃纪纲以维持之。苏氏父子也如此。"（《宋大家欧阳文忠公文钞》卷六）

再论许怀德状

臣窃以谓治天下在明号令，正朝廷在修纪纲。号令所行，纪纲所振，由人主有赏罚之柄也。若号令出而不从，纪纲弛而不整，又不以赏罚临之，而欲正朝廷、治天下，臣不知其可也。

今者陛下亲祀宗庙，不敢独受其福，推恩群臣，遍及中外，此圣德之至深厚也。而臣下辄敢有所轻重，以谓例恩泛及，视以为轻而慢之，原其情理，其可恕乎？方袷享始毕，恩典推行，命出之日，宰相押班，百官在列，宣扬制诰，布告天下。而将臣偃蹇，不肯受命，稽停制书四十余日，有司无所申举，恬然不以为怪。是陛下号令不能行于朝廷，而纪纲弛坏于武士。凡士之知治体者，皆为陛下惜也。臣谓方今国家全盛，天下无虞，非有强臣悍将难制之患，而握兵之帅，辄敢如此不畏朝廷者，盖由从前不惜事体，因循宽弛，有以驯致也。今若又不正其罪罚，而公为纵弛，则恐朝廷失刑，自此而始；武臣骄慢，亦自此而始；号令不行于下，纪纲遂坏于上，亦自此而始。

夫古人所谓见于未萌者，智之明也。若事有萌而能杜其渐者，又其次也。若见其渐而兴之，浸成后患者，深可戒也。臣前日为许怀德事曾有奏论，略陈大概。盖以方今赏罚之行，只据簿书法令以从事，而罕思治体。况如怀德，在法非轻，于事体又重。故臣复罄罄愚瞽，伏乞圣慈裁择而行之。

举章望之曾巩王回等充馆职状

右，臣猥以庸虚，过蒙奖任。窃惟古人报国之效，无先荐贤。虽知人之难，愧于不广，而高材实行，亦莫多得。苟有所见，其敢默然？

臣窃见秘书省校书郎章望之，学问通博，文辞敏丽，不急仕进，行义自修，东南士子，以为师范。太平州司法参军曾巩，自为进士，已有时名，其所为文章，流布远迩，志节高爽，自守不回。前亳州卫真县主簿王回，学行纯固，论议精明，尤通史传姓氏之书，可备顾问。此三人者，皆一时之秀，宜被朝廷乐育之仁。而或废处江湖，或沉沦州县，不获闻达，议者惜之。其章望之、曾巩、王回，臣今保举，堪充馆阁职任。欲望圣慈，特赐甄擢。如后不如举状，臣甘当同罪。

谨具状奏闻，伏候敕旨。

【解题】

作于嘉祐五年。欧阳修高度肯定章望之、曾巩、王回的道德和学问，保举充馆阁职任。

举苏轼应制科状

右，臣伏以国家开设科目，以待隽贤，又诏两省之臣，举其所知，各以闻达。所以广得人之路，副仄席之求。臣虽庸暗，其敢不勉？

臣伏见新授河南府福昌县主簿苏轼，学问通博，资识明敏，文采烂然，论议蜂出。其行业修饬，名声甚远。臣今保举，堪应材识兼茂明于体用科。欲望圣慈召付有司，试其所对。如有缪举，臣甘伏朝典。

谨具状奏闻，伏候敕旨。

【解题】

嘉祐五年二月，苏洵父子从四川返抵京师，苏轼授河南府福昌县主簿。欧阳修保举他参加“材识兼茂明于体用科”考试。

论台谏官唐介等宜早牵复札子

臣材识庸暗，碌碌于众人中，蒙陛下不次拔擢，置在枢府，其于报效，自宜如何？而自居职以来，已逾半岁，凡事关大体，必须众议之协同，其余日逐进呈，皆是有司之常务。至于谋猷启沃，蔑尔无闻。上辜圣恩，下愧清议，人虽未责，臣岂自安？所以夙夜思惟，愿竭愚虑，苟有可采，冀裨万一。

臣近见谏官唐介、台官范师道等，因言陈旭事得罪，或与小郡，或窜远方。陛下自临御已来，擢用诤臣，开广言路，虽言者时有中否，而圣慈每赐优容。一旦台谏联翩被逐四出，命下之日，中外惊疑。臣虽不知台谏所言是非，但见唐介、范师道皆久在言职，其人立朝各有本末，前后言事补益甚多。岂于此时，顿然改节，故为欺罔，上昧圣聪？在于人情，不宜有此。

臣窃以谓自古人臣之进谏于其君者，有难有易，各因其时而已。若刚暴猜忌之君，不欲自闻其过，而乐闻臣下之过，人主好察多疑于上，大臣侧足畏罪于下。于此之时，谏人主者难，而言大臣者易。若宽仁恭俭之主，动遵礼法，自闻其失则从谏如流，闻臣下之过则务为优容以保全之。而为大臣者，外秉国权，内有左右之助，言事者未及见听，而怨仇已结于其身。故于此时，谏人主者易，言大臣者难。此不可不察也。

自古人主之听言也，亦有难有易，在知其术而已。夫忠邪并进于前，而公论与私言交入于耳，此所以听之难也。若知其人之忠邪，辨其言之公私，则听之易也。凡言拙而直，逆耳违意，初闻若可恶者，此忠臣之言也。言婉而顺，希旨合意，初闻若可喜者，邪臣之言也。至于言事之官，各举其职，或当朝正色显言于廷，或连章列署共论其事，言一出，则万口争传，众目共视，虽欲为私，其势不可。故凡明言于外，不畏人知者，皆公言也。若非其言职，又不敢显言，或密奏乞留中，或面言乞出自圣断，不欲人知言有主名者，盖其言涉倾邪，惧遭弹劾。故凡阴有奏陈而畏人知者，皆挟私之说也。自古人主能以此术知臣下之情，则听言易也。

伏惟陛下仁圣宽慈，躬履勤俭，乐闻谏诤，容纳直言，其于大臣尤所优礼，常欲保全终始；思与臣下爱惜名节，尤慎重于进退。故臣谓方今言事者，规切人主则易，欲言大臣则难。臣自立朝，耳目所记，景祐中，范仲淹言宰相吕夷简，贬知饶州。皇祐中，唐介言宰相文彦博，贬春州别驾。至和初，吴中复、吕景初、马遵言宰相梁适，并罢职出外。其后赵抃、范师道言宰相刘沆，亦罢职出外。前年韩绛言富弼，贬知蔡州。今又唐介等五人言陈旭得罪。自范仲淹贬饶州后，至今凡二十年间，居台谏者多矣，未闻有规谏人主而得罪者。臣故谓方今谏人主则易，言大臣则难。陛下若推此以察介等所言，则可知其用心矣。

昨所罢黜台谏五人，惟吕诲新近入台未久，其他四人出处本末，迹状甚明，可以历数也。唐介前因言文彦博，远窜广西烟瘴之地，赖陛下仁恕哀怜，移置湖南，得存性命。范师道、赵抃并因言忤刘沆，罢台职，守外郡，连延数年，然后复。今三人者，又以言枢臣罢黜。然则介不以前蹈必死之地为惧，师道与抃不以中滞进用数年为戒，遇事必言，得罪不悔，盖所谓进退一节，终始不变之士也。至如王陶者，本出孤寒，只因韩绛荐举，始得台官。及绛为中丞，陶不敢内顾私恩，与之争议，绛终得罪。夫牵顾私恩，人之常情尔，断恩以义，非知义之士不能也。以此言之，陶可谓徇公灭私之臣矣。此四人者，出处本末之迹如此，可以知其为人也，就使言虽不中，亦其情必无他。

议者或谓言事之臣好相朋党，动摇大臣，以作威势，臣窃以谓不然。至于去岁韩绛言富弼之时，介与师道不与绛为党，乃与诸台谏共论绛为非，然则非相朋党、非欲动摇大臣可明矣。臣固谓未可以此疑言事之臣也。

况介等此者虽为谪官，幸蒙陛下宽恩，各得为郡，未至失所。其可惜者，斥逐谏臣，非朝廷美事，阻塞言路，不为国家之利，而介等尽忠守节，未蒙怜察也。欲望圣慈特赐召还介等，置之朝廷，以劝守节敢言之士，则天下幸甚。今取进止。

【解题】

嘉祐六年（1061）四月二十七日，台谏官唐介、赵抃、王陶、范师道、吕诲等人因弹劾陈旭而贬知外郡。欧阳修此疏请予复官。《续资治通鉴》卷五十九载此事，说："欧阳修请召还介等以劝守节敢言之士，不报。"茅坤称赞本文为"欧公至言"（《宋大家欧阳文忠公文钞》卷三），储欣评述说："欧公论事，真有回天之力。"（《唐宋八大家类选》卷一）

乞差检讨官校国史札子

臣前为学士日，兼充史馆修撰，窃见本院国史自进本入内后，官守空司，因具奏陈乞降付院收藏，以备检讨。寻准朝旨，于龙图阁写本关送本院，令修撰官躬亲对读修改。其国史寻已写了。窃缘本院元有修撰官三员，后来孙抃及臣相次别蒙差任，今止有胡宿一员，其未经对读卷数尚多。窃虑写下多日，阙官校对，久不了当，渐至因循。欲乞添差检讨官三两员同共对读，早令了当。况检讨官检阅本朝故事，亦是本职，仍乞不令漏泄。今取进止。

【解题】

作于嘉祐六年。欧阳修见史馆国史写本大都未经对读，奏请增添二三员检讨官共同校对。

论牧马草地札子

臣为学士日，兼充群牧使，朝廷以马政久弊，差吴中复等与臣共议利害，欲有改更。为未见得牧地善恶多少，难为废置，欲乞差官先且打量牧马草地次。臣遽蒙恩，擢在枢府，所有牧马利害商量未了事件，臣有愚见，方欲条陈。今闻诸监所差官各将前去，窃缘监牧帐旧管地甚多，自来界至不明，官私作弊积久，为民间侵占耕种，年岁已深。昨已曾差高访等根括打量，人户多称父祖世业，失却契书，无凭照验，但追呼搔扰而已。今若更行根究，必亦难明，徒为追扰，未见其利，民先被害。

臣今欲乞令差去官，只据见在草地，逐段先打量的实顷亩，明立封标界至，因便相度其地肥瘠，宜与不宜牧马。其废置改更，候逐官回日，令相度牧马所据利害，擘画申奏。其已为民间侵耕地土，更不根究。盖以本议欲以见在牧地给与民耕，岂可却根究已耕之地，重为搔扰？至于民间养马等事，利害甚多，臣当续具奏闻。其不根究侵耕地土一事，伏乞先赐指挥。今取进止。

【解题】

作于嘉祐六年。时朝廷派遣官员打量牧马场地，欧阳修奏请不追究民间侵耕土地，只对实有草场进行打量和考察，不要骚扰百姓。

举刘攽吕惠卿充馆职札子

臣伏见前庐州观察推官刘攽，辞学优赡，履行修谨，记问该博，可以备朝廷询访。前真州军事推官吕惠卿，材识明敏，文艺优通，好古饬躬，可谓端雅之士。并宜置之馆阁，以副圣朝养育贤材之选。臣以庸缪参闻政论，无能报国，敢举所知。其刘攽、吕惠卿，欲望圣慈俾充馆阁之职。如后不如举状，臣甘同罪。取进止。

【解题】

作于嘉祐六年。欧阳修高度称赏刘攽、吕惠卿的道德、才识及文章，荐举充任馆阁之职。

论祠祭行事札子

臣近准敕，差祭神州地祇于北郊，窃见有司行事不合典礼。据《开宝通礼》，当先引行事官于东壝门外道，南北向立，次引入壝门，就坛东南位，西向行事。盖即事有渐，自外而入，于礼为宜。今却先引行事官于坛下卯阶之侧，北向立，次引东行向外就行事位。由内而外，乖背礼文。臣遂于本院检详，盖是往年撰《祀仪》之时，误此一节。今据《祀仪》，四时及三王五帝、上辛祈谷、春分祀九宫、朝日、高禖、孟夏雩、秋分夕月、仲秋祀九宫贵神、季秋大享明堂、冬至祀昊天、腊蜡、夏至祀皇地祇及孟冬祭神州地祇，凡一十七祭，并系大祀，一例错误，并合改正。依《开宝通礼》，兼礼生赞唱生疏，多不依礼文。

臣伏见朝廷近年新制祭祀器服，修饬坛壝，务极精严。而有司失传，行事之际，于礼缪误。伏乞下礼院详定，依《开宝通礼》改正《祀仪》，及教习礼生，使依典礼，以上副圣朝精严祀事之意。今取进止。

【解题】

作于嘉祐八年（1063）十月。孟冬祭神州地祇，欧阳修见有司行事不合典礼，奏请礼院详定，据《开宝通礼》纠正《祀仪》错误。

论逐路取人札子

臣伏见近有臣寮上言，乞将南省考试举人各以路分糊名，于逐路每十人解一人等事。虽已奉圣旨，送两制详定，臣亦有愚见，合具敷陈。

窃以国家取士之制，比于前世，最号至公。盖累圣留心，讲求曲尽，以谓王者无外，天下一家。故不问东西南北之人，尽聚诸路贡士，混合为一，而惟材是择。又糊名誊录而考之，使主司莫知为何方之人、谁氏之子，不得有所憎爱薄厚于其间。故议者谓国家科场之制，虽未复古法，而便于今世，其无情如造化，至公如权衡，祖宗以来不可易之制也。

《传》曰："无作聪明乱旧章。"又曰："利不百者不变法。"今言事之臣偶见一端，即议更改，此臣所区区欲为陛下守祖宗之法也。臣所谓偶见一端者，盖言事之人但见每次科场东南进士得多，而西北进士得少，故欲改法，使多取西北进士尔。殊不知天下至广，四方风俗异宜，而人性各有利钝。东南之俗好文，故进士多而经学少；西北之人尚质，故进士少而经学多。所以科场取士，东南多取进士，西北多取经学者，各因其材性所长，而各随其多少取之。今以进士、经学合而较之，则其数均，若必论进士，则多少不等。此臣所谓偏见之一端，其不可者一也。国家方以官滥为患，取士数必难增，若欲多取西北之人，则却须多减东南之数。今东南州军进士取解者，二三千人处只解二三十人，是百人取一人，盖已痛裁抑之矣。西北州军取解，至多处不过百人，而所解至十余人，是十人取一人，比之东南十倍假借之矣。若至南省，又减东南而增西北，则是已裁抑者又裁抑之，已假借者又假借之。此其不可者二也。东南之士于千人中解十人，其初选已精矣，故至南省，所试合格者多。西北之士学业不及东南，当发解时又十倍优假之，盖其初选已滥矣，故至南省，所试不合格者多。今若一例以十人取一人，则东南之人合格而落者多矣，西北之人不合格而得者多矣。至于他路，理不可齐，偶有一路合格人多，亦限以十一落之，偶有一路合格人少，亦须充足十一之数，使合落者得，合得者落，取舍颠倒，能否混淆。其不可者三也。且朝廷专以较艺取人，而使有艺者屈落，无艺者滥得，不问缪滥，只要诸路数停。此其不可者四也。且言事者本欲多取诸路土著之人，若此法一行，则寄应者争趋而往，今开封府寄应之弊可验矣。此所谓法出而奸生，其不可者五也。今广南东、西路进士，例各绝无举业，诸州但掳数解发。其人亦自知无艺，只来一就省试而归，冀作摄官尔。朝廷以岭外烟瘴，北人不便，须藉摄官，亦许其如此。今若一例与诸路十人取一人，此为缪滥，又非西北之比。此其不可者六也。凡此六者，乃大概尔。若旧法一坏，新议必行，则弊滥随生，何可胜数！故臣以谓且遵旧制，但务择人，推朝廷至公，待四方如一，惟能是选，人自无言。此乃当今可行之法尔。

若谓士习浮华，当先考行。就如新议，亦须只考程试，安能必取行实之人？议者又谓西北近虏，士要牢宠。此甚不然之论也。使不逞之人不能为患则已，苟可为患，则何方无之？前世贼乱之臣起于东南者甚众，其大者如项羽、萧铣之徒是已，至如黄巢、王仙芝之辈，又皆起乱中州者尔，不逞之人，岂专西北？矧贡举所设，本待材贤，牢笼不逞，当别有术，不在科场也。

惟事久不能无弊，有当留意者，然不须更改法制，止在振举纲条尔。近年以来，举人盛行怀挟，排门大噪，免冠突入，亏损士风，伤败善类。此由举人既多，而君子小人杂聚，所司力不能制。虽朝廷素有禁约，条制甚严，而上下因循，不复申举。惟此一事为科场大患，而言事者独不及之。愿下有司议革其弊，此当今科场之患也。

臣忝贰宰司，预闻国论，苟不能为陛下守祖宗之法，而言又不足取信于人主，则厚颜尸禄，岂敢偷安而久处乎？故犹此强言，乞赐裁择。

【解题】

治平元年（1064），谏官司马光有《贡院乞逐路取人状》，主张科举取录进士，按照地区分配名额。欧阳修此疏，列举六大理由，驳斥了司马光的提议，力主科举取士唯能是选，防止滥竽充数。分析入情入理。茅坤评述说：“剖析处最痛快，可诵。”(《宋大家欧阳文忠公文钞》卷四)

乞奖用孙沔札子

臣伏见谅祚猖狂，渐违誓约，僭叛之迹，彰露已多，年岁之间，必为边患。国家御备之计，先在择人。而自庆历罢兵以来，至今二十余年，当时经用旧人，零落无几，惟尚书户部侍郎孙沔尚在。西事时，沔守环庆一路。其人磊落有智勇，但以未尝出兵，又不遇敌，故未有临阵破贼之功。然其养练士卒，招抚蕃夷，恩信著于一方，至今边人思之。虽世不乏材，朝廷方务推择，若求曾经西事可用之人，则臣谓无如沔者。

沔今年虽七十，闻其心力不衰，飞鹰走马，尚如平日。况所用者取其智谋，藉其威信，前世老将强起成功者多。沔虽中间曾以罪废，弃瑕使过，正是用人之术。臣今欲乞朝廷更加察访，如沔实未衰羸，伏望圣慈特赐奖用，庶于择材难得之时，可备一方之寄。取进止。

【解题】

《续资治通鉴长编》卷二〇四系此于治平二年（1065）正月十三日。去年秋天以来，西夏兵频繁侵扰边境，英宗感叹边将乏人，欧阳修推荐庆历老将孙沔。孙沔时已七十，但心力不衰，终于被起用知河中府、知庆州。次年四月，卒于赴知延州途中。茅坤称赞本文为“老成典刑之见”（《宋大家欧阳文忠公文钞》卷三）。

言西边事宜第一状

右，臣伏见谅祚狂僭，衅隙已多，不越岁年，必为边患。臣本庸暗，不达时机，辄以外料敌情，内量事势，鉴往年已验之失，思今日可用之谋。虽兵不先言，俟见形而应变；然坐而制胜，亦大计之可图。谨具条陈，庶裨万一。

臣所谓外料敌情者，谅祚世有夏州，自彝兴、克叡以前，止于一镇五州而已。太宗皇帝时，继捧、继迁始为边患，其后遂陷灵、盐，尽有朔方之地。盖自淳化、咸平用兵十五余年，既不能剪灭，遂务招怀。适会继迁为潘罗支所杀，其子德明乃议归款，而我惟以恩信，复其王封，岁时俸赐，极于优厚。德明既无南顾之忧，而其子元昊亦壮，遂并力西攻回纥，拓地千余里。德明既死，地大兵强，元昊遂复背叛。国家自宝元、庆历以后，一方用兵，天下骚动，国虚民弊，如此数年。元昊知我有厌兵之患，遂复议和。而国家待之，恩礼之异于前矣，号为国主，仅得其称臣，岁予之物百倍德明之时，半于契丹之数。今者谅祚虽曰狂童，然而习见其家世所为。盖继迁之叛而复王封，元昊再叛而为国主，今若又叛，其志可知。是其欲自比契丹，抗衡中国，以为鼎峙之势尔。此臣窃料敌情在于如此也。

夫所谓内量事势者，盖以庆历用兵之时，视方今御边之备，较彼我之虚实强弱，以见胜败之形也。自真宗皇帝景德二年盟北虏于澶渊，明年始纳西夏之款，遂务休兵，至宝元初元昊复叛，盖三十余年矣。天下安于无事，武备废而不修，庙堂无谋臣，边鄙无勇将，将愚不识干戈，兵骄不识战阵，器械朽腐，城郭隳颓。而元昊勇鸷桀黠之虏也，其包畜奸谋欲窥中国者累年矣。而我方恬然不以为虑，待其谋成兵具，一旦反书来上，然后茫然不知所措，中外震骇，举动苍惶。所以用兵之初，有败而无胜也。既而朝廷用韩琦、范仲淹等，付以西事，极力经营，而勇夫锐将亦因战阵稍稍而出。数年之间，人谋渐得，武备渐修，似可枝梧矣。然而天下已困也，所以屈意忍耻，复与之和。此庆历之事尔，今则不然。方今甲兵虽未精利，不若往年之腐朽也。城垒粗尝完缉，不若往年之隳颓也。士兵蕃落增添训练，不若往年寡弱之骄军也。大小将校曾经战阵者，往往尚在，不若往年魏昭炳、夏随之徒绮纨子弟也。一二执政之臣皆当时宣力者，其留心西事熟矣，不若往时大臣茫然不知所措者也。盖往年以不知边事之谋臣，驭不识干戈之将，用骄兵，执朽器，以当桀黠新兴之虏，此所以败也。方今谋臣武将、城壁器械不类往年，而谅祚狂童不及元昊远甚。往年忽而不思，今又已先觉，可以早为之备。苟其不叛则已，若其果叛，未必不为中国利也。臣谓可因此时雪前耻，收后功，但顾人谋如何尔。若上凭陛下神威睿算，系累谅祚君臣献于庙社，此其上也。其次逐狂虏于黄河之北，以复朔方故地。最下尽取山界，夺其险而我守之，以永绝边患。此臣窃量事势，谓或如此。

臣所谓鉴往年已验之失者，其小失非一，不可悉数，臣请言其大者。夫夷狄变诈，兵交阵合，彼佯败以为诱，我贪利而追之，或不虞横出而为其所邀，或进陷死地而困于束手。此前日屡败之戒，今明习兵战者，亦能知之。此虽小事也，亦不可忽。所谓大计之缪者，攻守之策皆失尔。臣视庆历御边之备，东起麟府，西尽秦陇，地长二千余里，分为路者五。而路分为州军者，又二十有四。而州军分为寨、为堡、为城者，又几二百，皆须列兵而守之。故吾兵虽众，不得不分，所分既多，不得不寡。而贼之出也，常举其国众，合聚为一而来。是吾兵虽多，分而为寡；彼众虽寡，聚之为多。以彼之多，击吾之寡，不得不败也。此城寨之法既不足自守矣。而五路大将所谓战兵者，分在二十四州军，欲合而出，则惧后空而无备，欲各留守备而合其余，则数少不足以出攻。此当时所以用兵累年终不能一出者，以此也。夫进不能出攻，退不足自守，是谓攻守皆无策者，往年已验之失也。

臣所谓今日可用之谋者，在定出攻之计尔，必用先起制人之术，乃可以取胜也。盖列兵分地而守，敌得时出而挠于其间，使我处处为备，常如敌至，师老粮匮，我劳彼逸。昔周世宗以此策困李景于淮南，昨元昊亦用此策以困我之西鄙。夫兵分备寡，兵家之大害也，其害常在我；以逸待劳，兵家之大利也，其利常在彼。所以往年贼常得志也。今诚能反其事，而移我所害者予敌，夺敌所利者在我，则我当先为出攻之计，使彼疲于守御，则我亦得志矣。凡出攻之兵，勿为大举。我每一出，彼必呼集而来拒，彼集于东，则别出其西。我归彼散，则我复出，而彼又集。我以五路之兵番休出入，使其一国之众，聚散奔走，无时暂停，则无不困之虏矣。此臣所谓方今可用之谋也。

盖往年之失在守，方今之利在攻。昔至道中，亦尝五路出攻矣。当时将相为谋不审，盖欲攻黠虏方强之国，不先以谋困之，而直为一战必取之计，大举深入，所以不能成功也。夫用兵，至难事也。故谋既审矣，则其发也必果，故能动而有成功也。若其山川之险易，道里之迂直，蕃、汉兵马之强弱，骑军、步卒、长兵、短兵之所利，与夫左右前后，一出一入，开阖变化，有正有奇。凡用兵之形势，有可先知者，有不可先言者。臣愿陛下遣一重臣，出而巡抚，遍见诸将，与熟图之，以先定大计。凡山川、道里、蕃汉、步骑、出入之所宜可先知者，悉图上方略。其余不可先言，付之将率，使其见形应变，因敌制胜。至于谅祚之所为，宜少屈意含容而曲就之，既以骄其心，亦少缓其事，以待吾之为备。而且严戒五路，训兵选将，利器甲，畜资粮，常具军行之计。待其反书朝奏，则王师暮出，以骇其心，而夺其气，使其枝梧不暇，则胜势在我矣。往年议者，亦欲招辑横山蕃部，谋取山界之地。然臣谓必欲招之，亦须先藉胜捷之威，使知中国之强，则方肯来附也。由是言之，亦以出攻为利矣。

凡臣之所言者，大略如此尔。然臣足未尝践边陲，目未尝识战阵，以一儒生偏见之言，诚知未可必用。直以方当陛下劳心西事、广询众议之时，思竭愚虑，备刍荛之一说尔。

【解题】

此一状一札子，《续资治通鉴长编》卷二〇四系于治平二年正月。第一状“外料敌情，内量事势”，提出主动出击、先发制人的战术方针；第二札子敦请英宗以边事切责大臣，深虑“上下因循，又如庆历之初”，表现忧国忧时的情怀。（下札解题从略）

言西边事宜第二札子

臣近曾上言谅祚为边患，朝廷宜早图御备，及乞遣一重臣亲与边将议定攻守大计等事。至今多日，未蒙降出施行。

臣窃见庆历中元昊作过时，朝廷轻敌玩寇，无素定之谋。每遇边奏急来，则上下惶恐，仓卒指挥。既多不中事机，所以落贼奸便，败军杀将，可为痛心。今者谅祚以万骑寇秦、渭两路，焚烧数百里间，扫荡俱尽，而两路将帅不敢出一人一骑，则国威固已挫矣。谅祚负恩背德如此，陛下未能发兵诛讨，但遣使者赍诏书赐之，又拒而不纳，使者羞愧俛首，怀诏而回，则大国不胜其辱矣。当陛下临御之初，遭此狂童，威沮国辱，此臣等之罪也。

臣谓陛下宜赫然发愤，以边事切责大臣。至于山川形势有利有不利，士卒勇怯孰可用孰不可用，何处宜攻，何处宜守，何兵宜屯某地，何将可付某兵，如此等事甚多，皆陛下圣虑所宜及者。臣谓陛下宜因闲时御便殿，召当职之臣，使按图指画，各陈所见。陛下可以不下席而尽在目前，然后制以神机睿略，责将相以成功。而陛下以万机之繁，既未及此。两府之臣如臣等日所进呈，又皆常程公事，亦未尝聚首合谋，讲定大计。外则四路边臣，自贼马过后，亦不闻别有擘画。臣恐上下因循，又如庆历之初矣。

近者韩琦曾将庆历中议山界文字进呈，此边事百端中一端尔。盖琦亦患事未讲求，假此文字为题目，以牵合众人之论尔。自进呈后，寻送密院，至今多日，亦未曾拟议。臣以非才，陛下任之政府，便是国之谋臣。若其谋虑浅近，所言狂妄，自可黜去不疑。臣亦昨因目疾，恳求解职，曲蒙圣恩，未许其去。既使在其位，又弃其言而不问，使臣尸禄厚颜，何以自处？所有臣前来所上奏状，欲望圣慈降付中书、密院，与韩琦山界文字一处商量。若其言果不足取，弃之未晚。今取进止。

乞补馆职札子

臣窃以治天下者，用人非止一端，故取士不以一路。若夫知钱谷，晓刑狱，熟民事，精吏干，勤劳夙夜以办集为功者，谓之材能之士。明于仁义礼乐，通于古今治乱，其文章论议，与之谋虑天下之事，可以决疑定策、论道经邦者，谓之儒学之臣。善用人者，必使有材者竭其力，有识者竭其谋。故以材能之士布列中外，分治百职，使各办其事。以儒学之臣置之左右，与之日夕谋议，讲求其要而行之。而又于儒学之中择其尤者，置之廊庙，而付以大政，使总治群材众职，进退而赏罚之。此用人之大略也。由是言之，儒学之士可谓贵矣，岂在材臣之后也？是以前世英主明君，未有不以崇儒向学为先。而名臣贤辅出于儒学者，十常八九也。

臣窃见方今取士之失，患在先材能而后儒学，贵吏事而贱文章。自近年以来，朝廷患百职不修，务奖材臣。故钱谷、刑狱之吏，稍有寸长片善为人所称者，皆已擢用之矣。夫材能之士固当擢用，然专以材能为急，而遂忽儒学为不足用，使下有遗贤之嗟，上有乏材之患，此甚不可也。臣谓方今材能之士不患有遗，固不足上烦圣虑，惟儒学之臣难进而多弃滞，此不可不思也。

臣以庸缪，过蒙任使，俾陪宰辅之后。然平日论议不能无异同，虽日奉天威，又不得从容曲尽拙讷。今臣有馆阁取士愚见，具陈如别奏。欲望圣慈因宴闲之余，一迂睿览，或有可采，乞常赐留意。今取进止。

【解题】

此二札子作于治平三年（1066）。据欧阳修《奏事录·独对语》题下注，前者作于八月；据赵汝愚《诸臣奏议》，后者作于十一月。两札论馆阁取士路狭，请求突破常格择人试馆职。作者力图以馆阁选士为突破口，精选官员，改革吏治。茅坤评述本文内容“是大体要处”(《宋大家欧阳文忠公文钞》卷四)。(下札解题从略)

又论馆阁取士札子

臣窃以馆阁之职，号为育材之地。今两府阙人，则必取于两制；两制阙人，则必取于馆阁。然则馆阁，辅相养材之地也。材既难得而又难知，故当博采广求而多畜之，时冀一得于其间，则杰然而出为名臣矣。其余中人以上，优游养育以奖成之，亦不失为佳士也。

自祖宗以来，所用两府大臣多矣，其间名臣贤相出于馆阁者，十常八九也。祖宗用人，初若不精，然所采既广，故所得亦多也。是以有文章，有学问，有材有行，或精于一艺，或长于一事者，莫不畜之馆阁而奖养之。其杰然而出者，皆为贤辅相矣。其余不至辅相而为一时之名臣者，亦不可胜数也。先朝循用祖宗旧制，收拾养育，得人尤多。自陛下即位以来，所用两府之臣一十三人，而八人出于馆阁，此其验也。只自近年议者患馆职之滥，遂行厘革而改更之。初矫失太过，立法既峻，取人遂艰，使下多遗贤之嗟，国有乏材之患。今先朝收拾养育之人，或已被迁擢，或老病死亡，见在馆者无几。而新法艰阻，近年全无选进。

臣今略其馆阁取人旧制并新格，则可见取人之法如何，所得之人多少也。

一、旧制，馆阁取人以三路：进士高科，一路也；大臣荐举，一路也；岁月畴劳，一路也。进士第三人以上及第者，并制科及第者，不问等第，并只一任替回，便试馆职。进士第四、第五人，经两任亦得试。此一路也。两府臣寮初拜命，各举三两人，即时召试。此一路也。其余历任繁难久次，或寄任重处者，特令带职。此一路也。今三路塞其二矣。自科场改为间岁后，第一人及第者须两任回，方得试。自第二人至第五人，更永不试。制科入第三者，亦须两任回，方得试。其余等第，并永不试。则进士高科一路已塞矣。两府大臣所荐之人，并只上簿，候馆职有阙，则于簿内点名召试。其如馆阁本无员数，无有阙时，故自置簿来，至今九年不曾点试一人。则大臣荐举一路又塞矣。惟有畴劳带职一路尚在尔。

一、新制，馆阁共置编校八员，本为馆中书籍久不齐整，而馆职多别有差遣，不能专一校正，乃别置此八员。故选新进资浅人，令久任而专一校读。所以先令作编校二年，然后升为校勘。为校勘四年后，升为校理。为校理又一年，方罢编校，别任差遣。然自置编校后，适值馆阁取人之路渐废，今议者遂只以编校为取士新格。往时直馆、直院、直阁、校理，皆无定员，惟材是用，不限人数。今编校限以八员为定，以此待天下之多士，宜其遗材于下矣。八员之内，仍每七年方遇一员阙而补一人，以此知天下滞材者众矣。

右，以臣愚见，编校八员自可仍旧，每有员阙，令中书择人进拟。

陛下必欲牢笼天下英俊之士，则宜脱去常格而奖拔之。今负文学、怀器识、磊落奇伟之士，知名于世而未为时用者不少。惟陛下博访审察，悉召而且置之馆职，养育三数年间，徐察其实，择其尤者而擢用之。知人，自古圣王所难，然不以其难而遂废，但拔十而得一二，亦不为无益矣。况中人上下，养育奖成之，不止十得一二也。

荐司马光札子

臣伏见龙图阁直学士司马光，德性淳正，学术通明。自列侍从，久司谏诤，谠言嘉话，著在两朝。自仁宗至和服药之后，群臣便以皇嗣为言，五六年间，言者虽多，而未有定议。最后光以谏官极论其事，敷陈激切，感动主听。仁宗豁然开悟，遂决不疑。由是先帝选自宗藩，入为皇子。曾未逾年，仁宗奄弃万国，先帝入承大统，盖以人心先定，故得天下帖然。今以圣继圣，遂传陛下。由是言之，光于国有功为不浅矣，可谓社稷之臣也。而其识虑深远，性尤慎密。光既不自言，故人亦无知者。

臣以忝在政府，因得备闻其事，臣而不言，是谓蔽贤掩善。《诗》云："无言不酬，无德不报。"光今虽在侍从，日承眷待，而其忠国大节，隐而未彰。臣既详知，不敢不奏。

【解题】

治平四年（1067）三月二十四日，欧阳修罢参知政事，出知亳州，本札子当作于此前。司马光经欧阳修荐举，本月擢翰林学士，既而转御史中丞。茅坤评述说："司马公之不伐，欧公之推贤，可谓两得之矣。"（《宋大家欧阳文忠公文钞》卷三）

言青苗钱第一札子

臣伏见朝廷新制表散青苗钱以来，中外之议，皆称不便，多乞寝罢，至今未蒙省察。臣以老病昏忘，虽不能究述利害，苟有所见，其敢不言？臣今有起请事件，谨具画一如后：

一、臣窃见议者言青苗钱取利于民为非，而朝廷深恶其说，至烦圣慈命有司具述本末委曲，申谕中外，以朝廷本为惠民之意。然告谕之后，搢绅之士论议益多。至于田野之民蠢然，固不知《周官》泉府为何物，但见官中放债，每钱一百文要二十文利尔。是以申告虽烦，而莫能谕也。臣亦以谓等是取利，不许取三分，而许取二分，此孟子所谓以五十步笑百步者。以臣愚见，必欲使天下晓然知取利非朝廷本意，则乞除去二分之息，但令只纳元数本钱，如此，始是不取利矣。盖二分之息，以为所得多耶，固不可多取于民；所得不多耶，则小利又何足顾，何必以此上累圣政？

一、臣检详元降指挥，如灾伤及五分已上，则夏料青苗钱令于秋料送纳，秋料于次年夏料送纳。臣窃谓年岁丰凶，固不可定，其间丰年常少，而凶岁常多。今所降指挥，盖只言偶然一料灾伤尔。若连遇三两料水旱，则青苗钱积压拖欠数多。若才遇丰熟，却须一并催纳，则农民永无丰岁矣。至于中小熟之年，不该得灾伤分数，合于本料送纳者，或人户无力，或顽猾拖延，本料尚未送纳了当，若令又请次料合俵钱数，则积压转多，必难催索。臣今欲乞人户遇灾伤，本料未曾送纳者，及人户无力或顽猾拖延不纳者，并更不支俵与次料钱。如此，则人户免积压拖欠，州县免鞭扑催驱，官钱免积久失陷。

一、臣窃闻议者多以抑配人户为患，所以朝廷屡降指挥，丁宁约束州县官吏不得抑配百姓。然诸路各有提举、管勾等官，往来催促，必须尽钱俵散而后止。由是言之，朝廷虽指挥州县不得抑逼百姓请钱，而提举等官又却催促尽数散俵。故提举等官以不能催促尽数散俵为失职，州县之吏亦以俵钱不尽为弛慢不才。上下不得不递相督责者，势使之然，各不获已也。由是言之，理难独责州县抑配矣。以臣愚见，欲乞先罢提举、管勾等官，不令催督，然后可以责州县不得抑配。其所俵钱，取民情愿，专委州县随多少散之，不得须要尽数，亦不必须要合县之民户户尽请。如此，则自然无抑配之患矣。

右，谨具如前。臣以衰年昏病，不能深识远虑，所见目前止于如此。然而青苗之议，久已喧然，中外群臣乞行寝罢者，不可胜数，其所陈久远利害，必已详尽而无遗矣。一旦陛下赫然开悟，悉采群议，追还新制，一切罢之，以便公私，天下之幸也。若中外所言虽多，犹未能感动天听，则见行不便法中，有此三事尤系目下利害，如臣画一所陈。伏望圣慈，特赐裁择。今取进止。

【解题】

此二札子作于熙宁三年（1070）五月。第一札子言青苗法三大不便，请罢新法。茅坤评述说："苏氏兄弟所论次青苗不便处最详悉，而欧公此疏尤似有分剖。"（《宋大家欧阳文忠公文钞》卷四）第二札子作于十九日，请求秋料钱"罢而不散"，并不待朝廷批准，擅自下令京东东路停止发放，受到朝廷指责。（下札解题从略）

言青苗钱第二札子

臣近曾奏为起请俵散青苗钱不便事，数内一件："乞遇灾伤，夏料未纳，及不系灾伤人户，顽猾拖欠者，并更不俵散秋料钱数"，至今未奉指挥。臣勘会今年二麦才方成熟，尚未收割，已系五月，又合俵散秋料钱数。窃缘夏料已散钱尚未有一户送纳，若又俵散秋料钱，窃虑积压拖欠，枉有失陷官钱。臣已指挥本路诸州军，并令未得俵散秋料钱，别候朝廷指挥去后。

臣伏思除臣近所起请灾伤未纳及人户拖欠不纳者，乞且不俵次料一事外，臣今更有愚见，不敢缄默。臣窃见自俵青苗钱已来，议者皆以取利为非。朝廷深恶其说，遂命所司条陈申谕，其言虽烦，而终不免于取利，然犹有一说者，意在惠民也。以臣愚见，若夏料钱于春中俵散，犹是青黄不相接之时，虽不户户阙之，然其间容有不济者，以为惠政，尚有说焉。若秋料钱于五月俵散，正是蚕麦成熟，人户不乏之时，何名济阙，直是放债取利尔。若二麦不熟，则夏料尚欠，岂宜更俵秋料钱，使人户积压拖欠？以此而言，秋料钱可以罢而不散。欲望圣慈特赐详择，伏乞早降指挥。今取进止。

荐张立之状

臣伏见朝廷之议，常患方今士人名节不立，民俗礼义不修，所以取士多滥而浮伪难明，愚民无知而冒犯者众。盖由设教不笃而奖善无方也。

伏见徐州进士、同三礼出身、见守选人张立之，能事父母，有至孝之行，著闻乡里。本州百姓、僧道列状称荐，前后长吏累次保明，安抚、臣寮亦曾论奏，至今未蒙朝廷甄擢。其人母年八十，无禄以养。铨司近制，于选人只许入边远官。立之家居，则患禄不逮亲；欲就远官，则难于扶侍。有至孝之行而进退失所，有累荐之美而褒劝不及，于立之养亲之志所希至少，于朝廷奖善之道所施至多。伏望圣慈特下铨司，采阅本人行止及前后论荐迹状，与一本州合入官。所贵旌一士之行，劝一乡之人。

伏以古今致理，先于孝子劝赏最勤。今孝悌之科，久废不举，旌表之礼，久阙不行。欲乞今后应有孝行著闻、累被荐举者，与一本州官，令自化其乡里，仍乞著为永式。其张立之，如允臣所奏，乞送铨司施行。

【解题】

原无系年，本状荐举徐州进士张立之，称赏其至孝之行，请求授一本州官，令自化其乡里。

河东奉使奏草

画一起请札子

臣准敕差往河东擘画粮草，合有起请事件，今具画一如后：

一、臣伏详敕旨，本为河东民力困乏，差臣擘画利害。窃虑州县未体朝廷之意，因而搔扰。臣今欲乞特降圣旨指挥下河东路，候臣到彼，不得令官吏及诸色人出城迎送，及不得作乐筵席。

一、臣准敕计置擘画河东一路经久利害。窃缘河东地分阔远，山川险绝，窃虑僻远之处，不能遍至。又缘本路文武官吏不少，内有久谙彼处民情事体者，或在不当驿路守官，致臣无由见得。臣今欲乞许臣采问官吏，就近召与相见，所贵询访兵民利病。仍虑有合行事件，亦乞于本路选择干事官员，暂差勾当。

一、臣所授敕，只是与转运司计置擘画边上粮草。窃缘一路州县赋租、户口、兵马、钱帛及公私财用利害，要见本末文字。窃虑所在不画时应副。仍乞指挥一路州军，凡有取索文字，并令画时应副。

一、臣伏见国家自兵兴以来，言事之人多陈利害。窃虑有前后上文字人，内有陈河东一路事宜，所言大体利害详明，朝廷未暇施行者。乞于中书、枢密院检寻所上文字，付臣看详，到彼参验利害可否，回日闻奏。

一、臣准敕除擘画粮草外，窃虑更有可以因便勾当事件。伏乞令中书、枢密院画一条目，付臣施行。取进止。

【解题】

此组奏草共三十八篇，作于庆历四年（1044）四月至八月。

作者时为右正言知制诰、知谏院。四月八日，由于朝臣意见不一，仁宗决定派遣欧阳修赴河东路巡视考察，了解麟州移徙废存的利弊，调查民间私铸铁钱、官府自炼熟矾的得失。

欧阳修进入河东路，顺次考察绛、晋、慈、隰等州，请免各州百姓远赴三门领取配盐。考察潞州八县时，二上奏疏，建议撤并屯留、黎城、壶关、榆社、辽山、和顺、平城等县，裁减官吏，减轻百姓负担。五月上旬到达忻州、代州，奏请延缓缴纳和籴米谷，缓解百姓燃眉之急。在岢岚，上疏保举米光濬留任岢岚军使。五月中旬至麟州，经实地考察，奏请保存麟州建置。七月初，离开汾州，再到绛州，然后取道河北西路返京。约七月底，回抵京师，向仁宗上奏《论矾务利害状》，主张罢免官府自炼熟矾，仍旧由民户承包，官府坐收税利；上奏《请耕禁地札子》，建议招募民工开垦边境禁地，解决前线的军需民食；还上奏一系列关于河东路官吏考察，人才荐举的奏章。

河东之行，是欧阳修政治改革理论的实践。他按照新政要求，脚踏实地兴利除弊，实现其“人情”、“宽简”和“爱民”的政治理想。这些奏疏，语言朴素，立论平实，材料具体而充实，辨析条畅，颇具说服力。(以下三十七篇奏草解题从略)

辟郭固随行札子

臣准敕差往河东路，计置经久利害。伏见新授宁州军事推官郭固，熟知沿边兵民利害，曾随韩琦奉使陕西，近差充泾原路参谋，见未赴任。臣今欲乞暂将带本人随行，候臣回日，令一面发赴本任。如允臣所请，乞降朝旨指挥。取进止。

免晋绛等州人户远请蚕盐牒　一

当所访闻晋、绛、慈、隰四州百姓，每年所请蚕盐，并于解池请领。近闻省司指挥，支移往三门盐仓请领。道路遥远，窃知百姓多不愿往彼般请，须议专行公文者。

右具如前。今欲牒州，候牒到日，请不移时疾速详前项事理。如委实省司有此指挥，及百姓情愿依旧送纳盐钱，不请三门官盐，仰立便差人前路晓示百姓，各令逐便，不得勒抑监催，须令前去。免使麦蚕农忙之际，虚劳百姓远路艰辛。兼当所已具一面施行奏闻，仍请具已施行公文，疾速入马递回报当所，不管迟延住滞者。

免晋绛等州人户远请蚕盐牒 二

当所访闻晋、绛、慈、隰四州百姓，每年所请蚕盐，并于解池请领。近闻省司指挥，支移往三门盐仓请领。道路遥远，窃知百姓多不愿往彼般请，须议专行公文者。

右具如前。当所虽已牒晋、绛、慈、隰等四州，请详前项事理。如委实省司有此指挥，及百姓情愿依旧送纳盐钱，不请三门官盐，仰立便差人前路晓示百姓，各令逐便，不得抑勒监催，须令前去。窃虑百姓已到解池及前去未远，今欲牒解州安邑知县，请详前项事理。如是请盐百姓见在彼处，请就近告示逐人。如依旧送纳盐钱，情愿不往三门请盐者，各令归本县。仍希已施行公文，回报当所者。

相度并县牒

当所体量得潞州八县内，屯留、黎城、壶关三县地居僻远，户口凋零，全少词讼盗贼，逐县虚占令、佐及诸色公人、色役。今欲擘画将三县并省，分割入邻近县分，可以宽减民役，兼省吏员，须议差官相度利害者。

右具如前。今欲牒上党县郄主簿，请详上项事理，躬亲遍往屯留等县，相度地里远近、接连疆畔，就近可以分割并省利害，务令人户稳便。仍具可以分并地里，画成纸图，及取索逐县见在户口、赋税、见役诸色公人数目，画一开坐连申，无致卤莽者。

相度并县奏状

右，臣近自威胜军至辽州，体量得辽州州界东西二百五十里，南北一百五十九里，所管户口主客二千七百余户，地里、人户不及一中下小县，而分建一州四县。内榆社县主客一千七十二户，其余辽山县主客五百六十九户，平城县主客六百一十八户，和顺县主客四百五十九户，各不及一镇人烟。及潞州管内八县，亦有似此地里绝近、人户全少处。虚立县名，枉占官吏。每县曹司弓手、手力、解子之类各近百人外，别有供应本州厅子客司承符、散从及本村里正、户长、耆长、壮丁、色役，人户凋零，差役繁重。以臣相度，可以将带就近分割并省，庶使减省官吏，宽纾民役。

缘臣时暂经过，窃虑不尽民间利害，已密牒知辽州、国子博士盖平，上党县主簿郤唐等审细相度可与不可，分并利害。臣今前去所过州县，除边防要切县分外，其余地里迫窄，人户凋零，绝然小县，有可以分割并省者，并欲随近选差干敏之官，密切先行相度可与不可，分割利害。

候臣奉使回日，别具条陈敷奏次。

倚阁忻代州和籴米奏状

右，臣准中书札子节文，臣寮上言："勘会忻、代二州里外分配博籴斛斗共九万余硕，即今催纳，方及二分。今来已是五月，粒食踊贵之际，民间斛斗甚是难得。欲乞朝廷特赐□愍，许将已支绢帛及大铁钱合纳米粟特与倚阁，候将来秋成，一并送纳。"奉圣旨，令臣与河东转运司同共相度施行者。

臣寻至忻、代二州，取索逐州元分配钱、绢次第，及见纳、见欠白米一宗文字看详。元是富弼起请，为去年河东秋大熟，乞朝廷辍那钱、银、绢，广谋粮草。三司遂支杂州绢二十万匹与河东，内代州分配到五万匹，并是在京及并、晋等州。比及旋旋般来，往复拖延，直至冬末春初，方行俵散。至今年五月，分配才毕，已是麦熟，夏税起纳，民间岂复更有白米输官？其绢五万匹，并本州旧有绢三千余匹，共博籴白米九万五千二百余硕。州县从春至夏，枷棒催驱，只纳到四万余硕，见欠五万四千余石。本州为催纳不前，遂申转运司，乞令将隔年陈米减价折纳。虽有此擘画，亦并无人送纳，盖为过时，无可收籴。其忻州差配名目尤多，去年一年内，除税赋、和籴沿边送纳外，配银送纳见钱，收买肉羊、羊皮数目不少。又有酒务十五年积压损烂酒糟、白醇，分配人户，令纳清醋价钱。又有转运司先配绢三千匹，博籴诸色斛米。除此多般科配已催纳了足外，方到一项大铁钱、绢，博籴白米，是今来臣寮起请，乞行倚阁者。其铁钱、绢，元抛配博籴白米四万余硕。因转运司自见人民不易，先减一半外，尚有二万八千四百余硕。后为送纳不前，运司又已与倚阁一半，候秋熟并纳外，有一万余硕系见行催纳。臣遂取索本仓受纳日历点检，逐日全无人户送纳，亦为过时，无可收籴。

兼两州百姓累经臣陈状，臣上禀朝旨，亲见民间疾苦，又缘转运使二人并在潞州，相去绝远，不及计会商量。兼勘会二州人粮，见在忻州约支二年有余，代州亦约支一年半，不至阙备。又前去秋熟，日月不远。臣已一面出榜及牒本州，令倚阁，候至秋熟，一并送纳施行讫。

谨具状奏闻。

义勇指挥使代贫民差役奏状

右，臣准中书批送下二状：河东都转运司准康定元年九月十四日敕节文：“河东路强壮，应见充正副指挥使，内虽系第一至第三等户者，州县更不得轮次别差色役。”窃缘义勇指挥使，各是乡村第一、第二等力及有家活产业人户，今来一年之内，只是一季上番，多在本家管勾农业。兼当司体量得正副指挥使等，俱是上等人户拣充，最属侥幸。其余等第人户丁数稍多，亦是一般点充义勇祗应，仍更不免州县差役。所有军员，已是优便，仍更依条免放州县色役，颇见影庇却乡县重难差役，却差下等义勇人户，充州县重难里正或衙前等差役，计其劳逸，深为不便。欲乞朝廷早赐特降指挥，下诸处义勇正副指挥使，乞依其余义勇体例，各依等第户例，轮次差定州县色役，庶得均济。

臣勘会河东一路乡兵，除系籍强壮不勾追教阅外，所有刺手背义勇，见管七万二千八百七十二人。每年秋冬上番教阅州县，因而诸杂役使，常于秋冬边地支移税赋、和籴远纳之时，复有上番之役。凡一家三两丁者，一人上州教阅，一人供送，一人或在州县执役，或远地输纳税租，所存但有衰老。或有全无倚托者，废业忘家，不胜其苦。其间惟有正副指挥使，并是州县中最有物力上等人户，却独得免差役。是下等人户常有劳役，最豪富者独得宽优。兼自兵事已来，州县差役频并，素来力及之户，累世勤俭积畜，只于三五年重叠差役，例各减耗贫虚，逃亡破败。而州郡事多，差役难减，往往将第三、第四等人，差充第一等色役，亦有主户少处，差稍有家活客户充役勾当。如此上下窘乏之际，惟义勇正副指挥使，岂容独免？

兼自差管辖义勇以来，已避免却数年色役，当众人苦于劳耗之际，独获宽优之幸已多。兼臣累过州军，体问得逐处义勇指挥使等家业，例皆物力不减，人丁又多。若令一例差役，可以贫富均济，稍宽已困之民。其都转运司起请，伏乞朝廷特赐允许施行。

今具状奏闻，伏候敕旨。

举米光濬状

右，臣伏自准敕计置河东沿边粮草，所过州军，遍见文武官吏不少，其间临民治军可称边任者，绝难得人。

伏见西头供奉官、閤门祗候、岢岚军使米光濬，年四十余。世家代州，熟知本路边事。出于将种，练习兵机，兼有胆勇，会弓马。自到岢岚二年，处置皆合事宜。昨代州、宁化，各为守将非才，引惹北人争侵疆界。惟岢岚草城川，正当北界要害之地，去年北人来侵疆界，光濬应机拒守，故独岢岚得不侵却地土，亦不张皇。臣自过本军，体问军民，备得其实。

伏睹近降宣命指挥，差李伟替令赴阙。切以边鄙常患难材，苟得其人，岂宜屡易？兼自有移替宣命，军民并各众状举留。其米光濬，臣今同罪保举再任岢岚。如再任后犯入己赃，及边防军政但有一事败误，并甘连坐。今欲具状奏候敕旨。

米光濬斩决逃军乞免勘状

右，臣访闻岢岚军昨于四月中捉获逃走万胜长行张贵、虎翼张贵、李德等三人，并系禁兵。本军勘正法司检用编敕："禁军料钱满五百文，逃走，捕捉获者，处斩讫奏。"其张贵等，并依法处斩讫。本路转运司检会先降令敕："春夏不行斩刑，合决重杖处死。"纠驳本军不合斩断，见差岚州团练判官刘述，取勘岢岚军使米光濬等。

窃缘岢岚军地接西北二虏，正是秋冬大屯军马之处，若管军将率斩一逃军却遭勘罚，则无由统众，渐启兵骄。况重杖与处斩，俱是死刑，无所失入。运司守令敕纠按，虽执常科；兵官以军令斩人，亦是常事。况米光濬等勘成公案，亦不过得违制失入刑名，论情定罪，所犯至轻。沮将率以长兵骄，其损不细。伏乞朝廷只作访闻此事，特降圣旨，与免勘劾。所贵沿边将率知朝廷委遇之恩，尽心效用，兵戎畏肃，不致骄恣生事。

谨具状奏。

乞减配卖银五万两状

右，臣伏见河东路转运司近准三司从京支拨得银十万两，于本路州军配卖见钱。臣体问得此银本非运司因阙乏陈乞，忽自省司特行支拨，盖是朝廷优恤三路军须不足，特此辍赐，助济用度，以舒疲民。又虑朝廷访闻今年河东二麦大熟，欲使将此银十万两乘时收籴军储，有以见圣心忧念边防，宽恤民力。

臣昨因至宁化军，有百姓众状经臣马前陈诉，为配银数多。臣遂取索本军人户、物力次第及前后配敛数目看详。本军人户全少，城郭主客十等共三十四户，内五等已上只十五户，其余六等已下贫弱之家共有一十九户。去年共配银三百两，数月枷棒催驱，方能了纳。今年所配一千两，比常年三倍，是致百姓送纳不前，众状词诉。又缘宁化军屯兵不多，本军自有纳便盐钱及诸杂课利见钱，不致阙用。本军地寒，民不种麦，又无夏籴仓。当其军用未阙，民间难得钱时，可惜虚困民力。臣已牒本军，且令配卖五百两，其余别候朝旨。

尚虑河东一路州军，极有见今未至阙钱，及地高不种二麦，无可收籴去处，不宜一例急歛，横困疲民。臣今欲乞圣慈特下本路转运司，令将已分银十万两，除见今阙钱州军，及二麦大熟合行收籴处，依数配卖，其余见不阙钱及不籴夏麦处，且只配一半，候阙钱不得已，即渐渐分配。所贵少纾民力，上副陛下忧民念边之意。

谨具状奏闻，伏候敕旨。

相度铜利牒

当所据泽州进士阎玠、司法参军万颐等状，并为河东鼓铸铁钱，盗铸者不少。窃见绛州、稷山、垣曲县三处皆有铜矿，欲乞遍往有铜矿处密切询访，采取烹炼，鼓铸钱币者。

当所检寻古迹，翼城县有唐钱坊一，在县东十五里翔皋山下。又有唐王城冶，在县北平城三十六里。又有曹公冶，在县东南七十五里。又有废铜窟，在县西三十里。稷山县甘祚乡有铜冶村。绛县有唐古铜冶，在县南五十里含山谷内。垣曲县有钱坊，在县西北九十二里程子村铜源监内。自唐以来，绛州旧曾鼓铸铜钱炉冶，古迹见在，其废已久。山泽铜矿，产育必多。兼访知绛州人户，多私采铸，货卖铜器。近年钱币阙乏以来，亦曾有人献言，乞寻铜矿烹铸。前后差官寻访，多是不晓事体，张皇惊扰，私铸之家避犯禁之罪，不肯指引采取。又矿铜侧近民居，惧见官中兴置炉冶，各相蔽固，并称无铜，所差官员又不尽心多方求访，遂使铜宝不能兴发。须议专委通干之官，密切求访者。

右具如前。欲牒绛州管界巡检孙借职，仰细详前项事理，只作界内巡警名目，遍至四县，多设方略。先且诱赚得民间私卖铜器一两件，然后询求出矿之家，及细问烹炼之法，须使奸民不能隐蔽。或须要私铸之人指引烹炼，即设权宜，许其免罪，或别加酬奖，务要求出铜宝，不为民间藏闭。候见次第，密具公文回申，无至张皇误事者。

再乞减配银状

右，臣近为三司抛降银一十万两与河东诸州军配卖。臣寻体量得河东诸州军钱粮各有准备，见今不至阙乏，民间即目难得见钱，遂曾具状论奏，且欲配卖一半，乞朝廷特降指挥与都转运司。后来闻有朝旨，只与减得些小价钱。

其诸州军百姓累经臣告诉，并称银价虽然不高，各为见钱难以变转。伏缘河东州军，昨来只是泽、潞两州二麦大熟。晋、绛、并、汾、石、隰等处，系种麦地分，并只熟及三五分。其秋稼寻遭夏旱，垂欲焦死，近方得雨，只可救得四五分。见今物价甚高，民间窘急，无异凶岁。况配卖银、绢，乃是缓急不得已之事。今诸州军幸各钱粮不阙，不必非时抑配，重扰人民，只可留之以备缓急。若已知县官实为阙乏，则励力供纳，自不怨嗟。以理论之，其银尽可罢配。又缘都转运司已俵与州军，故臣且乞只配一半。

日近臣不住见百姓以配银为苦，已牒诸州军，且令先配一半，其余听候朝旨，比欲候臣到阙，更自论请。窃虑臣离河东后，转运司依旧催促，尽令俵配。伏望圣慈，特赐矜恤。仍乞检会臣前后奏状，早降朝旨。

再举米光濬状

右，臣近曾同罪奏举西头供奉官、阁门祗候米光濬再任岢岚军使。窃知朝廷为光濬病患，曾加体量。臣昨往岢岚，亲见光濬绝无病状，体问得去年偶因饮酒，暂曾不安。

窃缘本人有心力，会弓马，谙熟边事，善抚军民。况岢岚当草城川一路，地形平坦，与北虏止隔界壕，不比代州尚有险固，捍御控扼，尤藉得人。臣尝见朝廷选择边将，比及于武臣中求得一人，常患难得，而任使俟其知次第，亦须年岁之间。其米光濬于武臣之中不易多得，在岢岚既久，又已知次第。其人既不病患，又无过犯。料其替去别得差遣，必与今任轻重一般，与其移易往来，不若责之久任。况知光濬亦累曾乞替，臣今所举，非徇光濬之私，盖为边防之计。

其米光濬，伏望圣慈特加奖擢，与优转一官，且令再任，以防缓急可以使唤。如朝廷迁官及再任后，犯入己赃，及边事有所败误，臣并甘同罪。

论矾务利害状

臣昨准三司牒，缴连录到晋州博卖生熟矾始末一宗事理，及备录中书批状，牒臣候到河东，与施昌言等同共相度经久利害闻奏。臣未到河东间，施昌言等已一面先具相度申奏讫。寻又准中书札子，送下施昌言等奏状付臣，奉圣旨，更切相度，具经久利害闻奏者。臣看详都转运司状内元牒，晋州通判、殿中丞荣諲相度事节似有未便，遂牒并州通判、秘书丞张日用，就晋州计会荣諲取索一宗文字，子细议定经久利害。寻据张日用状，果与荣諲始初相度利害不同。今具画一如后：

一、晋州折博务，元定年额钱一十六万余贯，自来许客人入中细绢、丝、绵、见钱、茶货，算请生矾，上京重别煎炼后，取便卖与通商路分客人。后至景祐四年，三司为客旅并不入银、绢、见钱，只将茶货入纳，遂额定令客人每年于晋州折博务入纳茶一十万斤，在京榷货务入纳见钱五万贯文。自此杜升、李庆等六户，管认上件年额钱、茶等，请生矾于京师重煎货卖。

一、庆历元年，河东都转运司始于晋州官置锅镬，自煎熟矾。一面勒杜升等六户，依旧管认年额钱、茶，博算生矾。一面将新煎熟矾，别招客旅出卖。是致杜升等六户称积压矾货，出卖不行，累年拖欠课利，有烦官司催督，及引惹六户词诉不绝。

一、据荣諲元状内声说，晋州起立炼矾重煎，作明白熟矾货卖，庆历元年入到丝绵见钱五万七千八百余贯，并收在京入纳见钱及晋州入到茶钱一十一万六千八百余贯，都收一十七万四千六百余贯。庆历二年收丝绢绵钱四万二千余贯，并钱、茶都收一十九万五百余贯。庆历三年，收丝绵钱四万七千余贯，并钱茶都收二十万五千余贯。自晋州置炼矾务，后来比祖额各有增剩。况自六家扑断，后来景祐四年，支卖过生矾五十五万七千余斤。宝元元年，卖过生矾七十二万二千余斤。宝元二年，卖过生矾三十五万一千余斤。康定元年，卖过生矾三十六万五千余斤。自庆历元年起，置炼矾务重煎，后来当年支卖生熟矾八十四万九千余斤。庆历二年，支卖生熟矾八十五万五千余斤。庆历三年，支卖生熟矾一百四万六千余斤。比附未煎已前，逐年大有增剩。今相度欲乞依已前体例，指挥在京榷货务及本州折博务出榜告示，招召诸色客旅，投状在京，入纳见钱，及取便于晋、潞等州入纳茶货、金银、钱帛，丝布、斛斗，更不限定人数、姓名、斤两多少，取便依则例入折博，算请晋州重炼熟矾。兼问得晋、慈州生矾，染粗色亦可以生使，并许依则例算射兴贩。更不拘定杜升等六户认纳年额钱、茶。仍乞指挥逐户将煎矾锅镬家事纳官，今后更不衷私重煎。只令晋州炼矾务一面重煎，收办课利。

一、据张日用状与晋州通判荣殿丞将庆历元年置煎矾务后收到课利比对，本州煎矾务止卖到折扑见钱五万七千八百二十三贯八百三十文，在京六户纳折到钱一十一万六千八百三十八贯八百五十文。庆历二年，本务止卖到四万二千一十八贯一百一十文，在京六户收到一十四万八千四百八十六贯五十文。庆历三年，本务收到四万七千二百三十三贯七百五十五文，在京六户收到一十五万八千三百四十五贯三百五十文。是炼矾务出卖得钱常少，六户入纳数目常多。遂将三年置到煎矾务通比，皆不过五万贯及四万贯。今年自正月一日至六月终，收到入丝课利钱一千九百五十九贯有零。课利不敷，惟是六户逐年纳数常多，若遂放令六户逐便，必致大段亏少课利。况今用兵之际，若行宽法，客人有利，必岁额遂增。今将三年止于五万数目，遂便止令官卖，必恐大亏年计。今乞废罢晋州炼矾务，一就令在京六户管认年额钱、茶。所贵经久通行，逐年入得茶货，充备河东路并、汾等十余州军支折，和籴有备，不致误阙。

右，谨具如前。臣今将三司录到一宗始末文字子细看详，盖由河东都转运司改法，官自炼矾出卖，见一时之小利，致经久之难行。从初本为课额不敷，遂定为钱、茶十五万数，许六户管认，即不当更自官卖，与其争利。若云官卖有利，则六户便合除免年额。臣今看详荣谭、张日用等二人状内开说，自官置炼矾务，后来逐年所卖生熟矾折扑到见钱数目，盖是荣谭从初将生熟两色矾博卖到钱数衮合比算，便谓自起立炼矾务，后来年额课利增盈，遂欲罢六户算请生矾旧额。及荣諲再与张日用等了细将生熟两色矾课利递年比类，其熟矾自庆历元年只卖及五万，二年、三年已只及四万贯有零，今年自正月一日至六月终，半年只卖及一千贯。今年自若将生矾货利与熟矾衮合算数，则似有增盈，若各别比较，则熟矾卖钱全少，又一年亏于一年。

今若依荣諲罢卖生熟矾，即据近年课利亏减次第，必虑向去无客算请，亏陷官中年额钱、茶。臣今相度，欲乞官罢自煎熟矾出卖。只令杜升等六户，依旧管认年额，入纳钱、茶十五万数，将见今晋州已煎下熟矾并生矾相兼。其六户本为官卖熟矾侵争其利，致其积压，货卖不行。今若官罢自卖，则六户更难词说。如此，则官中虽岁失三五万贯自卖之利，而于钱、茶十五万旧额却有准的，不至亏陷。必若不欲抑勒六户认额，即乞未立定年额，但选差清强官吏创新，一面博卖熟矾，候三二年，取一年为定额。盖缘熟矾见已课利大亏，若自新官卖，必不能敷及递年与生矾俱卖时常额，免使监临官吏枉遭决罚，年计用度虚为指准。于此二说，伏乞朝廷裁择施行。

论西北事宜札子

臣昨在河东，闻北虏事宜，说者多端而少实。其役兵动众，修城堀壕，凡所兴为，则有踪迹。昨三月、四月之间，于北界地名大柳谷、银瓮口与蕃族相杀，契丹累败，折却主将数人。见今抄点中军，秋冬必大交战。此亦说者多同而不虚。惟云夹山部落叛归元昊，契丹与西贼相攻。又云西贼见在河湾会扎寨，兵马尤多。或云三虏诈谋，欲合而攻我。此一事，则说者虽多，而以人情料之，皆不可信。

自西贼叛我以来，更事契丹甚谨。盖已与中国交争，则屈己事邻，乃其常理。二虏自来未闻衅隙，而忽纳夹山小族，反与契丹立为大敌，但恐元昊黠羌，不为此事。以此言之，不可信也。契丹若寇边鄙，当先自河北，不应便出河东。若云出吾不意，则兵衅未成，必未突然入吾险地。是北虏必不攻河东矣。西贼二年之间，累次遣人通好，国家过当，许物已多。今盟约垂成，而忽借契丹数百里之路，崎岖劳师，入吾险固。以此而言，是西贼必不攻河东，此其不可信者也。然北戎抄点人马，声张已久，今渐向秋，必已聚集。边臣但见虏兵聚在界上，不得不至惊疑。惟在朝廷料敌制谋，养威持重，不为轻发，使虏不可窥，则得计矣。

其密为御备次第，臣今具管见，画一如后：

一、据今事宜，不问北虏攻夹城与元昊，但不过夷狄自相攻耳。然虏兵在我境上，不可不为支准。惟当持重以待，未宜便若寇至而大集穷边，虚成自扰。但训兵练卒，于并、忻、岚、宪屯结以俟。太原去忻州一日半可至，忻州去代州一日半可至，岚州去岢岚一日中可至，宪州亦然。今以兵屯忻、并而应援代州，屯岚、宪而应援岢岚。贼至，则使代州、岢岚坚壁清野，待其师老，徐以忻、岚等兵击之。此用兵之法也。如此，则虏来不失应敌，不来不至虚惊。其代州、岢岚但用去年防秋兵数可矣。惟治器械，择将帅，此非仓卒可办，宜急为之具。

一、河东沿边州军器械，全然不堪。臣昨到彼，见逐处弓弩无十数枝可施用者。问其何故，云为省司惜筋、胶，支请不得；纵支得，即角短筋碎，不堪使用，久无物料修治，是致废坏。臣亦知京中筋、胶、角绝少，然若遍支与诸州军，即恐不及，欲乞且只支与沿边州军。仍乞选差干事官，逐州自遣一员，上京支请，便令自监修补。其诸州木羽箭，臣曾逐色用草人被甲，去三十步以硬弩射之，或箭干飞掉不至，或箭头卷折不入甲。此乃临阵误事之物，十无一二堪者。惟旧竹箭，虽翎损，镞生锈，然射之亦能入甲，又数目不多，亦乞委官拣点修换。

一、代州知州康德舆，老懦不济事。臣方欲到京奏乞替却，近知已差张亢。然德舆却充并、代钤辖。只此职，亦非德舆所堪。乞与一近里小处知州，钤辖别选差人。

一、代州诸寨主、监押三十余员，内无三四人能干而晓事者，伏乞早行替换。仍乞于近日臣寮准密院札子举到堪充将领人内，差充寨主、监押。

一、岢岚军地接草城川口，无险可恃，而城小壕浅，须合增城浚壕。乞降指挥下河东，那打白草厢军及本军系役兵士，早并力修葺。臣曾两状奏乞米光濬且令知军，盖光濬已知彼中次第。当事宜之际，若李纬乍到，恐处事未尽合宜，又纬必非岢岚久住之人。其米光濬，伏乞检会臣前奏施行。取进止。

论宣毅万胜等兵札子

臣昨准敕差往河东。续准枢密院札子，“奉圣旨，所到州军，体量诸军指挥自来习学武艺并教阅战阵次第精与未精，缓急堪与不堪阵敌使唤”者。臣寻至诸州军，令主兵官吏依常式教阅，观其精粗。所用阵法，除四官阵旧法外，亦有自为新阵者，大抵只是齐得进退，不乱行伍而已。诸处所较不多，其阵法则皆未可用。惟有踏硬、射亲，最为实艺，见今经略司分差主将诸州巡教，以三等弓弩拍试，渐次亦当精熟。然而主将不一，器械不精，此二事须更别为制置。其诸军禁兵共九万五千余人，内驻泊兵三万余人，惟万胜最多最不精。本路就粮禁兵六万余人，惟宣毅最多最不精。臣今欲乞定主将，精器械，此二事条目甚多，容臣续具画一。

其宣毅、万胜等兵，臣今先具起请如后：

一、臣勘会河东驻泊禁兵六十八指挥，共三万二千余人。内万胜二十指挥，一万一千一百余人。当初招募仓卒，不能精择，此中外共知。自到河东，已及三年，其射亲、踏硬弩，比初到则渐惯熟。但其人大小强怯不等，又不耐辛苦，其事艺勉力不及河东最下清边，而料钱请受与最上神卫等。见今多差在河外五寨，缘请受既大于他军，则重难伦次，须至差拨，其使唤乃不及下军，缓急常忧败误。臣今欲乞于河东见在厢军三万人数内，拣少壮有勇力者增置清边，及于京师差拨三百料钱禁军，充足一万人数，抵替万胜抽回。兼其人到河东已二年余，人各有辛苦思归之意。

一、臣勘会河东本路就粮禁兵，共一百四十九指挥，六万二千七百余人。内宣毅四十四指挥，二万二百余人。宣毅招拣不精，无异万胜，惟河东稍胜诸路，盖土人天性劲勇，耐辛苦。然终是不及自投军者，其农夫生梗，难以教训，至今全未堪使唤。臣到泽州，有一指挥，只拣出九十余人呈教，尚亦生疏。威胜军两指挥，内一指挥绝然不成次第，问之，云“差出，近方归本营”。盖河东多将宣毅差在巡检下及诸处，便不教阅。臣今欲乞将见在宣毅，委河东都转运使亲至诸州，将短小怯弱者先拣退充厢军，其余堪教者，不得差往巡检下及防河寨栅不教阅处，专令逐州军教一二年，必渐可用。

论麟州事宜札子

臣昨奉圣旨，至河东与明镐商量麟州事。缘臣未到间，镐已一面与施昌言等先有奏议。寻再准枢密院札子，备录镐等所奏，令臣更切同共从长相度。臣遂亲至河外相度利害，与明镐等再行商议，乞那减兵马人数，可以粗减兵费，已具连署奏闻。此外臣别有短见，合尽条陈。其利害措置之说，列为四议：一曰辨众说，二曰较存废，三曰减寨卒，四曰委土豪。如此，则经久之谋，庶近御边之策。谨具画一如后：

一曰辨众说者。臣窃详前后臣寮起请，其说有四：或欲废为寨，或欲移近河次，或欲抽兵马以减省馈运，或欲添城堡以招辑蕃、汉。然废为寨而不能减兵，则不若不废，苟能减兵而省费，则何害为州？其城壁坚完，地形高峻，乃是天设之险，可守而不可攻。其至黄河与府州，各才百余里，若徙之河次，不过移得五七十里之近，而弃易守难攻之天险。以此而言，移、废二说，未见其可。至如抽减兵马，诚是边议之一端。然兵冗不独麟州，大弊乃在五寨，若只减麟州而不减五寨，与不减同。凡招辑蕃、汉之民，最为实边之本。然非朝廷一力可自为，必须委付边臣，许其久任，渐推恩信，不限岁年，使得失不系于朝廷之急，而营缉如其家事之专，方可收其远效，非二年一替之吏所能为也。臣谓减兵添堡之说，近之而未得其要。

二曰较存废者。今河外之兵，除分休外，尚及二万。大抵尽河东二十州军以赡二州、五寨，为河外数百边户而竭数百万民财。贼虽不来，吾已自困，使贼得不战疲人之策，而我有残民敛怨之劳。以此而思，则似可废。然未知可存之利。今二州、五寨虽云空守无人之境，然贼亦未敢据吾地，是尚能斥贼于二三百里外。若麟州一议移废，则五寨势亦难存，兀尔府州便为孤垒而自守不暇。是贼可以入据我城堡，耕牧我土田，夹河对岸，为其巢穴。今贼在数百里外，沿河尚费于防秋。若使夹岸相望，则泛舟践冰，终岁常忧寇至，沿河内郡，尽为边戍。以此而虑，则不可不存，然须得存之之术。

三曰减寨卒者。臣勘会庆历三年一年用度，麟州用粮七万余石，草二十一万余束。五寨用粮一十四万余石，草四十万余束，其费倍于麟州。于一百二十五里之地列此五寨，除分兵歇泊外，尚有七千五百人，别用二千五百人负粮，又有并、忻等十州军百姓输纳，外及商旅入中往来，其冗长劳费，不可胜言。逐寨不过三五十骑巡绰伏路，其余坐无所为。盖初建五寨之时，本不如此，寨兵各有定数，建宁置一千五百人，其余四寨各止三百至五百，今之冗数，并是后来增添。臣谓今事宜稍缓，不比建寨之初，然且约旧数，尚不至冗费。臣请只于建宁留一千人，置一都巡检。其镇川、中堠、百胜三寨，各留五百。其余寨兵所减者，屯于清塞堡，以一都巡检领之，缘此堡最在近东，隔河便是保德军，屯兵可以就保德军请粮，则不烦输运过河供馈。若平日路人宿食诸寨，五百之卒巡绰有余，或些小贼马，则建宁之兵可以御捍，若贼数稍多，则清塞之兵不失应援。盖都不去百里之内，非是减兵，但那移就食而已。如此，则河外省费，民力可纾。

四曰委土豪者。今议麟州者，存之则困河东，弃之则失河外。若欲两全而不失，莫若择一土豪，委之自守。麟州坚险，与兵二千，其守足矣。况所谓土豪者，乃其材勇独出一方，威名既著，敌所畏服，又能谙敌情伪，凡于战守，不至乖谋。若委以一州，则其当自视州如家，系己休戚，其战自勇，其守自坚。又其既是土人，与其风俗情接，人赖其勇，亦喜附之，则蕃、汉之民，可使渐自招集。是外能捍贼而战守，内可辑民以实边，省费减兵，无所不便。比于命吏而往，凡事仰给于朝廷，利害百倍也。必用土豪，非王吉不可。吉见在建宁寨，蕃、汉依吉而耕于寨侧者已三百家，其材勇则素已知名，况其官序，自可知州。一二年间，视其后效，苟能善守，则可世任之，使长为捍边之守。

右，臣所陈，乃是大计，伏望圣慈特赐裁择。若可以施行，则纾民减费之事，容臣续具条列。取进止。

乞罢铁钱札子

臣准中书札子，备录臣寮四状，并为上言河东大小铁钱事，奉圣旨相度利害闻奏者。臣寻至河东，取索晋、泽二州铸钱监及诸州军见使铁钱数，又将都转运司供到庆历三年一年都收支钱数，约度用度多少，及探问军民用铁钱便与不便。今具利害，画一如后：

一、见在大小铁钱数，大铁钱自起铸至目下，共铸到四万四千八百余贯。小铁钱自起铸至目下，共铸到一十一万七千七百余贯。是大、小铁钱未及六十万贯铜钱数，见在官私行用。

一、大小铁钱官本及净利数目，晋州大钱，计用一万七千八百余贯省陌铜钱官本，铸成大钱二万八千八百余贯，当二十八万八千余贯铜钱，凡用一万七千余贯本，得二十七万余贯利，其利约一十五倍有余。晋州小钱，计用四万六千贯足陌铜钱官本，铸成一十一万四千五百余贯，凡用四万六千贯本，得六万八千余贯净利，其利一倍有余。泽州大钱，计用六千四百余贯省陌铜钱官本，铸成大钱一万六千余贯，省当一十六万余贯铜钱，凡用六千四百余贯本，得一十五万三千八百余贯利，其利二十三倍有余。泽州小钱，计用九百八十贯省陌铜钱官本，铸成四千余贯，凡用九百余贯本，得三千余贯利，其利两倍。

一、都转运司一年支收钱数，实收诸杂课利、客便卖盐矾斗秤、夏秋税出粜斛斗，卖匹帛丝绵银、进纳、杂收等钱二百一十七万二千二百三十贯。实支系随衣添支特支料钱、旬设公使国忌狱空祭神、地里脚钱、买羊马粮草、客便招军、人户和粜、矾本、杂支等钱一百九十九万八千四百一十四贯。

右谨具如前。臣今相度大小铁钱，其可废者有五。据都转运司庆历三年一年支收实数比算，实收二百一十七万二千余贯，实支一百九十九万八千余贯。是每岁只将河东一路实收钱支遣自足外，尚有一十七万四千余贯剩数，其大小铁钱可以罢铸一也。小铁钱将本利计算，其利甚薄，不过一倍。略将铸造工课约算，两监逐日共铸不过四百贯文，一岁不过铸得十六万贯，内除约六万贯为官本外，只获净利十万贯。若罢大钱而只用小钱，是一岁为十万贯钱，而坏铜钱旧法，陷民刑戮者不绝。其大钱利既博至二十余倍，议者皆谓其利厚于黄白术，虽有死刑，不能禁止。臣昨在河东，于提刑司取索得犯私钱人数已五火。自臣出界后，又续供到新捉获二火。是小钱利薄不足铸，大钱犯法者日渐多，皆可以罢铸二也。今开厚利之门而致人死法，则诱愚民以趋死；若贷其死，则犯者愈多；急于捕察，则良民一例搔扰；纵而缓禁，则民不胜奸。是深法不可，缓法又不可，捕察又不可，纵之又不可。以此而言，其可罢三也。用之既久，币轻物贵，惟奸民盗铸者获利，而良民与官中常以高价市贵物。是官私久远害深，其可罢四也。臣勘会河东十九州军，凡四十九处创新开沽酒务，据转运司供到每月约收二万贯有余，计一岁合得二十四、五万贯。又麟州元许入中七万石斛斗，昨来为入中数多，无处收贮，见移于府州入中。日近明镐又减放马军归京。是利入之数渐多，用物之兵日减，此其可罢五也。今见在官私铁钱共不过六十万，数既未多，罢之甚易。况河东一路二十二州军，赡厢禁兵共十二、三万，略计所阙不多，不比陕西事体。其大小铁钱，伏乞特罢铸造行用。取进止。

乞免诸州一年支移札子

臣昨至河东，体访一路百姓贫弊劳扰。本为河外麟、府二州阙少军粮，遂于近里二十州军递相支配。今来麟州，见在兵马粮可支三年，府州见有一十三万石不支粮米，诸寨各有粮不少。兼臣将庆历三年转运司抛配秋税支移数目，勘算得今年博籴斛斗，可以减放和籴，可以不支过河。如此，则少纾民困，大息怨嗟。其科配减放次第，今具画一如后：

一、河外麟州，见有三年粮。府州兵士，见于河南保德军请给，府州见有不支粮一十三万石。

一、去年并、忻、岚、宪、石州，岢岚、火山、宁化、保德等军凡九处，和籴斛斗共十四万二千余石，支往河外麟、府二州送纳。今来河外粮斛已多，上件九州军和籴，只乞于保德军送纳。

一、去年并、忻、汾、辽、潞、晋、绛、泽、石、隰、慈等州，威胜、平定军，凡十三处，博籴斛斗共一十七万六千余石，往保德军送纳。今来河外既不支移，那得并、忻等九州军和籴十四万石于保德军纳，则此十三处博籴可以减放。

乞不配卖醋糟与人户札子

臣昨至忻州，见百姓人户经臣出头怨嗟告诉，为转运司将十五年积压损烂酒糟俵配与人户，要清醋价钱。缘已配纳了当，臣方欲奏乞今后不得抑配。续据石州状申："本务见管醋糟六千余石，本州见取索在州及诸县坊郭乡村酒户等第及州县色役公人姓名，欲行俵配次。其糟，每斗价钱二十五文足陌。"缘臣已离河东，只曾行移文字，且令未得俵配，别候指挥。臣欲乞特降朝旨下转运司，今后醋糟只许官务造醋沽买，及令百姓取便买糟酝醋，不得抑配人户。其糟所得之利不多，但虚为搔扰，以敛怨嗟，伏望圣慈特赐矜免。其石州醋糟，尚虑本州已行俵配，即乞特与减落一半价钱，令渐次送纳。

乞减放逃户和籴札子

臣伏见河东百姓科配最重者，额定和籴粮草五百万石。往时所籴之物，官支价直不亏，百姓尽得茶、丝、见钱。自兵兴数年，粮草之价数倍踊贵，而官支价直十分无二三。百姓每于边上纳米一斗，用钱三百文，而官支价钱三十，内二十折得朽恶下色茶。草价大约类此。遂致百姓贫困逃移，而州县例不申举，其本户二税、和籴不与开阁，税则户长陪纳，和籴则村户均摊。已逃者既破其家，而未逃者科配日重。臣至代州崞县，累据百姓陈状，其一村有逃及一半人户者，尚纳全村和籴旧额，均配与见在人。臣兼曾差大理寺丞史谭，检得岚州平夷一县，已逃未检人户共四十一户。诸州似此者甚众。

臣今欲乞下转运司，差清干官三两人，于并、代等十五州军系有和籴处，检括已逃人户。其逐户下二税、和籴额定数目，并与倚阁，候招辑得人户归业，各令依旧均配。仍许诸县人户见均摊着和籴及户长陪纳逃税者，列状自陈。所贵重困之民，免此重叠科配。

请耕禁地札子

臣昨奉使河东，相度沿边经久利害。臣窃见河东之患，患在尽禁沿边之地不许人耕，而私籴北界斛斗，以为边储。其大害有四。以臣相度，今若募人耕植禁地，则去四大害，而有四大利。

河东地形山险，辇运不通。边地既禁，则沿边乏食，每岁仰河东一路税赋、和籴、入中，和博斛斗支往。沿边人户既阻险远，不能辇运，遂赍金、银、绢、铜钱等物，就沿边贵价私籴北界斛斗。北界禁民以粟、马南入我境，其法至死。今边民冒禁私相交易，时引争斗，辄相斫射，万一兴讼，遂构事端。其引惹之患一也。今吾有地不自耕植，而偷籴邻界之物以仰给，若敌常岁丰及缓法不察，而米过吾界则尚有可望。万一虏岁不丰，或其与我有隙，顿严边界禁约，而闭籴不通，则我军遂至乏食。是我师饥饱系在敌人，其患二也。代州、岢岚、宁化、火山四州军沿边地既不耕，荒无定主，虏人得以侵占。往时代州阳武寨为苏直等争界，讼久不决，卒侵却二三十里。见今宁化军天池之侧，杜思荣等又来争侵，经年未决。岢岚军争掘界壕，赖米光濬多方力拒而定。是自空其地，引惹北人岁岁争界，其害三也。禁膏腴之地不耕，而困民之力以远输，其害四也。

臣谓禁地若耕，则一二岁间，北界斛斗可以不籴，则边民无争籴引惹之害；我军无饥饱在敌之害；沿边地有定主，无争界之害；边州自有粟，则内地之民无远输之害。是谓去四大害，而有四大利。今四州军地可二三万顷，若尽耕之，则其利岁可得三五百万石。

伏望圣慈特下两府商议。如可施行，则召募耕种。税入之法，各有事目，容臣续具条陈。取进止。

乞减乐平县课额札子

臣昨至河东，据平定军知乐平县孙直方状："为本县酒税课利钱，旧额四千一百余贯。本县不当驿路，旧有兵士四指挥军营在县，自庆历三年三月内，移起军营往并州，在县只有居民百余户。人烟既少，客旅不来，酒税课利，无由趁办。本军亦曾申奏，乞行减额，省司下转运司保明。寻蒙转运司令将起移军营后一年比较，重立租额，只及二千八百余贯，亦曾差辽州知州孟济定夺。及转运司保明申省，省司指挥勒本县收趁课利不得减额。"臣勘会平定军乐平县最处孤僻，若无军营，人户绝少，实难趁办课利。见今专副等逐月、逐季、逐年各有比较，决责未尝虚日，及虚令监官殿降考第。

臣今欲乞特降敕旨下转运司，令自起却乐平县军营后来一年内所收课利，立为租额，与免旧额虚数。所贵专副不至重叠被刑，监官虚负殿罚。取进止。

乞放麟州百姓沽酒札子

臣伏见麟州元是百姓沽酒自经事宜，后来转运司擘画，官自开沽。臣昨令本州勘会一年，自去年十二月开沽，至今年六月，用米、曲本钱三千五百贯，所收净利只及一千八百贯。然官私劳费不少，自并、岚等州造曲，千里般运，又配百姓造酒黄米，远行输纳。麟州自经贼马，后来人户才有三二百家，又榷其沽酒之利，市肆顿无营运，居者各欲逃移。今来麟州既不移废，则凡事却须葺理。其沽酒之利，官中所得不多，而劳费甚大。臣今欲乞令百姓依旧开沽。所贵存养一州人户，渐成生业。今取进止。

举孙直方奏状

右，臣伏见平定军知乐平县事、著作佐郎孙直方，进士及第，为性明敏，有吏材。臣昨至河东，备见直方治县事善状。臣今保举，堪充大藩通判。兼臣勘会代州通判李舜元，到任已及二年三个月有余。见今北面事宜，代州最为要地，尤藉得人，伏乞就差孙直方充代州通判。如后犯正入己赃，及职事败阙，并甘同罪。

谨具状奏闻。

条列文武官材能札子

臣昨奉敕差往河东，体量得一路官吏才能善恶。其间文武官共二十七人，各有所长，堪备任使，今具姓名，条列如后：

一、战将八人，缓急可以使唤：

如京使孟元，知兵书，疏财，善抚士，然未经战阵。

内殿承制郝质，沉厚有勇，善用兵，累经战阵。

北作坊使田朏，有勇，累战有功。

崇仪副使王吉，臣已有论荐。

礼宾副使张岊，河西人，有武勇智谋，善战。

百胜寨主折继长，有勇好战，曾立功。

权镇川堡陈怀顺，府州人，有勇好战。

麟州兵马都监田屿，有勇好战。

一、武臣中材干者四人：

岢岚军使米光濬，已曾荐举。

知保德军刘承嗣。

建宁寨主陈昭兼，有勇好战，未曾经行阵。

岢岚军五谷巡检夏侯合。

一、通判中五人，可以升陟差使：

并州通判、秘书丞张日用，通晓民事。

岚州通判、殿中丞董沔，清洁，勤于吏事。

宁化军通判、大理寺丞武陶，勤干。

屯田员外郎、麟州通判孙预，清勤。

保德军通判、赞善大夫吴中，廉干。

一、知县令、州县职官中，材干可用者十人：

著作佐郎、知平定军乐平县事孙直方，

代州崞县令王旭，

府州签署判官公事史谭，

绛州稷山县令刘处中，

潞州屯田县令张曜、县尉王旬龙，

大理寺丞、知并州阳曲县事张景俭，

知并州大谷县张伯玉，

大理寺丞、知榆次县吴天常，

岢岚军岚谷县尉安吉。

右，谨具如前。伏乞圣旨，送中书枢密院记录姓名差使。今取进止。

举刘羲叟札子

臣昨奉敕差往河东，伏见泽州进士刘羲叟，有纯朴之行，为乡里所称，博涉经史，明于治乱。其学通天人祸福之际，可与汉之歆、向、张衡、郎觊之徒为比。致之朝廷，可备顾问。伏乞特赐召试，或不如所举，臣甘当朝典。今取进止。

缴进刘羲叟《春秋灾异》奏状

右，臣近曾荐举泽州进士刘羲叟，学通天人祸福之际，如汉歆、向、张衡、郎头之比。乞赐召试，升之朝廷，可备顾问。臣今有收得刘羲叟所撰《春秋灾异集》一册，其辞章精博，学识该明，论议有出于古人，文字可行于当世。然止是羲叟所学之一端，其学业通博，诘之不可穷屈。其文字一册，臣今谨具进呈。伏望圣慈下两制看详，如有可采，乞早赐召试。

谨具状奏闻。

论代州开壕事宜札子

臣昨到代州，见其城壁甚坚，壕虽三重，而地高无水，惟一面有城中弃水停聚。其壕不足恃以为固，然尚为三重，高下相连，犹可以隔奔突。近年有臣寮擘画，欲掘出重岸，通为一壕。以臣相度，若壕无水而通为一，则坦为平地，不异无壕。又工料极大，去年大役乡兵，所开未及三二分。又治险为平，非自固之计。兼工大猝难了当，虚劳人力。欲乞特赐止绝。取进止。

举张旨代王凯札子

臣昨至河东，伏见西京作坊使王凯，见在麟府路勾当军马司公事。此一职乃是河外将领，其任非轻。凯虽将家，姿性柔谨，虽闻前后累经战斗，而询访彼中众议，皆云得功非实，冒赏最多。见今勾当军马一司，虽无大过，而军民将校不得其情，众口纷然，莫能服众。臣亦累询其缊畜，绝无所长，缓急边防事宜，必不能指挥诸将，奋勇立功。况其在彼，将及二年。

伏见河东提点刑狱、职方员外郎张旨，为人有心力胆勇，材干可称。先在府州，经第一次围闭，仓卒之际，应变有谋，至今府人思之不已。兼谙知边事，晓达军情。臣今保举，堪充边将任使。欲乞特出圣恩，与超换一近上使名，令代王凯，庶几缓急可捍边防。如蒙朝廷擢用，后犯正入己赃，及边事败误，臣并甘同罪。今取进止。

论不才官吏状

臣昨往河东一路，所见官吏内有全然不任其职，须至替移者，今具姓名如后：

一、知泽州、度支郎中、直史馆鲍亚之，年老昏昧，视听不明，行步难涩，本州职事全然不治。昨转运使刘京至泽州，决遣公人手分六十余人。兼信纵手分拆诸县村学，要盖州学，及敛掠人户钱一千余贯，充盖造州学使用等事件甚多。其人西京广有家活，而昏病之年贪禄不止。伏乞转与一致仕官。

一、知汾州、虞部郎中范尹，年老昏昧，不能检束子弟，在州贩卖，搔扰人民。伏乞特与一致仕官。

一、宪州通判、国子博士刘与，年及七十，行步艰难，精神昏昧。虽已得替，伏乞特与一致仕官。

一、平定军乐平县监酒借职石贵，本是军中出职，因捉贼不获，降充监当。其人不识字，又是独员。如允臣所奏，乞下枢密院、三班，著为定令。

右，谨具如前。今取进止。

乞罢刈白草札子

臣昨至河东，问得去年转运司擘画于诸州军差兵士收刈白草，数目虽多，然其害不浅。臣所过州军，皆称白草为患。盖河东山险，地土平阔处少，高山峻坂，并为人户耕种。惟荒闲草地去人绝远，兼又不多，兵士收刈般担，地里阔远，工课不办。其兵士往往逃亡，州县遂差乡兵及村民配数般担。百姓避见远般辛苦，裹费又多，遂只将秆草送纳，非次更成一重科配。其纳下真白草者，支与军人喂马，不及秆草，又皆不乐。及草场中不耐停留，专副有损烂陪填之患。兼虚占却杂役兵士，诸处修补城壁诸般工役，处处阙人。不便事多，臣今略举数事如后：

一、据辽州状，分析勘会在州及外县寨专副杨晸等下山白草，共肆万柒仟伍佰陆拾肆束，内在州每月约支叁佰壹拾叁束，及外县寨每月约支壹佰肆拾余束，约得向去捌年零柒个月支遣。其上件山白草，自去年八月已后至年终，本州及外县镇差兵士并散从官、步奏官、承符、手力、诸色公人等入山收刈到，逐旋般运赴场送纳，积叠收管。其上件山白草，若经今夏雨水，必是大段损烂，不堪经久存留，委是诣实。

一、臣昨六月中旬内至保德军，闻得本处白草差百姓、公人般担，至今尚未了。疑其白草是去年秋间刈下，积露田野，必须损烂。因采问得村外白草，已并无。其差配着担草人户，却于请白草兵士处旋买纳官，每一驮子三百文省。

一、据岢岚军状，自八月二日起首，至十月三日住止，元差兵士一千三十八人，至放散日逃亡一百三十六人，只有九百余人入役，收刈到草玖万二千九百余束。将军人请受诸般钱物，计七千三百七十二贯文，若比算买草价钱，每束及七十九文省。

一、平定军元差宣毅兵士刈草，本军为兵士辛苦，逃亡及自缢者一月中四五十人，遂放散兵士，差两县村民，往往只将秆草送纳。忻州亦为刈下无人般担，配与百姓人户，亦多将秆草送纳。

右，具如前。其诸州军各称白草不便，不能一一条列。伏乞特降朝旨，速令止绝。缘臣昨七月初离汾州，见转运司已抽晋、绛兵士，称于沿边刈草。窃恐即今已下手收刈，乞早降指挥放散。况勘会本路一年秋税和籴等草，共五百余万束，庆历三年一年只支四百余万，今年马军抽减归京后，马数少于去年，其秆草等数必不至阙少。今取进止。

乞免浮客及下等人户差科札子

臣昨见河东人民疲弊，道路怨嗟，盖自兵革一兴，调歛繁重。今兵未能减，用未能节，但当恤其贫困，稍得均平，则民力粗宽，怨嗟可息。

往时因为臣寮起请，将天下州县城郭人户分为十等差科。当定户之时，系其官吏能否，有只将堪任差配人户定为十等者，有将城邑之民不问贫穷孤老尽充十等者，有只将主户为十等者，有并客户亦定十等者。州县大小贫富既各不同，而等第差科之间又由官吏临时均配，就中僻小州县，官吏多非其人，是小处贫民，常苦重歛。河东诸州，并州最大，辽州最小，并州客户不入等第，辽州尽入等第。臣昨至辽州，人户累有词状，遂牒本州。据州状称："检估得第七等一户高荣，家业共直十四贯文省，其人卖松明为活。第五等一户韩嗣，家业二十七贯文。第八等一户韩秘，家业九贯文。第四等一户，开饼店为活，日掠房钱六文。"其余岚、宪等州，岢岚、宁化等军，并系僻小凋残之处，其十等人户，内有卖水卖柴及孤老妇人不能自存者，并一例科配。臣勘会庆历三年一年诸州军科配，惟并、辽州、火山军三处，第九、第十两等人户免得配率。若并州免得，则他处岂可不免？盖由官吏临时均配，是致不均。

臣今欲乞特降朝旨下河东路，一概将贫民下户减放差配。今具画一如后：

一、并州最大，在城浮客不入等第；辽州最小，县郭浮客尽充等第。臣今欲乞将辽州客户比类并州，特与放免等第。其岢岚、保德军，岚、忻等州，亦有浮客充等第者。缘彼处浮客，当屯兵之地，经营物力过于主户，尚堪差配。辽州荒僻，与近边州郡不同，乞特与放免。

一、臣体问得河北、陕西二路州县，科配止于第六、第七等。今河东除并、辽、火山三处外，并差配下及十等。臣今欲相度并、晋、绛、潞、汾、泽等六州，在河东物力比他州富实，其第九、第十两等人户，乞与免差配。其余州军第八、第九、第十三等人户，并乞特与放免差配。取进止。

乞免蒿头酒户课利札子

臣窃见河东买扑酒户，自兵兴数年，不计远近，并将月纳课利支往边上，折纳米粟。近又转运司擘画，将课利稍多者四十九处，并已官自开沽。其余衙前百姓买扑者，皆是利薄之处。其衙前公人差遣重难百倍往日，而酬奖场务有利处，官已夺之。其见今利薄场务，又更有边远折纳陪填之费，兑欠课额，破家业，被鞭扑，不堪其苦。

其百姓买扑者，自兵兴以来，苦于支移输纳，并无人肯承替。有开沽五七年、十年已上者，家业已破，酒务不开，而空纳课利，民间谓之蒿头供输。臣昨至忻州，据百姓陈明状称，元有盖顺天禧四年买扑酒务，至乾兴元年身死家破，什保人陈明等蒿头代纳，至今二十五年。臣遂差崞县令王旭，于忻、代二州一一点检酒户见今开沽，及即目正名身死人户蒿头代纳者。寻据王旭状列："一十八户系正名身死，什保人开沽送纳。十二户系并无人开沽，只是什保及干系公人、里正等陪纳，及什保人家破，后来承买什保人产业户下蒿头代纳。"臣略行勘会，二州已有三十户，则诸州其数极多。

臣今欲乞下转运司，差官遍诣诸州，点检应有蒿头供纳者，并与开阁放免。系代保人开沽，并正名买扑见开沽人，并乞特与权免支移边上三二年。所贵利薄酒户，稍获宽舒。况今沿边粮储，不至阙少。

举陆询武札子

臣昨奉使河东，得西头供奉官、并代州驻泊都监米光濬，西京作坊使、并代州钤辖王凯，四方馆使、并代州钤辖张亢，内殿承制、并代州都监郝质，供备库使、并代州都监田朏，崇仪副使、麟府路都监王吉等六状，各为进士陆询武有材勇，久在边上，累曾随诸将战斗，乞朝廷录用。臣亦曾召询武询问。其人曾应进士举，熟知边事，通习兵书，善弓马，有胆勇。伏乞朝廷特赐收录，与一借奉职或县尉名目安排，令于边防或内地多贼县分展效。如后本人犯入己赃及不如举状，臣并甘同罪。今取进止。

论举官未行札子

臣近曾有札子，奏举河东路提点刑狱张旨，乞超换一近上使额，替王凯勾当麟府路军马公事。兼奏举平定军知乐平县孙直方，堪充代州通判，替李舜元。各未蒙朝廷擢用。

臣伏见近日保州兵士作过，与国家生一大患，只为知州、通判非人，不能早察军情，制于未乱。朝廷以此可为鉴戒。王凯在河外，不得军民之情，及李舜元不晓边郡事体。臣所举张旨、孙直方，并无侥幸。但以臣忝在两制，奉朝命巡行边郡，所见官吏能否，合有陈列，兼臣并是同罪保举。伏望朝廷特加信纳，其张旨、孙直方早与升擢移换。

论永宁军捉获作过兵士札子

臣近据永宁军捉获作过兵士，已曾具结集作过因依闻奏讫。盖以河北屯聚兵马虽多，自来未有威名将帅镇抚，而卒士骄狠，相习为常。昨自保州变乱之后，安肃军、卫州、通利军等处，相继结集不已。只如今来赵牧等，本亦别无酷虐情状，只是偶然柬试不当。况自有部署、转运、提点刑狱司等处，自可依公论诉，岂得小不如意，便谋结集？以此见虽是官吏乖方，亦由骄兵好乱。

臣伏见有唐骄兵逐帅之祸起自河北，始务姑息，养成大患。况今河北为国家重地，事之利害所系不轻，尤宜远虑周思，防微杜渐。今官吏败事，偶宽责罚，未至失刑。若骄兵过示姑息，一启其端，则他时有不可制之患。昨保州之事，知州、通判并遭杀害，其余官吏各重行责降，至今保兵自为得志，动皆引以为言。而即目统兵之官，亦自始以为戒，军威日削，士气益骄。今永宁之事，亦因兹而驯致也。其赵牧等虽为可罪，若便重行黜责，则河北骄兵结集，窃恐自此渐多，开启其端，养成后患。以此而言，赵牧等可罪之人诚不足惜，所可惜者朝廷事体也。

其赵牧等，欲乞候断讫作过兵士，且与移一河北邻近依旧资序差遣，不使骄兵得志而后患转滋。必欲更行移降，事朝旨定，逾时亦未为晚。

河北奉使奏草

乞许同商量保州事札子

臣准敕差充河北转运按察使，伏见河北骄兵作过，见据保州，招之未肯开门，击之未能速破。诸将集于城下，而进退攻取未有定计。臣今偶被奖擢，俾当繁使。至于应副粮草军须之类，皆有司之常事，臣虽竭力供职，未足以称陛下用臣之意。臣今欲乞每遇军马攻讨招抚应干保州事宜，许臣与田况、李昭亮等同共商量施行，庶几愚虑有裨万一。如允臣所奏，乞特降圣旨札子付臣，及乞札与田况等。今取进止。

【解题】

此组奏草共四十三篇，作于庆历四年（1044）八月至次年八月一年间。庆历四年八月初，河北路保州驻军发生兵变，契丹大军集结边境，仁宗有意选派大臣充实河北边备，宰相晏殊推荐欧阳修。在庆历新政生死攸关的时刻，谏官们谏阻欧阳修出使，未能成功。八月十四日，欧阳修被任命为河北转运按察使，并允许过问保州军事。

上任伊始，欧阳修劾奏真定府、定州路马步军都总管李昭亮。李昭亮强占叛兵妻女，下级官吏纷纷仿效，闻欧有章弹奏，赶紧放走了叛兵家眷。次年正月，欧阳修权知真定府事。闻讯郭承祐将出知邢州，百姓纷纷逃避。欧阳修二次奏呈乞罢郭承祐知邢州，终于使朝廷将郭承祐改任河阳部署。在河北任上，欧阳修勤于政事，为御河漕运，为弓弩都作院建设，为保举人才，巩固边防，为减轻百姓负担，进呈了一系列奏疏，做了大量工作。然而在庆历新政失败的大气候下，这位忠于职守的封建士大夫终于落入守旧派罗织的"张甥案"，落职贬知滁州。

这些奏札，见识卓远，语言平实，引证大量具体材料，条分缕析，表现了欧阳修经世致用之才。（以下四十二篇奏议解题从略）

举官札子

臣近蒙圣恩，擢备任使。臣勘会本路州县至多，甲马甚众，比于三路，最号繁难。况今兵据保州，河决德、博，虏人对境，未测事宜。当此之时，以臣非才，骤当重责，苟一败职，所系非轻，须藉众能，庶可共济。臣今有奏举下项官吏五人，伏乞朝廷特赐勘会本路州县阙员及有成资满任阙处，各与差除，以备缓急勾当。庶几职务办集，不至败误。今具姓名画一如后：

一、前知长垣县、著作佐郎黄赘。臣前任滑州通判日，与赘县境相邻，熟闻其政治之迹。本人近准敕移知大宁监。窃知长垣县系祗应北朝人使，有例免得远官。臣今欲乞下审官院及开封府会问，保明本官实曾祗应人使，及合免远官体例，特除一河北路通判差遣。

一、权兖州掌书记龚鼎臣。有词学，明于吏术。历官六考，有举主，磨勘循资，今又成一考，见有举主。臣今欲乞检会本人考第、举主，特改转一京官，除注河北路签判、知县差遣。

一、新授舒州团练判官徐玉。为性明敏，有吏干，晓民政。其人新授官，未赴任。臣今欲乞特除一河北职官或知县差遣。

一、太庙斋郎姜潜。有文行，通晓民间利病，熟知河北事宜。臣今欲乞特除一河北路县令或主簿差遣。

一、试国子四门助教李边，有胆勇材武。本因白身效用，捉贼得功。臣今欲乞特除一河北县尉差遣。

右，谨具如前。臣所奏举黄贽等五人，如蒙朝廷擢用，后犯正入己赃及不如举状，臣并甘同罪。谨具状奏闻，伏候敕旨。

乞不亲教阅札子

臣近准中书札子节文："河北宜选转运使二员，密授经略之任，使其熟图利害，阴为预备，仰不住遍行巡历，所到据城壁并烽火台防城，动使、家事、衣甲、器械，一一觑步，仍躬亲于教阅处试验兵士鞍马次第"者。

臣偶以不才，被此责任。若乃询究军民之利害，相度山川之险要，斡运刍粟，建易城寨，以至按察将吏，廉其否臧，营办工材，督治器甲，如此等事，乃是朝廷密授臣经略之职，敢不尽心！至如躬亲教阅，此则主兵之官日行常事。兼臣本司自有职事，凡于军政既不精专，而又所至州军一岁不过一两次，暂时按视，难尽精详，纵欲处置改更，未必皆当。况主兵之权，贵于统一，侵官失职，于理非便。

臣今欲乞除点检城壁、器甲，并依中书札子内圣旨指挥外，所有转运使、提点刑狱司等躬亲教阅一事，乞更不施行。如允臣所奏，乞明降朝旨。

乞许转运司差兵士捉贼札子

当司准枢密院札子节文："奉圣旨，令真定府路、定州路、高阳关部署司各行移文字，与合行本路管辖军马、州军，今后每遇勾抽系路分管辖军马，候见本属部署司文字，即得起发。并札付河北都转运司，亦仰依此指挥。"

右，谨具如前。当司近因巡历至邢州，据赵州宁晋县乡兵都头管用德状及口称："缉得昨来北京走却壮城兵士强贼一十一人，见在赵州赞皇县窝藏，乞差使臣兵士，指引前去掩捕。”臣寻为本州及侧近地分巡检、县尉并在磁、洺州会合，见捉打劫武安县贼人次，侧近应急别无巡检使臣可差。又缘近准上件枢密院札子，转运司差拨兵士不得。偶值宣抚使富弼到邢州，遂具状乞就差使臣兵士，已差殿直高惟正带兵甲前去掩捕。次臣看详近降枢密院札子，盖为大段起发兵马，须候部署司勾抽，不欲令他司侵主兵之权。事要统一，敢不遵行？

臣欲乞今后遇有强恶贼人之处，巡检、县尉地分遥远未能救应之间，许令转运司于就近州军勾拨兵士一二百人，以来应急掩捕。所贵不致透漏强恶贼人。其余大段起移兵马，即依近降枢密院札子指挥。如允臣所奏，乞降付本司及部署司施行。

奏洺州盗贼事札子

今月十日，准枢密院札子：“邢州驻泊都监胡承泽奏：‘近准枢密院札子，监逐大名府、磁、相、邢、洺州巡检等捉杀贼盗者。今有贼人徒伴杀并到军贼头刘贵首级，并前后捉杀获共七人外，只有三两人见已杀并散。相度更不消臣监逐收捉，欲乞却归邢州管勾本职公事。候旨。’奉圣旨，令河北都转运司相度指挥讫奏。”

右，臣昨自到任，累据北京、邢、洺、磁等州节次申报：“军贼或十人、十五人至二十人，在西路数州之内惊劫人户，掠夺递马并乡村生马骑乘，倏忽往来，不办头首姓名及每火人数。”寻根问得元有杀巡检、县尉军贼刘贵一火，及近日大名府走却壮城兵士九人，共两火，略知姓名。虽曾捉杀得数人，然其余党昌炽愈甚，或旋合火伴，或胁逐村人，到处一二十人，动成群队。臣今月九日，巡历到洺州南，准本州巡检走报称：“有军贼十四人，打夺临洺界马递铺。”同时又据磁州申：“武安县军贼二十人，入县衙斗敌，伤着兵士及烧劫草市。”当日又据权巡检、殿直高惟正申："邢州沙河县九月一日有贼一火打劫村民史秀。"至十一日，臣离洺州，至故城马铺，又闻前面马铺有贼四人，白日骑马带甲群行过往，向东鸡泽县。

贼势如此交横，其巡检、县尉等并各未见向前捉捕。臣虽已一面催促巡检、县尉等，及牒逐处并力掩捕，及体量巡检、县尉内有畏懦不能捉贼者，续乞替换行遣。次不委胡承泽妄有申奏只有三两人未获，意欲速罢捉贼差使。兼臣曾召承泽问，当口称奉宣监捉，本不令躬亲捉杀。兼宣抚使富弼已权差供奉官武永孚、内殿承制魏辛等，充邢、洺五州军捉贼。方今盗贼势虽未衰，其胡承泽，臣已牒令却归本任去讫。

乞一面罢差兵士拽磨札子

右，臣准中书札子："访闻昨来石待举擘画酒务，内令兵士拽磨，所贵省得草料。转运司寻依此遍下诸州军施行讫。今仰立便指挥只依旧用驴子拽磨，仍具因依闻奏。"臣今检取到元初一宗行遣公案，勘会得庆历三年十一月九日，转运使张沔因巡历到保州。本州通判石待举擘画申请，乞更不差磨憔驴子，只以厢军兵士推磨，所有转运使张沔寻依所申行下。今来朝廷指挥，仰疾速止绝。本司相度即目已是秋深，磨憔踏麹罢多日，兼又保塞乱兵才息，若非时急，行出上件指挥，深虑扇惑小人，别致引惹。

欲乞直候来年将及踏麹之时，只作本司一面行遣，依旧却差驴子，所贵不至张皇引惹。谨具状奏闻。

奏李昭亮私取叛兵子女札子

右，臣近巡历至保州，访闻得部署李昭亮昨因保州开门后入城，将云翼第九兵士妻女分配与诸州军军员等。本为是作乱兵士妻女，配与军营，要行戒励。却于其中拣选军人女子，先自将入昭亮本家及手下兵士。使臣、通判官等递相仿效，亦各私取归家。军民传闻，道路喧沸。其李昭亮等知臣觉察举行，遂却转递出外，即目未知去处。寻据定州通判冯博文状陈首，称收得长行许秀女一人。臣等勾到许秀女子小姐及元传送兵士杨遂、王在共三人，已牒送真定府通判王鹏，于本府置院推勘去讫。

谨具状奏闻。

乞不诘问刘涣斩人札子

臣近知吉州刺史刘涣新到保州，因点检军资库，有虞候张吉无礼及擅开金银笼子，不伏知州指挥，已行处斩讫。窃闻前转运使张沔曾具奏闻，深意朝廷别致疑惑。况保州新经兵乱，河北士卒素骄，处置权宜，难依常法。伏乞朝廷更不诘问，所贵不致引惹。今取进止。

访问逐州利害牒

当司勘会辖下州、军、县、镇地里阔远，户口、财赋、兵甲甚多，逐处官吏所见公私利病，窃虑当司巡历未到之间，无由一一询访，须议专行公文者。

牒具如前。事须牒某州，候到，仰遍牒在州及外县镇官员。内有见得本路及本职务不便事件及民间弊病，可以兴利除害者，并密具文字子细条列，直赴当司投下，以凭看详可否。

乞不令提刑司点检赏给札子

臣近准枢密院札子节文："河北诸州军将来所支厢禁军赏给折支，奉圣旨，札与转运、提点刑狱司疾速分头遍行点检。"续准宣头节文："今下河北转运使副、提点刑狱、朝臣、使臣，候到逐处将赏给物色，若是估价尚高，便仰重行估计。其札子、宣头，并不得下司者。"

臣伏详朝旨，本为赏给之物不可亏损军人。又缘士卒素骄，亦须镇静。故每于赏给文字，多令不得下司者，盖虑张皇，却生引惹。今若只令转运司点检，即可以因巡历名目，每到州军，自合点检仓库，因便于军资库内点检。如此，方可不至张皇。其提刑司自来不管钱谷，忽至州军，却入军资库点检，即兵士皆知朝廷畏惧军人，特令点检。如此，却成引惹。又虑诸州军见自来提刑不管钱谷，忽要入军资库，不肯应副，则须明言有朝旨点检赏物，又全违不下司之意。有此，事体不便。

伏乞朝廷专责转运使一面点检准备。况臣累准朝旨指挥，丁宁严切，已各行下诸州军，及见巡历，因便点检。亦恐州军数多，南郊渐近，遍到不得，即乞密委本州通判等就点检。所贵不至张皇。如允臣所奏，乞明降圣旨指挥，更不令提刑司点检。所贵别不张皇引惹。取进止。

保举王果札子

右，臣等伏见前知定州、皇城使王果移知密州。或闻朝议罪果昨攻保州之日，伤中兵士数多，及纵兵掠夺南关人户财物，所以降移差遣。

臣等体量得昨来保州兵士作乱之初，便欲自南门突出，赖果领兵力拒，守得南关，贼既不能奔突，遂闭城门。兼初闭门之时，尚可斩关而入，为诸将心不齐一，致果不能独进。其兵士伤中人多，盖是果能得士死力，奋勇争先；虽有中伤，寻各完复。其后累降招榜，贼众擦城投降，亦因外兵攻围，示以必取，贼知穷蹙，方肯听命。果之力战，不为无助。其南关人户财物，乃是招收两指挥初作乱之时，先自南关劫掠，然后入城。果到南关，只令兵士于招收叛卒营内就其粮水，兵士或得些小物色，多是叛卒遗弃之物。然东关人户，亦不免劫掠。昨来保州城开之后，两关人户皆有状称劫掠财物不少，足明因乱被劫，不独南关。盖缘王果为性刚勇，奋不顾身，但务尽忠，不恤毁誉。若朝廷当用兵伐叛之初，罪先登效命之将，使冒矢石中伤者被责，而避贼不战偶无伤中者得迁，窃虑赏罚失中，无以劝戒。兼臣昨因巡历至沿边州军，访闻军民嗟愤，皆以果当被赏，而不意被责，累经本司及宣抚司陈诉举留。

伏望朝廷审察爱憎之言，保全忠勇之士。其王果，伏乞特与清雪，复一河北沿边重地差遣。所贵下叶军民之议，激劝将吏之心。

谨具状奏闻。

保明张景伯札子

准宣头节文："磁州奏，'据武安知县张景伯申，今月六日，有军贼约二十余人入县，围却县城，有守把兵士三十余人于县门楼上相射，贼人中箭后便忽出往城西草市，打劫刘简家财物，乞指挥收捉去讫奏闻'事，宜令河北都转运司疾速体量诣实。如是上件贼人曾打劫县城里面人户财物，所有本县官员，仰依近降指挥取勘施行。并下提刑司火急指挥，应干系地分都同巡检使臣及捕盗官等，仰立便部领兵甲弓手等会合捉杀，须管败获。所乞权差兵士百十人防护县城，即仰转运司疾速相度差拨讫奏闻"者。

右，谨具如前。当司勘会，先据磁州状申，今月六日，有军贼二十余人入武安县内打劫，被知县张景伯部领守把兵士于县门楼上相射，贼人中箭，出往城西草市内打劫刘简家财物。粘逐前去，值夜捉贼不获，乞差巡检、县尉会合捉杀，及乞于诸县添差守把兵士，及权差义勇防托。当司寻遍牒都大捉贼徐夔及地分巡检、县尉等分头捉杀。及牒磁州差兵士义勇，量支器甲，防守县城。相次据徐夔及沙河县令申，斫到贼头一个。及胡承泽申，永年县百姓杀头二个。又据磁州申，活捉到军贼张聂一人，斫到徐木大、赵二头二个。其余并是元被贼人驱虏去递铺兵士及百姓等。并各诣逐处首身讫外，即目磁、洺之间，别无贼盗。

当司体量得上件贼人元初于武安县打劫，被知县张景伯与兵士三十余人用命射中贼人，致其溃散，因此徐夔等接势收捉斫杀，方得尽静。其武安县吏，难议更行取勘。

谨具状奏闻。

乞罢郭承祐知邢州札子

臣近日伏睹差郭承祐知邢州。臣自蒙朝廷差充转运按察使已来，前后累准密降不下司宣头、札子，令常用心体量辖下官吏。臣细详朝旨，本为河北于天下诸路最为用武之地。曩因北虏通和之后，弛备多年，一旦恐有事宜，百事隳废。朝廷悔鉴前弊，故先慎择官吏，务欲修整颓纲。昨准宣头节文："一十九州军择人久任外，其余州军长吏，令中书门下、枢密院选差。并下转运司体量大小文武官不堪其任者，不得容庇不才，因循不切纠举，却致临事阙误。"朝廷留意河北，丁宁切至如此。加以近自保州兵乱之后，至今民尚虚惊，军情未帖，相次顺安军、瀛州、安肃军、卫州、通利军等诸处，不住骄兵扇摇结构。当此之际，臣实不意选差郭承祐为河北长吏。

承祐顷知澶州，引惹修城兵士几至作闹。去年差来河北将兵，臣在谏院，曾极论列，寻罢知相州。贪秽之状，狼藉多端，又为按察使张昷之奏论，罢为北京部署。今者移陕西，迁延不去，又以邢台委之。当河朔多事，朝廷丁宁留意之时，承祐累任不离河北。不审其人果以何能，当此慎选？承祐庸劣贪秽，奴厮之材。若以曾效仆使之劳，不忍废弃，岂无闲处可畜养之？况邢州北连镇、定，控扼西山，军马所屯，人民繁富，御戎镇俗，尤须择吏。万一乏人选差，止得中常之材，尚胜承祐。

伏望朝廷顾惜河朔名藩重地，不使庸劣小人坏之。其郭承祐，伏乞特赐指挥罢去，邢州别选差人。取进止。

再奏郭承祐札子

臣昨睹朝廷差郭承祐知邢州，已曾具札子奏论，乞别选差人，至今未奉朝旨。臣昨因准中书札子权知成德，自邢州经过，见其城壁严整，居人繁富，不惟为朝廷惜此名藩重地；兼痛惜一城军民将罹其毒。仍采问得邢州之民，自闻朝廷差下郭承祐，其上等人户各诉免行户，及欲逃移他郡。缘承祐久在河北，其赃秽之状人尽知之。窃恐朝廷未知民情不悦如此，谨再具奏闻。取进止。

五　保　牒

当司检会辖下诸州军近年不住申报盗贼群火极多。盖缘盗贼必先须乡村各有宿食窝藏之处，及所得赃物常有转卖寄附之家，然后方能作贼。所以自来每有群盗惊劫，及至官司捕捉，又却分散不见踪迹，卒难寻觅。盖为乡村不相觉察，致得奸盗之人到处便可容隐。兼检会，准《户令》："诸户皆以邻聚相保，以相检察，勿造非违。如有远客来过止宿，及保内之人有所行诣，并语同保知。"虽然有此令文，州县多不举行。昨因巡历到通利军，问得旧来常有盗贼逃军为患，近岁黎阳、卫县各将乡村之人五家结为一保，自结保后来，绝无逃军贼盗，公私简静，其利甚博。须议专有施行。

右具如前。当司相度邻聚相保之法，是国家见行敕令，于公私甚利。然今既举行，若县令非才，不能制驭公人胥吏，则勾追搔扰，未见其利，先为民害。以此当司未欲一概遍行指挥，今且于辖下诸县柬选知县、县令公明材干可以差委者，先次施行。数内某官见知某县事，须实封专牒某官，候到，请详前项事理施行。当司所录去合保次第，只是大纲，若更有合从彼处民便，别加增损事件，亦请一面增损施行。仍请先具如何施行次第，公文供报，无至张皇卤莽者。

乞推究李昭亮札子

准中书札子节文："奉圣旨，冯博文为陈首特放，更不置院推勘。如更有官员使臣等将带却保州作过兵士人口往本家者，并许陈首，亦与放罪。仰本处依前来体例，配与军员收养"者。

右，谨具如前。当司昨为真定府、定州等路，部署李昭亮身为大将，不能统辖，致得保州兵士作乱。及朝廷累降敕榜屈法招诱，叛卒方肯归降。既城开之后，其李昭亮转帖号令诸军不得私取人口并财物，却先将叛卒女口私入本家。当司为见李昭亮忝为大将，不恤国家忧患，幸此乱兵，利其妻女。当司职在按察，理合举行，遂当面询问李昭亮，其人妄称不曾收得。及通判冯博文处亦有一人，知臣觉察，遂急送保州陈首。当司为要见得李昭亮处私取叛兵士女口归着，遂勾追冯博文处许秀女一人及转送兵士等，于真定府差官置院根勘，本为要李昭亮私取手下叛兵妻女归着。

今准中书札子内上项圣旨指挥，欲乞除冯博文特放更不推勘，及其余官员使臣等未发觉者并许陈首外，其李昭亮身为大将，不忧国家，幸此乱兵，私取妻女，其情理不轻，况已发觉，无容自首。伏乞许臣根勘。见归着，奏取敕裁。兼本司已牒推勘院，令疏放冯博文处许小姐，及催促根究李昭亮私取人等，早行结绝，未得断遣缴送当司，以凭看详闻奏去讫。伏缘当司职在按察，今来若举察辖下官吏，未容根究，便行疏放，即按察之司，是为虚设，今后官吏作过者，无由纠举。伏乞朝廷特赐详察。谨具状奏闻。

乞将误降配厢军依旧升为禁军札子

当司近牒真定府、定州等路部署司，取索昨来保州分配作过兵士人数。寻准部署司公文，分析到一宗分配兵士人数，内二千一百六十五人配诸州军禁军，一百九十八人配诸州军厢军。臣昨因巡历到通利军，勘会本军分配，系保州分配来兵士，共九十人，内八十人配禁军武卫指挥，十人配厢军威边保节指挥。寻体问所配禁军兵士八十人，并是城中作过，杀戮吏民，劫夺财物，污辱良善，靡所不为。其人等并各配禁军指挥，仍升得军分。其十人配厢军者，元在保州城外巡警，闻城中兵乱，遂投定州，别不曾作过。当分配之时，却责以擅离地分，降配诸处充厢军。仍体问其人等为见城中作过兵士却升得军分，亦累曾经知军出头，有状声冤，称无过降作厢军。本军不敢接状，然亦以其人等怨忿，不敢差使功役，只与闲慢处窠坐羁縻。当司看详部署司分配保州兵士之时，升降之间，显是倒置。今来通利军威边等兵士，被作过之人升得军分，事相形比，不得无言。今若先其无事之时便与措置，尚全大体。若万一渐形怨忿，别起事端，至时难为镇静，不免改更，则转更引惹骄兵生事者。

右，具如前。当司虽子细体问得上件降充威边保节等厢军事节，盖虑引惹，又不敢亲唤本人取问分配因依。今录白部署司元牒，分析到厢军人数，头连在前。欲乞特降指挥下真定府、定州等路部署司，分析元降配诸处兵士元系是何指挥，及坐何等过犯降配。若会问得与当司体问得事理不别，即乞将降配厢军人数，只作因南郊该恩赦，却与升为禁军，所贵于事稍允。伏乞早降指挥。

乞一面除放欠负札子

臣窃见自来每遇南郊赦敕，除放天下欠负，朝廷虽示恩恤，而有司未尝奉行。是致天下常有积年欠负，累经赦宥，除放不得。使破败逃亡之人传子至孙，摊在亲戚干系人等，追扰陪填，不胜其苦。臣究其弊，盖为先降《天圣编敕》内，欠负官物该恩除放者，须得诸州军及转运司节次保明申奏，送三司并理欠司定夺。经历官司既多，则往复问难，拖延日月。故每一次赦恩除放则未能了当者，盖由关防太密，经历处多，使赦宥之恩拥隔不能及下，而官司胥吏反为搔扰之资。

臣伏睹今年赦书节文，内所该欠负官物特与除放者若干项，内若干项并特与除放，内一项即令本属及转运司保明闻奏。切缘虽申奏下三司、理欠司，即不免往复问难，拖延日月，使除放赦恩不时及下。臣今欲乞除赦文内一项元指定令保明申奏者依赦施行外，若干项系赦恩特与除放者，并许转运司子细勘会，先行除放讫，一面申三司及理欠司，乞行点检。如敢夹带不合除放之人误行除放者，其转运司官吏并科违制之罪。况三司、转运司俱是掌钱谷之司，其转运司尤以聚敛为功，只患刻剥太过，虽不经三司覆验，必不敢滥行除放。如允臣所请，乞特降指挥下诸路，申明赦文内令保明者并须申奏，其余特与除放者，许转运司除放讫，申三司。今具画一如后：

一、应乾兴年已前诸州军帐内，有椿管诸色欠负年深，及累经界分登带，不见年代名件，见无家业抵当，及正身亡没、配流不在，摊在妻男及干系人处理索，自来催纳不行者，不以有无侵欺盗用，并特与除放。此一项，臣今欲乞先行除放讫，申三司。

一、今日已前诸色欠负官物，并于干系十保人处摊理，元不显侵欺盗用者，或虽是侵欺盗用，本家并干系十保人内有委实见无抵当者，并仰本属及转运司保明闻奏，当议特与除放。此一项，臣今欲乞依赦文保明申奏。

一、应陕西、河东诸般纲运般送衣甲器械等，缘路死损却官驴骡，并磨擦、损折、渍污及去失匹帛，系剥纳亏官钱，元不是侵欺盗用者，并与除放。此一项，臣今欲乞先行除放讫，申三司。

一、应天下州府军监县等应干系节级手分，自来有失行遣催纳官物，并误行支遣，委不是启幸侵欺，见行摊纳者，并与除放。此一项，臣今欲乞先行除放讫，申三司。

一、应庆历三年终已前诸道州府军监人户，先因灾伤支借过贷粮草斛斗，除纳外见在欠数目，并特与除放。此一项，臣今欲乞先行除放讫，申三司。

一、应庆历三年已前诸处夏秋因灾伤倚阁税数，并特与除放。此一项，臣今欲乞先行除放讫，申三司。

一、应今日已前幕职州县官在任及未到任亡没者，如曾借过月俸，并特与除放。此一项，臣今欲乞先行除放讫，申三司。

一、应诸般启幸隐陷税租，今日已前已根磨出累年积欠数目，见行理纳者，并特与除放。此一项，臣今欲乞先行除放讫，申三司。

一、应羊纲死损亏折斤两，别无欺弊者，并特与除放。此一项，臣今欲乞先行除放讫，申三司。

一、应江淮、两浙、荆湖、福建、川峡等州军监，并黄河在京肆排岸艄工、兵士，牵驾纲船般运物色，内有少欠，元无欺弊，见剋折请受者，并特与除放。此一项，臣今欲乞先行除放讫，申三司。

一、应诸处有水火损败官物，及纲船遭风水抛失不虚，及贼偷盗，勘会分明，别无欺弊者，并特与除放。此一项，臣今欲乞先行除放讫，申三司。

乞真定府分骁武兵士别作指挥札子

臣勘会，昨准河北宣抚使司指挥，真定府骁武、云翼共五指挥各以五百人为一指挥外，共攒并出九百三十七人别为两指挥。本司已依近降枢密院札子，未敢分擘，先具分擘团并人数闻奏，听候朝廷指挥去讫。臣检会，昨准宣抚司札子，下河北诸路分并指挥，兼令转运司应副木植、人工，修盖营房。其诸处各为少阙材木，未曾修盖营房，仍未及分并指挥之间，已准枢密院札子，令奏候朝旨。以此，诸州兵士指挥各未曾分擘，营房亦未敢修盖。

惟有真定府一处，为有见在木植甚多，于未降到札子已前，寻便依准宣抚司指挥，踏逐到营房地，支拨一色新好材木，修盖到营一座，即今将欲了手。元指定作骁武兵士，各为住营内人多屋少，多是两三家共住一间，经夏暑雨存住不得，为见官中修营分擘指挥，人各忻然，遂其私便，各自用功修盖，全不曾催督，只及月余，已相次了手。

窃虑朝廷元降札子，指挥内有七百人已上处方许分擘，今来骁武三指挥各只是六百四五十人已上，以此不令分擘。又虑朝廷不见得本府骁武兵士已共力兴工，盖成好屋，今若却不令分擘，即恐兵士已指望上件营房屋住，顿然失望，于军情不便。伏乞朝廷特赐详察，其诸州军，即须候奏得朝旨，分定指挥，方得兴盖营房。其真定府一处已盖了营屋者，伏乞早降指挥，许令将骁武兵士分擘为一指挥，于新盖成营内居住。所贵下顺军情，别不生事。

仍乞检会部署司前奏人数，早赐施行。取进止。

乞放行牛皮胶鳔札子

臣累据辖下州军状申，为创造添修兵器，乞牛皮、筋、角、胶鳔物，勘会本路见在常是全然阙绝，民间虽有禁法，合逐旋纳官，及点检帐历，亦全无人户纳到数目。亦曾闻奏及申三司，乞自京师支拨。又为京师诸库各称亦是数少，或累申奏，不曾支得，纵或支下，亦数目不多，应副使用不足。其诸州军又为上下催促造作甚严，每于难得之中，或时支得些小，不暇柬择好弱，兼更使用不足，须至减料那融，只且备数修创，仅能成器，全不堪用。今河北一路兵器万数，虽然不少，而精好堪用之器十无一二。臣究其弊，盖为皮、角、筋、胶难得之故。臣因勘会自来国家明有禁法，民间筋、角须尽纳官，河南胶鳔又不许过河北。既有此禁，便合民间更无兵器。今河北见管义勇十七万有余，人人自有私弓弩，此是官司明知其数者。更有不系义勇之家，例有弓弩不少。其筋、角、胶鳔从何而得，能致弓弩如此之多？以此见国家禁法未便，只是禁得官中绝无，民间不能禁止。

臣今有起请擘画事件，伏乞朝廷特赐详度。如允臣所请，乞赐施行，庶得今后更不专仰朝廷辍那支拨，而物料渐有，兵器可精。今具画一如后：

一、未兵兴以前旧制，民间自死牛，皮、筋、角并中卖入官，量为三等支价钱。其不及等者退还百姓，及许客旅贩卖，官中置场收买。当时公私却不阙少。自兵兴后来，改法甚严，人户自死牛马，皮、筋、角限半月赴官送纳，许人陈告隐藏者支赏。自有此指挥，后来人户绝更不曾经官送纳，亦无人告首隐藏者。岂可二年之内，举河北牛马全然不倒死？以此足见改法之弊。盖其抛死牛马，已是下民之苦，更不支得价钱，令人户白纳，及更令陪钱于官司使用了纳，又令尽底纳官，绝却民间使用，以此民不为便。缘此等物，各是民间要用之物，陈告又支赏钱不多，所以各相蔽盖，无由发露。今年虽亦许破官钱收买，缘已有上项尽底纳官之条，民若不纳官而中卖，即是违禁之物，以此收买不得。臣今欲乞却依《天圣编敕》及前后旧条，许人户自死牛马，皮、筋、角中卖入官，分为三等支钱。不及等者退还本主，及置场收买客旅兴贩者。如有及等皮、角，不中官卖，即许人陈告。如此，所贵却似旧日，公私各获济用。

一、臣体量得河北私置弓弩并无河南过者，胶鳔只是河北自有。盖沧州大海，出鱼不异南方，及塘泊之中鱼亦不少，河北人民并能煎鳔，出处只百十文一斤，自来民间公行。官司只是黄河不放过南胶外，本土胶鳔，州县无人点检禁绝，民间取足使用，但官中自禁耳。臣今欲乞沧州及瀛、保等州相度置场收买，必然大段易得。窃虑议者犹恐官既收买，则民间公行，因此北界为不便。况今官虽不买，民间亦不曾禁，北人从来不藉南界贩鳔，岂闻无弓使用？以此言之，不足疑也。

右，谨具如前。所有牛皮、筋、角等，臣只见得本路利害，仍乞更下诸路转运司相度利害。取进止。

乞展便籴斛斗限札子

当司近准三司牒，为便籴斛斗，仰依《编敕》，至三月终住便，更不展限者。当司勘会沿边军储事大，累年斛斗，入便不敷。庆历元年，只便到八十五万；二年，只便到四十五万；三年，只便到一百四万。今年方遇丰熟，正是好行入便之时，价例比去年大段低减。兼每年客人虽有斛斗，不肯便行入中，须待体探年岁丰俭，及伺候官中价例高低，常至三四月间，方始猛来入中。今若只于三月尽顿然中止，即边储大段阙误。况元抛四百余万斛斗，即今全未籴得。莫州元抛二十万，方籴便到一万二千有余；信安三十万，方便到四千有余；霸州一十九万，方便到三千有余。其余大约似此，全未及数。只指望四五月间，趁逐入便。若便及省司元抛数目，只及四百万石，不得一年约支之数。若顿然住却，必见大段误事者。

右，谨具如前。伏乞朝廷特赐详酌，体认河北军马粮储事大，兼累年便籴不前，趁此年丰价贱之时，且乞依常年便籴，至五六月已来，只便及省司元抛数目即止。兼自有便籴已来，年年展限，客人以习惯其事，皆广为计置，直候依常年四五月方来入中。今若只于三月止住，即不惟全无入中，致阙乏误事，兼恐赚误客人，向后无由入中。伏乞特下三司，许令且依常年体例，候籴及元数，别听朝旨。仍乞速降指挥。

乞置御河催纲札子

臣伏见沿边镇、定等十六州军，每年入中斛斗，并支在京一色见钱，自来不止全仰沿边入中，亦于近里州军计置斛斗，从御河漕运输边，所以军储不阙。近年废却御河运船，不曾般运，只藉沿边入中。加又京师近岁难得见钱，客旅交钞无价，虽于沿边多添价例，终亦入中不前。近里州军却合相兼计置，然须先修运路，俟漕运路既行，方敢近里储积。今有擘画事件：一乞复置御河催纲二员；一乞将见行三说新法地分与沿边见钱籴州军，分为两番，更互入中。所贵漕运通流，边储易备，在京亦省费见钱之半。今具利害画一如后：

一、点检本司帐历，系管御河堪好粮船一千八百只，见在只有三百余只，内一千五百只不知所在，自来不曾点检。见差官二员根磨寻觅，至今未见归着。其见在三百余只，每年亦全不曾般运斛斗，只是杂般虚名占使。盖由御河催纲废罢，后来纲运无人提辖，致得纲梢偷减，拌和湿烂，损恶却馈边之粟，因此转运司渐废漕运之利。殊不思若只仰沿边入中，则在京广费见钱。在京钱少，则沿边亦难入中。兼昨本司近据广信军通判蒋贲擘画，求得江南配来船匠打造锁栿船，比旧船减省得物料人工，又可以封锁，不令偷拌，已打成一只，甚见利便，见今广谋打造次。臣今欲乞朝廷却复催纲二员，一员依旧于大名府，一员于乾宁军，渐用新船，兴行漕运之利。

一、勘会沿边十六州军元系见钱便籴外，近里大名府等七州军近年已许客人三说入中。然二法不可并行。若两处抄价苦相争，即客人只就近里入中，盖沿边全少土居斛斗，皆藉近里客人贩去中官。若沿边价高有利，即近里少人肯入，以此二法并行未便。臣今欲乞将见钱、三说二法，分为两番，一年于沿边见钱入中，则近里权住三说，次年于近里行三说，即沿边权住见钱。若近里入中而权住沿边，斛斗无所往，官中便籴必多。若沿边隔年一入，则京师减费见钱之半，不至滞却客抄，则沿边入中亦必多矣。若明立二法分番，示信于客人，则久远不劳朝廷改法，自可省得见钱，边备亦易计置。然近里沿御河州军用三说，本要输边，则须先修运路，故先乞复催纲二员也。

右，谨具如前。臣所乞复置催纲及籴便利害，伏乞朝廷特赐裁度。如允臣所请，即更有约束条件，候朝旨别具奏闻。

乞催纳放外税物札子

臣等近睹赦书节文："应今年系灾伤处，已经体量见欠税物，未得催理，奏取指挥。"当司勘会本路一十二州军各系水灾人户，已委官体量到合放税数，具帐申奏。其放外税物，并是见在苗亩上合纳税数，若更行减放，则奸幸之人枉有拖陷省税，及元计度军储失备。已具状奏闻，乞将第四等已下人户依赦取奏朝旨外，第三等已上人户放外合纳税物，乞许依例催纳，至今未蒙指挥。当司今再将合纳、合放税数勘会，合放税数已及七十四万余石束贯外，合纳尚有四十余万。若更行减放，即恐无名虚放数多，军储大段失备。况今年河北大丰熟，三二十年未有如此丰岁。其系灾伤地分已尽数检放外，合纳税数若于丰岁更行除放，即恐军储失备。将来岁不常丰，或小遇不熟，及缓急阙乏，不免却烦科敛。

臣等今欲乞朝廷检会本司前奏，特降指挥，其第三等已上人户除已放外合纳税数，乞依例催纳外，第四等已下人户放外合纳税数，仍乞与免支移折变，只令纳本色或见钱，则优幸已多。所贵赦恩下及贫民，上户不至侥幸。兼即今输纳是时，如允臣所请，乞速降指挥。今取进止。

乞置弓弩都作院札子

当司勘会近曾擘画，乞于磁、相州置都作院打造兵器，已蒙朝廷依奏，及差到监官等，见催促磁、相州盖造营房作院，及抽柬工匠打造一色精好器械次。切缘磁、相二州只是铁作院，所有弓弩元未曾别有擘画。当司今相度得西山一带所产弓弩良材甚多，自来系相州盘阳务采斫，应副诸处使用。今欲乞就近于邢州置都作院一所，专打造一色好弓弩，久远甚为利便。

盖缘弓弩二物，于兵器之中最难打造，尤要精专。至于煎胶、披筋，各有法度，燥湿寒暑有日时，制造迟速之间，若一事不精，遂不堪用，兼亦不久易损坏。见今诸州军弓弩，造作之时既皆草草，造成不久寻复损坏，又须从头修换，一番修换未了，一番已却损坏。即目诸州并不暇打造新弓弩，只是终年修换，旧者积压，无由了绝。有打造成后，不曾经使，已修三五次者。修换既频，转不堪用，虚费人功物料，久远误事不细。其弊如此，盖由散在诸州打造，工匠及监官皆不齐一，本司亦难为点检故也。若蒙朝廷许置都作院，即选得专一监官，柬择精好工匠，制定工料法式，明立赏罚，可以责成，兼亦易为点检者。

右，谨具如前。所有磁、相州铁作院，并今来起请弓弩都作院，创置事初，合立规法。欲候朝旨，许置弓弩作院，创置事一就，条列续奏，乞赐指挥遵守施行次。伏乞早降指挥。谨具状奏闻。

乞再定夺减放应役人数札子

臣勘会辖下州军使、州院节级前后行，并通引官、客司、书表司等，并各于元定敕额人数外，有影占上等人户。前转运使张昷之等，遂令诸州军据元额合留人数外，剩占之人并减放归农。虽减得人数不少，其如当时逐州行遣不一，或不问户等高下从下名减放者；或有于下名之中柬上等人户影占之人减放者；或有不问节级前后行，只柬上等人户减放者。遂致减放之后，不绝词讼。近累据减放公人等过状，却乞收叙。又缘诸州减放事体不一，若尽据减放之人却行收叙，则显违先降敕条额定之数；若全不收叙，则又有前行节级系名多年者，难尽不收，亦有州军经减放，往往辄已行收叙者。

臣等兼检会日近虽有条贯，前行不免里正，然额外人多，终是不便。若额外手分无贿赂乞觅之幸，则不可使其更当两役；若有贿赂乞觅之幸，则不当额外剩置人数。以此而言，只合依敕额为当。窃以事既干众，必欲州县久远遵行，则须乞自朝廷明降指挥，庶为定令。

臣等今欲乞特降朝旨申明元定人数，许本司遍取辖下州军见管人数及已减放之人，衮同依入事年月上名下次排连，从上据敕额元定人数存留外，截下额外之人，不问户第高下，一时减放。如此，则年深上名却得收叙，额外尽减，又不违敕条。内有州军元定人数全少，后来户口增盈，及公事委实繁多之处，乞许本司差官定夺，量与添人，具数闻奏，立定为额。庶绝词讼，兼可永久遵行。取进止。

乞不免两地供输人役札子

近又准中书札子节文："知保州刘涣奏，欲乞朝廷相度沿边州军应系两地供输人户，比附一州军内人户，量与减免州县色役。奉圣旨，宜令转运司勘会闻奏。"本司方行勘会相度次，续再准三司牒："伏乞朝廷指挥，内有界河北两地供输衙前两地人户，全放归农，只令输纳税赋。奉圣旨，依所奏施行。"臣勘会沿边界河以北百姓，虽有两地供输虚名，其税赋已经太宗皇帝朝全放，即今只于北界纳税，唯有差役，则两地共之。今若全放界河北人户差役，即是税赋、差徭全不属中国所管，既不能赋役其民，即久远其地亦非中国之有。此事所系利害不轻。又缘放免界河以北人户归农，指挥元不曾降下，本司相度只是朝廷下三司直降下沿边施行。已行之事虽失难追，然昨来所放只是衙前、客司第一等人户差役，所有以次户第等诸般差遣，窃虑人户援例别有词说，及边臣更有奏请，乞不与施行。其刘涣起请，亦乞更不施行。取进止。

再乞不放两地供输人色役札子

臣勘会本司近准三司牒：“为臣寮起请沿边乞减放两地供输衙前，及系自京支下官物，并令三司差军大将管押前去，及系外州军支拨者，即令支下州军差衙前人管押赴逐处。奉圣旨，依奏施行。”臣看详臣寮所起请上项三节事理，内减放两地供输衙前，及般运官物令支下州军差衙前管押，此二事甚为不便。其两地供输人减役一节，本司累曾具不便利害奏闻，近因程琳有奏，已蒙朝廷行下，却且依旧差役。外有般运官物令支下州军差衙前管押，此一事，盖是元起请臣寮不见得本司逐时支移官物次第，所以不详利害。切缘河北一路沿边州军，每年所用丝、绵、紬、绢、见钱等数目不少，并只出在滨、沧、德、博四州，每遇边上州军少阙，即本司于此四州支拨，无有虚月。若一一并令此四州衙前尽应副沿边诸州军，即衙前人数有限。官物般运，长无虚月；其四州本处亦各自有重难差遣，要人差使。若如此施行，不待久远，只年岁间，立见四州衙前破荡尽，及逃亡避役，有误缓急，沿边阙绝要用之物，般运不前。况自去年河水决溢，德、博二州人户灾伤贫困，及系灾伤地分，破败场务甚多，正是衙前人等困乏不易之时，尤宜存恤。

臣今相度，若令沿边州军各自般运，则每年转数不多；若一切令此四州应副沿边州军，则大为繁并。臣今欲除自京支与沿边纲运不多，乞令自京差军大将外，所有本路支般官物，并令沿边且依久来体例般运。所贵各得均济。今取进止。

乞重定进纳常平仓恩泽札子

臣等勘会本司近为诸州军有人户进纳常平仓斛斗，检会到元降敕命内定到等第恩泽太优，比省仓进纳军储数目全然数少。窃以募民入粟，鬻以官爵，盖是国家权宜不得已之事。苟遇军须阙乏，不欲科率人民，权许兼并之家进纳，诱以官爵，盖备一时缓急之用。其常平仓，乃余力惠民之所及，岂容兼并之家缘此侥幸恩泽？兼虑豪民见常平仓纳物不多，见得恩泽，一向只就常平仓进纳，更无进纳军储之人，失权宜鬻爵之本意。本司为见有此不便，曾具状申奏，乞增起常平仓进纳物数与省仓进纳一般。所贵杜绝侥幸，兼不妨招诱进纳军储。其状申奏多日，至今未蒙降下指挥。后来累准提刑司牒，诸处渐有人户进纳常平斛斗，盖为恩泽侥幸，所以人户各来进纳。本司为已有申奏起请乞增数目，见听候朝旨，已各牒逐处，且令未得受纳，伺候朝廷降下指挥。今再具画一常平仓并省仓进纳军储数目、酬奖次第，伏乞朝廷比类裁酌，体认本司见止住人户进纳，伺候敕旨次。乞早降敕命指挥。

乞条制催纲司札子

当司近准朝旨，已差太子中舍贾熊充潮、御河等催纲。伏缘御河运路不修，催纲职事久废，是致催纲兵梢，因缘作过，偷减官物，迟滞行程。所过州军任意截拨舟船，所经地分随处拆拽钉板。因此于一千八百只纲船内，失却一千五百只，至今根究，不见踪由。盖因自来全阙关防，不严条制，而致兹积弊也。今已蒙朝廷却置催纲，所有合行起请事件，今具画一如后。伏乞朝廷特赐裁酌，降下本司及提辖、催纲司等处，遵守施行。所贵革绝自来纲运积弊。

一、自来纲船利于杂般，多将未及年限粮船故意损坏，及虚有申报，退作杂般船。既充杂般之后，多是妄称不堪行运，便行毁拆。或于沿河孤迥村落地分，故意损坏靠阁，便于本处拆拽堆垛，枉破兵、梢看守，有至三四年者。兵、艄恣于村坊作过及偷卖钉板，提辖、催纲司元无拘辖，无由点检。欲乞起今年已后，打造到三百料粮船，每二十只为一纲，同用一字为号，并造年月，刻于船梁额上，用官火印记讫，给与纲官、艄工主管。团成一纲后，不得辄更分破。所贵见得年限远近，不敢故意损坏及妄行毁拆。

一、粮船每只以三百料为率，逐船所用钉板小大名件既已一般，欲乞令催纲司将三百料船所用钉板名件一一开坐，雕为印板，每差艄工给帖之时，头连一本旋凿钉板大小数目给与，令据数交割主掌。如遇损坏，合行拆拽，即却据元数钉板名件送纳，或有少数，并勒艄工陪填。如遇行运之次，损坏不堪，即仰申报本地分官司检覆，亦据元数拆收，立报催纲司指挥，因便舟船附带，令元主掌艄工于造船场依数交纳，出给收附。仍令造船场纳讫，据数关报催纲司照会施行。所有合退作杂般船者，亦须依刻记造成年月先后资次，拨充杂般，不得隔蓦将新好船拣退。仍每纲据少数，却以新船拨填足数。

一、自来提辖司支拨纲船般载官物，至逐处下卸了，其空船便被沿路州军取意截拨诸般不急使用，因此积弊，散失数多，不能拘辖点检。今欲乞指挥沿河诸州军不得专擅截拨，遇有合般载官物，并申提辖、催纲官。艄工候见提辖、催纲等司文字支拨，方得装载行运。如违，各乞重行勘罪，官员奏罚。

一、御河等水并无风波走射险阻，其地里行程，可以制定。自来上下水，空重船亦有程限，但无关防点检之法。今欲乞委转运司，将通利军下至潮河，西尽顺安军，地里远近，所至沿河州军，立为程限，牒与提辖、催纲司。每遇转运司有合般运斛斗，抛拨下数目，装发粮船，即令提辖司具装发去处至下卸州军，除装卸各给十日限外，沿路地里，指定行程，帖与纲官、艄工等，及一面牒催纲司依程催促。仍令提辖司预先将簿照会行程约度，合到下卸地头月日，续便支拨，或令回载官物，或令转载向下行运，亦便牒与催纲司依程催促。如是下卸后并无官物般载，即仰乾宁、大名两处就近赴催纲司岸下系泊，祗候差拨。所贵纲运无由散失，住滞作弊。

一、所有帐籍文簿，今欲乞令提辖、催纲等司各置簿三道。一置纲船都历一道，抄上都大舟船数目、逐纲依字号只数、造成年月、主捉艄工姓名开坐。如有退拨充杂般，及损坏拆拽，及新收充填数目，亦一一开坐转计。每半年一度造帐，供申转运司。一置装发勾朱簿一扇，具逐纲只数、纲官姓名、装卸官物数目月日，依程限抄上催促。候下卸了，勾凿了毕，逐旋关报照会。一置修拆簿一扇，每遇合修舟船，即上簿拘管，取索造船务修补日限，上簿催促，候修了勾凿。如合毁拆变转，即先具合拆数目上簿，候拆了，赴造船场纳毕，取到收附，于催纲司呈验，开落勾销。仍于都历上照会开落，每遇转运使巡历，并须仔细点检。

右，谨具如前。当司起请催纲司条件，只是规矩大纲，更有合行事件，乞令催纲司续次申举。其催促行程，点检官物，拘辖新旧舟船，及拆修除破等事，并委催纲司专切管勾。所有支拨舟船，应副般运，即申提辖司总领。仍令本路转运司逐时点检，如有违慢，并乞严行断决，其情理重者，仍乞奏取敕裁。所贵上下遵行，久远漕运通流，不至误事。

乞免差人往岢岚军筑城札子

臣近准朝旨，令于河北差兵士二千人往岢岚军修城。本司寻曾奏乞于闲慢路分抽差。今奉枢密院札子："奉圣旨，如委实人数不足，即仰抽差一千人者。"虽蒙朝廷许减一千人，伏缘本路除祁、瀛、定、雄、霸等州见阙修城兵士外，近又节次据沧、博州状申，为河水汛涨，向着紧急，乞差人夫兵士应副功役。本司为辖下例各阙人，已牒沧州，如河水大段泛涨，令应急量差人夫功役；博州即见于诸州军划刷，例各无可抽差，方欲奏闻，乞朝廷于邻路抽差应副次。今准朝旨，令依前降指挥，于近便州军应急抽那。臣非不知河北、河东俱系边防路分，若本路实有兵数不少，臣亦岂敢自私一路，妄有占留？只缘本路实为阙人处多，今若朝廷须令差拨，即将辖下见役处罢役那往岢岚，纵河北事有阙误，缘臣已有奏请，朝廷必未深罪。其如于事有阙，在臣之职，不敢不言。

况今年黄河水势不类常年，即今五月，已泛涨如此，将来夏末秋初，必大段涨溢。本司方别具奏，乞于京东、西路差人次。兼本路役兵多，惟河上及修城、西山采木等处各有人数。河上既不可抽那，若抽河北修城兵士与河东修城，又两处事体不异。而西山采木，盖为即今诸处分擘七百已上人禁军别立指挥，各要营房，及敌棚楼子防城器用，并是紧切不可阙用之物。若不于逐处功役内抽人，即辖下例各别无闲占之人可差。

伏乞朝廷更赐体恤，且乞令河东路一面应副岢岚功役。谨具再奏闻。

再奏免差人往岢岚军筑城札子

臣近准朝旨，令本路差兵士一千人往岢岚军修城。臣已再具札子，奏乞占留。其本路黄河及修城、采木紧切功役浩大，及阙人次第，已具前奏札子。

臣伏详朝廷指挥，令于近便州军应副划刷。勘会本路与河东近便，惟有成德军最近。其路出土门，经天威军、平定军至并州，又出天门关，经宪州、飞鸢军入洪谷。方至岢岚，约一千五百余里。据明镐元奏称，向去二十二个月方了。今纵河北差一千人往彼，远涉一千五百里山险到彼，卒未了当，将来冬月，岢岚苦寒，役兵各须归营歇泊，令一千人往来三千里苦寒山路，必致大段逃亡作贼。

况北虏纵有事宜，必先河北，河北重地，莫如定州。今定州所修城池，将元计工料及见役人数，亦须五六年方了。今若更抽减人往河东，即河北完缉御备，全然弛废。况除定州外，瀛、雄、祁、霸等州修城处，亦须向秋，兼用强壮，一二年内，期可了当。本司非不能张皇事体烦黩朝廷乞人，盖以北虏即今别无事宜，一二年间，幸可渐次了当。今岢岚修城功限比定州全小，路分事宜紧慢又与河北不同，亦未销得远涉三千里于紧切处抽人。所有德、博黄河，今年水势甚大于去年，今春朝廷差到河上兵士，全少如去岁。若旦夕逐州更有申报，须至烦朝廷乞人外，所有诸处修城功役虽见阙人，本司亦当斟量事体紧慢，只于本路渐次修葺。

惟乞朝廷体恤，更不抽拨往别路，庶免本路阙误。其抽差一千人札子，臣亦未敢施行。取进止。

乞选差文臣知定州札子

臣等伏见知定州李昭亮已抽赴阙，见阙知州。定州控扼西山险要，于河北三路最为重地，军民政事、边鄙机宜，须藉通才方能办集。况即今北界见于界首兴建寨栅，及于银坊口侵占疆封。处置之间，或须应变，镇抚之术，尤要得人。况河北比于陕西四路，事体甚重，今秦、渭、延、庆并用文臣。伏乞朝廷特于文臣两制已上，选差一员知定州，或便兼部署，或别差武臣充部署。所贵委任得人，边事有备。取进止。

乞预闻边事札子

臣昨蒙朝廷选擢差充河北都转运使之日，授到付身不下司札子，云："河北宜选有文武才识转运使二员，密授经略之任，使其熟图利害，阴为预备。"以臣非才，诚不当文武才识之目。其如朝廷责任之意，然而必欲密为经略，熟图利害，则须外详边鄙之事，内不为朝廷所疑。竭虑尽心，犹恐不副委寄。

检会去年定州军城寨，为北虏于石臼子口侵入内界，卓立铺屋，本寨为地分不属沿边安抚司，遂依例申报转运司。无何，安抚司并不勘会不系地分，便发怒妄奏军城官吏不合申转运司，乞行取勘。又蒙朝廷更不照会，便下转运司诘问军城官吏。赖本寨引执元降敕条分明，臣与本寨主等偶免罪谴。其不属安抚地分，合申转运司者尚如此，其他沿边系安抚司地分，固不得与闻矣。

昨来北虏于安肃军北欲移界标南侵，边臣既承例不以事报转运司。臣心不能安，因以手书问知军侍其濬，濬亦不敢答。又昨臣寮有起请复支保州沿边巡检兵士口食者，是臣本路本司职事。窃闻本为小人上言，不识事体，乞不下转运司，朝廷因此只下程琳一面相度，臣竟不得与闻。

臣既亲蒙密授经略之任，使其图利害，为预备，而外则边防之事了不闻知，内则不足为朝廷取信，而本司职事亦不得与议。平日无事之时，尸禄而居，尚当忧愧。况闻近日边鄙频有事端，飞狐界上兴立城栅，渐贮甲兵。又于银坊、冶谷以来垒石为城，包侵南界，大役人夫，卓立堡寨。窃虑向去沿边别有事宜，臣既授上件札子内委任之意，凡事不可不知。兼臣体问得旧日边上州军事宜并申转运司，只自通和后渐废。臣今欲乞应系沿边事宜自来申报安抚、部署司者，亦乞令逐州军申报转运司。所贵稍得与闻边事，至于储畜粮草，修城池器械，亦量酌事体紧慢，不至乖方。其间愚虑或有所长，更冀裨助万一而少副委任之意。如允臣所请，乞明降指挥。取进止。

再奏与闻边事札子

臣近曾奏为先授朝廷密旨，令熟图河北利害，阴为预备。然边防事意，元不与闻，乞今后沿边事宜并令申报转运司，至今未奉朝旨者。

臣伏以转运使虽合专掌钱谷，不与兵戎，然河北事体不同他路，故授之密旨，常使经营。况今沿边知州、武臣，不过诸司使、副已下，其通判，即是常参、初入京朝官等。臣被朝廷责任，比沿边知州、通判，故不为轻。下至机宜司手分，亦是转运司所差，并得尽闻机宜事，臣之本司独不得与。且臣愚虑，非欲侵边臣之权，揽事多管，以招罪累。盖臣所职粮草钱帛蓄积之备，其赋敛缓急，须量边事紧慢，以至按察沿边将吏能否，亦要知其处事如何。

伏望朝廷细详元降不下司札子内事意，及比类沿边通判、初入京朝官等，许本司今后与闻边事。所有沿边申到事宜，即不得直便行遣文字，苟有所见，须令密具奏陈，不得下司漏泄。如此，则本司得知边事缓急，凡于计置准备，不至紧慢乖方，而又愚见苟有所思，亦得少裨万一。取进止。

乞令边臣辨明地界札子

臣伏见近日北虏于四望口起立寨栅，及于银坊、冶谷已来侵过南界，垒石为城寨等事。窃以北虏创立寨栅，已违誓书。然犹在彼界内，可以佯为不知，不须紧问。兼万一中国却合有兴修去处，可以引彼为词，以塞问难。虽然如此，亦当早为预备，便合于界首分明界防，彼亦必更南侵，事既造形，理须杜渐。

其如朝廷选任非人，从来以定州一路付与李昭亮。其人昏懦而不晓事机，虽有勾当事人，并不能先诇探得起寨事端。及已立了寨栅，又不能预防侵界之患，直至囚捉了巡边指挥使汤则，侵了银坊以南边地，大兴人夫，垒立城寨，至今终亦不能辨理疆界，拒绝侵凌。窃以北虏号为犬戎，自古畏强欺弱。今若便示以怯，不争于初，则必更引其贪心，别有侵扰，养成事体渐大。而不与之争，则为患不细；争之，则必起事端。惟在即今速为处置。

据今事体，不烦朝廷，只委边臣，自可了当。然汤则被囚之后，亦不闻别有擘画。至今侵界立寨等事，但闻婉顺止约，彼既不听，亦别无谋。臣近体问得往年雄州西北，亦曾为北戎侵界，立数处铺屋。当时边臣葛怀敏，力以公牒，往来争辨，拆却铺屋，北人竟不敢争。况今来所侵南界百姓见耕种田中，地界分明，易为理会。

今来已蒙朝廷差王德基知定州，其人久在雄州，颇谙边事。伏乞早降朝旨下边臣，速令止绝，辨理地界，早见分明。兼军城西北山路险绝，银坊等口皆可出兵，我于此口扼其险要，是中国必争之地。彼于今日侵得此一二十里，则险固在彼，而他日行兵，是彼可以来、我不可往之势，以此言之，尤不比河东阳武、天池等处侵地，便因循不争。伏乞朝廷早赐指挥王德基，如婉顺止约不得，即须力与论辨。仍乞令检会雄州安抚司等处往年曾拆却铺屋行遣，令依此相度旋行。所贵边防不生他患。取进止。

乞差武术人员札子

臣昨权成德军日，为屯驻淄州武卫第六十六指挥兵士高林等乞替，曾有札子奏闻。寻蒙朝旨，以京东一路所管武卫不少，例各差在别路屯驻，奉圣旨，札与臣详此照会者。臣寻作本府行遣，备录圣旨，告示本营知委讫。臣今勘会上件武卫兵士共六百三十一人，并无正辖官员，只有权管副都头四人，并是往年曾在信安军作过之人。及本营虽有正军头、十将等八人，亦并是曾在信安军作过之人。部辖此六百人思归之卒，久远深不为便。伏乞朝廷检会，早赐自京选差有心力、能部辖正副指挥使，及逐都正都头。所贵可以部辖久远，别不生事。臣亦密体问得权管人员姓名因依，今具如后：

一人，军头刘绪。三人，右十将：孙荣、田荣、蔡斌。已上四人，元系本州武卫第九指挥内军头及右十将。昨于庆历三年十一月内准州帖，准步军司牒，权充第六十六指挥副都头勾当，并未曾正授宣。其人等，各系曾在信安军作过之人。

一人，军头韩筠。七人，左、右十将。四人左：徐吉、贺进、谷兴、段千；三人右：王清、丁用、楚兴。已上八人，亦元系本州武卫第九指挥将、虞候、承局。昨于庆历三年正月内授州帖差到，于庆历四年四月授步军司帖，正充六十六指挥勾当。亦系曾在信安军作过人数。

右，具如前。所有上件武卫兵士高林等，当京东武卫刺面排定军分之时，独此一指挥累次纠合陈词。今来准密院札子告示后，虽不敢别有词说，然此一军兵士已是累日扇摇，人数既多，又无正管人员，只令曾作过人权管，深为不便。伏乞朝廷特赐允臣所奏，早与差补有心力正、副指挥使及军头等部辖。

乞住买羊札子

勘会河北自前不曾配买羊畜，自西事已来，分配于河北收买。窃见京师羊畜有备，准三司指挥，截住榷场上供羊纲，于西路州军牧放一万六千余口，至冬深死却五千余口。所有今年人户配买羊已上京送纳讫，却攒下榷场羊纲在邢、洺等州牧养，窃虑冬深，枉有死损。臣等相度剩数羊纲见在河北州军牧养，只以尽数上京，自可供用得足。乞今后河北特住配买羊数，委得公私俱利。仍乞今后京师羊少，却于陕西依旧配买。取进止。

乞条制都作院札子

当司检会，近蒙朝廷依奏，差到磁、相二州都铁作院监当使臣二员，各已赴任讫。所有作院、工匠营房盖造，亦已了毕。当司见拣选辖下州军内打造得兵器精好处取样，及于本路军器库内拣选往时经使旧兵器内试验精利者取为样，及申三司于南北作坊检会工课料例，及于辖下抽拣工匠，令都作院依样打造次。伏缘本路铁、炭，出自磁、相二州。自来诸州军不以远近，并于磁、相般请生铁，差占衙前，枉费脚乘，般于不出炭州军，广破官钱，买炭变炼。及散在逐州军打造，监官多不得人，加又当司巡历地分阔远，每年内不过各到得一次，往往有不及到处，难为点检。不惟虚破人工物料不少，兼更造成不精器械，久远有误使用。今来已蒙朝旨许置都作院，若制置得久远不废，本路兵器必皆精好，其利甚博。

伏缘创置事初，合有诸般规式，今具画一如后，伏乞朝廷特赐敕命指挥。所贵久远官吏遵守施行。

一、都作院所造兵器，其闲杂不急名件，欲乞并不得打造。只令打造一色切要使用之物，箭头、甲叶、枪、剑、手刀等，候打造成，于本州军内送纳。仍令别作一项封桩，专准备缓急支与合要州军，除许转运司支拨，本州不得专擅使用。所有其余闲杂之物及修补旧器械，并令诸州军量留工匠自造。

一、本路转运、提刑共四员，欲乞每次季轮一员专至都作院点检，将前季工课文字磨算。造到兵器，候见数，即依数点检试验。内手刀及剑，每一百口内抽拣三二十口，用甲叶或堕钱斫试钢刃。箭头亦于每一百个内拣三二十个，安入箭干，用铁甲、硬弓弩试射。枪亦试验钢刃。如是，枪刀剑刃软卷缺，及箭头尖卷、镡折，甲叶长阔厚薄不依斤重者，并勒专工匠等陪填打造，及等第区分。

一、都作院逐作工课，欲乞依本州作院起置工课文历，监官与本州知州、通判、都监依例签押及旬呈。如是一任内造到兵器，经转运、提刑点检，并无拣退，各得精好，即乞据造成万数，批上历子，理为劳绩。内本监官将见监一任，理合入差遣得替，优与先次点差。如任内更有知州、提刑、转运三人保举，即乞与转官酬奖。如逐季点检拣退三分已上，并画时取勘，奏乞重行朝典。如知州、通判、都监，候一年终，如拣退三分已上，亦乞等第责罚。如拣退二分，本监官乞许本司量罪勘罚。如拣退不及分数，即工匠干系人等，许点检官员酌量勘断。

一、河北一路诸州军作院，欲乞且令依旧，内合行造作及合减罢者，乞许当司相度施行。候年岁间，都作院打造兵器各及万数，可以应副诸处使用，即将诸州军作院工作及旧有监官处，渐次减省。

右，谨具如前。所有上件画一事理，更乞朝廷特赐详酌。如得允当，乞降敕命指挥下本司及磁、相州都作院及提点刑狱司等处，遵守施行。

再乞放行皮角札子

近臣为兵兴以来改法，禁绝民间牛皮、筋、角等，令人户尽底直纳入官，因此却致官中阙绝使用。后来虽亦许破官钱收买，缘已有上项尽底纳宫禁法，民若不纳入官却于官场中卖，即是违禁之物，致人户不敢赴场中卖。乞却依《天圣编敕》及前后旧条，许人户自死牛马皮、筋、角中卖入官，分为三等支钱。其不及等者，退还本主，及置场收买客旅兴贩者所贵却似旧日，公私各获济用。曾具利害札子奏闻，至今未奉朝旨。

臣近体问得河东路亦为禁止牛皮、筋、角已来，阙绝使用，近已却依旧放行，即今河东大段有牛皮、筋、角等使用，甚为利便。勘会本路合修兵器万数不少，自来累据诸州乞支物料，本司只是牒逐处拘拦使用，及申奏乞自京支拨。检会只自今年正月后，诸州所少牛皮、筋、角等七万一千余事件，累次申省乞支拨，及令逐处拘拦自死者使用。据诸州军所申，即云无可拘拦，乞行支拨。及申奏乞支拨，即准省牒，又却令逐处拘拦。空烦行遣文字繁多，积压下未修军器万数，终是无由了当。况今见行之法，其弊易见。禁民令尽纳，则绝无纳者；置场收买，则民碍法不敢中卖。兼河东近已放行，甚见其利。

欲乞朝廷检会臣前奏札子，特赐详酌，明降指挥，许依旧法。令人户将三等牛皮、筋、角入官中卖，支与价钱，及许收买客旅兴贩者。其不中等者，退还本主。所贵公私各获济用，不至时时紊烦朝省，乞行支拨。及不空费文移，令逐处拘拦，虚积压下未修军器，久远深为不便。今取进止。

奏北界争地界札子

准密院札子节文："北界于银坊城创修寨垒，侵占南界。奉圣旨，令程琳、河北都转运司、提点刑狱司擘画，如何理占拆去者。"

右，谨具如前。当司勘会，昨据定州军城寨申："银坊、城南冶谷口，有北界兵马创起寨子。"当司寻具闻奏，乞下沿边安抚司施行。自后虽知安抚司曾与北界公文往来，至今未曾拆去寨子。又缘自来安抚司边机文字不曾关报当司，不见得安抚司逐度说何事意，如何占理，及不知北界却以何词为答。今来已立寨子，贮畜器甲，及防戍之人不少，事势已成，窃恐难为追理。盖是边臣从初失于违慢，当其建寨未成之时，不早争占，及建寨虽成未贮甲兵之际，又不能拆去。今已纵成其计，却欲理会，必须费力。兼当司全不知北界与沿边往复意度，见行体问，候见次第，或有管见，别具奏闻次。谨具状奏。

论契丹侵地界状

右，臣伏见北虏近于界首添建城寨，及拘囚定州巡兵汤则，侵过银坊、冶谷地界等事。窃闻朝廷至今未有分明严切指挥，令边臣以理争辨。窃料朝廷之意，必谓争之恐有引惹之虞，此乃虑之过而计之失也。

夫虏性贪狠，号为犬戎，欺弱畏强，难示以怯。今杜之于早而力为拒绝，犹恐不能；若纵之不争而诱其来侵，乃是引惹。况西山道路，有三十余处皆可行兵，其险要所扼，在于军城、银坊等路，为彼夺据而不争，则北寨、王柳等口，渐更来侵，岂能争矣？是则西山险要，尽为彼夺。一日使虏以大兵渡易水，由威虏之西平陆而来，以奇兵自飞狐出西山诸口而下，则我腹背受敌之患，不知何以御之？此盖兵法必争之地也。且与人为邻敌，而自弃险要，任彼夺据而不争，虽使我弱彼强，尚须勉强。何况势均力敌，又违誓约，而彼曲我直乎？臣谓朝廷所以然者，盖由未察虏中强弱之形，而不得其情伪之实也。

臣又见朝廷常有惧虏之色，而无忧虏之心。夫忧之与惧，名近而意殊。忧者，深思极虑而不敢暂忘；惧者，临事惶惑而莫知所措。今边防之事，措置多失其机者，惧虏之意过深也。若能察其强弱之形，得其情伪之实，则今日之事诚不足惧，而将来之患深有可忧。奈何不忧其深可忧，而反惧其不足惧？

且戎虏虽以战射为国，而耶律氏自幼承其父祖与中国通和之后，未尝躬战阵，遭勍敌，谋臣旧将又皆老死，今其臣下如贯宁者无三两人。宁才不及中人，已是彼之杰者，所以君臣计事动多不臧。当初对梁适遣使河西，使与中国通好，及议和垂就，不能小忍以邀中国厚利，乃与元昊争夹山小族，遂至交兵，而累战累败，亡人失马，国内疮痍，诛敛山前，汉人怨怒。往时虏杀汉人者罚，汉人杀虏者死，近闻反此二法，欲悦汉人，汉人未能收其心，而虏人亦已怒矣。又闻今春女真、渤海之类，所在离叛攻劫，近才稍定。方且招辑败亡，修完器甲，内恐国中之复叛，外有西夏之为虞，心自怀疑，忧我乘虚而北袭。故于界上勉强虚张，因我巡兵，侵我地界。盖其实弱而示强者，用兵之诡计。故臣谓苟能察其强弱，知其情伪，则无不争之理，何必惧其不足惧哉！

自国家困于西鄙用兵，常虑北戎合谋，乘隙而动。及见二虏相失而交攻，议者皆云中国之福。夫幸其相攻为我之福，则不幸使其解仇而复合，岂不为我祸乎？

臣谓北虏昨所以败于元昊者，亦其久不用兵，骤战而逢勍敌耳。闻其自败衂以来，君臣恐惧，日夜谋议，通招丁口，柬募甲兵，处处开教阅之场，家家括粮马之数。以其天姿骁劲之俗，加以日夜训练之勤，则其强难敌矣。今虏国虽未有人，然大抵为国者久无事则人难见，因用兵则将自出。使其交战既频，而谋臣猛将争能并出，则是夹山一败，警其四十年因循之弊，变骄心而为愤志，化堕卒而为劲兵，因屡战而得骁将。此乃北虏之福，非中国之福也。此臣所谓将来之患者也。然二虏势非久相攻者也，一二年间不能相并，则必复合。使北虏驱新励之强兵，无西人之后害，而南向以窥河北，则又将来之患大者也。

臣虽不知朝廷顾河北为如何，但于本路之事，以今年较去年，则亦可见。去年以前，河北官吏无大小，皆得举材而择能，急于用人如不及者，惟恐一事之失计故也。自今春已来，差除渐循旧弊，凡干敏之吏熟于北方事者，举留奏乞，百不一从。不惟使材臣能吏不劝而殆，亦足见朝廷不忧河北之事办否也。

至如废缘边久任之制而徙刘贻孙，以王世文当冀州，李中吉当广信，王中庸当保州，刘忠顺当邢州，如此数人，于闲慢州军尚忧败政，况于边要之任乎？臣愚以朝廷不以北事为忧，则又怯惧如此；既曰惧矣，则于用人之际又若忽而不忧，此臣之所未谕也。

臣闻虏入侵我冶谷，虽立寨屋三十余间，然尚迟延，未敢便贮兵甲，更伺我意紧慢。若不及早毁拆而少缓纵之，使其以兵守之，则尤难争矣，此旦夕之间不可失也。至于汤则，亦闻囚而未敢杀，此亦不可不争。臣愿陛下但以将来之患为忧，不忘此事，用人之际，革去旧例而惟材是择，勿听小人之缪谋，勿于忠良而疑贰，使得上下毕力，庶几渐成御备。至于目今小事，未销过自怯惧。

夫事之利害，激切而言，则议者以为太过；言不激切，则听者或未动心。此自古以为难也。况未形之事，虽曰必然，而敢冀尽信乎？伏望陛下留意听纳，不以人废言，则庶竭愚瞽，少裨万一。谨具状奏闻。谨奏。

论河北财产上时相书

某顿首启：仲春渐暄，伏惟相公尊体动止万福。

某不佞，少以文章言语自任，而顷备谏诤之臣，得与朝廷论议。当中外多事，天子急于听纳之时，不以为愚，而屡加奖擢。及得宠太过，受恩太深，则自视区区素所任者，不足以报万一。故方欲勉强不能，以图自效。而蒙相公不以为不才，而择天下诸路中最重之地以授之，而责其所为。当此之时，自宜如何可以塞责？及临职以来，迨将半岁，龌龊自守，未知所措。非敢怠也，诚有说也。

至于山川险易、城寨屯防、边陲守备等事，是皆河朔之大者，朝廷已委枢密富公经画之矣。而本司之事，自不为少。凡自河以北州军县寨一百八十有七城，主客之民七十万五千有七百户，官吏在职者一千二百余员，厢禁军马、义勇民兵四十七万七千人骑，岁支粮草钱帛二千四百四十五万，而非常之用不与焉。其间事目之节，利害之源，非详求而审察之不能得其要。前张昷之等急于举职，公家之利知无不为，其兴利除害便于事者极多。而时有失于不审、更改过繁而涉于苛碎者。故自继职以来，遵其所长，戒其所短，凡事关利害者，慎之重之，未敢轻议。今半岁矣，官吏之能否，公私之弊病，粗已得其十七八。而又取其事涉苛碎纷繁而下切患之、有司自可改复、不烦朝廷处分者，先以次第行之，乃暇及于其他。然其事系利害、有司不敢自决、必当上闻者，其类甚多。而久之未敢干朝听者，不惟自疑于不审，诚虑朝廷鉴昷之等前失，不能尽信其说而必从之。今慎之久矣，得之详矣，苟有所请，实有望于见信而从之也。

凡河北大事，富公经营之外，其要不过五六。其不可为者一，其可为者四五耳。虽皆有司之事，然朝廷主张之，则能行；不主张之，则亦不能为也。

自古邦国财产之利，必出山泽。故《传》曰："山海，天地之藏也。"自两汉以来，摘山煮海之利，必归公上。而今天下诸路山泽悉已榷之，无遗利矣。独河北一方，兵民所聚，最为重地。而东负大海，西有高山，此财利之产，天地之藏，而主计之吏皆不得取焉。祖宗时，哀闵河北之民岁为夷狄所困，尽以海盐之利乞与疲民，此国家恩德在人已深而不可夺者也。

西山之长数百里，其产金、银、铜、铁、丹砂之类无所不有，至宝久伏于下，而光气苗矿往往溢发而出地，官禁之不许取，故舍此惟有平地耳。河北之地，四方不及千里，而缘边广信、安肃、顺安、雄、霸之间尽为塘水，民不得耕者十八九。澶、卫、德、博、滨、沧、通利、大名之界东与南，岁岁河炎，民不得耕者十五六。今年大丰，秋税尚放一百万石。沧、瀛、深、冀、邢、洺、大名之界西与北，碱卤大小盐池，民不得耕者十三四。又有泊淀不毛，监马棚牧，与夫贫乏之逃而荒弃者，不可胜数。大山大海之利既不可取，而平地堪出财赋者又有限而不取，其助者不过酒税之入耳。其入有数，而用度无常也。故虽研、桑之心计，舍山泽与平地，不能为之。此所谓不可为者一也。

及其用有不足，不过上干朝廷，乞银、绢而配疲民，号为变转尔。此近年之弊也。然若能择官吏以办职事，裁侥幸以减浮费，谨良材、精器械以助武备，因贵贱通漕运而移有无，如此之类苟能为之，尚可使边防粗足而京师省费，用此冀裨万一。而皆有弊病，理须更改事目，委曲非书可殚，敢具其大纲，列于别纸。伏望特加省览，察其利害。或其所说不至大乖戾，望少信而从之，俾毕其所为。若夫尽其所为而卒无成焉，则不待朝廷之责，而自当劾去。若其有以裨万一，则何幸如之！

伏惟聪明，少赐裁择。不宣。某顿首再拜。

自劾乞罢转运使状

右，臣检会转运司近为相度顺安军塘泊水口子，与杨怀敏等所奏颇有异同，议方未决。近准枢密院札子节文，“臣寮奏乞今后近塘泊州军人户地内芦苇等，并不得采取。及自顺安军以西渐近西山，水难潴聚，今即不住开治。及乞今后摽占却人户田土，即将官地给还人户，或估计价钱，给付等第。奉圣旨依奏，仍令本路提刑田京专切管勾”者。

臣伏见国朝之制，河北转运使皆领都大制置屯田使之名。兼臣赴职之初，被朝旨密授经略之任。以此见朝廷差选之际，其任非轻，于臣职分之间，所责尤重。至于塘泊边防利害之事，皆其职也，职隳其守，咎将安归？岂有亲蒙密授经略之旨，身领都大制置之名，而烦朝廷别委他官专切管勾？则臣之不才，不能任事，不待弹劾，可以自知。况臣将及期年，绝无绩效，考其常课，已合黜幽，又以不才，失其本职。且都大制置岂是假人之虚名，苟非其人，自当易去。岂可容不才之人尸位？移本职于他司，使臣偷安，实难自处。

伏望圣慈据臣不才失职之状，降授一小郡差遣，庶以警劝在位之人。臣无任祈天望圣激切屏营之至。谨具状自劾奏闻，伏候敕旨。

赠太尉夏守赟谥议

议曰：谨按谥法：世笃勤劳曰忠，小心恭慎曰僖。

今考公之行状，言其父以军校殁战阵，遂获赏延；子以君命死道涂，得谥庄恪。公自束发，已能孝谨。遭遇先帝，给事左右，材敏自力，愈久益勤。至于典掌师旅，宿卫王宫，出领节旄，入登枢辅，安享荣宠，六十余年。方真宗时，继迁叛命，用兵朔方；契丹未和，再驾河北。多事之际，其勤最著。或奔走自效，不暇过于私家；亲昵虽至，未尝敢请恩泽。历小大之职，无纤毫之过。先朝用此，尤加奖擢。

昨者西师始出，父子迭行，北顾之忧，选任居首。迫于奄忽，厥用未彰；较其始终，其迹可见。所谓勤劳著于奕世，恭慎见于小心。考之不诬，宜以节惠，谨合二法，谥曰忠僖。谨议。

【解题】

原无系年。夏守赟，字子美，榆次人。死于高阳关都总管任上，赠太尉，谥忠僖。

四后之主合食太庙议

古者宗庙之制，皆一帝一后，后世以有子贵者，始著并祔之文，其不当祔者，则又有别庙禘祫。有司摄事，乃以别庙之后列于配后之下，绝席而坐，非惟于古无文，于今为不可者，又有四焉：淑德皇后，太宗之元配也，列于元德之下；章怀皇后，真宗之元配也，列于章懿之下，其位序先后不伦，一也。升祔之后，统以帝乐，别庙诸后则以本室乐章自随，二也。升祔之后，同牢而祭，牲器祝册亦统于帝，别庙诸后乃从专飨，三也。升祔之后，联席而坐，别庙诸后，位乃相绝，四也。号为合食，反绝席而坐，牲牢、祭器、乐章、祝册皆自别而不同，又位序颠错，殊非严事之意。

伏况章献、章懿皇后在奉慈庙未升祔时，每遇禘祫，不从合食，只于本庙致飨，所以申其尊者，最为得礼也。若四后各祭于其庙，则其尊自申，而于礼文无参差不齐之失，又有章献、章懿之明证。而议者以为国朝行之已久，重于改作则是失礼之举，无复是正也。

向者有司摄事失于讲求，而今行亲飨之礼，礼官举职而改正，乃理之当然也。臣等请从礼官议。

【解题】

本文据《续资治通鉴长编》卷一九〇补。嘉祐四年（1059）八月，时欧阳修任翰林学士、同提举在京诸司库务，兼充群牧司。礼官张洞、韩维提议禘祫之日，改革孝惠、孝章、淑德、章怀等别庙四后神主合祭太庙的旧礼。仁宗召群臣讨论。欧阳修、吴奎、陈旭、包拯、韩绛、范镇等合奏此议，赞同礼官建议。据《续资治通鉴长编》卷一九〇载仁宗八月丁亥诏，此议未从。

举荐常秩奏

秩好学不倦，尤精《春秋》。退处穷年，事亲尽礼，不肯碌碌，苟合众人。经明行修，可助教化。宜召至阙下，试观其能。苟有可采，特降一官。

【解题】

本文据《宋会要辑稿·选举三四之四八》补，不详其时日。常秩，字夷甫，颍州汝阴人。初隐居不仕，以经术著称。欧阳修知颍州时，结识并延誉，名重一时。欧阳修、吕公著等数次向朝廷推荐，不肯出仕，以求学自得。熙宁元年正月二十一日，神宗诏常秩赴阙，一召即起，支持王安石变法。

乞与贺恂一朝官致仕奏

前知嘉州峨眉县贺恂，青土之逸民也。少举进士，庆历中及第，注峨眉令，未行，间以祖母老疾，遂侍养，因之不复仕宦。迨今二十余年，守道安贫，行著乡里。伏见推恩致仕官，优以俸给，恂乞一朝官致仕。

【解题】

本文据《宋会要辑稿·职官七七之四五》补。系于熙宁三年（1071）六月，并附载：“诏除大理寺丞致仕。”

论进瓜果不当授官奏

谨按命秩之载于甲令者，有职事官焉，有散官焉，有勋官焉，有爵号焉。虽以类而分，其流有四，然其掌务而授俸者，唯系于职事之一官，以序才能，以立贤德。此所谓施实利而寓之虚名者也。其勋、散、爵号三者所系，大抵止于服色资荫而已，以叙崇贵，以甄功劳。此所谓假虚名以佐其实利者也。虚实交相养，故人不渎赏；轻重互相制，故国不废权。

今之员外试官，颇同勋、散、爵号，虽则授无费禄，受不占员，然而突铦锋、排患难者则以是赏之，竭筋力、展勤效者又以是酬之，其为用也可谓重矣。今或捧瓜一器，挈果一盛，亦授试官，以酬所献，则彼突铦锋而竭筋力者必相谓曰：吾以忘躯命而获官，此以进瓜果而获官，是乃国家以吾之躯命同于瓜果矣。

【解题】

本文据《经世文编》卷十五补，不详其时日。欧阳修不满朝廷曲恩滥赏，论进奉瓜果之类，不应授官。时有捧瓜挈果而授员外试官，虽然只是“止于服色资荫”的虚衔，也有违于“叙崇贵”、“甄功劳”的初衷。

〔附录〕潭州通判谢上表

始窜岭南，人皆谓之必死；及迁湖外，恩实出于再生。仍复前官，俾关郡政；仰叨成命，增激微衷。切念臣寒礼仍亲，道德未称，涓以茂辰，膺兹鸿典。斑轮饰驾，奋五采以相宣；碧镂题名，配二仪而胥之。臣以滥叨词职，窃守藩封。昭数在庭，莫睹銮旌之美；含和发咏，率同凫藻之诚。

【解题】

本文载于《唐宋元名表》卷上之二，署欧阳修。然欧阳修未任潭州通判，此表作者可疑。姑附录以备考。

九　诏册

劝　农　敕

敕：朕惟德之不明，而至于用武，久兴师旅，重困黎元。有闵民爱物之心，谁能副予意者；有信赏必罚之令，今将举而行之。朕言有条，其听无忽。

夫农，天下之本也，凡为国者莫不务焉。要在节其用则易充，勉其力使不匮。今夫食者甚众而输者已殚，劝之不勤而取之仰足。使民尽耕犹不给，而半为游惰之手；使岁常熟犹恐乏，而多罹水旱之凶。调敛不得已也，而吏之不仁者缘以诛求；赋役自有法也，而政之不明者重为烦费。农者有几，害者若兹，欲宽吾民，何可得也？既富而教，岂无术乎？体予兹怀，望尔良吏，自今在官，有能兴水利、辟田荒、课农桑、增户口，凡有利农而弗扰者，有司具为赏格，当议旌酬。其或陂池不修，田野不辟，桑枣不植，户口流亡，慢政瘝官，亦行降黜。

夫言而不信，法弛于宽，朕久患之，方思革弊。尔毋犹习旧态，慢我新书。此匪虚名，必期责实。凡为条约，告尔既明，赏吾不欺，罚尔无悔。

【解题】

自本文以下一百六十四篇，原属《外制集》，又名《庆历制草》，为欧阳修庆历五年三月在河北任上亲自编纂。宋制，天子诏命，不经外朝者，称“内制”，由翰林学士执掌；宣布于外朝者，称“外制”，由知制诰执掌。《外制集》收入欧阳修自庆历三年十二月任知制诰至次年四月出使河东前所作的制诰，包括敕、除官制和致仕制等。时欧阳修积极投身庆历新政，上朝进谏，退朝草制，大胆言事，抨击时弊，代天子立言，成了新政派的代言人和辩护士。这些制诰是庆历新政的珍贵文献，有着重要的史料价值。作者采用时尚的四六文，却在其中贯入古文气势，为宋代四六文的散文化开拓了道路。据作者《外制集序》,《外制集》原为一百五十余篇，《欧阳文忠公集》编者据京、闽、吉、绵诸本，增加《外制拾遗》十五篇，并在后跋中指出：以《仁宗实录》考之，《拾遗》当中的孙复除校书直讲、允迪责环卫、杨畋换官直史馆等篇，事在欧阳修知制诰以前或以后，疑非欧阳修所作。(以下一百六十三篇解题从略)

颁贡举条制敕

敕：夫儒者通乎天地人之理，而兼明古今治乱之原，可谓博矣。然学者不得骋其说，而有司务先声病章句以牵拘之，则吾豪俊奇伟之士何以奋焉？有纯明朴茂之美，而无敩学养成之法，其饬身励节者使与不肖之人杂而并进，则夫懿德敏行之贤何以见焉？此士人之甚弊，而学者自以为患，议者屡以为言。

朕慎于改更，比令详酌，仍诏宰府，加之参定。皆以谓本学校以教之，然后可求其行实。先策论，则辨理者得尽其说；简程式，则闳博者可见其材。至于经术之家，稍增新制，兼行旧式，以勉中人。其烦法细文，一皆罢去，明其赏罚，俾各劝焉。如此，则待士之意周，取人之道广。夫遇人以薄者，不可责其厚。今朕建学兴善以尊子大夫之行，而更制革弊以尽学者之材，予于教育之方，勤亦至矣。有司其务严训道，精察举，以称朕意。学者其思进德修业，而无失其时。

凡所科条，可为永制。

皇叔荆王元俨可赠徐兖二州牧追封燕王加天策上将军制

敕：朕负荷先业，惧德不明，实赖宗蕃，以屏王室。今其亡也，何痛如之！

故皇叔、荆南淮南节度大使、守太师、尚书令兼中书令、行荆州扬州牧、荆王，先皇帝之弟而朕之诸父，于属为尊；荆、淮之节，于镇为重；太师三公，尚书、中书令皆一品，于官为崇，于爵为贵，而王皆享之。克有令德，贵而能去其骄，富而能守以约，名重天下，闻于四夷。自遘疾以来，医祷备至，朕尝临省，亲为煮药。赐赉之物，谦而不受，话言犹在，邈可想焉。

噫！享年六十，不谓不寿；天之五福，不曰不全。而朕之所以悼叹之至深者，上遵先帝友于之仁，而下示朕孝思之至也。故诏有司择位号之尤尊美者以追荣之，而称朕意焉。夫名载册书而不朽，泽流子孙而亡穷。魂而有知，膺我休命。可特赠天策上将军，依旧荆南淮南节度大使、守太师、尚书令兼中书令、行荆州牧，仍加兖州徐州牧，追封燕王。

堂后官李元方可大理寺丞制

敕李元方：

丞相府，天下政本也。吾任于相者既重，则为之选吏也亦艰。赏劳劝能，皆有优典。以尔给事兹久，其勤益著，慎不漏泄，谨无过差。用尔岁成，俾丞卿寺。勉图后效，无玷宠荣。可。

祠部员外郎直集贤院两浙转运按察使王琪可就转刑部员外郎制

敕：具官王琪以儒学立于朝，而尝好言天下之利。今二浙之广，生齿众而物产繁，诚可以效汝之材，干予之蛊。今有司申考绩之旧文，乃叙迁之常法。尔其能使吾民不劳而邦用给足，去吏之贪愚者毋害于州县，举士之材能者不遗其寒俊，厥效苟著，信赏岂稽？往其勉哉，以率尔职。可。

国子博士陈淑秘书丞薛仲简尹源太子中舍李随大理评事朱寿昌磨勘改官制

敕：国家考课之格，叙进有常，所以示为法之均平，而防有司之轻重也。及其弊也，贤愚并进，而功过不明。属者命考旧文，稍更新制，不专累日以为限，间须善举而后迁。夫选之艰则材者出，赏之当则能者劝焉，此予之意也。今汝等虽以满岁增秩，而皆敏材可称，尚有尔知，以应新法。可。

前光禄寺丞王简言复旧官制

敕：夫王者之有赦，所以闵训道之不纯，而愚民之陷焉者，开其自新之路，诱于改过之善而已。然前世议者，莫不以数赦为患。得非人之无良，以赦为幸者欤？具官王简言，服于朝伦，向以罪废。屡经肆眚，宜与涤瑕。夫过不可以贰，赦不可以幸。惟勉尔力，以赎前羞。可。

登州黄县尉东方辛可密州司士参军制

敕具官东方辛：

朕以信示天下，而以禄报有功。今尔辛，缘死事而命于官。然按察者，纠失职而来有请。按察，吾所诏也，不从则不自信；念功，吾所急也，不报则无所劝焉。是用易尔散秩，优尔俸禄，免尔吏责，俾尔自安，庶几使吾信赏并行而不失。可。

华州郑县尉程炎可泗州录事参军京兆府兴平县尉吕定可凤翔府左司理参军制

敕：自兵兴以来，盗贼颇众，屡明信赏，思以劝能。具官程炎等，各以敏材，试于一尉。今有司上尔所获，应于赏格。聊兹甄录，以嘉勤劳。夫量功而赏，大小异宜。勉尔自图，余无所爱。可。

大理评事张子庚可大理寺丞制

敕具官张子庚：

往临邑政，近在王畿。当夫赋役方繁而盗贼并起，凡诸州县之吏能不失职而免于咎者，盖亦鲜焉。尔考绩有司，法当进秩。能守厥职，是亦可嘉。迁尔卿丞，勉终县治。可。

舒州推官吕选可大理寺丞制

敕具官吕选：

国家设官之法，由保荐而迁者必试之县政。非惟质举者之信否，亦以慎临民之选焉。以尔久服官勤，今由材举，往服新命，将观汝能。可。

殿中丞郭及大理寺丞鲁有立太常寺太祝张昭度等磨勘改官制

敕具官郭及等：

朕患考绩之不明，而使无闻者累久而幸迁，有善者混淆而莫别。故申新法，不专以日月叙秩，而间须保任之举。非以抑人之进，而所以求能者焉。汝等无谓今由积日而得次升，尚勤后图，以俟知者。可。

东头供奉官桑逵可内殿崇班制

先因过犯格磨勘一年，今及四年除授。

敕具官桑逵：

国家命官之术，必量功过之分，计岁时之勤，以为升黜。法在有司，其平不欺，其信不渝。以尔向因事累，格其会课。今日月及矣，考绩者以时来上。还汝所当得者，示我不汝忘焉。可。

环州石昌镇熟户牛家族巡检奴讹男万讹可本族都军主制

敕万讹：

世捍边陲，继生材武，能以威信，服其部人。今尔父以疾而告休，俾尔承家而济美。夫忠孝之节，不徒守其先业而已，亦以奋功名而图富贵焉。可。

审官院令史马登可遂州司户参军充职制

敕马登：

百司丞史皆有入官之格，不惟赏其劳，所以劝能者而谨其无过也。惟勤与慎，可不勉焉！可。

西京左藏库使内侍省内侍押班任守信可遥郡刺史依旧鄜延路驻泊兵马钤辖制

敕：国家自灵夏不宾，边隅多警。议者率以谓用兵之道，任将宜专。恩信不久，则无以得士心；山川不习，则不可图胜算。顷自兵宿于野，久而无功，此殆将帅数易之患也。苟其能者，无遽夺焉。以具官任守信，选以敏材，临于戎事，肃军捍寇，宣力有闻。遽以飞章，自言满岁。顾久亲于矢石，岂不念于勤劳？然而士卒之乐既汝安，夷狄之情惟汝熟，虽欲代汝，实难其人。所宜旌以郡章，仍临旧部。体兹委寄，服我茂恩。可。

开封府兵曹参军谢晔可大理寺丞制

敕具官谢晔：

府掾之制，凡再岁而无过失者，皆得例迁。盖以京师大众之会，狱讼尤多，能无过焉，是亦材也。今考尔岁月，法当进秩。夫官能有守，卑者尤难；事之实繁，勤则克济。勉服明训，往膺宠章。可。

虞部员外郎卢士宏太常博士王揆祠部员外郎秘阁校理张瓌丁忧服阕复旧官制

敕具官张瓌等：

夫孝子之于其亲也，无所不至焉。生则养之以禄，殁则荣之以名。尔等自丁家艰，克尽孝道，天时屡变，礼制以终。勉思扬名，无坠厥世。可。

比部员外郎赵宗古谢衍屯田员外郎李琪秘书丞刘元瑜殿中丞马伸磨勘改官制

敕具官谢衍等：

自兵兴以来，天下重困，盗贼并起，狱讼繁多，为州县者不亦劳乎！夫饥寒者未能衣食，而调敛者未能尽除。惟处之有方，则民不甚弊。赖夫勤敏，乃克济焉。尔等咸以吏材，寄予民政。录劳考课，宜有茂恩。可。

前磁州录事参军杜钱可卫尉寺丞制

敕：朕抚有万国而官群材，不敢专用独见之明，而外诏庶寮，各举其善。具官杜钱，举者言尔材堪亲民，是用升汝司卫之丞，而将用汝临人于治。《诗》云：“岂弟君子，民之父母。”盖夫善为政者，能使其民爱之如此。汝能以此亲我民乎？往膺进秩之荣，无为举者之累。可。

前杭州司理参军范衮可卫尉寺丞充堂后官制

敕：朕观两汉名臣，多或出于丞史小吏。非夫丞史之能出名臣也，乃知古虽吏属，亦必选用贤材焉。今中书丞相之职，比古公府曹掾之制，吏员已为简阙，欲任其事，岂不择人？故诏铨衡，俾其慎选。具官范衮：有司来上，以尔为材。进尔诸丞，往率乃职。古人可慕，无自怠焉。可。

将作监主簿程中行制

敕程中行：

夫廉耻道缺而贪冒成俗，风化之薄久矣，吾思有以励焉。故于致仕之制，特示推恩之优，厚廪给以家居，官子孙而世及。今尔父至，服劳在官，以老得谢，宜兹懋赏，以示宠荣。汝尚勖哉，无忘济美。可。

祠部郎中沈周可开封府判官制

敕具官沈周：

夫刑狱以禁暴，而托狱足以为奸；法令以止乱，而舞法反以滋害。平民者政，而败政者吏也。知政之术，绳吏为先，况乎京师，号称繁剧。凡治繁者，贵乎不劳。苟知其方，在得于要。擿奸急吏，此非要欤？以尔久列周行，屡经任使，通于政事，俾佐浩穰。告汝政弊之多端，训汝治烦之有术。善思乃职，无或废官。可。

绛州防御判官张锐卫州军事推官汲熙载可大理寺丞制

敕具官张锐等：

以尔由学饬身，试材于吏，服劳既久，荐者屡闻。有迩臣之亟称，加所司之考实，推恩进秩，其慎若斯。岂不勉哉，无回汝守。可。

供备库副使王道卿可西京左藏库副使制

朕观春秋之际，公侯卿大夫之谱至数十世而不绝，不徒世其禄尔，惟克劭者，乃不陨焉。近至于唐，将相之后能以勋名自继其家者亦众。秉笔者记之，号称衣冠盛事。噫，古之大族，多良子孙，而今独鲜耶？抑惟人之勉不勉尔。惟汝大臣之子，世为名家，岂不励焉，无俾自坠。有司积日，兹乃叙进。不次之赏，能者得之。汝其勉哉，无忽而怠。可。

前彰信军节度判官
褚式可太子中舍致仕制

敕具官褚式：

昨按察者言尔事有迹，而尔方以老自请。吾屈言者不究，而进尔以秩，全尔之归。吾之欲成人之美而不欲成人之恶如此。汝其休矣，知我之仁。可。

祠部员外郎崔峄男庶
可试秘书省校书郎制

敕崔峄男庶：

古称不学者之于事，譬夫立而面墙。与其败政而干官，孰若劝教之明而养之有素也？属者故敕有司，增定荫补之格，必由试艺，乃得莅官。夫不惟为国造士，是乃为臣立家。此予诏也，汝其勉之。可。

梓潼县主簿宋文质
可国子监丞致仕制

敕具官宋文质：

壮也服劳，晚而登仕。老能知止，意亦可嘉。吾有跻民仁寿之心，尔其归安田里之养。可。

驾部员外郎席夷甫可本官致仕制

敕具官席夷甫：

古者七十而得谢，所以优其臣也。不任以事而养之于家，所以爱老也。朕患廉耻之缺，而尤嘉止足之人；隆长老之恩，而欲兴孝悌之俗。今尔之请，朕所褒焉。已诏有司，录尔之子。克安眉寿，往服宠章。

南剑州司理参军
李孝友责授吉州参军制

敕具官李孝友：

不孝之罪，国有常刑。民愚无知，犯者犹鲜。况尔被儒服者，诵习六经，而背本忘亲，悖理伤化。离屡经赦宥，法欲贷汝；而汝之自视，夫亦何颜！宜屏远方，绝而不齿。

江南□路提刑内殿承制
柴贻庆可就转礼宾副使制

敕具官柴贻庆：

传曰："夫刑者，一成而不变。"又曰："法者，天下之至平。"庶狱之间，其可不慎？故于国制，尤重邦刑。择彼监司，必参文武，所以藉其材敏，而佐夫不逮者也。惟尔克守其职，能济以勤。有司质成，法应叙进。故增荣秩，无替前劳。可。

右侍禁乐天锡可率府率致仕制

敕具官乐天锡：

服劳兹久，因疾得衰。虽未及于引年，嘉自能于知止。俾进春宫之率，以为归老之荣。可。

大理寺丞袁穆许恢授殿中丞著作佐郎程适授秘书丞制 并磨勘改官。

敕具官程适等：

国家治民之要，其具素备。惟奉法守职而免于有过者，考其积日，皆得叙迁。苟有能称，岂无懋赏？尔等寄予民政，咸上岁成，俾登于朝，盖用常典。若夫异绩，在尔勉焉。可。

皇侄仲伉赠官制

敕具官仲伉：

朕上凭宗社之灵，克荷先帝之业，思治天下以孝，而亲九族以仁。今宗正言尔信安郡王之长孙也，不幸早世，而追荣之典尚未有称。朕闻于听，意甚悼焉。可。

秦州推官董彝可太子中舍致仕制

敕具官董彝：

朕向遣韩琦行视边鄙，所以宣上恩而下逮，抚下情而上通也。今琦言尔有勤未录，久疾自淹。夫人之有劳，吾岂不念？事或在远，患于不闻。既披奏章，宜示宠典。可。

剑州司理参军董寿可大理寺丞制

敕具官董寿：

夫法者，所以禁民为非，而使其迁善远罪也。然世之专于法者，不患于不通，而患于刻薄，岂夫学者之弊欤？今尔以学法入官，而有能被荐，以之临事，可不戒哉！往服明恩，宜慎汝习。可。

兵部郎中皇甫泌男偁可将作监主簿制

敕具官皇甫泌男偁：

梓潼去京三千里外，而东蜀一都会也，吾难其选。知泌为材，而乃以家为言，请任其子。俾荣初仕，仍便其私，庶乎泌无内顾之忧，而得尽心于事，则汝之干蛊，可不勉哉！可。

东头供奉官阁门祗候知胜关寨李守信可就转内殿崇班仪州寨主制

敕具官李守信：

西师之出累年，而将帅之效未著。凡为吾捍城而乘障者，不亦久劳乎？迹其勤诚，宜有升进。若夫异赏，俟尔立功。

和州防御判官夏侯溥可太子中舍致仕制

敕具官夏侯溥：

古者王道之隆也，使夫种树、畜养皆不失其时，然后衣帛、食肉而老者得以安之。今夫致仕而归者，必增其荣秩，而又廪给于其家者，所以虑夫田野之间，养老之具未备，而有以优其终身焉。尔其往哉，服我新命。可。

都官员外郎知成州王嘉闻转职方员外郎殿中丞知普州葛昌转国子博士某官监洺州盐酒税李思恭转驾部员外郎制 并磨勘改官。

敕具官王嘉闻等：

夫士之学古干禄而陈力莅官者，孰不欲自为材耶？患乎劝之、励之无方而使贤能之不勉也。此朕所以思革审官之法，近增举类之科。尔等犹用旧文，例当升秩。其思率职，无懈厥勤，俟乎有闻，以应新格。可。

东头供奉官张德荣张行简可率府率致仕制

敕具官张行简等：

陈力有年，服劳匪怠。止足之戒，乃能自知。终始之恩，亦以示劝。卫率之长，东宫要官。享兹荣名，可以休老。可。

虞部员外郎吕师简可比部员外郎制 为招军

敕具官吕师简：

国家向因募兵，特立赏格，俾劝勤者，速于集事。而议者皆患应募之卒虽多而难用，岂夫训练之未至，将由简阅之不精？然而号令重于已行，赏罚贵乎存信。今有司按籍，言尔当迁。往服新恩，其思实效。可。

悉利族军主嗟移可都军主制 为功效

敕嗟移：

夫贼垒未平，王师在野，当吾闻鼓鼙思将帅之际，是汝立功名取富贵之时。而能率其部人，力捍狂寇，材武忠勇，是皆可嘉。爵秩阶勋，兹以为宠。犹有异赏，尔其图之。可。

东上閤门使普州刺史赵安期可右领军卫大将军致仕制

敕具官赵安期：

夫陈力就列，不能者止。而致仕之制，非为止者而设，乃古所以礼其卿大夫之美名也。而今又有增官秩、颁廪给之数，于尔之止，岂不为优？尔其归哉，可以荣矣。可。

供备库副使沿边巡检都监王守一可就转西京左藏库副使制

敕具官王守一：

临于军政，邈彼塞垣，训齐甲兵，谨备寇盗。尔其勤职，吾不忘劳。适因奏课之来，宜举陟明之典。可。

贝州历亭县主簿周登可国子监丞致仕制

敕具官周登：

方刚而仕，以疾思归，自陈不能，可谓知止。有官以为汝宠，有俸以终汝身。体予深仁，膺此嘉命。可。

进纳长马空名诰诲词

敕某人等：

国家以用师西鄙，不欲加赋于人。乃能出尔家赀，佐吾邦用。第其多少，咸有旌酬，俾缀官联，以荣里闬。可。

颍州推官江楫可大理寺丞制

敕具官江楫：

朕思与多士，共宁庶邦。而贤豪材美之人，或自沉于幽远，与夫懿节茂行之韫于中而未见于事者，吾皆不得而遍观焉。故以举类之科，而为官人之法。今举者言尔材行可称，命尔新恩，以期后效。可。

广南西路转运按察使金部员外郎周陵可司勋员外郎就差充荆湖南路转运按察使制

敕具官周陵：

朕顾荆楚之俗杂于诸蛮，而向者州县之间，不能绥辑，与民生患，旷日未平。夫惟蛮貊，虽不通于礼义，而剽轻之性，惟信可怀，犷悍之心，以威则服。思择能者，佥曰汝材。至于察官吏之否臧，平赋输而移用，广西之最，朕已嘉焉。今其谕我至仁，晓兹异俗，并伸威信，以静一方。仍迁郎署之荣，以增使车之重。可。

内殿承制桑逵可左监门卫将军致仕制

敕具官桑逵：

夫少也用其力，老也优其秩。在予推恩之意，固亦仁矣；于汝克终之善，岂不美哉！况尔方寘朝行，又升环列。归安汝寿，服此新命。可。

驾部员外郎致仕席夷甫男汝贤可将作监主簿制

敕具官席夷甫男汝贤：

夫力强而仕，老至而休，还其官政于君，传其家事于子。士之美行，不亦荣哉！在尔承之，宜勤以孝。惟善事父，乃能事君。可。

内殿崇班柴贻坦可内殿承制制

敕具官柴贻坦：

自列朝班，克勤官次。用有司之常典，因满岁以当迁。往服新恩，益思后效。可。

福州宁德县令孙知古可太子中舍致仕制

敕具官孙知古：

礼于老者尚不责其筋力，而况莅官行法，非强而敏者莫能焉。士之老而还政者，不惟示国之优恩，亦自爱其身者，得以遂其安养也。矧加宠命，岂不荣哉！可。

前太常寺奉礼郎司马旦前将作监主簿司马光前秘书省校书郎黄元规丁忧服阕复旧官制

敕司马旦等：

先王制礼之中，不使贤者过而愚者不及。故三年之丧，谓之通制者，人皆所共行焉。惟立身事君，用显亲扬名之节，则必贤者勉焉而可至。此孝之大者也，尔其思之。可。

比部员外郎知眉州冯平转虞部员外郎太常博士知秀州嘉兴县胡昉转秘书丞制　并磨勘改官

敕具官冯平等：

朕顷因考绩之文，增以荐材之法。夫累日月以叙进，则患贤愚之不分；因举类而观能，则虑奔趋而求誉。知人选士，其难若此。惟材茂而业广，既久而自彰者，不亦优哉！尔宜不懈其勤，以求诸己。可。

东头供奉官钟怀德可内殿崇班制

敕具官钟怀德：

临于筦榷，颇服勤劳。因兹会课之来，宜举叙迁之例。升之朝序，勉荷宠章。可。

东头供奉官夏惟庆可内殿崇班制

敕具官夏惟庆：

爵禄，王者所以厉世磨钝之具，非徒为进者积日之资也。尔考绩有司，例当迁秩。升于朝序，可谓宠荣。惟材与能，在尔自力。可。

进纳人空名诰海词

敕某人等：

官者所以治人，而非以假人之器也。朕闵西人之劳，而欲纾其乏。有出其私以佐吾之用者，是亦有益于吾民。俾命于官，所以示劝。尔其往矣，服我茂恩。可。

三班借职崔瑾可换县尉制

敕具官崔瑾：

夫器人之材术者，无施而不宜，其次用其所长，而各尽其善。今尔厌夫武吏之不足为，而思自择以奋厥效。从尔之请，必有可观。可。

太子中允通判秦州冯诰可太常丞制

敕具官冯诰：

西鄙用师久矣，而未见成功。然凡从事于兵间者，微劳小善，未尝不录，而稍为久次，已曰滞材。夫材者必能集吾事，赏者所以图厥功。吾无爱焉，以观汝效。可。

文学李长卿可长史制

敕具官李长卿：

文学、长史，皆无职事而有秩俸。吾设科以待天下之士，面官其才者；其不中于有司者，犹禄其终身。吾于养士之仁至矣，汝其知之。可。

著作佐郎张去惑可秘书丞制

敕具官张去惑：

国家设官之法，患乎巧伪干誉者之难止。故考绩之格，三载而一例迁，所以使沉实守正之人得以自进。及其弊也，庸人希累日之赏，而贤者不能自别。故又增旧法，稍欲因举类而求能者焉。惟尔之材，世所称美。夫累日而迁非尔志，干誉而进不可为。惟思厥中，务广其业。可。

任若拙牛文渥等改官制

敕具官任若拙等：

朕闵夫士有少而执经、老不及禄者，其勤可嘉，不可以弃。故皆登于仕，以荣厥躬。岁月久焉，又增以秩。吾之不忘于尔也厚矣。往其勉哉。可。

殿中丞通判延州高良夫可国子博士制

敕具官高良夫：

边鄙之事，不徒衽金革而当矢石，至于抚民人，平政赋，凡关决于兵间者，不亦劳乎！惟尔之材，久于其事。今三载考绩而例进秩，乃为常典。况尔有劳，宜推茂恩，以旌能吏。可。

前司门员外郎乐许国殿中丞路纶李仲宣丁忧服阕复旧官制

敕乐许国等：

夫生事而死祭，苴麻哭泣之礼，二十七月而后止，孝子之服于其亲也足矣。奉其遗体，立身扬名，而施于有政，孝子之忠于事君也。吾欲观尔之能焉。勉膺新恩，无怠其志。可。

内殿崇班刘显可内殿承制制

敕具官刘显：

以尔习知河事，二十余年，既久而勤，有劳可录。宜增荣秩，以示褒嘉。无易其官，俾终厥效。可。

泽州推官李泰可大理寺丞制

敕具官李泰：

诵习之学，患乎专固少通而难施于事。尔由学《礼》以登仕，而莅官行法，能使荐者称之为材。是亦可嘉，宜推宠命。可。

大理寺丞知钜野县孟皆可太子中舍制

敕具官孟皆：

夫执经之士，不徒诵其文，而必知其义。一县之政，有土与民，用尔所通之经，求其治人之术，苟有善问，岂无褒荣？勉服新恩，以率尔职。可。

陈曙李方改官制

敕具官陈曙等：

朕向以州县之间，备盗不谨，而官吏畏怯，擒捕失时。虽寘于刑，以警不职，而思得材武之士，旌其功伐，以广劝能。尔于兹时，以捷来上。霈然推赏，朕所乐焉。服我新恩，益勤后效。可。

驸马都尉柴宗庆可赠中书令制

敕具官柴宗庆：

夫爵禄，王者所以赏功懋德之器。古之聪明材智之士，处乎崇高，犹或颠覆。尔以名臣之家，为国近戚。惟富与贵，享兹兼美。乃能守而不失，克保厥终。盖朕思广孝爱之心，务推仁恩之厚而致也。夫生而宠之以位，则殁也不可不荣其终。在乎朕心，既所嗟闵；考之国典，则有彝章。魂而有知，膺此休命。可。

前观察支使试大理司直张德熙怀州防御判官试大理司直倪俊并可检校水部员外郎制

敕具官张德熙等：

士之在乎下位，其有所称道者，吾无不擢其材而用之。其积日累久而未闻于予者，犹有兼试、检校、阶勋之次而叙升之，所以念劳也。况郊祀之礼，庆赐所均？宜有茂恩，以彰宠典。可。

永兴军节度推官董士廉可著作佐郎制

敕具官董士廉：

自古奇伟之士，因时立功而名在竹帛者，率皆不以细文常行责其备。盖于其大者，人有所不能而能者焉。惟尔少而好奇，不徇小节，喜从兵事，思奋其材。今积久录劳，盖从请者。若夫异赏，待尔有为。可。

潭州录事参军杨令闻可太子中舍致仕制

敕具官杨令闻：

向因疾病，自请退休。少有间焉，复思从政。今其决矣，可以止哉。俾升朝序之荣，以为归老之美。可。

权保安军判官王温恭可知延州延水县制

敕具官王温恭：

自西鄙用兵而智谋材敏之士奋然而争出者，非唯吾爵赏是利，盖士之负其能者，亦欲因时而有立焉。百里之县，有民与土，课田而实军备，平政以怀边人，亦足有为，将观汝效。可。

平阳郡王允升第二十二女赵氏可某县主制

敕：王者之以孝治天下也，必先仁其九族，然后刑于四海。故具官允升女赵氏，幼而淑美，将及有行。沐邑之封，盖稽旧典。其勤女训，往宜汝家。可。

入内内侍省内东头供奉官李允恭可内殿承制制

敕具官李允恭：

昨者亡命之卒攻劫京西，而吏不能捕，烦吾出兵。尔称我使令，克奋厥效。录劳第赏，宜有及焉。升尔于朝，往膺宠命。可。

真州推官陈则可大理寺丞制

敕具官陈则：

朕抚有万邦，以官多士。而材能廉善之迹，苟有闻于予听者，必皆进而用之。而申以赏罚之文，惧乎言者之不信。今尔之善，屡有以闻。勉尔之勤，克广其业。无使言者，干予之罚。可。

内殿崇班郝质可内殿承制制

敕具官郝质：

夫被甲驰马，出而与敌周旋于原野；搴旗斩馘，归而与士卒数俘获于军中；量功较计，蒙褒被宠，进而受赏于朝廷。此将帅之事也，岂不荣且乐哉！战之功有大小，国之赏有重轻。膺此茂恩，更期后效。可。

龙卫指挥使开赟拱圣指挥使胡元并可内殿承制制

敕具官开赟等：

朕之劲兵锐将戍于边者，不可胜数，惟尔能以武勇出乎其间。方吾思得猛士之时，吾之大臣以尔来上。高爵厚禄，为尔等而设也。往其勉矣，吾将观汝之能。可。

殿中丞崔愈可国子博士制

敕具官崔愈：

博士，古经师之职也。尔由明经登仕而居是官，于尔之志，岂不荣哉？夫经者，圣人之遗法也。其临民莅政、治身之道备矣，虽未能施之于国，子其率而行于厥躬。可。

录事参军张垂象登州文登县令盖巨源并可太子中舍致仕制

敕具官张垂象等：

致仕，士之克终之美节也。故吏部之格，吏赇无重轻，皆不得与乎斯命，所以劝廉士而重乎归老之荣也。尔等为吏二十余年，而能获还政之名以归。宜推褒恩，以宠田里。可。

右侍禁田延昭可右内率府率制

敕具官田延昭：

尔之子况，乃吾侍从之臣，既不得去吾而从汝，而念汝之老，思得来归。朕亦嘉汝世陷虏中，能识忠义，自拔归国，致子显荣。宜有嘉褒，以旌美节。服兹休命，慰子孝心。可。

三司前行胡敏可许州长史制

敕胡敏：

陈力莅事，积有岁年。自知不能，以疾而止。俾列州佐，以荣厥终。可。

前将作监主簿
张盛丁忧服阕复旧官制

敕张盛：

尔幼未任事而已命于官，盖承其祖父之遗业。长而宜思有立，以显其亲。惟学可以成人，尔其勉而无怠。可。

大理寺丞王谆转左赞善大夫
赞善大夫王若谷转殿中丞著作佐郎
李望周辅并转秘书丞制　并磨勘改官

敕具官王若谷等：

庶官之在位者，吾不能遍察其常行，而有司考第岁月，以为进退之法。惟治之有声者，吾未尝遗，必有甄擢。子闻无壅，各勉所为。可。

前涟水军判官吴知几可大理寺丞制

敕具官吴知几：

士之饬躬励行以勤厥官，未有不知于人者。知而荐之，吾亦无所遗焉。惟尔之能，数有称道。有司较最，于格当升。勉膺新恩，无废其业。可。

供备库副使郭承绪可西京左藏库副使制

敕具官郭承绪：

夫善训卒者，少而愈精；善用兵者，寡可击众。一障之守，苟得其人，推恩信以悦士心，明教习以修武备，扞城御寇，其任岂轻？顾尔宣劳，颇勤岁月。今兹考绩，宜有宠章。尔其勉哉，思奋厥效。可。

秦州观察支使乔察可静难军节度推官知陇城县制

敕具官乔察：

夫吏之不能称职者，或谓数易使之然。今尔尝佐于州，就临属县，其上下政令之便否，土风民俗之所安，皆所习知，可以为治。将观汝绩，无替其勤。可。

吴守一改官制

敕具官吴守一：

夫文士之职有常守，而循叙进之科，至夫出类之材，尚有不次之用。况夫武吏，有可以奋节立功之资，而当兹用武之时，其材易施，其效易著。岁月考课，是为常格。膺兹新命，其往勉哉。可。

沂州沂水县主簿韩道可大理评事制

敕具官韩道：

自京以东，比苦多盗，而临沂狂卒，一岁再变。汝以主簿领尉职，而能力捕首恶，上功第二。凡真捕贼吏，后时而无所获，与夫不获而坐黜罚者，岂不愧于汝哉！夫事无不能，惟不勉尔。以褒以劝，宜有宠恩。可。

比部员外郎致仕
张纬男允修可将作监主簿制

敕具官张纬男允修：

凡人之既老且病，而见其子之得禄，岂不荣哉？尔宜修身励节，入而思有以慰其亲，出而思有以报于国。可。

杜惟序可西上阁门使福州刺史知泾州制

敕具官杜惟序：

西鄙用兵，五六岁矣。凡是中外文武之吏，其材勇而可任者，无不柬在于予心。苟思得人，则择而用。惟尔久习戎事，勤于北边，素有能称，熟于朕听。泾原重地，当贼之冲。督视兵师，兼抚其俗，惟尔为可。往其勉哉。佩兹新恩，以观厥效。可。

左藏库使泾原钤辖王从政可西上阁门使益州钤辖制

敕具官王从政：

西蜀之人，性本轻悍，易摇以事，动辄惊搔。而御寇扞城，兵任尤重。夫驭兵之法，威主于肃，令一则威明；恩患乎私，信著则恩浃。使士卒和而武备谨，则军有善政，民无奸心，此惟材者能之。而尔久习兵戎，尝委边寄，克堪兹任，往服训词。可。

大理寺丞王陶转殿中丞大理寺丞郭佑贤王正己并转太子中舍制　并磨勘改官

敕具官王陶等：

州县之政，其文具矣，吏之良者能举而行之，足以为治。故夫奉法守职、积劳岁月而无过者，皆有进秩之资，所以褒劝而勉夫不及也。今尔之课，考于有司，膺兹叙升，慎守厥位。可。

试助教郭固可宁州军事推官制

敕具官郭固：

自边陲用兵，而天下游谈之士趋时蹈利者，吾非不知其滥；而未始怠焉者，冀必有得于其间。惟尔之能，乃其素学。夫学有实者，诘之不穷，而推之可用。嘉汝施设，精而有条，虑变适宜，将观汝用。可。

东头供奉官李禹言可内殿崇班制

敕具官李禹言：

惟尔陈力效职三十余年，而后登于朝序。虽命官进秩，厥有常法，而尔之积劳至此，不亦勤哉！夫得之惟艰，守之不可不慎。往膺明训，服此宠章。可。

礼院副礼直官王永可益州司户参军充职制

敕王永：

太常所上礼，皆祖宗之法。朝廷之仪，掌在有司，尔所当习。成书第赏，及下不遗。往膺新恩，慎守而职。可。

太常寺太祝张观可大理评事制

敕具官张观：

有司上尔会课之书，考其日时，当得叙进。夫有劳必录，其信不渝。惟勤与能，不可不勉。可。

故国子博士李克明可赠度支员外郎制

敕：国家务以孝治，为人子者欲有所申于其父母，则其为请不可不从。故具官某，有子德隆，克嗣其世，效官陈力，当得叙迁。而思以其荣报于罔极，合于经之以显父母之义，朕甚嘉之。魂而有知，膺此追命。可。

左班殿直李德隆母王氏可追封永安县君制

敕：夫观其子之孝，可以知其父母之贤。具官李德隆亡母永安县君王氏，生此孝子，能守其家。请以身官，移于泉壤。夫禄养于亲，有时而止；荣名之及，存不朽焉。魂兮享之，可以为慰。可。

比部员外郎知绵州薛贻应转驾部员外郎虞部员外郎知博州薛纶转司门员外郎秘书丞知嘉州洪雅县李述转太常博士制　并磨勘改官

敕具官薛贻应等：

吏之庸庸而无闻者，吾所不取；章章而特见者，必擢用之。若夫奉法循职，守其官而无过者，不亦吏之良哉！念其勤劳，岂可不录？三年考绩，叙进有常。往服新恩，无渝尔守。可。

司门员外郎李公谨秘书丞充集贤校理杨仪殿中丞段高磨勘改官制

敕具官李公谨等：

夫令在必信，法在必行。今审官考课，增以举类之科，乃吾示信之令而新行之法也。汝等叙进，于此犹用常文。其后当迁，皆须应格。勉勤其业，以俟尔知。可。

范仲温可台州黄岩县尉制

敕具官范仲温：

尔弟仲淹参吾大政，方欲辅朕平赏罚，推至公，以修纪纲而正庶位。尔今所任，有土与民。惟过与功，则有赏罚。尔勤厥职，可不戒哉？可。

东头供奉官阁门祗候石宗尹可内殿崇班制

敕具官石宗尹：

陈力效官，积有岁月。会其课最，来上有司，按于旧文，当得叙进。升之朝列，可谓宠荣。往服新章，益勤后效。可。

著作佐郎卢革潘泳等磨勘改官制

敕具官卢革等：

州县之职，治有常法，而远方之俗，风土异宜。若夫上克奉于教条，下不违于民欲，惟勤与敏，乃克济焉。尔等服职有劳，会课来上，膺兹叙进，无废官箴。可。

史馆书直官潘宗益可梓州司户参军制

敕具官潘宗益：

给事有年，其劳可录。宜命以秩，俾旌厥勤。凡为有司，惟久则习。尚安乃职，以慎克终。可。

角厮波男合罗角可本族军主制

敕合罗角：

生禀劲勇之姿，而济以忠果之性。屡陈厥效，咸可旌褒。俾升官荣，以劝诸部。勉图功业，无自失时。可。

军事推官龚待问可桂州观察推官制

敕具官龚待问：

捕盗之格，有功者赏，而吏能应书者少，非吾有所爱焉。苟有其劳，岂不甄录？今有司言尔于格当迁，方兹多盗之时，用劝不能之者。可。

进士刘纯可试将作监主簿制

敕刘纯：

自兵兴累年，而功效未立，然游谈之士以兵为说而得禄者多矣。吾犹意乎厥路尚狭，而未足以来特起之人，故甄收未始少懈。况尔屡经器使，而言者谓材，宜有推恩，以劝来者。可。

秘书丞窦随可本官致仕制

敕具官窦随：

夫老而致其政于君者，士之懿节也。尔壮而登仕，困于数奇。今其老焉，可以归矣。安而眉寿，膺此美名。可。

邢州观察支使张德熙可著作佐郎制

敕具官张德熙：

士之在下位而能以闻于上者，不有言者乎？一失其言，则有常罚焉。知人而荐，岂为易哉？今尔由举者而被升擢，尚勤其业，无累尔知。可。

大理寺丞薛仲孺可太子右赞善大夫制

敕具官薛仲孺：

尔之伯父奎，为吾大臣，参议国政。刚直之节，见于临事。殁而无嗣，吾甚哀之。尔幼以奎荫，而登仕籍。今由累岁，遂升于朝。惟尔伯父之行，有司考法，易以一德不懈、执心决断之名，可谓美矣。守尔家法，克勤厥官。可。

殿中丞王正民大理寺丞朱景阳陈侁等磨勘改官制

敕具官王正民等：

审官之法，三岁一迁。惟无过焉，乃得会课。尔等服于官政，以莅吾民。奉法守职，积劳岁月。膺兹叙进，此乃常科。勉尔之为，以期懋赏。可。

内殿崇班李允恭可内殿承制制

敕具官李允恭：

朕患州县之吏不职者不能御奸禁暴，而悯吾民罹于贼盗。故于捕盗之吏，推赏尤厚，非以为私，盖有为也。今尔之请，自陈其劳。方吾以赏行劝之时，惟恐不及，故加尔宠，非徇尔私。夫古有让功不言之贤，惟尔宜慕。可。

节度推官张绅可大理寺丞制

敕具官张绅：

朕闵夫兵兴而费广，不忍加敛于吾民，凡能佐国足用者，皆思懋赏以劝其勤。今荐尔者皆曰尔材，而吾近臣尤所取信。故增汝秩，不易厥官。夫官惟业勤，常患不久。尔其自勉，无替乃劳。可。

学士院孔目官遂州司户参军李怀德可特授棣州阳信县尉充学士院录事制

敕具官李怀德：

夫有司之事，惟久则习。次迁之例，顾汝宜升。无忘克勤，慢则有罚。可。

虞部员外郎李备太子中舍侯克明大理寺丞曹琰等磨勘改官制

敕具官李备等：

国家外建庶位以官群士，而赏罚进退之法掌于有司者，所以待中材之无过者尔。高能异效，吾有不次之用焉。尔等咸服于官，久勤岁月。以劳序进，虽曰宠荣，勉尔所为，以期懋赏。可。

彰武军节度推官李仲昌可大理寺丞签署渭州判官公事制

敕具官李仲昌：

群材之在下者思达其上，难矣。而在上者思得可用之材，岂为易哉？朕顷自择能臣，使举其类，而洙以尔充荐。今琦又以为言。琦、洙皆能体吾劳于择士之心者，举尔不应不慎。需然推宠，吾所不疑。尔尚勉哉，以称兹举。可。

故尚父汾阳王郭子仪孙元亨可永兴军助教制

敕郭元亨：

继绝世，褒有功，非惟推恩以及远，所以劝天下之为臣者焉。况尔先王，名载旧史。勋德之厚，宜其流泽于无穷，而其后裔不可以废。往服新命，以荣厥家。可。

奉礼郎李景圭可大理评事制

敕具官李景圭：

九州四海，风俗不同，而王者之化无不及。吾于远者，尤加意焉。夫吏非敏于其事，则不能通俗习而顺其宜，政一失焉，下则重困。邈兹南海，尔莅吾民。今会课上闻，增尔荣秩。克勤厥职，以副予怀。可。

故右骁卫大将军致仕
王元祐男知信可内殿崇班制

敕具官王知信：

尔父元祐，陈力事予，告老以休，位终环尹，殁而余庆尚及尔身。尔嗣厥家，苟能有立，则始终宠荣，视汝父焉。惟孝与忠，勉思两得。可。

前楚州团练判官丁宗臣可著作佐郎制

敕具官丁宗臣：

庶官之在位者众矣，吾思一善之取而无失，则惟举类之法，所得尤多。今荐者交章，言尔可取。尔其自勉，以称吾思善之心焉。可。

左侍禁李从式孙清并可
太子左清道率府副率致仕制

敕具官孙清等：

壮而陈力，老也告休。古人所难，有始有卒。尔能至此，可谓克终。尚有推恩，以嘉尔节。归安眉寿，服此新荣。可。

权无为军判官刘皆洪州录事参军张德元并可太子中舍致仕制

敕具官刘皆等：

礼与法之为书，其于老者，皆有优焉。今尔等学于礼法，而能安其老，思以归休。吾所嘉褒，宜推宠命。可。

国子监直讲青州千乘县主簿孙复可大理评事制

敕具官孙复：

昔圣人之作《春秋》也，患乎空文之不足为，故著之于行事，以为万世之法。然学而执其经者，岂可徒诵其言哉？惟尔复，行足以为人师，学足以明人性，不徒诵其说，而必欲施于事，吾将见吾国子蔚然而有成。宜有嘉褒，以为学者之宠。可。

太子中舍孙砺李国庆并可殿中丞制

敕具官孙砺等：

六经皆载治民之术，而法者为吏之资也。汝等学之，用以从政。经之道广矣，择其宜于民者；法之文密矣，取其平而不害者。足以莅尔官，而成厥绩焉。膺兹叙迁，勉用尔学。可。

秘书丞黄正殿中丞卢咸并可太常博士制

敕具官黄正等：

自兵兴以来，调度日广。其能勤征榷以佐经费，而均漕运使不滞以通诸用者，皆方今之急务。其为劳力，宜有劝焉。因兹岁成，宠尔荣秩。可。

原州彭阳县令郝嗣宗可某州推官制

敕具官郝嗣宗：

吏三岁而一易，其法久矣。然议者莫不以屡易为患。苟有能者，吾岂夺焉？尔于彭阳，数有称者，就增其秩，无易其居。勉尔所为，以俟成绩。可。

供备库副使张礼一可西京左藏库副使制

敕具官张礼一：

考课之法，计过与功，皆有常文，得以叙进。此所以待夫中材，而勉其不及者也。苟能有立，吾必异之。尔其往哉，思所自效。可。

杜咨转官制

敕具官杜咨：

吏部之格，吏之升降、远迩、劳逸之均，皆有法焉，不可以乱。今衍以尔为请，吾既重违大臣之言，而顾有司之法，苟不甚戾，则吾岂不从？无专尔私，其率厥职。可。

柴宗庆第三女可封郡君制

敕某人：

相与将，人臣之极也。尔父常兼享其位而连戚里，其于存殁，宜有宠焉。况其生也贵，而殁也无嗣续之裔，此吾尤所悯焉。加尔郡封，此非常典，所以申吾不忘尔父之意。可。

洛苑使英州团练使内侍省内侍右班副都知蓝元用可眉州防御使罢副都知制

敕具官蓝元用：

尔之事予，陈力兹久，既明而敏，能济以勤，慎密一心，不见过失，屡更器任，实柬予怀。屡披奏章，陈疾自请，愿解要职，以思便安。惟尔之旧予所嘉，惟尔有劳予所录，虽可尔请，岂无加褒？服兹宠荣，勉尔后效。可。

西头供奉官阁门祗候綦恩可内殿承制制

敕具官綦恩：

用兵久矣，而将吏能以材武称于军中者，岂不多哉？苟有闻焉，无不用也。况如世衡，吾所信者，今其称尔，吾岂不然？夫信以出令，仁以抚人，勇以临战，而严以一众，必皆出于智而后成功。虽大将不过此也，尔其勉之。可。

达州司户参军吴冲可奉宁军节度推官制

敕具官吴冲：

向者盗起州县，久而未捕。议者皆曰：素备不谨，赏罚不明，所以盗滋而吏怠。今考尔所获，嘉尔之能，第赏推恩，予尤所爱。凡谨备者，尔则勉之，当使怠吏，由尔而劝。可。

内殿崇班程逸可左监门卫将军致仕制

敕具官程逸：

将军之职，居则宿卫天子，出则征伐四方，此武人之重也。今假尔兹宠以为归老之荣者，以尔服劳既久，能克厥终，而不忘尔勤之意也。其往钦哉。可。

怀州防御判官倪俊可著作佐郎制

敕具官倪俊：

凡官人之法，莫不期于得材。而或失之于有遗，或失之于太滥。故有司之守，厥有常文，苟能应书，皆可选擢，可使中材之并进，不滥而无遗。此吾所以慎于择材之意也。尔膺兹举，其不勉哉。可。

大理寺丞宋缅孙周苏逢等磨勘改官制

敕具官宋缅等：

庶官之守位者众，予欲百职并举而人各趋之，则于考功叙进之科，厥有常法，使夫自勉者无不得焉，盖所以示劝而及众也。今考尔岁绩，法当迁秩。尔无以为例得，其体予劝功进善之心，以勉尔职，其无懈。可。

卢守勤致仕制

敕具官卢守勤：

少也陈其力，病而养其衰，非惟安生乐寿，人之所欲；而朝廷待劳能之臣，厚始终之意，考之典礼，亦有彝章。尔之事予，既勤且久。今其病矣，可以息焉。尚有恩荣，以为尔宠。夫劳无不报，既享爵禄之丰；身孰与亲，宜专辅养之理。可。

曹元宾转官制

敕具官曹元宾：

夫用兵之法不可先言，则为将之材亦难先见。国家用兵久矣，求之行阵，堪将者少。夫士有素蕴之材，未得达者。比降明诏，广其询求，而方平等以汝为言。吾将观汝之能，试汝以事，俾升朝序，往自勉焉。可。

司理参军杜彭寿可大理寺丞制

敕具官杜彭寿：

士有洁身以廉而服官以勤者，长吏皆得荐论。有司加之考阅，用而进秩，俾以临民。虽曰常科，岂不慎选？汝膺兹命，其往勉哉。可。

户曹参军尹植可某官致仕制

敕具官尹植：

惟尔陈力，二十余年。以老而归，朕岂不悯？升之朝序，荣以宫僚。往其休哉，安尔眉寿。可。

开封府开封县主簿孙量可保大军节度掌书记制

敕具官孙量：

用兵之法不欲久，惟能使调敛发输不劳而民有余力，则可以制敌而有待于必胜。西师之出久矣，不惟将帅之选为重，其州县临民之吏，能不乏民之力而佐吾之军者，亦难其人。今尔既荐者皆曰材，而临泾乃尔自请，往膺新命，将试汝能。可。

内殿崇班韩守允可左监门卫将军致仕制

敕具官韩守允：

自兵兴于边，天下多事，吏强有力者犹不能称厥职，而况于老者乎！夫老者，吾所优也，岂宜强其力之所不逮？往从尔请，以安尔私。尚有茂恩，以为尔宠。可。

泰州兴化县主簿朱思道可卫尉寺丞制

敕具官朱思道：

夫廉，为吏之一节也。今保荐之法惟以受财为同坐，则待夫能吏，岂尽其材？尔其奋厥所长，思有所立，不独守夫一节而已焉。可。

溪洞杨先赟可权知古城州制

敕杨先赟：

世号材勇，雄于一州。威能服其部人，忠能奉其职责。宜加宠秩，以绍厥家。往服恩章，无忘报效。可。

京西转运按察使虞部员外郎杜杞可刑部员外郎直集贤院充广西转运使制

敕具官杜杞：

自一隅用兵，而调发输役之繁，无远不及。况广东、西之路，于东南尤为远者，而吏多不良。吾之疲民，既有赋敛之劳，而今又罹盗贼之患。吾一虑及，为之恻然。凡与吾忧国者，岂遑暇于安居哉！汝为吾往，其可惮劳？吾又嘉汝名臣之后，好学博文。尚有荣名，以为汝宠。凡吾寄汝之事，繄汝之材，吾惟责成。尔可自勉。可。

内殿承制孟均可千牛卫将军制

敕具官孟均：

诸卫之置将军，唐之盛时，兵官之重者也。卫兵之制废久矣，其官虽存，而世不知其重也。自顷西北用师，讲求武事，而议者多言唐之府兵可复。朕方思之，而尔能有请，朕甚嘉焉。尔其往哉，吾将有用。可。

殿中丞史吉亨王珣瑜著作佐郎苏黄中等磨勘改官制

敕具官史吉亨等：

夫官者，所以尽人之材也。至乎材之难得，则姑以岁月常法，积劳而叙迁。诚亦冀有异材之善出于其间，非止于此而已也。尔等各膺例进，宜自勉旃。可。

蕲州广济县令充国子监直讲邵必可大理寺丞制

敕具官邵必：

夫学，所以为治也。而儒者以记诵为专，多或不通于世务，但能传古之说而不足施之于事，使愚者益固而不明，而材者听之而怠，以为儒迂不足学。故教人之法，必该于古今，以博其识，而成其业焉。惟尔之学，能明当世之事，而屡形议论，朕甚嘉焉。尔其守节砺行，以率诸生，而取古之有以宜于今者而养成之，则功利广矣。可不勉哉。可。

孙复可秘书省校书郎国子监直讲制

朕勤治体，喜贤俊，尝虑四方遗逸之善有不吾闻者，间属近列，屡腾荐章。以尔孙复深经术，茬德行，躬耕田亩，以给岁时，东州士人皆师尊之。吾命汝校文于书省，讲艺于胄序，不由乡举，不俟科选。汝姑直屏杂说，纯道粹经，使缙绅子弟闻仁义忠孝之乐，此吾所以待汝意。往钦哉！可。

周陵荆湖转运使制

敕具官周陵：

朕思欲宽民赋役，而衣食给足天下之饥寒。而患州县之吏不能称职，其老疾暗懦而纵其下，与夫贪暴而自为残者，皆所以蠹于物而重困吾民者也。然按察之司，视而不举，反务较锱铢毫末之遗利，而欲足用舒民，岂不失其术而且劳者哉！今荆湖之南，十一州、一监、三十有一县，吏员不为不多矣。尔其察其不良者而举其贤者，使州县得良吏，未有民富而用不足者。广西之最，知汝为材。今其往哉，无替朕命。可。

皇弟安静军节度使允迪可责授右监门卫大将军制

敕皇弟具官允迪：

五刑之属三千，其罪莫大于不孝。小民无知，犯者犹鲜。况尔燕恭肃王之子，而朕之诸弟也，宜率训义，以迪四方。而乃忘苴麻哭泣之哀，为酣饮沉酗之佚，肆情鄙行，害于而家，达于朕听，嗟惋无已。朕苟贷法，何以处王公之上而教天下哉！宜归爵秩，下领屯卫。盖宽于驭过，而欲循省其非，无蹈后悔也。可。

杨畋屯田员外郎直史馆制

敕：尚书省二十四司散郎，皆当今要官。况分直史馆，提太史笔，盖位之高者。非材资甚美，安可以兼此授？以尔东染院使、湖南钤辖杨畋，出自将家，有文武器干。早由辞科，历任郡县，至提按之职。向以群蛮绎骚，湖岭未靖，故特命以使名，往专讨辑。逮兹二岁，谿洞帖然。而勤劳积时，重殖生疾。沥恳来上，愿还朝行。予既嘉尔做事不怠，以集疹于厥躬；又重烦尔以军旅之役，宜改田曹之号，且以表年为业。苟能有以益于国家，则执干戈，书简牍，其义一也。可。

司勋郎中张从革可卫尉少卿制

敕：洛宅，朕之西都，而居之未皇暇也。然有司百职，莫不具焉。其留务之多闲，在宪司之尤简。最为清峻，可以优贤。具官某，久服官劳，颇彰吏最。老于郎署，分领西台。用乎考绩之文，俾列命卿之贵。仕而至此，是亦为荣。可。

殿中丞府司录李虞卿可国子博士制

敕具官某：

司录为府曹首，民阀阅增减、吏词按曲直皆系焉。前莅此者，或苛悍，或懦软，率不免缺折之患。惟尔慎不逾节，廉不挠人。吾用嘉之，俾增秩于庠列。尔其惟祗惟畏，以茂对我朝家休命。可。

大名府推官徐冶可著作佐郎制

敕某：

朝廷置磨勘之法，必以考限用人者，使详试吏能而后进也。则仕者由铨调改京秩，乃荣阶之始，固非轻授。以尔进士登第，历佐大幕。所知论荐，是用进擢。尔惟自勉，以副恩命。可。

平阳县尉林术可试秘校知永州祁阳县事制

敕具官某：

南方之吏，不能为吾以恩信抚兹谿蛮，而使毒吾民于攻劫。尔尝被甲操矢而逐之，则蛮之害民也深，民之疮痍者众，所宜自见焉。今录汝之劳，命汝以县。勉勤其政，以抚吾人。可。

大理寺丞彭通程濬可殿中丞某人可赞善制

敕具官某等：

仲尼有云："言寡尤，行寡悔，禄在其中矣。"今有司大比群吏之治，不待悉最课而后迁也，但不处于尤悔斯迁矣。某等或赞治远藩，或长人大邑，奉法循职，克无累疵。铨考岁成，用应陟典。盾省储坊，俾通朝守。盍勤官业，以对恩荣。可。

奏举人杭州观察推官吕遘可大理寺丞制

敕具官某：

夫士之处世，如锥在囊中，其锋立见。尔以选吏为藩府宾佐，凡荐尔材者，自戬等十有二人，是必脱颖而出其辈者矣。不然，何言者之多也？擢尔卿属，试尔治民。无谓宠利之可图，因违道以干誉；其思行义以自立，务求己而为人。服此训辞，则无疵吝。可。

军事推官王野民可大理寺丞制

敕具官王野民：

自兵兴用乏，而能不取民以佐有司之急者，利入之法尤多，非勤且敏者则莫能焉。不惟干赏者趋之，盖亦适时之用也。尔职酒利，厥课屡闻。所宜褒升，以劝怠者。可。

录事参军张师民可大理寺丞制

敕具官某：

方今官人之法，由举善而迁者，必试之以临民，而观其从政。自兵兴以来，吾民可谓劳矣。惟吏之良者，能为吾休息之。今尔被举曰材，亟迁其秩，将观汝政，其不勉哉！可。

阎文宝供备副使监亳州茶盐税制

敕具官某：

国家因山泽之饶，兴筦榷之利，以足邦用，实须干臣。尔其绝侵牟，谨出入，使岁课增羡，而绩效著明。叙进之荣，兹乃常典，畴荣之赏，尚有优恩。可。

滕公辅卫州推官制

敕具官滕公辅：

堂洎昷之，皆朕侍从之臣，而外当寄任之重。交章来上，荐尔为材。必有可观，以称公举。宜从其请，以察尔能。往其勉哉，无废尔职。可。

蓝田县主簿权充府学教授□□可华州蒲城主簿就差管勾永兴府学制

敕具官某：

古之敩学之法肄习以时，而难易先后教之有方，非久而安之则不能以成其业。今学者言尔讲说训导可以为师，吾欲观汝之道至于有成，故假尔大邑之佐，使禄足以充，然后安然克终其业。可不勉哉！可。

赐宰臣陈执中生日礼物口宣 （至和元年九月八日）

有敕：

卿为时柱石，秉国钧衡。爰逢庆育之辰，宜有便蕃之锡。岂惟故事，式示眷怀。今差卿男将作监丞世儒赐卿生日礼物，想宜知悉。

【解题】

自本文以下二百二十九篇，原属《内制集》。宋制，由翰林学士掌内制。欧阳修自至和元年任翰林学士，至嘉祐五年十一月任枢密副使，在翰林院六年有余。作者嘉祐六年八月二日所撰《内制集序》指出：此集为其离开翰林院后，院吏取其所作，按时间编排，共四百余篇。内容涉及面广，上自朝廷，内及宫禁，下暨蛮夷海外，事无不载。此类文书，为了便于宣读，不得不拘于时俗而作四六文。实际上，欧阳修用古文气势写作，革除了时文“论卑气弱”的弊病，开创了宋代四六的散文化。陈善指出：“以文体为诗，自退之始；以文体为四六，自欧阳公始。”（《扪虱新话》卷一）欧阳修散文化的四六文，正是从这类制诰文字开始的。

《内制集》原有四百余篇，今依据本书体例，将《皇帝回谢契丹皇帝书》等十三篇归入“书简”，《论奖谕叔韶奏》等四篇归入“奏议”，《赠保顺军节度使张惟吉祭文》等十一篇、《太祖皇帝忌辰道场功德疏右语》等一百零二篇归入“祭吊”，删芟非散文篇目，得此二百余篇。（下二百二十八篇解题从略）

班荆馆赐契丹国信使副赴阙御筵口宣 （九月八日）

卿等载持信节，方止都圻。特申式宴之仪，以示劳勤之意。用推宠数，当体至怀。

抚问梓州路臣寮口宣 （九月十七日）

卿（汝）等并韫器能，远膺寄任。式戒严秋之序，载怀勤事之劳。宜示抚存，以彰眷厚。

班荆馆赐契丹国信使副却回御筵口宣 （九月十七日）

卿等聘仪成礼，归驭戒涂。念兹夙驾之勤，宜有祖行之宠。式陈衎乐，以示宴私。

班荆馆赐契丹国信使副却回酒果口宣 （九月十七日）

卿等信节爰驰，示邻欢之永固；使轺云复，申饮饯以为荣。宜有匪颁，以彰眷遇。

赐陇州团练使代州部署田辛等敕书 （九月十四日）

敕田辛：

省所进奉谢恩赐公使月俸马一匹，事具悉。边防有严，寄任尤重。嘉汝材武，董吾兵师。军声俾壮于威容，宠数宜优于廪赐。遽陈贡谢，益认倾输。尚体眷怀，勿忘自效。故兹示谕，想宜知悉。秋冷，汝比好否？遣书，指不多及。

雄州白沟驿赐契丹人使却回御筵兼传宣抚问口宣 （九月二十日）

卿等言持信节，式戒归涂。念兹冲涉之勤，宜有抚存之意。仍颁宴饯，以示眷怀。

赐翰林学士尚书工部郎中知制诰王洙奖谕诏 （九月十四日）

敕王洙：

省监护使刘沆札子奏，缴连到少府监修制法物所状，修制温成皇后一行法物，勘会例各鲜明，及减省得物科功限甚多事。少府领五署之众工，乃九卿之旧职。卿以儒学，参吾侍从，兼莅其事，能勤厥官，俾夫功简而速成，物精而有法。益彰材敏，尤用叹嘉。故兹奖谕，想宜知悉。

雄州白沟驿抚问契丹贺正人使兼赐御筵口宣 （九月二十七日）

卿等载驰瑞节，爰及疆亭。顾惟夙驾之勤，宜有示慈之宴。用彰宠待，当体眷怀。

赐新除参知政事程戡让恩命不允断来章批答 （十月十二日）

省表具之。朕有欲治之心而甚劳，思底治之方而未获，夙夜于此，惟贤是求。卿出入宣勤，材望兼著，诚明发于事业，识虑可以询谋。而召自外邦，参于宰府。朕志所定，其何可移？夫任之重者忧实深，遇之隆者报亦厚。让而后受，虽敦难进而可嘉；知无不为，其一乃心而图效。所让宜不允，仍断来章。

赐宁远军节度使张茂实进谢恩马诏 （十月二十日）

敕茂实：

省所进奉谢恩赐公使并月俸及牌印到任马共八匹，事具悉。卿出守藩宣，宜优禄给。诏条方布，受署有初。印绶为荣，古人所重。载披贡谢，深用叹嘉。故兹诏示，想宜知悉。

赐新授龙神卫四厢都指挥使英州团练使郝质敕书　（十月二十日）

敕郝质：

省所进奉谢恩授龙神卫四厢都指挥使、英州团练使并赐公使月俸马共二匹，事具悉。朕嘉汝有忠勇之材，遂膺选擢；丰汝以廪赐之厚，实示眷怀。贡奉所陈，勤诚已著。功名可勉，后效其思。故兹示谕，想宜知悉。

赐尚书工部侍郎余靖诏　（十月二十日）

蠢尔蛮蜒，惊于海隅。卿起自家居，首宣勤力。至于大兵之后，抚彼凋残；余孽未平，推吾恩信，寄任实深于委遇，宠章宜有于便蕃。遽阅贡输，良增嘉叹。

抚问江南东西路臣寮口宣　（十月二十三日）

卿（汝）等并以材贤，出分寄任。荐更岁月，备著劳能。宜示抚存，以彰眷遇。

抚问鄜延路臣寮口宣　（十月二十六日）

卿（汝）等并膺柬寄，绰著才猷，顾边圉之肃然，嘉王事之勤止。属兹寒冱，宜示抚存。

雄州抚问契丹贺正旦两蕃人使口宣　（十一月九日）

卿等夙将瑞节，方戒疆亭。奉邻聘以申欢，庆岁端之资始。载惟跋履，宜示抚存。

恩州赐契丹皇太后贺正旦人使茶药口宣　（十一月十五日）

卿等载饬轺车，方凝寒律。乃顾道涂之役，深嘉跋履之劳。宜有颁宣，式彰眷遇。

恩州赐契丹皇帝贺正旦人使茶药口宣　（十一月十五日）

卿等继修邦好，来及王春。方凝凛之在辰，念勤劬而将事。聊颁饮剂，式助宣调。

恩州赐契丹皇太后贺正旦大使茶药诏　（十一月十五日）

敕：卿夙将信币，来庆王春。载惟涉履之勤，方示眷怀之意。锡兹良物，以辅至和。今差入内内侍省内侍殿头张昭化往恩州，赐卿茶药，具如别录，至可领也。故兹诏示，想宜知悉。冬寒，卿比平安好？遣书，指不多及。

恩州赐契丹皇太后贺正旦副使茶药诏 （十一月十五日）

卿辖车载饬，方讲丁邻欢；岁序将同，式凝于寒律。载怀冲涉，宜有颁宣。

恩州赐契丹皇帝贺正旦大使茶药诏 （十一月十五日）

卿修南北之欢，会期于首岁；勤夙宵之役，方及于半涂。弥切眷怀，宜加宠锡。

恩州赐契丹皇帝贺正旦副使茶药诏 （十一月十五日）

卿使介选才，以达欣欢之意；道涂将命，宜伸慰劳之恩。式示颁宣，俾兹调护。

二十四日就驿赐契丹贺正旦人使银钞锣唾盂盂子锦被褥口宣 （十二月十五日）

卿等继讲邻欢，会期元日。载嘉勤敏，涉此凝严。用示颁宣，俾彰眷待。

正月一日入贺毕就驿赐酒果口宣 （十二月二十五日）

卿等方枨聘车，即安宾馆。属此春阳之煦，宜多宴衎之欢，宠锡有加，眷怀增厚。

今月三十日赐契丹贺正旦人使内中酒果口宣 （十二月二十五日）

卿等式修邦聘，来会春朝。方休道路之勤，宜有宴私之惠。聊颁甘实，以侑清罇。

正月三日就驿赐契丹贺正旦人使内中酒果口宣 （十二月二十五日）

卿等聘仪交举，欣入见于彤墀；笾品有加，俾示慈于宴席，用伸颁赉，宜体便蕃。

赐契丹人使春幡春盘法酒口宣 （十二月二十五日）

卿等并驱使传，来及王正。初阳式应于新春，令节俾修于故事。宜加颁赉，用示眷怀。

班荆馆赐契丹
贺正旦人使到阙酒果口宣

卿等夙戒轺轩，荐修信好。顾凝严之在候，宜宴锡以申恩。颁以甘新，彰予眷遇。

班荆馆赐契丹
贺正旦两番人使到阙御筵口宣

卿等载驰邻聘，来及岁元。深惟道路之勤，方戒郊圻之近。特颁宴劳，以示眷怀。

抚问真定府定州等路臣寮
口宣　（至和二年正月二十二日）

卿（汝）等并韫时才，出分边寄。属新阳之戒候，念宣力以惟劳。特示抚存，体兹眷遇。

抚问保州路臣寮口宣　（正月二十一日）

卿（汝）等夙临边圉，尽瘁公家。当春序之方和，念朔陲之尚凛。俾兹抚慰，式示眷怀。

抚问北京并恩州臣寮口宣　（正月二十二日）

卿（汝）等并膺柬寄，方布教条。惟夙夜之宣勤，在眷怀而弥切。特加存抚，宜体优隆。

雄州抚问契丹贺乾元节人使口宣　（二月二十三日）

卿等并持使节，叶讲邻欢。饬车驭以载劳，及疆亭而兹喜。俾伸慰抚，式示眷怀。

赐契丹贺正旦人使却回班荆馆酒果口宣　（十二月二十九日）

卿等并持信节，继讲邻欢。既夙驾以言归，俾及郊而留饯。宜伸宠锡，用示眷怀。

赐镇安军节度使同中书门下平章事判陈州程琳进奉乾元节诏　（三月十五日）

诞祥著节，延祝申诚。顾予同德之臣，首列充庭之贡。式彰勤悫，深用叹嘉。

赐外任臣寮进奉乾元节银绢马等诏　（敕书同　三月十五日）

夏时正候，诞节戒辰。惟事君之尽忠，因效贡而申祝。嘉乃勤意，勿忘于怀。

赐枢密使河阳三城节度使同中书门下平章事王德用生日礼物口宣　（三月二十五日）

卿勋阀名家，枢机重任。式因诞日，用示优恩。宜体眷怀，膺兹蕃锡。

抚问河东路沿边臣寮夏药口宣　（三月二十五日）

卿（汝）等并膺寄任，深柬器能。顾隆暑之惟时，念御边之宣力。俾分珍剂，式示眷怀。

抚问麟府路臣寮及并代州路臣寮口宣　（三月十五日）

卿（汝）等蔚有时才，并分边寄。顾蕴隆之在候，嘉勤瘁以不忘。式示抚存，体兹柬注。

抚问宣徽南院使彰信军节度使判真定府李昭亮口宣　（四月六日）

卿宣劳边鄙，颇历岁时。因乃子之言行，俾过家而赐问。式彰宠眷，以耀私门。

锡庆院赐宰臣已下罢乾元节道场酒果口宣

卿等任国钧轴，为予股肱。因诞节之届辰，严梵宫而申祝。载嘉忠荩，宜示宠颁。

赐右屯卫大将军叔韶奖谕敕书　（四月十二日）

敕叔韶：

省所进《祝圣寿歌》、《日月元枢论》共二轴，事具悉。朕固嘉汝向学励善，蔚然而有文，与夫习富贵之骄而乐狗马之玩者异矣。然夫学者所以知君臣、父子之礼，出可以施于国，入可以施于家。汝其慎择厥师，讲救其阙，使言而无过，以自远于悔尤。夫能异于众人，诚为有立；必至乎君子，然后大成。汝其勉之，无或中止。故兹奖谕，想宜知悉。

十九日契丹贺乾元节人使朝辞讫就驿赐酒果口宣 （四月十二日）

卿等夙持邻聘，申庆诞辰。嘉成礼之有仪，在眷怀而增厚。宜颁优赉，式示宠章。

赐判大名府贾昌朝判陈州程琳判成德军李昭亮等进奉上寿金酒器一副马六匹诏 （五月二十三日）

载诞及辰，万邦咸庆。顾乃蕃宣之重，实惟耆哲之明。休有物容，来陈寿祝。嘉乃诚意，不忘于怀。

除皇弟允初特授依前检校尚书右仆射充感德军节度使加食邑食实封余如故制 （五月二十八日）

门下：

爵赏当功，则为善之劝广；名器不假，则至公之道存。然而隆恩睦亲，所以厚乎风俗；建侯作屏，所以扞乎王家。非余敢私，乃国旧典。

具官允初，质性纯茂，禀乎天姿；学问发明，由于师训。维我叔父，时为贤王。缅怀遗烈之存，属乃克家之善。自被蕃宣之寄，久参朝请之联。宜从留务之繁，进委临戎之重。节旄并建，井赋兼增。佥谋克谐，宠数惟渥。

於戏！干戈卫社，内有宣勤夙夜之臣；甲胄在躬，外有奋力行伍之将。尔其念宴安之怀毒，知富贵之难居。戒损于满，而罔敢自骄；劳身以谦，而克保其位。无忘勖励，往服恩荣。可特授依前检校尚书右仆射、使持节耀州诸军事、耀州刺史兼御史大夫，充感德军节度使、耀州管内观察处置等使，仍加食邑七百户、食实封二百户，散官、勋、封如故。主者施行。

赐镇海军节度使检校太尉同中书门下平章事判亳州陈执中让恩命第二表不允仍断来章批答　（至和二年六月十八日）

卿自再司钧轴，未久岁时，乃者数上封章，愿还印绶。朕惟委任之际，古今所难，知之不尽如不知，用之不终如不用。所以悉格群议，独断余衷，非惟勉尔以胡恤人言，亦庶几乎任贤勿贰之意也。而卿避让之节，再三益坚，事有重违，理当俯徇。夫进退以礼，岂惟优大臣；堂陛俱隆，盖以尊人主。是用宠尔以节旄之寄，兼之以槐鼎之荣，虽为新恩，实尔旧物。出入中外，载嘉夙夜之勤；待遇始终，当尽君臣之分。无烦封执，用体眷怀。所让宜不允，仍断来章。

赐新除宰臣富弼赴阙茶药口宣　（至和二年六月十八日）

卿祇若新恩，式趋近甸。炎歊方郁，冲冒良勤。宜有颁宣，用伸眷遇。

赐新除宣徽北院使检校太保判并州王拱辰让恩命不允仍断来章批答　（至和二年六月十八日）

省表具之。宣导徽猷，号为近职；镇抚方面，实惟难才。余思其人，于尔为得。至于儒学雍容于顾问，勤劳出入于剧繁，考资望以孰先，在甄陞而惟允。辞让之节，诚虽可嘉；询谋既同，命则无易。所让宜不允，仍断来章。

赐新除宣徽南院使检校太保判延州吴育让恩命不允仍断来章批答　（至和二年七月十七日）

省表具之。卿学足以治人，知足以谋事，夙有问望，称于搢绅。惟时旧人，常历二府，一使之职，夫复何让？若乃居则道古先之训，讲朕以六经；出则重朝廷之威，抚余之远俗。才无不可，用之文武而皆宜；忠无不为，任以内外而何异。余考于众，佥惟汝谐。所让宜不允，仍断来章。

赐新除昭德军节度使知郓州庞籍赴阙生料口宣　（至和二年七月二十一日）

卿言秉觐圭，甫临畿甸。属此新商之序，载嘉执辔之勤。宜有颁宣，以彰宠待。

赐新除昭德军节度使知郓州庞籍赴阙茶药诏　（至和二年七月二十一日）

敕庞籍：

拥节之蕃，饬车来觐。顾都圻之甫及，嘉跋履之斯劳。特颁饮剂之良，以示眷怀之厚。

赐新除宰臣文彦博让恩命第二表不允仍断来章批答　（至和二年七月二十八日）

省表具之。朕躬俭约以先人，而生民未足；勤忧劳以励政，而百职多隳。岂布德之不明，抑任人之弗至？是以斋居正虑，先志后占，鉴屡易以为烦，念难知之可慎。永惟商、周之所记，至以梦卜而求贤，孰若用缙绅之公言，从中外之人望？卿以旧哲，比尝相予，惟宇量能宽以服人，惟纯诚故久而益信，勋德兼著可以重朝廷，忠信不回可以临大事。夫谋于其始而既审，则果于必用而不疑。汝其钦哉，朕命无易。所让宜不允，仍断来章。

赐新除宰臣富弼让恩命第二表不允仍断来章批答　（至和二年七月二十八日）

省表具之。卿有忧国爱君之心，而忠以忘其己；有经邦济时之学，而用未究其能。夫畜久而积厚，则施之不穷；虑深而计熟，则谋无不获。兹朕所以虚心仄席，有望于卿也。矧卿正直不回，庸邪素忌，小人所异，君子所同。是以在外十年，而左右之誉不及；履躬一德，而搢绅之望愈隆。朕内决于心，外询于众，敢谓有得，卿其可辞？所让宜不允，仍断来章。

抚问真定府高阳关河东等路臣寮口宣 （至和二年八月六日）

卿（汝）等出分边寄，备罄材谋。载嘉宣力之劳，属此爽秋之候。宜加抚慰，俾示眷怀。

抚问邠宁环庆泾原镇戎军德顺军路臣寮口宣 （八月八日）

卿（汝）等各韫材猷，并膺寄任。属商秋之在候，念障圉之为劳。宜有恩言，用彰眷待。

班荆馆赐北朝告哀人使御筵口宣 （至和二年八月二十六日）

卿载驰使介，来讣国哀。当节物之凛秋，嘉道涂之良苦。宜颁燕犒，以示眷勤。

班荆馆赐契丹告哀人使酒果口宣 （八月二十六日）

卿载驰国讣，来及都城。顾惟跋履之劳，宜有颁宣之宠。俾推珍锡，式示眷怀。

契丹告哀人使回至北京赐御筵口宣　（九月四日）

卿远将国命，来告讣音。当使传之言旋，俾宴需之加锡。用申眷劳，式示宠恩。

契丹告哀人使回至雄州赐御筵兼传宣抚问口宣　（九月四日）

卿远驰国讣，旋饬使轺。载嘉复命之勤，爰锡示慈之宴。式彰宠数，宜体至怀。

赐镇海军节度使检校太尉同中书门下平章事判亳州陈执中生日礼物口宣　（九月四日）

卿荣拥节旄，出临藩翰。属兹诞日，宜有宠颁。当体眷怀，克膺茂数。

赐西南蕃蛮人张汉顶等敕书　（九月十二日）

敕张汉顶：

省所附进马并朱砂等，事具悉。汝世安边徼，远效款诚，涉道里以甚勤，修贡输而自达。载嘉惠顺，宜有宠颁。今回赐汝红中锦旋襕一领、八两浑镀银腰带一条、衣著二十匹，至可领也。故兹示谕，想宜知悉。

秋冷，汝比好否？遣书，指不多及。

赐右领军卫将军克冲奖谕敕书 （九月十五日）

朕览先帝之遗文，怆然增慕；嘉汝志之颛学，期乃有成。惟睿制之坦明，合圣经之雅奥。传写之善，兹谓艺能；诵习不忘，是为宝训。宜加褒勖，以勉进修。

赐镇海军节度使检校太尉同中书门下平章事判亳州陈执中诏 （十月二日）

卿近辞宰柄，出守蕃宣。方受署以云初，效右牵而来献。式彰诚悫，深用叹嘉。

赐知建昌军张贵和敕书 （十月二日）

敦本劝农，惟汝之职。因时任土，修贡有仪。载省勤诚，用增奖叹。

赐吏部尚书同中书门下平章事文彦博生日礼物口宣 （十月二日）

卿以名世之材，当秉钧之任。乃顾具瞻之重，适临载诞之辰。爰示颁宣，用彰眷遇。

抚问麟府代州路臣寮口宣　（至和三年二月五日）

卿（汝）等各蕴材猷，出膺寄任。绰著绥宁之绩，克彰勤恚之劳。宜示抚存，用推眷遇。

赐侍卫亲军步军副都指挥使泾州观察使王凯赴阙茶药口宣　（二十五日）

卿远戒戎车，夙祗召节。式及炎薰之候，载惟道路之勤。宜颁饮剂之良，用示眷怀之厚。

赐龙图阁直学士给事中施昌言已下为修河了毕御筵口宣　（四月四日）

卿等分庀工徒，缮修堤楗。遽兹讫事，嘉乃有成。宜推宴犒之恩，用奖劳能之效。

赐镇东军节度观察留后知颍州李端愿赴阙茶药诏　（八日）

卿出布诏条，入祗召节。属此炎歊之候，深惟道路之勤。宜颁药剂之良，用示眷怀之厚。

赐契丹贺乾元节国信使副生饩口宣　（八日）

卿等式将聘币，来讲邻欢。载嘉道路之勤，宜厚饩牵之品。往膺宠锡，用示眷怀。

赐文武百官文彦博已下于大相国寺罢散乾元节道场香合口宣　（八日）

卿等式因诞节，祗率寀寮，修梵供以惟精，罄臣诚而申祝。载嘉忠爱，宜示颁宣。

赐文武百官文彦博已下于锡庆院罢散乾元节道场酒果兼教坊乐口宣　（八日）

卿等叶德同寅，爱君尽礼。因诞弥之纪节，申祝颂之常仪。宜示宴私，用彰优宠。

大庆殿行恭谢之礼御札　（五月二日）

敕内外文武臣寮等：

执珪璧以事神，严祖宗而配帝，虽有国之常典，亦因时而制宜。朕承三圣之丕基，抚万邦之有众。俭于己，思天下之民丰；劳于心，致天下之民佚。罔敢怠忽，庶几治平。而首春以来，偶爽调适，赖三灵敷祐，百福来臻，顺以节宣，获兹康裕。加以边隅不耸，风雨以时。虽庶物之咸和，顾眇躬之增惕。是用稽先朝之成宪，询故实于有司，即广殿之翼严，择灵辰之良吉，式伸昭谢，以格纯休。宜示先期，俾兹诞告。朕取今年九月内，于大庆殿行恭谢之礼，其今年冬至亲祀南郊，即宜权罢。所有合行诸般恩赏，并特就恭谢礼毕，一依南郊例施行。至日，朕亲御宣德门宣制，仍令所司详定仪注以闻。务遵典礼，勿俾烦劳。咨尔多方，咸体予意。故兹札示，想宜知悉。

赐五台山十寺僧正知令等敕书　（五月七日）

汝等并怀出俗之心，而有爱君之志。因王正之肇序，遵佛事以修严。期申祝延，来效诚献。载嘉勤款，宜有恩颁。

赐天章阁待制知扬州许元诏　（五月七日）

汝以材敏，班余诏条。眷乃淮海之滨，产兹草木之美，以时采掇，来效贡输。嘉尔勤诚，良深叹奖。

抚问广南西路臣寮口宣　（五月十七日）

卿（汝）等并以干能，出分寄任。顾此蕴隆之候，载嘉宣布之勤。宜示慰存，用彰眷遇。

除授陈执中行尚书左仆射充观文殿大学士依旧判亳州加食邑食实封余如故仍放朝谢制 （六月十日）

门下：

爵禄之宠，所以优老而崇贤；退让之风，所以励俗而敦化。眷我元辅，殿于近邦，屡辞将相之荣，备述君臣之遇。虽重违恳悃之请，而岂无恩意之隆？爰告外庭，以旌嘉尚。

具官陈执中，质性刚直，姿识敏明，出于名臣之家，早有时材之用。自更中外之任，实勤夙夜之劳。出抚师徒，宣威种落之外；入参机要，竭忠帷幄之间。至于两践台司，首当国论。杜门绝请，善避权势以远嫌；处事执心，不为毁誉而更守。顾方深于倚信，乃祈解于钧衡。兼秉旄调鼎之荣，资镇俗偃蕃之重，所以优逸耆哲，养颐精神。而数形奏封，每以疾告。察其诚至，良为恻然。若夫中台之崇，端揆是为于师长；秘殿之职，询访实思于老成，推此茂恩，俾如尔志。仍广邑封之数，即安屏翰之居。

於戏！壹思虑以专心，勤药石以自辅。人实求旧，予惟不忘。勉期寿康，往服休命。可特授行尚书左仆射，充观文殿大学士，依旧判亳州，加食邑七百户、食实封三百户，功臣、散官、勋、封如故，仍放朝谢。主者施行。

宣召曾公亮口宣 （六月六日）

有敕：卿自辞职禁林，班条近辅，休有政绩，播于民声。既深柬于予衷，俾召还其旧物。矧尔材望，著于缙绅。岂惟润色之文，方伫论思之益。

抚问河北路臣寮诸军将校口宣　（七月三日）

卿等任膺委寄，职在绥宁。当兹灾沴之余，备著劳能之效。俾伸抚慰，宜体眷怀。

抚问枢密直学士施昌言为患口宣　（七月十日）

卿方委政条，遽闻疾告。致爽调和之理，岂非夙夜之劳？勉辅大真，冀遵药喜。俾伸抚慰，式示眷怀。

抚问澶州滑州卫州通利军梅挚等及存恤逐州军为水灾及防护堤岸口宣　（七月七日）

卿（汝）等列蕃宣之重寄，罹澍潦之时灾。顾乃兵民，载深隐恻。尚赖班条之善，克伸捍患之劳。往道予怀，俾伸慰抚。

赐昭德军节度使庞籍并武康军节度使韩琦龙神卫四厢都指挥使英州团练使郝质各进奉端午马诏敕　（七月七日）

卿外分寄任，方切眷怀。属令节之纪时，效骏足而来贡。备彰勤悫，深所叹嘉。

赐溪洞进奉乾元节并端午敕书

汝夙被朝恩，克绥种落。属兹佳节，来效贡仪。省乃勤诚，良深叹奖。

赐外任臣寮进奉乾元节功德疏诏敕 （七月七日）

卿（汝）夙韫材猷，出分委寄。属兹诞节，来效勤诚。载详善祷之言，弥见爱君之义。良深叹尚，宜体眷怀。

赐外任臣寮进奉助恭谢礼毕银绢等诏敕 （七月二十五日）

国有大事，严祀以荐馨；臣能尽忠，因物而修礼。卿（汝）分职居外，乃心于朝。载陈来助之仪，深叹勤诚之至。

赐武康军节度使韩琦到阙生料口宣 （八月五日）

卿德著耆明，时膺材任。祗趋召节，方及国门。宜示颁宣，式彰眷遇。

赐新授四方馆使依旧英州刺史马怀德进奉谢恩马敕书　（八月十日）

汝近以畴劳，擢升要职。乃求良骏，来备贡输。深惟报国之诚，更俟奋身之效。良深嘉奖，当悉眷怀。

赐知池州包拯进奉石菖蒲一银合敕书　（八月十日）

汝识远言忠，身外心内。乃因时物，来效贡仪。深体诚勤，益增叹尚。

赐新授观文殿大学士行尚书左仆射陈执中诏　（七月二十五日）

卿出守蕃垣，自陈疾恙。秘殿之职，揆路之崇，所以褒优辅臣，增重朝体。而乃发于诚悫，来效贡输。载省恪勤，但深嘉尚。

赐新除资政殿大学士知青州孙沔告敕并对衣鞍辔马口宣　（八月十六日）

卿蔚为名臣，久抚方面。俾加美职，徙领要蕃。仍推宠锡之优，式示眷怀之厚。

赐护国军三军将吏僧道百姓等为护国军节度使枢密使狄青罢政加平章事判陈州示谕敕书 （八月十六日）

敕护国军某人等：

朕以狄青夙兼忠勇之姿，尝著勤庸之效。自参机务，颇历岁时。载深乃眷之怀，优以均劳之宠。惟命崇于名器，盖体系于朝廷。是加鼎轴之司，委以藩垣之任。乃人臣之荣遇，想舆论之佥谐。

赐翰林学士尚书左司郎中知制诰权知审刑院曾公亮诏 （八月十六日）

国家致治之难，惟刑是恤。使民无犯，嗟训导之未纯；执法必平，顾重轻而宜允。卿以精识，附之经术，不恃明而克审，既能敏而加勤。期于无刑，予敢不勉？靡有留事，尔实为材。副乃忧劳，良深叹奖。

赐尚书刑部员外郎兼侍御史知杂事权判大理寺郭申锡等敕书 （八月十六日）

狱，重事也，余所慎焉。五刑之难，请比之文毛举；四海之广，报决之书日繁。汝以通敏之姿，济之夙夜之力。厝刑不用，余实慕于前猷；俾狱无留，汝则能于厥职。副我钦恤，良增叹嘉。

除刘沆特授行工部尚书充观文殿大学士知应天府加食邑实封仍改赐功臣余如故制　（嘉祐元年十一月五日）

门下：

罄一节以事君，中外之任无间；处大臣而有体，进退之礼必优。矧余辅弼之良，方赖股肱之寄。屡形恳避，嘉敦悫之弗移；宜峻宠章，示眷怀之特异。

具官刘沆，质性刚鲠，姿材敏明。早以艺文，策俊科于异等；遂追髦彦，腾夷路以飞华。入必侍于清闲，出屡更于事任。翼翼是则，有声京邑之雄；岩岩具瞻，遂参廊庙之用。乃畴嘉绩，爰正台司。执毁誉不回之心，笃于自信；勤夙夜匪懈之志，久而益劳。顾方厚于倚毗，乃遽思于退让。宴见之际，有言而必诚；封章之来，虽却而复至。察其所守，实亦重违。惟兹秘殿之严，眷乃留都之重，既增美秩，仍益真封。宠我迩臣，斯为异数。虽如汝志，尚柬予衷。

於戏！秉国之钧，居则坐而论道；为时旧老，往则殿于大邦。是惟出处之荣，勉服便蕃之命。可特授行工部尚书、充观文殿大学士、知应天府，加食邑一千户、食实封四百户，仍改赐推诚保德崇仁忠亮功臣，散官、勋、封如故。主者施行。（替钱明逸）。

赐新除同中书门下平章事判大名府依前彰信军节度使李昭亮让恩命不允诏 （十二月五日）

卿勋阀之门，世承旧德，忠勤之节，效著厥官。惟别都管钥之严，兼方面镇临之重。俾提相印，增宠将旄。嘉辞让之有仪，在眷怀而岂易。尔毋固执，往服新恩。

赐溪洞进奉助恭谢贺冬贺正水银绵紬等敕书 （十二月五日）

汝世膺朝宠，能抚其人。时效乃诚，善修其贡。载惟忠恪，深用叹嘉。

赐夏国主诏 （十二月二十五日）

诏夏国主：

丧葬之仪，孝子之大节；赗赙之礼，国家之至恩。眷惟忠顺之邦，宜厚哀荣之恤。缅思荼毒，深用恻伤。俾遣使车，勉膺慰锡。今差文思院使张惟志充吊慰使，兼赐安葬故母物色，具如别录，至可领也。故兹诏示，想宜知悉。

冬寒，比平安好否？书指不多及。

正月六日朝辞讫就驿赐契丹贺正旦人使御筵口宣 （十二月二十五日）

卿等聘礼有成，使轺云复。嘉肃祇于将事，宜宴饫以劳勤。式示眷怀，勉膺宠锡。

班荆馆赐契丹贺正旦人使却回酒果口宣

卿等载驰瑞节，来会王正。嘉成礼以言旋，念戒涂之伊始。式推宠眷，勉服恩颁。

赐枢密副使程戡生日诏 （嘉祐二年三月四日）

卿久罄谋猷，叶宣机政。眷惟诞日，属此令时。宜推宠赉之优，式示顾怀之厚。

赐诸道州府军监及四京恤刑诏敕

朕欲使民知礼义以远罪，而患乎劝戒之未明。蠢兹群愚，犹冒常宪。顾此溽暑，闵然拘累。卿（汝）夙以敏材，外分忧寄。惟刑之恤，当体于朕心；举政以时，勉思于汝职。务从钦慎，庸副哀矜。

契丹国信使副回入四月沿路赐夏药扇子甘蔗等口宣 （三月十九日）

卿等载驱使传，言复归涂。顾兹溽暑之辰，宜有优恩之赉。俾颁品剂，当体眷怀。

瀛州赐契丹国信使副却回御筵口宣 （三月十九日）

卿等将命达辞，回辕届道。方涉川涂之邈，宜申宴犒之私。式示优延，体兹眷厚。

北京赐契丹国信使副却回御筵口宣 （二月二十九日）

卿等夙将信聘，言复使轺。方就馆于别都，宜示恩于锡宴。式彰优渥，当体眷怀。

就驿赐契丹贺乾元节人使内中酒果口宣

卿等将乃聘仪，及兹寿节。宜示燕私之惠，用彰眷宠之怀。推以甘珍，体予嘉锡。

赐河北东西路边臣夏药及传宣抚问口宣

卿（汝）等各以敏材，任兹边寄。属此炎歊之候，深惟勤悴之劳。俾颁药剂之良，式示眷怀之厚。

赐昭德军节度使检校太傅知并州庞籍抚谕戒勖诏（五月二十三日）

敕庞籍：

省所上表，麟州申管勾麟、府州军马司郭恩领兵过屈野河陷没待罪，事具悉。卿以文武之才，更将相之任。入筹帷幄，早资决胜之谋；出抚边隅，方重临戎之寄。载惟同德，可谅宣勤。而裨校贪功，曾罔虞于虿毒；败没衔辱，致轻损于国威。嘉封奏之上陈，能列言而引咎。虽勇夫偾于轻敌，彼实自贻；而智者虑于未形，宜无不备。已失难追于既往，后图犹倚于老成。勉思节制之方，用副眷怀之厚。故兹诏示，想宜知悉。

夏热，卿比平安好？遣书，指不多及。

赐宰臣富弼上第三表乞退不允断来章批答

省表具之。朕眷惟宰辅之司，实系朝廷之重，职或非称，势因易摇。比以连年，厌于屡易，或用人之不审，致厥位之靡安。故于图任之初，尤极精求之意。而议者谓卿有天下之誉，庆朕得非常之才。岂惟断不惑于予心，固以慰久郁之人望。则朕之用卿者至矣，卿之自待者如何？而方沃嘉猷，遽形退让。骇无因而及此，曾莫谕于乃诚。岂廊庙之崇，责重者其忧难任？而富贵之至，位高则其虑易危邪？朕尝历考往昔之人，其于进退之际，过计而图全者未必无患，忘身而殉国者固多令名。惟尔之明，必知所择，宜少安于职业，用深体于倚毗。所乞宜不允，仍断来章。

赐兖国公主陈让恩命第三表不允断来章手诏　（七月七日）

省所三上表，陈让兖国公主，事具悉。古者周姬下嫁，车服不系于其夫；汉女有封，汤沐并开于新邑。所以重国家之体，隆亲爱之恩。稽累圣之旧章，皆按图而启国。汝以天姿之甚淑，习姆教而已闲。方及有行，乃遵先制，俾褒贤懿，用锡土田。而乃志在㧑谦，愿还渥泽。固辞以礼，既深体于恳诚；承命必恭，宜勉祇于宠数。所让宜不允，仍断来章。付兖国公主。

赐贤妃苗氏陈让恩命第三表不允断来章批答

省所三上表，陈让贤妃，事具悉。妃嫔之制，秩叙著于上宫；爵赏之行，名数存乎国典。举必谋众，予其敢私？眷柔闲淑慎之贤，有辅佐忧勤之德，更岁时而惟旧，列号位以既隆。属者因筑馆之将行，示缘恩而推宠。虽朕心之乃眷，必廷论之曰然。而能恪执谦冲，深形恳避。然而让宜有节，礼不越于再三；命出惟行，告已申于中外。往祇休渥，毋或固辞。所让宜不允，仍断来章。付贤妃苗氏。

赐知乾宁军高遵约奖谕敕书　（七月七日）

敕高遵约：

省河北安抚提刑司奏，勘会乾宁军去岁值大雨，河水泛涨，冲破护城堤，淹浸城壁，其河岸大段垫坏，军城危急，汝乘此水灾，径赴本任，交割勾当，寻计度功料，多方用心，躬亲部役，修筑河堤及护城堤，至今年三月内了当，甚得坚固，本军久远，委不消迁废，伏乞特加旌赏事。向以暑雨失节，悍湍迅流，水防废官，冲溢为患。汝能奔走就职，勤劳匪躬。民泯无垫溺之虞，壁垒得缮完之固。厥效明著，攸司以闻。载宽忧顾之怀，宜示褒嘉之意。故兹奖谕，想宜知悉。

秋热，汝比好否？遣书，指不多及。

赐枢密副使田况生日礼物诏　（九月十三日）

卿夙韫才猷，赞吾机务。属凉秋之肃物，嘉诞日之届期。宜有宠颁，以彰恩眷。

班荆馆赐契丹国信使副到阙酒果口宣　（九月十三日）

卿等衹命使轺，修欢邻聘。式交都畿之近，宜推宴劳之恩。锡以甘芳，用彰眷遇。

班荆馆赐契丹国信使副到阙御筵口宣

卿等肃持聘问，协讲邻欢。涉川陆之甚遐，戒郊圻而兹始。宜申宴犒，用示眷优。

玉津园赐契丹国信使副弓箭御筵口宣

卿等荐修聘好，方憩輶轩。肃射圃以有仪，丰宴笾而加品。膺兹宠锡，式体眷怀。

雄州白沟驿赐北朝契丹贺正旦人使御筵兼传宣抚问口宣

卿等言饬使轺，时修聘好。涉此冱寒之候，载惟行李之勤。宜示宴慈，用彰眷抚。

赐枢密使山南东道节度使同中书门下平章事贾昌朝生日礼物口宣　（九月五日）

卿位峻枢庭，望崇旧老。属诞期之斯及，顾宠数以宜优。体乃眷怀，膺兹蕃锡。

赐知颍州徐宗况进奉贺兖国公主出降银绢马等敕书

敕徐宗况：

省所进奉贺兖国公主出降绢五百匹，事具悉。《诗》称王姬之下嫁，国著嘉礼而有仪。惟臣职之聿修，备物容而叙庆。诚勤所至，叹尚良深。故兹示谕，想宜知悉。

冬寒，汝比好否？遣书，指不多及。

赐知建昌军沈造敕书

敕沈造：

省所进奉银珠稻米一十石计一百黄绢袋，事具悉。汝职守军符，政兼民穑。乐此有秋之实，择其嘉谷之英，式陈常贡之仪，弥体恪官之意。故兹示谕，想宜知悉。

冬寒，汝比好否？遣书，指不多及。

班荆馆赐契丹贺正旦人使到阙酒果口宣 （十二月十日）

卿等岁律更端，邻欢交聘。载驰使传，方及国郊。宜推宠锡之恩，式示眷怀之厚。

正月三日就驿赐契丹贺正旦人使内中酒果口宣

卿等奉将邻好，来会岁元。载推宠赉之私，宜极珍丰之品。俾颁嘉味，式侑宴欢。

班荆馆赐契丹贺正旦人使到阙御筵口宣 （十二月十四日）

卿等历纪岁元，聘交邻好。载驰使传，方及国门。宜颁宴犒之恩，式示眷怀之厚。

赐夏国主进奉贺正马驼诏

诏夏国主：

省所差人进奉贺正马、驼共一百头匹，事具悉。履端纪岁，万邦咸禀于王正；效贡以时，奕世克修于藩职。载阅充庭之实，深惟守土之勤。遐体倾输，不忘叹奖。今回赐银、绢、茶等，具如别录，至可领也。其差来人所赐物色，亦具赐目。故兹诏示，想宜知悉。

春寒，比平安好否？书指不多及。

赐夏国主赎大藏经诏　（十二月）

诏夏国主：

省所奏："伏为新建精蓝，载请赎大藏经帙、签牌等，其常例马七十匹充印造工直，俟来年冬贺嘉祐四年正旦使次附进，至时乞给赐藏经。"事具悉。封奏聿来，秘文为请。惟觉雄之演说，推善利于无穷。嘉乃纯诚，果于笃信。所宜开允，当体眷怀。所载请赎大藏经帙、签牌等，已令印造，候嘉祐四年正旦进奉人到阙，至时给付。故兹诏示，想宜知悉。

春寒，比平安好否？书指不多及。

赐新除观文殿学士礼部侍郎孙沔诏　（嘉祐三年正月十七日）

敕孙沔：

省所上表："伏蒙圣慈差使臣赍到诰、敕各一道，授臣观文殿学士、礼部侍郎，并赐对衣、金带、鞍辔马、钱五百贯文，不敢恭受。伏乞特改差臣知一小郡，或依例除一官致仕。"陈乞事具悉。卿蔚有敏材，膺予简任。外分边寄，尝著于恩威；入赞国机，早参于帷幄。风猷甚美，宠遇既优。适当择帅之初，方鉴用谋之失，是惟慎举，实允佥谐。岂宜图自便之私，而罔体眷怀之意？顾兹重地，难久旷官，往祗成命之行，当略好谦之节。所让宜不允，依前降指挥，疾速发赴本任。故兹诏示，想宜知悉。

自京至雄州已来抚问契丹告哀人使口宣 （正月十九日）

卿祗戒轺轩，载驰邻讣。顾道涂之甚邈，惟涉履之斯勤。俾宣恩言，式慰良苦。

赐契丹国告哀人使茶药口宣 （正月十九日）

卿式将邻聘，来告国哀。属春候之尚寒，顾驿涂之攸邈。俾颁品剂，用示眷怀。

沿路赐契丹国告哀人使赴阙茶药口宣 （正月十九日）

敕萧福延：

卿夙驾使輶，遽传国恤。属余寒之在候，想驰驿之为劳。俾颁饮剂之良，用示眷怀之厚。

雄州抚问契丹贺乾元节人使口宣 （二月二十四日）

卿等夙持信聘，来讲邻欢。及疆候以惟初，属暄和之方盛。宜加抚慰，式示眷怀。

赐给事中参知政事曾公亮生日诏　（二月二十五日）

卿蔚有时望，参于柄臣。惟倚注之所深，在眷顾之尤异。属兹诞日，宜尔寿期。膺此宠颁，体予至意。

赐翰林学士兼侍读学士尚书户部郎中知制诰知审刑院胡宿诏　（三月三日）

敕胡宿：

省所奏："据大理寺日奏司申，二月二十一日已前下寺公案，并已断奏了毕，无见在。"事具悉。朕欲斯民足衣食、知礼让，而窃攘争斗之狱犹滋；欲吾吏慎刑罚、尽情伪，而传予轻重之文不一。卿以儒学之职，总评谳之繁，克勤其官，曾不留事，实副予意，惟时可嘉。若乃使天下囹圄空虚而风流笃厚，是亦论思献纳者之志，其勉助我，以共臻焉。仍依奏宣付史馆。故兹奖谕，想宜知悉。

赐判大理寺陈太素并权少卿杨开及审刑院详议官大理寺详断官等敕书　（三月三日）

敕陈太素：

省知审刑院胡宿奏，"据大理寺日奏司申，二月二十一日已前下寺公案，并已断奏了毕，无见在"事。刑狱之重，一成而不迁；比类之微，可疑者甚众。汝好学而敏，莅官以勤。夫俾天下之无冤，几刑错而不用。此朕翼翼希慕之所未及，而尔孜孜厥职之所不忘者也。故兹奖谕，想宜知悉。

恩州赐契丹遗留使副茶药口宣　（三月二十八日）

卿等夙驰使传，来达信函。载惟涉履之勤，当此暄和之候。宜加颁赉，式示眷怀。

瀛州赐契丹贺乾元节人使却回御筵口宣　（四月七日）

卿等既成聘好，方即归涂。再惟将命之劳，宜有犒勤之锡。俾伸宴饫，用示眷私。

班荆馆赐契丹贺乾元节人使却回酒果口宣　（四月七日）

卿等使轺复命，郊馆饯行。惟兹良洁之英，荐以甘馨之实。用伸恩锡，当体眷怀。

十六日就驿赐契丹贺乾元节人使内中酒果口宣　（四月十七日）

卿等夙奉信函，方休宾馆。惟此醇甘之品，用推宠赉之恩。聊侑宴欢，以伸优遇。

赐知舒州齐廓进新茶并知广德军浦延熙进先春茶敕书

敕齐廓：

省所进奉新茶一银合，合重五十两，绯罗夹复全，事具悉。百物茂生，取新为贵；群方修职，效贡以时。汝守土有方，事上惟恪，阅兹来献，用体勤诚。故兹示谕，想宜知悉。

赐外任臣寮进奉乾元节银绢马敕书

敕高易简：

省所进奉乾元节绢五百匹，事具悉。汝夙以敏材，膺于柬寄。及此奉觞之节，载陈任土之仪。能因物以达诚，见事君之甚恪。省阅于再，叹嘉不忘。故兹示谕，想宜知悉。

班荆馆赐契丹告哀人使内中酒果口宣

卿夙将邻讣，方届国门。载惟冲涉之勤，宜有宴休之锡。俾伸颁赉，用示眷优。

赐彰信军节度使检校太保同中书门下平章事判大名府李昭亮乞知西京不允诏

敕昭亮：

省所上表乞移判河南府，事具悉。朕惟魏、洛之重，皆为别都，将率所居，难于屡易。卿以中外勤劳之绩，有抚绥捍御之材，自膺寄任之雄，方厚倚毗之意。遽兹列奏，嘉乃好谦。宜体眷怀，靖安尔位。所乞宜不允。故兹诏示，想宜知悉。

夏热，卿比平安好？遣书，指不多及。

赐宣徽南院使淮康军节度使张尧佐乞知西京不允诏　（五月二日）

敕尧佐：

省所奏："臣皇祐三年内授宣徽南院使、判河阳军州事，未满任，蒙诏赴阙供职，至今六载，自量尸素，深不遑宁。近知西京阙人，未有除授，伏望特赐差委。"事具悉。宣导徽猷，任亲而事简；居留京邑，地要而务繁。惟予眷遇之臣，方处清闲之职。载披来牍，深识乃诚。虽奋其聪明，尚足以临莅；而待我耆艾，宜有以优游。实嘉尽瘁之心，难徇㧑谦之意。所乞宜不允。故兹诏示，想宜知悉。

赐宰臣文彦博上第一表乞解重任不允批答　（五月十八日）

省表具之。夫知其人之为贤，任则勿贰；事其君而有道，去不可轻。此古之臣主之明，举措必慎，所以收功于一时，而垂法于后世也。卿夙有时望，为予柄臣，自复秉于国钧，仅三周于岁序。若乃进退贤否，诛赏罪功，每于听纳之间，敢忘虚己；顾彼缙绅之论，曾靡异辞。方期有成，以副予意。而乃过形谦损，思避台衡。岂寡德弗明，于用才而不尽；将多言害正，致厥位之难安？苟异于斯，夫何引让？矧卿忠信之节，足以叶予之一心；材谋之优，可以断予之大事。兹所柬注，宁烦谕言。所请宜不允。

就驿赐契丹遗留使副银鈔锣唾盂盂子锦被褥口宣　（五月十八日）

卿等驰轺来止，将命有仪。顾兹馆憩之初，宜具燕私之用。俾伸优锡，式示眷怀。

通商茶法诏　（嘉祐四年二月四日）

敕：古者山泽之利，与民共之，故民足于下而君裕于上，国家无事，刑罚以清。自唐末流，始有茶禁，上下规利，垂二百年。如闻比来，为患益甚。民被诛求之困，日惟咨嗟；官受滥恶之入，岁以陈积。私藏盗贩，犯者实繁。严刑重诛，情所不忍。使田闾不安其业，商贾不通于行。呜呼！若兹，是于江湖之间幅员数千里，为陷阱以害吾民也。

朕心恻然，念此久矣，间遣使者，往就问之。而皆欢然，愿弛榷法岁入之课，以时上官。一二近臣，件析其状。朕嘉览于再，犹若慊然。又于岁输，裁减其数，使得饶阜，以相为生。划去禁条，俾通商贾。历世之弊，一旦以除，著为经常，弗复更制，损上益下，以休吾民。尚虑喜于立异之人，缘而为奸之党，妄陈奏议，以惑官司，必寘明刑，用戒狂谬。

布告遐迩，体朕意焉。

恩州赐契丹皇太后贺乾元节大使茶药诏　（嘉祐四年二月二十四日）

卿夙将信聘，方止中涂。惟兹药箓之良，加之茗品之美。特伸颁赉，式示眷怀。

恩州赐契丹皇太后贺乾元节副使茶药诏　（嘉祐四年二月二十四日）

卿肃将聘币，来及寿觞。载嘉道路之勤，宜有颁宣之宠。仍伸抚劳，当体眷优。

恩州赐契丹皇帝贺乾元节大使茶药诏　（嘉祐四年二月二十四日）

卿将命宝邻，讲欢寿节。属此暄和之候，载惟涉履之勤。宜颁品剂之良，式示眷怀之意。

恩州赐契丹皇帝贺乾元节副使茶药诏　（嘉祐四年二月二十四日）

卿夙副聘轺，来陈寿祝。顾川涂之攸邈，属气节之方和。俾颁饮饵之精，式助宣调之理。

恩州赐契丹皇太后贺乾元节人使茶药口宣

卿等夙奉信函，及兹诞节。载勤驰传，方止中涂。宜有宠颁，用伸抚慰。

恩州赐契丹皇帝贺乾元节人使茶药口宣

卿等甫临诞日，来讲邻欢。载惟将命之严，宜有劳勤之锡。俾伸宠赉，式示眷嘉。

赐新除行刑部尚书依前观文殿大学士知陈州刘沆让恩命不允诏　（四月五日）

卿向以宰弼之崇，屡形恳避。居留之任，因用均劳，而休风蔼然，嘉问时至。方深眷倚，遽阅奏封。顾惟陪辅之邦，俾遂便安之请。增之美秩，优我旧臣。岂只循于故常，盖以示夫褒宠。膺受之际，逡巡以辞。虽言匪饰文，见于能让；而令行已出，难矣复还。其体余怀，往祇新命。

雄州白沟驿赐契丹贺乾元节人使却回御筵兼抚问口宣　（四月十三日）

卿等聘函时达，使传言旋。冒兹炎燠之辰，涉此川涂之邈。

宜申宴锡，式示眷怀。

赐中书门下戒僭奢诏 （五月四日）

敕中书门下：

朕缵承丕基，抚有方夏，谓教之不可以家至，而行之每务于身先。惟是俭勤，敢忘勉励？期与群庶，臻于富康。而人殆久安，骄于佚欲；物丰太盛，耗以浮虚。苟奉养以自私，忘僭奢之为戾。士民交黩，贵贱靡分，惟其强力之能，无复等威之制。考于著令，虽有旧章，顾在攸司，鲜闻用法。民遂安于常习，弊罔革以滋深。纪纲既紊于度程，风俗以至于流荡。俾朕有欲治之意，不能副余之诚心；而民多自陷之愚，未免烦余之训导。夫令信由于贵始，下化先于上行。眷予一二之臣，其率庶工而警职；俾尔多方之众，勿逾常宪以干刑。庶渐革于侈风，以共趋于治路。凡居室之制、器用之度、冠服之章、妾媵之数，其令中外臣庶，遵守前后条诏，如有违犯，仰御史台及开封府纠察闻奏。其诸路州军，即委转运使、提点刑狱臣寮及逐处长吏施行。

布告中外，咸使闻知。故兹诏示，想宜知悉。

赐步军副都指挥使泾州观察使秦凤路副都部署王凯赴阙茶药口宣 （六月十五日）

卿祗膺召节，方届都畿。载惟道路之勤，属此炎薰之候。宜颁良剂，式示眷怀。

赐步军副都指挥使泾州观察使秦凤路副都部署王凯赴阙生料口宣 （六月十五日）

卿出膺边寄，入恪觐容。顾就馆以云初，方奉圭而来见。宜颁饩劳，式示眷怀。

除宋庠制 （加恩进封）

门下：

尽其志以飨亲，因而俊惠；爵于朝而示众，所以褒功。考祭典而可稽，著国章而有旧。矧乃枢机之任，惟余鼎鼐之臣，饬事齐庄，宣力左右。方此庆行之始，宜推宠数之隆。

推忠协谋同德佐理功臣、枢密使、开府仪同三司、检校太尉、行兵部尚书、同中书门下平章事兼群牧制置使、上柱国、广平郡开国公、食邑七千八百户、食实封二千九百户宋庠，履行清纯，器识深茂。夙有佳誉，蔚为名臣。文足以为国华，学足以谋王体。入则登于三事，备罄谟猷；出则殿于大邦，蔼存风绩。自还机务，颇历岁时。秉一德以协恭，出处不更其守；展四体而尽瘁，夙夜匪懈其劳。属盛礼之有成，广推恩而自近。按夫舆地，特启于新封；加以宠名，盖遵于故事。惟是便蕃之锡，式伸眷倚之怀。

於戏！君子者邦之基，大臣者民之表。搢绅之望，所属老成，德业之隆，岂烦多训？服我休命，往惟钦哉。可特授依前检校太尉、行兵部尚书、同中书门下平章事兼群牧制置使，充枢密使，特封莒国公，仍赐推忠协谋同德守正佐理功臣，散官、勋、食实封如故。主者施行。

除李昭亮制 （加恩）

门下：

朕卜吉孟冬，躬荐清庙。祖考来格，贶以百福之多；庆赐遂行，均于四海之广。惟予将相之任，是谓股肱之良，宜择刚辰，诞扬休命。

忠果守正佐运翊戴功臣、彰信军节度、曹州管内观察处置等使、开府仪同三司、检校太保、同中书门下平章事、持节曹州诸军事、行曹州刺史、上柱国、陇西郡开国公、食邑一万一千五百户、食实封三千四百户李昭亮，志尚纯悫，资识敏明。世蒙旧德之余，早遘重熙之盛，备于器使，奋厥材猷。好学诗书，知将率之为体；兼推威信，抚士卒以克和。入则有宿卫之勤，出则著捍城之效。寄之方面，屡守于要藩；班乃政条，颇闻于佳誉。乃眷别都之重，实司留钥之严。拥节秉钧，并享崇高之贵；治戎抚俗，兼资镇静之材。兹惟图任之艰，方属倚毗之意，是用因霈恩之浃洽，推异数之便蕃，广乃疏封，增其真户，仍畴美绩，褒以嘉名。

於戏！秉德不回，所以见始终之操；好谦自守，乃能居宠禄之荣。汝其钦哉，膺此优渥。可特授依前检校太保、同中书门下平章事、使持节曹州诸军事、行曹州刺史、充彰信军节度、曹州管内观察处置等使，加食邑七百户、食实封四百户，仍赐推诚保德守正佐运翊戴功臣，散官、勋、封如故。主者施行。

除梁适制　（特授特进加恩）

门下：

王者严其宗庙，飨必及其时；尽其诚心，祭则受其福。朕躬执圭瓒，率诸臣工，因百物之成冬，格列圣而合食，嘉与有位之众，均兹锡祉之繁。矧惟槐鼎之旧臣，实系国家之大体，宜优新命，以告外庭。

推诚保德忠亮翊戴功臣、定国军节度、同州管内观察处置等使、光禄大夫、检校太傅、使持节同州诸军事、同州刺史、兼御史大夫、上柱国、安定郡开国公、食邑四千七百户、食实封一千五百户梁适，世胄之华，早跻仕路；艺文自奋，继践辞科。进阶显荣，亟被奖擢。优游侍从之列，尝奉于清闲；出入中外之勤，实劳于夙夜。既赞枢府，遂登宰司。启沃之谋，话言犹在；进退之际，礼遇兼隆。自历藩垣，颇更岁月。近惟大卤，实宿劲兵，俾分节制之权，以为方面之重。抚兹雅俗，藉尔敏材，属熙事之有成，均庆恩而方洽。是用叙陟崇阶之贵，兼增食户之多，推兹宠章，盖率旧典。

於戏！执忠信之一节，所以事君；守富贵而不骄，乃能终吉。是惟素学，宁假训辞？往服茂恩，当体予意。可特授特进，依前检校太傅、使持节同州诸军事、行同州刺史、兼御史大夫、充定国军节度、同州管内观察处置等使，加食邑七百户，功臣、勋、封、食实封如故。主者施行。

除许怀德制　（加恩）

门下：

赏以懋功，俾有能之知劝；祭之为泽，思在位以咸均。嘉盛礼之斯成，务推恩而惟广。矧乃耆明之哲，是为心膂之臣，宜示优隆，式扬诞告。

卫圣忠果雄勇翊戴功臣、殿前都指挥使、保宁军节度、婺州管内观察处置等使、特进、检校尚书左仆射、使持节婺州诸军事、行婺州刺史、兼御史大夫、上柱国、颍川郡开国公、食邑五千户、食实封一千二百户许怀德，劲勇之质，盖禀天姿；忠厚之良，自为国器。少有四方之志，出逢千载之辰，蕴其材谋，能自奋励。训我士卒，号令之信甚明；为予爪牙，介胄之色难犯。爰采军中之誉，俾分阃外之权。遂膺旄节之荣，专董貔貅之旅。宿卫宫禁，周旋岁时。宣力甚勤，有知无不为之节；尽瘁后已，加老而益壮之心。诚未耗于精明，岂但矜于矍铄？属受厘之均庆，方浃宇以蒙休。载推图旧之怀，式叙畴劳之典。益其封食，录乃功庸。

於戏！享爵禄之崇高，荷宠灵之优渥。挺金石不渝之操，兹惟事上之诚；知富贵克守之难，用保有终之吉。勉矣来效，往其钦哉。可特授依前检校尚书左仆射、使持节婺州诸军事、行婺州刺史、兼御史大夫、充殿前都指挥使、保宁军节度、婺州管内观察处置等使，加食邑七百户、食实封三百户，仍赐卫圣忠果雄勇宣力翊戴功臣，散官、勋、封如故。主者施行。

翼祖皇帝册文

维嘉祐四年岁次己亥十月壬戌朔十二日癸酉，孝曾孙嗣皇帝臣某，敢昭告于高祖翼祖简恭睿德皇帝：

伏以皇天眷命，兴德造邦，始基之功，实自积累。获嗣丕烈，敢忘翼励？孟冬吉月，岁事既成，合祭以时，举兹礼典。惟是备物，将以诚悫之心，神其歆之，锡以多福。谨以一元大武、柔毛、刚鬣、粢盛、芗合、芗萁、嘉蔬、嘉荐、醴齐，严恭备物，式荐虔心。高祖妣简穆皇后刘氏配。尚飨！

真宗皇帝册文

维嘉祐四年岁次己亥十月壬戌朔十二日癸酉，孝子嗣皇帝臣某，敢昭告于皇考真宗膺符稽古成功让德文明武定章圣元孝皇帝：

伏以古之以孝而飨亲者，气节既至，感其思心，礿、禘、尝、烝，礼以时举。然犹未厌其志也，则又大合祖宗而享焉。顾惟小子，克守成业，治民事神，动有丕训。是用躬执圭瓒，荐其芬芳，忾然如闻，来格来觋。谨以一元大武、柔毛、刚鬣、粢盛、芗合、芗萁、嘉蔬、嘉荐、醴齐，严恭备物，式荐虔心。皇妣章穆皇后郭氏、皇妣章献明肃皇后刘氏、皇妣章懿皇后李氏配。尚飨！

淑德皇后册文

维嘉祐四年岁次己亥十月壬戌朔十二日癸酉，孝孙嗣皇帝臣某，敢昭告于皇祖妣淑德皇后尹氏：

伏以彤管有炜，内德茂焉；清庙载严，合食为重。十月惟吉，备物有容。威灵来临，昭穆序配。荐以诚洁，神其顾思。谨以一元大武、柔毛、刚鬣、粢盛、芗合、芗萁、嘉蔬、嘉荐、醴齐，严恭备物，式荐虔心。尚飨！

赐枢密使宋庠让恩命第一表不允批答

省表具之。朕以因时致享，克展于孝思；已祭受厘，大均于庆泽。乃眷耆明之哲，实予体貌之臣，肃临事之有容，既交神而蒙贶。宜推异数，以示眷怀。虽嘉好谦，曷止成命？所让宜不允。

赐枢密使宋庠让恩命第二表不允断来章批答

省表具之。卿蕴纯和端悫之诚，富敏赡通明之学，惟时旧德，实我柄臣。当祀事之有成，广庆恩而方洽，畴其封爵，锡以号名。兹为宠章，盖举常典，无烦避让，其往钦承。所让宜不允，仍断来章。

赐枢密使宋庠让恩命第一表批答口宣

熙事既成，方大均于祭泽；宠章所异，宜首及于枢臣。当即往膺，勿烦冲让。

赐枢密使宋庠并河阳三城节度使判河南府文彦博加恩告敕口宣

朕以飨亲致孝，馂惠均恩。宜有宠章，以褒旧德。往钦新命，当体眷怀。

阁门赐华原郡王允良感德军节度使允初告敕口宣

蔚为贤王，陪我祀事。既膺福贶，宜被宠灵。往体予怀，祗服新命。

赐皇弟奉宁军节度使华原郡王允良让恩命第一表不允批答

朕合食祖考以昭孝，推恩宗族以展亲，所以厚人伦，明教爱。卿以近属，肃然在庭，能尽志以修容，不违礼而终事。方庆典之均洽，宜宠章之所先。好谦之怀，虽可嘉尚；已出之命，其往钦承。

赐皇弟奉宁军节度使华原郡王允良让恩命第二表不允断来章批答

卿擢秀宗英，作屏王室。从我祠事，罄其齐明。因馂惠之均恩，示推仁而睦族。避让之节，固已识于冲怀；敦谕既勤，宜往祗于成命。

赐皇弟感德军节度使允初让恩命第一表不允批答

朕因时孟冬，荐鬯清庙。蒙祖考之来贶，均庆赐以推行。乃眷宗藩，宜优宠数。盖克遵于旧典，何过自于㧑谦？其钦训言，往服休命。

赐皇弟感德军节度使允初让恩命第二表不允断来章批答

朕亲款太宫，致飨列圣。蒙神贶其百福，思庆及于多方。乃眷宗藩，宜优宠数。惟是便蕃之锡，式推敦睦之仁。嘉乃冲怀，形于恳避。礼有常节，无为过恭。命之已行，难或中止。

赐皇弟华原郡王允良感德军节度使允初让恩命第一表不允批答口宣

卿以宗藩之近，参闷祀之严。爰畴乃劳，优以异数。宜思祇受，勿复固辞。

赐皇弟华原郡王允良感德军节度使允初让恩命第二表不允断来章批答口宣

卿以宗支之贤，陪庙祀之重。均兹庆典，遽述让诚。命出已行，理难中止。所宜祇受，以副予怀。

赐河阳三城节度使同中书门下平章事判河南府文彦博加恩告敕诏

朕因孟冬之吉辰，飨太宫而合食，膺受神贶，推行庆恩。眷惟同德之臣，方处居留之任，宜优异数，少示眷怀。既敷告于外庭，其往祗于休命。

赐西南蕃蛮人张光现等敕书　（十一月三日）

汝世守边疆，远输忠顺。时修职贡，附达款诚。载嘉勤恪之心，宜示褒优之锡。

赐宰臣富弼乞退不允批答

省表具之。夫知人之明，可谓难矣；而任贤之术，兹岂易哉？若乃听之不聪，信之不笃，施设之方未尽，弗极其材，迟速之效有时，莫能少待，则被其任者实亦艰欤。卿以纯一忠亮之诚，蕴宏深远大之业。朕虚己以听，推心仰成。至于一二之臣，是惟同德；下逮众多之论，曾靡间然。方将甄叙贤愚，修明法度，务究本根而更治，不求岁月之近功。期于有成，兹乃予意。奈何中道而将止，夫亦奚托以为辞？矧上下既交，宁有不通之志；而君臣相遇，岂为易得之时？当体余怀，勉安厥位。所乞宜不允。

赐外任臣寮进奉助祫享银绢等敕书

朕卜吉孟冬，合食清庙，礼乐交举，臣工毕从。嘉守土之修官，咸以时而来助，各以其物，粲然在庭。载省勤诚，良深叹尚。

赐观文殿学士礼部尚书王举正乞致仕不允诏 （十一月十四日）

夫朝廷之广大，贤俊之众多，必有皤然耆寿之臣，以当上所优礼之异。或事思所访，则有老成；俾时之式瞻，以为人望。故礼虽七十，犹有不得谢者焉。卿懿文高行，有君子之风；清节令问，为当世所重。阅书秘殿，日侍清闲；进读经筵，坐论道德。固非有官司之责，筋力之劳，宜思少安，副我眷待。

赐相州观察使刘从广进奉乾元节马诏

卿蔚有敏材，膺于寄任。远瞻寿节，效乃诚勤。在庭之献肃陈，事上之忠可见。省阅之际，嘉叹不忘。

赐观文殿大学士尚书户部侍郎知定州庞籍乞退不允诏

敕庞籍：

省所札子奏："以年齿衰残，自去年七月后，累奉表及札子，输沥恳诚。寻蒙差知定州，亦曾面告，只乞一年，许赐请老归第。伏望早赐差人承替，得遂前恳。”事具悉。

夫难进易退，虽士节之甚美；而尚贤优老，亦朝家之所先。故《礼》称引年，而有不得谢。卿以俊德，为时旧臣，柬于予衷，任以方面。材猷甚壮，视听方强。矧夫边候无虞，民事尤简，固可以偃息藩屏，养颐精神。而远慕昔贤，愿还官政。虽止足之意，诚可尚于高怀；而眷遇之深，难遽从于来请。所乞宜不允。故兹诏示，想宜知悉。

冬寒，卿比平安好？遣书，指不多及。

赐河阳三城节度使同中书门下平章事判河南府文彦博辞加恩不允诏（十一月十七日）

敕彦博：

省所上表，陈让祫享礼毕加恩，事具悉。

朕属者洁齐精诚，荐见宗庙。蒙神之贶，受福孔多，推庆赐以大行，均中外而咸及。矧我同德，乃时旧臣。惟体貌之隆，宜加于异数；而褒优之意，未称于予衷。嘉让节之甚勤，顾成命之难止。所让宜不允。故兹诏示，想宜知悉。

冬寒，卿比平安好？遣书，指不多及。

赐枢密使检校太尉同中书门下平章事宋庠让恩命第二表不允断来章批答口宣

卿陪祀畴劳，启封加命，再形恳让，深识冲怀。顾定志之弗移，宜承命而毋忽。

阁门赐许怀德张茂实告敕口宣

卿素称忠勇，备著劳能。俾更旄节之荣，仍董貔貅之旅。往膺宠命，其体眷怀。

赐观文殿学士礼部尚书王举正乞致仕不允诏 （十一月二十九日）

卿精深之学，足以待问；清懿之望，足以镇浮。向从守藩，念远贤之在外；来侍经席，冀开予于未闻。惟道德之所资，非耆旧而谁处？虽引年之制，礼固有常；而爱老之心，予宁敢怠？所宜勉近医药，辅安精神，期臻寿康，以副虚伫。所乞宜不允。

赐马步军副都指挥使张茂实赴阙生料口宣 （十二月六日）

卿远趋召节，方届都城。惟兹饩品之丰，式举彝章之旧。往祇宠锡，式体眷怀。

班荆馆赐契丹贺正旦人使到阙御筵口宣 （十二月九日）

卿等岁元兹始，邻好时修。载驰使传之劳，方次都门之近。

宜伸颁锡，式示眷怀。

正月五日赐贺正旦人使内中酒果口宣

卿等夙将信聘，来结邻欢。方伸宴饫之丰，式示眷怀之意。芳醪嘉实，宜厚宠颁。

赐侍卫亲军马军副都指挥使张茂实让恩命不允诏（十二月十五日）

卿蔚有材武，称于周行。早罄忠力，膺予寄任。自分齐钺，屡易名邦，俾更节制之权，入总禁严之旅。捍城宿卫，皆汝职焉。载阅来章，虽嘉让节；趋祗成命，宜体眷怀。所让宜不允。

赐新除建雄军节度使依旧殿前都指挥使许怀德让恩命第二表不允断来章批答（十二月五日）

省表具之。卿拔从行伍之微，董我师徒之众。嘉尔劳旧，优之宠荣。乃思功效之未彰，能形避让之冲悬，已行之命，其往钦承。事上之忠，无或怠忽。所让宜不允，仍断来章。

赐夏国主进奉贺正旦马驼诏

王正首岁，玉历颁春。眷惟继世之忠，克效守藩之职，勤修时贡，来旅明庭。言念倾输，良深叹奖。

赐起居舍人知制诰刘敞等奖谕诏 （十二月九日）

敕刘敞：

省所进《祫享诗》，事具悉。祫，大祭也，礼久阙焉。朕因时孟冬，躬荐圭鬯。永惟祖考之烈，格于天地；礼乐之盛，昭乎物容。宜有儒学之臣，形为颂叹之美。卿议论闳博，辞章烂然。敷训告以代予言，是惟其职；发揄扬而称上德，聊见余才。省阅已还，嘉尚良切。故兹奖谕，想宜知悉。

赐刑部郎中充天章阁待制钱象先等奖谕诏 （十二月九日）

敕象先：

省所进《祫享诗》，事具悉。祫，大祭也，礼久阙焉。朕因时孟冬，躬荐圭鬯。永惟祖考之烈，格于天地；礼乐之盛，昭乎物容。宜有儒学之臣，形为颂叹之美。览奏篇之来上，庆熙事之有成。文采可观，叹嘉于再。故兹奖谕，想宜知悉。

赐屯田员外郎国子监直讲梅尧臣奖谕敕书 （十二月九日）

敕梅尧臣：

省所进《祫享诗》，事具悉。汝行懿而粹，学优而纯，以诗自名，为众所服。矧乃咏祖宗之功德，述礼乐之声容，宜被朱弦，以荐清庙。载披来献，深用叹嘉。故兹奖谕，想宜知悉。

赐西京作坊使知麟州王庆民奖谕敕书 （十二月十七日）

敕王庆民：

省所奏："准密院札子节文，以臣撰成麟、府二州绢图一面，并序目二册，诣阙上进。"事具悉。古之用兵者，必因地形制方略，然后可以策胜败之算，运奇正之谋。尔以材武之资，有敏明之识。自膺柬寄，出守边封，而能周知山川险易之形，历览亭障屯防之要，列为凡目，粲尔条陈。不惟指掌于披图，足以因时而制变。遽兹来上，深体乃忠。省阅以还，叹嘉曷已。故兹奖谕，想宜知悉。

赐新除建雄军节度使殿前都指挥使许怀德让恩命第一表不允批答口宣

卿以宿卫之勤，劳能备著。俾移使节，式示眷怀。宜体优恩，勿持坚让。

赐新除建雄军节度使殿前都指挥使许怀德让恩命第二表不允断来章批答口宣

卿夙推材武，久拥节旄。俾易名藩，用伸优遇。无烦固避，往服新恩。

赐观文殿学士尚书右丞田况乞致仕不允批答 （嘉祐五年正月八日）

省表具之。卿德量足以容众，材识足以济时。蔚然君子之风，绰有大臣之体。自婴疾恙，求解枢机。朕心恻然，深以为惜。乃惟书殿之清职，自非耆哲而弗居，俾从优游，以便颐养。所期福善之理，当蒙勿药之休。还来辅予，以尽贤业。遽形引谢，良异眷怀。所乞宜不允。

皇第九女封福安公主制 （正月二十四日）

门下：

朕稽有国之彝章，著皇女之称谓。取其主以同姓，所以见王体之尊；必也锡之美名，所以彰礼命之宠。载涓吉日，敷告在庭。

皇第九女岐嶷之姿，有生知之异禀；柔顺之质，得天性之自然。方严保傅之规，以养肃雍之德。俾遵旧典，褒以徽章。嘉乃妙龄，盛哉仪服。考佥言而惟允，非予意之敢私。

於戏！隆仁恩以厚亲，兹惟教爱；习图史而循法，繄乃夙成。祇若训言，往膺涣渥。可封福安公主，仍令所司择日备礼册命。主者施行。

皇第十女封庆寿公主制　（正月二十四日）

门下：

《诗》纪王姬之盛，车服之制甚严；汉优帝女之仪，汤沐之封并列。盖敦国体，匪曰亲私。惟始被于宠章，常推择于嘉号。载稽成宪，诞告外庭。

皇第十女宝婺分晖，仙源袭庆，天姿异禀，温而有仪。姆教不烦，生而知善。方居妙岁，蔚有令猷。朕仰承燕翼之谋，兹膺蕃衍之祉，俾新礼命，式示褒荣。

於戏！宠秩既崇，在乎有德；名称甚美，享乃多休。祗服茂恩，勿忘明训。可封庆寿公主，仍令所司择日备礼册命。主者施行。

赐枢密副使右谏议大夫张昇乞解罢第一表不允批答　（正月二十九日）

省表具之。朕惟一二左右之臣，出纳枢机之命，必有同德，为时老成。卿质厚器闳，材优识敏。风力甚劲，晚而不衰。议论有稽，言而必中。朕所体貌，民之具瞻。岂宜退徇谦冲，自厌繁务？尽瘁事国，矧惟素怀。推心仰成，当体予意。所乞宜不允。

除文彦博易镇判大名府制　（二月十五日）

门下：

朕惟将相之崇资，是为文武之极选。隆其名器，所以重朝廷；列于蕃宣，所以屏王室。矧乃居留之任，必属老成之人。爰择刚辰，敷告有位。

具官文彦博，器闳而厚，识粹而明。学得其方，通古今而知要；才周于物，适大小以惟宜。自奋发于声猷，早更扬于中外，居则参裨乎国论，出则宣畅乎皇威。两践台司，首当柄用。贤愚式序，举百职以咸修；纲纪甚明，赞万机而至悉。自恳避钧衡之任，出司管钥之严，逮此逾时，蔚然休问。眷言邦哲，实简予衷。是用更其拥节之荣，委以别京之重。劲兵所宿，实资总制之权；雅俗惟淳，兼赖抚绥之政。

於戏！与国同体，是谓股肱之良；惟民具瞻，方隆师尹之望。顾我旧德，岂烦训辞？往其钦哉。祗服休命。可特授依前检校太师、同中书门下平章事、潞国公、行陕州大都督府长史、充保平军节度使，判大名府兼北京留守司事、充大名府路安抚使，加食邑七百户、食实封五百户，功臣、散官、勋、封如故。仍放谢辞，发赴本任。主者施行。

除李昭亮检校太保判定州制　（二月十五日）

门下：

严师律以宣威，是为将率之事；谋王体而坐论，必属廊庙之臣。惟二柄之是兼，盖一时之首选。顾于寄任，宜副倚毗。爰告外庭，式扬休命。

具官李昭亮，资质纯厚，器识通明。世有勋庸，蔚为旧德，家传韬略，济以美材。爰自壮龄，早膺奖擢。训齐士伍，号令信于恩威；宿卫朝廷，勤劳著于夙夜。屡被蕃宣之寄，实资镇抚之才。惟留钥之别都，乃宿兵之重地。岁时滋久，誉望益嘉。眷言中山，还尔旧治。是用易以将旄之宠，增其帝傅之崇。

於戏！宣国威灵，用绥宁于边鄙；求民疾苦，以班布于教条。俾无北顾之忧，惟我老成之倚。往践厥位，时惟钦哉。可特授检校太傅，依前同中书门下平章事、行兖州大都督府长史、充泰宁军节度使，充定州路都部署兼安抚使、判定州，加食邑七百户、食实封三百户，功臣、散官、勋、封如故。仍放谢辞，发赴本任。主者施行。

除李端懿宁远军节度使知澶州制　（二月十五日）

门下：

至治之时，常不忘于武备；用兵之要，在先择于将臣。《礼》、《乐》、《诗》、《书》，必资于学；智、信、严、勇，又兼以仁。是惟难才，岂不慎选？用诹刚日，敷告外庭。

具官李端懿，器质宏深，资识敏茂。地联近戚，无富贵之骄；世济美材，躬儒素之行。粤从壮岁，绰有令名。学问足以与谋，忠信可以事上。而能克励名节，靡皇宴安。每思报国以有为，尝请治民而自效。北州之政称最，东土之人甚思。惟留务之是居，顾历时而颇久。俾加褒进，爰考佥同。是用宠以节旄，委之藩翰。

於戏！为政而先无扰，所以靖民；除戎以戒不虞，是宜有素。緊乃通明之略，副予柬任之怀。往惟钦哉，膺此休渥。可特授依前检校刑部尚书，充宁远军节度使、知澶州，加食邑七百户、食实封二百户，散官、勋、封如故。主者施行。

赐礼部侍郎参知政事曾公亮乞罢不允诏　（二月十八日）

卿以敏识精学，参赞万务，俊德茂行，表仪百僚。而思虑之劳，偶婴疾恙；药石之效，闻比康平。嘉谋话言，日以虚伫。封章屡上，引避甚坚。岂未体于眷怀，而每烦于开谕。宜专辅养，以副倚毗。所乞宜不允。

赐新除宁远军节度使李端懿让恩命第二表不允断来章批答口宣　（二月十八日）

卿联国懿戚，惟时美材。久居留使之权，俾委将旄之任。载嘉冲挹，思避宠荣。宜体眷怀，无烦牢让。

阁门赐新除宁远军节度使知澶州李端懿告敕口宣　（二月十八日）

卿地胄联华，资材甚茂。早膺器使，颇著声猷。俾进总于中权，式增荣于戚里。所宜祇服，以体眷怀。

赐新除工部尚书知秦州张方平陈让不允诏　（三月十六日）

卿识茂器闳，智优学博，施于有用，谓靡不宜。乃眷西陲，最为重地。惟抚绥备御之任，必通明敏给之才。予难其人，于尔为得。委遇之意，则惟其勤。避让之诚，夫何于再？勉祗其往，当体朕怀。

赐枢密副使尚书礼部侍郎程戡乞退休第三表不允批答 （三月十六日）

省表具之。朕惟朝廷之体广大，材贤之士众多，必有耆哲之臣，以为时望之重。卿早被奖擢，蔼然声猷。参联钧辅之崇，协赞枢机之要。履躬之懿，久见于纯诚；事上之忠，志期于尽瘁。顾方深于毗赖，而恳避于宠荣。封章继来，敦谕亦至。引年以礼，虽嘉止足之贤；优老虚怀，未忘眷遇之意。往安厥位，宜体予衷。所乞宜不允。

赐宰臣富弼第二表乞退不允批答 （五月十五日）

省表具之。卿事君一心，忧国百虑。简拔寒俊，而多得遗才；慎重赏刑，而惟恐过举。蔚然德业，方厚倚毗。而纲宪之司，异同兴论。或事非大体，或言涉难明。因其捃摭于至微，益见始终之无过。虽开广言路，务在兼容；而进退大臣，岂当缘此？所宜笃卿自信之志，成朕不惑之明。涣然无疑，来复厥位。所乞宜不允。

赐宰臣富弼乞退第四表不允断来章手诏 （五月二十四日）

省四上表乞解机务，事具悉。朕力排谗构之言，兼采缙绅之望，委卿以重任，待之以不疑。惟致治之至难，方同心而共济，勉以无怠，庶几有成。而执法之臣，以言为职。议既不一，理难必从。遂其好胜之私，因于积忿而发，事缘蔼昧，语涉中伤。遽罢宪司，以释群惑。虽朕之不明不敏，既能为卿而辨之；而卿亦何嫌何疑，遂将去朕而不顾？避辞已确，敦谕亦勤。其体予怀，复安尔位，使天下晓然知朕任贤而勿贰也。所乞宜不允，仍断来章。付富弼。

赐枢密副使张昪生日诏 （五月十九日）

卿以业履之清优，任枢机之密勿。余所礼遇，时之具瞻。爰届诞辰，俾加庆赐。

赐荆湖北路救济饥民知州奖谕敕书 （五月二十七日）

夫修人事所以御天灾，安吾民岂不在良吏？尔学优从政，职任治人。因凶岁之疫饥，体诏书之隐恻。既免罹于殍馑，仍不夭于札瘥。再惟敏事之材，深得恤荒之礼。第课来上，予心所嘉。宜有褒章，以旌善绩。

赐河阳三城节度使同中书门下平章事文彦博进奉谢祫享加恩诏 （六月十七日）

《诗》云“君子邦之基”，《记》曰“大臣民之表”。予所宠异，礼宜优隆。乃因祭福之均恩，首效骏良而来献。载惟诚恪，深用叹嘉。

赐定国军节度使知并州梁适进奉谢恩马诏　（六月十七日）

大卤之雄，中权为重。时有旧老，柬于予衷。宠之旄钺之荣，委以蕃宣之寄。效骏良而来献，将诚悫之甚勤。省览已还，叹嘉曷已。

赐观文殿大学士知定州庞籍进奉谢恩马诏　（六月十七日）

书殿之职，号为清优。旧德之臣，所宜宠异。乃求骏足，以副勤诚。曾非贵物之心，实体事君之节。省阅于再，叹奖不忘。

赐虔州观察使定州路副都部署刘涣进奉谢恩马诏　（六月十七日）

国家慎选材武，委之事权。优其宠荣，所以责效；厚其颁予，所以养廉。乃因物以达诚，见事上之惟恪。省阅于再，叹嘉不忘。

赐定国军节度使梁适进奉谢恩马诏

卿惟时旧德，为国将臣。推恩典以既优，俾家庭之增宠。乃输良贡，以效诚勤。省阅以还，叹嘉弥切。

赐外任臣寮进奉贺祫享礼毕敕书 （六月十七日）

朕以孟冬卜吉，大祭伸虔。惟熙事之既成，实庶邦之共庆。载披来贡，深见输忠。省阅以还，叹嘉良切。

赐翰林学士尚书兵部员外郎知制诰吴奎乞知青州不允诏 （七月二十一日）

卿强学博览，足以通古今；嘉谋谠言，足以承顾问。朝夕献纳，余有望焉。矧方委之剧烦，婴以事任。懋乃贤业，宜有施于朝廷；奋乎壮猷，岂暇便于乡里？其安尔职，深体眷怀。

赐新除宣徽南院使检校太保鄜延路马步军都部署经略安抚使判延州程戡让恩命第一表不允断来章批答 （八月八日）

省表具之。乃者卿数上封章，恳辞枢要，兼引年而为请，思还政以自颐。眷惟耆旧之英，诚久剧繁之任。俾增书殿之职，仍参讲席之联。是曰清优，岂忘顾遇？而进见之际，聪明未衰。乃迁使领之华，往重边陲之寄。予意所属，佥言允谐。虽冲尚之可嘉，惟成命之难止。所让宜不允，仍断来章。

赐知建昌军杨仪进奉银珠稻米敕书　（八月十六日）

劝力农而务本，惟汝之官；登嘉谷以告丰，乃时之瑞。粲然良实，来效贡囊。载惟修职之勤，式缓忧民之意。省阅于再，叹尚不忘。

赐右谏议大夫知梓州吕居简进奉乾元节无量寿佛一帧敕书　（八月十六日）

寿觞纪节，罄率土以均欢；妙像有仪，献无疆之善祝。嘉乃爱君之意，见于事上之恭。省阅以还，叹嘉良切。

赐新除翰林学士依前礼部郎中知制诰权知开封府蔡襄上表乞依旧知泉州不允诏　（八月十五日）

卿学通古今，足以备献纳；政适宽猛，足以临剧烦。而得材之难，顾常劳于选任；矧居外兹久，宁自逸于便安？是宜勉旃，来服新命。绰有余力，夫何微疾之辞；居然宠名，固为荣养之乐。其毋必让，当体至怀。

赐屯田员外郎王公衮奖谕敕书

向者长人之官，备盗不谨，害我命吏，惊兹远民。汝于斯时，能奋厥效，督捕甚急，馈饷有方。致兹凶徒，卒就擒戮。第功来上，覆实不虚。载嘉勤劳，深用褒叹。

抚问护葬使向传式诏　（九月二十六日）

葬之为礼，古所重焉。方将事以在涂，顾劳心于祗役。眷赖之意，不忘于怀。

抚问西京并汝州路祔葬随护宗懿已下敕书　（九月二十六日）

日月惟吉，川涂匪遐。顾襄事之有期，嘉送终之尽礼。劳勤备至，眷瞩良深。

抚问尚宫沈氏敕书　（九月二十六日）

輀旌就道，霜露戒时。载惟将护之劳，无怠祗勤之意。

抚问西京并汝州路管勾修坟并沿路巡检道路及管勾一行灵轝程顿排办等朝臣使臣内臣等敕书

卜吉趋时，送终备物。顾风霜之方厉，念事役之为劳。

赐宰臣富弼上第一表乞解罢机务不允批答

省表具之。夫宰相之事，非可以岁月考而一二数也。其在朝廷，选贤任能而各得其职；下俾民俗，迁善远罪而不知其然。至于法度修，纪纲正，然后相与慎守而安行之，以臻于治。此朕所以虚心一意，日有望于卿者也。今事有绪而卿辞焉，岂朕德之不明，将顾时之不可？中道而止，夫何谓哉？俾予获用材不尽之讥，而卿涉苟安自便之计，予所不取，卿其勉焉。所乞宜不允。

赐宰臣富弼上第三表乞解罢机务不允断来章批答

省表具之。卿博通古今之学，深达治乱之原，德业之隆，名称甚盛。朕方虚己而任，不愧知人之明。而自秉钧衡，宣劳夙夜，惟是小大之政，损益施设，惟卿之为；罚罪赏功，进退能否，惟卿之听；时有异论，岂无多言，一切屏之，惟卿之信。若乃恭己南面，庶几辅予，享其成功，登于至治，亦惟卿之图。其三者，人君之所难，予罔敢忽；其一者，在卿之不止，庶克有成。而无名屡辞，实所难谕。卿其体兹至意，究乃素怀。所乞宜不允，仍断来章。

请皇太后权同听政诏

门下：

朕承大行之遗命，嗣列圣之丕基。践祚之初，衔哀罔极，遂罹疾恙，未获痊和，而机政之繁，裁决或壅。皇太后母仪天下，子育朕躬，辅佐先朝，练达庶务。因请同于听览，蒙曲赐于矜从，俾缓忧勤，冀速康复。候将来听政日，皇太后权同处分，文武百官并放朝参，候朕平愈日如故。故兹诏示，想宜知悉。

【解题】

作于嘉祐八年（1063）四月。据李焘《续资治通鉴长编》记事，本年三月二十九日，仁宗卒。四月一日，英宗即位。四日晚，英宗忽然患病，不识人，语言失序。八日，欧阳修为撰此诏，请求曹太后垂帘处理朝政。

皇太后还政议合行典礼诏

敕中书门下：

朕顷以嗣承大统，方执初丧，过自摧伤，遂婴疾恙。皇太后尊居母道，时遘家艰，闵余哀荒，俯徇诚请，勉同听览，用适权宜。赖保护之勤劬，获清明而康复。恭惟坤德之至静，实厌事机之久烦。殆此弥年，荐承谆诲，顾实繁于庶政，难重浼于睿慈。然而方国多虞，则共济天下之务；惟时无事，亦宜享天下之安。先民有言："无德不报。"虽日以三牲之养，未足尽于予心；而刑于四海之风，必务先于孝治。惟是事亲之礼，盖存有国之规，当极尊崇，以称朕意。应合行仪范等事，令中书门下、枢密院参议以闻。故兹诏示，想宜知悉。

【解题】

作于治平元年（1064）五月。原系嘉祐八年，误。《续资治通鉴长编》卷一九八嘉祐八年四月丁亥："翰林学士王珪上言：'圣体已安，皇太后乞罢权同听政。'即命珪草还政书，既而不行。"同书卷二〇一治平元年五月："戊申，皇太后出手书还朝，是日遂不复处分军国事。”嘉祐八年四月即便有还政诏，也是王珪所作；欧阳修所撰，在次年五月，诏文“殆此弥年”等语，亦可资证。

赐大宗正司诏

敕：夫明德以亲九族，正家而刑万邦。古先哲王，罔不由此。朕嗣守丕业，率循旧章。惟皇属之敦和，命宗正而董正。而累圣承继，百年盛隆，荷宗社之庆灵，茂本支而蕃衍。念其性本于仁厚，宜广学以勤修；顾其日益于众多，必增员而统理。故外已诏于儒学，各选于经师；而内仍择于亲贤，共司于属籍。庶乎协赞其职，并修厥官。纠乃非违，先以正而为率；勉夫怠堕，惟其善而是从。式孚于休，以副予意。

【解题】

作于治平元年（1064）六月。诏文敦使大宗正司协助宗室学官，加强对宗室子弟的教育。《续资治通鉴长编》卷二〇二治平元年六月己亥：“增置宗室学官。”并附诏书，内容与本诏有联系，可知两诏作于同时。本诏文“外已诏于儒学”等语，当指增置宗室学官诏。

赐夏国诏书

朕嗣守丕图，日新庶政，方推大信，以协万邦，思与藩屏之臣，永遵带砺之约。矧勤王而述职，固奕世以推诚。而近年以来，将命之使，或不体朝廷之意，或罔循规矩之常，多于临时，率尔改作，既官司之有守，致事体以难从。且下修奉上之仪，本期效顺；而君有锡臣之宠，所以隆恩。岂宜一介于其间，辄以多端而生事？在国家之抚御，固廓尔以无疑；想忠孝之倾输，亦岂欲其如此？故特申于旨谕，谅深认于眷怀。今后所遣使人，更宜精择，不令妄举，以紊彝章。所有押赐、押伴使臣等，亦已严行戒励，苟有违越，必寘典刑。载惟信誓之文，炳若丹青之著，事皆可守，言贵弗违。毋开间隙之萌，庶敦悠久之好！

【解题】

治平元年秋，西夏数次出兵侵扰秦凤、泾原路，杀掠人畜以万计。时英宗方亲政，国内大水成灾，诏书为稳住夏国、安定边防而作，措用外交辞令，意在言外。

尊皇太后册文

维治平二年岁次乙巳，十一月丁巳朔，十有六日壬申，嗣皇帝臣曙谨稽首再拜言曰：

臣闻昔者明王之以孝治天下者，非家至而日见也，盖有要道焉。推所以行于己者为天下率，尽所以奉其亲者为天下先，而四海靡然而承风矣。

洪惟有宋，受命造邦，百年四圣，而小子获承之，以继我仁考之遗休余烈。方与群公卿士，夙夜以思，勉其不逮，庶几如我仁考付畀之意，以申罔极欲报之心。此固栗栗祇惧，不敢遑宁者已。

顾惟眇末之质，提携鞠育，慈仁咻煦，至于有成，自我圣母。嗣位之始，哀迷在疚，而忧劳艰难，一日万务，协和绥靖，保佑扶持，功施邦家，亦惟我圣母。永惟至恩大德，无物可称。是以稽参典礼，率吁群心，合志一辞，恳恳倦倦，不胜大愿。谨遣摄太尉具官臣韩琦、司徒具官臣胡宿，奉玉册金宝，上尊号曰皇太后。

恭惟皇太后圣善明哲，柔闲静专。粤自正位中宫，内助先帝，阴礼修而教行，俭德著而下化，遂及万国，先于正家。逮夫玉几受遗，遭时多难，勉徇勤请，权同听决。而明识远虑，动怀谦畏，深鉴汉家母后之失，讫不践于外朝。及归政冲人，合于《易》之进退不失其正之圣。是惟全节巨美，固已超出前古而垂法后世。宜乎盛烈播于声诗，尊名光于典册。

惟末小子，获奉温清。呜呼！殚九州之富以为养，未足尽于孝心；享万寿之福而无疆，期永承于慈训。

臣曙诚懽诚抃。稽首再拜。谨言。

【解题】

治平二年（1065）十一月十六日，英宗祀南郊。同日，御文德殿，发宝册，上仁宗曹后为皇太后。欧阳修为作此册文。

英宗遗制

诏内外文武百寮等：

朕蒙先帝之遗休，荷高穹之眷命，获主大器，于兹五年。乐与群公，讲求至治。先身以俭，冀臻四海之富康；励志之勤，未尝一日而暇逸。而忧劳积虑，疾恙逾时，有加无瘳，遂至大渐。

皇太子顼，睿哲之性，天资夙成，储两之明，人望攸属，可于柩前即皇帝位。尊皇太后为太皇太后，皇后为皇太后。诸军赏给，并取嗣君处分。丧服以日易月。山陵制度，务从俭约。在外群臣，止于本处举哀，不得擅离治所，成服三日而除。应缘边州镇，皆以金革从事，不用举哀。

於戏！死生之理，圣智所同。惟赖宗社之灵，臣邻协德，辅我元子，永康王家。咨尔多方，当体予意。主者施行。

【解题】

治平四年（1067）正月八日，英宗卒，年三十六，在位五年。欧阳修代作此遗制，嘱托后事。

十　碑志

卫尉卿祁公神道碑铭

惟太原祁氏，其先出于黄帝之子二十五人，一食于祁，遂为氏。太原晋公盛于春秋之际，祁氏亦盛于晋。其后世远而衰，子孙散亡之他国，有居谯者，即为谯人。后几世，生公讳某。公由曾祖以来，畜德蕴明，世不大显。公生几岁，始有贤子革。革，咸平三年以乡贡进士中第，始以禄荣其亲。后几岁，公卒。卒之岁，实景祐四年正月二十七日，享年六十有一。革既弃官服丧于家。日月讫，如礼起复，就仕。仕又某年，始为尚书郎。然后又以爵荣之，一命赠大理评事，累升卫尉卿。夫人楚氏，某人女，其贤，为公之配，后公以卒。天圣八年，始以公、夫人之丧，合葬谯县汤阴乡。将葬，乃考其世德，刻石藏墓中，又图刻于墓隧之外，以暴露显扬，孝子之心也。

初，公闲居，常命革曰："祁氏世有仕族，名声可称闻者，比比出于时。自国家建隆以来，天子每岁下书四方，举贤能之士以官之，而四方之人摩肩争出。独祁氏无一人之迹至谯刺史廷下称应书者，岂吾门遂废乎？抑大废而后兴也？或后遂兴，兴由汝也？"于是尽出其家之有，益市群书，日酿酒为具以待四方之宾，使与之游。每乡里大儒先生讲说授学校，子即随酒具以往，勤勤尽其欢，岁时未尝懈怠。不顾资产之有无者，惟奉其家祭祀及以礼士君子尔，由是浸渐以成人。及享子禄，不数岁乃终，人谓力劳而报约，何也？既而享名爵，登九卿，然后乡里荣之。

夫享子养人之常，殁而荣不朽，顾天之报予，孰云无厚薄哉！惟公以纯笃敦实，履其身，行其家，以大其门。教其子，卒成其志，志成矣而身殁，身殁而名益荣矣。今又得显书其行，揭之金石，以彰为善之效，而以其余劝于后人，得为贤也。噫！今有人负材与能昂立人上，与时争高下，不肯分寸屈其心，而卒困厄颠踣，怏怏不得志，欲一县佐不可得，以至穷且老殁无闻者；幸而得志，处富贵，极崇高，即死而身名俱灭，子孙至为仆隶转死沟壑者，亦不可数。用彼较此，得失孰多乎？岂负材与畜德，所享固不同耶？

碑具，使来乞辞。辞具，又为之诗，以贻谯里之童子使歌之，以永公之无穷也。

衣车赫赫驰者谁？生世不闻死莫知。卿居里门乃褐衣，殁荣之存令名垂。人有不信考斯碑，卿之有碑由子为，后之父者宜所思。

【解题】

作于天圣八年（1030），时作者进士及第。这是欧阳修现存最早的碑志作。文章盛赞祁公纯笃敦实，教子成才，感慨其志成身殁而名荣。语言平易流畅，叙事当中杂有议论和抒情。材料剪裁得体，突出重点，表现人物个性特点。

金部郎中赠兵部侍郎閤公神道碑铭　并序

惟閤氏世家于郓。其先曰太原王宝，以武显于梁、晋之间，实佐庄宗，战河上，取常山，功书史官，爵有王土。郓之诸閤，皆王后也。周广顺二年，以郓州之钜野、郓城为济州，閤氏今为济州钜野人也。

公生汉、晋之间，遭世多虞，虽出将家而不喜战斗，独好学，通三《礼》，颇习子、史，为文辞。是时钜野大贼有众千余人，以公乡里儒者，掠致贼中，问以谋略。公毅然未尝有所言。而为人状貌奇伟，举止严重，有威仪，贼皆惮之，莫敢害。贼平，公还乡里，以三《礼》教授弟子。大宋受命，天下将平，公乃出。以三《礼》举，中建隆某年某科，历汉州之金堂、虢州之湖城二县尉，迁濮州濮阳令，皆有吏绩。

太宗皇帝遣使者行视天下，使者还，言公可用。召见奏事，语音邕然，殿中皆耸动。太宗奇之，拜太子洗马、知岳州。吴越忠懿王再朝京师，籍其所有浙东、西之地，纳之有司。天子以为新附之邦，乃以禁兵千人属公安抚其人，遂知苏州。五代之际，江海之间分为五，大者窃名号，其次擅征伐，故皆峻刑法，急聚敛，以制命于其民。越虽名为臣属之邦，然阂于江淮，与中国隔不相及者久矣。公以齐鲁之人，悉能知越风俗而揉以善政，或摩以渐，或革以宜，推凡上之所欲施，宽凡民之所不堪，恩涵泽濡，民以苏息。政成召还，以国子博士知济州，又知晋州。

入拜尚书水部员外郎、广平郡王府翊善，赐绯衣银鱼。居六年，广平封陈王出阁，公以司门员外郎求知黄州。陈王徙封许，乃诏公还，迁库部员外郎，赐金紫，侍讲许王府。王薨，公出知棣州。居岁余，以淮阳近钜野，乃求知淮阳军。公虽居许王府，而真宗素知其贤，数诏访以经术，谓之阎君子。

真宗即位，问公何在？左右具言所以然，即时召之。已在道，拜金部郎中、知青州。其后，郓州守臣某临遣，对殿上。真宗问郓去青远近，守臣对若干。真宗曰："为吾告之，将召也。"已而见召，行至钜野，遇疾。使者临问慰赐，满百日，赐告下济州，伺疾少间，趋就道。已而疾病，以某年某月某日薨于济州，享年七十有七。赠兵部侍郎，葬于钜野大徐村。

公讳象，字某。曾祖讳某，某官。祖讳某，某官。考讳某，某官。公娶孙氏，封富春县君，用子贵，追封泗水县太君。子男三人：长曰某，某官；次曰某，某官；次曰某，某官。女三人，皆适士族。孙五人，一早亡，次皆已仕。曾孙十人，仕者五人。

呜呼！士患不逢时；时逢矣，患人主之不知；知矣而不及用者，命也。惟公履道纯正，生于多艰，而卒遇太平，以奋其身，又遭人主之知，尝用矣，而不暇于大用以殁。殁而无章焉，则其遂不见于后世乎！

景祐五年冬，其子光禄君自光化罢还乡闾，乃谋刻其先德于墓之碑，而以其辞属修。词曰：

阎世将家，大纛高牙。有封太原，王功桓桓。公不勇力，而勇于学。奋身逢时，卒有成业。不大其荣，继世而挺。挺其后世，多有孙曾。有墓于里，有碑其隧。乡人无伤，乡之君子。

【解题】

作于宝元元年（1038）冬，时作者知乾德县。文章叙述阎象家世及生平事迹，感叹逝者出身将门，不尚武力而专攻儒学；惋惜其生于时，知于主，而不及大用，死后名声不彰。叙事平易自然，语言简而有法，突出人物主要特点。

太子太师致仕赠司空兼侍中文惠陈公神道碑铭　并序

颍川公既葬于新郑，其子尚书主客郎中述古等七人，具公之行事及太常之状、祁伯之铭以来告曰：“惟陈氏世有显人。我先正文惠公，历事太宗、真宗而相今天子，其出处始终之大节，可考不诬如此。故敢请以墓隧之碑。”予为考其世次，得其所以基于初、盛于中、有于终而大施于其后者，曰：信哉！陈氏载德，晦显以时。其畜厚来远，故能发大而流长。

自公五世以上，为博州人。皇高祖翔，当五代时，为王建掌书记，建欲帝蜀，以逆顺祸福譬之，不听，弃官于阆州之西水，遂为西水人。皇曾祖齐国公讳诩，皇祖楚国公讳昭汶，皇考秦国公讳省华，皆开府仪同三司、太师、尚书令兼中书令。自翔已下，三世不显于蜀。

至秦公，始事圣朝，为左谏议大夫。其配曰燕国太夫人冯氏。公其次子也，讳尧佐，字希元。举进士及第，累迁太常丞、知开封府录事参军。用理狱有能绩，迁府推官。以言事切直，贬通判潮州。自潮还，献诗数百篇，而大臣亦荐其文学，得直史馆，知寿、庐二州，提点府界诸县公事。丁秦公忧，服除，判三司都勾院、两浙转运使，徙京西、河东、河北三路，纠察在京刑狱。天禧三年，编次御试进士，坐误差其第，贬监鄂州茶场。未至，丁燕国太夫人忧。明年，河决滑州，天子念非公不可塞，乃起公知滑州。乾兴元年，作永定陵，徙公京西转运使以办其事。入为三司户部副使，徙副度支，拜知制诰，兼史馆修撰，同知天圣二年贡举，知通进银台司。迁龙图阁直学士、知河南府，徙并州，知审官院、开封府，拜翰林学士，兼龙图阁学士。七年，拜枢密副使。其年八月，参知政事。居三岁间，凡三请罢。明道二年，罢知永兴军，行过郑州，为狂人所诬。御史中丞范讽辨公无罪，徙知庐州，又徙同州，复徙永兴，又徙郑州。累官至户部侍郎。景祐四年四月，召拜同中书门下平章事。

公为人刚毅笃实，好古博学。居官无大小，所至必闻。其仁足以庇民，智足以利物，忠足以事上，诚足以信于人。潮州恶溪，鳄鱼食人不可近，公命捕得，鸣鼓于市，以文告而戮之，鳄患屏息。潮人叹曰："昔韩公谕鳄而听，今公戮鳄而惧，所为虽异，其能使异物丑类革化而利人一也。吾潮间三百年而得二公，幸矣！"在潮修孔子庙、韩公祠，率其州民之秀者就于学。知寿州，遭岁大饥，公自出米为糜以食饿者。吏民以公故，皆争出米，其活数万人。公曰：“吾岂以是为私惠邪？盖以令率人，不若身先而使其从之乐也。”

钱塘江堤以竹笼石，而潮啮之，不数岁辄坏而复理。公叹曰：“堤以捍患，而反病民！”乃议易以薪土。而害公政者言于朝，以为非便。是时，丁晋公参知政事，主言者以黜公，公争不已，乃徙公京西。而笼石为堤，数岁功不就，民力大困。卒用公议，堤乃成。

河东地寒而民贫，奏除石炭税，减官冶铁课岁数十万以便民，曰：“转运，征利之官也。利有本末，下有余则上足。吾岂为俗吏哉！”太行山当河东、河北两路之界，公以谓晋自前世为险国，常先叛而后服者，恃此也。其在河东，凿泽州路，后徙河北，凿怀州路，而太行之险通。行者德公以为利，公曰：“吾岂为今日利哉！”河决坏滑州，水力悍甚，每埽下，湍激并人以没，不见踪迹者不可胜数。公躬自暴露，昼夜督促，创为木龙，以巨木骈齿浮水上下，杀其暴，堤乃成。又为长堤以护其外。滑人得复其居，相戒曰：“不可使后人忘我陈公。”因号其堤为陈公堤。

开封府治京师，公以谓治烦之术，任威以击强，尽察以防奸，譬于激水而欲其澄也。故公为政，一以诚信。每岁正月，夜放灯，则悉籍恶少年禁锢之。公召少年，谕曰：“尹以恶人待汝，汝安得为善？吾以善人待汝，汝其为恶邪？”因尽纵之，凡五夜，无一人犯法者。太常博士陈诂知祥符县，县吏恶其明察，欲中以事，而诂公廉，事不可得，乃欲以奇动京师，自录事已下，空一县皆逃去，京师果喧言诂政苛暴。是时章献明肃太后犹听政，怒诂，欲加以罪。公为枢密副使，力争之，以谓罪诂则奸人得计而沮能吏，诂由是获免。公十典大州，六为转运，常以方严清肃莅下，使人知畏而重犯法，至其过失，则多保佑之，故未尝按黜一下吏。

公贬潮州，其所言事，盖人臣所难言者。其平生奏疏尤多，悉焚其稿。其他文章，有文集三十卷。又有《野庐编》、《潮阳编》、《愚丘集》，多慕韩愈为文。与修《真宗实录》，又修《国史》。故事，知制诰者常先试其文辞。天子以公文学天下所知，不复命试。自国朝以来，不试而知制诰者，惟杨亿及公二人而已。

公居官，不妄进取。为太常丞者十三年不迁，为起居郎者七年不迁。自议钱塘堤为丁晋公所绌，后晋公益用事，专威福。故人子弟以公久于外，多勉以进取，公曰："惟久然后见吾守。"如是十五年。今天子即位，晋公事败投海外，公乃见召用。

公初作相，以唐刘蕡所对策进曰："天下治乱，自朝廷始，朝廷赏罚，自近始。凡蕡之所究言者，皆当今之弊。此臣所欲言，而陛下之所宜行，且臣等之职也。"天子嘉纳之。公在相位不久，其年冬雷地震，星象数变。公言王随位在臣上而病不任事，程琳等位皆在下，乃引汉故事，以灾异自责，求罢，章凡四上。明年三月，拜淮康军节度使、检校太傅、同中书门下平章事，判郑州。康定元年五月，以太子太师致仕，诏大朝会立宰相班，遂居于郑。其起居饮食，康宁如少者。后四年，年八十有二，以疾卒于家。

公居家，以俭约为法，虽已贵，常使其子弟亲执贱事。曰："孔子固多能鄙事"，作为善箴，以戒子孙。临卒，口占数十言，自志其墓。

公前娶曰杞国夫人宋氏，后娶曰沂国夫人王氏。子男十人：长曰述古，次曰比部员外郎求古，主客员外郎学古，虞部员外郎道古，大理评事、馆阁校勘博古，殿中丞修古，秘书省正字履古，光禄寺丞游古，大理寺丞袭古，太常寺太祝象古。秦公三子：长曰尧叟，为枢密使、同中书门下平章事；季曰尧咨，为武信军节度使。皆举进士第一人及第。三子已贵，秦公尚无恙，每宾客至其家，公及伯、季侍立左右，坐客蹙踖不安，求去，秦公笑曰："此学子辈耳。"故天下皆以秦公教子为法，且以陈氏世家为荣。公之孙四十人。曾孙二人。合伯、季之后，若子、若孙、若曾孙六十有八人。女若孙、曾五十有四人。而仕于朝者，多以材称于时。呜呼！可谓盛矣。铭曰：

陈氏高节，在污全洁。闷德潜光，有俟而发。其发惟时，自公启之。英英伯季，踵武偕来。相车崇崇，武节之雄。高幢巨毂，四世六公。惟世有封，秦楚及齐。尚书中书，仪同、太师。祖考在前，孙曾盈后。公居于中，伯季左右。惟勤其始，以享其终。惟能其约，以有其丰。休庸显问，播美家邦。有远其贻，有大其继。刻诗垂声，以质来裔。

【解题】

作于庆历四年（1044）。本文记叙陈尧佐一生行为大节，赞颂逝者为人笃实，为政精明，持家俭约，教子有方。材料剪裁得法，重点突出，人物形象鲜明。

尚书户部郎中赠右谏议大夫曾公神道碑铭　并序

公讳致尧，字某，抚州南丰人也。少知名江南。当李氏时，不就乡里之举。李氏亡，太平兴国八年，举进士及第，为符离主簿，累迁光禄寺丞、监越州酒税。数上书言事，献文章。太宗奇之，召拜著作佐郎、直史馆，使行视汴河漕运，称旨，迁秘书丞，为两浙转运使。谏议大夫魏庠知苏州，恃旧恩，多不法，吏莫敢近，公劾其状以闻。太宗惊曰："是敢治魏庠，可畏也！"卒为公罢庠。洛苑使杨允恭以言事见幸，无不听，事有下公，常厝不行。允恭以诉，太宗遣使问公，公具言其不可，事卒不行。公既绳其大而人所难者，至其小易，则务为宽简。岁终，其课为最。

徙知寿州。寿近京师，诸豪大商交结权贵，恃其声势，号为难治。公居岁余，诸豪敛手，莫敢犯公法，人亦莫见其以何术而然也。夫敢以法加诸豪，乃强吏之所能尔。使诸豪不敢干其法，此为法之本意，而人之难也。故公于寿，尤有惠爱。既去，寿人遮留数日，以一骑从二卒逃去。过他州，寿人犹有追之者。再迁主客员外郎、判三司盐铁勾院。

是时，李继捧以银、夏五州归朝廷，其弟继迁亡入碛中为寇。太宗遽遣继捧往招之，至则诱其兄以阴合，卒复图而囚之。自陕以西，既苦兵矣。真宗初即位，益欲来以恩德，许还其地，使听约束。公独以谓继迁反复，不可予。继迁已得五州，后二年，果叛，围灵武。议者又欲予之，公益争以为不可。言虽不从，真宗知其材，将召以知制诰，而大臣有不可者，乃已。出为京西转运使。王均伏诛，奉使安抚西川，误留诏书于家。其副潘惟吉教公上言“渡吉柏江舟破亡之”以自解。公曰：“为臣而欺其君，吾不能为也。”乃上书自劾，释不问。其后惟吉入见禁中，道蜀事，具言公所自劾者，真宗嗟叹久之。继迁兵既久不解，丞相张齐贤经略环、庆以西，署公判官以从。公曰：“西兵十万，皆属王超。超材既不可专任，而兵多势重，非易可指麾。若不得节度诸将，事必不集。”真宗难其言，为诏陕西听经略使得自发兵而已。公度言终不合，乃辞行。会召赐金紫，公射曰：“臣尝言丞相某，事未效，不敢受赐。”由是贬黄州团练副使。公已贬，而王超兵败，继迁破清远军，朝廷卒亦弃灵州。

公贬逾年，复为户部员外郎，知泰州。丁母忧，服除，拜吏部员外郎，知泉州，徙知苏州，又徙知扬州。上疏论事，语斥大臣尤切，当时皆不悦，又徙知鄂州。坐知扬州误入添支俸多一月，虽尝自言，犹贬监江宁府酒税。用封禅恩，累迁户部郎中。大中祥符五年五月某日，卒于官，享年六十有六。遗戒无以佛污我，家人如其言。

公之曾祖讳某，某官。曾祖妣某氏，某县君。祖讳某，某官。祖妣某氏，某县君。考讳某，某官。妣某氏，某县君。子男七人，曰某。女若干人。用其子易占恩，再迁右谏议大夫。

初葬南丰之东园，水坏其墓，某年月日，改葬龙池乡之源头。

庆历六年夏，其孙巩称其父命以来请曰："愿有述。"遂为之述，曰：维曾氏始出于鄫，鄫为姒姓之国，微不知其始封。春秋之际，莒灭鄫，而子孙散亡，其在鲁者，自别为曾氏。盖自鄫远出于禹，历商、周千有余岁，常微不显。及为曾氏，而藏、参、元、西始有闻于后世，而其后又晦，复千有余岁而至于公。夫晦显常相反复，而世德之积者久，则其发也宜非一二世而止，矧公之有，不得尽施，而有以遗其后世乎？是固不宜无铭者已。公当太宗、真宗时，言事屡见听用，自言西事不合而出，遂以卒于外，然在外所言，如在朝廷而任言责者，至其难言，则人有所不敢言者。予于其论议，既不能尽载，而亦有所不得载也，取其初不见用、久而益可思者，特详焉，所以见公之志也。铭曰：

公于事明，由学而知。先知逆决，有若蓍龟。告而不欺，不顾从违。初虽不信，后必如之。公所论议，敢人之难。古称君子，有德有言。德畜不施，言犹可闻。铭而不朽，公也长存。

【解题】

作于庆历六年（1046）夏，时作者知滁州。本文着重表彰曾致尧有德有言，刚正直道，敢于言他人所不敢言，赞扬逝者的先见之明与君子之勇。语言简洁，材料具体，叙事与议论相结合，展示了人物精神风貌。

资政殿学士户部侍郎文正范公神道碑铭 并序

皇祐四年五月甲子，资政殿学士、尚书户部侍郎汝南文正公薨于徐州，以其年十有二月壬申，葬于河南尹樊里之万安山下。

公讳仲淹，字希文。五代之际，世家苏州，事吴越。太宗皇帝时，吴越献其地，公之皇考从钱俶朝京师，后为武宁军掌书记以卒。公生二岁而孤，母夫人贫无依，再适长山朱氏。既长，知其世家，感泣，去之南都。入学舍，扫一室，昼夜讲诵，其起居饮食，人所不堪，而公自刻益苦。居五年，大通六经之旨，为文章论说必本于仁义。祥符八年举进士，礼部选第一，遂中乙科，为广德军司理参军，始归迎其母以养。及公既贵，天子赠公曾祖苏州粮料判官讳梦龄为太保，祖秘书监讳赞时为太傅，考讳墉为太师，妣谢氏为吴国夫人。

公少有大节，于富贵、贫贱、毁誉、欢戚不一动其心，而慨然有志于天下。常自诵曰："士当先天下之忧而忧，后天下之乐而乐也。"其事上遇人，一以自信，不择利害为趋舍。其所有为，必尽其方，曰："为之自我者当如是，其成与否，有不在我者。虽圣贤不能必，吾岂苟哉！"

天圣中，晏丞相荐公文学，以大理寺丞为秘阁校理。以言事忤章献太后旨，通判河中府、陈州。久之，上记其忠，召拜右司谏。当太后临朝听政时，以至日大会前殿，上将率百官为寿。有司已具，公上疏言天子无北面，且开后世弱人主以强母后之渐，其事遂已。又上书请还政天子，不报。及太后崩，言事者希旨，多求太后时事，欲深治之。公独以谓太后受托先帝，保佑圣躬，始终十年，未见过失，宜掩其小故以全大德。初，太后有遗命，立杨太妃代为太后。公谏曰："太后，母号也，自古无代立者。"

由是罢其册命。

是岁，大旱蝗，奉使安抚东南。使还，会郭皇后废，率谏官、御史伏阁争，不能得，贬知睦州，又徙苏州。岁余，即拜礼部员外郎、天章阁待制，召还，益论时政阙失，而大臣权幸多忌恶之。居数月，以公知开封府。开封素号难治，公治有声，事日益简。暇则益取古今治乱安危为上开说，又为《百官图》以献，曰："任人各以其材而百职修，尧、舜之治不过此也。"因指其迁进迟速次序曰："如此而可以为公，可以为私，亦不可以不察。"由是吕丞相怒，至交论上前。公求对辨，语切，坐落职，知饶州。明年，吕公亦罢。公徙润州，又徙越州。而赵元昊反河西，上复召相吕公。乃以公为陕西经略安抚副使，迁龙图阁直学士。

是时新失大将，延州危。公请自守鄜延捍贼，乃知延州。元昊遣人遗书以求和，公以谓无事请和，难信，且书有僭号，不可以闻，乃自为书，告以逆顺成败之说，甚辩。坐擅复书，夺一官，知耀州。未逾月，徙知庆州。既而四路置帅，以公为环庆路经略安抚招讨使、兵马都部署，累迁谏议大夫、枢密直学士。

公为将，务持重，不急近功小利。于延州筑青涧城，垦营田，复承平、永平废寨，熟羌归业者数万户。于庆州城大顺以据要害，又城细腰胡芦，于是明珠、灭臧等大族皆去贼为中国用。自边制久隳，至兵与将常不相识。公始分延州兵为六将，训练齐整，诸路皆用以为法。公之所在，贼不敢犯。人或疑公见敌应变为如何？至其城大顺也，一旦引兵出，诸将不知所向，军至柔远，始号令告其地处，使往筑城。至于版筑之用，大小毕具，而军中初不知。贼以骑三万来争，公戒诸将："战而贼走，追勿过河。"已而贼果走，追者不渡，而河外果有伏。贼失计，乃引去。于是诸将皆服公为不可及。

公待将吏，必使畏法而爱己。所得赐赉，皆以上意分赐诸将，使自为谢。诸蕃质子，纵其出入，无一人逃者。蕃酋来见，召之卧内，屏人彻卫，与语不疑。公居三岁，士勇边实，恩信大洽，乃决策谋取横山，复灵武，而元昊数遣使称臣请和，上亦召公归矣。

初，西人籍为乡兵者十数万，既而黥以为军，惟公所部，但刺其手，公去兵罢，独得复为民。其于两路，既得熟羌为用，使以守边，因徙屯兵就食内地，而纾西人馈挽之劳。其所设施，去而人德之与守其法不敢变者，至今尤多。

自公坐吕公贬，群士大夫各持二公曲直。吕公患之，凡直公者，皆指为党，或坐窜逐。及吕公复相，公亦再起被用，于是二公欢然相约戮力平贼。天下之士皆以此多二公，然朋党之论遂起而不能止。上既贤公可大用，故卒置群议而用之。

庆历三年春，召为枢密副使，五让不许，乃就道。既至数月，以为参知政事，每进见，必以太平责之。公叹曰："上之用我者至矣，然事有先后，而革弊于久安，非朝夕可也。"既而上再赐手诏，趣使条天下事。又开天章阁，召见赐坐，授以纸笔，使疏于前。公惶恐避席，始退而条列时所宜先者十数事上之。其诏天下兴学，取士先德行不专文辞，革磨勘例迁以别能否，减任子之数而除滥官，用农桑、考课、守宰等事，方施行，而磨勘、任子之法，侥幸之人皆不便，因相与腾口。而嫉公者亦幸外有言，喜为之佐佑。会边奏有警，公即请行，乃以公为河东、陕西宣抚使。至则上书愿复守边，即拜资政殿学士、知邠州，兼陕西四路安抚使。

其知政事，才一岁而罢，有司悉奏罢公前所施行而复其故。言者遂以危事中之，赖上察其忠，不听。是时，夏人已称臣，公因以疾请邓州。守邓三岁，求知杭州，又徙青州。公益病，又求知颍州，肩舁至徐，遂不起，享年六十有四。方公之病，上赐药存问。既薨，辍朝一日，以其遗表无所请，使就问其家所欲，赠以兵部尚书，所以哀恤之甚厚。

公为人外和内刚，乐善泛爱。丧其母时尚贫，终身非宾客食不重肉，临财好施，意豁如也。及退而视其私，妻子仅给衣食。其为政，所至民多立祠画像。其行己临事，自山林处士、里闾田野之人，外至夷狄，莫不知其名字，而乐道其事者甚众。及其世次、官爵，志于墓、谱于家、藏于有司者，皆不论著，著其系天下国家之大者，亦公之志也欤！

铭曰：

范于吴越，世实陪臣。俶纳山川，及其士民。范始来北，中间几息。公奋自躬，与时偕逢。事有罪功，言有违从。岂公必能，天子用公。其艰其劳，一其初终。夏童跳边，乘吏怠安。帝命公往，问彼骄顽。有不听顺，锄其穴根。公居三年，怯勇隳完。儿怜兽扰，卒俾来臣。夏人在廷，其事方议。帝趣公来，以就予治。公拜稽首，兹惟难哉！初匪其难，在其终之。群言营营，卒坏于成。匪恶其成，惟公是倾。不倾不危，天子之明。存有显荣，殁有赠谥。藏其子孙，宠及后世。惟百有位，可劝无怠。

【解题】

作于至和元年（1054）。本文记载范仲淹学行大节，多层次、全方位地展示逝者的志趣、际遇及其功业。文章大开大阖，疏密相间，气势极盛，风神遒逸。茅坤评述说："欧得史迁之髓，故于叙事处裁节有法，字不繁而体已完。"本文经韩琦审定，却遭富弼非议，范公家属也不满意，孝子范纯仁刻石时，删芟了范、吕"欢然相约"数句，欧阳修对此十分气愤，声称范公碑刻应"以家集为信。"

尚书度支郎中天章阁待制王公神道碑铭 并序

公讳质，字子野，其先大名莘人。自唐同光初，公之皇曾祖鲁公举进士第一，显名当时，官至右拾遗，历仕晋、汉、周。而皇祖晋公，益以文章有大名，逮事太祖、太宗，官至兵部侍郎。当真宗时，伯父文正公居中书二十余年，天下称为贤宰相。今天子庆历三年，公与其弟素，皆待制天章阁。自同光至庆历，盖百有二十余年，王氏更四世，世有显人，或以文章，或以功德。

公生累世富贵，而操履甚于寒士。性笃孝悌，厚于朋友，乐施与以赒人，而妻子常不自给。视荣利淡若无意。平居苦疾病，退然如不自胜，及临事，介然不可回夺。有仁者之勇，君子之刚。乐人之善，如自己出。初范仲淹以言事贬饶州，方治党人甚急，公独扶病率子弟饯于东门，留连数日。大臣有以让公曰："长者亦为此乎！何苦自陷朋党?"公徐对曰："范公天下贤者，顾某何敢望之！然若得为党人，公之赐某厚矣。"闻者为公缩颈。其为待制之明年，出守于陕。又明年，小人连构大狱，坐贬废者十余人，皆公素所贤者。闻之悲愤叹息，或终日不食，语于人曰："善人若此，吾不乐在世矣。"因数剧饮大醉。公既素病，益以酒，遂卒。

公初以荫补太常寺太祝、监都进奏院。献其文章，召试，赐进士及第，校勘馆阁书籍，遂为集贤校理。通判苏州，州守黄宗旦负材自喜，颇以新进少公。议事则曰："少年乃与丈人争事耶?"公曰："受命佐君，事有当争，职也。"宗旦虽屡屈折，而政常得无失，稍德公助己，为之加礼。宗旦得盗铸钱者百余人以诧公，公曰："事发无迹，何从得之?"曰："吾以术钩出之。"公愀然曰："仁者之政，以术钩人置之死，而又喜乎?"宗旦惭服，悉缓出其狱，始大称公曰君子也。判尚书刑部、吏部南曹，知蔡州。始至，发大奸吏一人，去之。绳诸豪猾以法。与转运使争曲直，事有下而不便者，皆格不用。既去其害政者，然后崇学校，一以仁恕临下。其政知宽猛，必使吏畏而民爱。其为他州，州率大而难治，必常有善政，皆用此。

入为开封府推官，已而其兄雍为三司判官，公曰："省、府皆要职，吾岂可兄弟居之？"求知寿州，徙庐州。盗有杀其徒而并其财者，获之，寘于法。大理驳曰："法当原。"公以谓盗杀其徒而自首者原之，所以疑坏其党而开其自新。若杀而不首，既获而亦原，则公行为盗。而第杀一人，既得兼其财，又可以赎罪，不获则肆为盗，获则引以自原，如此，盗不可止，非法意。疏三上，不能争。公叹曰："吾不胜法吏矣。"乃上书自劾，请不坐佐吏。公坐贬监灵仙宫。其后议者更定不首之罪，卒用公言为是。而公贬犹不召，资政殿学士郑戬、翰林学士叶清臣讼公无罪，始起知泰州，迁荆湖北路转运使。当用兵西方急于财用之时，独不进羡余，其赋敛近宽平，治以常法。故他路不胜其弊，而荆湖之人自若。权知荆南府，民有讼婚者，诉曰："贫无赀，故后期。"问其用几何？以俸钱与之，使婚。获盗窃人衣者，曰："平生不为过，迫于饥寒而为之。"公为之哀怜，取衣衣之，遣去。荆人比公为子产。

召为史馆修撰，遂拜天章阁待制，判吏部流内铨，号为称职，而于选法未尝有所更易。人或问之，公曰："选法具备，如权衡，在执者不欺其轻重耳，何必屡更其法。"是岁，天子开天章阁，召大臣问天下事，以手诏责范公等。而议事者争言天下利害，务欲更革诸事。公独无一言，问之，则曰："吾病未能也。"公于荣利既薄，临祸福，不为喜惧，其视世事，若无一可以动其心者，惟以天下善人君子亨否为己休戚，遂以此卒。此其为志岂小哉？岂有病而不能者哉？公诚素病，而任之以事，所至必皆有为。使其寿且不死而用，其必有所为，岂其不欲空言而已者哉！

呜呼！公享年四十有五。官至度支郎中，阶朝奉大夫，勋上护军，爵平晋男。娶周氏，某县君，生子某。曾祖讳某，祖讳某，皆赠太师、尚书、中书令。考讳某，官至兵部郎中，有贤行，赠户部尚书。公以某年某月某日卒于陕，某年某月某日葬于某所先茔之次。

铭曰：

仕不为利，以行其仁。处丰自薄，而清厥身。其仁谁思，不在吏民。其清孰似，以遗子孙。生虽有止，殁也长存。铭以昭之，以告后人。

【解题】

作于至和元年（1054）。碑文记叙亡友王质笃厚友情，淡泊名利，为政果决精明，赞扬逝者介介然有仁者之勇，君子之刚，哀伤其英年早逝，未及大用。笔锋常带感情，慷慨呜咽，风神遒逸。茅坤评述说：“中多呜咽，故转语亟处多，而情事凄然。”（《宋大家欧阳文忠公文钞》卷二十三）

袁州宜春县令赠太师中书令兼尚书令冀国公程公神道碑铭

上即位之十有六年，今镇安军节度使、检校太师、同中书门下平章事程公，自三司使、吏部待郎为参知政事，乃诏有司宠其祖考，于是赠其皇考故袁州宜春县令为太子少师。公在政事，迁尚书左丞，又赠太子太师；其为资政殿学士、工部尚书，又赠太师中书令；其为宣徽北院使、武昌军节度使，又赠兼尚书令；其为武胜军节度使、同中书门下平章事，追封定国公；徙镇镇安，又追封冀国公。

惟冀国公讳某，字某。少举明经，仕不得志。退居于家，畜德不施，贻其后世。而相国太师，实为之子，初以文学举进士高第，历馆阁，掌制命。俊德伟望，显于朝廷，遂为中丞，执国之宪。尹正京邑，有声蜀都，乃由三司，入与大政。公亦自太常博士累赠兵部侍郎，遂迁太师中书、尚书令，位皆一品。有国定、冀，以启其封。虽发不自躬，而其施益远；晦于一时，而显于百世。盖夫享于身者，有时而止；施于后者，其耀无穷。表于其乡，以劝为善。可谓仁人之利博矣。

惟程氏之先，自重、黎历夏、商、周，而程伯休父始见于诗书，其后世远而分。至唐定氏族，而程氏之望分为七。中山之程，盖出于魏安乡侯昱之后也。公世为中山博野人。曾祖讳某。祖讳某，赠太师。祖妣齐氏，吴国夫人。考讳某，赠太师中书令。妣吴氏，秦国夫人。当唐末五代，天下乱于兵，程氏再世不仕。后唐长与三年，公之皇考以神童举，官至太子赞善大夫。宋兴于今百年，而程氏亦再显。太平兴国初，公之从祖羽，佐太宗自晋王即皇帝位，为文明殿学士，官至兵部侍郎。今相国太师出入将相，为时名臣。子孙蕃昌，世族昭著。推其所自来者远矣。

初，公与其仲父象明同举《春秋》，皆中第。是时，从祖以给事中知开封府，召公及象明谓曰："吾新被宠天子，待罪于此，不欲子弟并登科。"使其自择去就。公因让其从父，自引去，从祖颇贤之。其后累举不中，从祖谓曰："由我困汝。"退而使人察公，无悔色，由是大嗟异之，以为不可及。太平兴国五年，遂以明经中第，为虔州赣县尉、蔡州上蔡主簿、袁州宜春令，所至皆有惠爱。

公事母至孝，与其兄弟怡怡，为乡里所称。而仕宦不求名誉，为赣县尉七年不代，既罢宜春，遂不复仕。退居于蔡州，淳化三年七月某日，以疾卒于家，享年四十有九。以天圣十年十一月某日，葬于郑州管城县马亭乡之北田村。夫人楚氏，追封晋国夫人。子男五人：长曰瓘，官至太常博士；次曰瑗、曰琬，皆早卒；次曰琳，相国太师也；次曰琰，国子博士。女一人，适某人。诸孙九人。

铭曰：

远矣程侯，颛顼之苗。始自重黎，历夏商周。惟伯休父，声诗孔昭。世不绝闻，盛于有唐。程分为七，三祖安乡。广平、中山，以暨济阳。中山之程，出自灵洗。实显裔孙，仕于陈季。陈灭散亡，播而北迁。公世中山，为博野人。道德家潜，孝悌邦闻。不耀自躬，以贻后昆。惟后有人，将相文武。有国宠章，覆其考祖。定冀之封，实开土宇。程世其隆，公多孙子。有畜其源，发而孰御。刻铭高原，以示来者。

【解题】

作于至和二年（1055）。碑文记叙程元白（程琳之父）家世及生平，旨在赞颂相国太师程琳为政为学渊源有自。语言简洁，材料剪裁有法，行文命笔，将父子两代联系在一起，彼此相映生辉。

太尉文正王公神道碑铭　并序

至和二年七月乙未，枢密直学士、右谏议大夫王素奏事殿中，已而泣且言曰：“臣之先臣旦，相真宗皇帝十有八年，今臣素又得待罪侍从之臣。惟是先臣之训，其遗业余烈，臣实无似，不能显大，而墓碑至今无辞以刻。惟陛下哀怜，不忘先帝之臣，以假宠于王氏，而勖其子孙。“天子曰：“呜呼！惟汝父旦，事我文考真宗，叶德一心，克终厥位，有始有卒，其可谓全德元老矣。汝素以是刻于碑。”素拜稽首出。明日，有诏史馆修撰欧阳修曰：“王旦墓碑未立，汝可以铭。”臣修谨按：

故推诚保顺同德守正翊戴功臣、开府仪同三司、守太尉、充玉清昭应宫使、上柱国、太原郡开国公、赠太师、尚书令兼中书令、追封魏国公、谥曰文正王公讳旦，字子明，大名莘人也。皇曾祖讳言，滑州黎阳令，追封许国公。皇祖讳彻，左拾遗，追封鲁国公。皇考讳祜，尚书兵部侍郎，追封晋国公。皆累赠太师、尚书令兼中书令。曾祖妣姚氏，鲁国夫人。祖妣田氏，秦国夫人。妣任氏，徐国夫人；边氏，秦国夫人。公之皇考以文章自显汉、周之际，逮事太祖、太宗，为名臣。尝谕杜重威使无反汉，拒卢多逊害赵普之谋，以百口明符彦卿无罪，故世多称王氏有阴德。公之皇考亦自植三槐于庭，曰："吾之后世，必有为三公者，此其所以志也。"

公少好学，有文。太平兴国五年，进士及第，为大理评事、知平江县，监潭州银场，再迁著作佐郎，与编《文苑英华》。迁殿中丞，通判郑、濠二州。王禹偁荐其材，任转运使，驿召至京师，辞不受。献其所为文章，得试，直史馆，迁右正言、知制诰，知淳化三年礼部贡举，迁虞部员外郎、同判吏部流内铨、知考课院。右谏议大夫赵昌言参知政事，公以婿避嫌，求解职。太宗嘉之，改礼部郎中、集贤殿修撰，昌言罢，复知制诰，仍兼修撰、判院事，召赐金紫。久之，迁兵部郎中，居职。真宗即位，拜中书舍人，数日，召为翰林学士，知审官院、通进银台封驳事。

公为人严重，能任大事，避远权势，不可干以私，由是真宗益知其贤。钱若水名能知人，常称公曰："真宰相器也！若水为枢密副使，罢，召对苑中，问谁可大用者，若水言公可，真宗曰："吾固已知之矣。"咸平三年，又知礼部贡举。居数日，拜给事中、知枢密院事。明年，以工部侍郎参知政事，再迁刑部侍郎。景德元年，契丹犯边，真宗幸澶州。雍王元份留守东京，得暴疾。命公驰自行在，代元份留守。二年，迁尚书左丞。三年，拜工部尚书、同中书门下平章事、集贤殿大学士、监修国史。

是时，契丹初请盟，赵德明亦纳誓约，愿守河西故地，二边兵罢不用，真宗遂欲以无事治天下。公以谓宋兴三世，祖宗之法具在，故其为相，务行故事，慎所改作。进退能否，赏罚必当。真宗久而益信之，所言无不听，虽他宰相大臣有所请，必曰："王某以谓如何？"事无大小，非公所言不决。公在相位十余年，外无夷狄之虞，兵革不用，海内富实，群工百司，各得其职。故天下至今称为贤宰相。

公于用人，不以名誉，必求其实，苟贤且材矣，必久其官而众以为宜其职，然后迁。其所荐引，人未尝知。寇准为枢密使，当罢，使人私公，求为使相。公大惊曰："将相之任，岂可求邪！且吾不受私请。"准深恨之。已而制出，除准武胜军节度使、同中书门下平章事。准入见，泣涕曰："非陛下知臣，何以至此？"真宗具道公所以荐准者，准始愧叹，以为不可及。故参知政事李穆子行简有贤行，以将作监丞居于家。真宗召见，慰劳之，迁太子中允。初遣使者召之，不知其所止，真宗命至中书问王某，然后人知行简，公所荐也。公自知制诰至为相，荐士尤多。其后公薨，史官修《真宗实录》，得内出奏章，乃知朝廷之士多公所荐者。

公与人寡言笑，其语虽简，而能以理屈人，默然终日，莫能窥其际。及奏事上前，群臣异同，公徐一言以定。今上为皇太子，太子谕德见公，称太子学书有法。公曰："谕德之职，止于是邪？"赵德明言民饥，求粮百万斛。大臣皆曰："德明新纳誓而敢违，请以诏书责之。"真宗以问公，公请敕有司具粟百万于京师，诏德明来取，真宗大喜。德明得诏书，惭且拜曰："朝廷有人！"大中祥符中，天下大蝗，真宗使人于野得死蝗以示大臣。明日，他宰相有袖死蝗以进者，曰："蝗实死矣，请示于朝，率百官贺。"公独以为不可。后数日，方奏事，飞蝗蔽天，真宗顾公曰："使百官方贺，而蝗如此，岂不为天下笑邪？"宦者刘承规以忠谨得幸，病且死，求为节度使。真宗以语公曰："承规待此以瞑目。"公执以为不可，曰："他日将有求为枢密使者，柰何？"至今内臣官不过留后。

公任事久，人有谤公于上者，公辄引咎，未尝自辨。至人有过失，虽人主盛怒，可辨者辨之，必得而后已。荣王宫火，延前殿，有言非天灾，请置狱劾火事，当坐死者百余人。公独请见，曰："始失火时，陛下以罪己诏天下，而臣等皆上章待罪，今反归咎于人，何以示信？且火虽有迹，宁知非天谴邪？"由是当坐者皆免。日者上书言宫禁事，坐诛，籍其家，得朝士所与往还占问吉凶之说。真宗怒，欲付御史问状。公曰："此人之常情，且语不及朝廷，不足罪。"真宗怒不解。公因自取尝所占问之书进曰："臣少贱时，不免为此，必以为罪，愿并臣付狱。"真宗曰："此事已发，何可免？"公曰："臣为宰相，执国法，岂可自为之，幸于不发而以罪人？"真宗意解。公至中书，悉焚所得书。既而真宗悔，复驰取之，公曰："臣已焚之矣。"由是获免者众。

公累官至太保，以病求罢，入见滋福殿。真宗曰："朕方以大事托卿，而卿病如此。"因命皇太子拜公。公言皇太子盛德，必任陛下事，因荐可为大臣者十余人。其后不至宰相者，李及、凌策二人而已，然亦皆为名臣。公屡以疾请，真宗不得已，拜公太尉兼侍中，五日一朝视事，遇军国大事，不以时入参决。公益惶恐，因卧不起，以疾恳辞。册拜太尉、玉清昭应宫使。自公病，使者存问，日常三四，真宗手自和药赐之。疾亟，遽幸其第，赐以白金五千两，辞不受。以天禧元年九月癸酉薨于家，享年六十有一。真宗临哭，辍视朝三日，发哀于苑中。其子弟、门人、故吏，皆被恩泽。即以其年十一月庚申，葬公于开封府开封县新里乡大边村。

公娶赵氏，封荣国夫人，后公五年卒。子男三人：长曰司封郎中雍，次曰赞善大夫冲，次曰素。女四人：长适太子太傅韩亿，次适兵部员外郎、直集贤院苏耆，次适右正言范令孙，次适龙图阁直学士、兵部郎中吕公弼。公事寡嫂谨，与其弟旭相友悌尤笃，任以家事，一无所问，而务以俭约率励子弟，使在富贵不知为骄侈。兄子睦欲举进士，公曰："吾常以大盛为惧，其可与寒士争进?"至其薨也，子素犹未官，遗表不求恩泽。有文集二十卷。乾兴元年，诏配享真宗庙庭。

臣修曰：景德、祥符之际盛矣。观公之所以相而先帝之所以用公者，可谓至哉！是以君明臣贤，德显名尊，生而俱享其荣，殁而长配于庙，可谓有始有卒，如明诏所褒。昔者《烝民》、《江汉》，推大臣下之事，所以见任贤使能之功，虽曰山甫穆公之诗，实歌宣王之德也。

臣谨考国史、实录，至于搢绅、故老之传，得公终始之节，而录其可纪者，辄声为铭诗，昭示后世，以彰先帝之明，以称圣恩褒显王氏、流泽子孙与宋无极之意。铭曰：

烈烈魏公，相我真宗。真庙翼翼，魏公配食。公相真宗，不言以躬。时有大事，事有大疑，匪卜匪筮，公为蓍龟。公在相位，终日如默。问其夷狄，包裹兵革；问其卿士，百工以职；问其庶民，耕织衣食。相有赏罚，功当罪明。相所黜升，惟否惟能。执其权衡，万物之平。孰不事君，胡能必信？孰不为相，其谁有终？公薨于位，太尉之崇。天子孝思，来荐清庙。侑我圣考，惟时元老。天子念功，报公之隆。春秋从享，万祀无穷。作为诗歌，以谂庙工。

【解题】

作于至和二年（1055）。作者受诏为王旦撰写碑铭，叙述逝者一生行为大节，称颂其政治才干、宽阔胸襟以及乐于举士荐贤等高风亮节。材料剪裁得法，语简意深。茅坤评述说："诏撰元勋之文当如此，盛世君臣之际如掌。"（《宋大家欧阳文忠公文

钞》卷二十二）

观文殿大学士行兵部尚书西京留守赠司空兼侍中晏公神道碑铭 并序

至和元年六月，观文殿大学士、行兵部尚书、西京留守临淄公以疾归于京师。八月，疾少间，入见。天子曰："噫！予旧学之臣也。"乃留侍讲迩英阁，诏五日一朝前殿。明年正月，疾作，不能朝。敕太医朝夕往视。有司除道，将幸其家。公叹曰："吾无状，乃以疾病忧吾君。"即驰奏曰："臣疾少间，行愈矣。"乃止。其月丁亥，以公薨闻，天子震悼，亟临其丧，以不即视公为恨。赠公司空兼侍中，谥曰元献。有司请辍视朝一日，诏特辍二日。以其年三月癸酉，葬公于许州阳翟县麦秀乡之北原。既葬，赐其墓隧之碑首曰"旧学之碑。"既又敕史臣修考次公事，具书于碑下。

臣修伏读国史，见真宗皇帝时天下无事，天子方推让功德，祠祀天地山川，讲礼乐以文颂声，而儒学文章俊贤伟异之人出。公世家江西之临川。年始十四，一日起田里，进见天子，时方亲阅天下贡士，会廷中者千余人，与夫宫臣、卫官，拥列环视。公不动声气，操笔为文辞，立成以献。天子嘉赏，赐同进士出身，遂登馆阁，掌书命，以文章为天下所宗。逮陛下养德东宫，先帝选用臣属，即以公遗陛下。由王官、宫臣，卒登宰相，凡所以辅道圣德，忧勤国家，有旧有劳，自始至卒五十余年。公既薨，而先帝之名臣与陛下东宫之旧人，皆无在者，宜其褒宠优异，比公甘盘。臣修幸得执笔史官，奉明诏，谨昧死上临淄公事。曰：

公讳殊，字同叔，姓晏氏。其世次、晦显、徙迁不常。自其高祖讳墉，唐咸通中举进士，卒官江西，始著籍于高安，其后三世不显。曾祖讳延昌，又徙其籍于临川。祖讳部，追封英国公。考讳固，追封秦国公。自曾祖已下，皆用公贵，累赠开府仪同三司、太师、中书令兼尚书令。曾祖妣张氏，陈国太夫人。祖妣傅氏，许国太夫人。妣吴氏，唐国太夫人。

公生七岁，知学问，为文章，乡里号为神童。故丞相张文节公安抚江西，得公以闻。真宗召见，既赐出身。后二日，又召试诗、赋、论，公徐启曰："臣尝私习此赋，不敢隐。"真宗益嗟异之，因试以他题。以为秘书省正字，置之秘阁，使得悉读秘书，命故仆射陈文僖公视其学。明年，献其所为文，召试中书，迁太常寺奉礼郎。封祀太山，推恩，迁光禄寺丞，数月，充集贤校理。明年，迁著作佐郎。丁父忧，去官。已而真宗思之，即其家起复，命淮南发运使具舟送之京师，从祀太清宫，赐绯衣银鱼，同判太常礼院。又丁母忧，求去官服丧，不许。

今天子始封升王，公以选为府记室参军，再迁左正言、直史馆。今天子为皇太子，以户部员外郎充太子舍人，赐金紫，知制诰，判集贤院，迁翰林学士，充景灵宫判官、太子左庶子，兼判太常寺、知礼仪院。公既以道德文章佐佑东宫，真宗每所咨访，多以方寸小纸细书问之。由是参与机密，凡所对，必以其稿进，示不泄。其后悉阅真宗阁中遗书，得公所进稿，类为八十卷，藏之禁中，人莫之见也。

初，真宗遗诏：章献明肃太后权听军国事。宰相丁谓、枢密使曹利用各欲独见奏事，无敢决其议者。公建言群臣奏事太后者，垂帘听之，皆毋得见，议遂定。乾兴元年，拜右谏议大夫兼侍读学士，迁给事中、景灵宫副使，判吏部流内铨，以《易》侍讲崇政殿。迁礼部侍郎、知审官院，为枢密副使，迁刑部侍郎。上疏论张耆不可为枢密使，由是忤太后旨，坐以笏击其仆、误折其齿罢。留守南京，大兴学校，以教诸生。自五代以来，天下学废，兴自公始。召拜御史中丞，改兵部侍郎，兼秘书监、资政殿学士、翰林侍读学士，知天圣八年礼部贡举。明年，为三司使，复为枢密副使，未拜，改参知政事，迁尚书左丞。太后谒太庙，有请服衮冕者，太后以问公，公以《周官》后服对。太后崩，大臣执政者皆罢，公为礼部尚书、知亳州，徙知陈州，迁刑部尚书。复召为御史中丞，又为三司使，知枢密院事，拜枢密使，再加检校太尉、同中书门下平章事。

庆历三年三月，遂以刑部尚书居相位，充集贤殿大学士，兼枢密使。自公复召用，而赵元昊反，师出陕西，天下弊于兵。公数建利害，请罢监军，无以阵图授诸将，使得应敌为攻守，及制财用为出入之要，皆有法。天子悉为施行，自宫禁先，以率天下，而财赋之职悉归有司，卒能以谋臣元昊，使听约束，乃还其王号。

公为人刚简，遇人必以诚，虽处富贵如寒士，樽酒相对，欢如也。得一善，称之如己出，当世知名之士如范仲淹、孔道辅等，皆出其门。及为相，益务进贤材。当公居相府时，范仲淹、韩琦、富弼皆进用，至于台阁，多一时之贤。天子既厌西兵，闵天下困弊，奋然有意，遂欲因群材以更治，数诏大臣条天下事。方施行，而小人权幸皆不便。明年秋，会公以事罢，而仲淹等相次亦皆去，事遂已。公既罢，以工部尚书知颍州，徙知陈州，又徙许州，三迁户部尚书，拜观文殿大学士、知永兴军，充一路都部署、安抚使。徙知河南府兼西京留守，累进阶至开府仪同三司，勋上柱国，爵临淄公，食邑万二千户，实封三千七百户。

公享年六十有五。自少笃学，至其病亟，犹手不释卷。有文集二百四十卷。尝奉敕修《上训》及《真宗实录》，又集类古今文章，为《集选》二百卷。其为政敏，而务以简便其民。其于家严，子弟之见有时，事寡姊孝谨，未尝为子弟求恩泽。其在陈州，上问宰相曰："晏某居外，未尝有所请，其亦有所欲邪？"

宰相以告公。公自为表，问起居而已。故其薨也，天子尤哀悼之，赐予加等，以其子承裕为崇文院检讨，孙及甥之未官者九人，皆命以官。

公初娶李氏，工部侍郎虚己之女；次孟氏，屯田员外郎虚舟之女，封巨鹿郡夫人；次王氏，太师、尚书令超之女，封荣国夫人。子八人：长曰居厚，大理评事，早卒；次承裕，尚书屯田员外郎；宣礼，赞善大夫；崇让，著作佐郎；明远、祗德，皆大理评事；几道、传正，皆太常寺太祝。女六人，长适户部侍郎、同中书门下平章事富弼，次适礼部侍郎、三司使杨察，其四尚幼。孙十有二人。公既乐善而称为知人，士之显于朝者，多公所荐达，至择其女之所从，又得二人者如此，可谓贤也已。

铭曰：

有姜之裔，齐为晏氏。齐在春秋，晏显诸侯。《传》载桓子，婴称于丘。其后无闻，不亡仅存。有炜自公，厥声以振。公之显声，实相天子。天子曰噫，予考真宗，惟多名臣，以臻盛隆。汝初事我，王官东宫。以暨相予，始卒一躬。辅我以德，有劳于邦。公疾在外，来归自洛。天子曰留，汝予旧学。凡今在廷，莫如汝旧。孰以畀予？惟予圣考。今既亡矣，孰为予老？何以赠之，司空、侍中。礼则有加，予思何穷！有篆其文，在其碑首。天子之褒，史臣有诏。铭以述之，永昭厥后。

【解题】

作于至和二年（1055）三月。正月二十八日，晏殊卒于京师，欧阳修有《晏元献公挽词三首》。本文叙述晏公家世，赞扬逝者的学问文章、政治才华以及刚简正道、乐进贤材等品德。结构自由灵活，不落俗套，语言简洁而叙事完备，人物形象丰满。

忠武军节度使同中书门下平章事武恭王公神道碑铭 并序

惟王氏之先为常山真定人，后世葬河南密，而密分入于管城，遂为郑州管城人，其封国仍世于鲁。惟鲁武康公事太宗皇帝，秉节治戎，出征入卫，乃受遗诏辅真宗。有劳有勤，报恤追崇，以有兹鲁国，是生鲁武恭公。

公少以父任为西头供奉官。至道二年，遣五将讨李继迁，公从武康公出铁门，为先锋，杀获甚众。军至乌白池，诸将失期，不得进。公告其父曰："归师过险，争必乱。"乃以兵前守隘，号其军曰："乱行者斩。"由是士卒无敢先后，虽武康公亦为之按辔。追兵望其军整，不敢近。武康公叹曰："王氏有子矣。"后以御前忠佐为军头巡检。邢、洺男子张洪霸聚盗二州间，历年，吏不能捕。公以毡车载勇士为妇人服，盛饰诱之邯郸道中，贼党争前邀劫，遂皆就擒，由是知名。

公以将家子宿卫真宗，为内殿直、殿前左班都虞侯、捧日左厢都指挥使，累迁英州团练使。今天子即位，改博州团练使、知广信军，徙知冀州，迁康州防御使，历龙神卫、捧日、天武四厢都指挥使，侍卫亲军步军马军殿前都虞侯，步军副都指挥使，桂、福二州观察使。

是时，章献太后犹临朝，有诏补一军吏。公曰："补吏，军政也。敢挟诏书以干吾军！"亟请罢之。太后固欲与之，公不奉诏，乃止。及太后上仙，有司请卫士坐甲，公以为故事无为太后丧坐甲，又不奉诏。于是天子知公可任大事。明道二年，拜检校太保、签署枢密院事，遂为副使。明年，以奉国军留后同知院事。又明年，领安德军节度使。又明年，加检校太尉、宣徽南院使。

公为将，善抚士，而识与不识，皆喜为之称誉。其状貌雄伟动人，虽里儿、巷妇，外至夷狄，皆知其名氏。御史中丞孔道辅等因事以为言，乃罢公枢密，拜武宁军节度使。言者不已，即以为右千牛卫上将军、知随州。士皆为之惧，公举止言色如平时，惟不接宾客而已。久之，徙知曹州，而孔道辅卒，客有谓公曰："此害公者也。"公愀然曰："孔公以职言事，岂害我者？可惜朝廷亡一直臣。"于是言者终身以为愧，而士大夫服公为有量。

庆历二年，起公为保静军留后、知青州。未行，而契丹聚兵幽、涿，遣使者有所求，自河以北皆警。乃拜公保静军节度使、知澶州。契丹使者过澶州，见公，喜曰："闻公名久矣，乃得见于此邪。"公为言己衰老，中国多贤士大夫，因指坐客，历陈其世家，使者竦听。是岁，徙真定府、定州等路都部署，改宣徽南院使、判成德军，未行，徙判定州，兼三路都部署。

公治其军，无挠其私，亦不贷其过，居顷之，士皆可用。契丹使人觇其军，或劝公执而戮之，公曰："吾军整而和，使觇者得吾实以归，是屈人兵以不战也。"明日，大阅于郊，公执桴鼓誓师，号令简明，进退坐作，肃然无声。乃下令曰："具糗粮，听鼓声，视吾旗所向！"契丹闻之震恐。

会复议和，兵解，徙知陈州。道过京师，天子遣中贵人问公欲见否？公谢曰："备边无功，幸得蒙恩徙内地，不敢见。"明年，徙河阳，不行，以宣徽使奉朝请，已而出判相州。六年，拜同中书门下平章事、判澶州。明年，徙郑州，封祁国公。又明年，乞骸骨，不许，以为会灵观使，已而复判郑州，徙澶州，除集庆军节度使，徙封冀国公。皇祐三年，遂以太子太师致仕，大朝会，许缀中书门下班。居一岁，天子思之，起为河阳三城节度使、同中书门下平章事、判郑州。六年，以本官为枢密使，徙封鲁国公。既而上以富公弼为宰相。

是岁，契丹使者来，公与之射。使者曰：“天子以公典枢密而用富公为相，得人矣。”语闻，上喜，赐公御弓一，矢五十。公善射，至老不衰。尝侍上射，辞曰：“幸得备位大臣，举止为天下所视，臣老矣，恐不能胜弓矢。”上再三谕之，乃手二矢再拜，一发中之，遂将释，复位，上固勉之，再发又中，由是左右皆欢呼，赐以袭衣、金带。

自宝元、庆历之间元昊叛河西，兵出久无功，士大夫争进计策，多所改作。公笑曰：“奈何纷纷？兵法不如是也。使士知畏爱，而怯者勇，勇者不骄。以吾可胜，因敌而胜之尔，岂多言哉！”其在枢密，亦尝自请临边，不许。凡大谋议，必以咨之。其在外，则遣中贵人诏问，其言多见施用。

公自致仕复起掌枢密，凡三岁，以老求去位，至六、七。上为之不得已，以为景灵宫使，徙忠武军节度使，又以为同群牧制置使，五日一朝，给扶者以子若孙一人。是岁，公年七十有八矣。明年二月辛未，以疾薨于家。诏辍视朝二日，发哀于苑中，赠太尉、中书令。其遗言曰：“臣有俸禄，足以具死事，不敢复累朝廷，愿无遣使者护丧，无厚赙赠。”天子恻然，哀其志，以黄金百两、白金三千两赐其家，固辞，不许。以其年五月甲申葬于管城。明年，有诏史臣刻其墓碑。

臣愚以谓自国家西定河湟，北通契丹，罢兵不用几四十年。一日元昊叛，幽燕亦犯约，二边骚动，而老臣宿将无在者。公于是时，屹然为中国巨人、名将，虽未尝躬矢石攻坚摧敌，而恩信已足抚士卒，名声已足动四夷。遂登朝廷，典掌机密，以老还仕，复起于家，保有富贵，享终寿考。虽古之将帅，及于是者其几何人！至于出入勤劳之节，与其进退绸缪君臣之恩意，可以褒劝后世，如古诗书所载，皆应法可书。

谨按鲁武恭公，讳德用，字元辅。曾祖讳方，追封邗国公；祖讳玄，追封邗国公，皆赠中书令。父讳超，建雄军节度使，赠尚书令，追封鲁国公，谥曰武康。公娶宋氏，武胜军节度使延渥之女，初为安定郡夫人，追封荣国公夫人。五男，四女。男曰咸熙，东头供奉官，早卒；次曰咸融，西京左藏库使、果州团练使；次曰咸庶，内殿崇班，早卒；次曰咸英，供备库副使；次曰咸康，内殿承制。

铭曰：

鲁始锡封，以褒武康。爰暨武恭，乃克有邦。桓桓武恭，其容甚饬。伟其名声，以动夷狄。公治军旅，不宽不烦。恩均令齐，千万一人。公在朝廷，出守入卫。乃登大臣，与国谋议。公曰老矣，乞臣之身。帝曰休哉，汝予旧臣。亟其强起，秉我枢钧。礼不筋力，老予敢侮？公来在庭，拜毋蹈舞。若子与孙，助其兴俯。凡百有位，谁其敢俦？惟时黄耇，天子之优。富贵之隆，亦有能保。孰享其终，如公寿考。公有世德，载勋旗常。刻铭有诏，俾嗣其芳。

【解题】

作于嘉祐三年（1058）。碑文叙述王德用的生平家世，称颂逝者的治军才干、恢宏气度及抚士爱卒的品德。叙事详赡，条理分明。茅坤称道本文“纪王武恭公本末甚悉”（《宋大家欧阳文忠公文钞》卷二十二）。

镇安军节度使同中书门下平章事赠太师中书令程公神道碑铭　并序

惟文简公既葬之二年，其子嗣隆泣而言于朝曰：“先臣幸得备位将相，官、阶、品皆第一，爵、勋皆第二，请得立碑如令。”于是天子曰：“噫！惟尔父琳，有劳于我国家，余其可忘？”乃大书曰“旌劳之碑”，遣中贵人即赐其家，曰：“以此名尔碑。”

又诏史臣修曰："汝为之铭。"臣修与文简公故往来，知其人，又尝志其墓，又尝序其世德于冀公太师之碑，得其世次、官封、功行最详，乃不敢辞。

惟公字天球，姓程氏。曾祖讳新，赠太师。曾祖妣吴国夫人齐氏。祖讳赞明，赠太师、中书令。祖妣秦国夫人吴氏。考讳元白，袁州宜春令，赠太师、中书令兼尚书令、冀国公。妣晋国夫人楚氏。公举大中祥符四年服勤词学高第，试秘书省校书郎、泰宁军节度推官，改著作佐郎、知并州寿阳县，秘书丞、监左藏库。天禧中，诏选文学履行，召试，直集贤院。

今天子即位，迁太常博士、三司户部判官。会修《真宗实录》，而起居注阙，命公追修大中祥符八年已后，书成，遂修起居注。迁祠部员外郎，提举诸司库务，以本官知制诰，同判吏部流内铨。契丹尝遣使贺上即位，命公迓之，使者妄有所言，公折以理，遂屈服。其后又遣使贺天圣五年乾元节，天子思公前尝折其使，乃以公为馆伴使。使者果言契丹见中国使者坐殿上，位次高，而中国见契丹使者位下，当迁。议者以为小故，可许，虽天子亦将许之。公争以谓契丹所以与中国好者，守先帝约也，一切宜用故事，若许其小，将启其大。天子是之，乃止。岁中，迁右谏议大夫、权御史中丞。丞相张文节，公少所称许，而最知公，方除中丞，文节当执笔，喜曰："不辱吾笔矣。"

明年，拜枢密直学士、知益州。公性方重，寡言笑，凡所处画，常先虑谨备，所以条目巨细甚悉，至临事简严，僚吏莫能窥其际。尝夜张灯会五门，大集州民，而城中火起，吏如公教不以白，而随即救止。终宴，民去，始稍知火。监军得告者言军谋变，惧而入白，公笑曰："岂有是哉？"监军惶惑不敢去，公曰："军中动静，吾自知之，苟有谋者，不能隐也。"已而卒无事。其他多类此。蜀妖人自名李冰神子，署官属吏卒，以恐蜀人，公捕斩之。而谤者言公妄杀人，蜀且乱。天子遣人驰视之，使者还，言蜀人便公政，方安乐，而诛妖人所以止乱。由是天子益知公贤，召为给事中、知开封府。

前为府者苦其治剧，或不满岁罢，不然，被谤讥，或以事去。独公居数岁，久而治益精明，盗讼稀少，狱屡空，诏书数下褒美。迁工部侍郎、龙图阁学士，守御史中丞。久之，天子思其治，召为翰林学士，复知开封府。明年，为三司使。不悦苟利，不贪近功。时议者患民税多目，吏得为奸，欲除其名而合为一。公以谓合而没其名，一时之便，后有兴利之臣必复增之，是重困民也。议者莫能夺。其于出入尤谨，禁中时有所取，未尝肯予。宦官怒，言陛下虽有欲，物在程某何可得？公曰："臣所以为陛下惜尔。"天子以为然。累迁吏部侍郎。

景祐四年，以本官参知政事，迁尚书左丞。公益自信不疑，宰相有所欲私，辄众折之，其语至今士大夫能道也。初，范仲淹以言事忤大臣，贬饶州。已而上悔悟，欲复用之，稍徙知润州。而恶仲淹者遽诬以事，语入，上怒，亟命置之岭南。自仲淹贬而朋党之论起，朝士牵连，出语及仲淹者皆指为党人。公独为上开说，上意解而后已。是时，元昊叛河西，朝廷多故，公在政事，补益尤多。而小人侥幸皆不便，遂以事中之，坐贬为光禄卿，知颍州。已而徙知青州，又徙大名府。居一岁中，迁户部吏部二侍郎、尚书左丞、资政殿学士。北京建，遂以为留守。宦者皇甫继明方用事，主治行宫，务广制度以市恩，公为裁抑之，与继明章交上。天子遣一御史往视之，还，直公，天子为罢继明，独委公以建都事。

公自知政事，以论议不私见嫉，被贬斥，已而稍复见用，遂与继明争曲直，由是益不妄合于世。虽不复大用，而契丹方遣使数有所求，兵诛元昊未克，西北宿重兵，公于是时，天子常委以河北、陕西之重，留守北京凡四年。迁工部尚书、资政殿大学士、河北安抚使。庆历六年，拜武昌军节度使、陕西安抚使、知永兴军府事。明年，加宣徽北院使、鄜延路经略使马步军都部署、判延州，仍兼陕西安抚使。皇祐元年，加同中书门下平章事，留守北京，其于二方，威惠信著，尤知夷狄情伪、山川险易、行师制敌之要。其在延州，夏人数百驱畜产至界上请降，言契丹兵至衙头矣，国且乱，愿自归。公曰："契丹兵至元昊帐下，当举国取之，岂容有来降者乎？闻夏人方捕叛族，此其是乎？不然，诱我也。"拒而不受。已而夏人果以兵数万临界上，公戒诸堡塞无得数出兵。夏人以为有备，引去，自此不复窥边。公于河北最久，民爱之，为立生祠。

明年，改武胜军节度使，犹在北京。又改镇安军节度使，在镇四年，犹上书言："镇安一郡尔，不足以自效，愿复守边。"书未报，得疾，以至和三年闰三月七日己丑薨于陈州之正寝，享年六十有九。天子辍视朝二日，赠中书令，谥曰文简。以嘉祐二年十月十八日葬河南府伊阙县神阴乡张刘里。明年，袷享太庙，推恩，加赠公太师尚书令。

公累阶至开府仪同三司，勋上柱国，广平郡爵公，封户七千四百而实封二千一百，赐号推诚保德守正翊戴功臣。娶陈氏，封卫国夫人。子男四人：曰嗣隆，太常博士；嗣弼，殿中丞；嗣恭，太常博士；嗣先，大理寺丞。女五人，皆适良族。

谨按程氏之先，出自重、黎。至休父，为周司马，国于程，其后子孙遂以为氏。自秦、汉以来，世有其人，程氏必显，而各以其所居著姓，后世因之，至唐尤盛。号称中山程氏者，皆祖魏安乡侯昱。公，中山博野人也，世有积德，至公始大显闻。臣修以谓古者功德之臣，进受国宠，退而铭于器物，非独私其后世，所以不忘君命，示国有人，而诗人又播其事，声于咏歌，以扬无穷。今去古远，为制不同，而犹有幽堂之石、隧道之碑，得以纪德昭烈，而又幸蒙天子书而名之，其所以照临程氏，恩厚宠荣，出古远甚！而臣又得刻铭其下，铭，臣职也，惧不能称。

铭曰：

程以国氏，世远支分。因居著姓，各以其人。公世中山，在昔有闻。克大自公，厥声以振。乃秉国钧，乃授将钺。出入其勤，险夷一节。帝曰噫欤，余有劳臣。何以旌之？有烂其文。惟此劳臣，实余同德。忧国在心，匪劳以力。二方有事，诸将无功。俾我旧老，不遑居中。间息近藩，庶休厥躬。有请未报，奄云其终。殁而后已，兹可谓忠。惟帝之褒，其言甚简。铭以述之，万世丕显。

【解题】

作于嘉祐四年（1059）。程琳至和三年卒，欧阳修时有《祭程相公文》；葬于嘉祐二年，欧为作墓铭；仁宗为书“旌劳之碑”，欧又受命作此文。文章详载程琳一生行为大节，突出表现程琳的劳苦之功。清人何焯评述说：“铭皆发明‘劳’字。”（《义门读书记》欧公下卷）

赠刑部尚书余襄公神道碑铭　并序

始兴襄公既葬于曲江之明年，其子仲荀走于亳以来告曰：“余氏世为闽人，五代之际，逃乱于韶。自曾、高以来，晦迹嘉遁，至于博士府君，始有禄仕，而襄公继之以大。曲江僻在岭表，自始兴张文献公有声于唐，为贤相，至公复出，为宋名臣。盖余氏徙韶，历四世始有显仕，而曲江寂寥三百年，然后再有闻人。惟公位登天台，正秩三品，遂有爵土，开国乡州，以继美前哲，而为韶人荣，至于褒、恤、赠、谥，始终之宠盛矣。盖褒有诏，恤有物，赠有告，而谥行、考功有议有状，合而志之以閟诸幽有铭，可谓备矣。惟是螭首龟趺，揭于墓隧，以表见于后世而昭示其子孙者，宜有辞而阙焉，敢以为请。”谨按余氏，韶州曲江人。曾祖讳某，祖讳某，皆不仕。父讳某，太常博士，累赠太常少卿。公讳靖，字安道。官至朝散大夫，守工部尚书、集贤院学士，知广州军州事，兼广南东路兵马钤辖、经略安抚使，柱国，始兴郡开国公，食邑二千六百户、食实封二百户。治平元年，自广朝京师，六月癸亥，以疾薨于金陵。天子恻然，辍视朝一日，赙以粟帛，赠刑部尚书，谥曰襄。明年七月某甲子，返葬于曲江之龙归乡成山之原。

公为人质重刚劲，而言语恂恂，不见喜怒。自少博学强记，至于历代史记、杂家、小说、阴阳、律历，外暨浮屠、老子之书，无所不通。天圣二年举进士，为赣县尉，书判拔萃，改将作监丞、知新建县，再迁秘书丞，刊校三史，充集贤校理。天章阁待制范公仲淹以言事触宰相得罪，谏官、御史不敢言，公疏论之，坐贬监筠州酒税，稍徙泰州。已而天子感悟，亟复用范公，而因之以被斥者皆召还，惟公以便亲乞知英州，迁太常博士。丁母忧，服除，遂还为集贤校理，同判太常礼院。景祐、庆历之间，天下怠于久安，吏习因循，多失职。及赵元昊以夏叛，师出久无功，县官财屈而民重困。天子赫然，思振颓弊以修百度，既已更用二三大臣，又增置谏官四员，使言天下事，公其一人也，即改右正言供职。公感激奋励，遇事辄言，无所回避，奸谀权幸屏息畏之，其补益多矣，然亦不胜其怨嫉也。

庆历四年，元昊纳誓请和，将加封册。而契丹以兵临境上，遣使言为中国讨贼，且告师期，请止毋与和。朝廷患之，欲听，重绝夏人而兵不得息；不听，生事北边。议未决。公独以谓中国厌兵久矣，此契丹之所幸，一日使吾息兵养勇，非其利也，故用此以挠我尔，是不可听。朝廷虽是公言，犹留夏册不遣，有假公谏议大夫以报。公从十余骑驰出居庸关，见虏于九十九泉，从容坐帐中辩言，往复数十，卒屈其议，取其要领而还。朝廷遂发夏册，臣元昊。西师既解严，而北边亦无事。

是岁，以本官知制诰、史馆修撰。而契丹卒自攻元昊，明年，使来告捷，又以公往报。坐习虏语，出知吉州。怨家因之中以事，左迁将作少监，分司南京。公怡然还乡里，阖门谢宾客，绝人事，凡六年。天子每思之，欲用者数矣，大臣有不喜者，第迁光禄少卿于家，又以为某卫将军、寿州兵马钤辖，辞不拜。

皇祐二年祀明堂，覃恩迁卫尉卿。明年，知虔州，丁父忧，去官。而蛮贼侬智高陷邕州，连破岭南州县，围广州。乃即庐中起公为秘书监、知潭州，即日疾驰。在道，改知桂州、广南西路经略安抚使。公奏曰："贼在东而徙臣西，非臣志也。"天子嘉之，即诏公经制广东、西贼盗。乃趋广州，而智高复西走邕州。自智高初起，交趾请出兵助讨贼，诏不许。公以谓智高，交趾叛者，宜听出兵，毋沮其善意。累疏论之，不报。至是，公曰："邕州与交趾接境，今不纳，必忿而反助智高。"乃以便宜趣交趾会兵，又募侬、黄诸姓酋豪，皆縻以职，与之誓约，使听节制。或疑其不可用，公曰："使不与智高合，足矣。"及智高入邕州，遂无外援，既而宣抚使狄青会公兵，败贼于归仁，智高走入海，邕州平。公请复终丧，不许。诸将班师，以智高尚在，请留公广西，委以后事。迁给事中，谏官、御史列疏言公功多而赏薄，再迁尚书工部侍郎。公留广西逾年，抚缉完复，岭海肃然。又遣人入特磨，袭取智高母及其弟一人，俘于京师，斩之。拜集贤院学士，久之，徙知潭州，又徙青州，再迁吏部侍郎。

嘉祐五年，交趾寇邕州，杀五巡检，天子以谓恩信著于岭外而为交趾所畏者，公也，驿召以为广西体量安抚使，悉发荆湖兵以从。公至，则移檄交趾，召其臣费嘉祐诘责之。嘉祐皇恐，对曰："种落犯边，罪当死，愿归取首恶以献。"即械五人送钦州，斩于界上。公还，邕人遮道留之不得。明年，以尚书左丞知广州。英宗即位，拜工部尚书，代还，道病卒，享年六十有五。

公经制五管，前后十年，凡治六州，所至有惠爱。虽在兵间，手不释卷。有文集二十卷，奏议五卷，《三史刊误》四十卷。娶林氏，封鲁郡夫人。子男三人：伯庄，殿中丞，早卒；仲荀，今为屯田员外郎；叔英，太常寺太祝。女六人，皆适士族。孙四人。孙女五人。

铭曰：

余迁曲江，仍世不显。奋自襄公，有声甚远。始兴开国，袭美于前。两贤相望，三百年间。伟欤襄公，惟邦之直。始登于朝，官有言责。左右献纳，奸谀屏息。庆历之治，实多补益。逢时有事，奔走南北。功书史官，名在夷狄。出入艰勤，险夷一德。小人之谗，公废于里。一方有警，公起于家。威行信结，岭海幽遐。公之在焉，帝不南顾。胡召其还，殒于中路。返柩来归，韶人负土。伐石刻辞，立于墓门。以贻来世，匪止韶人。

【解题】

作于治平四年（1067）六月至次年八月之间，时作者知亳州。碑文赞颂余靖刚劲的人格、博雅的学识，肯定他在庆历年间任谏官时言无回避、裨益朝政，并肯定他在军事、外交活动中的卓越贡献，以余靖与初唐张九龄并举，标为曲江两贤。语言简明，裁节有法。

尚书屯田员外郎李君墓表

汉水东至乾德，汇而南，民居其冲。水悍暴而岸善崩，然其民尤富完。其下南山之材，治室屋聚居，盖数千家，皆安然易汉而自若者，以有石堤为可恃也。景祐五年，余始为其县令，既行汉上，临石堤，问其长老，皆曰吾李君之作也。于是喟然而叹！

求李君者，得其孙厚。厚举进士，好学，能自言其世，云李氏贝州清河人。君举进士，中淳化三年乙科。镇州真定主簿齐化基，为吏以强察自喜，恶君廉直不为屈，多求事可酿为罪者，责君理之。君辨愈明，不可污。卒服其能，反荐之，迁威虏军判官。秩满，河北转运使又荐为冀州军事判官。

逾年，吏部考籍，凡四较考者，外皆召还，公考当召。是时，契丹侵边，冀州独乞留君督军饷。课为最多，迁大理寺丞，乘传治壁州疑狱。既还，转运使又请通判冀州，督旁七县军饷，课尤多而民不劳。遭岁饥，悉出庾粟以贷民，且曰："凶、丰甚，必复。使丰而归诸庾，是化吾朽积而为新，乃两利也。"转运使以为然，因请君益贷贝、魏、沧、棣诸州。后岁果丰，饥民德君，粟归诸庾无后者，盖赖而活者数十万家。转运使上冀人言，乞留，许留一岁，就拜殿中丞。岁满将去，冀民夜私入其府，堑其居，若不可出。君谕之，乃得去。

通判河南，未行，契丹兵指邢、洺。天子择吏之能者，改君通判邢州。其守赵守一当守邢以捍寇，辞不任邢事，天子曰："李某佐汝，可无患。"守一至邢，悉以州事任君。御史中丞王嗣宗辟推直官，遂荐为御史，以疾不拜，求知光化军，作所谓石堤者。孙何荐其材，拜三司户部判官，改知建州，皆以疾辞。又求知汉阳军，居三岁，而汉阳之狱空者二岁。

卒以疾解，退居于汉旁。大中祥符六年五月某日卒于家，遂葬县东遵教乡之友于村。子孙因留家焉。君讳仲芳，字秀之，享年五十有三，官至尚书屯田员外郎。君为人敦敏而材，以疾中止。

余闻古之有德于民者，殁则乡人祭于其社。今民既不能祠君于汉之旁，而其墓幸在其县，余，令也，又不表以示民，呜呼，其何以章乃德？俾其孙刻石于隧，以永君之扬。

【解题】

作于宝元元年（1038）。墓表追叙李仲芳生平事迹，字里行间洋溢对逝者的敬重之情，表现作者理想的爱民政治。茅坤赞赏本文"串情如匹练"（《宋大家欧阳文忠公文钞》卷三十）。

永春县令欧君墓表

君讳庆，字贻孙，姓欧氏。其上世为韶州曲江人，后徙均州之郧乡，又徙襄州之谷城。乾德二年，分谷城之阴城镇为乾德县，建光化军，欧氏遂为乾德人。

修尝为其县令，问其故老乡闾之贤者，皆曰有三人焉。其一人曰太傅、赠太师、中书令邓文懿公，其一人曰尚书屯田郎中戴国忠，其一人曰欧君也。三人者学问出处，未尝一日不同，其忠信笃于朋友，孝悌称于宗族，礼义达于乡闾。乾德之人初未识学者，见此三人，皆尊礼而爱亲之。既而皆以进士举于乡里，而君独黜于有司。后二十年，始以同三《礼》出身为潭州湘潭主簿、陈州司法参军，监考城酒税，迁彭州军事推官，知泉州永春县事。而邓公已贵显于朝，君尚为州县吏。所至上官多邓公故旧，君绝口不复道前事，至终其去，不知君为邓公友也。

君为吏廉贫，宗族之孤幼者，皆养于家。居乡里，有讼者多就君决曲直，得一言，遂不复争，人至于今传之。

嗟夫！三人之为道，无所不同，至其穷达，何其异也！而三人者未尝有动于其心，虽乾德之人称三人者，亦不以贵贱为异，则其幸不幸，岂足为三人者道哉！然而达者昭显于一时．而穷者泯没于无述，则为善者何以劝？而后世之来者何以考德于其先？故表其墓以示其子孙。

君有子世英，为邓城县令；世勣，举进士。君以天圣七年卒，享年六十有四，葬乾德之西北广节山之原。

【解题】

原系天圣年间，误。欧庆卒于天圣七年，墓表写道：“欧氏遂为乾德人，修尝为其县令。”欧阳修赴乾德县令在宝元元年三月，本文当作于此后。文章赞颂逝者的高尚道德情操，同情其仕途乖蹇。记事中对照另外两位乡贤邓公、戴君，感慨淋漓。茅坤评述说：“以三人同里同志行特不同遇处相感慨。”（《宋大家欧阳文忠公文钞》卷三十）

石曼卿墓表

曼卿，讳延年，姓石氏，其上世为幽州人。幽州入于契丹，其祖自成始以其族间走南归，天子嘉其来，将禄之，不可，乃家于宋州之宋城。父讳补之，官至太常博士。

幽燕俗劲武，而曼卿少亦以气自豪，读书不治章句，独慕古人奇节伟行非常之功，视世俗屑屑，无足动其意者。自顾不合于时，乃一混以酒，然好剧饮，大醉，颓然自放，由是益与时不合。而人之从其游者，皆知爱曼卿落落可奇，而不知其才之有以用也。年四十八，康定二年二月四日，以太子中允、秘阁校理卒于京师。

曼卿少举进士，不中。真宗推恩，三举进士，皆补奉职。曼卿初不肯就，张文节公素奇之，谓曰：“母老，乃择禄耶?”曼卿矍然起就之，迁殿直。久之，改太常寺太祝、知济州金乡县，叹曰：“此亦可以为政也。”县有治声。通判乾宁军，丁母永安县君李氏忧，服除，通判永静军，皆有能名。充馆阁校勘，累迁大理寺丞，通判海州，还为校理。庄献明肃太后临朝，曼卿上书，请还政天子。其后太后崩，范讽以言见幸，引尝言太后事者，遽得显官。欲引曼卿，曼卿固止之，乃已。

自契丹通中国，德明尽有河南，而臣属遂务休兵养息天下，然内外弛武三十余年，曼卿上书言十事，不报。已而元昊反，西方用兵，始思其言。召见，稍用其说，籍河北、河东、陕西之民，得乡兵数十万。曼卿奉使籍兵河东，还，称旨，赐绯衣银鱼。天子方思尽其才，而且病矣。既而闻边将有欲以乡兵捍贼者，笑曰：“此得吾粗也。夫不教之兵，勇怯相杂，若怯者见敌而动，则勇者亦牵而溃矣。今或不暇教，不若募其敢行者，则人人皆胜兵也。”其视世事蔑若不足为，及听其施设之方，虽精思深虑，不能过也。

状貌伟然，喜酒自豪，若不可绳以法度。退而质其平生，趣舍大节无一悖于理者。遇人无贤愚，皆尽忻欢。及间而可否天下是非善恶，当其意者无几人。其为文章，劲健称其意气。有子济、滋。天子闻其丧，官其一子，使禄其家。既卒之三十七日，葬于太清之先茔。其友欧阳修表于其墓曰：

呜呼曼卿，宁自混以为高，不少屈以合世，可谓自重之士矣。士之所负者愈大，则其自顾也愈重；自顾愈重，则其合愈难。然欲与共大事，立奇功，非得难合自重之士，不可为也。古之魁雄之人，未始不负高世之志，故宁或毁身污迹，卒困于无闻，或老且死而幸一遇，犹克少施于世。若曼卿者，非徒与世难合而不克所施，亦其不幸不得至乎中寿，其命也夫！其可哀也夫！

【解题】

作于庆历元年（1041）二月，作者此前已有《哭曼卿》诗。墓表记述亡友奇崛而坎坷的一生，表达自己的追思与惋惜，同时对冷遇、压抑有为之士的不合理现实充满愤懑之情。茅坤评述说：“以悲慨带叙事，欧阳修知得曼卿如印在心，故描画得会哭会笑。”（《宋大家欧阳文忠公文钞》卷三十）方苞称赞本文“章法极变化，语亦不蔓”（《古文辞类纂》诸家集评）。

内殿崇班薛君墓表

公讳塾，字宗道，姓薛氏，资政殿学士、兵部尚书简肃公之弟。薛之世德终始，有简肃公之志与碑。公官至内殿崇班，以某年某月某日，卒官于蜀州。其子仲孺以其丧归葬于绛州之正平，先葬而来乞铭以志。予幸尝纪次简肃公之德，而又得铭公。其铭曰："公躬直清，官以材称。惟贤是似，不愧其兄。"既葬，而仲孺又来请曰："铭之藏，诚以永吾先君于不朽，然不若碣于隧，以表见于世之昭昭也。"

予惟薛氏于绛为著姓，简肃公于公为兄弟，而公之世德，予既见之铭，而其子又欲碣以昭显于世，可谓孝矣。然予考古所谓贤人、君子、功臣、烈士之所以铭见于后世者，其言简而著。及后世衰，言者自疑于不信，始繁其文。而犹患于不章，又备其行事，惟恐不为世之信也。若薛氏之著于绛，简肃公之信于天下，而予之铭公不愧于其兄，则公之铭不待繁言而信也。然其行事终始，予亦不敢略而诗诸墓矣。今之碣者，无以加焉，则取其可以简而著者书之，以慰其子之孝思，而信于绛之人云。

【解题】

作于庆历元年（1041）。欧阳修曾为作《内殿崇班薛君墓志铭》，又应孝子薛仲孺之请作墓表。略叙其要，以免重复，而慰孝子之思，并取信于乡里之人。茅坤评述说："此篇公以先为志，故不欲复为表，于以婉其文如此。"（《宋大家欧阳文忠公文钞》卷三十）

连处士墓表

连处士，应山人也。以一布衣终于家，而应山之人至今思之。其长老教其子弟，所以孝友、恭谨、礼让而温仁，必以处士为法，曰："为人如连公，足矣。"其矜寡孤独凶荒饥馑之人皆曰："自连公亡，使吾无所告依而生以为恨。"呜呼！处士居应山，非有政令恩威以亲其人，而能使人如此，其所谓行之以躬，不言而信者欤？

处士讳舜宾，字辅之，其先闽人。自其祖光裕尝为应山令，后为磁、郢二州推官，卒而反葬应山，遂家焉。处士少举《毛诗》，一不中，而其父正以疾废于家，处士供养左右十余年，因不复仕进。父卒，家故多赀，悉散以赒乡里，而教其二子以学，曰："此吾赀也。"岁饥，出谷万斛以粜，而市谷之价卒不能增，及旁近县之民皆赖之。盗有窃其牛者，官为捕之甚急，盗穷，以牛自归，处士为之愧谢曰："烦尔送牛。"厚遗以遣之。尝以事之信阳，遇盗于西关。左右告以处士，盗曰："此长者，不可犯也。"舍之而去。

处士有弟居云梦，往省之，得疾而卒，以其柩归应山。应山之人去县数十里迎哭，争负其柩以还。过县市，市人皆哭，为之罢市三日，曰："当为连公行丧。"处士生四子，曰庶、庠、庸、膺。其二子教以学者，后皆举进士及第。今庶为寿春令，庠为宜城令。

处士以天圣八年十二月某日卒，庆历二年某月日，葬于安陆蔽山之阳。自卒至今二十年，应山之长老识处士者，与其县人尝赖以为生者，往往尚皆在，其子弟后生闻处士之风者，尚未远，使更三四世至于孙曾，其所传闻，有时而失，则惧应山之人不复能知处士之详也。乃表其墓，以告于后人。

八年闰正月一日，庐陵欧阳修述。

【解题】

作于庆历八年（1048）闰正月，时作者改知扬州，尚未赴任，仍居滁州。本文记述逝者的生平事迹，赞颂其为人处世，表彰其教子成才。文章巧借乡民之口颂逝者之德，抒写自己的敬仰之情。茅坤评述说："表处士并从里人之感欷处着色，自是一法。长厚之行，长厚之言。"（《宋大家欧阳文忠公文钞》卷三十）

太常博士周君墓表

有笃行君子曰周君者，孝于其亲，友于其兄弟。居父母丧，与其兄某、弟某居于倚庐，不饮酒食肉者三年，其言必戚，其哭必哀，除丧而癯然不能胜人事者，盖久而后复。自孔子在鲁，而鲁人不能行三年之丧，其弟子疑以为问，则非鲁而他国可知也，孔子殁而其后世又可知也。今世之人，知事其亲者多矣，或居丧而不哀者有矣；生能事而死能哀，或不知丧礼者有矣；或知礼而以谓丧主于哀而已，不必合于礼者有矣。如周君者，事生尽孝，居丧尽哀，而以礼者也。礼之失久矣，丧礼尤废也。今之居丧者，惟仕宦、婚嫁、听乐不为，此特法令之所禁尔。其衰麻之数、哭泣之节、居处之别、饮食之变，皆莫知夫有礼也。在上位者不以身率其下，在下者无所望于其上，其遂废矣乎！故吾于周君有所取也。

君讳尧卿，字子俞，道州永明县人也。天圣二年举进士，累官至太常博士。历连、衡二州司理参军，桂州司录，知高安、宁化二县，通判饶州。未行，以庆历五年六月朔日卒于朝集之舍，享年五十有一。皇祐五年某月日，葬于道州永明县之紫微冈。曾祖讳某。祖讳某。父讳某，赠某官。母唐氏，封某县太君。娶某氏，封某县君。

君学长于毛、郑《诗》，《左氏春秋》。家贫不事生产，喜聚书。居官禄虽薄，常分俸以赒宗族朋友。人有慢己者，必厚为礼以愧之。其为吏，所居皆有能政。有文集二十卷。

君有子七人：曰谕，鼎州司理参军；曰诜，湖州归安主簿；曰谧、曰讽、曰谭、曰说、曰谊，皆未仕。

呜呼！孝非一家之行也，所以移于事君而忠，仁于宗族而睦，交于朋友而信，始于一乡，推之四海，表于金石，示之后世而劝。考君之所施者，无不可以书也，岂独俾其子孙之不陨也哉！

【解题】

作于皇祐五年（1053）。文章表彰周尧卿孝于其亲、友于兄弟，立论本于封建伦理道德。叙事、议论、抒情相结合，一唱三叹，情韵绵邈。茅坤称赏说："变调。以孝行一节立其总概，相为感慨始终。"（《宋大家欧阳文忠公文钞》卷三十）

龙武将军薛君墓表

薛姓居河东者，自唐以来族最盛。宋兴百年，而薛姓五显。资政殿学士、尚书户部侍郎、赠兵部尚书简肃公，当天圣中参辅大政，以亮直刚毅为时名臣。公，绛州正平人也。有子直孺，早卒，无后，以其弟之子仲孺为后。然其兄弟五人及其诸子，皆用公荫禄仕，以忠厚孝谨多材能为绛大族。

君讳某，字某，简肃公之兄也。少有高节，仕而不得志，退老于家，以德行文学为乡善人。君少好学，工为文辞，应有司格，既而曰："是岂足学也哉？"乃弃而不为。其后简肃公贵显，以恩例补君右班殿直。君笃爱其弟，不得已，为强起就职。居顷之，卒弃去，遂不复仕。君居乡里，孝悌于其家，忠信于其朋友，礼让于其长老。乡里之人始而爱，久而化，既殁而犹思焉。

君以天圣二年十一月某日以疾卒于家，享年六十有九，以某年某月某日葬于正平县清原乡之周村原。曾祖景，赠太保。祖温瑜，赠太傅。父光化，赠太师。母曰郑国夫人费氏。子男二人：长曰长孺，今为尚书虞部员外郎、知绛州军州事；次曰良孺，殿中丞。女三人。君以子恩，累赠右龙武军将军；夫人郑氏，正平县太君。君卒之若干年，其子始以尚书郎来守是州。

予，薛氏婿也，且嘉君之隐德以终而有后，乃为表于其墓，既又作诗以遗之。曰：

伊绛之人，其出如云。往于周原，从我邦君。周原有墓，郁郁其松。绛无居人，惟邦君是从。来以春秋，执事必躬。邦君在绛，礼我耆艾。惟父之执，其恭敢怠？邦君有政，惠我后生。从民上冢，闾里之荣。嗟我绛人，孝慈友悌。为善有后，惟邦君是视。

【解题】

作于至和元年（1054）。薛睦为欧阳修岳伯。墓表赞颂逝者少有高节，仕途不得志，退老于家，以德行文学为乡善人，礼义化于乡里。行文命笔，兼岳父及薛奎事迹，旨在表彰绛州薛氏家族。

尚书屯田员外郎张君墓表

君讳谷，字应之，世为开封尉氏人。曾祖节，祖遇，皆不仕。父炳，为郑州原武县主簿，因留家焉。今为原武人也。君举进士及第，为河阳、河南主簿，苏州观察推官，开封府士曹参军，迁著作佐郎、知阳武县，通判眉州，累迁屯田员外郎，复知阳武县。以疾致仕，卒于家，享年五十有九。

君为人刚介，好学问，事父母孝，与朋友信。其为吏洁廉，所至有能称。其在河南时，予为西京留守推官，与谢希深、尹师鲁同在一府。其所与游，虽他掾属宾客多材贤，少壮驰骋于一时。而君居其间，年尚少，独苦羸，病肺唾血者已十余年，幸其疾少间，辄亦从诸君饮酒。诸君爱而止之，君曰："我岂久生者邪？"虽他人视君，亦若不能胜朝夕者。其后同府之人皆解去，而希深、师鲁与当时少壮驰骋者丧其十八九，而君癯然唾血如故，后二十年始以疾卒。

君虽病羸，而力自为善，居官为吏，未尝废学问，多为贤士大夫所知。乃知夫康强者不可恃以久，而羸弱者未必不能生。虽其迟速长短相去几何，而强者不自勉，或死而泯没于无闻，弱者能自力，则必有称于后世，君其是已。君尝谓予曰："吾旦暮人耳，无所取于世也，尚何区区于仕哉？然吾常哀禄之及于亲者薄，若幸得不死而官登于朝，冀窃国家褒赠之宠以荣其亲，然后归病于原武之庐足矣。"乃益买田治室于原武以待。

君自河南、苏州累为名公卿所荐，乃迁著作为郎官，赠其父太子中允，母宋氏京兆县太君。于是遂致仕，归于原武，营其德政乡之张固村原，将葬其亲。卜以皇祐五年十一月某日用事，前四日，君亦卒，遂以某日从葬于原上。予与君游久，记其昔所谓予者，且哀君之贤而不幸，又嘉君之志信而有成。于其葬也，不及铭，乃表于其墓。

君娶祝氏，封华阳县君。有子曰损，试将作监主簿。

至和二年三月七日，翰林学士、尚书吏部郎中、知制诰、充史馆修撰欧阳修撰。

【解题】

作于至和二年（1055）三月。张谷，是欧阳修的科举同年、西京同僚，交游久且深。墓表赞颂逝者的刚介好学、廉洁多才、志信有成，哀伤其少年病羸。叙事中兼有抒情，多从私交着笔，情韵浓厚。茅坤评述本文“通篇交情上相累欷”（《宋大家欧阳文忠公文钞》卷三十）。

尚书屯田员外郎赠兵部员外郎钱君墓表

君讳治，字良范，姓钱氏。世为彭城人，后徙吴兴，自君之七世祖宝，又徙常州之武进。曾祖讳某。祖讳某。父讳某。当唐末五代，钱氏起余杭，据浙东、西为吴越王。于是时，常州或属江南，或属吴越。而武进钱氏独不显，方以儒学廉让行于乡里，连三世不仕。宋兴，取江南，常州归于有司。君始以州进士举，中景德二年甲科，试秘书省校书郎。为扬州广陵、潮州海阳县令，迁宁国军节度推官、监黄州麻城茶场，遂知县事。迁著作佐郎，知蕲州蕲水、怀安军金堂县，又迁秘书丞，知泰州如皋县。再迁屯田员外郎，通判宣州，未行。明道二年六月十一日，以疾卒于家，享年五十有二。

君少好学，能为文辞。家贫，其母贤，尝躬织纴以资其学问。每夜读书不止，母为灭烛止之，君阳卧，母且睡，辄复起读。年二十三，州举进士第一，试礼部高第，遂中甲科。为吏长于决狱，历六县，皆有能政。

潮州自五代时，刘氏暴残其民，君为海阳经年，民归业者千余户，由是海阳升为大县。潮之大姓某氏火，迹其来自某家，吏捕讯之，某家号冤不服。太守刁湛曰：“狱非钱君不可。”君问大姓，得火所发床足，验之，疑里仇家物。因率吏入仇家，取床，折足合之，皆是。仇人即服曰：“火自我出，然故遗其迹某家者，欲自免也。某家诚冤。”君即日出某家狱，致仇人以法，举州称为神明。其佐宣州，数决大狱，及旁近郡狱有疑者，皆归决于君。

工部侍郎凌策知宣州，尤称君文学，曰：“吏事不足污子，当以文章居台阁。”欲荐其文，未及而策卒。初，宣州官岁市茶于泾县，命君主之。策子不肖，以恶茶数千斤入于官，君立焚之，以白策，策益以此知君。策卒，君叹曰：“世无知我者矣。”在麻城，以茶课岁增五倍，遂迁著作。

金堂故多盗，君以伍保籍民，察其出入，凡为盗者，许其徒告以赎罪，盗遂止。会甘霖降其县，明年，麦禾大稔，麦一茎五岐、禾一茎五穗者，县人以为君政所致，谓之钱公三瑞。君叹曰：“吾知治民尔，瑞岂吾致哉！”县人为君立生祠。如皋民不农桑，以盐为生，君曰：“使民足以衣食，盐犹农也。”乃悉求盐利害为条目，民便其利而盐最增积，以石数者至四十五万。君在如皋，时年五十。或叹其仕不达，君曰：“使吾政行于民，是达也。”蔡文忠公为御史中丞，数欲引君为御史，会君卒。

君平生所为文章三百余篇，号曰《晦书》。君之皇考，赠殿中丞。母诸葛氏，封万年县太君，徙封福昌。娶蒋氏，初封乐安县君，又封福清。子男五人，曰公竦、公瑾、公辅、公仪、公佐。蒋氏有贤行，自君之卒，日以君所为勖其五子以学。蒋氏后君二十年以卒，卒时，公瑾、公辅皆以进士及第，公瑾为新郑尉，公辅以文章知名当世，为太常丞、集贤校理。

钱氏自其祖宝徙武进，其居与葬，皆在其县之遵教乡敦行里。庆历三年九月庚申，公竦等葬君于其居之东北原皇里水之北。至和二年三月壬午，以蒋夫人从。

欧阳修曰：钱姓出陆终，盖颛顼之苗裔。始以士为周官，久而以为姓。自三代以来，无甚显者。至唐末，钱氏多居东南。及镠乘乱世起余杭，有地十三州，号兼吴越而王者几百年，而武进钱氏独以隐德累世不显，岂以力者如彼，而以德者如此哉！岂其盛衰迟速之理，固有不同哉！武进之钱，自宝七世，至君有闻，又有贤子，不坠益彰，其势孰止！盖恃力者虽盛而必衰，以德者愈迟而终显。立石刻辞，其示弥远。

【解题】

作于至和二年（1055）。墓表叙述钱君生平事迹，赞颂其勤奋为学，精于决狱，仁政爱民，教子成才。材料剪裁得体，叙事简而有法，人物形象鲜明。

河南府司录张君墓表

故大理寺丞、河南府司录张君，讳汝士，字尧夫，开封襄邑人也。明道二年八月壬寅，以疾卒于官，享年三十有七。卒之七日，葬洛阳北邙山下。其友人河南尹师鲁志其墓，而庐陵欧阳修为之铭。以其葬之速也，不能刻石，乃得金谷古砖，命太原王顾以丹为隶书，纳于圹中。嘉祐二年某月某日，其子吉甫、山甫改葬君于伊阙之教忠乡积庆里。君之始葬北邙也，吉甫才数岁，而山甫始生，余及送者相与临穴，视窆且封，哭而去。今年春，余主试天下贡士，而山甫以进士试礼部，乃来告以将改葬其先君，因出铭以示余。盖君之卒，距今二十有五年矣。

初，天圣、明道之间，钱文僖公守河南。公王家子，特以文学仕至贵显，所至多招集文士。而河南吏属，适皆当世贤材知名士，故其幕府号为天下之盛。君其一人也。文僖公善待士，未尝责以吏职。而河南又多名山水，竹林茂树，奇花怪石，其平台清池上下，荒墟草莽之间，余得日从贤人长者赋诗饮酒以为乐。而君为人静默修洁，常坐府治事，省文书，尤尽心于狱讼。初以辟为其府推官，既罢，又辟司录。河南人多赖之，而守尹屡荐其材。君亦工书，喜为诗，闲则从余游。其语言简而有意，饮酒终日不乱，虽醉未尝颓堕。与之居者，莫不服其德。故师鲁志之曰："饬身临事，余尝愧尧夫，尧夫不余愧也。"

始君之葬，皆以其地不善，又葬速，礼不备。君夫人崔氏，有贤行，能教其子。而二子孝谨，克自树立，卒能改葬君。如吉卜，君其可谓有后矣。

自君卒后，文僖公得罪，贬死汉东，吏属亦各引去。今师鲁死且十余年，王顾者死亦六七年矣。其送君而临穴者及与君同府而游者十盖八九死矣，其幸而在者不老则病且衰，如予是也。呜呼！盛衰生死之际，未始不如是，是岂足道哉？惟为善者能有后，而托于文字者可以无穷。故于其改葬也，书以遗其子，俾碣于墓，且以写余之思焉。

吉甫今为大理寺丞、知缑氏县，山甫始以进士赐出身云。

翰林学士、右谏议大夫、史馆修撰欧阳修撰。

【解题】

张汝士，为作者洛阳"七交"之一。其卒，尹洙、欧阳修合作墓志铭；嘉祐二年（1057）改葬，作者为作此墓表。文章追记亡友事迹，感慨交友零落，慷慨呜咽，风神自注。茅坤称赞本文："通篇交情相感欷，更比诸篇有生色，文章中之国风也。"（《宋大家欧阳文忠公文钞》卷三十）刘大櫆评述说："历叙交游而俯仰身世，感叹淋漓，风神遒逸。"（《古文辞类纂》诸家集评）

右班殿直赠右羽林军将军唐君墓表

嘉祐四年冬，天子既受祫享之福，推恩群臣，并进爵秩，既又以及其亲，若在若亡，无有中外远迩。于是天章阁待制、尚书户部员外郎唐君，得赠其皇考骁卫府君为右羽林军将军。

府君讳拱，字某。其先晋原人，后徙为钱塘人。曾祖讳休复，唐天复中举明经，为建威军节度推官。祖讳仁恭，仕吴越王，为唐山县令，累赠谏议大夫。父讳谓，官至尚书职方郎中，累赠礼部尚书。府君以父荫，补太庙斋郎。改三班借职，再迁右班殿直，监舒州孔城镇、澧州酒税，巡检泰州盐场，彰州兵马监押。乾兴元年七月某日，以疾卒于官，享年四十有六。府君孝悌于其家，信义于其朋友，廉让于其乡里。其居于官，名公巨人皆以为材，而未及用也。享年不永，君子哀之。

有子曰介，字子方，举进士。皇祐中尝为御史，以言事切直贬春州别驾。当是时，子方之风，悚动天下。已而天子感悟，贬未至而复用之。今列侍从，居谏官。自子方为秘书丞，始赠府君为太子右清道率府率；其为尚书主客员外郎、殿中侍御史里行，又赠府君为右监门卫将军；其为尚书工部员外郎、直集贤院、权开封府判官，又赠府君为右屯卫将军；其迁户部员外郎、河东转运使，又赠府君为骁卫将军。盖自登于朝以至荣显，遇天子有事于天地、宗庙，推恩必及焉。

府君初娶博陵崔氏，赠仙游县太君；后娶崔氏，赠清河县太君，皆卫尉卿仁冀之女。生一男，介也。五女：长适太子中舍卢圭；次适欧阳昊，早卒；次适横州推官高定；次适进士陆平仲；次适著作佐郎陈起。庆历三年八月某日，以府君及二夫人之丧，合葬于江陵龙山之东原。

后十有七年，庐陵欧阳修乃表于其墓曰：

呜呼！余于此见朝廷所以褒宠劝励臣子之意，岂不厚哉！又以见士之为善者，虽堙没幽郁，其潜德隐行必有时而发，而迟速显晦在其子孙。然则为人之子者，其可不自勉哉？盖古之为子者，禄不逮养，则无以及其亲矣；今之为子者，有克自立，则尚有荣名之宠焉。其所以教人之孝者，笃于古也深矣。子方进用于时，其所以荣其亲者，未知其止也，姑立表以待焉。

【解题】

作于嘉祐四年（1059）。墓表记叙唐拱（唐介之父）的家世及生平事迹，表彰其孝悌、信义、廉让等封建道德。父荣子贵，父子两代形象相映生辉。茅坤称赏说：“撰次封君墓表，此为最调。”（《宋大家欧阳文忠公文钞》卷三十）

胡先生墓表

先生讳瑗，字翼之，姓胡氏。其上世为陵州人，后为泰州如皋人。

先生为人师，言行而身化之，使诚明者达，昏愚者励，而顽傲者革。故其为法严而信，为道久而尊。师道废久矣，自明道、景祐以来，学者有师，惟先生暨泰山孙明复、石守道三人。而先生之徒最盛，其在湖州之学，弟子去来常数百人，各以其经转相传授。其教学之法最备，行之数年，东南之士莫不以仁义礼乐为学。庆历四年，天子开天章阁，与大臣讲天下事，始慨然诏州县皆立学。于是建太学于京师，而有司请下湖州，取先生之法以为太学法，至今为著令。后十余年，先生始来居太学。学者自远而至，太学不能容，取旁官署以为学舍。礼部贡举，岁所得士，先生弟子十常居四五。其高第者知名当时，或取甲科，居显仕，其余散在四方，随其人贤愚，皆循循雅饬，其言谈举止，遇之不问可知为先生弟子。其学者相语称先生，不问可知为胡公也。

先生初以白衣见天子，论乐，拜秘书省校书郎，辟丹州军事推官，改密州观察推官。丁父忧，去职。服除，为保宁军节度推官，遂居湖学。召为诸王宫教授，以疾免。已而以太子中舍致仕，迁殿中丞于家。皇祐中，驿召至京师议乐，复以为大理评事兼太常寺主簿，又以疾辞。岁余，为光禄寺丞、国子监直讲，乃居太学。迁大理寺丞，赐绯衣银鱼。嘉祐元年，迁太子中允，充天章阁侍讲，仍居太学。已而病不能朝，天子数遣使者存问，又以太常博士致仕。东归之日，太学之诸生与朝廷贤士大夫送之东门，执弟子礼，路人嗟叹以为荣。以四年六月六日卒于杭州，享年六十有七。以明年十月五日，葬于乌程何山之原。其世次、官邑与其行事，莆阳蔡君谟具志于幽堂。

呜呼！先生之德在乎人，不待表而见于后世，然非此无以慰学者之思，乃揭于其墓之原。

六年八月三日，庐陵欧阳修述。

【解题】

作于嘉祐六年（1061）。墓表以“师道”贯穿全篇，赞颂胡瑗倡师道，为人师，居太学，言行而身化之。以议论代记叙，情韵自在其中。茅坤评述说：“胡安定生平所著见者，师道一节，故通篇摹写尽在此。”（《宋大家欧阳文忠公文钞》卷三十）

集贤校理丁君墓表

君讳宝臣，字元珍，姓丁氏，常州晋陵人也。景祐元年，举进士及第，为峡州军事判官，淮南节度掌书记，杭州观察判官。改太子中允、知剡县，徙知端州，迁太常丞、博士。坐海贼依智高陷城失守，夺一官，徙置黄州。久之，复得太常丞、监湖州酒税，又复博士、知诸暨县，编校秘阁书籍，遂为校理、同知太常礼院。

君为人外和怡而内谨立，望其容貌进趋，知其君子人也。居乡里，以文行称。少孤，与其兄笃于友悌。兄亡，服丧三年，曰：“吾不幸幼失其亲。兄，吾父也。”庆历中，诏天下大兴学校，东南多学者，而湖、杭尤盛。君居杭学，为教授，以其素所学问而自修于乡里者教其徒，久而学者多所成就。其后天子患馆阁职废，特置编校八员，其选甚精，乃自诸暨召居秘阁。君治州县，听决精明，赋役有法，民畏信而便安之。其始治剡也如此。后治诸暨，剡邻邑也，其民闻其来，欢曰："此剡人爱而思之，谓不可复得者也。今吾民乃幸而得之。"而君亦以治剡者治之。由是所至有声，及居阁下，淡然不以势利动其心，未尝走谒公卿，与诸学士群居恂恂，人皆爱亲之。盖其召自诸暨也，以材行选，及在馆阁，久而朝廷益知其贤，英宗每论人物，屡称之。

国家自削除僭伪，东南遂无事，偃兵弛备者六十余年矣，而岭外尤甚。其山海荒阔，列郡数十，皆为下州。朝廷命吏，常以一县视之，故其守无城，其戍无兵。一日智高乘不备，陷邕州，杀将吏，有众万余人，顺流而下，浔、梧、封、康诸小州，所过如破竹。吏民皆望而散走，独君犹率羸卒百余拒战，杀六七人，既败，亦走。初，贼未至，君语其下曰："幸得兵数千人，伏小湘峡，扼至险，以击骄兵，可必胜也。"乃请兵于广州，凡九请，不报。又尝得贼觇者一人，斩之。贼既平，议者谓君文学，宜居台阁备侍从以承顾问，而眇然以一儒者守空城，提百十饥羸之卒当万人卒至之贼，可谓不幸。而天子亦以谓县官不素设备，而责守吏不以空手捍贼，宜原其情，故一切轻其法。而君以尝请兵不得，又能拒战杀贼，则又轻之。故他失守者皆夺两官，而君夺一官。已而知其贤，复召用。

后十余年，御史知杂苏寀受命之明日，建言请复治君前事，夺其职而黜之。天子知君贤，不可以一眚废，而先帝已察其罪而轻之矣，又数更大赦，且罪无再坐。然犹以御史新用，故屈君，使少避而不伤之也。乃用其校理岁满所当得者，即以君通判永州。方待阙于晋陵，以治平四年四月某甲子，暴中风眩，一夕卒，享年五十有八。累官至尚书司封员外郎，阶朝奉郎，勋上轻车都尉。

曾祖讳某，祖讳某，皆不仕。父讳某，赠尚书工部侍郎。母张氏，仙游县太君。君娶饶氏，封晋陵县君，先卒。子男四人：曰隅、曰除、曰隮，皆举进士；曰恩儿，才一岁。女一人，适著作佐郎、集贤校理胡宗愈。君既卒，天子悯然推恩，录其子隅为太庙斋郎。

君之平生，履忧患而遭困厄，处之安焉，未尝见戚戚之色。其于穷达、寿夭，知有命，固无憾于其心。然知君之贤，哀其志而惜其命止于斯者，不能无恨也。于是相与论著君之大节，伐石纪辞，以表见于后世，庶几以慰其思焉。

熙宁元年六月十四日，庐陵欧阳修述。

【解题】

作于熙宁元年（1068），作者知亳州。去年四月，丁宝臣卒于常州，欧阳修有《祭丁学士文》。墓表称道逝者的道德文章及政治才干，对其不幸遭遇深表同情。茅坤指出："丁元珍失守端州一节，生平瑕指处，欧阳公曲意摹写以复之。"清人吴至父则称赏本文"立言含蓄，尤为得体"（《古文辞类纂》诸家集评）。

泷冈阡表

呜呼！惟我皇考崇公卜吉于泷冈之六十年，其子修始克表于其阡，非敢缓也，盖有待也。

修不幸，生四岁而孤。太夫人守节自誓，居穷，自力于衣食，以长以教，俾至于成人。太夫人告之曰："汝父为吏廉，而好施与，喜宾客，其俸禄虽薄，常不使有余，曰'毋以是为我累'。故其亡也，无一瓦之覆、一垅之植以庇而为生。吾何恃而能自守邪？吾于汝父，知其一二，以有待于汝也。自吾为汝家妇，不及事吾姑，然知汝父之能养也；汝孤而幼，吾不能知汝之必有立，然知汝父之必将有后也。吾之始归也，汝父免于母丧方逾年，岁时祭祀，则必涕泣曰：‘祭而丰不如养之薄也。’间御酒食，则又涕泣曰：‘昔常不足而今有余，其何及也！’吾始一二见之，以为新免于丧适然耳。既而其后常然，至其终身未尝不然。吾虽不及事姑，而以此知汝父之能养也。汝父为吏，尝夜烛治官书，屡废而叹。吾问之，则曰：‘此死狱也，我求其生不得尔。’吾曰：‘生可求乎？’曰：‘求其生而不得，则死者与我皆无恨也，矧求而有得邪？以其有得，则知不求而死者有恨也。夫常求其生犹失之死，而世常求其死也。’回顾乳者抱汝而立于旁，因指而叹曰：‘术者谓我岁行在戌将死，使其言然，吾不及见儿之立也，后当以我语告之。’其平居教他子弟，常用此语，吾耳熟焉，故能详也。其施于外事，吾不能知；其居于家无所矜饰，而所为如此，是真发于中者邪。呜呼！其心厚于仁者邪，此吾知汝父之必将有后也。汝其勉之！夫养不必丰，要于孝；利虽不得博于物，要其心之厚于仁。吾不能教汝，此汝父之志也。”修泣而志之，不敢忘。

先公少孤力学，咸平三年进士及第，为道州判官，泗、绵二州推官，又为泰州判官。享年五十有九，葬沙溪之泷冈。太夫人姓郑氏，考讳德仪，世为江南名族。太夫人恭俭仁爱而有礼，初封福昌县太君，进封乐安、安康、彭城三郡太君。自其家少微时，治其家以俭约，其后常不使过之，曰：“吾儿不能苟合于世，俭薄所以居患难也。”其后修贬夷陵，太夫人言笑自若，曰：“汝家故贫贱也，吾处之有素矣。汝能安之，吾亦安矣。”

自先公之亡二十年，修始得禄而养。又十有二年，列官于朝，始得赠封其亲。又十年，修为龙图阁直学士、尚书吏部郎中，留守南京，太夫人以疾终于官舍，享年七十有二。又八年，修以非才，入副枢密，遂参政事。又七年而罢。自登二府，天子推恩，褒其三世，故自嘉祐以来，逢国大庆，必加宠锡。皇曾祖府君累赠金紫光禄大夫、太师、中书令，曾祖妣累封楚国太夫人。皇祖府君累赠金紫光禄大夫、太师、中书令兼尚书令，祖妣累封吴国太夫人。皇考崇公累赠金紫光禄大夫、太师、中书令兼尚书令，皇妣累封越国太夫人。今上初郊，皇考赐爵为崇国公，太夫人进号魏国。

于是，小子修泣而言曰："呜呼！为善无不报，而迟速有时，此理之常也。惟我祖考，积善成德，宜享其隆，虽不克有于其躬，而赐爵受封，显荣褒大，实有三朝之锡命。是足以表见于后世，而庇赖其子孙矣。"乃列其世谱，具刻于碑。既又载我皇考崇公之遗训，太夫人之所以教而有待于修者，并揭于阡，俾知夫小子修之德薄能鲜，遭时窃位，而幸全大节不辱其先者，其来有自。

熙宁三年岁次庚戌四月辛酉朔十有五日乙亥，男推诚保德崇仁翊戴功臣、观文殿学士、特进、行兵部尚书、知青州军州事兼管内劝农使、充京东东路安抚使、上柱国、乐安郡开国公，食邑四千三百户、食实封一千二百户修表。

【解题】

本文作于熙宁三年（1070），是在皇祐年间撰写的《先君墓表》基础上删润改写而成。阡表借用母亲话语，叙述父亲为人大节。父德母节，相映生辉。文章打破墓表格套，一碑双表，侧面落笔，以虚求实。叙事怀人，精心选择几件琐屑小事，语言平易质朴，情真意切。明人薛瑄称赏说："出于肺腑者也，故皆不求工而自工。"（《薛文清公读书录》）

《欧阳文忠公集》卷六二收有《先君墓表》，题下原注云："此乃《泷冈表》初稿，其后删润颇多，题曰《泷冈阡表》。"今移附于此：

修不幸，生四岁而孤。太夫人守节自誓，居贫，自力于衣食，以长以教，俾至于成人。而尝告之曰："汝父为吏，廉而好施，以其俸禄事宾客，常不使有余，曰‘无以是为我累’。故其亡也，无一瓦之覆以庇其生。然吾何恃而能自守以至此耶？吾于汝父知其一二而已也，此吾之所恃也。吾之始归也，汝父免于母丧方逾年，岁时祭祀，则必泣涕曰：‘祭而丰不如养之薄也。’间居而御酒食，盛馔则又涕泣曰：‘昔不足而今有余，其何及也！’吾始一二见之，以为新免于丧而适然耳。既而其后常然，至于终身未尝不然，此吾知汝父之能养也。汝父为吏，尝夜烛治官书，屡废而叹。吾问之，则曰：‘此死狱也，我求其生不得也。’吾曰：‘生可求乎？’曰：‘求其生而不得，则死者与我皆无恨，矧求而有得耶？以其尝有得，知其不求而死者恨也。夫常求其生犹失之死，而况世常求其死也。’回顾乳者抱汝而立于旁，指而叹曰：‘岁行在戌，我将死，不及见儿之立也，后当以我语告之。’其平居教他子弟，亦皆用此语，吾耳熟焉，故能详也。其施于外事，接于宾客，或有矜饰，吾不能知；其居于家无所事，而其为如此，是其发于中者也。其心诚厚于仁者也，此吾之知汝父之得有后也。汝其勉之！夫士有用舍，志之得施与否不在己，而为仁与孝不取于人也。”修泣而志之，不敢忘。

先君少孤力学，咸平三年，进士及第，为通州判官，泗、绵二州推官，又为泰州判官。正身怀道，不及其施，享年五十有九。初赠太子中允，今赠某官。太夫人姓郑氏，世为江南名族。太夫人恭俭仁爱而有礼，初封县大君，累封乐安、安康、彭城三郡太君。自其子少贱时，治其家以俭约，其后常不使过之，曰：“吾儿多不合于世，俭薄所以安患难也。”修初贬夷陵，太夫人言笑自若，曰：“汝家故贫贱也。”修察其志久而安，故其后立于朝，得不苟容于时。盖自先君之亡二十年，修始得禄而养。又二十有三年，修为龙图阁直学士、尚书吏部郎中、留守南京，太夫人以疾卒于官舍，享年七十有二。修窃自念：为人子而不能识其父，幸而得闻吾母之言，其忍废为？乃泣血而记之。

欧阳氏自为吉州吉水人，至予修十有五世矣，沙溪吾世之家，且葬也。故又刻其所记者表于其阡，以告其宗族及乡之人。曰：而耕而田，岁取百千。而耘而学，久而不获。田何取之？囷仓峨峨。学而取之，簪笏盈家。量功较收，所得孰多？先君之学，获不及时。匪于其躬，而利其后。疾迟几何，善无不报。先君之贻，子修不肖。矧有才子，于何不有？矧我欧阳，世家惟旧。自始氏封，乌程之亭。在北有闻，或冀或青。中显弥长，或吉或衡。势大必分，枝叶婆娑。惟吉旧居，子孙今多。木久而林，有乔其秀。矧我欧阳，扶疏并茂。先君之德，吾母知隆。子修不肖，以俟其宗。以勉同乡，敢及他人！

河南府司录张君墓志铭

吾友张尧夫以今年七月癸酉，葬其先君于北邙山。既葬二十有九日，壬寅，晨起感疾，复就寝，弗寤若醉状。医视其脉，曰："疾势，风甚盛，脉宜洪；今细蹙，殆不可为。"昼未尽数刻，启手足于官署。翌日，殓于正寝。戊申，葬先君墓次，实明道二年八月也。

尧夫内淳固，外旷简，不妄与人交。初为河南府推官，后为司录。予与之游几五年，出处多共之。其饬身临事，予尝愧尧夫，尧夫不予愧也。呜呼，安能尽识吾友之善哉！

尧夫名汝士，年三十七，历官至大理寺丞。先君讳某，终虞部员外郎。母李氏，陇西县君。娶崔氏，生二男三女，皆幼。

渤海欧阳修为之铭曰：

噫嘻哉！上者苍苍也。宜寿而夭，宜福而祸，有尸者邪？其无也？丰其躬者鲜其仁，予之贤者啬其位，岂其不可兼邪？斯可怪也！其有莫施，其为不伐，充而不光，遂以昧灭，后孰知也！

吊宾盈位，哭皆有涕，夫嗟于道，妇咄于灶，夫能使人之若此也！噫嘻哉！君子吾不得见而见善人，善人今复不得而见也。

【解题】

作于明道二年（1033）八月。这是作者与尹洙为洛阳“七交”之一张汝士合写的墓志。文章感怀往事，赞颂亡友内淳固、外旷简的处世品格。叙事中感慨悲吊，兼发议论，风神所注，读之令人回肠荡气。

检校司农少卿致仕张公墓志铭

君讳九思，郓州阳谷县人。张氏世以明经仕宦，君少习《春秋》三传，太平兴国五年，以举中高第，凡仕若干年而致之。又若干年而考终命。初任雅州军事推官，转大理评事，光禄、大理二寺丞，太子中舍，殿中丞，国子博士，尚书虞部、比部、驾部三员外、郎中，凡居官一十有三，历知黄、蕲、道三州。既老，又加检校司农少卿于其家。年八十有五。其终也，实天圣某年某月某日。其葬也，以明道二年某月某日。其葬之地，汝州襄城县某村某山之下。

父讳清，累赠某官。母崔氏，追封某县太君。初娶朱氏，某县君，生子龟正、龟文，龟文先亡。女二人。后娶王氏，某县君，生子龟诚。于其葬也，龟正为郓州支使，知鄂州崇阳县；龟诚，襄城县尉。

君为人沉朴谨俭，官能其职，为政以慈仁厚下为先。人有斗讼，常两谕之，初强不屈化，必以礼义柔之，卒相服从，愿改自为善。故所至，人爱思之。其为黄州也，飞蝗越州不下，州人歌之以为异。凡居官所得俸廪，计身衣食足而已，秩满还家，辄以所余分亲族。噫，其贤厚而敏，亦经之效欤！

铭曰：

张世郓居举明经，朴俭勤孝家所承。公壮而仕老康宁，八十其寿位则卿。始终以全为家荣，去郓而汝从新茔，后之世者考此铭。

【解题】

作于明道二年（1033）。张九思，欧阳修妹夫张龟正之父。墓志叙述逝者家世及生平，赞颂张公为人沉朴谨俭，为政慈仁厚下。语言简洁，叙事生动遒劲，得司马迁文章风度。

都官郎中王公墓志铭

明道元年五月二十四日，尚书都官郎中王公以疾终于许州私第。明年十月，其孤宗彭、宗古奉公之丧及公之先君、先夫人，俱葬于许州长社县白兔原。

公讳世昌，字次仲。少属文，举进士，端拱元年登科第，补凤翔郿县主簿，再调开封士曹参军，知杭州盐官县，又改苏州常熟县。转运使张式以治状奏充秀州判官，迁著作佐郎，知彭州九陇县，转太常丞。会盐铁上言建安茶税不充，请择材臣干其任，公膺是选，岁增四千万。三年归朝，优诏嘉奖，擢知饶州，连典蜀、福二州。历太常博士，屯田、都官、职方三员外郎，权三司判官，出知邓州，转屯田郎中，徙东川。赐三品服，移成州，权莅西京留守司御史台，又知泽州，转都官郎中，知绛州。老疾上章，得分司西京。享年七十有八。

公性明察，凡为郡，狱讼无细大，皆呼前面质其罪，有冤者立辨出之。狱官俯伏受教，僚佐充员而已。故所至称有治声，亦用此为人所挤，成州之迁是也。好接士类，不以年耆自处，候门者虽晚进，皆与均礼，论者多之。

初娶李氏。再娶水丘氏，封归安县君，柔婉有妇道，早亡。生子三人：长宗说，终杭州临安主簿；次宗古，前连州阳山令；次宗彭，前孟州汜水主簿。女四人：长适泾州支使宋齐古，次早夭，次适侍御史杨偕，次适光禄寺丞吕昌龄。临安有子一人师温，郊社斋郎。阳山子师良、师俭，皆郊社斋郎，二女俱幼。

铭曰：

八十其龄，三品其服。有子有孙，以才以淑。吁嗟令人兮，享用兹福。

【解题】

作于明道二年（1033）。墓志叙述王世昌生平事迹，赞颂逝者为政有声，明察是非曲直。文章语言简洁而平易。

尚书职方郎中分司南京欧阳公墓志铭

公讳颍，字孝叔。咸平三年，举进士中第，初任峡州军事判官，有能名，即州拜秘书省著作佐郎、知建宁县。

未半岁，峡路转运使薛颜巡部至万州，逐其守之不治者，以谓继不治非尤善治者不能，因奏自建宁县往代之。以治闻，由万州相次九领州而治之。一再至曰鄂州。二辞不行：初彭州，以母夫人老，不果行；最后嘉州，以老告，不行。实治七州，州大者繁广，小者俗恶而奸，皆世指为难治者。其尤甚曰歙州，民习律令，性喜讼，家家自为簿书，凡闻人之阴私毫发、坐起语言，日时皆记之，有讼则取以证。其视入狴牢就桎梏，犹冠带偃箦，恬如也。盗有杀其民董氏于市，三年捕不获，府君至，则得之以抵法。又富家有盗夜入启其藏者，有司百计捕之甚急，且又大购之，皆不获，有司苦之。公曰勿捕与购，独召富家二子，械付狱，鞫之。州之吏民皆曰“是素良子也”，大怪之，更疑互谏。

公坚不回，鞫愈急，二子服。然吏民犹疑其不胜而自诬，及取其所盗某物于某所，皆是，然后叹曰："公，神明也。"其治尤难者若是，其易可知也。

公刚果有气，外严内明，不可犯，以是施于政，亦以是持其身。初，皇考侍郎为许田令，时丁晋公尚少，客其县。皇考识之，曰贵人也，使与之游，待之极厚。及公佐峡州，晋公荐之，遂拜著作。其后，晋公居大位，用事，天下之士往往因而登荣显，而公屏不与之接。故其仕也，自著作佐郎、秘书丞、太常博士、尚书屯田、都官、职方三员外郎、郎中，皆以岁月考课，次第升，知万、峡、鄂、歙、彭、鄂、阆、饶、嘉州，皆所当得。及晋公败，士多不免，惟公不及。

明道二年，以老乞分司，有田荆南，遂归焉。以景祐元年正月二十六日终于家，年七十有三。考讳某，赠某官。皇妣李氏，赠某县君。夫人曾氏，某县君，先亡。公平生强力，少疾病。居家，忽晨起作遗戒数纸，以示其嗣子景昱曰："吾将终矣。"后三日，乃终。而嗣子景昱能守其家，如其戒。

欧氏出于禹，禹之后有越王勾践。勾践之后有无疆者，为楚威王所灭，无疆之子皆受楚封，封之乌程欧阳亭者，为欧阳氏。汉世有仕为涿郡守者，子孙遂北，有居冀州之渤海，有居青州之千乘。而欧阳仕汉，世为博士，所谓"欧阳尚书"者也。渤海之欧阳有仕晋者曰建，所谓渤海赫赫欧阳坚石者也。建遇赵王伦之乱，其兄子质南奔长沙。自质十二世生询，询生通，仕于唐，皆为长沙之欧阳，而犹以渤海为封。通又三世而生琮，琮为吉州刺史，子孙家焉。自琮八世生万，万生雅，雅生高祖讳效，高祖生曾祖讳托，曾祖生皇祖武昌令讳郴，皇祖生公之父赠户部侍郎讳仿，皆家吉州，又为吉州之欧阳。及公，遂迁荆南，且葬焉，又为荆南之欧阳。呜呼！公于修，叔父也。铭其叔父，宜于其世尤详。

铭曰：

寿孰与之，七十而老。禄则自取，于取犹少。扶身以方，亦以从公。不变其初，以及其终。

【解题】

作于景祐元年（1034）。墓志详载堂叔家世。盛赞逝者为人刚正严明，为政有能名。叙事裁节有法，议论跌宕有变，时而感慨淋漓，有似司马迁散文风格，正如茅坤所评："中多摹史迁处。"（《宋大家欧阳文忠公文钞》卷二十七）

谏议大夫杨公墓志铭

府君，杭州钱塘人。其谱曰汉太尉震之后，世出弘农，其后微远，不能谱录。府君之九代祖隐朝，始复得次序，曰隐朝生燕客，燕客生堪，而犹为弘农人。堪生承休，是谓皇高祖，唐天祐元年，为刑部员外郎，副给事中郑祁使吴越，册钱镠为王，杨行密乱江淮，道阻不克归，遂留杭州，始分弘农之籍，籍钱塘。初，承休之行也，挈其子岩以俱。岩仕吴越国，位至丞相，是谓皇曾祖。生尚书职方员外郎讳鄘，是谓皇祖。生赠礼部尚书讳蟦，是谓皇考。

府君幼失其父，有志节，不群诸儿，母元夫人独爱之。夫人之丧尚书也，内外之姻未尝有见其笑者，府君生十岁，作《雪赋》一篇，始为之笑。及长，尤好学，日必诵书数万言，或昼夜不息，临食至失匕箸。已而病其目，元夫人夺藏其书，府君盗之，亡邻家以读。

大宋受命，太宗皇帝即位之三年，吴越忠懿王朝京师，以其地纳籍有司，吴越国除。随其皇祖以族行，寓宋州。三举进士，端拱二年中乙科，历蔡州新昌县令，迁著作佐郎、知德州。为政有治迹，诏书褒之。

咸平三年，交趾献驯犀，府君以秘书丞监在京商税院，因奏《犀赋》。真宗嘉之，召试学士院，迁太常博士。赋，一时文士争相传诵不及。明年，又上书自荐，献所为文二十余万言，乃直集贤院，知袁、筠二州，提点开封府界诸县。入为三司盐铁判官，知越州，提点淮南刑狱。为宰相王文穆公不悦，以事罢之，卒坐考试国子监生，贬监陈州榷酒。逾年，得知常州，复入三司，判磨勘司。丁元夫人忧，服除，判户部勾院。

比自荐及是，二十七年矣。然少孤，能自立，力勤苦为文章，履其身以俭约，不妄自为进取。其官业行己之方，一皆自信于圣人之道，不肯少顾时之人所为，而时之人亦以有德君子名之。故其直集贤院者二十七年，不迁官，由太常博士才至刑部郎中，有出其后者，往往至荣显。或有笑其远世自守以质朴，讽使少改其为者。府君叹曰："吾不学乎世，学乎圣人，由是以至此。吾之所有，不敢以荐于人，而尝自献于天子矣。今欲孰附以进邪?"其信道深笃不可屈曲如此。

天圣四年，以久次，迁集贤修撰，出知应天府，同纠察在京刑狱，转兵部郎中。六年，年六十五，老矣，始召以知制诰。府君与颍川陈从易，皆以好古有文行知名。然二人者，皆久不用，遂以老，既而一日并用之。是时学者稍相习，务偷窳为文章，在位稍以为患，皆以谓天子用耆老，将有意矣。而又下诏书，敕学者禁浮华，使近古道，然后以谓用二人皆不无意矣，而皆恨其晚也。

居二岁，拜右谏议大夫、集贤院学士、出知亳州。于州封虢略县男，食邑三百户。明道二年四月十日，以疾卒于州之正寝，年六十有九。

其病将卒，犹不废学。有文三十卷，曰《隐□集》；又五卷，曰《西垣集》。呜呼！畜其学以老，不克用，独见于文章，然其文卒待一施于朝廷，遂位荣显。既贵，赠其皇考礼部尚书，母太原郡太君。其妇曰漳南县君张氏，后夫人南阳郡君，亦张氏。荫其男，长曰洎，明州观察支使；次曰濬，江阴军司理参军；次曰泳、渐、沆、沨，皆将作监主簿。既终，又荫二孙某官。某余庆之及者三世。则夫守道者，未必果不遇也。

噫！杨氏尝以族显于汉，为三公者四世。汉之乱，更魏涉晋，戕贼于夷胡，而汉之大人苗裔尽矣。比数百岁，下而及唐，然杨氏之后独在。太和、开成之间，曰汝士者与虞卿、鲁士、汉公，又以名显于唐，居靖恭坊杨氏者，大以其族著。唐之乱，极于懿、僖、昭三宗，下更五姓，天下瘥裂，焚荡翦薙，而唐之名臣之后尽矣。又几百年至于今，然杨氏之后独在，及府君又大显。始震尝有德于汉而死以无辜，君子悼震曰不幸，然孰知夫世不昌且久欤？而府君又畜其德，则孰知其后世又不然欤？于其葬也，是宜铭。铭，盖所以使后世之有考也。

府君卒后若干年，以景祐二年某月某日，葬杭州某县某乡。漳南县君先府君二十六年以亡，及是合葬，自有志。府君初名侃，后避真宗皇帝旧名，改曰大雅，字子正。

铭曰：

杨氏之先，自震有闻。有盛有衰，世惟厥人。由汉迄今，更难冒乱。历时千年，而世三显。府君之显，不彰于初。其久不渝，卒克以敷。弘农之分，遂播南土。呜呼！德则承其先，而葬也茔于祖。

【解题】

作于景祐二年（1035）。杨大雅，欧阳修杨氏夫人之父。墓志叙述杨公家世盛衰，赞颂逝者的为人为政。叙事有详略，时而杂有议论、抒情。一唱三叹，令人感慨生悲。茅坤评述说："本世系以次累欷悲慨之旨。"（《宋大家欧阳文忠公文钞》卷二十六）

漳南县君张氏墓志铭

右谏议大夫、集贤院学士杨公讳大雅之夫人，曰漳南县君张氏。父讳保衡，官至太仆寺丞。其先荆门大族，刘守光乱幽州，曾祖敏徙其家济南之历城而益盛。

夫人生二十有二岁归杨氏。十有五年，生二男三女。景德三年十月十四日，终于袁州之廨。其子洎、濬尚幼，能记其母。及长，闻其家与其外内宗姻之称夫人者曰：夫人生于富族，而柔明孝谨。杨氏尝世家，公少孤贫，始为开封县尉。夫人入其门，若素小家子。事其姑，视日时早暮、气节之寒暑、饮食起居之当进与否者，不少懈，如此十五年，如始归。凡杨氏之内宗与其外姻宾客之至者，如丰家，退视其褚空如，惟恐人之知也。教其子，不略弛其色，有问之，则曰："慈或失之教不严，不足以训。"虽家人，亦未尝见其跛坠。自开封及其为秘书丞而得封，又见其夫为太常博士知袁州乃卒。其后杨公登朝廷，掌书命，为谏议大夫，居荣显，皆莫见也。呜呼，可哀也已！

天圣某年，杨公薨。景祐二年某月日，子洎举而合葬之。于其葬也，洎为某官，濬为某官。女三人，皆适人，其幼早亡，二女皆有子，娶矣。

铭曰：

呜呼！生而淑，没也何思！夫安于此，其从斯。

【解题】

作于景祐二年（1035）。张氏，杨大雅夫人。文章赞颂张氏为人柔明孝谨。材料善剪裁，文字平易而生动，时而感慨淋漓，风神遒逸。

太子宾客分司西京谢公墓志铭

惟景祐元年十月之晦，太子宾客、分司西京谢公薨。明年三月，嗣子绛自京师举其柩南归，用八月某吉，葬杭州富阳县某乡某原，合以夫人晋陵郡君许氏，而从王父户部侍郎府君之墓次。

公世居富春。生十一岁时已如成人，尝与客谈论，侍郎窃从听之，往往能夺其客议。十四岁诣州学，学《左氏春秋》，略授其说，即为诸生委曲讲论，如其师。稍长，居苏州。时天子平刘继元，露布至，守臣当上贺，命吴中文士作表章，更数人，皆不可意。公私作于家，客有持去者，吴士见之大惊，遂有名于南方。

淳化三年，以进士及第，为梓州榷盐院判官。会两川盗起，攻劫州县，公乘贼未至，尽伐近郊林木内城中，且曰："除贼隐蔽以修闭守之具，有余可给薪蒸，为久围之备。"身与士卒守堑壁，凡围百日，不能破。贼平，知州事尚书左丞张雍、转运使马襄状言其能，就除观察判官，赐以器币。

明年，知益州华阳县。县人苦兵劫，皆逃失业，朝廷下令，许民能倍租入官者皆得占其田，既而良田尽为大豪所夺，而逃人归者不复得。公至，则手判讼牒，以谓恤乱抚人，不宜利倍租，而使贫人失业，尽夺之，格其诏书不用。由华阳召改著作佐郎，通判寿州、筠州，知兴国军，三迁至太常博士。

真宗方考责能吏，一日，自内出中外贤吏有治状者二十四人付中书，以名召。公由兴国召见于长春殿，赐绯鱼袋，即日试于学士院。明日，边臣有急奏，天子诏且亲征。是时，大贼王长寿又劫曹、濮，真宗面语宰相，委公曹州，遂改屯田员外郎以往。至则缚凶人赵谏、赵谔，斩于京师，曹人以宁。自曹归朝，是岁，大星见西南方，占曰在蜀。奉使巡检益、利两路，蜀卒无事。又议大铁钱，平其法，至今行之。使还，举州县吏三十余人，宰相疑其多，公愿署连坐以取信，朝廷从之，所举后皆为能吏。奉使举人连坐，自公始。

既而为三司度支判官，知泰州、歙州。再迁司封员外郎，坐三司举吏夺官，复为度支，通判河南府。侍中始平公自洛来朝，荐之，召试，授兵部员外郎，直史馆，判三司理欠凭由司，出为两浙转运使，赐金紫，迁礼部郎中，判司农寺。朝廷方议以知制诰，将试，忽得疾，逾旬不能兴，遂寝。

天禧五年，以户部郎中兼侍御史知杂事，同判吏部流内铨。真宗葬永定陵，诏山陵使，道路所经，拆民庐舍及城门，以过车舆象物。公上言先帝封祀、行幸，仪物全盛，不闻所过坏民居。今少府治涂车明器，侈大非礼，且违遗诏务俭薄之意，请裁损之。书奏，不听，以疾求去职，迁吏部郎中，直昭文馆，知越州。还，迁太常少卿，判太府寺登闻检院，复以疾求西京留司御史台。逾年，就台拜秘书监，遂求分司。明道元年，转太子宾客。

公少以文行有名于时，自言吾于天下无一嫌怨。待士君子，必尽其心，虽人出其下，亦未尝敢懈怠。家居有法度，抚养孤幼，极恩爱。常时温和谦厚，真长者。及在官临事，见义喜为，过于勇夫。故所至必有能称，不幸中废以疾，不得尽其所为。及居西京，不关人事，惟理医药，与方术士语，终日不休。岁时，河南官属诣门请见，惨然肃洁，有威仪，不若老且病者。享年七十有四，以寿终。呜呼！可谓君子者已。

公讳涛，字济之。高祖希图，仕至卫州刺史。曾祖延徽，处州丽水县主簿。祖懿文，杭州盐官令。父崇礼，泰宁军节度掌书记，以公赠户部侍郎。母崔氏，博陵郡太君。弟四人，炎最有文行，知名于时，见国史。子三人：长曰绛；次将作监主簿约；次太庙斋郎绮，亦有文，皆早亡。谢氏自曾、高不显，由公始昌其家，而子绛又以文行继之。

初，公之葬其先君也，为兵部员外郎；今公之葬，绛亦世其官度支判官、河南府通判，并践世职判太府寺，实父子相代。书府之任，昭文、史馆、集贤院、秘阁，父子同时为之，见于《衣冠盛事录》。谢氏其不衰又将大也欤！

铭曰：

谢之远世，河南缑氏。四代之祖，因仕过江。卒葬嘉兴，始留南方。曾祖在南，佐丽水县。卒又葬焉，世亦未显。祖令盐官，始葬富阳。凡三徙迁，遂家于杭。世久当隆，其昌自公。富阳之原，三世有墓。父大于祖，子大于父。后有贤嗣，又有令孙。公其安居，有祀有承。

【解题】

作于景祐二年（1035）。墓志叙述谢涛（谢绛之父）家世及生平大节，赞颂逝者的文章道德、为人为政。叙事议论、抒情相结合，语言抑扬顿挫，感人至深。

长安县太君卢氏墓志铭

夫人卢氏。其父讳之翰，单父人。好学，通五行律历，善筹策。中进士第。至道中用兵河西，以为陕西转运使，屡为太宗言灵武事，不合意，辄贬。既而事验，思之，辄复召用。由是卒为名臣，官至太常少卿、知广州。

夫人归杨公，时年始十七。公前夫人张氏生三男：文友、文举、文本，皆尚幼。夫人亦生三男：一早卒，次文敏、文通。四女：长适大理寺丞王中孚，次适昆山县尉刁绶，次适将作监主簿朱铣，次早卒。

杨公以文行著名当时，治身廉清，好施宗族。大中祥符四年，以右谏议大夫薨广州。家无资，夫人居丧于淮上，诸子怡怡，知其母之慈抚其己，不知家之有无也。

后二十有五年，文友为虞部员外郎、知建昌军；文举，国子博士、通判蔡州；文本、文通，早卒；文敏由大理寺丞应进士中第，为太子中允、知苏州常熟县。夫人在建昌，感疾，卒官舍，享年五十七。将卒，戒其子曰："吾幸见汝辈立而死，吾无以教，为人能如汝父，足矣！"遂归葬寿州之西原，祔旧茔，礼也。

夫人初用公封范阳县君，后用其子封仁寿县太君，又进封长安县太君。及卒也，张夫人二子丧居，哀如所生。呜呼，贤母也哉！是宜铭。粤景祐三年二月庚戌，葬之。

铭曰：

从者其姑，祔者其夫，安此室乎！

【解题】

作于景祐三年（1036）二月。志文叙述卢氏夫人家世及生平，赞颂其贤妻良母之妇德。

尚书虞部员外郎尹公墓志铭

公讳仲宣，姓尹氏。尹氏世居太原，无显者。由公之父赠刑部侍郎讳文化，始举《毛诗》，登某科，以材敏称于当时，仕至尚书都官郎中。于今人士语尹氏者，往往能称其名字，由是始有闻人。刑部葬其父于河南，今为河南人。

公举《周易》，咸平三年中第。历梓州铜山、凤翔麟游二主簿，京兆府司理参军，潞州襄垣主簿，迁汝州梁、怀州武陟二令，又迁蜀州军事判官。荐其能者数十人，拜大理寺丞、太子中舍、殿中丞、国子博士、尚书虞部员外郎。历知汝州之叶、郑州之荥阳，又知大宁监，通判华州，又知资州，皆有政绩。最后知郢州，至州之三日，晨起衣冠，得疾，及寝而卒，实景祐四年三月七日也。年七十一。以五年十一月二十八日，葬寿安。

母郑氏，德兴县太君。妻张氏，寿安县君。子七人：源、洙、湘、冲、淑、沂、泳。诸孙十余人。

公既卒，许州进士朱生游资州，资人家家能道公之遗事，及闻公丧，皆巷哭，其吏与民各以其类之浮屠发哀受吊。朱生既得公善十余事，为作《遗爱录》，以遗资人。朱生未尝识公者，而言若兹，信矣。

呜呼！善人之为善也，生不赫赫于当时，则其遗风余思在乎人者，必有时而著。公生而为善，殁也见思。铭者，所以名其善功以昭后世也。

铭曰：

物塞而通，必艰其初。至于大亨，乃烨而敷。尹氏之先，久窒不耀。自公再世，始发其奥。公不坠德，有善在人。孰当其兴，在子与孙。

【解题】

作于宝元元年（1038）十一月。墓志叙述尹仲宣（源、洙之父）生平事迹，表彰逝者生前爱民为善，揭示其子孙发达，渊源有自。文章记事、议论、抒情相结合，言简意深。

资政殿学士尚书户部侍郎简肃薛公墓志铭

明道二年，尚书礼部侍郎、参知政事、河东公以疾告归其政，天子曰："吾不可以数烦公。"乃诏优公不朝，而使视事如故。居岁中，数以告，乃得还第。又数以告，然后拜公为资政殿学士、户部侍郎、判尚书都省，罢其政事。景祐元年八月庚申，公薨于家，年六十有八，赠兵部尚书。公讳奎，字宿艺，姓薛氏。

薛氏之先出于黄帝之后任姓，任姓之别为十族，薛者奚仲之始封也。其后奚仲去，迁邳，而仲虺留居薛。春秋之际，以国见经，而其子孙后以为氏。此其谱也。隋、唐之间，薛姓居河东者为最盛。

公，绛州正平人也。曾王父赠太保讳某，大王父赠太傅讳某，王父殿中丞赠太师讳某，三世皆不显，而以公贵。初，太宗皇帝伐并州，太师以策干行在，不见用，罢。公生十余岁，已能属文辞，太师顾曰："是必大吾门，吾复何为？"乃不复事生业，务施贷以赒乡闾，曰："吾有子矣，后何患？"后五十年，公始佐今天子参政事，为世名臣，如其言。

公为人敦笃忠烈，果敢明达。初举进士，为州第一，让其里人王严，而居其次，于是乡里皆称之。淳化三年，再举乃中，授秘书省校书郎、隰州军事推官。始至，取州狱已成书，活冤者四人。徙仪州推官，士争荐其能。丁太夫人忧，服除，用荐者拜大理寺丞、知兴化军莆田县，悉除故时王氏无名租，莆田人至今以为德。迁殿中丞、知河南长水县，徙知兴州。州旧铸铁钱，用功多，人以为苦。公乃募民有力者，弛其山，使自为利，而收其铁租以铸，悉罢役者，人用不劳。迁太常博士，御吏中丞向敏中荐公材中御史，就拜监察御史。召为殿中侍御史，判三司都磨勘司，赐绯衣银鱼。出为陕西转运副使，坐举人免官。居数月，通判陕府。岁余，召还台，安抚河北，称旨，改尚书户部员外郎、淮南转运使、江淮制置发运使。开扬州河，废其三堰，以便漕船，岁以八百万石食京师，其后罕及其多。转吏部员外郎，丁太师忧，去职，不许。居二岁，入为三司户部副使，与三司使李士衡争事省中，士衡扳时权贵人为助。公拜户部郎中、直昭文馆，出知延州。迁吏部郎中，入为龙图阁待制、知开封府，迁右谏议大夫、御史中丞。

契丹使萧从顺来朝，是时，庄献明肃太后垂帘听政，从顺举止多不逊，以谓南使至契丹者皆见太后，遂请见之。朝议患之，未有以决。公独以理折之，从顺乃止。而嫉公者馋其漏禁中语，由是拜集贤院学士，出知并州，改知秦州。秦州宿重兵，兵尝慊食，公为勤俭积畜，教民水种。岁中，迁枢密直学士、知益州。而秦之余粟积者三百万，征算之衍者三十万，核民旧隐田数百顷，所得刍粟又十余万，秦州之民与其蕃落数千人，诣转运使请留，不果。

公在开封，以严为治，肃清京师。京师之民至私以俚语目公，且相戒曰："是不可犯也。"囹圄为之数空，而至今之人犹或目之。及居蜀，尤有善政。民有得伪蜀时中书印者，夜以锦囊挂之西门，门者以白，蜀人随之者万计，皆恂恂出异语，且观公所为。公顾主吏藏之，略不取视，民乃止。老媪告其子不孝者，子诉贫不能养，公取俸钱与之，曰："用此为生以养。"母子遂相慈孝。里富人三女皆孤，民或妄争其产，公析其赀为三，为嫁其女，于是人皆以公为仁恩。蜀人喜乱而易摇，公既镇以无事，又能顺其风俗，从容宴乐。及其临事，破奸发伏，逆见随决，如逢蒙之射而方朔之占，无一不中。蜀人爱且畏之，以比张尚书咏而不苛。开封，天子之畿，益州，蜀一都会，皆世号尤难理者，而公尤有名，其猛宽之政，前后异施，可谓知其方矣。

入拜龙图阁直学士、权三司使，遂拜参知政事。公入谢，上曰："先帝尝言卿可用，吾今用卿矣。"公益感激自励，而素刚毅，守节不苟合，既与政，尤挺立无所牵随。然遂欲绳天下，无细大，一入于规矩。往往不可其意，则归卧于家，叹息忧愧，辄不食。家人笑其何必若此，公曰："吾惭不及古人，而惧后世讥我也。"公尝使契丹，与其君臣语，而以论议服其坐中。其后契丹使来，必问公所在，及闻已用，乃皆喜曰："是得人矣。"边吏得谍者，言契丹欲弃约举兵。上亟召大臣议，或欲选将增兵。公曰："契丹畏誓而贪利，且无隙以开其端，其必不动。不宜失持重之势而使其可窥。"已而卒无事。他日，上顾公曰："果如公言。"于是益重之。

明道二年，庄献明肃太后欲以天子衮冕见太庙，臣下依违不决，公独争之，曰："太后必若王服见祖宗，若何而拜乎？"太后不能夺，为改他服。太后崩，上见群臣，泣曰："太后疾不能言，而犹数引其衣，若有所属，何也？"公遽曰："其在衮冕也。然服之岂可见先帝乎？"上大悟，卒以后服葬。于是益以公为果可用也。

公先娶潘氏，早卒；后娶赵氏，今封金城郡夫人。子男一人直孺，大理寺丞。女五人：长适故职方员外郎张奇；其次适故开封府士曹参军乔易从，早亡；次适太原王拱辰，早亡；次适庐陵欧阳修；次又适王氏。公既贵，赠其曾祖而下三室，曰太保、太傅、太师。追封曾祖妣某氏某夫人，祖妣某氏某夫人，妣某氏某夫人。

公性孝慈，虽在大位，家人勤俭，不知为骄奢，诸子幼孤，抚养不异。平生所为文章四十卷，直而有气，如其为人。

五年某月某甲子，其孤直孺奉其柩自京师葬于绛州，以某年某月某甲子即事。先期，状公之功行上之太常，太常议曰："谥法：一德不懈曰简，执心决断曰肃。今其状应法。"乃谥曰简肃。

铭曰：

薛夏之封，以国为姓。其后河东，隋唐最盛。公世载德，实河东人。必大其门，太师之云。公之从事，以难为易。参于大政，不挠不牵。屡决大议，有言炳然。公不为相，告病还家。赗赙之荣，尚书是加。公有敏德，焯其行事。公有令名，有司之谥。事告之史，谥传子孙。又刻铭章，纳于墓门。

【解题】

作于宝元元年（1038）。薛奎卒于景祐元年，后三年，欧阳修娶其第四女为妻。文章赞颂逝者正直敦厚、果敢明敏的处世人格。语言平易，感情真挚而深沉。

尚书兵部员外郎知制诰谢公墓志铭

朝散大夫、行尚书兵部员外郎、知制诰、知邓州军州事兼管内劝农使、上轻车都尉、阳夏县开国男，食邑三百户，赐紫金鱼袋谢公，讳绛，字希深。其先出于黄帝之后，任姓之别为十族，谢其一也。其国在南阳宛，三代之际，以微不见，至《诗·嵩高》，始言周宣王使召公营谢邑以赐申伯。盖谢先以失国，其子孙散亡，以国为姓。历秦、汉、魏，益不显，至晋、宋间，谢氏出陈郡者始为盛族。

公之皇考曰太子宾客讳涛，其爵陈留伯；至公开国，又为阳夏男，皆在陈郡，故用其封，复因为陈郡人。然其官邑、卒葬，随世而迁。其谱自八世而下可见，曰八代祖汾，为河南缑氏人；至五代祖希图，始迁而南，或葬嘉兴，或葬丽水，自皇考已上三代，皆葬杭州之富阳。公以宝元二年四月丁卯来治邓，其年十一月己酉，以疾卒于官。以远不克归于南，即以明年八月，得州之西南某山之阳，遂以葬。公享年四十有五。初娶夏侯氏，先卒，今举以祔。后娶高氏，文安县君。三男六女：男某，皆将作监主簿；女一早亡，五尚幼。

公之卒，其客欧阳修吊而哭于位，退则叹曰："初，宾客之薨，修获铭其德，纳诸富阳之原。今又哭公之丧，哭者在位，莫如修旧，盖尝铭其世矣。"乃论次其终始曰：

公年十五起家，试秘书省校书郎，复举进士中甲科，以奉礼郎知颍州汝阴县，迁光禄寺丞。上书论四民失业，杨文公荐其材，召试，充秘阁校理，再迁太常丞、通判常州。丁母晋陵郡君许氏忧，服除，迁太常博士。用郑氏经、唐故事，议昭武皇帝非受命祖，不宜配享感生帝。天圣中，天下水旱而蝗，河决，坏滑州。又上书，用《洪范》五行、京房《传》，推灾异所以为天谴告之意，极陈时所阙失，无所讳。与修《真宗国史》，迁祠部员外郎，直集贤院，通判河南府。移书丞相，言岁凶，嵩山宫宜罢勿治。又上书论妖人、方术士不宜出入禁中，请追所赐先生、处士号。

岁满，权开封府判官，再迁兵部员外郎，为三司度支判官。上书，论法禁密花透背，诏书云自内始，今内人赐衣，复下有司取之，是为法而自戾，无以信天下。又言后苑作官市龟筒，亦禁物，民间非所有，有之为犯法，因请罢内作诸器。皆以其职言。又言有司多求上旨，从中出而数更，且谓号令数变则亏国体，利害偏听则惑聪明，请者务欲各行，而守者患于不一，请凡诏令皆由中书、枢密院，然后行。郭皇后废，上书，用《诗·白华》引申后、褒姒以为戒。

景祐元年，丁父忧，服除，召试知制诰，判流内铨。谏者言李照新定乐不可用，下其议，议者久不决。公为两议曰："宋乐用三世矣，照之法不合古，吾从旧。"乃署。其一议曰："从新乐者异署。"议者皆从公署。

公为人肃然自修，平居温温，不妄喜怒。及其临事敢言，何其壮也！虽或听或否，或论高而不能行，或后果如其言，皆传经据古，切中时病。三代已来，文章盛者称西汉，公于制诰，尤得其体，世所谓常、杨、元、白，不足多也。

公既以文知名，至于为政，无所不达，自汝阴已有能名，佐常州，至今常人思之。钱思公守河南，悉以事属之。是时，庄献明肃太后、庄懿太后起二陵于永安，至于铁石畚锸，不取一物于民而足。修国子学，教诸生，自远而至者百余人，举而中第者十八九。河南人闻公丧，皆出涕，诸生画像于学而祠之。初，吏部拟官，以圭田有无为均。公取州县田，覆其实者，准其方之物贾，差为多少，揭之省中，它有名而无实者皆不用，人以为便。天下之吏有定职而无定员，故选者常患其多而久积吏缘以奸。至公为之选，而集者有不逾旬而去，天下皆称其平。其遇事冗剧，尤若简而有余。及求知邓州，其治益以宽静为本，州遂无事。先时，有妖僧者以伪言诱民男女数百人，往往昼夜为会，凡六七年不废。公则取其首恶二人置之法，余一不问。民始知公法可畏而安于不苛。南阳堰引湍水溉公田，水之来远而少能及民，而堰撤墩破。公议复召信臣故渠，以罢邓人岁役，而以水与民，大兴学舍，皆未就而卒。

始公来邓，食其廪者四十余人，或疑其多，及其丧，为之制服，其治衣栉，才二婢，至三从孤弟妹，皆聚而食之。卒之日，廪无余粟，家无余赀，入哭其堂，椸无新衣。然平生喜宾客谈宴，怡怡如也。自少而仕，凡三十年间，自守不回，而外亦不为甚异，此其始终大节也。

昔太史公世称其文善以多为少，今予不能，乃不暇具书公之事，而特著其大者略书之。噫！公之事何多欤！繁予文而不克究，使公而寿，且用极其材，则凡今所书，又有不暇书而又著其尤大者尔。

将葬，其嗣子某来乞铭。铭曰：

寿吾不知，命系其偶。不俾其隆，安归其咎？惟德之明，惟仁之茂。惟力之为，而公之有。

【解题】

作于康定元年（1040）。欧阳修与谢绛自天圣五年结识，又曾共事洛阳，彼此情同手足。文章颂扬谢公的为人为文为政，感伤其盛年早逝。笔锋饱含深情，读后感人至切。

张子野墓志铭

吾友张子野既亡之二年，其弟充以书来请曰："吾兄之丧，将以今年三月某日葬于开封，不可以不铭，铭之莫如子宜。"呜呼！予虽不能铭，然乐道天下之善以传焉。况若吾子野者，非独其善可铭，又有平生之旧、朋友之恩与其可哀者，皆宜见于予文，宜其来请于予也。

初，天圣九年，予为西京留守推官。是时，陈郡谢希深、南阳张尧夫与吾子野，尚皆无恙。于时一府之士，皆魁杰贤豪，日相往来，饮酒歌呼，上下角逐，争相先后以为笑乐，而尧夫、子野退然其间，不动声气，众皆指为长者。予时尚少，心壮志得，以为洛阳东西之冲，贤豪所聚者多，为适然耳。其后去洛，来京师，南走夷陵，并江汉，其行万三四千里，山砠水厓，穷居独游，思从曩人，邈不可得。然虽洛人至今皆以谓无如向时之盛，然后知世之贤豪不常聚，而交游之难得为可惜也。初在洛时，已哭尧夫而铭之；其后六年，又哭希深而铭之；今又哭吾子野而铭之。于是又知非徒相得之难，而善人君子欲使幸而久在于世，亦不可得。呜呼，可哀也已！

子野之世曰：赠太子太师讳某，曾祖也；宣徽北院使、枢密副使、累赠尚书令讳逊，皇祖也；尚书比部郎中讳敏中，皇考也。曾祖妣李氏，陇西郡夫人；祖妣宋氏，昭应郡夫人，孝章皇后之妹也；妣李氏，永安县太君。

子野家联后姻，世久贵仕，而被服操履甚于寒儒。好学自力，善笔札。天圣二年举进士，历汉阳军司理参军、开封府咸平主簿、河南法曹参军。王文康公、钱思公、谢希深与今参知政事宋公，咸荐其能，改著作佐郎、监郑州酒税，知阆州阆中县，就拜秘书丞。秩满，知亳州鹿邑县。宝元二年二月丁未，以疾卒于官，享年四十有八。子伸，郊社掌坐；次从；次幼未名。女五人，一适人矣。妻刘氏，长安县君。

子野为人，外虽愉怡，中自刻苦，遇人浑浑，不见圭角，而志守端直，临事敢决。平居酒半，脱冠垂头，童然秃且白矣。予固已悲其早衰，而遂止于此，岂其中亦有不自得者邪？

子野讳先，其上世博州高堂人，自曾祖已来，家京师而葬开封，今为开封人也。

铭曰：

嗟夫子野，质厚材良。孰屯其亨，孰短其长？岂其中有不自得，而外物有以戕？开封之原，新里之乡，三世于此，其归其藏。

【解题】

作于康定元年（1040）。文章以“贤豪之不常聚而交游之难得”为中心，反复抒写交游零落的悲哀，痛惜挚友怀才不遇、盛年早逝。笔锋蕴含情感，一唱三叹，荡气回肠，结构灵活自由，不落俗套。茅坤评述说：“总写交游之情，而自任及乐善宛然言外。”（《宋大家欧阳文忠公文钞》卷二十九）刘大櫆称赞说：“以交游之聚散生死，感叹成文，淋漓郁勃。”（《古文辞类纂》诸家集评）

薛质夫墓志铭

故大理寺丞薛君直孺，字质夫，资政殿学士、赠礼部尚书简肃公之子，母曰金城夫人赵氏。质夫生四岁，为殿直公为参知政事，拜大理评事，迁将作监丞。景祐元年，公薨，天子推恩于其孤，拜大理寺丞。公以忠直刚毅显于当世，质夫为名臣子，能纯俭谨饬，好学自立，以世其家。公葬绛州，质夫自京师杖而行哭至于绛州，行路之人皆哀嗟之。质夫少多病，后公六年以卒，享年二十有四。初娶向氏，某人之孙，某人之女；再娶王氏，某人之孙，某人之女，皆无子。呜呼！简肃公之世，于是而绝。

孟子曰："不孝有三，无后为大。"此为舜娶妻而言耳，非万世之通论也。不娶而无后，罪之大者可也；娶而无子，与夫不幸短命未及有子而死以正者，其人可以哀，不可以为罪也。故曰孟子之言非通论，为舜而言可也。质夫再娶皆无子，不幸短命而疾病以死，其可哀也，非其罪也。自古贤人君子，未必皆有后，其功德名誉垂世而不朽者，非皆因其子孙而传也。伊尹、周公、孔子、颜回之道著于万世，非其家世之能独传，乃天下之所传也。有子莫如舜，而瞽不得为善人，卒为顽父，是为恶者有后而无益，为善虽无后而不朽。然则为善者可以不懈，为简肃公者可以无憾也。使简肃公无憾，质夫无罪，全其身，终其寿考，以从其先君于地下，复何道哉！某娶简肃公之女，质夫之妹也。常哀质夫之贤而不幸，伤简肃公之绝世，闵金城夫人之老而孤，故为斯言，庶几以慰其存亡者已。悲夫！

铭曰：

死而有祀，四世之间。死而不朽，万世之传。简肃之德，质夫之贤。虽其闷矣，久也其存。

【解题】

作于康定元年（1040）。墓志赞颂薛直孺（作者内兄）谨俭好学，哀伤其早逝绝嗣，并由此非议孟子语录。茅坤评述本文"可为无后者之慰"（《宋大家欧阳文忠公文钞》卷二十九）。

太子中舍王君墓志铭

王君之皇考曰赠卫尉少卿讳某，皇妣曰南充县太君胥氏。皇祖讳某。皇曾祖讳某。君讳汲，字师黯。娶胡氏，安定县君。子男三人，女五人。男曰尚恭、尚喆、尚辞。

初，天圣、明道之间，予为西京留守推官。时王君寓家河南，其二子始习业国子学，日从诸生请学于予，较其艺，常为诸生先，而尚恭尤谨饬，俨然有儒者法度。予固奇王君之有是子也，以故与君游。而君性简质，重然诺，临事而敏，与之游者必爱其为人。其后，二子者果皆以进士中第，予亦罢去。不复遇王君且七年矣，而尚恭来请曰："不幸吾先人之亡，将以今年某月甲子，葬于河南某县某乡之某原，宜得铭于石以志诸后世。"

予尝嘉尚恭而从王君游，乃为次其世而作铭以遗之云：

惟王氏之先，长安万年。四代之祖，刺史壁州。遭巢猾唐，得果而留。卒葬西充，为乡壁公。王、孟有蜀，或家或禄。三世不迁，自君东还。始家河南，广文之生。举三不中，任仕以兄。主簿之卑，试原、武、密。晋城是令，政专自出。令政有称，迁理之丞。蓝田、夏、雒，三邑皆闻。寿五十九，终中舍人。在雒逢饥，铺粟不殍。褒功劝吏，天子有诏。雒人染疠，躬之不避。以死勤民，在法宜祀。刻诗同藏，惟世之扬。

【解题】

作于康定元年（1040）。欧阳修由其子而及其父，赞颂逝者简质重诺、临事而敏。语言简洁，通过侧面描写，以虚求实，表现人物性格特征。

翰林侍读学士给事中梅公墓志铭

翰林侍读学士、给事中梅公既卒之明年，其孤及其兄之子尧臣来请铭以葬，曰："吾叔父病且亟矣，犹卧而使我诵子之文。今其葬，宜得子铭以藏。"公之名，在人耳目五十余年。前卒一岁，予始拜公于许，公虽衰且病，其言谈词气尚足动人。嗟予不及见其壮也，然尝闻长老道公咸平、景德之初，一遇真宗，言天下事合意，遂以人主为知己，当时缙绅之士望之若不可及。已而摈斥流离，四十年间，白首翰林，卒老一州。嗟夫！士果能自为材邪？惟世用不用尔。故予记公终始，至于咸平、景德之际尤为详焉，良以悲其志也。

公讳询，字昌言，世家宣城。年二十六进士及第，试校书郎、利丰监判官，迁将作监丞、知杭州仁和县，又迁著作佐郎，举御史台推勘官，时亦未之奇也。咸平三年，与考进士于崇政殿，真宗过殿庐中，一见以为奇材，召试中书，直集贤院，赐绯衣银鱼。是时，契丹数寇河北，李继迁急攻灵州，天子新即位，锐于为治。公乃上书请以朔方授潘罗支，使自攻取是谓以蛮夷攻蛮夷。真宗然其言，问谁可使罗支者，公自请行。天子惜之，不欲使蹈兵间，公曰："苟活灵州而罢西兵，何惜一梅询！"天子壮其言，因遣使罗支，未至而灵州没于贼。召还，迁太常丞、三司户部判官。数访时事，于是屡言西北事。时边将皆守境，不能出师，公请大臣临边督战，募游兵击贼。论曹玮、马知节才可用，论傅潜、杨琼败绩当诛，而田绍斌、王荣等可责其效以赎过，凡数十事，其言甚壮。天子益器其材，数欲以知制诰，宰相有言不可者，乃已。其后继迁卒为潘罗支所困，而朝廷以两镇授德明，德明顿首谢罪，河西平。天子亦再幸澶渊，盟契丹，而河北之兵解，天下无事矣。

公既见疏不用，初坐断田讼失实，通判杭州，徙知苏州，又徙两浙转运副使，还判三司开拆司，迁太常博士。用封禅恩，迁祠部员外郎。又坐事，出知濠州。以刑部员外郎为荆湖北路转运使，坐擅给驿马与人奔丧而马死，夺一官，通判襄州，徙知鄂州，又徙苏州。

天禧元年，复为刑部员外郎、陕西转运使。灵州弃已久，公与秦州曹玮得胡芦河路可出兵，无沙行之阻而能径趋灵州，遂请玮居环庆以图出师，会玮入为宣徽使，不克而止。迁工部郎中，坐朱能反，贬怀州团练副使，再贬池州。

天圣元年，拜度支员外郎、知广德军，徙知楚州，迁兵部员外郎、知寿州，又知陕府。六年，复直集贤院，又迁工部郎中，改直昭文馆、知荆南府。召为龙图阁待制，纠察在京刑狱，判流内铨。改龙图阁直学士、知并州，未行，迁兵部郎中、枢密直学士以往，就迁右谏议大夫，入知通进银台司，复判流内铨。改翰林侍读学士、群牧使，迁给事中、知审官院。以疾出知许州，康定二年六月某日，卒于官。

公好学有文，尤喜为诗。为人严毅修洁，而材辩敏明，少能慷慨。见奇真宗，自初召试，感激言事，自以谓君臣之遇。已而失职，逾二十年，始复直于集贤。比登侍从，而门生故吏、曩时所考进士，或至宰相、居大官，故其视时人，常以先生长者自处，论事尤多发愤。其在许昌，继迁之孙复以河西叛，朝廷出师西方，而公已老，不复言兵矣。享年七十有八以终。

梅氏远出梅伯，世久而谱不明。公之皇曾祖讳超，皇祖讳远，皆不仕。父讳邈，赠刑部侍郎。夫人刘氏，彭城县君。子五人：长曰鼎臣，官至殿中丞；次曰宝臣，皆先公卒。次曰得臣，太子中舍；次曰辅臣，前将作监丞；次曰清臣，大理评事。公之卒，天子赠赙优恤，加得臣殿中丞、清臣卫尉寺丞。

明年八月某日，葬公宣州之某县某乡某原。铭曰：

士之所难，有蕴无时。伟欤梅公，人主之知。勇无不敢，惟义之为。困于翼飞，中垂以敛。一失其涂，进退而坎。理不终穷，既晚而通。惟其寿考，福禄之隆。

【解题】

作于庆历二年（1042）。墓志赞颂梅询（梅尧臣叔父）的为人为学，详载其咸平、景德年间事迹，惋惜其四十年间白首翰林，卒老一州。叙事简直，杂以议论、抒情，风格清新刚健。茅坤称本文“直叙逼太史公”（《宋大家欧阳文忠公文钞》卷二十六）。清人张廉卿也指出：“此文尤近史公，声响节奏，无一不合。”（《古文辞类纂》诸家集评）

左班殿直胥君墓志铭

胥姓出晋大夫童，世久徙迁，失其谱。君讳某，字致尧。有子曰沆，能略言其世，曰：“吾家为燕人，十三代祖仪，为唐御史中丞，坐言武后事，贬临川，后世因家焉。胥氏义闻乡间，门有旌表。由吾先君而上，祖讳某，仕伪唐袁州宜春令。父讳某，当周世宗取淮南，李氏日益衰乱，因徙家合肥。及吾先君，始禄于朝，然卒于不得志。今其葬，敢再拜以请。”予为考次君之行曰：

君少力学为文辞，端拱、咸平之间，再举进士，尝中选矣。时天子谅阍，不能廷试进士，疑有司选太多，削其奏籍之半，乃罢去。

其冬，契丹犯边，天子幸魏，又将幸真定。君以草泽应诏，上书理检，言兵事，且曰：“臣言有不可书者，非人主不得闻。”天子召见，为屏左右。听其说，矍然而悟，将拜某官。既出，大臣诘其事，不肯对。大臣皆不悦，曰：“且可以职縻之。”以为三班借职，君辞不就。天子还京师，又固辞，愿从进士试礼部，皆不许，以监温州天富盐监。君叹曰：“吾亲老，敢择禄邪！凡世所谓材者，惟施无不利乃可谓能，吾将有为也。”已乃受命，凡治盐三岁，增其旧二百余万斛。罢归，以能被荐，未暇录。

初，契丹陷黎阳，滑州守张秉请君将戍兵击河凌以断贼，契丹去，张公以君为材，留君护渔池、迎阳二埽。朱博代守滑，乃曰："河恐滑人者，趋西埽尔，请君兼护之。"君疏河为别流以杀其势。明年，河弃西埽去，滑人无水恐，岁省工材百余万。秩满，有司上君盐最、护河之功，迁奉职，君意不满，辞不拜。丁母夫人某氏忧，终丧，不许，以监黄州商税，余年课为最。召还，在道，用祀汾阴恩，卒迁奉职，监杭州排岸司，浚浙江、龙山二闸，废清河堰以通漕，杭人至今便之。

为端州兵马监押，就迁右班殿直。给事中乐黄目举君材任阁门祗候，有司限例不行，得温州兵马监押，期还迁职。在温州闻黄目死，前举状格不用，君叹曰："岂吾命邪！"今天子即位，迁左班殿直，以疾求监寿州酒税。逾年请告，就医京师。

天圣元年十月某日，卒于建平坊，享年五十有九。初娶宋氏，生三男，曰沆、澄、泳，澄早卒。二女，长亦早卒，次适某氏。再娶沈氏，后君卒。初，君之丧寓葬朝阳门外。庆历二年某月某日，葬于某县某乡某原。

铭曰：

余悲胥君，始以儒者自进，而仕也非其志。方其以一布衣，飞箝入主之意，其志壮哉，岂止于此！自古贤材明智之士，困于失职多矣，岂天所不相邪？岂其力不足邪？盖苟者多得，偷者易安，守义而穷，乃理或然。嗟乎胥君，永矣兹阡。

【解题】

作于庆历二年（1042）。墓志记叙胥致尧家世及其生平事迹，赞颂逝者以布衣受知于天子，惋惜其困于鄙职。事迹剪裁有法，语言慷慨清逸，风韵跌宕。

黄梦升墓志铭

予友黄君梦升，其先婺州金华人，后徙洪州之分宁。其曾祖讳元吉，祖讳某，父讳中雅，皆不仕。黄氏世为江南大族，自其祖、父以来，乐以家资赈乡里，多聚书以招四方之士。梦升兄弟皆好学，尤以文章意气自豪。予少家随，梦升从其兄茂宗官于随。予为童子，立诸兄侧，见梦升年十七八，眉目明秀，善饮酒谈笑。予虽幼，心已独奇梦升。

后七年，予与梦升皆举进士于京师。梦升得丙科，初任兴国军永兴主簿，怏怏不得志，以疾去。久之，复调江陵府公安主簿。时予谪夷陵令，遇之于江陵。梦升颜色憔悴，初不可识，久而握手嘘戚，相饮以酒，夜醉起舞，歌呼大噱。予益悲梦升志虽衰，而少时意气尚在也。

后二年，予徙乾德令，梦升复调南阳主簿，又遇之于邓。间常问其平生所为文章几何，梦升慨然叹曰："吾已讳之矣。穷达有命，非世之人不知我，我羞道于世人也。"求之不肯出，遂饮之酒。复大醉，起舞歌呼，因大笑曰："独子知我者!"乃肯出其文。读之，博辨雄伟，其意气奔放，犹不可御。予又益悲梦升志虽困，而独其文章未衰也。

是时谢希深出守邓州，尤喜称道天下士，予因手书梦升文一通，欲以示希深。未及，而希深卒，予亦去邓。后之守邓者皆俗吏，不复知梦升。梦升素刚，不苟合，负其所有，常怏怏无所施，卒以不得志死于南阳。

梦升讳注，以宝元二年四月二十五日卒，享年四十有二。其平生所为文，曰《破碎集》、《公安集》、《南阳集》，凡三十卷。娶潘氏，生四男二女。将以庆历四年某月某日，葬于董坊之先茔，其弟渭泣而来告曰："吾兄患世之莫吾知，孰可为其铭?"予素悲梦升者，因为之铭曰：予尝读梦升之文，至于哭其兄子庠之词曰"子之文章，电激雷震，雨雹忽止，阒然灭泯"，未尝不讽诵叹息而不已。

嗟夫梦升，曾不及庠。不震不惊，郁塞埋藏。孰与其有，不使其施？吾不知所归咎，徒为梦升而悲。

【解题】

作于庆历三年（1043）。文章记叙自己与黄注三次会面，展示逝者的悲剧一生。通篇以“文章意气”四字为纲，深刻反映封建社会压抑人才的残酷现实。茅坤评述本文“叙生平交游，感慨为志”（《宋大家欧阳文忠公文钞》卷二十九），吴汝纶称赏“此文音节之美，句句可歌”（《桐城吴氏古文读本》碑志类第八），刘大櫆也说：“此篇遒宕古逸，当为墓志第一。”（《古文辞类纂》诸家集评）

蔡君山墓志铭

予友蔡君谟之弟曰君山，为开封府太康主簿。时予与君谟皆为馆阁校勘，居京师，君山数往来其兄家，见其以县事决于其府。府尹吴遵路素刚，好以严惮下吏，君山年少位卑，能不慑屈而得尽其事之详，吴公独喜，以君山为能。予始知君山敏于为吏，而未知其他也。明年，君谟南归拜其亲。夏，京师大疫，君山以疾卒于县。其妻程氏，一男二女皆幼，县之人哀其贫，以钱二百千为其赙，程氏泣曰：“吾家素以廉为吏，不可以此污吾夫。”拒而不受。于是又知君山能以惠爱其县人，而以廉化其妻妾也。君山间尝语予曰：“天子以六科策天下士，而学者以记问应对为事，非古取士之意也。吾独不然，乃昼夜自苦为学。”及其亡也，君谟发其遗稿，得十数万言，皆当世之务。其后逾年，天子与大臣讲天下利害为条目，其所改更，于君山之稿，十得其五六。于是又知君山果天下之奇才也。

君山景祐中举进士，初为长溪县尉。县媪二子渔于海而亡，媪指某氏为仇，告县捕贼。县吏难之，皆曰：“海有风波，岂知其不水死乎？且虽果为仇所杀，若尸不得，则于法不可理。”君山独曰：“媪色有冤，吾不可不为理。”乃阴察仇家，得其迹，与媪约曰：“吾与汝宿海上，期十日不得尸，则为媪受捕贼之责。”凡宿七日，海水潮，二尸浮而至，验之，皆杀也，乃捕仇家伏法。民有夫妇偕出，而盗杀其守舍子者，君山亟召里民毕会，环坐而熟视之，指一人曰：“此杀人者也。”讯之，果伏，众莫知其以何术得也。长溪人至今喜道君山事多如此，曰：“前史所载能吏，号如神明，不过此也。”自天子与大臣条天下事，而屡下举吏之法，尤欲官无小大，必得其材，方求天下能吏，而君山死矣，此可为痛惜者也。

君山讳高，享年二十有八，以某年某月某日卒。今年，君谟又归迎其亲，自太康取其柩以归，将以某年某月某日葬于某所，且谓予曰：“吾兄弟始去其亲而来京师，欲以仕宦为亲荣，今幸还家，吾弟独以柩归，甚矣，老者之爱其子也！何以塞吾亲之悲？子能为我铭君山乎?”乃为之铭曰：

呜呼！吾闻仁义之行于天下也，可使父不哭子，老不哭少。嗟夫君山，不得其寿。父母七十，扶行送柩。退之有言，死孰谓夭？子墓予铭，其传不朽。庶几以此，慰其父母。

【解题】

作于庆历三年（1043）。文章记叙蔡高（襄之弟）的政治奇才，赞颂其敏于吏事、惠爱廉洁，哀悯不得其寿。叙事具体而生动，笔锋蕴含深情。茅坤称赏本文“情词呜咽”（《宋大家欧阳文忠公文抄》卷二十八）。

尚书都官员外郎欧阳公墓志铭

公讳晔，字日华。于检校工部尚书讳托、彭城县君刘氏之室为曾孙，武昌县令讳郴、兰陵夫人萧氏之室为孙，赠太仆少卿讳偃、追封潘原县太君李氏之室为第三子，于修为叔父。修不幸幼孤，依于叔父而长焉。尝奉太夫人之教曰："尔欲识尔父乎？视尔叔父，其状貌起居言笑皆尔父也。"修虽幼，已能知太夫人言为悲，而叔父之为亲也。

欧阳氏世家江南，伪唐李氏时为庐陵大族。李氏亡，先君昆弟同时而仕者四人，独先君早世，其后三人皆登丁朝以殁。公咸平三年举进士甲科，历南雄州判官、随阆二州推官、江陵府掌书记，拜太子中允、太常丞、博士、尚书屯田、都官二员外郎，享年七十有九，最后终于家。以庆历四年三月十日，葬于安州应城县高风乡彭乐村。

于其葬也，其素所养兄之子修泣而书曰：呜呼！叔父之亡，吾先君之昆弟，无复在者矣。其长养教育之恩既不可报，而至于状貌起居言笑之可思慕者，皆不得而见焉矣。惟勉而纪吾叔父之可传于世者，庶以尽修之志焉。

公以太子中允监兴国军盐酒税，太常丞知汉州雒县，博士知端州桂阳监，屯田员外郎知黄州，迁都官知永州，皆有能政。坐举人夺官，复以屯田通判歙州，以本官分司西京，许家于随，复迁都官于家，遂致仕。景祐四年四月九日卒。

公为人严明方质，尤以洁廉自持。自为布衣，非其义不辄受人之遗，少而所与亲旧，后或甚贵，终身不造其门。其莅官临事，长于决断。初为随州推官，治狱之难决者三十六。大洪山奇峰寺聚僧数百人，转运使疑其积物多而僧为奸利，命公往籍之。僧以白金千两馈公，公笑曰："吾安用此？然汝能听我言乎？今岁大凶，汝有积谷六七万石，能尽以输官而赈民，则吾不籍汝。"僧喜曰："诺。"饥民赖以全活。陈尧咨以豪贵自骄，所居为不法，官属莫敢仰视。在江陵用私钱诈为官市黄金，府吏持帖，强僚佐署。公呵吏曰："官市金当有文符。"独不肯署。尧咨虽惮而止，然讽转运使出公，不使居府中。

鄂州崇阳，素号难治，乃徙公治之，至则决滞狱百余事。县民王明与其同母兄李通争产累岁，明不能自理，至贫为人赁舂。公折之一言，通则具伏，尽取其产巨万归于明，通退而无怨言。桂阳民有争舟而相殴至死者，狱久不决。公自临其狱，出囚坐庭中，去其桎梏而饮食之，食讫，悉劳而还于狱，独留一人于庭。留者色动惶顾，公曰："杀人者汝也。"囚不知所以然。公曰："吾视食者皆以右手持匕，而汝独以左，今死者伤在右肋，此汝杀之明也。"囚即涕泣曰："我杀也，不敢以累他人。"公之临事明辨，有古良吏决狱之术多如此，所居，人皆爱思之。

公娶范氏，封福昌县君。子男四人：长曰宗颜，次曰宗闵，其二早亡。女一人，适张氏，亦早亡。

铭曰：

公之明足以决于事，爱足以思于人，仁足以施其族，清足以洁其身。而铭之以此，足以遗其子孙。

【解题】

作于庆历四年（1044）春。墓志感怀叔父长养教育的恩惠，颂扬叔父为人严明方质，为政廉洁果决。语言平实，感情深沉。茅坤评述说："公铭叔父墓，固如此！"（《宋大家欧阳文忠公文钞》卷二十七）

江宁府句容县令赠尚书兵部员外郎王公墓志铭

王氏世家开封陈留之通许镇，咸平中，分通许为咸平县，故王氏今为开封咸平人。公讳某，字某。曾祖讳丕，祖讳祚，父讳锐，世以资雄里中，不乐仕宦而好施，其有以赒人之急。及公而资益衰，乃叹曰："吾闻施于为政，其利可以赒天下，资安足道哉！"乃慨然以孔氏《尚书》举于有司，累不中，因就他选，曰："可以为政，何择焉？"

初任莱州莱阳主簿，会令坐事解去，公署令事，告其民曰："令欲为法简而利民博者当何为？去其甚恶可也。"乃缚故吏唐权，条其宿恶上于州，杖其脊而还之。县之奸豪，皆敛色屏气，指权相戒不可犯公法。公曰："使我为令期年，不独善人不惧恶人，可使恶人为善也。"已而河决东平，公部县丁夫数千，召权署队长，权喜曰："公许我自新矣。"卒以丁夫治河为诸县最。

历婺州兰溪尉、陈州项城主簿，会岁旱蝗，州守风吏按田者言旱不为灾，公与守争至三四，民得复，乃已。改颍州司法参军，州民药氏为盗，会赦，出入里闾，操弓矢，为民害。有朱氏者，募客二人谋杀之，法当死。公曰："为法所以辅善而禁恶也，今杀良民为恶盗报仇，岂法意邪？"乃状列之，朱氏得减死。改华州司法，迁苏州之吴江、江宁之句容二县令，遂老于京师。以某年某月某日卒于家，享年六十有九。

公好学善书，喜宾客，务赒人缓急。而为性宽静沉默，左右丞史有不如意，未尝笞责，诸子问之，则曰："刑法岂为喜怒设邪？"

公初娶赵氏，永安郡太君；后娶李氏，陈留郡太君。子男十人，二早卒。女二人，一卒于家，一适朱氏。庆历四年九月庚申，葬于开封尉氏蒋成乡柏子原之新茔。于其葬也，长子拱璧，右侍禁；次拱之，左班殿直；次拱德，卫州获嘉县令；次拱安，右班殿直；次拱己，守将作监主簿；次拱式，尉氏县尉；次拱辰，右谏议大夫、权御史中丞；次拱著，歙州司户参军，以中丞之贵累赠尚书兵部员外郎。

将葬，中丞君泣而语其伯仲曰："吾家通许，世有阴德于人而无兴者，至吾先君不有于其躬而以贻后世。小子不佞，幸得备员御史府，进退大夫之后。小子何有焉？然惧乎后世徒见王氏之兴，而不知吾世积渐之所以来者若此，其可无铭？”乃来求铭。铭曰：

公世以资，施德于人。至公资衰，乃施于官。有子之一，足大公门。矧公多子，多子多孙。惟彼世德，如流有源。其来者远，愈积益蕃。铭昭其昧，以永厥存。

【解题】

作于庆历四年（1044）。文章赞颂王代恕（王拱辰之父）的政治才华，着重记述王公果于执法、禁恶辅善的事迹。语言简洁，叙事生动，人物形象突出。

永州军事判官郑君墓志铭

郑君讳平，字某，衡州衡阳人也。少倜傥，有大志。举进士，中天禧三年甲科，为郴州军事推官、监潭州茶场，坐茶恶免官。久之，试秘书省校书郎，知连州阳山县，为道州军事推官。丁母忧，服除，调永州军事判官、监衡州茭源银冶。以疾去官，庆历三年七月某日卒于家，享年五十有一。以某年某月某日，葬于某所。曾祖讳某，永州祁阳令。祖讳某，江陵府建宁县令。父讳某，道州军事判官。君娶孙氏，赠尚书工部侍郎冕之女。子男六人：绚、总、纪、经、维、绶。绚早卒，总举进士出身，亦早卒。孙七人，皆幼。

君世仕不显，少孤而贫。母夫人某氏，贤母也，教其三子以学，皆有立。君与其兄本、弟革，皆举进士及第。君初监茶场，茶实不恶，上官挟他事，以罪中之。君不自辩，竭其资以偿，解官而去，无愠色。及为阳山，有善政，民甚爱之。其既以疾废，慨然叹曰：“吾少力学，而不幸废以疾，吾终不用于时矣，安事空言哉?”即取其平生所为文稿，悉焚之。

呜呼！君之志可哀也已。自三代《诗》、《书》已来，立言之士多矣，其始无不欲其言之传也，而散亡磨灭、泯然不复见于后世者，何可胜数！或暂见而终没，或其言虽传而其人不为世所贵者有矣，惟君子有诸躬而不可掩者，不待自言而传也。君之不欲见于空言，其可谓善虑于无穷者矣，其志岂不远哉！

虽然，君之志既不自见于言，而宜有为之著者。铭，所以彰善而著无穷也，乃为之铭曰：

夫惟自信者不疑，知命者不惑。故能得失不累其心，喜愠不见其色。呜呼郑君！学几于此，斯可谓之君子。

【解题】

作于庆历四年（1044）。墓志赞扬郑平的爱民政治，歌颂其淡泊名利、不求闻达的高风亮节。叙事、议论、抒情融为一体，感情真挚而深沉。

大理寺丞狄君墓志铭

距长沙县西三十里新阳乡梅溪村，有墓曰狄君之墓者，乃予所记谷城孔子庙碑所谓狄君栗者也。始君居谷城，有善政，尝已见于予文。及其亡也，其子遵谊泣而请曰：“愿卒其详而铭之，以终先君死生之赐。”呜呼！予哀狄君者，其寿止于五十有六，其官止于一卿丞。盖其生也，以不知于世而止于是，若其殁而又无传，则后世遂将泯没，而为善者何以劝焉？此予之所欲铭也。

君字仲庄，世为长沙人。幼孤，事母，乡里称其孝。好学自立，年四十，始用其兄棐荫，补英州真阳主簿。再调安州应城尉，能使其县终君之去无一人为盗。荐者称其材任治民，乃迁谷城令。

汉旁之民，惟邓、谷为富县，尚书铨吏常邀厚赂以售贪令，故省中私语，以一二数之，惜为奇货，而二邑之民未尝得廉吏，其豪猾习以赇赌污令而为自恣。至君，一切以法绳之，奸民、大吏不便君之政者，往往诉于其上，虽按覆，率不能夺君所为。其州所下文符，有不如理，必辄封还。州吏亦切齿，求君过失不可得，君益不为之屈。其后民有讼田而君误断者，诉之，君坐被劾。已而县籍强壮为兵，有告讼田之民隐丁以规避者，君笑曰："是尝诉我者，彼冤民能自伸，此令之所欲也，吾岂挟此而报以罪邪？"因置之不问，县民繇是知君为爱我。是岁，西北初用兵，州县既大籍强壮，而讹言相惊，云当驱以备边。县民数万聚邑中，会秋，大雨霖，米踊贵绝粒。君发常平粟赈之。有司劾君擅发仓廪，君即具伏，事闻，朝廷亦原之。又为其民正其税籍之失，而使得岁免破产之患。逾年，政大洽，乃修孔子庙，作礼器，与其邑人春秋释奠而兴于学。

时予为乾德令，尝至其县，与其民言，皆曰："吾邑不幸，有生而未识廉吏者，而长老之民所记才一人，而继之者今君也。"问其一人者，曰张及也。推及之岁至于君，盖三十余年，是谓一世矣。呜呼！使民更一世而始得一良令，吏其可不慎择乎？君其可不惜其殁乎？其政之善者可遗而不录乎？

君用谷城之绩，迁大理寺丞、知新州，至则丁母夫人郑氏忧。服除，赴京师，道病，卒于宿州，实庆历五年七月二十四日也。曾祖讳崇谦，连州桂阳令。祖讳文蔚，全州清湘令。父讳杞，不仕。君娶荥阳郑氏，生子男二人，遵谊、遵微，皆举进士。女四人，长适进士胡纯臣，其三尚幼。

其铭曰：

强而仕，古之道。终中寿，不为夭。善在人，宜有后。铭于石，著不朽。

【解题】

作于庆历五年（1045）。文章记叙狄栗廉洁爱民的事迹，感伤其寿止于五十六，官止于一卿丞。叙事、议论、抒情融为一体，一唱三叹，荡人心腑。茅坤称此文为“逸调”（《宋大家欧阳文忠公文钞》卷二十八）。

南阳县君谢氏墓志铭

庆历四年秋，予友宛陵梅圣俞来自吴兴，出其哭内之诗而悲曰：“吾妻谢氏亡矣。”丐我以铭而葬焉。予未暇作。

居一岁中，书七八至，未尝不以谢氏铭为言，且曰：“吾妻，故太子宾客讳涛之女、希深之妹也。希深父子为时闻人，而世显荣。谢氏生于盛族，年二十以归吾，凡十七年而卒。卒之夕，敛以嫁时之衣。甚矣，吾贫可知也！然谢氏怡然处之，治其家，有常法。其饮食器皿，虽不及丰侈，而必精以旨；其衣无故新，而澣濯缝纫，必洁以完；所至官舍虽庳陋，而庭宇洒扫，必肃以严；其平居语言容止，必怡以和。吾穷于世久矣，其出而幸与贤士大夫游而乐，入则见吾妻之怡怡而忘其忧，使吾不以富贵贫贱累其心者，抑吾妻之助也。吾尝与士大夫语，谢氏多从户屏窃听之，间则尽能商榷其人才能贤否及时事之得失，皆有条理。吾官吴兴，或自外醉而归，必问曰：‘今日孰与饮而乐乎？’闻其贤者也，则悦；否则叹曰：‘君所交，皆一时贤隽，岂其屈己下之耶？惟以道德焉，故合者尤寡。今与是人饮而欢邪？’是岁南方旱，仰见飞蝗而叹曰：‘今西兵未解，天下重困，盗贼暴起于江淮，而天旱且蝗如此！我为妇人，死而得君葬我，幸矣！’其所以能安居贫而不困者，其性识明而知道理，多此类。呜呼！其生也迫吾之贫，而没也又无以厚焉。谓惟文字可以著其不朽。且其平生，尤知文章为可贵，殁而得此，庶几以慰其魂，且塞予悲。此吾所以请铭于子之勤也。”若此，予忍不铭？

夫人享年三十七，用夫恩封南阳县君。二男一女。以其年七月七日，卒于高邮。梅氏世葬宛陵，以贫不能归也。某年某月某日，葬于润州之某县某原。

铭曰：

高崖断谷兮，京口之原。山苍水深兮，土厚而坚。居之可乐兮，卜者曰然。骨肉虽土兮，魂气则天。何必故乡兮，然后为安？

【解题】

作于庆历五年（1045）。文章从治家、知人、忧世三方面着笔，叙写自己好友梅尧臣之妻的安贫乐道、远见卓识。全文以梅尧臣话语为主体，打破一般碑铭文体制，语言具有浓厚的抒情色彩。茅坤称赞本文“法度恰好”，并引唐顺之评语：“叙女德简，叙书词纤悉。”（《宋大家欧阳文忠公文钞》卷二十九）

万寿县君徐氏墓志铭 并序

河东都转运使、天章阁待制施君，卜以庆历五年三月某日，葬其夫人万寿县君于苏州吴县三让乡之陆公原，以来请铭。

夫人姓徐氏，世家通州之静海。七岁丧其母，哀不自胜，泣曰：“母，女所恃以生者也。无母，其复能生？”因欲投水火，其父兄力止之。既长，事其继母，则以孝闻。年若干，归于施氏，逮事其姑，纫缝烹饪必以身，蚤暮寒暑饮食必以时。姑亡，哀毁得疾，逾年而后能起。生五男一女。男曰邈，举进士，某官，知开封府太康县；曰述、曰造，皆将作监主簿；曰逈、曰逊，尚幼。女曰锦娘。庆历三年十一月甲子，以疾卒于河东之官舍，享年四十有三。

夫人之生也，事其继母及姑，皆称曰孝。及其殁也，其夫之称曰“吾妻助我而贤”，其子之幼者曰“吾母慈我”，其长者之称曰“吾母不以爱怠我，而以成人勖我，使我至于有立”，凡施氏外内婚姻宗族之称者曰“夫人遇我有礼而仁”，至于妾媵左右之称者亦曰“夫人于我仁而均”。呜呼，夫人之行至矣！其勤而有法，其施之各有宜，可谓贤也已。若夫男子见于外，其善恶功过，可举而书。至于妇德主内，自非死节殉难非常之事，则其幽闲淑女之行，孰得显然列而诗之以示后？惟视其所称与其所思，则其贤可知矣。

施君，名昌言。夫人曾祖讳某；祖讳某；父讳某，以尚书都官员外郎致仕。夫生而其善可称，未若没而遗思之深也。悲夫！

铭曰：

于惟夫人，东海之华。始来施氏，有此室家。为妇为母，勤孝劳劬。有女昔褓，今婉其裾。子绶煌煌，弟长相趋。夫爵之高，荣及亲疏。厥家已成，而独不居。千里之远，归魂东吴。铭以哀之，已矣呜呼。

【解题】

作于庆历五年（1045）。文章从封建妇德标准出发，赞扬施昌言之妻徐氏的“夫人之行”。借用他人话语，烘托逝者的美德，叙事、议论、抒情相结合，颇具感染力。

长寿县太君李氏墓志铭

太中大夫、尚书屯田郎中、上柱国王公讳利之夫人曰李氏。李氏世家湖南，其父讳昭文，官至国子博士，赠工部侍郎。夫人年二十二，归于王氏，用夫封隆平县君，后以其子徙封长寿县太君。

夫人为李氏女，事后母，以孝闻。及为王氏妇，逮事其舅姑，其舅姑尝称夫人以诫诸妇曰："事我者当如此。"又以诫其诸女曰："为人妇者当如此。"其为母也，有三男二女。及其老也，鼎，为职方员外郎；震，太子中舍；复，太常博士。三子者皆有才行，而复尤好古有文，闻于当世。女皆有归。孙男六人：曰夷仲，曰虞仲，曰于仲，曰南仲，曰武仲，曰延仲。女五人，一亦归人矣，余尚幼。夫人享年八十有六，以庆历七年七月十日，终于京兆子复之官舍。用明年二月十七日，合葬于河南洛阳大樊原王公之墓。

夫人于王氏，积行累功，其德备矣，不可以遍书。书其舅姑之所尝称者，以见其为妇之道；书其子之贤而有立，以见其为母之方；书其子孙之众，寿考之隆，以见其勤于其家至于有成，而终享其福之厚。呜呼！于夫人无不足矣。而其子若孙皆曰未也，谓必有以示永久而不没，庶几以慰无穷之哀。乃来请铭以葬。其子之友庐陵欧阳修为之铭曰：

家成于勤，德隆以寿。归安其藏，以昌厥后。

【解题】

作于庆历八年（1048）二月。墓志借舅姑之言，赞颂李氏（王复之母）的封建妇德，以儿孙各有建树，赞颂李氏的为母之道。言简意深，抒情气息浓。茅坤评述说："叙事略而蕴思数有法。"（《宋大家欧阳文忠公文钞》卷二十九）

尹师鲁墓志铭

师鲁河南人，姓尹氏，讳洙。然天下之士识与不识皆称之曰师鲁，盖其名重当世。而世之知师鲁者，或推其文学，或高其议论，或多其材能。至其忠义之节，处穷达，临祸福，无愧于古君子，则天下之称师鲁者未必尽知之。

师鲁为文章，简而有法。博学强记，通知今古，长于《春秋》。其与人言，是是非非，务穷尽道理乃已，不为苟止而妄随，而人亦罕能过也。遇事无难易，而勇于敢为，其所以见称于世者，亦所以取嫉于人，故其卒穷以死。

师鲁少举进士及第，为绛州正平县主簿、河南府户曹参军、邵武军判官。举书判拔萃，迁山南东道掌书记、知伊阳县。王文康公荐其才，召试，充馆阁校勘，迁太子中允。天章阁待制范公贬饶州，谏官、御史不肯言，师鲁上书，言仲淹臣之师友，愿得俱贬。贬监郢州酒税，又徙唐州。遭父丧，服除，复得太子中允、知河南县。赵元昊反，陕西用兵，大将葛怀敏奏，起为经略判官。师鲁虽用怀敏辟，而尤为经略使韩公所深知。其后诸将败于好水，韩公降知秦州，师鲁亦徙通判濠州。久之，韩公奏，得通判秦州。迁知泾州，又知渭州，兼泾原路经略部署。坐城水洛与边臣异议，徙知晋州。又知潞州，为政有惠爱，潞州人至今思之。累迁官至起居舍人、直龙图阁。

师鲁当天下无事时独喜论兵，为《叙燕》、《息戍》二篇行于世。自西兵起，凡五六岁，未尝不在其间，故其论议益精密，而于西事尤习其详。其为兵制之说，述战守胜败之要，尽当今之利害。又欲训土兵代戍卒，以减边用，为御戎长久之策。皆未及施为，而元昊臣，西兵解严，师鲁亦去而得罪矣。然则天下之称师鲁者，于其材能，亦未必尽知之也。

初，师鲁在渭州，将吏有违其节度者，欲按军法斩之而不果。其后吏至京师，上书讼师鲁以公使钱贷部将，贬崇信军节度副使，徙监均州酒税。得疾，无医药，舁至南阳求医。疾革，隐几而坐，顾稚子在前，无甚怜之色，与宾客言，终不及其私。享年四十有六以卒。

师鲁娶张氏，某县君。有兄源，字子渐，亦以文学知名，前一岁卒。师鲁凡十年间三贬官，丧其父，又丧其兄。有子四人，连丧其三。女一适人，亦卒。而其身终以贬死。一子三岁，四女未嫁，家无余资，客其丧于南阳不能归。平生故人无远迩皆往赙之，然后妻子得以其柩归河南，以某年某月某日葬于先茔之次。

余与师鲁兄弟交，尝铭其父之墓矣，故不复次其世家焉。铭曰：

藏之深，固之密。石可朽，铭不灭。

【解题】

作于庆历八年（1048）。墓志赞赏逝者的文学、议论和才能，着重颂扬其忠义节操。文章十七次反复呼唤“师鲁”，哀痛深切。死者家属却嫌墓志过简，另请韩琦写作墓表，欧阳修次年撰《论尹师鲁墓志》，自述命笔用意。茅坤称此为“欧公最着意之文”（《宋大家欧阳文忠公文钞》卷二十九），何焯评述说：“谨严而凄婉。”（《义门读书记》欧文下卷）

陇城县令赠太常博士吕君墓志铭

君讳士元，字佐尧，江宁人也。咸平二年举明经，为潭州醴陵尉，庐州司理参军，宁州彭原、广州四会县令。又为湖州司理、泗州录事参军，吉州太和、秦州陇城县令。以疾卒于官，享年六十有五。娶阎氏，生子四人：曰渊、曰溱、曰淙、曰淇。阎氏年七十三，后君十五年以卒。子淙，后其母三月卒。以庆历八年十二月二十日，以阎氏之丧合葬于扬州江都县东兴乡马坊村先茔之次。

君为人刚介有节，长于为政。醴陵、太和皆大邑，民喜斗讼，往往因事中吏以法，吏多不免。而君日与长吏争曲直，下为邑民伺候，终无毫发过失可得，而民卒爱思之。四会近海，俗杂蛮夷，君尤知其人之利害，事所经决，后有欲辄改更者，民必自言于廷曰："此吕君所决，岂可动邪？"后人亦莫能改也。

君仕三十余年，以一县令之禄，衣食其族四十余口，虽薄而必均。夫人阎氏，尤能为勤俭。子渊、溱皆举进士，溱有贤材，以文学选中第一。今渊为秘书丞，溱著作郎、直集贤院。以溱官得封赠，赠君太常博士；母夫人封天长县太君。

呜呼！吕君官虽卑，惠于其民，足以为政；禄虽薄，周于其族，足以为仁；身虽不显，而有子以大其门，足以彰为善之效。君之皇祖讳裕，赠兵部尚书。皇考讳文膺，官至太子左赞善大夫。自宋兴百年间，吕姓之族五显于世，君之叔父刑部侍郎、集贤院学士文仲实为先朝名臣，而今君有贤子又将显吕氏之族于后。于其葬也，是宜铭以志。其铭曰：

善无不报，报不必同。或在其后，或及其躬。积久发迟，逾远弥昌。如其不信，考此铭章。

【解题】

作于庆历八年（1048）。文章记叙吕士元（吕溱之父）为政惠民、均禄养族的事迹，赞颂逝者刚介有节的人格，指出吕氏家门自宋初以来五显于世，并将有显于后。

长沙县君胡氏墓志铭 并序

故太子中舍张君讳某之夫人，曰长沙县君胡氏。胡氏世为某人。父讳震，官至刺史。夫人年二十七，以归中舍君。君时为融州司理参军，历潭州宁乡县尉，凤州两当、福州宁德二县令以卒。

夫人之为妇也，以勤俭恭肃主张氏之祭馈，而睦其内外之宗姻。生子男二人，女一人。男曰大年、大有，皆举进士。大年，今为郑州原武县令；大有，秘书丞。女适邵阳县令钱奕。夫人之为母也，以礼义慈严教育其子，故其男也有立而克嗣其世，女也适于人而宜人之家。为妇、为母之道无不备，而成其夫之家，享其子之禄。以某年某月某日以疾卒，享年七十有五。又用其子之恩，追封长沙县君。呜呼！可谓荣矣。

中舍君先以某年某月日卒，葬于某州某县某乡。夫人以某年某月某日，合葬于中舍君之墓。铭曰：

妇德之备，功施也内。铭昭其幽，以法后世。

【解题】

原无系年，当作于庆历年间。本文赞扬故张中舍之妻胡氏为妇、为母之道，歌颂其完美的妇德。

翰林侍读学士右谏议大夫赠工部侍郎张公墓志铭　并序

翰林侍读学士、朝散大夫、右谏议大夫、上柱国、清河县伯张公讳锡，字贶之。其先京兆长安人也。其祖山甫从唐僖宗入蜀，留不返，蜀遭王、孟再乱，绝于中国。中国更五代，天下为宋而蜀平，张氏留蜀，盖亦已五世矣，始得去为汉阳人。又二世，而张氏遂以大显。

公为人清方敏默，为善不倦，而喜自晦敛，若不欲人知，其遇人怡怡，若无所不可。及视其发施于事者，其义有可畏，其守有不可夺，其能有不可及，既已，则若未尝有所为者。少喜读书，至其疾革，犹不释手，自经、史、子、集、百家之说，无不记览通达，而绝口不道于人。故其晚，始侍读于中。上尝叹曰：“自吾得张锡，日益有所闻。”以飞白为“博学”二字赐之，曰：“锡老矣，恨得之晚也。”

公初举进士，中大中祥符元年甲科，试秘书省校书郎，知南昌县。迁萍乡令，改著作佐郎，又知安远县。徙知新州，兴学校以教新人，新人有进士自公始。再迁太常博士、监染院。诏选能吏治畿县，公以选知东明。前为令者阖门重帘，以壅隔废治。公至，则辟门去帘，告其人曰："吾所治者三而已，强恃力、富恃资、刑恃赎者，吾所先也。"其人以谓公言简必信，法简必严，于是豪势者屈而善弱者伸，县以大治。

工部侍郎李及荐公材堪御史，上曰："李及清慎人，未尝妄有所举，此可信也。"乃以为监察御史。故相丁谓贬崖州，至是，议徙内地。公疏言谓奸邪弄国，罪当死，无可怜，且大臣窜逐，本与天下弃之，今复内还，是违天下意。由是止徙道州。玉清昭应宫灾，坐火事劾当死者百余人，公疏言天灾可畏，不可反以罪人而重天怒，愿益修德以塞谴，人乃获免。

公于御史，自监察历殿中侍御史、侍御史知杂事。于尚书，为员外郎、郎中，累官至谏议大夫。于外，为荆湖北路、京东、河北转运使，江淮、两浙、荆湖发运制置使，利、夔路安抚使，知河中府、滑州。于三司，为盐铁判官、判句院，历盐铁、度支、户部副使。又尝权知谏院，判三班审官院、太常寺、国子监。于侍从，为天章阁待制、龙图阁直学士、翰林侍读学士。虽其自晦，其所居，人皆以为宜。

其在京东，籍淄、青、齐、濮、济、郓六州之人冒耕河壖地，收租缗绢岁二十八万，而六州之民争讼遂息。其后言利者，请税天下桥渡以佐军，公建言津梁利人而反税之以为害，卒争罢之。平居退让，未尝肯为人先。妖贼王则反贝州，兵围久不克，而自河以北，军饷调发益急，转运使受命者，以疾留不行。公自滑州权河北转运使，命至，即日驰城下，军须皆如其期。其于取舍缓急常如此。

公居家有常法，虽贵显，衣服饮食如少贱时。事母至孝。与族兄甚相友爱，人以为同产。平生所为文章，有集十卷。

公以皇祐元年七月十日，遇疾卒于京师，享年六十有八。上闻震悼，以白金三百两赐其家，特赠工部侍郎。曾祖讳惟序，不仕。祖讳文翼，复州录事参军，赠太子中舍。父讳龟从，赠右谏议大夫。母南阳郡太君邓氏。自皇祖中舍君家于汉阳，遂葬之。至公，始葬汝州之襄城某乡某原，实五年闰七月十七日也。公初娶程氏；再娶孙氏，封乐安郡君，先公五十日而卒。公子五人：曰子骏、子充、子云、子谅、子真，子真、子充皆早卒。于公之葬也，子骏、子云皆为大理评事，子谅大理寺丞。有孙十人。女三人，长适虞部员外郎杜枢，次早卒，幼适大理寺丞王綷。

铭曰：

自足乎其中，不求乎其外，斯惟公之善晦。仕能勇于必为，善有应而无远，故公晦其终显。难于自进，以晚见嗟，而寿胡不俾其遐？呜呼，其奈何！

【解题】

作于皇祐元年（1049）。文章记叙张锡家世及生平，赞赏逝者清正孝悌而为政有声，感叹张公晦默难以自进，虽显而惜晚。茅坤称赞本文“通篇以晦为案”（《宋大家欧阳文忠公文钞》卷二十六）。

太子中舍梅君墓志铭

故太子中舍致仕梅君，讳让，字克让，世为宣城人。常以文学仕进，君独不肯仕，其弟询勉之，君曰：“士之仕也，进而取荣禄易，欲行其志而无愧于心者难。吾岂不欲仕哉？居其官不得行其志，食其禄而有愧于其心者，吾不为也。今吾居父母之邦，事长老以恭，接朋友以信，守吾坟墓，安吾里闾，以老死而无恨，此吾志也。”其弟后贵显，必欲官之，君坚不肯，乃奏任君大理评事，致仕于家。

有子六人：曰尧臣、曰正臣、曰彦臣、曰禹臣、曰纯臣，其一早卒，其三子皆仕宦。而尧臣有名当世，今为国子博士，累以郊祀恩，进君为太子中舍。君既老，尧臣来归，朱服象笏侍君旁，乡人不荣其子而荣其父。尧臣等皆以君年高，愿留养，君不许，曰："此非吾意也。"顾其二子曰："勉尔朝夕，以辅吾老。"顾其三子曰："勉尔名誉，以为吾荣。居者养吾体，仕者养吾志，可也。"君享年九十有一，康强无恙，以皇祐元年正月朔卒于家。

其子尧臣泣请于其友庐陵欧阳修曰："尧臣不肖，仕不显而无闻，不足以成吾先人之志；退托文字以铭后世，又不敢以自私。"予乃为之铭，曰：

志之充，乐也中。寿以隆，福有终。铭无穷，耀幽宫。

【解题】

作于皇祐元年（1049）。文章赞颂梅让（梅尧臣之父）的清高人品。着笔于其弟贵显、其子荣耀，以虚衬实，表现逝者的高风亮节。

尚书主客郎中刘君墓志铭　并序

君讳立之，字斯立，姓刘氏，吉州临江人也。曾祖讳逵，祖讳琠，当五代时，避乱皆不仕。父讳式，官至尚书工部员外郎，掌三司磨勘十余年，能其职，世以其官名其家。

君少孤，能自立。举进士，为福州连江尉、睦州青溪主簿、宣州南陵令，改大理寺丞、知婺州金华县，太子中舍、知梓州中江县，通判泸州。泸州接西南夷，常用武人为守，而夷数怨叛。议者以谓武人不习夷情以生患，宜得能吏通判州事，君始以材选。至则为明约束，止侵欺，曰："必使信自我始。"夷人安之。

凡君之所更立，至今用以为法，而夷亦至今不叛。

通判常州，知高邮军，累迁殿中丞、国子博士、尚书虞部、比部员外郎，知润州，皆有能政。以能选为提点福建路刑狱，察狱之冤死者，奏黜知泉州苏寿与其通判张太冲，福建七州皆震悚。御史考其课，为天下第一。迁司勋员外郎、开封府判官、荆湖北路转运使，坐举官免。杜衍、李若谷、范仲淹等皆言方天下多事时，如刘某者不宜久居于家，乃复起为比部员外郎、知涟水军。言事者以谓自元昊反，一方用兵而天下之民弊，财绌于上而盗起于下，然州县吏犹习故态，苟简弛坏如无事时。于是大选转运使以按察诸路，君以选为荆湖北路转运使。他路绳吏或过急，而被按劾者多不服，君所举察简，而贤否无不当。

是时广西、湖南、夔峡诸蛮皆叛乱，君所部下溪、辰州彭氏蛮，亦折誓柱，招集亡命，移书州县，州县使人往者，辄囚辱侮慢。辰、鼎、澧三州守吏皆言蛮叛有迹，请加兵。诏书问君，君曰："蛮道辰溪落鹤水悍激，可下不可上，其必不敢辄出，而辰州土丁胜兵者三万人，宜积粟利兵为备而已。"因言蛮类虽人，宜鸟兽畜。其小嘲啾抵触，驱而远之耳。若必扰伏制从，至戾其性，则噪呼跑虓，骇起而奔突，乃欲力追而捕之，则散漫山林，我弊而彼逸。凡湖广之患，皆如此也。天子以其言然，下三州毋得妄动，一听君所为，而蛮亦卒无事。

复为司勋员外郎、判三司度支句院，改盐铁判官，假太常少卿接伴契丹使者，遂送之。明年，遂使于契丹。还，言澶、魏筑河堤非其时，必难成，虽成必决，不如因其所趣而导之利，后河果决商胡。

君仕宦四十年，不营产业。自复为司勋员外郎，遂不复求磨勘，凡三迁，皆为知者所荐。为人沉敏少言笑，与人寡合，而喜荐士，士由君荐者多为闻人，天章阁待制杜杞、田瑜是也。

转运、盐铁，皆掌财赋，而君常以民为先，其调率有可免，免之；其不得已，必为处画，使吏不能因缘，而民不重费。其守官不为势牵，不为利夺。为青溪主簿，时知州事李阶、通判朱正辞者皆号强吏，喜负其能以折辱下士，士皆承望奔走不暇，独君数以事争，而二人者常辄屈。其始皆怒，后卒叹服，共荐之。其通判泸州，州有盐井，蜀大姓王蒙正请岁倍输以自占。蒙正与庄献明肃太后联姻，转运使等皆不敢与夺。君曰："倍输于国家犹秋毫耳，奈何使贫民失业？"遂执不与。鄂州官岁市茶五百万斤，君为转运使，时三司请益市一百万，君上言曰："鄂人利茶以为生，今官市之多，反以茶为病，纵不能减，奈何增之？"天子为君许宽一年，君曰："事苟可行，何必一年？如其不可，虽宽十年不可也。"争之不已，后卒为君罢之。君在盐铁次，当举官掌某事，三司使欲用其私人，以空名状请君署，君不肯署，而求举者姓名，三司使不悦，卒命他判官举之。其后三司使竟坐所举罢。

庆历八年五月，迁主客郎中、益州路转运使。其年十一月七日卒于官，享年六十有四。夫人临沂县君王氏，赠尚书右仆射砺之女，先君若干年卒。五子：元卿、真卿，亦早亡；敞，今为大理评事；攽，凤翔府推官，皆贤而有文章。放，太庙斋郎，尚幼。四女，三适人，一尚幼。以某年某月某日葬于某县某乡某原。

铭曰：

刘氏显晦，以时乱治。有声王朝，自君再世。惟德之贻，是将又大。曷知其然？君实有子。

【解题】

作于皇祐二年（1050）。墓志记叙刘立之（刘敞、刘攽之父）生平事迹，赞颂逝者的政治才干以及刚正有节、乐于荐士的处世人格。结构严谨，语言简明，材料剪裁得法。茅坤用一个"整"字概括本文艺术特色（《宋大家欧阳文忠公文钞》卷二十八）。

供备库副使杨君墓志铭

君讳琪，字宝臣，姓杨氏，麟州新秦人也。新秦近胡，以战射为俗，而杨氏世以武力雄其一方。其曾祖讳弘信，为州刺史。祖讳重勋，又为防御使。太祖时，为置建宁军于麟州，以重勋为留后，后召以为宿州刺史、保静军节度使，卒赠侍中。父讳光扆，以西头供奉官监麟州兵马，卒于官。君其长子也。君之伯祖继业，太宗时为云州观察使，与契丹战殁，赠太师、中书令。继业有子延昭，真宗时为莫州防御使。父子皆为名将，其智勇号称无敌，至今天下之士至于里儿野竖，皆能道之。

君生于将家，世以武显，而独好儒学，读书史。为人材敏，谦谨沉厚，意恬如也。初以父卒于边，补殿侍。后用其从父延昭任，为三班奉职。累官至供备库副使，阶银青光禄大夫，爵原武伯。

李溥为发运使，以峻法绳下吏。凡溥所按行，吏皆先戒以备，而溥至，多不免，其黜废者数百人。其闻溥来，辄惶惧自失，至有投水死者。君时年最少，为奉职，监大通堰，去溥治所尤近。溥尝夜挐轻舟猝至，按其文簿，视其职事，如素戒以备者，溥称其才。

君所历官，无不称职。其后同提点河东、京西、淮南三路刑狱公事，君叹曰："吾本武人，岂足以知士大夫哉？然其职得以荐士，亦吾志也。"其所举者二百余人，往往为世闻人。尝坐所举一人罚金，君喜曰："古人拔士，十或得五，而吾所荐者多矣，其失者一而已。"

君少丧父，事其母韩夫人，以孝闻。后以恩赠其父左骁卫将军，母夫人南阳县太君。初娶慕容氏，又娶李氏。有子曰畋，贤而有文武材，今为尚书屯田员外郎、直史馆。君以皇祐二年六月壬戌卒于淮南，年七十有一。皇祐三年十月甲申，畋以其丧合慕容氏之丧，葬于河南洛阳杜泽原。

铭曰：

杨世初微自河西，弯弓驰马耀边陲。桓桓侍中国屏毗，太师、防御杰然奇。名声累世在羌夷，时平文胜武力衰。温温供备乐有仪，好贤举善利岂私？恺悌君子神所宜，康宁寿考顺全归，有畋为子后可知。

【解题】

作于皇祐三年（1051）十月。本文赞颂杨琪（杨畋之父）为人材敏、谦虚沉厚、乐于荐贤。文章简而有法，抓住主要特征，人物性格鲜明。

翰林侍读学士右谏议大夫杨公墓志铭

庆历八年春，翰林侍读学士、右谏议大夫杨公年六十有九告老，即以工部侍郎致仕，归于常州。其行也，天子召见宴劳，赐以不拜。公卿大夫咸出饯于东门，瞻望咨嗟，相与言曰："杨公归哉，于公计为可荣，于国家计为可惜。"其明年九月十三日，公疾革，出其《兵论》一篇，示其子忱、慥，而授以言曰："臣子虽死不敢忘其君父者，天下之至恩大义也。今臣偕不幸，犹以垂闭之口，言天下莫大之忧、为陛下无穷之虑者，其事有五，以毕臣志，死无所恨。惟陛下用臣言，不必哀臣死也。"言讫而卒，不及其私。忱、慥以其语并其《兵论》以闻，天子震悼，顾有司问可以宠公者，有司举故事以对，天子曰："此何足以慰吾思？"乃诏特赠公兵部侍郎。

公少师事种放学问，为文章长于议论。好读兵书，知古兵法，以谓士不兼文武不足任大事。当四方无事时，数上书言边事。后二十余年，元昊叛河西，契丹举众违约，三边皆警，天下弊于兵。公于此时，耗精疲神，日夜思虑，创作《兵车阵图》、刀楯之属，皆有法。天子以步卒五百，如公之法试于庭，以为可用，而世多非其刀楯。修尝奉使河东，得边将王吉言，元昊出兔毛川为吉所败者，用杨公刀楯也。盖世未尝用其术尔。

然公素刚少合，而议者不一，故不得尽用其言。夏竦经略陕西，请益置士兵。公言竦据内地，无破贼之谋，而坐请益兵，盖虞败事则欲以兵少为解。竦复论公不忠，沮计。公不能忍，以语诋之。其后三路农民壮者，咸墨为兵。公又言兵在精不在众，众而不练，则不整而易败，困国而难供。时自将相大臣议者皆务多兵，独公之论能如此。刘平兵败，元昊围延州甚急，而救兵不至。公在河中，乃伪为书驰告延州"救兵十万至矣"，因命旁郡县具刍粮、什器，如其数以俟，已而元昊亦解去。后公守并州，即诏公为并代麟府路经略、安抚、招讨等使，兼兵马都部署。公执勅告其群吏曰："天子用我矣，然任其事必图其效，欲责其效，必尽其方。"乃列六事以请，曰："能用臣言则受命，不然则已。"朝廷难之，公论不已，坐是徙知邢州。公志之不就，皆此类也。

公尝为御史，章献太后兄子刘从德为团练使以卒，其门人、亲戚、厮养，用从德拜官爵者数十人，马季良以刘氏婿为龙图阁直学士。公上书，言汉吕太后王禄、产，欲强其族而反以覆宗；唐武三思、杨国忠之祸，不独其身，几亡其国。太后大怒，贬监舒州酒税。居二岁，复召为御史，言事愈切。

公祥符元年进士及第，以上书言事，真宗奇之，召试，不赴，拜著作佐郎。累官至工部侍郎，为天章阁待制、龙图阁枢密直学士，遂侍讲於翰林。尝为审刑院详议官，知淮阳、江阴军，三司度支判官，知御史杂事，判吏部流内铨，三司度支副使，河北、河东都转运使，知河中府，陕、并、邢、沧、杭五州，所至皆有能绩。为人廉洁刚直，少屈而难犯。其仁心爱物，至其有所能容，人多所不及也。

公讳偕，字次公。曾祖讳伟。祖讳某。父讳守庆。初娶张氏；又娶李氏；又娶李氏；又娶王氏，太原郡君。六孙：景略、景亮、景谟、景道、景直、景彦。公卒之明年秋，其子忱以其丧归于河南。又明年二月十七日，葬于洛阳县宣武管平洛乡之先茔。公有文集十卷，兵书十五卷。读其书，可以见公之志；考其始终之节，可以知公之心。呜呼！可谓忠矣。

修为谏官时，尝与公争议于朝者，而且未尝识公也。及其葬也，其子不以铭属于他人而以属修者，岂以修言为可信也欤？然则铭之其可不信？铭曰：

远矣杨氏，有来其始。赤泉侯功，与汉俱起。震官太尉，四世以公。于陵正直，仆射于唐。师复理卿，振左拾遗。文蔚获嘉，其后益衰。避乱中州，曾祖始南。祖屈伪邦，令于乌江。又适南粤，皇考是生。晦显有时，发于皇明。在考司马，始仕坊州。遂家中部，道德之优。司马四子，惟公克大。非徒大之，将又长之。世有官族，孰无系谱？或绝于微，或亡其序。不绝不亡，由屡有人。谁如杨世，愈久而蕃。次第弗迷，昭穆绵联。公其归此，安千万年。

【解题】

作于皇祐三年（1051）。文章赞颂杨偕才兼文武，足任大事，惋惜其刚直少合，未尽其才。茅坤称赞本文“奇而错落”（《宋大家欧阳文忠公文钞》卷二十六）。何焯评述说：“通篇以论兵作主。”（《义门读书记》欧文下卷）

母郑夫人石椁铭

维皇祐五年癸巳六月庚午，匠作石椁。粤七月己亥，既成，铭曰：

於乎！有宋欧阳修母郑夫人椁，既密既坚，惟亿万年，其固其安。

【解题】

时欧阳修扶母丧归葬吉州沙溪泷冈。铭文言简意赅，字字千金，表达了对母亲的孝敬之心。

兵部员外郎天章阁待制杜公墓志铭

庆历三年，盗起京西，掠商、邓、均、房，叛兵烧光化军，逐守吏，吏不能捕。天子患之，问宰相谁可任者，宰相言度支判官、尚书虞部员外郎杜某，名家子，好学通知古今，宜可用，乃以君为京西转运按察使。居数月，贼平，叛兵诛死。

明年，广西欧希范诱白崖山蛮蒙赶，袭破环州，陷镇宁、带溪、普义，有众数千，以攻桂管。宰相又言前时杜某守横州，言蛮事可听，宜知蛮利害。天子驿召君，见便殿，所对合意，即除君刑部员外郎、直集贤院、广南西路转运按察安抚等使。君至宜州，得州人吴香及狱囚欧世宏，脱其械，使入贼峒说其酋豪。君乘其怠急击之，破其五峒，斩首数百级。复取环州，因尽焚其山林积聚。希范穷迫，走荔波洞，蒙赶率伪将相数十人以其众降。君与将佐谋曰："夫蛮，习险恃阻，如捕猩猱，而吾兵以苦暑难久，是进退、迟速皆不可为，故常务捐厚利为招之。盖威不足以制，则恩不能以怀，此其所以数叛也。今吾兵虽幸胜，然蛮特败而来耳，岂真降者邪？啖之以利，后必复动。”乃慨然叹曰：“蛮知利而不知威久矣，吾将先威而后信，庶几信可立也。”乃击牛为酒，大会环州，戮其坐中者六百余人，而释其尩病、胁从与其非因败而降者百余人。后三日，兵破荔波，擒希范至，并戮而醢之，以醢赐诸溪峒。于是叛蛮无噍类，而君威震南海。言事者论君杀降，为国失信于蛮貊，天子置之不问，诏书谕君，赐以金帛，君即上书引咎。

六年，徙为两浙转运使。筑钱塘堤，自宫浦至沙陉，以除海患。明年，又徙河北转运使。召见，奏事移刻，天子益知其材，赐金紫服以遣之。是岁夏，拜天章阁待制，充环庆路兵马都部署、经略安抚使、知庆州。君言杀降，臣也宜得罪，将吏惟臣所使，其劳未录，不敢先受命。天子为君悉录将吏，赏之，乃受命。

自元昊称臣听誓，而数犯约抄边，边吏避生事，纵不敢争。君始至，其酋孟香率千余人内附，事闻，诏君如约。君言如约当还，而孟香得罪夏人，势无还理，遣之必反为边患。议未决，夏人以兵入界，求孟香，孟香散走自匿。夏兵驱杀边户，掠夺羊马，而求孟香益急。朝议责君亟索而还之，君言夏人违誓举兵，孟香不可与。因移檄夏人，不偿所掠，则孟香不可得。夏人不肯偿所掠，君亦不与孟香，夏人后亦不复敢动。君治边二岁，有威爱。

皇祐二年五月甲子，疾卒于官，享年四十有六。天子震悼，赙恤其家，以其子炤为秘书省校书郎，君以荫补将作监主簿，累官至尚书兵部员外郎，阶朝奉郎，勋护军。

尝以太子中舍知建阳县，除民无名租，岁以万计。闽俗贪啬，有老而生子者，父兄多不举，曰：“是将分吾资。”君上书请立伍保，俾民相察，寘之法，由是生子得免。闽人久之以君为德，多以君姓字名其子，曰："生汝者杜君也。"

君讳杞，字伟长，世为金陵人。其曾伯祖昌业，仕江南李氏，为江州节度使。江南国灭，杜氏北迁，今为开封府开封人也。曾祖讳某，赠给事中。祖讳镐，官至龙图阁学士、尚书礼部侍郎。父讳某，赠尚书工部侍郎。君初娶蒋氏，封某县君；后娶徐氏，封东海县君。女六人，其二适人，四尚幼。子男一人，炤也。

杜氏自君皇祖侍郎，以博学为世儒宗，故其子孙皆守儒学而多闻人。君尤博览强记，其为文章多论当世利害，甚辩。有文集十卷，奏议集十二卷。其居官以精敏明干，所至有声。君学问之余，兼喜阴阳数术之说，常自推其数曰："吾年四十六死矣。"其亲戚朋友莫不闻其说，至其岁，果然。呜呼！可谓异矣。所谓命者果有数邪？其果可以自知邪？皇祐六年某月日，其兄驾部员外郎植与其孤葬君于某县某乡某原。

铭曰：

其敏以达，其果以决。其守不夺，其摧不折。其终一节，兹谓不没。

【解题】

作于至和元年（1054）。墓志赞扬杜杞通知古今，居官精明，着重表彰其镇压京西农民起义及广南西路欧希范、蒙赶起事。叙事具体，重点突出，结构灵活多变。茅坤评述说："崛。杜公以兵略显，故志中独详，而少所历它官皆略矣。"（《宋大家欧阳文忠公文钞》卷二十七）

太常博士尹君墓志铭 并序

君讳源，字子渐，姓尹氏，与其弟洙师鲁俱有名于当世。其论议文章，博学强记，皆有以过人。而师鲁好辩，果于有为。子渐为人刚简，不矜饰，能自晦藏，与人居，久而莫知，至其一有所发，则人必惊伏。其视世事若不干其意，已而権其情伪，计其成败，后多如其言。其性不能容常人，而善与人交，久而益笃。自天圣、明道之间，予与其兄弟交，其得于子渐者如此。

其曾祖讳谊，赠光禄少卿。祖讳文化，官至都官郎中，赠刑部侍郎。父讳仲宣，官至虞部员外郎，赠工部郎中。子渐初以祖荫补三班借职，稍迁左班殿直。天圣八年，举进士及第，为奉礼郎，累迁太常博士，历知芮城、河阳二县，签署孟州判官事，又知新郑县，通判泾州、庆州，知怀州，以庆历五年三月十四日卒于官。

赵元昊寇边，围定川堡，大将葛怀敏发泾原兵救之。君遗怀敏书曰："贼举其国而来，其利不在城堡，而兵法有不得而救者，且吾军畏法，见敌必赴而不计利害，此其所以数败也。宜驻兵瓦亭，见利而后动。"怀敏不能用其言，遂以败死。刘涣知沧州，杖一卒，不服，涣命斩之，以闻，坐专杀，降知密州。君上书为涣论直，得复知沧州。范文正公常荐君材可以居馆阁，召试，不用，遂知怀州，至期月，大治。

是时，天子用范文正公与今观文殿学士富公、武康军节度使韩公，欲更置天下事，而权幸小人不便，三公皆罢去，而师鲁与时贤士多被诬枉得罪。君叹息忧悲发愤，以谓生可厌而死可乐也，往往被酒，哀歌泣下，朋友皆窃怪之。已而以疾卒，享年五十。至和元年十有二月十三日，其子材葬君于河南府寿安县甘泉乡龙涧里。其平生所为文章六十篇，皆行于世。子男四人，曰材、植、机、桴。

呜呼！师鲁常劳其智于事物，而卒蹈忧患以穷死。若子渐者，旷然不有累其心，而无所屈其志，然其寿考亦以不长。岂其所谓短长得失者，皆非此之谓欤？其所以然者，不可得而知欤？

铭曰：

有韫于中不以施，一愤乐死其如归。岂其志之将衰？不然，世果可嫉其如斯！

【解题】

作于至和元年（1054）末。墓志赞扬尹源的学识文章、刚直人格，悲伤其怀才不遇，穷困早逝。全文嘘唏感叹，情意深长。何焯称赞本文“亦悲愤，亦深远”（《义门读书记》欧文下卷）。张廉卿评述说：“欧公志铭，当以此篇为最古，感慨深挚，神气跌宕，诵之使人心碎。”（《古文辞类纂》诸家集评）

尚书比部员外郎陈君墓志铭

故尚书比部员外郎陈君，卜以至和二年正月某日，葬于京兆府万年县洪固乡神禾原。其素所知秘书丞李诩与其孤安期，谋将乞铭于庐陵欧阳修，安期曰“吾不敢”，诩曰“我能得之”。乃相与具书币，遣君之客贾绎，自长安走京师以请。盖君以至和元年五月某日卒于长安，享年四十有六，其仕未达，而所为未有大见于时也。然诩节义可信之士，以诩能报君，而君能知诩，则君之为人可知也已。

君讳汉卿，字师黯，世居阆中。其先博州人，因事伪蜀为县令，遂留家焉。其曾叔祖省华，官至谏议大夫，生尧叟、尧佐、尧咨，先后为将相。而君自曾祖而下，三世不显。曾祖讳省恭，不仕。祖讳尧封，举进士，为虢县主簿。王均乱蜀，诣阙上书，献破贼策，不报，遂退老于嵩山。父讳渊，亦举进士，官至大理寺丞，与其兄渐所谓金龟子者，皆以文学知名。君生一岁而孤。年十三，与其母入蜀，过凤翔，谒其府尹，而吏少君，不为之通。君直入，伏庭下，曰：“陈某请见。”因责尹慢士，戒吏不谨。尹惭，笞吏以谢君。

君用叔祖尧咨荫补将作监主簿，累迁大理寺丞、监沙苑监、权知渭南县。民有兄弟争田者，吏常直其兄，而弟讼不已。君为往视其田，辨其券书，而以田与弟。其兄谢曰："我悔欲归弟以田者数矣，直惧笞而不敢耳。"弟曰："我田故多，然耻以不直讼兄，今我直矣，愿以田与兄。"兄弟相持恸哭，拜而去。由是县民有事，多相持诣君，得一言以决曲直。

又知登封县。县有恶盗十人，已谋未发，而尉方以事出，君募少年选手力夜往捕，获之。明日召尉归，以贼与之，曰："得是，可以论赏。"赏未及下而尉卒。尉，河南儒者魏景山也，老而且贫，君为主其丧事，买田宅于汝州，以活其妻子。

通判嘉州，治田讼三十年不决者，一日决之。秩满，嘉人诣转运使，乞留不得。时文丞相守成都，荐其材，而荐者十有五人。通判河中府，府有妖狱二百余人，君方以公事之他州，提点刑狱司疑狱有冤，召君还视之，独留其一人，余皆释之。累迁尚书虞部员外郎，天子享明堂，推恩，遂迁比部。通判宁州，决疑狱活一家五人。

君好学，重气节，尝有负其钱数千万，辄毁其券弃之。与人交，久而益笃。喜为歌诗，至于射艺、书法、医药，皆精妙。尤好古书、奇画，每倾资购之，尝自为录，藏于家。其材能好尚，皆可嘉也。母曰仁寿县太君王氏。初娶王氏，生一子，安期也；后娶又曰王氏。

铭曰：

在蜀伪时，处昏不迷，惟陈最微。蜀亡而东，高明显融，莫如陈宗。惟陈有声，自其高曾，君世不兴。惟兴与伏，有俟而畜。其周必复，实始自君。昌其子孙，考铭有文。

【解题】

作于至和二年（1055）。本文记叙陈汉卿生平事迹，赞颂逝者的为人气节和政治才干。重点突出，结构跌宕起伏，语言简洁明快。茅坤称赏说："错落可诵。"（《宋大家欧阳文忠公文钞》卷二十七）

湖州长史苏君墓志铭　并序

故湖州长史苏君有贤妻杜氏，自君之丧，布衣蔬食，居数岁，提君之孤子，敛其平生文章，走南京，号泣于其父曰："吾夫屈于生，犹可伸于死。"其父太子太师以告于予。予为集次其文而序之，以著君之大节与其所以屈伸得失，以深诮世之君子当为国家乐育贤材者，且悲君之不幸。其妻卜以嘉祐元年十月某日，葬君于润州丹徒县义里乡檀山里石门村，又号泣于其父曰："吾夫屈于人间，犹可伸于地下。"于是杜公及君之子泌，皆以书来乞铭以葬。

君讳舜钦，字子美。其上世居蜀，后徙开封，为开封人。自君之祖讳易简，以文章有名太宗时，承旨翰林为学士，参知政事，官至礼部侍郎。父讳耆，官至工部郎中、直集贤院。君少以父荫补太庙斋郎，调荥阳尉。非所好也，已而锁其厅去。举进士中第，改光禄寺主簿、知蒙城县。丁父忧，服除，知长垣县，迁大理评事，监在京楼店务。

君状貌奇伟，慷慨有大志。少好古，工为文章。所至皆有善政。官于京师，位虽卑，数上疏论朝廷大事，敢道人之所难言。范文正公荐君，召试，得集贤校理。自元昊反，兵出无功，而天下殆于久安，尤困兵事。天子愤然用三四大臣，欲尽革众弊以纾民。于是时，范文正公与今富丞相多所设施，而小人不便，顾人主方信用，思有以撼动，未得其根。以君文正公之所荐而宰相杜公婿也，乃以事中君，坐监进奏院祠神，奏用市故纸钱会客为自盗除名。君名重天下，所会客皆一时贤俊，悉坐贬逐。然后中君者喜曰："吾一举网尽之矣。"其后三四大臣相继罢去，天下事卒不复施为。

君携妻子居苏州，买水石作沧浪亭，日益读书，大涵肆于六经，而时发其愤闷于歌诗，至其所激，往往惊绝。又喜行狎书，皆可爱。故其虽短章醉墨，落笔争为人所传。天下之士闻其名而慕，见其所传而喜，往揖其貌而竦，听其论而惊以服，久与其居而不能舍以去也。居数年，复得湖州长史。

庆历八年十二月某日，以疾卒于苏州，享年四十有一。君先娶郑氏，后娶杜氏。三子：长曰泌，将作监主簿；次曰液、曰激。二女，长适前进士陈纮，次尚幼。

初，君得罪时，以奏用钱为盗，无敢辨其冤者。自君卒后，天子感悟，凡所被逐之臣复召用，皆显列于朝。而至今无复为君言者，宜其欲求伸于地下也，宜予述其得罪以死之详，而使后世知其有以也。既又长言以为之辞，庶几并写予之所以哀君者。其辞曰：

谓为无力兮，孰击而去之？谓为有力兮，胡不反子之归？岂彼能兮此不为。善百誉而不进兮，一毁终世以颠挤，荒孰问兮杳难知。嗟子之中兮，有韫而无施。文章发耀兮，星日光辉。虽冥冥以掩恨兮，不昭昭其永垂。

【解题】

作于嘉祐元年（1056）。苏舜钦是欧阳修政治改革和文学革新中志同道合的朋友，在庆历新政中为人倾陷，被劾除名，抑郁而死。墓志记叙苏氏的坎坷生涯，对其不幸遭遇寄托了深切同情。文笔纡徐，感情深沉，茅坤以"悲咽"概括本文特色（《宋大家欧阳文忠公文钞》卷二十八）。

广平郡太君张氏墓志铭 并序

故右谏议大夫、集贤院学士、赠礼部尚书虢略杨公之夫人，曰广平郡太君张氏。其先青州人，后徙为开封人也。杨公讳大雅，以文行知名于时，号有清节。夫人佐公以勤俭治其家，教子弟，和宗族，皆有法。公以明道元年四月某日薨。后二十有四年，至和二年六月某日，夫人以疾卒于高邮。以嘉祐元年十二月某日，葬于杭州钱塘县履泰乡湖西村灵隐山祖茔之西。

夫人曾祖嗣，当五代之乱，不显。祖平，举三礼。太宗皇帝为晋王，署平押衙。为人刚果有智谋，以此尤见亲信，官至三司盐铁使。父从古，庄宅副使。景德中，以殿直从李继隆军击契丹，继隆战败，从古入见，陈继隆所以败之状，其言甚辩，称旨。会宜州蛮叛，乃以从古为供奉官，守宜州。从古招降叛蛮，秩满罢去，以内殿崇班冯励代之。蛮复叛，攻宜州，斩励而去，告边吏曰："得张侯守宜州，我则听命。"即复遣从古守宜州，凡七年，蛮无事，徙知澧州。而宜州人陈进反，攻岭南，驿召从古，以为巡抚副使，与贼战象州，斩首万余级。已破进，留宜州，以疾卒，宜人为立庙于州北韩婆岭。庆历中，蛮贼区希范攻宜、桂，转运使杜杞祷兵于庙下，更其名曰制胜岭，至今宜人祠之。

盖杨氏自汉以来，世有令誉，迨公千余岁，常有显人。而张氏威烈，信于一方。杨氏以德，张氏以功，合二族之美。而夫人为淑女，为贤妇母，享年六十，以寿终。公先娶漳南县君张氏，生子二人：曰洎，虞部员外郎；曰濬，殿中丞。女三人，长适国子博士袁成师，次大理寺丞李严，次殿中丞温嗣良。夫人生子男四人：曰泳，大理寺丞；曰渐，奉礼郎；曰沆，太子中舍；曰沨，卫尉寺丞。有女一人，归于修。女之适李氏者，今封武原县太君。余女及濬、泳、渐，皆先夫人而亡。孙男十四人。

呜呼！惟德与功与贤，法皆宜铭。铭曰：

有邑清河，遂开其邦。又徙南阳，皆以夫荣。后用子封，京兆广平。宜其夫子，有淑其声。子孙之思，考德有铭。

【解题】

作于嘉祐元年（1056）。文章叙述杨大雅夫人张氏家世显赫，杨门素有清节，合张、杨两族功德之美，宜铭宜颂。

渤海县太君高氏墓碣

故尚书兵部员外郎、知制诰、知邓州军州事阳夏公之夫人，姓高氏，宣州宣城人也。父讳惠连，官至兵部郎中。母曰广陵县君句氏。阳夏公讳绛，姓谢氏。夫人有子曰景初、景温、景平、景回。女一早卒，次适上虞县令王存，次适大理寺丞李处厚，次若干人，未嫁。宝元二年，阳夏公卒于邓州，以其年八月某日，葬于某所。后若干年，夫人随其子某官于某州，以某年某月某日卒于官舍，遂以某年某月某日合葬于公之墓。夫人初以夫封文安县君，后以其子封渤海县太君。

谢氏世为名族，而阳夏公尤显闻于时。初，公与子俱官于洛阳，而公之父太子宾客讳涛尚无恙。其子景初、景温方为童儿，景平始生，二三女子皆幼。予日至其家，进拜宾客，见其鬓发垂白，衣冠肃洁，貌厚而气清，寿考君子也。退而与阳夏公游，见其年壮志盛，伟然方为一时名臣。而诸儿女子戏嬉罇席之间者，皆颖发而秀好。

于是时，夫人以孝力事其舅为贤妇，以柔顺事其夫为贤妻，以恭俭均一教育其子为贤母。后二三年，宾客薨于京师。又五六年，阳夏公卒于邓。又十余年，景初、景温、景平皆以进士及第，景初为某官，景温某官，景平某宫。夫人于其舅与夫，为妇之礼备；于其子，立家之道成。享年若干以卒。

呜呼！予始铭宾客，又铭阳夏公，今又书夫人之事于碣，殆见谢氏更一世矣。其为之书也，宜得其详。

【解题】

作于嘉祐元年（1056）。文章赞颂谢绛夫人高氏为贤妇、贤妻、贤母，追述三十年来与谢氏父子的交游，感慨系之。茅坤评述说："中多摹韩公处。"（《宋大家欧阳文忠公文钞》卷二十九）

尚书工部郎中充天章阁待制许公墓志铭 并序

公讳元，字子春，姓许氏，宣州宣城人也。许氏世以孝谨称乡里。其父亡，一子当官，兄弟相让，久之，曰："吾弟材，后必庇吾宗。"乃以公补郊社斋郎。徙居海陵，力耕以养其母。调明州定海、剑州顺昌县尉，泰州军事推官。戍兵千人自海上亡归，州守闻变，不知所为。公为诘其所以来，二三人出，前对。公叱左右执之，曰："惑众者此尔，其余何罪？"劳其徒而遣之。

迁镇东军节度推官、知润州丹阳县。县有练湖，决水一寸，为漕渠一尺，故法：盗决湖者，罪比杀人。会岁大旱，公请借湖水溉民田，不待报，决之。州守遣吏按问，公曰："便民，罪令可也。"竟不能诘。由是溉民田万余顷，岁乃大丰。再迁太子中舍、监扬州博盐和籴仓，知泰州如皋县。所至民爱思之。

公为吏喜修废坏，其术长于治财。自元昊叛河西，兵出久无功，而天下劳弊，三司使言公材，以主榷货。公言先时贾人入粟塞下，京师钱不足以偿，故钱偿愈不足，则粟入愈少而价愈高，是谓内外俱困。请高塞粟之价，下南盐以偿之，使东南去滞积，而西北之粟盈，曰："此轻重之术也。"行之果便。是时京师粟少，而江淮岁漕不给，三司使惧，大臣以为忧，参知政事范仲淹谓公独可办，乃以公为江淮、两浙、荆湖发运判官。公曰："以六路七十二州之粟不能足京师者，吾不信也。"至则治千艘，浮江而上，所过州县留三月食，其余悉发，而州县之廪远近以次相补，由是不数月，京师足食。既而叹曰："此可为于乏时，然岁漕不给者，有司之职废也。"乃考故事，明约信令，发敛转徙，至于风波远近、迟速赏罚，皆有法。凡江湖数千里外，谈笑治之，不扰不劳，而用以足。

公初以殿中丞为判官，已而为副，为使，每岁终，会计来朝，天子必加恩礼。特赐进士出身，官至工部郎中、天章阁待制，凡在职十有三年。已而曰："臣惫矣，愿乞臣一州。"天子顾代公者难其人，其请至八九，久之，察其实病且老矣，乃以知扬州。居岁余，徙知越州。公益病，又徙泰州。

至州，未视事，以嘉祐二年四月某日卒于家，享年六十有九。曾祖讳稠，池州录事参军。祖讳规，赠大理评事。父讳逖，尚书司封员外郎，赠工部侍郎。公娶冯氏，封崇德县君，先公卒。子男二人：长曰宗旦，真州杨子县主簿；次曰宗孟，守将作监主簿。女一人，适太常寺太祝滕希雅。

先是，江淮岁漕京师者，常六百万石，其后十余岁，岁益不充。至公为之，岁必六百万，而常余百万以备非常。方其去职，有劝公进为羡余者，公曰："吾岂聚敛者哉，敢用此以希宠?"公为人善谈论，与人交，久而益笃。于其家尤孝悌，所得俸禄分给宗族，无亲疏之异。

其孤宗旦等以某年某月某日，葬公于真州杨子县甘露乡之某原。其所与游庐陵欧阳修志于其墓曰：呜呼！为天下者，固常养材于无事之时，盖必有事，然后材臣出。自宝元、庆历以来，兵动一方，奔走从事于其间者，皆号称天下豪杰，其智者出谋，材者献力，讫不得少如其志。而公遭此时，用其所长，且久于其官，故得卒就其业而成此名，此其可以书矣。

乃为之铭曰：

材难矣，有蕴而不得其时；时逢矣，有用而不尽其施。功难成而易毁，虽明哲或不能以自知。公材之敏兮，用适其宜。志方甚壮兮，力则先衰。行著于家，而劳施于国。永幽其闷兮，铭以哀之。

【解题】

作于嘉祐二年（1057）四月。墓志赞颂许元的为人为政，着重表彰逝音长于治财，谈笑之间，不扰不劳，漕运通，国用足。事迹善剪裁，语言流畅，人物形象突出。茅坤称赏本文“序事亦鬯”（《宋大家欧阳文忠公文钞》卷二十七）。

翰林侍读侍讲学士王公墓志铭　并序

公讳洙，字原叔。其生始能言，已知为诗，指物能赋。既长，学问自六经、《史记》、百氏之书，至于图纬、阴阳、五行、律吕、星官、算法、训故、字音，无所不学，学必通达，如其专家。其语言初如不出诸口，已而辨别条理，发其精微，听者忘倦，决疑请益，人人必得其所欲。故自其少也，一时名臣贤士皆称慕之，其名声著天下。

初举进士，为庐州舒城尉。坐事免官，归居南京。故相临淄晏公为留守，奇其文章，待以客礼。久之，复调贺州富川主簿，未行，临淄公荐其才，留居应天府学，教诸生。会诏举经术士为学官，京东转运使举公应诏，召为国子监直讲，迁大理评事、史馆检讨、知太常礼院、天章阁侍讲、直龙图阁、同判太常寺。庆历中，小人有不便大臣执政者，欲排去之，未知所发。而杜丞相子婿苏舜钦为集贤校理，负时名，所与交游皆当世贤豪。已而舜钦坐监进奏院祠神会客，为御史所弹，公以坐客贬知濠州，徙知襄、徐、亳三州。范文正公、富丞相皆言王某学问经术，多识故事，宜在朝廷。复召为检讨、同判太常寺、侍讲，充史馆修撰，拜知制诰，权判吏部流内铨。至和元年九月，为翰林学士。三年，以亲嫌改侍读学士兼侍讲学士。嘉祐二年九月甲戌朔，以疾卒，享年六十有一。累官至尚书吏部郎中，阶朝散大夫，勋轻车都尉，爵开国伯，食邑五百户。

公为人宽厚乐易，孝于宗族，信于朋友，诸孤不能自立者，皆为之嫁娶。始举进士时，与郭稹同保，人有告稹冒祖母禫者，法当连坐。主司召公，问果保稹否，不然，可易也。公言保之，不可易也。于是与稹俱罢。公以文儒进用，能因其所学为上开陈，其言缓而不迫。天子常喜其说，意有所欲，必以问之，无不能对，尝以涂金龙水笺为飞白“词林”二字以褒之。至于朝廷他有司前言故实，皆就以考正。既领太常，吉凶礼典，撰定尤多。尝修《集韵》，校定《史记》、前后《汉书》，编《国朝会要》、《乡兵制度》、《祖宗故事》、《三朝经武圣略》。皇祐中，大享明堂，翰林侍读学士宋祁言明堂礼废久，必得通知古今之学者。诏公共草其仪，礼成，撰《大享明堂记》。又诏修雅乐。晚喜隶书，尤有古法。著《易传》十篇，其他文章千有余篇。

其施于为政，敏而有方。襄州中庐戍兵骄，前为守者患之，不能制。公至，因事召之，悉集于庭，告曰：某时为某事者，非某人邪？取其一二人寘于法，余悉不问，兵始知惧。是时妖贼反贝州，州县无远近，皆警动。佐吏劝公毋给州卒教习者真兵，公笑曰：“是欲防乱乎？此所以使人不安也。”在徐州，遭岁大饥，免民舟算缗，使得籴旁郡，而出公私米粟赈民，所活尤多。有司上其最，降诏书褒美。

其在朝廷，多所论议。遇人恂恂惟谨。及既殁，而考其言皆当世要务。公知制诰，夏竦卒，天子以东宫旧恩，赐谥文献。公曰："此僖祖皇帝谥也。"封还其目，不为草辞，因曰："前有司谥王溥为文献，章得象为文宪，字难异而音同，皆当改。"于是太常更谥竦文庄，而溥、得象皆易谥。又尝论宗戚近幸，冒法干恩泽，以乱刑赏。又言天下民田税不均，而奸民逃亡，有司失其常税，请用郭咨、孙琳千步开方为均田法，颁之州县，使因民讼稍稍均之，可不扰，而有司得复其常数。近时选谏官、御史，有执政之臣尝荐举者，皆以嫌不用。公以谓士饬身厉行，而大臣荐贤以报国，以嫌废之，是疑大臣而废贤材，不可。及论河功、边食，皆可施行。

方公病时，八月开迩英阁，侍臣并进讲读而公独病，天子思之，遣使者问公疾少间否，能起而为予讲邪。既而公病笃以卒，天子震悼，赙恤加等，赠给事中，特赐谥曰文。即以其年十月辛酉，葬于应天府虞城县之孟诸乡土山原。

公，应天宋城人也。曾祖讳厚。祖讳化，赠太傅。父讳砺，赠太师、中书令兼尚书令。公初娶董氏，再娶胡氏，皆先公卒。又娶齐氏，封高阳郡君。子男五人：长曰叟臣，早卒；次曰力臣，太常寺太祝；次钦臣，秘书省正字；次陟臣，将作监主簿；次曾臣，某官。一女，适太常博士陈安道。

铭曰：

惟王氏之先，远自三代，下迄战国。商、周、齐、魏，其后之人，皆以王为氏。故其为姓，尤多于后世。而太原之王，出周王子。公世可考，实太原人。后家于宋，遂以蕃延。惟其皇考，是生八子。公实其季，其德克嗣。播其休声，以显于仕。八支之盛，名誉材贤。公考朝廷，儒学之臣。退食于家，诜诜子孙。岂其不乐，胡夺之年？朝无咨询，士失益友。送车国门，出涕引首。于兹归藏，刻铭不朽。

【解题】

作于嘉祐二年（1057）九月。墓志赞颂王洙学问广博通达，人品宽厚乐易，为政敏而有方。文章错落有致，叙事详明，重点突出。

太子太师致仕杜祁公墓志铭

故太子太师致仕、祁国公、赠司徒兼侍中杜公讳衍，字世昌，越州山阴人也。其先本出于尧之后，历三代，常为诸侯。后徙其封于杜，而子孙散适他国者，以杜为氏。自杜赫为秦将军，后三世，御史大夫周及其子建平侯延年，仍显于汉。又九世，当阳侯预显于晋。又十有四世，岐国公佑显于唐。又九世而至于祁公。其为家有法，其吉凶、祭祀、斋戒日时币祝从事，一用其家书。自唐灭，士丧其旧礼而一切苟简，独杜氏守其家法，不迁于世俗。盖自春秋诸侯之子孙，历秦、汉千有余岁，得不绝其世谱，而唐之盛时公卿家法存于今者，惟杜氏。公自曾、高以来，以恭俭孝谨称乡里。至公为人，尤洁廉自克。其为大臣，事其上以不欺为忠，推于人以行己取信。故其动静纤悉，谨而有法。至考其大节，伟如也。

公享年八十，官至尚书左丞。方其六十有九，岁且尽，即上书告老。明年，以太子少师致仕。累迁太子太保、太傅、太师，封祁国公于其家。天子祀明堂，遣使者召公陪祠，将有所问，以疾不至。而岁时存问、劳赐不绝。

公少举进士高第，为扬州观察推官，知平遥县，通判晋州，知乾州，迁河东、京西路提点刑狱，知扬州，河东、陕西路转运使。入为三司户部副使，拜天章阁待制、知荆南府。未行，以为河北路都转运使，遂知天雄军。召为御史中丞，判流内铨，知审官院，拜枢密直学士，知永兴军。徙知并州，迁龙图阁学士，复知永兴军，权知开封府。康定元年，以刑部侍郎同知枢密院事，即拜副使。庆历三年，迁吏部侍郎、枢密使。明年，以本官同中书门下平章事。

公治吏事，如其为人。其听狱讼，虽明敏而审核愈精，故屡决疑狱，人以为神。其簿书出纳，推析毫发，终日无倦色，至为条目，必使吏不得为奸而已。及其施于民者，则简而易行。

始居平遥，尝以吏事适他州，而县民争讼者皆不肯决，以待公归。知乾州未满岁，安抚使察其治行，以公权知凰翔府。二邦之民争于界上，一曰“此我公也，汝夺之”；一曰“今我公也，汝何有焉”。夏人初叛命，天下苦于兵，而自陕以西尤甚，吏缘侵渔，调发督迫，至民破产不能足，往往自经、投水以死。于是时，公在永兴，语其人曰：“吾不能免汝，然可使汝不劳尔。”乃为之区处计较，量物有无贵贱、道里远近，宽其期会，使以次输送。由是物不踊贵，车牛刍秣，宿食来往如平时，而吏束手无所施，民比他州费省十六七。至于缮治城郭器械，民皆不知。

开封治京师，常挠于权要，有干其法而能不为之屈者，世皆以为难。至公，能使权要不敢有所干。凡其为治，以听断盗讼为能否尔，独公始有余力省其民事，如治他州，而畿赤诸县之民皆被其惠。开封比比出能吏，而兼于民政者，惟公一人。

吏部审官，主天下吏员，而居职者类以不久迁去，故吏得为奸。公始视铨事，一日，选者三人争某阙，公以问吏，吏受丙赇，对曰：“当与甲。”乙不能争，遂授他阙。居数日，吏教丙讼甲负某事，不当得。公悟，召乙问之，乙谢曰：“业已得他阙，不愿争。”公不得已，与丙而笑曰：“此非吏罪，乃吾未知铨法尔。”因命诸曹各具格式科条以白，问曰：“尽乎？”曰：“尽矣。”明日，敕诸吏无得升堂，使坐曹听行文书而已，由是吏不得与铨事，与夺一出于公。居月余，翕然声动京师。其在审官，有以贿求官者，吏谢不受，曰："我公有贤名，不久见用去矣，姑少待之。"

庆历之初，上厌西兵之久出而民弊，亟用今丞相富公、枢密韩公及范文正公，而三人者遂欲尽革众事以修纪纲。而小人权幸皆不悦，独公与相佐佑。而公尤抑绝侥幸，凡内降与恩泽者，一切不与，每积至十数，则连封而面还之，或诘责其人，至惭恨涕泣而去。上尝谓谏官欧阳修曰；"外人知杜某封还内降邪？吾居禁中，有求恩泽者，每以杜某不可告之而止者，多于所封还也。其助我多矣，此外人及杜某皆不知也。"然公与三人者，卒皆以此罢去。

公多知本朝故实，善决大事。初，边将议欲大举以击夏人，虽韩公亦以为可举，公争以为不可，大臣至有欲以沮军罪公者，然兵后果不得出。契丹与夏人争银瓮族，大战黄河外，而雁门、麟府皆警，范文正公安抚河东，欲以兵从。公以为契丹必不来，兵不可妄出。范公怒，至以语侵公，公不为恨。后契丹卒不来。二公皆世俗指公与为朋党者，其论议之际盖如此。及三人者将罢去，公独以为不可，遂亦罢，以尚书左丞知兖州。岁余，乃致仕。

公自布衣至为相，衣服饮食无所加，虽妻子亦有常节。家故饶财，诸父分产，公以所得悉与昆弟之贫者。俸禄所入，分给宗族，赒人急难。至其归老，无屋以居，寓于南京驿舍者久之。自少好学，工书画，喜为诗，读书虽老不倦。推奖后进，今世知名士多出其门。居家见宾客必问时事，闻有善，喜若已出；至有所不可，忧见于色，或夜不能寐，如任其责者。凡公所以行之终身者，有能履其一，君子以为人之所难，而公自谓不足以名后世，遗戒子孙，无得纪述。呜呼！岂所谓任重道远，而为善惟日不足者欤！

曾祖太子少保讳某，赠太师。祖鸿胪卿讳叔詹，追封吴国公。父尚书度支员外郎讳遂良，追封韩国公。皆赠太师、中书令兼尚书令。娶相里氏，封晋国夫人。子男曰诜，大理评事；䜣，太常博士；讷，将作监主簿；诒，秘书省正字。三子早卒。女，长适集贤校理苏舜钦，次适秘阁校理李綖，次适单州团练推官张遵道。公以嘉祐二年二月五日卒于家。其子䜣以其年十月十八日，葬公于应天府宋城县之仁孝原。

铭曰：

翼翼祁公，率履自躬。一其初终，惟德之恭。公在于位，士知贫廉。退老于家，四方之瞻。岂惟士夫，天子曰咨。尔曲尔直，绳之墨之。正尔方圆，有矩有规。人莫之逾，公无尔欺。予左予右，惟公是毗。公虽告休，受宠不已。宫臣国公，即命于第。奕奕明堂，万邦从祀。岂无臣工，为予执法。何以召之，惟公旧德。公不能来，予其往锡。君子恺悌，民之父母。公虽百龄，人以为少。不俾黄耇，丧予元老。宠禄之隆，则有止期。惟其不已，既去而思。铭昭于远，万世之诒。

【解题】

作于嘉祐二年（1057）十月。墓志追溯杜氏家族渊源，叙述杜衍生平行为大节，赞颂其为政明敏而精审，为人刚正而清廉。文章纪大而略小，文理严密，叙事当中蕴含强烈抒情。茅坤称赏本文“法度严整”（《宋大家欧阳文忠公文钞》卷二十四）。

孙明复先生墓志铭　并序

先生讳复，字明复，姓孙氏，晋州平阳人也。少举进士不中，退居泰山之阳，学《春秋》，著《尊王发微》。鲁多学者，其尤贤而有道者石介，自介而下皆以弟子事之。先生年逾四十，家贫不娶，李丞相迪将以其弟之女妻之。先生疑焉，介与群弟子进曰："公卿不下士久矣，今丞相不以先生贫贱而欲托以子，是高先生之行义也，先生宜因以成丞相之贤名。"于是乃许。孔给事道辅为人刚直严重，不妄与人，闻先生之风，就见之。介执杖履侍左右，先生坐则立，升降拜则扶之，及其往谢也亦然。鲁人既素高此两人，由是始识师弟子之礼，莫不叹嗟之，而李丞相、孔给事亦以此见称于士大夫。其后介为学官，语于朝曰："先生非隐者也，欲仕而未得其方也。"

庆历二年，枢密副使范仲淹、资政殿学士富弼言其道德经术宜在朝廷，召拜校书郎、国子监直讲。尝召见迩英阁说诗，将以为侍讲，而嫉之者言其讲说多异先儒，遂止。七年，徐州人孔直温以狂谋捕治，索其家得诗，有先生姓名，坐贬监虔州商税。徙泗州，又徙知河南府长水县，签署应天府判官公事，通判陵州。翰林学士赵概等十余人上言孙某行为世法，经为人师，不宜弃之远方，乃复为国子监直讲。居三岁，以嘉祐二年七月二十四日以疾卒于家，享年六十有六，官至殿中丞。

先生在太学时为大理评事，天子临幸，赐以绯衣银鱼。及闻其丧，恻然，予其家钱十万，而公卿大夫、朋友、太学之诸生相与吊哭，赙治其丧。于是以其年十月二十七日，葬先生于郓州须城县卢泉乡之北扈原。

先生治《春秋》，不惑传注，不为曲说以乱经。其言简易，明于诸侯、大夫功罪，以考时之盛衰，而推见王道之治乱，得于经之本义为多。方其病时，枢密使韩琦言之天子，选书吏，给纸笔，命其门人祖无择，就其家得其书十有五篇，录之藏于秘阁。先生一子大年，尚幼。

铭曰：

圣人既殁经更焚，逃藏脱乱仅传存。众说乘之汩其原，怪迂百出杂伪真。后生牵卑习前闻，有欲患之寡攻群。往往止燎以膏薪，有勇夫子辟浮云。刮磨蔽蚀相吐吞，日月卒复光破昏。博哉功利无穷垠，有考其不在斯文。

【解题】

作于嘉祐二年（1057）。文章记叙孙复一生行为大节，赞扬逝者的为人为学，重点表彰他对宋代教育的突出贡献。事迹剪裁有法，语言简洁明快。茅坤称赞本文“叙事甚错综，可诵”（《宋大家欧阳文忠公文钞》卷二十九）。何焯则以“古雅峻洁”概述本文风格。

少府监分司西京裴公墓志铭

君讳德谷，字某，姓裴氏，河中万泉人也。其九世祖耀卿为唐名臣。曾祖讳某。祖讳某，赠左千牛卫大将军。父讳济，以智勇事太宗皇帝，从李继隆击契丹于唐河，屡立战功，守镇定十余年，威惠著于北边。

咸平中，李继迁叛河西，以内客省使、顺州防御使守灵州，继迁连岁攻之，城守坚不能下。继迁击破清远军，而粮道绝，救兵不至，城乃陷，遂殁于贼。赠镇江军节度使，累赠尚书令兼中书令，追封吴国公。方其殁也，诏录其子孙，君以长子自四门助教拜太子右赞善大夫，累官至少府监，阶朝奉大夫，勋上柱国，爵开国侯。以老分司西京，许居于京师，某年某月某日以疾卒于家，享年七十有六。

君为人质重宽易。居父丧尽哀，宗族称其孝。得父金帛，悉分诸弟，不有其一钱。其为吏廉清不扰，历监药蜜库、店宅务、泗州粮料院、宿州酒税。知明州奉化、兴元南郑二县，同判吏部南曹，通判南京留守司，知蓬、绛、解、虢、泽、沂六州，皆有能政。喜自晦默，如不能言。予尝问其解之盐池，君解析纤密，自前世功利、沿革、损益，条布如在目前。宝元中，尝上书论茶盐利害，多所施行。其听狱讼敏决，数得疑狱，皆强吏所不能辨者。及平居议法，必以仁恕为本。

君初名德昌，前娶康氏；后娶赵氏，封平原郡君，有贤行。子男三人：士伦、士林，大理寺丞；士杰，卫尉寺丞。女八人：长适右侍禁张用之，次适大理寺丞薛寅、集贤校理孙锡、大理寺丞丁某、殿中丞孙祖庆、库部员外郎张承懿、集贤校理王益柔。

以某年某月某日，葬君于河南登封县之某原，其孤士杰来请铭以葬。铭曰：

裴始绛人，于唐显闻。伟欤文献，八世有孙。守节蹈义，厥声以振。忍生而耻，亦终以死。死义之荣，令名不已。岂惟令名，报德之隆。延延裴氏，其赖无穷。少府之贤，宽恭信厚。保身承家，多其禄寿。寿丰于躬，禄及其嗣。爰告后人，俾知所自。

【解题】

作于嘉祐二年（1057）。文章记叙裴德谷（王益柔岳丈）生平，赞颂逝者为人宽厚孝悌，守官廉清精明。叙事简明，标举要事三两端，可以想见其为人。

尚书工部郎中欧阳公墓志铭

欧阳氏世为庐陵人。庐陵于五代时属伪吴，故欧阳氏在五代无闻者。淳化三年，修仲父府君始以进士中乙科，其后为御史，有能名。

真宗尝自择御史，府君以秘书丞召见。见者数人皆进，自称荐，惟恐不用。府君独立墀下，无所说。明日，拜监察御史。中丞王嗣宗指曰：“是独立墀下者，真御史也。”绛州守齐化基犯法，制劾其事。化基，嗣宗素所恶者，讽之，欲使蔓其狱。府君曰："如诏而已。"嗣宗怒，及狱上奏，用他吏覆之，索其家，得金涂铜器千数。府君坐鞠狱不尽，免官。明年，复得御史、监蕲州税。又明年，迁殿中侍御史、左巡使。居二岁，奏事殿中，真宗识之，劳曰："御史久矣，亦劳乎？"问何所欲，府君谢不任职而已。后数日，真宗语宰相与转运使，宰相疑其有求而不先白己，对以员无阙。复使与一大郡，宰相召至中书，问御史家何在，欲郡孰为便？对曰："无不便。"宰相怒，与海州，又移睦州。

天禧元年，入迁侍御史。二年，出知泗州。先是，京师岁旱，有浮图人断臂祷雨，官为起寺于龟山，自京师王公大臣皆礼下之，其势倾动四方。又诱民男女投淮水死，曰："佛之法，用此得大利。"而愚民岁死淮水者几百人。至其临溺时，用其徒倡呼前后，拥之以入，至有自悔欲走者，叫号不得免。府君闻之，惊曰："害有大于此邪！"尽捕其徒，诘其奸民，诛数人，遣还乡里者数百人，遂毁其寺。入转尚书司封员外郎、三司户部判官。六年，为广南东路转运使。前为使者以市舶物代俸钱，其利三倍，府君叹曰："利岂吾欲邪！"使直以钱为俸。

今上即位，就转工部郎中，秩满，以一弊舟还，无一海上物。归朝，赐金紫，为两浙路转运使，以足疾求知江州。天圣四年，又求分司，未得命，以其年二月某日卒于江州之廨，享年六十有八。以某年某月某日葬某所。

曾祖讳某。祖讳某，伪唐吉州军事判官。父讳某，伪唐屯田员外郎。娶米氏，封金坛县君，先府君以卒。嗣子鉴，为右侍禁、武昌巡检。女二人，长适某，次未嫁。

府君讳载，字则之。性方直严谨，美仪容，治身俭薄，简言语，为政务清净。平居敛色而坐，如对大宾，终日不少懈弛，人用惮之。荐举下吏，人未尝知，后有知者来谢，皆拒不纳。所至官舍，未尝窥园圃，至果烂堕地，家人无敢取者，其清如此。

铭曰；

唐隳盗猖，土裂四方。钟氏于洪，入州自王。传死子时，败臣于杨。自梁讫周，庐陵伪邦。欧阳是家，世以不章。违命之侯，庐陵王土。欧阳有闻，始我仲父。以贡中科，来者继武。仲父之材，御史其能。廉清俭恭，直躬以行。铭以藏之，子孙之承。

【解题】

作于嘉祐二年（1057）。欧阳载，为作者堂叔。欧阳氏从江南归宋而登科者，始于欧阳载。文章赞颂逝者为人方重寡言，为政清廉宽静。材料剪裁有法，叙事生动形象，风格庄重典雅。茅坤评述本文“志族父如此”（《宋大家欧阳文忠公文钞》卷二十七）。

镇安军节度使同中书门下平章事赠中书令谥文简程公墓志铭

嘉祐元年闰三月己丑，镇安军节度使、检校太师、同中书门下平章事、使持节陈州诸军事、陈州刺史程公薨于位，以闻，诏辍视朝二日，赠公中书令。于是其孤嗣隆以状上，考功移于太常，而博士起曰“法宜谥”，乃谥曰文简。明年十月十八日，葬公于河南伊阙之某乡某原。其孤又以请于太史，而史臣修曰“礼宜铭”，乃考次公之世族、官封、爵号、卒葬时日，与其始终之大节，合而志于其墓，且铭之曰：

惟程氏远有世序，自重、黎以来，其后居中山者，出于魏安乡侯昱之后。公讳琳，字天球，中山博野人也。曾祖赠太师讳新，曾祖妣吴国夫人齐氏。祖赠太师、中书令讳赞明，祖妣秦国夫人吴氏。考袁州宜春令、赠太师、中书令兼尚书令、冀国公讳元白，妣晋国夫人楚氏。公以大中祥符四年，举服勤辞学高第，为泰宁军节度推官，改著作佐郎、知寿阳县，秘书丞、监左藏库。天禧中，诏举辞学履行，召试，直集贤院。今天子即位，迁太常博士、三司户部判官。是时，契丹所遣使者数出不逊语生事，而主者应对多失辞，上患之。已而契丹来贺即位，乃选公为接伴使，而契丹使者言太后当遣使通书，公遽以礼折之，乃已。史官修《真宗实录》，而起居注阙，命公修大中祥符八年以后起居注。遂修起居注，迁祠部员外郎、提举在京诸司库务，以本官知制诰、同判吏部流内铨。

天圣五年，馆伴契丹贺乾元节使。使者言中国使至契丹，坐殿上，位次高，而契丹使来，坐次下，当陛，语甚切不已。而上与大臣皆以为小故不足争，将许之。公以谓许其小必启其大，力争以为不可，遂止。河决滑州，初，议者言可塞，役既作，而后议者以为不可，乃命公往视之，公言可塞，遂塞之。岁中，迁右谏议大夫、权御史中丞。

明年，拜枢密直学士、知益州。蜀人轻而喜乱，公常先制于无事，至其临时，如不用意，而略其细，治其大且甚者不过一二，而蜀人安之，自寮吏皆不能窥其所为。正月，俗放灯，吏民夜会聚，遨嬉盛天下。公先戒吏为火备，有失火者，使随救之，勿白以动众。既而大宴五门，城中火，吏救止，卒宴，民皆不知。盖其他设施多类此。军士见监军，告其军有变。监军入白，公笑遣之，惶恐不敢去，公曰："军中动静吾自知之，苟有谋者，不待告也，可使告者来。"监军去，而告者卒不敢来，公亦不问，遂止。蜀州妖人有自号李冰神子者，署官属吏卒，聚徒百余人，公命捕寘之法，而谗之朝者言公妄杀人，蜀人恐且乱矣。上遣中贵人驰视之，使者入其境，居人、行旅争道公善。使者问杀妖人事，其父老皆曰："杀一人可使蜀数十年无事。"使者问其故，对曰："前乱蜀者，非有智谋豪杰之才，乃里闾无赖小人尔。惟不制其始，遂至于乱也。”使者视蜀既无事，又得父老语，还白，于是上益以公为能。

迁给事中、知开封府。禁中大火，延两宫。宦者治狱，得缝人火斗，已诬伏而下府，命公具狱。公立辨其非。禁中不得入，乃命工图火所经，而后宫人多，所居隘，其炷灶近版壁，岁久，燥而焚，曰：“此岂一日火哉?”乃建言此殆天灾也，不宜以罪人。上为缓其狱，故卒得无死者。公在府决事神速，一岁中狱常空者四五。迁工部侍郎、龙图阁直学士、守御史中丞。是岁，以翰林侍读学士复知开封府。明年，为三司使，治财赋，知本末，出入有节，虽一金不可妄取。累迁吏部侍郎。

景祐四年，以本官参知政事。司天言日食明年正旦，请移闰月以避之。公以谓天有所谴，非移闰可免，惟修德政而已。乃止。范仲淹以言事忤大臣，贬饶州。已而上悔悟，欲复用之，稍徙知润州。而恶仲淹者复诬以事，语入，上怒，亟命置之岭南。自仲淹贬而朋党之论起，朝士牵连，出语及仲淹，皆指为党人。公独为上开说，明其诬枉，上意解而后已。

公为人刚决明敏，多识故事，议论慨然。及知政事，益奋励，无所回避。宰相有所欲私，辄以语折之，至今人往往能道其语。而小人侥幸多不得志，遂共以事中之。坐贬光禄卿、知颍州。已而上思之，徙知青州，又徙大名府。居一岁间，迁户部、吏部二侍郎，尚书左丞、资政殿学士。

北京建，与宦者皇甫继明争治行宫事，章交上。上遣一御史视其曲直，御史直公，遂罢继明。是时继明方信用，其势倾动中外，自朝廷大臣，莫不屈意下之，而公被中伤，方起未复，而独与之争，虽小故，不少假也。故议者不以公所直为难，而以能不为继明屈为难也。迁工部尚书、资政殿大学士、河北安抚使。

庆历六年，拜武昌军节度使、陕西安抚使、知永兴军府事。明年，加宣徽北院使、判延州。夏人以兵三万临界上，前三日，公谍知其来，戒诸堡寨按兵闭壁。虏至，以为有备，引去。讫公去，不复窥边。赵元昊死，子谅祚立，方幼，三大将共治其国。言事者谓可除其诸将皆以为节度使，使各有其所部，以分弱其势，可遂无西患事。下公，公以谓幸人之丧，非所以示大信抚夷狄，而谅祚虽幼，君臣和，三将无异志，虽欲有为，必无功而反生事，不如因而抚之。上以为然。

皇祐元年，加同中书门下平章事，复判大名府，兼北京留守。自元昊反河西，契丹亦犯约求地，二边兵兴，连岁不解。而公方入与谋议，更守西北二方，尤知夷狄虚实情伪、山川要害，所以行师制胜、营阵出入之法，于河北尤详。其奏议颇多，虽不能尽用，其指画规为之际，有可喜也。再居大名，前后十年，威惠信于其人，人为立生祠。

公自罢政事，益不妄与人合，亦卒不复用。既徙镇安，居三岁，上书曰："臣虽老，尚能为国守边。"未报，而得疾，享年六十有九。

公累阶开府仪同三司，勋上柱国，开国广平郡，爵公，食户七千四百，而实封二千一百，赐号推诚保德守正翊戴功臣。娶陈氏，封卫国夫人。子男四人：曰嗣隆，太常博士；嗣弼，殿中丞；嗣恭，太常博士；嗣先，大理寺丞。女五人，长适职方员外郎荣谭，次适秘书丞韩缜，次适都官员外郎晁仲约，次适大理寺丞吴得，次适将作监主簿王偁。孙三人：长曰伯孙，次曰公孙，皆太常寺太祝；次曰昌孙，守秘书郎。有文集、奏议六十卷。

公平生寡言笑，慎于知人，既已知之，久而益笃。喜饮酒引满。然人罕得其欢，而与余尤相好也。

铭曰：

君子之守，志于不夺。不学而刚，有摧必折。毅毅程公，其刚不屈。公在政事，有谔其言。直虽不容，志岂不完。谓公不显，公位将相。岂无谋谟，胡不以访？老于辅藩，白首犹壮。公虽在外，邦国之光。奄其不存，士夫曷望？吉卜之从，兆此新冈。惟其休声，逾远弥长。

【解题】

作于嘉祐二年（1057）。本文记叙程琳生平事迹，赞扬其刚直性格、勤政爱民的品德。茅坤评述说："叙事直而多大体。"（《宋大家欧阳文忠公文钞》卷二十四）

零陵县令赠尚书都官员外郎吴君墓碣铭 并序

君讳举，字太冲，姓吴氏，兴国军永兴人也。曾祖讳瑗，祖讳章，父讳思迥。五代之际，自江以南为南唐，吴氏亦微不显。

君当李煜时，以明经为彭泽主簿。太祖皇帝召煜来朝，煜不奉诏，遣曹彬讨之，前锋兵破池阳，遣使招降郡县。使者至彭泽，其令欲以城降，君以大义责之，且曰："吾能为李氏死尔。"乃共杀使者，为煜守。煜已降，君为游兵执送军中。主将责以杀使者，君曰："固当如是尔。"主将义而释之。当是时，尝仕煜者皆随煜至京师，得复补吏，君独弃去不顾。

太平兴国二年，诏求李氏时故吏，所在敦遣，君始至京师。以为郓州平阴主簿，历益州成都令、陕州录事参军、襄州之宜城、洋州之真符、福州之连江、楚州之盐城、耀州之同官，最后为零陵令。

以祥符九年八月二十六日，道卒于扬州，享年七十有六。夫人伏氏，能读书史，有贤行，后君十有四年以卒，享年八十有二。子男二人：长曰觃，早卒；次曰中复，今为起居舍人。以景祐三年十有一月甲子，合葬君、夫人于南康军都昌县之长城。

君学《春秋》，通三《传》。其临大节，知所守。当五代时，僭窃分裂，丧君亡国不胜数，士之不得守其节与不能守者，世皆习而不怪。君于此时，独区区志不忘李氏，其义有足动人，然而亦无为君道者。考君之出处，自重不妄，宜其世莫之知，而潜德晦善，显于后世，克有贤子，为时名臣。

君以子恩，累赠尚书都官员外郎。考于令品，又得碣于其墓，以昭令德而示子孙。于是史官庐陵欧阳修曰："此余职也。"乃为之辞曰：

世逢屯兮，廉耻道缺。中国五禮兮，九州分裂。朝存夕亡兮，士莫守节。昧者习安兮，懦夫志夺。伟哉吴君兮，凛矣其烈。世莫我知兮，不妄自伐。有韫必昭兮，后世而发。呜呼吴君兮，寓铭斯碣。

【解题】

作于嘉祐三年（1058）。文章赞颂吴举（吴中复之父）为人大节。五代之际，廉耻道缺，吴君守节自重，出处不妄，受到欧阳修肯定。全文言近旨远，叙事之中蕴含深情。

赠尚书度支员外郎张君墓志铭

君讳思，字希圣，青州人也。曾祖讳庭实，不仕。祖讳昂，赠尚书职方郎中。父讳从化，尚书驾部员外郎，赠秘书少监。母河南县太君朱氏。君天禧四年举进士及第，为潍州司理参军、青州益都县主簿、开封府仓曹参军，改秘书省著作佐郎、知益都县。再迁秘书丞、太常博士，通判阆州，权知兴元府。景祐四年九月十七日，以疾卒于官，享年六十有四。

君世以明经仕宦，至君，始为辞章举进士。官虽卑，事亲能尽其养，不知其禄之薄也。退与妻子恶衣蔬食，无难色。居亲丧，尽哀，葬其家三十余丧，乡里称其孝。为吏，所至有能名。

京东岁大饥，所在盗贼起，独君所治益都无盗，而赈恤饥人，比他县尤多。安抚使以为言，诏书褒美。在阆州，治嘉陵江石堤，民至今赖之。

君为博士时，其弟愈犹为布衣。君尝叹曰："吾年四十有七，始以进士及第，今且老，吾志其衰矣。"顾其三子曰："是必大吾门。"因独念其弟愈，先君之所爱也，乃欲致其仕，以冀一子恩，得以命其弟。顾贫，未能去禄仕，每以为恨。已而其子唐卿举进士第一，君闻之喜且泣曰："吾志其就矣。"乃上书求致仕，且欲官其弟愈，未及而卒。

君娶王氏，冯翊县君，后君二十二年以卒。子男三人：唐卿将作监丞，通判陕府，唐辅孟州济源县尉，皆早卒；唐民，今为秘书丞。女二人，长适屯田员外郎任沆，次早卒。孙男二人，曰危行、果行。孙女二人，皆尚幼。君以子恩赠尚书度支员外郎，夫人王氏亦以子恩封长寿县太君。

以嘉祐四年十月十二日，葬君、夫人于青州益都县仁德乡之南原。铭曰：

张有世序，是为青人。君治益都，有政于民。仕也四方，昌其子孙。终必返本，斯之谓仁。乡人之思，封树长存。

【解题】

作于嘉祐四年（1059）十月。墓志表彰张思（张唐民之父）的孝悌思想和爱民政治。材料剪裁得当，叙事简明扼要。

资政殿大学士尚书左丞
赠吏部尚书正肃吴公墓志铭

嘉祐四年十一月丁未，资政殿大学士、金紫光禄大夫、尚书左丞、知河南府兼西京留守司、上柱国、渤海郡开国公、食邑二千八百户、食实封八百户、赠吏部尚书、谥曰正肃吴公，葬于郑州新郑县崇义乡朝村之原。吴氏世为建安人，自高、曾以来皆葬建州之浦城，至公始葬其皇考于新郑。

公讳育，字春卿。为人明敏劲果，强学博辩。能自忖度，不可，守不发，已发莫能屈夺。天圣中，与其弟京、方俱举进士，试礼部为第一，遂中甲科，而京、方皆及第。当第时，吴氏兄弟名闻天下。

公初以大理评事知临安、诸暨二县，迁本寺丞知襄城县。举才识兼茂明于体用，策入三等。迁著作佐郎、直集贤院、通判苏州，同知太常礼院、三司户部、度支二判官，知谏院，修起居注、知制诏，判太常大理二寺、吏部流内铨、史馆修撰。累迁起居舍人，为翰林学士。久之，迁礼部郎中，以学士知开封府。

公为政简严，所至，民乐其不扰，去虽久，愈思之。初，秦悼王葬汝州界中，其后子孙当从葬者与其岁时上冢者不绝，故宗室、宦官常往来为州县患。公在襄城，每裁折之。宗室、宦官怒，或夜半叩县门，索牛驾车以动之，公辄不应，及旦，徐告曰："牛不可得也。"由是宗室、宦官曰："此不可为也。"凡过其县者，不敢以鹰犬犯民田，至他境矣，然后敢纵猎。其治开封，尤先豪猾，曰："吾何有以及斯人？去其为害者而已。"居数日，发大奸吏一人，流于岭外，一府股栗。又得巨盗积赃万九千缗，狱具而辄再变，众疑以为冤，天子为遣他吏按之，卒伏法。由是京师肃清。

方元昊叛河西，契丹亦乘间隳盟，朝廷多故，公数言事，献计画。自元昊初遣使上书，有不顺语，朝廷亟命将出师，而群臣争言竖子即可诛灭。独公以谓元昊虽名藩臣，而实夷狄，其服叛荒忽不常，宜示以不足责，外置之。且其已僭名号，夸其人，势必不能自削以取羞种落，第可因之赐号若国主者，且故事也，彼得其欲，宜不肯妄动。然时方锐意于必讨，故皆以公言为不然。

其后师久无功，而元昊亦归过自新，天子为除其罪，卒以为夏国主。由是议者始悔不用公言而虚弊中国。

公在开封，数以职事辨争，或有不得，则辄请引去，天子惜之。庆历五年正月，以为谏议大夫、枢密副使。三月，拜参知政事。与贾丞相争事上前，上之左右与殿中人皆恐色变，公论辩不已。既而曰："臣所争者，职也。顾力不能胜矣。愿罢臣职，不敢争。"上顾公直，乃复以为枢密副使。居岁余，大旱，贾丞相罢去。御史中丞高若讷用《洪范》言大臣廷争为不肃，故雨不时若。因并罢公，以给事中知许州，又知蔡州。

州故多盗，公按令，为民立伍保而简其法，民便安之，盗贼为息。京师有告妖贼千人聚确山者，上遣中贵人驰至蔡，以名捕者十人。使者欲得兵自往取之，公曰："使者欲藉兵立威？欲得妖人以还报也？"使者曰："欲得妖人尔。"公曰："吾在此，虽不敏，然聚千人于境内，安得不知？使信有之，今以兵往，是趣其为乱也。此不过乡人相聚为佛事，以利钱财尔，一弓手召之，可致也。"乃馆使者，日与之饮酒，而密遣人召十人者，皆至。送京师，告者果伏辜。

拜资政殿学士，徙知河南府，兼西京留守司，又徙陕府。迁礼部侍郎，徙永兴军。丁父忧，去官。起复，恳请终丧。服除，加拜翰林侍读学士，且召之。公辞以疾，上恻然，遣使者存问，赐以名药，遂以知汝州。居久之，又辞以疾，即以为集贤院学士、判西京留守司御史台。疾少间，复知陕府，加拜资政殿大学士。

自公罢去，上数为大臣言吴某刚正可用，每召之，辄以疾不至，于是召还，始侍讲禁中，判通进银台司、尚书都省。明年，拜宣徽南院使、鄜延路经略安抚使、判延州。庞丞相经略河东，与夏人争麟州界，亟筑栅于白草。公以谓约不先定而亟城，必生事，遽以利害牒河东，移书庞公，且奏疏论之，皆不报。已而夏人果犯边，杀骁将郭恩，而庞丞相与其将校十数人皆以此得罪，麟、府遂警。既而公复以疾辞不任边事，且求解宣徽使，乃复以为资政殿大学士、尚书左丞、知河中府，遂徙河南。公前在河南，逾月而去，河南人思之，闻其复来，皆欢呼逆于路，惟恐后。其卒也，皆聚哭。

公享年五十有五，以嘉祐三年四月十五日卒于位，诏辍朝一日。曾祖讳进忠，赠太师；妣陈氏，吴国太夫人。祖讳谅，赠中书令；妣葛氏，越国太夫人。父讳待问，官至礼部侍郎，赠太保；妣李氏，楚国太夫人。娶王氏，太原郡夫人。子男十人：安度、安矩、安素，皆太常寺太祝；安常，大理评事；安正、安本、安序，皆秘书省正字；安厚，太常寺奉礼郎；安宪、安节未仕。女三人：长适集贤校理韩宗彦，次适著作佐郎庞元英，皆早卒；次适光禄寺丞任逸。公在二府时，太保公以列卿奉朝请，父子在廷，士大夫以为荣。而公踧踖不安，自言子班父前，非所以示人以法，顾不敢以人子私，乱朝廷之制，愿得罢去，不听。天子数推恩群臣子弟，公每先及宗族疏远者，至公之卒，子孙未官者七人。有文集五十卷，尤长于论议。

铭曰：

显允吴公，有家于闽。自公皇考，卜兹新原。厚壤深泉，乐其宽闲。今公其从，公志之安。公昔尚少，始来京师。挟其二季，名发声驰。乃赐之策，以承帝问，语惊于廷，有伟其论。乃登侍从，乃任大臣。出入险夷，周旋屈伸。公所策事，先其利害。初有不从，后无不悔。公于临政，简以便人。人失而思，愈久弥新。帝曰廷臣，汝刚而直。来汝予用，断余不惑。公曰臣愚，负薪之忧。帝为咨嗟，公其少休。优以本邦，宠其秩禄。尚冀公来，公卒不复。史臣考德，作铭幽宅。

【解题】

作于嘉祐四年（1059）。墓志叙述吴育生平事迹，赞颂逝者明敏为政、宽简爱民、直道行事等高风亮节。文笔生动，记事具体，读后可以想见吴公为人。

尚书户部侍郎参知政事赠右仆射文安王公墓志铭 并序

公姓王氏，其先太原祁人。其六世祖某，为唐辉州刺史，遭世乱，因留家砀山。砀山近宋，其后又徙宋州之虞城，今为应天虞城人也。

公讳尧臣，字伯庸。天圣五年，举进士第一，为将作监丞、通判湖州。召试，以著作佐郎、直集贤院知光州。岁大饥，群盗发民仓廪，吏法当死。公曰；“此饥民求食尔，荒政之所恤也。”乃请以减死论。其后遂以著令，至今用之。丁父忧，服除，为三司度支判官，再迁右司谏。郭皇后废，居瑶华宫，有疾，上颇哀怜之。方后废时，宦者阎文应有力，及后疾，文应又主监医。后且卒，议者疑文应有奸谋，公请付其事御史，考按虚实，以释天下之疑。事虽不行，然自文应用事，无敢指言者，后文应卒以恣横斥死。后犹在殡，有司以岁正月，用故事张灯。公言郭氏幸得蒙厚恩，复位号，乃天子后也，张灯可废。上遽为之罢。景祐四年，以本官知制诰，赐服金紫，同知通进银台司兼门下封驳，提举诸司库务，迁翰林学士、知审官院。

元昊反，西边用兵，以公为陕西体量安抚使。公视四路山川险易，还言某路宜益兵若干，某路贼所不攻，某路宜急为备。至于诸将材能长短，尽识之，荐其可用者二十余人，后皆为名将。是时边兵新败于好水，任福等战死。今韩丞相坐主帅失律，夺招讨副使，知秦州；范文正公亦以移书元昊不先闻，夺招讨副使，知耀州。公因言此两人天下之选也，其忠义智勇，名动夷狄，不宜以小故置之。且任福由违节度以致败，尤不可深责主将。由是忤宰相意，并其他议，多格不行。明年，贼入泾原，战定川，杀大将葛怀敏，乃公指言为备处，由是始以公言为可信，而前所格议，悉见施行。因复遣公安抚泾原路，公曰：“陛下复用韩琦、范仲淹，幸甚。然将不中御，兵法也，愿许以便宜从事。”上以为然，因言诸路都部署可罢经略副使，以重将权，而偏将见招讨使以军礼。置德顺军于笼竿城，废泾原等五州营田，以其地募弓箭手。其所更置尤多。

方公使还，行至泾州，而德胜寨兵迫其将姚贵闭城叛。公止道左，解装为牓射城中，以招贵，且发近兵讨之。初，吏白曰：“公奉使且还，归报天子尔。贵叛，非公事也。”公曰：“贵，土豪也，颇得士心，然初非叛者。今不乘其未定速招降，后必生事，为朝廷患。”贵果出降。

明年四月，以学士权三司使。自朝廷理元昊罪，军兴而用益广。前为三司者，皆厚赋暴敛，甚者借内藏，率富人出钱，下至果菜皆加税，而用益不足。公始受命，则曰：“今国与民皆弊矣，在陛下任臣者如何？”由是天子一听公所为。公乃推见财利出入、盈缩，曰：“此本也，彼末也。”计其缓急先后，而去其蠹弊之有根穴者，斥其妄计小利之害大体者，然后一为条目，使就法度。罢副使、判官不可用者十五人，更荐用材且贤者。期年，民不加赋而用足。明年，以其余偿内藏所借者数百万。又明年，其余而积于有司者数千万，而所在流庸稍复其业。公曰：“臣之术止于是矣，且臣母老，愿解烦剧。”天子多公功，以为翰林学士承旨，兼端明殿学士、群牧使。

初，宦者张永和方用事，请收民房钱十之三以佐国事。下三司，永和阴遣人以利动公，公执以为不可。度支副使林濰附永和，议不已，公奏罢濰，乃止。益、利、夔三路转运使皆请增民盐井课，岁可为钱十余万，公亦以为不可。而权幸因缘，多见裁抑，京师数为飞语及上之左右，往往谗其短者。上一切不问，而公为之亦自若也。及公既罢，上慰劳之，公顿首谢曰：“非臣之能，惟陛下信用臣尔。”丁母忧，去职，服除，复为学士、群牧使，再迁给事中。

皇祐三年，以本官为枢密副使。公持法守正，遂以身任天下事，凡宗室、宦官、医师、乐工、嬖习之贱，莫不关枢密而滥恩幸，请随其事，可损损之，可绝绝之，至其大者，则皆著为定令。由是小人益怨构，为飞书以害公，公得书，自请曰：“臣恐不能胜众怨，愿得罢去。”上愈知公为忠，为下令购为书者甚急，公益感励。在位六年，废职修举，皆有条理。枢密使狄青以军功起行伍，居大位，而士卒多属目，往往造作言语以相扇动，人情以为疑，而青色颇自得。公尝以语众折青，为陈祸福，言古将帅起微贱至富贵而不能保首领者，可以为鉴戒，青稍沮畏。

嘉祐元年三月，拜户部侍郎、参知政事。三年，迁吏部侍郎。八月二十一日，以疾薨于位，享年五十有六。公在政事，论议有所不同，必反复切劘，至于是而后止，不为独见。在上前，所陈天下利害甚多，至施行之，亦未尝自名。其所设施与在枢密时特异，岂政事者丞相府也，其体自宜如是邪？公为人纯质，虽贵显不忘俭约。与其弟纯臣相友爱，世称孝悌者言王氏。遇人一以诚意，无所矫饰，善知人，多所称，荐士为时名臣者甚众。有文集五十卷。将终，口授其弟纯臣遗奏，以宗庙至重储嗣未立为忧。天子愍然，临其丧，辍视朝一日，赠左仆射，太常谥曰文安。

曾祖讳化，某官，赠太傅；妣戚氏，封曹国太夫人。祖讳砺，某官；父讳渎，某官，皆赠太师、中书令兼尚书令。祖妣袁氏，郓国太夫人；妣仇氏，徐国太夫人。娶丁氏，安康郡夫人。子男三人：同老，大理评事；周老，太常寺太祝，早卒；朋老，大理评事。二女：长适校书郎戚师道，早卒；次未嫁。王氏自迁虞城，由公曾祖而下，或葬双金，或葬土山，皆在虞城。嘉祐四年八月十日，改葬公之皇考于宋城县平台乡石落原，而以公从葬焉。

铭曰：

王为祁人，遭乱不还。六世之祖，初留砀山。其后再迁，虞宋之间。遂安其居，葬不远卜。宋多名家，王实大族。族大而振，自公显闻。公初奋躬，以学以文。逢国多事，有劳有勤。利归于邦，怨不避身。帝识其忠，谓堪予弼。俾副枢机，出入惟密。遂参政事，实有谋谟。谁中止之，不俾相予。帝有褒章，愍饰之赠。长于百寮，考德惟称。维古载功，在其庙器。今亦有铭，幽宫是闷。

【解题】

作于嘉祐四年（1059）。文章记叙王尧臣生平事迹，着重赞扬逝者忠勇刚直、怨不避身等高尚品质。材料剪裁得体，叙事简而有法，风格雍容雅正。唐顺之评述本文为“纯雅之文”（《宋大家欧阳文忠公文钞》卷二十四引）。

镇潼军节度观察留后李公墓志铭

嘉祐五年八月某日，镇潼军节度观察留后、知澶州军州事陇西李公得暴疾，薨于州之正寝。其以疾闻也，上方宴禁中，为止乐，命中贵人驰国医往视，未及行而以薨闻。诏辍视朝一日，赐其家黄金三百两，赠公感德军节度使，已而又赠兼侍中。太常谥曰某。即以其年某月某日，葬于开封府开封县褒亲乡先茔之次。

公讳端懿，字元伯，开封人也。右千牛卫将军、赠太师、尚书令兼中书令、陇西元靖王讳崇矩之曾孙，连州刺史、赠太师讳继昌之孙，镇国军节度使、驸马都尉、赠尚书令兼中书令、谥和文公讳遵勖之子。母曰齐国献穆大长公主，太宗之女，真宗之妹，今天子之姑。属亲而尊，礼秩崇显，其淑德美问彰于内外。而和文公好学不倦，折节下士，喜交名公卿，一时翕然，号称贤尉。故李氏之盛，受宠三朝，而天下之士不侈其荣，而乐道其德。

公为冢子，于其家法习见安行，不待教告。少笃学问，长而孝友。喜为诗，工书画，至于阴阳、医术、星经、地理无所不通。七岁为如京副使，历文思副使、供备库使、洛苑使、新州刺史、康怀二州团练使、济州防御使。坐知冀州失捕妖人，降授单州团练使、知均州，未行，改滑州兵马钤辖。居岁中，迁汝州防御使、蔡州观察使。天子祀明堂，推恩，徙华州观察使。献穆大长公主薨，起复为镇国军节度观察留后，公泣血辞让，愿终丧制。上不许其让，许其终丧，给以全俸。服除，拜镇潼军节度观察留后。累阶金紫光禄大夫，勋上柱国，爵开国公，食邑四千四百户、实封九百户。

公为儿时，上在东宫，真宗命公侍研席，上尤亲爱，尝解方玉带赐之。稍长，出入宫禁，礼如家人。虽燕见，语不及私，数为上陈朝廷阙失，开说古今治乱，多所补益，退而未尝言。公既薨，得其遗稿之未上者，言宗室事甚详，其余不传。

公少自勉励，见士大夫有失节废义者，辄叹曰："士起寒苦，以学行自名，至牵利欲，遂亡其所守。况骄佚易习，而生长富贵间邪!"故常惕然痛自刮磨，思立名节。闻一善士，倾身下之，而贤士大夫亦乐与之游，以此多得名誉。

方大长公主在时，数欲求外官以自效，不可得。久之，出知冀州，为政循法度，检身束下，民以不扰，岁满召还。初在冀，捕妖人李校，校穷，自刭死，验得实矣。后贝州妖贼王则闭城叛，声言校在以惑众，公坐贬官。已而则诛，城开无李校者，乃还公防御使。

又知郓州，安抚京东之西路。是岁，京东水灾，民饥流亡，公为治室庐，发仓廪，而流人至者如归，咸赖以全活。置弓手马，教其马斗，皆如精兵。治汶阳堤百余里，郓人遂无水患。

又知澶州，发军吏之奸者去之，流其尤者于远方，然后明军籍，均其劳逸，军中称平，而畏其法。始下令捕盗，有登邻屋取一杓者，遽寘之法，以徇于市，曰：“是固足以信吾令。”由是盗贼屏息。

公虽以公主子，自少居京师，常领职事，其在三班院，尤为称职。三班掌诸使臣功过黜陟，而主者皆显官自重，或贵家子食俸廪而已，吏得因依为奸，而职废久不省。至公，始躬治簿书，考核虚实，赏罚必当，后人多遵用其法，及出为三州，又皆有治状。故虽享年不永，不穷其所施，而士君子皆知其非安于富贵者也。及闻其丧也，莫不痛惜焉。

公自为镇潼留后，十年不迁。上以其久也，以为宁远军节度使，公恳辞不拜。及其薨也，遂赠感德军节度使。

公享年四十有八。娶郭氏，封仁寿郡君，先公九年卒，赠太原郡夫人，西京左藏库使、昌州团练使中和之女。子男五人：长曰诜，供备库副使；次曰諲，曰询，皆右侍禁；次曰谆，曰诉，尚幼。女四人：长适皇侄、右屯卫大将军、吉州团练使、建安郡公宗保，早卒；次适秘书丞夏倚，次适皇侄、左领军卫大将军宗景；次适皇侄孙、右监门卫将军世逸。公平生尝语其子弟曰：“吾蒙国厚恩，未有以报，吾且死，宜有遗言：毋因以求恩泽。”及其薨也，其家如其言。

铭曰：

允矣和文，惟时显人。蔚有士誉，匪矜帝姻。赉其子孙，列爵启国。惟公承之，克似其德。士起寒家，骄于满盈。纷其利欲，败节隳名。公生盛族，赫奕高明。都尉之子，天子之甥。惟谨惟恭，其色不懈。闻善如贪，在得思戒。间亦宴见，忠言告猷。学而从政，有惠三州。享其多美，独不遐年。高旌巨节，以贲于泉。曷又赠之？金珰附蝉。宠渥名荣，惟有其实。刻诗同藏．其固其密。

【解题】

作于嘉祐五年（1060）。本文赞颂李端懿（仁宗表亲）笃学多才、为政循法，磨砺名节，惋惜其享年不永。叙事详略得体，人物性格突出，语言简练，风格雍雅。

尚书刑部郎中充天章阁待制兼侍读赠右谏议大夫孙公墓志铭

公讳甫，字之翰，许州阳翟人也。初举进士，天圣五年得同学究出身，为蔡州汝阳县主簿。八年，再举进士及第，为华州观察推官。转运使李纮荐其材，迁大理寺丞、知绛州翼城县。故丞相杜祁公与纮皆以清节自高，尤难于取士，闻公，纮所荐也，数招致之，一见大喜。已而祁公自御史中丞拜枢密直学士、知永兴军，辟公司录，凡事之繁猥者，一以委之。公叹曰；“待我以此，可以去矣。”祁公为谢，顾事非他吏不能者，不敢烦公。公乃从容为陈当世之务，所以缓急先后施设之宜，又多荐士之贤而在下者，于是祁公自以为得益友。岁满，知彭州永昌县，监益州交子务，再迁太常博士。祁公为枢密副使，荐于朝，得秘阁校理。

是时，诸将兵讨灵夏，久无功。天下骚动，盗贼数入州县，杀吏卒，吏多失职而民弊矣。天子方锐意更用二三大臣，乃极选一时知名士，增置谏员，使补阙失，公以右正言居谏院。上好纳谏诤，未尝罪言者。而至言宫禁事，他人犹须委曲开讽，而公独曰：“所谓后者，正嫡也，其余皆犹婢尔。贵贱有等，用物不宜过僭。自古宠女色，初不制而后不能制者，其祸不可悔。”上曰；

“用物在有司，吾恨不知尔。”公曰，“世谓谏臣耳目官，所以达不知也。若所谓前世女祸者，载在书史，陛下可自知也。”上深嘉纳之。保州兵变，前有告者，大臣不时发之。公因力言枢密使、副当得罪，使乃杜祁公也。边将刘沪城水洛于渭州，部署尹洙以沪违节度，将诛之。大臣稍主洙议，公以谓水洛通秦、渭，于国家利，沪不可罪，由是罢洙而释沪。洙，公平生所善者也。公在谏院，所言补益尤多。是三者，其一人所难言，其二人所难处者。其后言宰相以某事当去者，上亟为罢之，因以陈执中为参知政事，公又言执中不可用，由是上难之，公遂求解职。

于是小人不便大臣执政，而朋党之论起，二三公相继去位。公亦在论中，而辩诤愈切，不自疑。由是罢谏职，以右司谏知邓州，徙知安州，历江南、两浙转运使。再迁兵部员外郎，改直史馆，知陕府，又徙晋州、河东转运使。

公素羸，性淡然寡所好欲，恂恂似不能言，而内劲果，遇事精明。议者谓公道德文学，宜在朝廷、备顾问，而钱谷刀笔非其职，然公处之益办，至临疑狱滞讼，常立得其情。大贼张海、郭貌山攻劫商、邓，新破南阳、顺阳。公安辑有方，常曰：“教民知战，古法也。”乃亲阅县弓手，教之击射坐作，皆为精兵，盗贼为息。陕当东西冲，吏苦厨传，而前为守者顾毁誉，不能有所损。至公，痛裁节之。过客畏其清，初无所望，而亦莫之毁也，陕人赖以纾，后遂以为法。其为转运使，所至州县，视其职事修废，察其民乐否，以此升黜官吏，而不纳毁誉。遇下虽严而不害。其在两浙，范文正公守杭州，以大臣或便宜行事。公曰：“范公，贵臣也。吾屈于此，则不得伸于彼矣。”由是一切绳以法，而常以监司自处。范公遇公无倦色，及退而不能无恨；公遇范公不少下，然退而未尝不称其贤也。

自河东召为度支副使，勤其职，不以为劳，已而得疾。嘉祐元年，迁刑部郎中、天章阁待制、河北都转运使，不行。疾少间，乃留侍读。

公博学强记，尤喜言唐事，能详其君臣行事本末，以推见当时治乱，每为人说，如其身履其间，而听者晓然如目见。故学者以谓终岁读史，不如一日闻公论也。所著《唐史记》七十五卷，论议宏赡。书未及成，以嘉祐二年正月戊戌卒于家，享年六十。公既卒，诏取其书，藏于秘府。赠右谏议大夫。又有文集七卷。

公喜接士，务扬人善。所得俸廪，多所施与。抚诸孤儿，教育如己子。曾祖讳恕，博州堂邑主簿。祖讳赉，尚书库部员外郎。考讳从革，不仕，以公贵，累赠都官郎中。母曰长安县太君李氏。娶程氏，寿昌县君。子三人：长曰宜，滑州节度推官；次曰寔、曰寘，皆将作监主簿，女三人，一适将作监主簿程著，余皆早亡。以五年七月丁酉，葬公于阳翟县旧学乡坞头村之北原。

铭曰：

惟学而知方，以行其义；惟简而无欲，以遂其刚。力虽弱兮志则强，积之厚兮发也光。仁宜寿兮奄以藏，有深其泉兮有崇其冈，永安其固兮百世无伤。

【解题】

作于嘉祐五年（1060）。墓志赞颂孙甫庆历年间身居谏职，正直敢言，无欲而刚；称道逝者为政精明，为学博雅。叙事有详略，语言简洁流畅，人物形象生动。

北海郡君王氏墓志铭

太常丞致仕吴君之夫人，曰北海郡君王氏，潍州北海人也。皇考讳汀，举明经不中，后为本州助教。夫人年二十三，归于吴氏。天圣元年六月二日以疾卒，享年三十有七。

夫人为人，孝顺俭勤。自其幼时，凡子女事，其保傅皆曰

“教而不劳”；组𬘓织纴，其诸女皆曰“巧莫可及”。其归于吴氏也，其母曰“自吾女适人，吾之内事无所助”；而吴氏之姑曰“自吾得此妇，吾之内事不失时”。及其卒也，太常君曰：“举吾里中有贤女者，莫如王氏。”于是娶其女弟以为继室。而今夫人戒其家曰：“凡吾吴氏之内事，惟吾女兄之法是守。”至今而不敢失。

夫人有贤子，曰奎，字长文，初举明经，为殿中丞，后举贤良方正直言极谏，今为翰林学士、尚书兵部员外郎、知制诰。夫人初用子恩，追封福寿县君。其后长文贵显，以夫人为请，天子曰：“近臣，吾所宠也，有请其可不从?”乃特追封夫人为北海郡君。长文号泣顿首曰：“臣奎不幸，窃享厚禄，不得及其母，而天子宠臣以此，俾以报其亲，臣奎其何以报!”当是时，朝廷之士大夫，吴氏之乡党邻里，皆咨嗟叹息曰：“吴氏有子矣。”

嘉祐四年冬，长文请告于朝，将以明年正月丁酉，葬夫人于郓州之鱼山。夫人生三男，曰奎、奄、胃。今夫人生一男，曰参。女三人。孙男女九人。曾孙女二人。

铭曰：

奎显矣，奄早亡，胃与参，仕方强。以一子，荣一乡。生虽不及殁有光，孙曾多有后愈昌。

【解题】

作于嘉祐五年（1060）。文章叙述众人对王氏（吴奎之母）的赞许之辞，又以贤子衬托贤母。全文从虚处着笔，描绘了一位贤妻良母的形象。茅坤评述说：“通篇从众所称许为志，一变调。”又引唐顺之评语：“此铭与前作皆是善生发处，此是作女人文字之法也。”（《宋大家欧阳文忠公文钞》卷二十九）

皇从侄卫州防御使遂国公墓志铭

惟遂昭裕公宗颜，字希圣，太宗皇帝之曾孙，潞恭宪王元佐之孙，镇江军节度使兼侍中、郇国公允成之长子。初除西头供奉官，历内殿崇班、礼宾崇仪副使、六宅使，改左屯卫大将军、封州刺史，迁左金吾卫大将军，领复州团练使，左卫大将军、领郢州防御使，拜卫州防御使。

公好学，通王氏《易》，喜为诗，藏书数万卷。性聪敏多能，至于琴奕之艺，佛老之说，所学必通。履行修谨，未尝有过失。每燕见，侍上读《易》、赋诗，数赐器币，诏书褒美。尝召宴太清楼，赋《裸玉诗》，为诸皇子第一，上尤嘉赏，赐缯彩二百段。有诗集十卷。至和二年九月壬戌，以疾薨，享年四十有八。

初其疾也，上遣中贵人押国医治之。既薨，辍视朝一日，敕有司具驾，将视其丧，以雨不克。遣中贵人厚加赙恤，乃赠昭信军节度使。太常考行，谥曰昭裕。权厝于东法济寺。

夫人太原郡君郭氏，燕王从义之裔孙。子男三人：长曰仲连，右千牛卫将军；次曰仲丹、仲筠，皆太子右内率府副率，早卒。女四人：长适左侍禁潘若旦，今亡；次适内殿承制、阁门祗候郭士选；次二亡。以嘉祐五年十月乙酉，葬于河南永安县。

铭曰：

学而通，行益修。中充实，外誉优。见于言，帝所褒。虽不克施于事，斯可以铭诸幽。

【解题】

此七篇作于嘉祐五年（1060），时作者在朝廷任翰林学士。这是一组为皇室子弟们撰写的墓志，叙其生平功业，其中难免有

敷衍之作。（以下六篇解题从略）

皇从侄筠州团练使安陆侯墓志铭

安陆侯宗讷，字行敏，太宗皇帝之曾孙，潞恭宪王元佐之孙，镇江军节度使兼侍中、郇国公允成之第二子。初除西头供奉官，历内殿崇班承制，改右千牛卫将军、领茂州刺史。天子祀明堂，推恩，迁领筠州团练使。至和元年八月癸卯，以疾卒，享年四十有六。天子哀恤，赠安州观察使，追封安陆侯，权厝于荐严佛寺。嘉祐五年十月乙酉，葬于河南永安县。

夫人长乐郡君贾氏。子男五人，其二早卒，次仲缄右千牛卫将军，二人尚幼未名。女八人：长适右侍禁蔚世庸，再适右侍禁郭昭简，今亡；次适左班殿直刘起；次适陈敦，今亡；次适王整；次适董昭逊；次适张经，今亡；次适程翼，皆右班殿直。最幼入太和宫为道士。

惟侯学知为诗，好义喜施。性端谨，能修容止，进退有法，未尝少懈。

铭曰：

思无邪，容则庄。蔚然有仪人所望，学而不止久愈彰，铭昭厥美示不忘。

皇从孙右领军卫大将军博平侯墓志铭

惟太祖皇帝之长子曰吴懿王之曾孙，右屯卫大将军、昌州团练使、赠彰化军节度使、舒国公惟忠之孙，莱州防御使、东莱侯从恪之第二子，金紫光禄大夫、检校国子祭酒、右领军卫大将军，兼御史大夫、轻车都尉，天水郡开国侯世融，字仲源。幼好学，不骄富贵，以清节自励。尊重师友，执经问道无倦色。尝自铭其器物，起居寝食视之。喜为诗，工书，亦通浮屠说。平居一室萧然，终日无所营欲。世咸知其贤。

初为殿直，历左、右侍禁，改太子右卫率府率，迁右领军卫将军。天子祀明堂，推恩，为本卫大将军。当宝元、康定间，赵元昊叛，西边用兵，侯率宗室七人诣阙，自言愿效用，上深嘉奖。至和二年七月癸未，得疾，神色怡然，与诸昆弟谈论不辍，是日卒，享年四十。赠博州防御使，追封博平侯。天子悲思不已，为飞白字六，曰“世融好学忠孝”以褒之。

夫人金城县君王氏。子男七人，五早亡。在者二人：曰令晏，右千牛卫将军；令箴，太子右监门率府率。女二人，长适右班殿直王戡，次早卒。以嘉祐五年十月乙酉，葬于某所。

铭曰：

富贵不动其心，生死不渝其色。惟性之安，惟学之力。孰云不寿，永昭厥德。

皇从侄康州刺史高密侯墓志铭

惟高密侯宗师，字靖之，太宗皇帝之曾孙，润恭靖王元份之孙，濮王允让之第七子。明道元年，为右侍禁，迁左侍禁，改太子左清道率府副率。累迁金紫光禄大夫、检校国子祭酒，行太子左清道率府率，兼侍御史，骑都尉，封天水县开国男，食邑三百户。居三岁，迁右监门卫将军，兼御史大夫，转勋上骑都尉，进爵子，加食邑三百户。天子祀明堂，推恩，迁右领军卫大将军，转勋轻车都尉，进爵伯，加食邑三百户。天子有事于南郊，推恩，转勋上轻车都尉，进爵侯，加户四百。至和元年五月，领康州刺史。嘉祐元年十月甲子，暴疾薨于家，享年二十有九。赠密州观察使，追封高密侯。

惟侯沉静寡言，宽仁好学，未尝有过失。夫人濮阳郡君吴氏。生男一人，仲廪，太子右内率府副率。女三人，尚幼。以嘉祐五年十月乙酉，葬于河南永安县。

铭曰：

好仁而静，敏学而明。虽不永年，而垂令名。卜安于此，其固其宁。

皇从侄右监门卫将军广平侯墓志铭

广平侯宗沔，字上善，太宗皇帝之曾孙，润恭靖王元份之孙，濮王允让之第二十子。初授银青光禄大夫、检校国子祭酒，行太子左监门率府率，兼监察御史，武骑尉。迁太子左清道率府率，兼侍御史，转勋上骑都尉。天子祀明堂，推恩，迁左监门卫将军，转勋轻车都尉。天子有事于南郊，推恩，转上轻车都尉，天水县开国男，食邑三百户。明年二月甲辰，以疾卒，享年二十。赠洺州防御使，追封广平侯，权厝于承天佛寺。

惟侯为人明敏好学，能为文辞。娶高氏，封仁寿县君。子男二人，仲足、仲霄，皆太子右内率府副率，早卒。以嘉祐五年十月乙酉，葬于河南永安县。

铭曰：

性之明，学有方。寿不隆，永以藏。

皇从孙右监门卫将军墓志铭

太祖皇帝之长子曰吴懿王德昭之曾孙，彰化军节度使、舒国公惟忠之孙，莱州防御使、东莱侯从恪之子，曰右监门卫将军、赠右武卫大将军世衡，字夏卿。母曰平原郡夫人来氏。世衡生早孤，而平原夫人教之以学。性沉敏，自为童儿，不好弄。既长，好学问，通《周易》、《孟子》，喜为诗，暇则学射法而已。在诸昆弟为最幼，而尤以孝悌见称。

初补殿直，改太子右卫副率。天子祀明堂，推恩，拜右监门卫将军，累迁至金紫光禄大夫、检校国子祭酒，兼御史大夫、柱国、天水县开国伯，食邑九百户。嘉祐四年六月丙寅，以疾卒，享年三十有一。娶王氏，太原县君。子男二人，令展、令持，皆率府副率，早卒。女一人，尚幼。嘉祐五年十月乙酉，葬于河南永安县。

铭曰：

学问以为文，孝悌以为本。其华已荣，而实斯殒。铭以藏之，以昭其韫。

皇从孙右屯卫大将军武当侯墓志铭

惟武当侯世宣，吴懿王德昭之曾孙，彰国军节度使、舒国公惟忠之孙，武胜军节度观察留后、韩国公从蔼之子。母曰太宁郡君慕容氏。惟侯生于富贵，而不习为骄侈。少好学，喜购古书奇字。遇人卑恭，事亲孝悌。累官至左屯卫大将军。嘉祐三年五月己卯，以疾卒，享年三十有六。

初娶天水县君王氏，再娶金城县君张氏。子男六人：长曰令铎，左千牛卫将军；次曰令进、令祷、令愔，皆太子右内率府副率；其二幼，未名。以嘉祐五年十月乙酉，葬于河南永安县，以天水县君祔焉。

铭曰：

孝行之本，谦德之恭，寿胡不隆？闷此幽宫。

安陆侯夫人长乐郡君贾氏墓志铭

夫人姓贾氏。曾祖廷瓌，累赠左神武大将军。祖官至四方馆使、昭州团练使。父德滋，前左班殿直。夫人以选归于安陆侯宗讷。至和元年五月乙卯，以疾卒，享年三十有六，权厝于荐严佛寺。以嘉祐五年十月乙酉，祔安陆侯以葬。

铭曰：

配德惟谐，卜藏斯吉。其固其安于此室。

【解题】

此十篇作于嘉祐五年（1060），时作者在朝任翰林学士。这是一组为皇室贵夫人撰写的墓志，叙其家世和妇德，有些显系敷衍应酬之作。（以下九篇之解题从略）

雍国太夫人冯氏墓志铭

雍国太夫人冯氏者，皇兄右千牛卫大将军、赠永清军节度观察留后、临汝侯惟和之夫人，襄州观察使襄阳侯从诲、宁国军节度观察留后宣城公从审之母。曾祖晖，静难军节度使、卫王。祖继业，定国军节度使、赠中书令。父讷，西上阁门使。冯氏自卫王，仍世守西边，有功，载国史。

夫人生将家，孝谨柔明，动不逾礼，以世族选为临汝侯之配。居十有二年，而临汝侯卒，夫人居丧哀毁。真宗嘉其行，特封谭国夫人以褒宠之。夫人益自励，衣服饮食务为俭薄，居处严洁，未尝下堂，虽家人亦罕得见。喜诵浮屠书。皇祐五年正月癸亥，以疾卒，享年六十有七，追封雍国太夫人。

子男二人，从诲、从审也。女五人：长适东头供奉官宋宗颜；次早亡；次以疾废，为比丘尼；次适供备库使姚宗望；次适西头供奉官宋从政。孙男十一人：世远、世仪，皆大将军；世英、世坚、世及、世开、世卿、世肱，皆卫将军；世袆、世总、世仍，皆太子率府率。重孙九人：令珇、令晃，皆率府率；令戈、令甲、令绩、令课、令浮、令收、令佥，皆副率。以嘉祐五年十月乙酉，合葬于临汝侯之墓。

铭曰：

世高勋，选贤配。进国爵，褒行懿。加大名，由子贵。寿考隆，铭不坠。

东莱侯夫人平原郡夫人米氏墓志铭

皇从侄故莱州防御使东莱侯从恪之夫人，曰平原郡夫人米氏，赠太子太师承德之曾孙，横海军节度使信之孙，内殿崇班、阁门祗候继丰之女。夫人年十七，选配东莱侯，累封平阳郡君。子男六人：长曰世安，赠左骁卫大将军；次曰世融，赠博州防御使、追封博平侯；次曰世昌，右屯卫大将军；次曰世规，右监门卫将军；次曰世猷，太子右监门率府率，早亡；次曰世衡，赠左武卫大将军。女三人：长适左侍禁刘希正，次适内殿承制王说，次适右侍禁陈宗诲。孙男十二人，皆诸卫将军。

夫人将家子，有贤行。东莱之亡，诸孤尚幼，夫人治家训子，皆有法。皇祐元年二月癸酉，以疾卒，享年五十有一，追封平原郡夫人，权厝于奉先佛寺。以嘉祐五年十月乙酉，合葬于东莱侯之墓。

铭曰：

门以勋高，配以贤求。抚孤教善，内德以优。永扬其懿，以闷诸幽。

韩国公夫人太宁郡君慕容氏墓志铭

夫人姓慕容氏，赠太保章之曾孙，赠中书令、河南郡王延钊之孙，太子率府率德正之女。河南王有功于国，为时名臣。夫人以贤女选为韩国公从蔼之配。韩公，彰化军节度使舒公之子，事其亲以孝。而夫人承其夫以顺，事其舅姑以礼，下其妾媵以仁，抚其子无嫡庶以均。故其内外宗姻，莫不称其能。封太宁郡君。至和元年正月戊寅，以疾卒，享年五十有六。

子男十人：长曰世丰，赠右骁卫大将军；次曰世宣，赠均州防御使；次曰世准、世雄、世本、世纲，皆诸卫将军；次曰世岳、世飚、世庸，皆太子率府副率。女三人：长适高允怀，次适张承训，次适郑偃，皆右侍禁。余皆幼。以嘉祐五年十月乙酉，举夫人之丧，合葬于韩公之墓。

铭曰：

承夫以顺，为妇以勤。逮下以恩，爱子以均。以成厥家，以播其芬。

右监门卫将军夫人李氏墓志铭

惟右监门卫将军世坚之配曰李氏，天雄军节度使、同中书门下平章事、兼侍中、赠中书令、陇西郡王继勋之曾孙，崇仪副使守微之孙，东头供奉官舜举之女。惟李氏世为将家，功在国史，余烈遗德，是生贤女。

夫人年十有五，以选配世坚。惟孝与顺，以事其亲，以佐其夫；惟礼与义，以正其躬，以全其节。归于世坚也，凡若干年，而世坚卒，无子。夫人自誓不嫁，宗族敦迫，其守益坚，凡七年。当皇祐五年六月庚辰，以疾卒于寝，享年二十有三。以嘉祐五年十月乙酉，合葬于世坚之墓。

铭曰：

妇德之休，惟先顺柔。及其大节，有不可夺。刻铭幽阴，以永芳烈。

右监门卫将军夫人金堂县君钱氏墓志铭

夫人姓钱氏，余杭人也。曾祖吴越忠懿王俶，祖卫州防御使惟渲，父文思副使象舆。钱氏自五代以来，尊中国，效臣顺，世称其忠，子孙蕃昌，至今不衰。夫人生于盛族，孝谨勤俭，性巧慧，喜字书。

年十有四，以选为右监门卫将军世准之配，封金堂县君。嘉祐二年九月庚子，以疾卒，享年二十有八。子男二人：令矡、令烜，皆太子右内率府副率，早亡。女三人，皆尚幼。以嘉祐五年十月乙酉，葬于永安之原。

铭曰：

生宜其室，殁安其藏。铭昭其昧，以永不忘。

右监门卫将军夫人武昌县君郭氏墓志铭　并序

夫人姓郭氏。曾祖恕，右千牛卫将军。祖遵式，洛苑使。父昭晦，左侍禁。夫人聪明孝谨，能读书史，善书画，喜浮图之说。以选归于皇从孙右监门卫将军世覃，封武昌县君。子男四人，长曰令辟，太子右内率府副率，余皆幼，未赐名。

夫人以嘉祐二年十一月丁亥，以疾卒，享年三十有三，权厝于奉先佛寺。以嘉祐五年十月乙酉，葬于永安之原。

铭曰：

行之修，学以明。德施于内，铭告诸冥。

右监门卫将军夫人东阳县君郑氏墓志铭

夫人姓郑氏。曾祖诚，赠定国军节度使。祖崇勋，赠左屯卫将军。父从范，内殿崇班。夫人以选归于皇从孙右监门卫将军世智，封东阳县君。生子男三人：长曰令唐，太子右内率府副率，早卒；次未名，卒；次令祈，太子右内率府副率。

夫人为人孝谨节俭，喜诵浮图书。至和元年八月戊戌，以疾卒，享年十有九。以嘉祐五年十月乙酉，葬于永安之原。

铭曰：

俭以行其躬，孝以事其亲，以是贻其子孙。

右屯卫将军夫人永安县君慕容氏墓志铭

永安县君慕容氏者，皇从孙赠右屯卫大将军仲骞之配也。曾祖隐，赠左千牛卫大将军；祖兴，虢州团练使；父守恩，左班殿直。年十七，选为屯卫之配。有子二人：长曰士洁，太子右监门卫率府率，早卒；次士蒦，太子右内率府副率。女一人，尚幼。夫人以嘉祐三年三月丙戌以疾卒，享年二十有五。嘉祐五年十月乙酉，合葬于仲謇之墓。

铭曰：

选以贤配，封以夫贵，殁而从之安此位。

右监门卫将军夫人周氏墓志铭　并序

皇从孙右监门卫将军世哲之夫人，曰永安县君周氏。曾祖景，左领军卫上将军，累赠尚书令。祖莹，天平军节度使、宣徽南院使。父普，西染院使。夫人以庆历五年选为监门之配，勤孝柔仁，克有妇道。生一男，曰太子右内率府率令儇。女三人，皆幼。夫人以嘉祐二年二月庚午以疾卒，享年二十有九。五年十月乙酉，葬于河南永安之原。

铭曰：

山川既佳，日月惟吉。惟永其安，其藏其密。

梅圣俞墓志铭　并序

嘉祐五年，京师大疫，四月乙亥，圣俞得疾，卧城东汴阳坊。明日，朝之贤士大夫往问疾者，驺呼属路不绝。城东之人，市者废，行者不得往来，咸惊顾相语曰："兹坊所居大人谁邪？何致客之多也。"居八日癸未，圣俞卒。于是贤士大夫又走吊哭如前日益多，而其尤亲且旧者，相与聚而谋其后事，自丞相以下，皆有以赙恤其家。粤六月甲申，其孤增载其柩南归，以明年正月丁丑，葬于某所。

圣俞，字也，其名尧臣，姓梅氏，宣州宣城人也。自其家世颇能诗，而从父询以仕显。至圣俞，遂以诗闻。自武夫、贵戚、童儿、野叟，皆能道其名字，虽妄愚人不能知诗义者，直曰“此世所贵也，吾能得之”，用以自矜。故求者日踵门，而圣俞诗遂行天下。其初喜为清丽闲肆平淡，久则涵演深远，间亦琢刻以出怪巧，然气完力余，益老以劲。其应于人者多，故辞非一体。至于他文章，皆可喜，非如唐诸子号诗人者，僻固而狭陋也。

圣俞为人仁厚乐易，未尝忤于物，至其穷愁感愤，有所骂讥笑谑，一发于诗，然用以为欢，而不怨怼，可谓君子者也。初在河南，王文康公见其文，叹曰：“二百年无此作矣。”其后大臣屡荐宜在馆阁，尝一召试，赐进士出身，余辄不报。嘉祐元年，翰林学士赵概等十余人列言于朝曰：“梅某经行修明，愿得留，与国子诸生讲论道德，作为雅颂，以歌咏圣化。”乃得国子监直讲。三年冬，祫于太庙，御史中丞韩绛言天子且亲祠，当更制乐章，以荐祖考，惟梅某为宜，亦不报。

圣俞初以从父荫，补太庙斋郎，历桐城、河南、河阳三县主簿，以德兴县令知建德县。又知襄城县，监湖州盐税，签署忠武、镇安两军节度判官，监永济仓，国子监直讲，累官至尚书都官员外郎。尝奏其所撰《唐载》二十六卷，多补正旧史阙谬。乃命编修《唐书》，书成，未奏而卒，享年五十有九。

曾祖讳远，祖讳邈，皆不仕。父讳让，太子中舍致仕，赠职方郎中。母曰仙游县太君束氏，又曰清河县太君张氏。初娶谢氏，封南阳县君；再娶刁氏，封某县君。子男五人：曰增，曰墀，曰坰，曰龟儿，一早卒。女二人，长适太庙斋郎薛通，次尚幼。

圣俞学长于《毛氏诗》，为《小传》二十卷，其文集四十卷，注《孙子》十三篇。余尝论其诗曰：“世谓诗人少达而多穷，盖非诗能穷人，殆穷者而后工也。”圣俞以为知言。

铭曰：

不戚其穷，不困其鸣。不踬于艰，不履于倾。养其和平，以发厥声。震越浑锽，众听以惊。以扬其清，以播其英。以成其名，以告诸冥。

【解题】

作于嘉祐六年（1061）。墓志称颂梅尧臣的宽厚品格，同情其坎坷仕途，重点在推崇其杰出的诗才。字里行间，充溢着对挚友的敬重与怀念之情。茅坤评述本文“通篇以诗为案”（《宋大家欧阳文忠公文钞》卷二十八）。

江邻几墓志铭

君讳休复，字邻几。其为人外若简旷，而内行修饬，不妄动于利欲。其强学博览，无所不通，而不以矜人，至有问辄应，虽好辩者不能穷也，已则默若不能言者。其为文章淳雅，尤长于诗，淡泊闲远，往往造人之不至。善隶书，喜琴、弈、饮酒。与人交，久而益笃。孝于宗族，事孀姑如母。

天圣中，与尹师鲁、苏子美游，知名当时。举进士及第，调蓝山尉，骑驴赴官，每据鞍读书，至迷失道，家人求得之，乃觉。历信、潞二州司法参军，又举书判拔萃，改大理寺丞，知长葛县事，通判阆州。以母丧去职，服除，知天长县事，迁殿中丞。又以父忧终丧。献其所著书，召试，充集贤校理，判尚书刑部。当庆历时，小人不便大臣执政者，欲累以事去之。君友苏子美，杜丞相婿也，以祠神会饮得罪，一时知名士皆被逐。君坐落职，监蔡州商税。久之，知奉符县事，改太常博士、通判睦州，徙庐州，复得集贤校理，判吏部南曹、登闻检院，为群牧判官，出知同州，提点陕西路刑狱。入判三司盐铁句院，修起居注，累迁刑部郎中。君于治人，则曰：“为政所以安民也，无扰之而已。”故所至，民乐其简易。至辨疑折狱，则或权以术，举无不得，而不常用，亦不自以为能也。

君所著书，号《唐宜鉴》十五卷、《春秋世论》三十卷、文集二十卷。又作《神告》一篇，言皇嗣事，以谓皇嗣，国大事也，臣子以为嫌而难言，或言而不见纳，故假神告祖宗之意，务为深切，冀以感悟。又尝言昭宪太后杜氏子孙宜录用，故翰林学士刘筠无后，而官没其资，宜为立后，还其资，刘氏得不绝。君之论议颇多，凡与其游者，莫不称其贤，而在上位者久未之用也。自其修起居注，士大夫始相庆，以为在上者知将用之矣，而用君者亦方自以为得，而君亡矣。呜呼！岂非其命哉！

君以嘉祐五年四月乙亥，以疾终于京师，即以其年六月庚申，葬于某所。君享年五十有六。方其亡恙时，为理命数百言，已而疾且革，其子问所欲言，曰："吾已著之矣。"遂不复言。

曾祖讳濬，殿中丞，赠驾部员外郎；妣李氏，始平县太君。祖讳日新，驾部员外郎，赠太仆少卿；妣孙氏，富阳县太君。考讳中古，太常博士，赠工部侍郎；妣张氏，仁寿县太君。夫人夏侯氏，永安县君，金部郎中彧之女，先君数月卒。子男三人：长曰懋简，并州司户参军；次曰懋相，太庙斋郎；次曰懋迪。女三人，长适秘书丞钱衮，余尚幼。

君姓江氏，开封陈留人也。自汉辕阳侯德，居于陈留之圉城，其后子孙分散，而君世至今居圉城不去。自高祖而上七世，葬圉南夏冈；由大王父而下三世，乃葬阳夏。

铭曰：

彼驰而我后，彼取而我不。岂用力者好先，而知命者不苟。嗟吾邻几兮，卒以不偶。举世之随兮，君子之守。众人所亡兮，君子之有。其失一世兮，其存不朽。惟其自以为得兮，吾将谁咎？

【解题】

作于嘉祐六年（1061）。本文赞颂亡友江休复博学多才，宽政爱民，悲伤其未及用而故去。叙事、议论、抒情相结合，语言简洁雅正。茅坤称赞本文“多悲感故人之思”（《宋大家欧阳文忠公文钞》卷二十九）。何焯评述说：“雅洁不烦滥。”（《义门读书记》欧文下卷）

徂徕石先生墓志铭 并序

徂徕先生姓石氏，名介，字守道，兖州奉符人也。徂徕，鲁东山；而先生，非隐者也，其仕尝位于朝矣。鲁之人不称其官而称其德，以为徂徕鲁之望，先生鲁人之所尊，故因其所居山，以配其有德之称，曰徂徕先生者，鲁人之志也。

先生貌厚而气完，学笃而志大，虽在畎亩，不忘天下之忧。以谓时无不可为，为之无不至，不在其位，则行其言。吾言用，功利施于天下，不必出乎己；吾言不用，虽获祸咎，至死而不悔。其遇事发愤，作为文章，极陈古今治乱成败，以指切当世，贤愚善恶，是是非非，无所讳忌。世俗颇骇其言，由是谤议喧然，而小人尤嫉恶之，相与出力必挤之死。先生安然，不惑不变，曰：“吾道固如是，吾勇过孟轲矣。”不幸遇疾以卒。既卒，而奸人有欲以奇祸中伤大臣者，犹指先生以起事，谓其诈死而北走契丹矣，请发棺以验。赖天子仁圣，察其诬，得不发棺，而保全其妻子。

先生世为农家，父讳丙，始以仕进，官至太常博士。先生年二十六举进士甲科，为郓州观察推官、南京留守推官。御史台辟主簿，未至，以上书论赦，罢不召。秩满，迁某军节度掌书记，代其父官于蜀，为嘉州军事判官。丁内外艰去官，垢面跣足，躬耕徂徕之下，葬其五世未葬者七十丧。服除，召入国子监直讲。是时，兵讨元昊久无功，海内重困，天子愤然思欲振起威德，而进退二三大臣，增置谏官御史，所以求治之意甚锐。先生跃然喜曰："此盛事也，雅颂吾职，其可已乎！"乃作《庆历圣德诗》，以褒贬大臣，分别邪正，累数百言。诗出，太山孙明复曰："子祸始于此矣。"明复，先生之师友也。其后所谓奸人作奇祸者，乃诗之所斥也。

先生自闲居徂徕，后官于南京，常以经术教授。及在太学，益以师道自居，门人弟子从之者甚众，太学之兴，自先生始。其所为文章，曰某集者若干卷。其斥佛、老、时文，则有《怪说》、《中国论》，曰去此三者，然后可以有为。其戒奸臣、宦女，则有《唐鉴》，曰吾非为一世监也。其余喜怒哀乐，必见于文。其辞博辩雄伟，而忧思深远。其为言曰："学者，学为仁义也。仁急于利物，义果于有为。惟忠能忘其身，信笃于自信者，乃可以力行也。"以是行于己，亦以是教于人，所谓尧、舜、禹、汤、文、武、周公、孔子、孟轲、扬雄、韩愈氏者，未尝一日不诵于口。思与天下之士，皆为周、孔之徒，以致其君为尧舜之君，民为尧舜之民，亦未尝一日少忘于心。至其违世惊众，人或笑之，则曰："吾非狂痴者也。"是以君子察其行而信其言，推其用心而哀其志。

先生直讲岁余，杜祁公荐之天子，拜太子中允。今丞相韩公又荐之，乃直集贤院。又岁余，始去太学，通判濮州。方待次于徂徕，以庆历五年七月某日卒于家，享年四十有一。友人庐陵欧阳修哭之以诗，以谓待彼谤焰熄，然后先生之道明矣。先生既没，妻子冻馁不自胜，今丞相韩公与河阳富公分俸买田以活之。后二十一年，其家始克葬先生于某所。

将葬，其子师讷与其门人姜潜、杜默、徐遁等来告曰："谤焰熄矣，可以发先生之光矣。敢请铭。"某曰："吾诗不云乎'子道自能久'也，何必吾铭？"遁等曰："虽然，鲁人之欲也。"乃为之铭曰：

徂徕之岩岩，与子之德兮，鲁人之所瞻；汶水之汤汤，与子之道兮，逾远而弥长。道之难行兮，孔孟遑遑。一世之屯兮，万世之光。曰吾不有命兮，安在夫桓魋与臧仓？自古圣贤皆然兮，噫，子虽毁其何伤！

【解题】

作于治平三年（1065），时离石介逝世已二十年。文章从为人、为政、为学、为文等方面叙述逝者的高风亮节。感情深挚，气势充沛，且跌宕有致。唐顺之评述说："此文极其变化。"（《宋大家欧阳文忠公文钞》卷二十八引）吴汝纶称赞"此欧文之极有气势者"（《桐城吴氏古文读本》碑志类第八）。

尚书驾部员外郎致仕薛君墓志铭　并序

尚书驾部员外郎致仕薛君，讳长孺，字元卿，绛州正平人也。赠太傅讳温瑜之曾孙，殿中丞、赠太师讳化光之孙，右班殿直、赠左骁卫大将军讳睦之子，尚书户部侍郎、赠司空简肃公兄之子。薛为绛大族，简肃公为时名臣，君为薛氏良子弟。少用简肃公荫，补郊社斋郎、将作监主簿、太常寺太祝、大理评事、卫尉、大理寺丞、太子右赞善大夫、殿中丞、国子博士、尚书虞部比部驾部三员外郎。历知赵州临城县，通判汉、湖、滑三州，知彭州，坐断狱降监阳武县税。会简肃公夫人薨，葬于绛州，即起君知州事以办葬。岁满，通判成都府，未行，遂以疾致仕，居于许州之郾城。嘉祐六年七月丙午以卒，享年六十有一。

君在汉州，州兵数百杀其军校，烧营以为乱。君挺身徒步，自壞垣入其营中，以祸福语乱卒曰："叛者立左，胁从者立右。"于是数百人者，皆趋立于右，独叛者十三人亡去，州遂无事。明年，蜀大饥，今韩丞相安抚两川，独汉人不甚殍，赐诏书奖谕。

其在绛也，曰：“绛，吾乡里也。长老乃吾父师，子弟犹吾子弟也。”为立学，置学官以教之，为政有惠爱，绛人大悦。君为人谨默淳质，平居似不能言，而其临事如此。

先娶李氏，早亡；后娶董氏，封范阳县君。子男二人：长曰延，永兴军醴泉县主簿；次曰通，蔡州司户参军。孙男曰震，孙女三人。以治平三年二月乙酉，葬于绛州正平县清原乡周村原。

将葬，其女弟之夫欧阳修为之铭曰：

维圣有言兮，仁勇而寿。寿胡不多兮，勇则信有。为政乡州兮，称于长老。柩车来归兮，乡人奔走。遗思在人兮，刻铭不朽。

【解题】

作于治平三年（1066）。墓志赞颂薛长孺（薛睦之子）为人谨默淳质，临事有仁勇，为政有惠爱。语言简而有法，叙事中蕴含情韵。

国子博士薛君墓志铭 并序

君讳良孺，字得之，姓薛氏，绛州正平人也。少孤，育于其叔父，是为简肃公。以公荫，为将作监主簿、太常寺奉礼郎、大理评事、将作监丞、大理寺丞，迁太子右赞善大夫、殿中丞。尝知秦州清水县，县杂蕃夷，君为简其政令，示之必信，蕃夷畏爱，岁满罢去，人甚思之。其后签书通利军判官公事，与其军守争事，坐停官。久之，复为殿中丞，迁国子博士，监陈州清酒务。嘉祐八年二月甲午，以疾卒于官舍，享年四十有六。

宋兴百年，薛姓五显，而简肃公以清德直节闻。故其家法严，而子弟多贤材。君为人开爽明秀，幼为简肃公所爱，若己子。长工书，作歌诗。尝一举进士，不中，以荫补，例监库务，无所施其能。一为民政，遂有声。平居喜饮酒谈笑，与其亲戚朋友欢然，未尝有怨恶。其在通利，与其军守所争皆公事。既废，无怼色，至卒穷以死，豁如也。呜呼，可哀也已！

曾祖赠太傅讳温瑜。祖赠太师讳化光。父右班殿直、赠左骁卫大将军讳睦。君娶张氏，故枢密直学士逸之女，封仁寿县君，先君二岁而卒。子男一人，曰逊。女三人，长适大理评事王正甫，次适太常寺太祝王端甫，次尚幼。

治平三年二月乙酉，其孤逊举其丧，合葬于绛州正平县清原乡周村原。将葬，庐陵欧阳修曰："余，薛氏婿也，与君游而贤其人，宜有以哀之。"乃为之铭曰：

维古才子兮，出于名族。嗟吾得之兮，既哲而淑。有能不施兮，不遐以趣。卒困于艰兮，泰乎自足。绛水深长兮，山冈起伏。利我后人兮，安于吉卜。

【解题】

作于治平三年（1066）。文章赞扬薛良孺（长孺之弟）为人为政，惋惜其穷厄早逝。笔锋挟带情感，读后令人感慨生悲。

内殿崇班薛君墓志铭

公讳塾，字宗道，绛州正平人，资政殿学士、兵部尚书河东简肃公之弟。于惟简肃，为时显人，天圣、明道间，实参大政，以道德刚直外正于朝，孝友敦睦内仁其家。其爵命之荣上逮三世，旁禄其族子，官者三十人。公于太保讳景之庙为曾孙，太傅讳温瑜之庙为孙，太师讳化光之庙为第五子。少以简肃荫补三班借职，九迁内殿崇班，享年六十五以终。

公为人果毅质直，喜以气节自高。少好学，尝为文词。仕虽不章，官能其职。初监曲沃县酒税，民索苦伐薪给官炊，公始更用石炭，民得不苦，至今赖之。又监龙门县清涧木税、绛州盐酒税、河中府浮桥，凡所施设皆有法，后人虽欲辄更，莫能也。蜀民易摇，喜倡事以相惊呼，遂缘为乱。公为兵马监押，旁郡呼曰“盗将大至”，公能以重镇之，州卒无事，民恃以安。岁满，州乞留，不克。知河池县，赋役刑罚，示民以信，使民知政，而吏无所措其奸。始建孔子庙，春秋饬其牲器，以与邑人行事，民初识学校之礼。当时名臣，若今枢密副使杜公，多荐其材，以兄嫌避不升用。奉使走马承受沧州路公事，数对便殿，言利害，皆可施行。历监通利军，陕、蜀二州兵。

康定二年六月十五日壬辰，以疾卒于蜀州之廨。其长子曰大理寺丞、通判陵州仲儒，扶其柩归于绛州。道出河池，河池之民泣遮于路曰：“此吾民之所思也。”公卒之六日，夫人吴氏卒于代州。其次子曰大理寺丞、通判代州宗孺，以其丧归。遂合葬于正平县清源乡周村原，用庆历元年十二月二十一日丙申之吉。二子皆以材贤，克承其家。女一人，适将作监主簿郑宗贤。

铭曰：

薛绛大族，兴自简肃。简肃之哲，其刚烈烈。公躬直清，官以材称。惟贤是似，不愧其兄。薛有世次，简肃之碑。公墓南原，铭以识之。

【解题】

作于治平三年（1066）。墓志赞颂薛塾（薛奎之弟）为人刚直，以气节自高，为政有声。叙事简洁生动，表现人物主要特征。

故霸州文安县主簿苏君墓志铭　并序

有蜀君子曰苏君，讳洵，字明允，眉州眉山人也。君之行义修于家，信于乡里，闻于蜀之人久矣。当至和、嘉祐之间，与其二子轼、辙偕至京师，翰林学士欧阳修得其所著书二十二篇，献诸朝。书既出，而公卿士大夫争传之。其二子举进士，皆在高等，亦以文学称于时。眉山在西南数千里外，一日父子隐然名动京师，而苏氏文章遂擅天下。君之文博辩宏伟，读者悚然想见其人。既见，而温温似不能言。及即之，与居愈久而愈可爱，间而出其所有，愈叩而愈无穷。呜呼！可谓纯明笃实之君子也。

曾祖讳祐。祖讳杲。父讳序，赠尚书职方员外郎。三世皆不显。职方君三子，曰澹、曰涣，皆以文学举进士。而君少独不喜学，年已壮，犹不知书，职方君纵而不问，乡闾亲族皆怪之。或问其故，职方君笑而不答，君亦自如也。年二十七，始大发愤，谢其素所往来少年，闭户读书，为文辞。岁余，举进士，再不中。又举茂材异等，不中。退而叹曰："此不足为吾学也。"悉取所为文数百篇焚之，益闭户读书，绝笔不为文辞者五六年，乃大究六经、百家之说，以考质古今治乱成败、圣贤穷达出处之际，得其粹精，涵畜充溢，抑而不发。久之，慨然曰："可矣。"由是下笔，顷刻数千言，其纵横上下，出入驰骤，必造于深微而后止。盖其禀也厚，故发之迟；志也悫，故得之精。自来京师，一时后生学者皆尊其贤，学其文以为师法，以其父子俱知名，故号老苏以别之。

初，修为上其书，召试紫微阁，辞不至，遂除试秘书省校书郎。会太常修纂建隆以来礼书，乃以为霸州文安县主簿，使食其禄。与陈州项城县令姚辟同修礼书，为《太常因革礼》一百卷。书成，方奏未报，而君以疾卒，实治平三年四月戊申也，享年五十有八。天子闻而哀之，特赠光禄寺丞，敕有司具舟，载其丧归于蜀。君娶程氏，大理寺丞文应之女。生三子：曰景先，早卒；轼，今为殿中丞、直史馆；辙，权大名府推官。三女，皆早卒。孙曰迈、曰迟。有文集二十卷、《谥法》三卷。

君善与人交，急人患难，死则恤养其孤，乡人多德之。盖晚而好《易》，曰：“《易》之道深矣，汩而不明者，诸儒以附会之说乱之也，去之，则圣人之旨见矣。”作《易传》，未成而卒。治平四年十月壬申，葬于彭山之安镇乡可龙里。

君生于远方，而学又晚成，常叹曰：“知我者，惟吾父与欧阳公也。”然则，非余谁宜铭？铭曰：

苏显唐世，实栾城人。以宦留眉，蕃蕃子孙。自其高曾，乡里称仁。伟欤明允，大发于文。亦既有文，而又有子。其存不朽，其嗣弥昌。呜呼明允，可谓不亡。

【解题】

作于治平四年（1067）。文章着重记叙苏洵的文学成就，赞颂其才华、学识和人品，是研究苏洵生平思想的宝贵资料。记事突出重点，结构不落流俗，文笔生动，人物形象鲜明，读后可以“想见其人”。

赠太子太傅胡公墓志铭

太子少师致仕、赠太子太傅胡公讳宿，字武平。其先豫章人也，后徙常州之晋陵，世有隐德，为晋陵著姓。

公举进士，中天圣二年乙科，为真州扬子尉。县大水，漂溺居民，令不能救，公曰：“拯溺，吾职也。”即率公私舟活数千人。岁满，调庐州合肥主簿。张丞相士逊称其文行，荐诸朝，召试学士院，为馆阁校勘，与修北史。改集贤校理，通判宣州。三迁太常博士，判吏部南曹，赐绯衣银鱼。知湖州，为政有惠爱，筑石塘百里，捍水患；大兴学校，学者盛于东南，自湖学始。公丁母夫人忧去，而州人思之，名其塘曰胡公塘；学者为公立生祠于学中，至今祠之。公居丧，毁瘠过礼，三年不居于内。

服除，为三司盐铁判官，转尚书祠部员外郎，判度支句院，知苏州、两浙路转运使。召还，修起居注，以本官知制诰，兼句当三班院，已而兼判吏部流内铨。入内都知杨怀敏坐卫士夜盗入禁中惊乘舆，斥出为和州都监。怀敏用事久，势动中外，未几，召复故职。公封还辞头，不草制，论曰："卫士之变，踪迹连怀敏，得不穷治诛死，幸矣，岂宜复在左右?"其命遂止。

久之，拜公翰林侍读学士，迁翰林学士，兼史馆修撰、判馆事，兼端明殿学士。累迁尚书左司郎中，兼知通进银台司、审刑院、群牧使，提举在京诸司库务、醴泉宫，判尚书礼部，遂判都省，再知礼部贡举。奉使契丹，馆伴北朝人使，亦皆再，而虏人严惮之。

公为人清俭谨默，内刚外和。群居笑语欢哗，独正容色，温温不动声气。与人言，必思而后对。故其莅官临事，慎重不辄发，发亦不可回止，而其趣要归于仁厚。朝议，在官年七十而不致仕者，有司以时按籍举行。公以谓养廉耻，厚风俗，宜有渐，而欲一切以吏议从事，殆非所以优老劝功之意，当少缓其事，使人得自言而全其美节。朝廷嘉其言是，至今行之。皇祐新乐成，议者多异论。有诏，新乐用于常祀朝会，而郊庙仍用旧乐。公言书称"同律"，而今旧乐高，新乐下，相去一律，难并用，而新乐未施于郊庙，先用之朝会，非先王荐上帝配祖考之意，皆不可。近制，礼部四岁一贡士，议者患之，请更为间岁。议已定，公独以为不然，曰："使士子废业，而奔走无宁岁，不如复用三岁之制也。"众皆以公言为非。行之数年，士子果以为不便，而卒用三岁之制。仁宗久未有皇子，群臣多以皇嗣为言，未省。公以学士当作青辞祷嗣于山川，即建言储位久虚，非所以居安而虑危，愿择宗室之贤者立之，以慰安天下之心。语甚切至。

公学问该博，兼通阴阳五行、天人灾异之说。南京鸿庆宫灾，公以谓南京，圣宋所以受命建号，而大火主于商丘，国家乘火德而王者也，今不领于祠官，而比年数灾，宜修火祀。事下太常，岁以长吏奉祠商丘，自公始。庆历六年夏，河北、河东、京东同时地震，而登、莱尤甚。公以岁推之，曰："明年丁亥，岁之刑德，皆在北宫。阴生于子，而极于亥。然阴犹强而未即伏，阳犹微而未即胜，此所以震也。是谓龙战之会，而其位在乾。今西北二虏，中国之阴也，宜为之备，不然，必有内盗起于河朔。"明年，王则以贝州叛。公又以为登、莱视京师为东北隅，乃少阳之位也，今二州并置金坑，多聚民以凿山谷，阳气损泄，故阴乘而动。县官入金，岁几何？小利而大害，可即禁止，以宁地道。皇祐五年正月，会灵宫灾，是岁冬至，祀天南郊，以三圣并配。明年大旱，公曰："五行，火，礼也。去岁火而今又旱，其应在礼，此殆郊丘并配之失也。"即建言并配非古，宜用迭配如初诏。其后，并州议建军为节镇，公以星土考之，曰："昔高辛氏之二子，不相能也。尧迁阏伯于商丘，主火，而商为宋星；迁实沉于台骀，主水，而参为晋星。国家受命，始于商丘，王以火德。又京师当宋之分野，而并为晋地，参、商，仇雠之星，今欲崇晋，非国之利也。自宋兴，平僭伪，并最后服，太宗削之，不使列于方镇八十年矣。"谓宜如旧制。

公在翰林十年，多所补益，大抵不为苟止而妄随。故其言或用或不用，或后卒如其言。然天子察公之忠，欲大用者久矣。嘉祐六年八月，拜公谏议大夫、枢密副使。公既慎静而当大任，尤顾惜大体。而群臣方建利害，多更张庶事以革弊。公独厌之，曰："变法，古人之难，不务守祖宗成法而徒纷纷，无益于治也。"又以谓契丹与中国通好六十余年，自古未有也，善待夷狄者，谨为备而已，今三边武备多弛，牧马著虚名于籍，可乘而战者百无一二。又谓沧州宜分为一路以御虏，此今急务也。若其界上交侵小故，乃城寨主吏之职，朝廷宜守祖宗之约，不宜争小利而隳大信，深戒边臣生事以为功。在位六年，其论议类皆如此。

英宗即位，拜给事中。治平三年，累上表乞致仕，未允。久之，拜尚书吏部侍郎、观文殿学士、知杭州。为政不略细故，或谓大臣不宜自劳，公曰：“此民事也，吾不敢忽。”以是民尤爱之。明年，今上即位，迁左丞。五月，公以疾告，遂除太子少师致仕。命未至，而公以六月十一日薨于正寝，享年七十有三。即以其年十一月某日，葬于某州某县某乡之某原。

公之曾祖讳持，累赠太傅，曾祖妣欧阳氏，追封晋陵郡太夫人。祖讳徽，累赠太师。祖妣杨氏，追封华阴郡太夫人；余氏，嘉兴郡太夫人；余氏，丹阳郡太夫人；龚氏，武陵郡太夫人。父讳寀，累赠太师兼中书令。妣沈氏，追封东阳郡太夫人；贝氏，南阳郡太夫人；李氏，金城郡太夫人。公累阶光禄大夫，勋上柱国，开国安定，爵公，食邑二千八百户，食实封四百户，赐推诚保德翊戴功臣。初娶吴氏，追封兰陵郡夫人；再娶何氏，封南康郡夫人。子男五人：长曰宗尧，今为都官员外郎；次曰遵路，早卒；次日宗质，国子博士；次曰宗炎，著作佐郎；次曰宗厚，秘书省正字，早卒。女四人，皆适士族。孙：志修，太常寺太祝；行修，守秘书省校书郎；简修，试秘书省校书郎；世修、德修、安修、奕修、慎修、益修。

公自为进士，知名于时。杨文公亿得其诗，题于秘阁，叹曰：“吾恨未识此人!”其举进士也，谢阳夏公绛荐公为第一，公名以此益彰，而谢公亦以此自负。少尝善一浮图，其人将死，谓公曰：“我有秘术，能化瓦石为黄金，子其葬我，我以此报子。”公曰：“尔之后事，吾敢不勉？秘术，非吾欲也。”浮图叹曰：“子之志，未可量也。”其笃行自励，至于贵显，常如布衣时。有文集四十卷。

铭曰：

允矣胡公，顺外刚中。惟初暨终，一德之恭。公之燕居，其气温温。举必可法，思而后言。公在朝廷，正色侃侃。蔚有嘉话，忧深虑远。不迎利趋，不畏势反。有或不从，后必如之。久而愈信，孰不公思？侍从之亲，枢机之密。名望三朝，清职峻秩。恺悌之仁，宜国黄耇。七十而止，孰云多寿？惟善在人，刻铭不朽。

【解题】

作于治平四年（1067）。墓志记叙胡宿一生行迹，赞颂其清俭谨默、内刚外和、不迎利趋、不畏势反的高尚人格。茅坤评述此文“中多本经术之旨”（《宋大家欧阳文忠公文钞》卷二十五）。

长安郡太君卢氏墓志铭

长安郡太君卢氏，尚书刑部侍郎蔡公讳琇之夫人，端明殿学士、尚书礼部侍郎襄之母也。以治平三年十月某日，卒于杭州之官舍，享年九十有二。呜呼！可以为寿矣。

夫寿者，《洪范》所谓五福也；福者，百顺之名也。故离之虽为五，必合而不阙其一，然后为福之备也。盖五者，其一在人曰德，而其四在天，必有其一于己，然后能致其四。而有诸己者，或厚或薄，故其所致，亦有备有不备焉。夫老而贫且病者，是人之所哀，非福也。寿且富康，而无德以将之，谓之贼与不仁，非福也。三者具而又有德，而死非其命者，谓之不幸，非福也。故曰必不阙其一，然后为福之备者。惟夫人有之。

夫人在父母家，奉其亲以孝。其归于蔡氏也，其舅姑老，事之如其亲，其归宁于父母也，能使其舅姑不见三日，必涕泣而思。其事长慈幼，既俭且勤，久而宗族和，乡党化。其亡也，柩自余杭至，里闾、亲戚哭之，往往有过乎哀者。问之，皆曰夫人于我有德，而人人各有述焉。呜呼，可谓贤也已！

夫人生四子，其三皆早卒。而端明君，第二子也，独显赫为时名臣，自为谏官、知制诰、翰林学士、知开封府、三司使，间出知泉、福二州，福建路转运使，出入清要，光华宠荣，以为其亲之养。而夫人享此者，盖三十有六年。端明君已显贵，天子嘉之，曰：“有子如此，其母之贤可知。”于是有冠帔之锡。

夫人平生少疾病，虽老而耳目聪明，食生饮寒如壮者。晚从端明君于杭州，极东南富丽海陆之珍奇以为娱乐之奉，而奄然以其寿终。其于五福，可谓不阙一矣。方夫人之盛时，凡为人子者，举觞寿其亲，莫不以夫人为祝；而不幸荣不及养者，必仰天怨吁，谓薄厚不均，以不得如夫人为恨。盖不知夫有诸己者厚，故能致其福之备也。

夫人，泉州惠安人也。曾祖讳某、祖讳某、父讳某，皆不仕。其三子：早卒者曰丕，不及仕；曰高，太康县主簿；曰奭，福州司户参军。女二人，皆适士族。孙六人。曾孙三十余人。呜呼，盛矣！蔡氏之后，其又将大兴乎！

铭者，所以昭德而示后也。于是端明君之友人庐陵欧阳修为之铭曰：

维治平四年十有一月某日，孤子襄祔其母夫人卢氏于先君之墓。其县仙游，其里慈孝，其冈半井。其固其安，其千万年之永。

【解题】

作于治平四年（1067）。墓志赞颂蔡襄之母卢氏寿且贤，并以子贵母贤为颂。叙事、议论、抒情相结合，读之令人感慨。

端明殿学士蔡公墓志铭

公讳襄，字君谟，兴化军仙游人也。天圣八年，举进士甲科，为漳州军事判官、西京留守推官，改著作佐郎、馆阁校勘。庆历三年，以秘书丞、集贤校理知谏院，兼修起居注。

是时天下无事，士大夫弛于久安，一日元昊叛，师久无功。天子慨然厌兵，思正百度以修太平。既已排群议，进退二三大臣，又诏增置谏官四员，使拾遗补阙，所以遇之甚宠。公以材名在选中，遇事感激，无所回避，权幸畏敛，不敢挠法干政，而上得益与大臣图议。明年，屡下诏书，劝农桑，兴学校，革弊修废，而天下悚然，知上之求治矣。于此之时，言事之臣无日不进见，而公之补益为尤多。

四年，以右正言、直史馆，出知福州，以便亲，遂为福建路转运使。复古五塘以溉田，民以为利，为公立生祠于塘侧。又奏减闽人五代时丁口税之半。丁父忧，服除，判三司盐铁勾院，复修起居注。今参知政事唐公介，时为御史，以直言忤旨，贬春州别驾，廷臣无敢言者。公独论其忠，人皆危之，而上悟意解，唐公得改英州，遂复召用。皇祐四年，迁起居舍人、知制诰，兼判流内铨。御史吕景初、吴中复、马遵坐论梁丞相适罢台职，除他官，公封还辞头，不草制。其后屡有除授非当者，必皆封还之。而上遇公益厚，曰："有子如此，其母之贤可知。"命特赐冠帔以宠之。至和元年，迁龙图阁直学士、知开封府。三年，以枢密直学士知泉州，徙知福州。未几，复知泉州。

公为政精明，而世闽人，知其风俗。至则礼其士之贤者，以劝学兴善，而变民之故，除其甚害。往时闽人多好学，而专用赋以应科举。公得先生周希孟，以经术传授，学者常至数百人，公为亲至学舍执经讲问，为诸生率。延见处士陈烈，尊以师礼，而陈襄、郑穆方以德行著称乡里，公皆折节下之。闽俗重凶事，其奉浮图，会宾客，以尽力丰侈为孝，否则深自愧恨，为乡里羞，而奸民、游手、无赖子，幸而贪饮食，利钱财，来者无限极，往往至数百千人。至有亲亡秘不举哭，必破产办具，而后敢发丧者。有力者乘其急时，贱买其田宅，而贫者立券举责，终身困不能偿。公曰："弊有大于此邪！"即下令禁止。至于巫觋主病蛊毒杀人之类，皆痛断绝之，然后择民之聪明者教以医药，使治疾病。其子弟有不率教令者，条其事，作五戒以教谕之。久之，闽人大便。公既去，闽人相率诣州，请为公立德政碑，吏以法不许谢，即退而以公善政私刻于石，曰："俾我民不忘公之德。"

嘉祐五年，召拜翰林学士、权三司使。三司、开封，世称省、府，为难治而易以毁誉，居者不由以迁则由以败，而败者十常四五。公居之，皆有能名。其治京师，谈笑无留事，尤喜破奸隐，吏不能欺。至商财利，则较天下盈虚出入，量力以制用，必使下完而上给。下暨百司因习蠹弊，切磨劃剔，久之，簿书纤悉，纪纲条目皆可法。七年季秋，大亨明堂。后数月，仁宗崩，英宗即位。数大赏赉，及作永昭陵，皆猝办于县官经费外。公应烦，愈闲暇若有余，而人不知劳。遂拜三司使，居二岁，以母老，求知杭州，即拜端明殿学士以往。三年，徙南京留守，未行，丁母夫人忧。明年八月某日，以疾卒于家，享年五十有六。

蔡氏之谱，自晋从事中郎克以来，世有显闻，其后中衰，隐德不仕。公年十八，以农家子举进士，为开封第一，名动京师。后官于闽，典方州，领使一路，二亲尚皆无恙。闽人瞻望咨嗟，不荣公之贵，而荣其父母。母夫人尤有寿，年九十余，饮食起居康强如少者。岁时为寿，母子鬓发皆皤然，而命服金紫，煌煌如也。至今闽人之为子者，必以夫人祝其亲；为父母者，必以公教其子也。

公于朋友重信义，闻其丧则不御酒肉，为位以哭，尽哀乃止。尝会饮会灵东园，坐客有射矢误伤人者，客遽指为公矢，京师喧然。事既闻，上以问公，公即再拜愧谢，终不自辩，退亦未尝以语人。

公为文章，清遒粹美，有文集若干卷。工于书画，颇自惜，不妄为人书，故其残章断稿，人悉珍藏。而仁宗尤爱称之，御制《元舅陇西王碑》文，诏公书之。其后命学士撰《温成皇后碑》文，又敕公书，则辞不肯书，曰："此待诏职也。"

公累官至礼部侍郎，既卒，翰林学士王珪等十余人列言公贤，其亡可惜。天子新即位，未及识公，而闻其名久也，为之恻然，特赠吏部侍郎，官其子旻为秘书省正字，孙传及弟之子均皆守将作监主簿，而优以赙恤。以旻尚幼，命守吏助给其丧事。曾祖讳显皇，不仕。祖讳恭，赠工部员外郎。父讳琇，赠刑部侍郎。母夫人卢氏，长安郡太君。夫人葛氏，永嘉郡君。子男三人：曰匀，将作监主簿；曰旬，大理评事，皆先公卒。幼子，旻也。女三人，一适著作佐郎谢仲规，二尚幼。以某年某月某日，葬公于莆田县某乡将军山。

铭曰：

谁谓闽远，而多奇产。产非物宝，惟士之贤。嶷嶷蔡公，其人杰然。奋躬当朝，谠言正色。出入左右，弥缝补益。间归于闽，有政在人。食不畏蛊，丧不忧贫。疾者有医，学者有师。向谁使然，孰不公思？有高其坟，有拱其木。凡闽之人，过者必肃。

【解题】

作于熙宁元年（1068）九月后，时作者知青州。墓志表彰蔡襄为官正直敢言，知泉州、福州有惠政，称赏其擅文章、工书画，惋惜其盛年早逝。行文命笔，洋溢对挚友知交的哀悼痛惜之情。茅坤称赞本文"直叙"（《宋大家欧阳文忠公文钞》卷二十五）。

集贤院学士刘公墓志铭

公讳敞，字仲原父，姓刘氏，世为吉州临江人。自其皇祖以尚书郎有声太宗时，遂为名家，其后多闻人，至公而益显。

公举庆历六年进士，中甲科，以大理评事通判蔡州。丁外艰，服除，召试学士院，迁太子中允、直集贤院，判登闻鼓院、吏部南曹、尚书考功。于是夏英公既薨，天子赐谥曰文正。公曰："此吾职也。"即上疏言："谥者，有司之事也，且竦行不应法。今百司各得守其职，而陛下侵臣官。"疏凡三上，天子嘉其守，为更其谥曰文庄。公曰："姑可以止矣。"权判三司开拆司，又权度支判官，同修起居注。

至和元年九月，召试，迁右正言、知制诰。宦者石全彬以劳迁宫苑使，领观察使，意不满，退而愠有言。居三日，正除观察使，公封还辞头，不草制，其命遂止。二年八月，奉使契丹。公素知虏山川道里，虏人道自古北口回曲千余里至柳河，公问曰："自松亭趋柳河，甚直而近，不数日可至中京，何不道彼而道此？"盖虏人常故迂其路，欲以国地险远夸使者，且谓莫习其山川。不虞公之问也，相与惊顾羞愧，即吐其实，曰："诚如公言。"时顺州山中有异兽，如马而食虎豹，虏人不识，以问，公曰："此所谓驳也。"为言其形状声音，皆是，虏人益叹服。

三年，使还，以亲嫌求知扬州。岁余，迁起居舍人，徙知郓州，兼京东、西路安抚使。居数月，召还，纠察在京刑狱，修玉牒。知嘉祐四年贡举，称为得人。

是岁，天子卜以孟冬祫，既廷告，丞相用故事，率文武官加上天子尊号。公上书言："尊号，非古也。陛下自宝元之郊，止群臣毋得以请，迨今二十年无所加，天下皆知甚盛德，奈何一旦受虚名而损实美。”上曰：“我意亦谓当如此。”遂不允群臣请。而礼官前祫请祔郭皇后于庙，自孝章以下四后在别庙者，请毋合食。事下议，议者纷然。公之议曰：“春秋之义，不薨于寝，不称夫人，而郭氏以废薨。按景祐之诏，许复其号而不许其谥与祔，谓宜如诏书。”又曰：“礼于祫，未毁庙之主皆合食，而无帝后之限，且祖宗以来用之。《传》曰：“‘祭从先祖，宜如故。’”于是皆如公言。

公既骤屈廷臣之议，议者已多仄目，既而又论吕溱过轻而责重，与台谏异，由是言事者亟攻之。公知不容于时矣，会永兴阙守，因自请行，即拜翰林侍读学士，充永兴军路安抚使，兼知永兴军府事。长安多富人右族，豪猾难治，犹习故都时态。公方发大姓范伟事，狱未具而公召，由是狱屡变，连年，吏不能决。至其事闻，制取以付御史台，乃决，而卒如公所发也。

公为三州，皆有善政。在扬州，夺发运使冒占雷塘田数百顷予民，民至今以为德。其治郓、永兴，皆承旱歉，所至必雨雪，蝗辄飞去，岁用丰稔，流亡来归，令行民信，盗贼禁止，至路不拾遗。

公于学博，自六经、百氏、古今传记，下至天文、地理、卜医、数术、浮图、老庄之说，无所不通。其为文章，尤敏赡。尝直紫微阁，一日，追封皇子、公主九人，公方将下直，为之立马却坐，一挥九制数千言，文辞典雅，各得其体。

公知制诰七年，当以次迁翰林学士者数矣，久而不迁。及居永兴岁余，遂以疾闻。八年八月召还，判三班院、太常寺。公在朝廷，遇事多所建明，如古渭州可弃，孟阳河不可开，枢密使狄青宜罢以保全之之类，皆其语在士大夫间者。若其规切人主，直言逆耳，至于从容进见，开导聪明，贤否人物，其事不闻于外廷者，其补益尤多。故虽不合于世，而特被人主之知。方嘉祐中，嫉者众而攻之急，其虽危而得无害者，仁宗深察其忠也。及侍英宗讲读，不专章句解诂，而指事据经，因以讽谏，每见听纳，故尤奇其材。已而复得惊眩疾，告满百日，求便郡。上曰："如刘某者，岂易得也?"复赐以告。上每宴见诸学士，时时问公少间否，赐以新橙五十，劳其良苦。疾少间，复求外补，上怅然许之。出知卫州，未行，徙汝州。

治平三年，召还，以疾不能朝，改集贤院学士、判南京留司御史台。熙宁元年四月八日，卒于官舍，享年五十。呜呼！以先帝之知公，使其不病，其所以用之者，岂一翰林学士而止哉！方公以论事忤于时也，又有构为谤语以怒时相者。及归自雍，丞相韩公方欲还公学士，未及而公病，遂止于此，岂非其命也夫！

公累官至给事中，阶朝散大夫，勋上轻车都尉，开国彭城，爵公，邑户二千一百、实食者三百。曾祖讳琠，赠大理评事。祖讳式，尚书工部员外郎，赠户部尚书。考讳立之，尚书主客郎中，赠工部尚书。公再娶伦氏，皆侍御史程之女，前夫人先公早卒，后夫人以公贵，累封河南郡君。子男四人：长定国，郊社掌座，早卒；次奉世，大理寺丞；次当时，大理评事；次安上，太常寺太祝。女三人，长适大理评事韩宗直，二尚幼。公既卒，天子推恩录其两孙望、旦，一族子安世，皆试将作监主簿。

公为人磊落明白，推诚自信，不为防虑。至其屡见侵害，皆置而不较，亦不介于胸中。居家不问有无，喜赒宗族，既卒，家无余财。与其弟攽友爱尤笃。有文集六十卷。其为《春秋》之说，曰《传》、曰《权衡》、曰《说例》、曰《文权》、曰《意林》，合四十一卷。又有《七经小传》五卷，《弟子记》五卷，而《七经小传》今盛行于学者。

二年十月辛酉，其弟攽与其子奉世等葬公于某所，以来请铭。铭曰：

呜呼！维仲原父，学强而博，识敏而明。坦其无疑一以诚，见利如畏义必争。触机履险危不倾，畜大不施夺其龄。惟其文章粲日星，虽欲有毁知莫能。维古圣贤皆后亨，有如不信考斯铭。

【解题】

作于熙宁二年（1069）。墓志称颂刘敞博学强识，为政有声，表彰其刚正敢言，磊落光明的人格，同情其受诬陷、被埋没、英年早逝的不幸遭遇。茅坤评述说：“刘仲原以才而不尽其用，而公之文多累欷。”并引唐顺之评语：“首尾分应有力，自班、马中来。”（《宋大家欧阳文忠公文钞》卷二十五）

十一　祭吊

祭薛尚书文

维年月日，具官欧阳修谨以清酌庶羞之奠，恭祭于故资政殿学士、赠兵部尚书薛公之灵：

景祐之元，公初解政。虽告于家，而疾未病。若修之鄙，敢辱公知？公于此时，欲以女归。公德方隆，谓当再起。齐大之婚，敢辞以礼？天不憖遗，公薨忽然。其后二年，卒追前言。生死之间，以成公志。挂剑于墓，古人之义。公敏于材，刚毅自励。不顾不随，以直而遂。命也在天，往则难期。惟其行己，敢言是师。有罪之身，窜逐囚拘。生不及门，葬不送车。致诚薄奠，因道终初。尚飨！

【解题】

作于宝元元年（1038）。题目《薛尚书》下原校：“一作‘简肃公’。”薛奎，谥号“简肃公”，卒于景祐元年八月，葬于本年。时欧阳修由夷陵县移知乾德县。祭文追怀与薛门联姻的经过，颂扬岳翁刚毅正直的人格。言简意深，情真词切，颇具感染力。

祭谢希深文

维年月日，具官修将以明日祗役于滑，谨用清酌庶羞之奠，致祭于故副阁舍人谢公之灵：

呜呼谢公！性明于诚，履蹈其方。其于死生，固已自达，而天下之士所以叹息而不已者，惜时之良。况于吾徒，师友之分，情亲义笃，其何可忘？景祐之初，修走于峡，而公在江东，寓书真州，哀其亲老，而勉以自强。其后二年，再迁汉上，风波雾毒，凡万二千里，而会公南阳。初来谒公，迎我而笑，与我别久，怜其貌若故而气扬。清风之馆，览秀之凉。坐竹林之修荫，泛水芰之清香。及告还邑，得官灵昌。走书来报，喜咏于章。罢县无归，来客公邦。欢言未几，遽问于床。不见五日，而入哭其堂。

呜呼谢公！年不得中寿，而位止于郎。惟其殁也，哭者为之哀，不识者为之相吊，或赙其家，或力其丧。嗟夫！为善之效，得此而已，庸何伤！富贵偶也，寿夭数也，奚较其少多而短长！若公之有，言著于文，行著于事，材著于用，既久而愈彰。此吾徒可以无大恨，而君子谓公为不亡。

滑人来迎，修马当北，而不即去者，以公而彷徨。始修将行，期公饯我，今其去也，来奠公觞。兹言悲矣，公其闻乎？抑不闻也？徒有泪而浪浪。尚飨！

【解题】

作于康定元年（1040）春。谢希深，名绛，与欧阳修相师友。祭文歌颂谢公的人品道德，缅怀个人友情，哀伤其“年不得中寿，而位止于郎”的悲剧一生。语言参差错落，笔锋饱含深情。茅坤称赞本文“韵语中长短错综，而写情可涕”（《宋大家欧阳文忠公文钞》卷三十一）。

祭薛质夫文

嗟吾质夫！行丰而腴，乃享其癯。茎华虽敷，不酌而枯。善恶贤愚，非有契符。报或一差，咎谁归辜？孔智通天，曰命矣夫。在圣犹疑，况于吾徒。

嗟吾质夫！毋不胜缞，慕无孺孤。奠觞为诀，已矣呜呼！尚飨！

【解题】

作于康定元年（1040），题下原注：“大理寺丞薛直孺。”薛直孺，字质夫，薛奎之子，欧阳修内兄，卒于本年，享年二十四。祭文感叹薛氏盛年早逝，抱怨苍天极为不公，写得一往情深，感人肺腑。

祭叔父文

维年月日，具官侄修谨以清酌庶羞之奠，致祭于十四叔都官之灵曰：

昔官夷陵，有罪之罚；今位于朝，而参谏列。荣辱虽异，实皆羁绁，使修哭不及丧，而葬不临穴。孩童孤艰，哺养提挈。昊天之报，于义何阙？惟其报者，庶几大节。尚飨！

【解题】

作于庆历四年（1044）三月。欧阳修二叔欧阳晔卒于景祐四年四月，本年月葬。祭文感怀叔父哺养提挈之恩，决心以“大节”报答叔父的恩德。文笔简练，情意深长。

祭尹子渐文

年月日，具官欧阳修谨遣人自镇阳至怀州，以清酌庶羞之奠，致祭于亡友尹君子渐十一兄博士之灵：

呜呼！天于万物与吾人，孰爱憎而薄厚？其生未始以一齐，其死宜其有夭寿。苟百年者亦死，则短长之何较！惟善人之可喜，谓宜在世而常存。曰仁者寿兮，是亦爱之者之说；谓善必福兮，得非以己而推天？祸福吉凶，至其难通，虽圣人亦曰命而罕言兮，岂其至此而辞穷？

寿夭置之，吾不能问。嗟乎子渐，吾独有恨！我不见子，于今几时？自子得怀，始有见期。子不能来，我欲亟往。子今安归，我往何访？昔我在朝，谏官侍从，职当荐贤，知子不贡。朋党之诬，苟避谗讽。两相知而以心，谓尺书之不用。遂声音之永隔，哭不闻而徒恸。嗟此奠之一觞，冀欢言之可共。往莫及兮难追，哀以辞而永送。尚飨！

【解题】

尹子渐，名源，庆历五年（1045）三月十四日卒于怀州知州任，年五十。时作者为河北都转运按察使，权知成德军事。祭文悲悯朋友盛年早逝，懊悔当年避“朋党”之嫌未能荐举。悲怆嘘唏，催人泪下。

祭尹师鲁文

维年月日，具官欧阳修谨以清酌庶羞之奠，祭于亡友师鲁十二兄之灵曰：

嗟乎师鲁！辩足以穷万物，而不能当一狱吏；志可以狭四海，而无所措其一身。穷山之崖，野水之滨，猿猱之窟，麋鹿之群，犹不容于其间兮，遂即万鬼而为邻。

嗟乎师鲁！世之恶子之多，未必若爱子者之众。何其穷而至此兮，得非命在乎天而不在乎人！方其奔颠斥逐，困厄艰屯。举世皆冤，而语言未尝以自及；以穷至死，而妻子不见其悲忻。用舍进退，屈伸语默。夫何能然？乃学之力。至其握手为诀，隐几待终，颜色不变，笑言从容。死生之间，既已能通于性命；忧患之至，宜其不累于心胸。自子云逝，善人宜哀；子能自达，予又何悲？惟其师友之益，平生之旧，情之难忘，言不可究。

嗟乎师鲁！自古有死，皆归无物。惟圣与贤，虽埋不没。尤于文章，焯若星日。子之所为，后世师法。虽嗣子尚幼，未足以付予；而世人藏之，庶可无于坠失。子于众人，最爱予文。寓辞千里，侑此一罇。冀以慰子，闻乎不闻？尚飨！

【解题】

作于庆历八年（1048）。尹师鲁，名洙，是欧阳修志同道合的至交之一，遭诬受贬而死，仅四十七岁，身后萧条冷落。祭文哀悼挚友英年早逝，感叹逝者的怀才不遇而坦然处之。笔力婉曲，议论、叙事、抒情相结合，语缓情切，凄恻动人。清人汪武曹评述说："叙事全用议论驾过，笔笔凌空，不是呆疏。"（《唐宋文举要》甲篇卷六引）

祭苏子美文

维年月日，具官欧阳修谨以清酌庶羞之奠，致祭于亡友湖州长史苏君子美之灵曰：

哀哀子美，命止斯邪？小人之幸，君子之嗟。子之心胸，蟠屈龙蛇，风云变化，雨雹交加，忽然挥斧，霹雳轰车。人有遭之，心惊胆落，震仆如麻。须臾霁止，而回顾百里，山川草木，开发萌芽。子于文章，雄豪放肆，有如此者，吁可怪邪！

嗟乎世人，知此而已，贪悦其外，不窥其内。欲知子心，穷达之际。金石虽坚，尚可破坏，子于穷达，始终仁义。惟人不知，乃穷至此。蕴而不见，遂以没地，独留文章，照耀后世。

嗟世之愚，掩抑毁伤，譬如磨鉴，不灭愈光。一世之短，万世之长，其间得失，不待较量。哀哀子美，来举予觞。尚飨！

【解题】

作于庆历八年（1048）十二月。苏舜钦本月卒于苏州，时欧阳修知扬州。祭文赞扬逝者的文章、道德和襟怀，同情其不幸遭遇。感慨多气，哀叹中蕴含悲愤之情。宋人楼昉称赏本文“卓荦俊迈”（《崇古文诀》），清人何焯则以“激昂”二字概括本文特点（《义门读书记》）欧文下卷）。

祭郑宣徽文

谨以清酌庶羞之奠，致祭于宣徽太尉郑公之灵曰：

修曩在场屋，公为先进，既登馆阁，遂获并游。平生笑言，俯仰今昔。至于勤劳中外，启沃谋猷，纪德扬功，已著朝廷之论。临风陨涕，但伸朋旧之私。永诀之情，一觞而已。尚飨！

【解题】

原无系年，当作于皇祐元年（1049）冬。郑宣徽，即郑戬，字天休，大欧阳修十九岁。《续资治通鉴长编》卷一六七皇祐元年十一月十三日“并州言宣徽北院使、奉国节度使郑戬卒”。欧阳修与郑戬景祐初年结识，交谊深厚。祭文回顾平生友好往来，对朋友的逝世表示沉痛哀悼。言简意赅，感情深沉。

皇考焚黄祭文

男修谨以清酌庶羞之奠，告于皇考郎中之灵：

修不肖，不能绍禀先训，尚赖余德遗休，不陨其世，得阶仕进，荷国宠灵。欲报之恩，不知其所。幸天子以孝治天下，凡列位于朝者，皆有追荣之典，俾其知所以有此爵禄者，皆有自来，而退得伸其私志。故自上三见于郊，一开明堂以大享。其所推恩，自太子中允、尚书工部、兵部员外郎、兵部郎中告于第者四，今谨以告。惟是褒荣之意，则具载于训辞。尚飨！

【解题】

当作于皇祐年间。文中有“一开明堂以大享”语，据《宋史》卷一百一《礼·明堂》：皇祐二年九月，仁宗始行明堂礼。本文因皇考推恩获官“兵部郎中”，为文祭告亡灵。

祭资政范公文

月日，庐陵欧阳修谨以清酌庶羞之奠，致祭于故资政殿学士、尚书户部侍郎范文正公之灵曰：

呜呼公乎！学古居今，持方入圆。丘、轲之艰，其道则然。公曰“彼恶”，公为好讦；公曰“彼善”，公为树朋。公所勇为，公则躁进；公有退让，公为近名。谗人之言，其何可听！先事而斥，群讥众排。有事而思，虽仇谓材。毁不吾伤，誉不吾喜，进退有仪，夷行险止。

呜呼公乎！举世之善，谁非公徒？谗人岂多，公志不舒。善不胜恶，岂其然乎？成难毁易，理又然欤？

呜呼公乎！欲坏其栋，先摧桷榱；倾巢破彀，披折傍枝。害一损百，人谁不罹？谁为党论，是不仁哉！

呜呼公乎！易名谥行，君子之荣。生也何毁，没也何称？好死恶生，殆非人情，岂其生有所嫉，而死无所争？自公云亡，谤不待辨。愈久愈明，由今可见。始屈终伸，公其无恨。写怀平生，寓此薄奠。

【解题】

皇祐四年（1052）五月，范仲淹卒于徐州，年六十四。祭文沉痛哀悼范公病逝，歌颂范公持方入圆、刚直不阿的品格，驳斥守旧派对他的诬蔑与攻击。运用强烈对比手法，多次换韵，哀音促急，激昂慷慨。茅坤评述说："范公与公同治同难，故痛独深。"（《宋大家欧阳文忠公文钞》卷三十一）

祭金城夫人文

修谨遣表弟郑兴宗，以清酌庶羞之奠，致祭于金城夫人之灵：

修遭罹酷罚，方在哀疚，护丧归葬，千里之外。忽承凶讣，情礼莫伸，聊陈薄奠，致诚而已。尚飨！

【解题】

皇祐五年（1053）秋，作者扶护母丧归葬吉州沙溪泷冈，悉岳母赵氏夫人卒，作此文遣表弟致祭。据欧阳修所作薛奎墓志铭："公先娶潘氏，早卒。后娶赵氏，今封金城郡夫人。"

祭程相公文

维至和三年岁次丙申月日，具官欧阳修谨以清酌庶羞之奠，致祭于故太师相国程公之灵：

呜呼！公于时人，气刚难合。予实后进，晚而相接。一笑之乐，淋漓酒卮。十年再见，公老予衰。公遽如此，予存几时？人生富贵，朝露之光。及其零落，止益悲伤。惟可喜者，令名不忘。士穷闾巷，念不逢时；公位将相，韬能不施？公居庙堂，有言谔谔。白首于外，愉愉其乐。酒酣气振，犹见锋锷。惜也虽老，神清志完。手书未复，讣已在门。昔者樽酒，歌欢笑谑；今而一觞，涕泪沾落。死生忽焉，自古常然。抚棺为诀，夫复何言！尚飨！

【解题】

程相公，即程琳。至和三年（1056）闰三月七日卒于陈州。祭文追思逝者与自身“师友相兼”的交情，赞扬程公的刚正人格。笔力酣畅，言简意长，茅坤称其“韵味自佳”（《宋大家欧阳文忠公文钞》卷三十一）。

祭杜祁公文

维嘉祐二年三月日，具官欧阳修谨遣驱使官赵日宣，以清酌庶羞之奠，致祭于故太子太师、赠司徒、侍中杜公之灵曰：

士之进显于荣禄者，莫不欲安享于丰腴。公为辅弼，饮食起居，如陋巷之士、环堵之儒。他人不堪，公处愉愉。士之退老而归休者，所以思自放于闲适。公居于家，心在于国。思虑精深，言辞感激。或达旦不寐，或忧形于色，如在朝廷，而有官责。呜呼！进不知富贵之为乐，退不忘天下以为心。故行于己者老益笃，而信于人者久愈深。

人之爱公，宁有厌已？寿胡不多，八十而止。自公之丧，道路嗟咨。况于愚鄙，久辱公知。系官在朝，心往神驰。送不临穴，哭不望帷。衔辞写恨，有涕涟洏。尚飨！

【解题】

嘉祐二年（1057）二月五日，杜衍卒于南京，年八十。时欧阳修在贡举锁院中，出院后为作此文。祭文赞颂杜公“进不知富贵之为乐，退不忘天下以为心”的高风亮节。遣使祭吊，心驰神往，字里行间，充溢沉痛哀悼之情。

祭吴尚书文

维嘉祐三年五月庚午朔，具官欧阳修谨遣驱使官田安之至于西京，以清酌庶羞之奠，致祭于故留守、资政左丞、赠吏部尚书吴公之灵曰：

呜呼公乎！余将老也，阅世久也。见时之事，可喜者少，而可悲者多也。士少勤其身，以干禄仕，取名声，初若可爱慕者众也。既而得其所欲而怠，与迫于利害而迁，求全其节以保其终者，十不一二也。其人康强饮食，平居笑言，以相欢乐，察其志意，可谓伟然。而或离或合，不见几时，遂至于衰病，与其俯仰旦暮之间忽焉以死者，十常八九也。

呜呼公乎！所谓善人君子者，其难得既如彼，而易失又如此也。故每失一人，未尝不咨嗟殒泣，至于失声而长号也。公材谋足以居大臣，文学足以名后世，宜在朝廷以讲国论而久留于外，宜享寿考以为人望而遽云长逝，此搢绅大夫所以聚吊于家，而交朋故旧莫不走哭于位，岂惟老病之人独易感而多涕也！尚飨！

【解题】

吴育，字春卿，长欧阳修三岁。嘉祐三年（1058）四月十五日卒于知河南府任，年五十五。祭文赞颂吴公材谋足以居位，文学足以传世，全节以终，足为人望。哀悼朋友零落，感叹自身早衰，唏嘘成文，感人至深。茅坤评述本文“交似疏而感触深，也字为韵，贯到篇末”（《宋大家欧阳文忠公文钞》卷三十一）。

祭梅圣俞文

维嘉祐五年岁次庚子，七月丁亥朔，九日乙未，具官欧阳修谨率具官吕某、刘某，以清酌庶羞之奠，致祭于亡友圣俞之灵而言曰：

昔始见子，伊川之上，余仕方初，子年亦壮。读书饮酒，握手相欢，谈辩锋出，贤豪满前。谓言仕宦，所至皆然，但当行乐，何有忧患？

子去河南，余贬山峡，三十年间，乖离会合。晚被选擢，滥官朝廷，荐子学舍，吟哦六经。余才过分，可愧非荣；子虽穷厄，日有声名。

余狷而刚，中遭多难，气血先耗，发须早变。子心宽易，在险如夷，年实加我，其颜不衰。谓子仁人，自宜多寿；余譬膏火，煎熬岂久？事今反此，理固难知，况于富贵，又可必期？

念昔河南，同时一辈，零落之余，惟予子在。子又去我，余存兀然，凡今之游，皆莫余先。纪行琢辞，子宜余责；送终恤孤，则有众力。惟声与泪，独出余臆。尚飨！

【解题】

嘉祐五年（1060）四月二十五日，梅尧臣卒于京师，年五十九。祭文回忆与梅尧臣相识及交往的过程，赞颂梅氏非凡的谈吐、杰出的诗才和旷达的性格，并对梅氏的坎坷遭际、寿命不长深表同情。行文当中，将自己与逝者作比较，悲痛之情尤为突出。茅坤评述说：“悲怆刺骨。”（《宋大家欧阳文忠公文钞》卷三十一）

曾祖曾祖母祖祖母焚黄祭文

维嘉祐七年岁次壬寅某月朔日，曾孙具官修谨以清酌庶羞之奠，及太子少保、太保、延安郡、荣国太夫人之告四通，告于曾祖太保、曾祖母太夫人之灵曰：

修以不肖之质，获蒙祖考之余休，享有爵禄。材薄任重，缪膺奖擢，践更二府。国有常典，命及其先。非惟优异丞弼之臣，盖所以彰积善垂庆，其来有自，而欲潜光闷德，发耀有时。俾为臣子者，退得伸孝于家，而进以尽忠于国。是谓一施而两得。此朝廷所以推仁广恩，而为小子之幸也。敢不夙夜祇畏，竭其思虑，勉其不逮，俾有树立。冀不颠坠其家声，以对扬天子之宠灵，以永赖祖考之遗德。

官有职位，系身于朝，不得瞻望松楸，亲执笾豆，谨遣兄之子庐陵县尉嗣立以告。

【解题】

作于嘉祐七年（1062）闰八月，作者去年官迁参知政事。本年九月七日，朝廷大享明堂，曾祖、曾祖母、祖、祖母及父、母覃恩封赠。欧阳修作此三篇祭文，特遣侄儿欧阳嗣立回故乡庐陵祭告。（以下二祭文解题从略）

皇考太师祭文

嗣子具官修谨以清酌庶羞之奠，及太常少卿、给事中、太子少师、太师告身四通，告于皇考太师之灵曰：

修获罪于天，幼罹孤苦，蒙赖积德积善之庆，不殒其躬，得从士大夫之列。天子哀其禄不获养，而宠及其亲，曰非以为荣，俾以伸汝志，亦以示国家推仁广惠，不忘人之先也。有庆赐之恩，而又有官秩之宠。粤元年季秋，天子恭谢天地于大庆，则有太常少卿之命。四年孟冬，袷享于庙，则有给事中之赠。五年冬十有一月，修忝贰枢密，则有少师之锡。明年闰八月，承乏东府，则有太师之告。

而修官职有守，不得以时躬亲即事。留君之命于家，不恭；不勉力于其亲，不孝，罪莫大焉。是以涕泣忧惧，不能自安，谨遣兄之子庐陵县尉嗣立以告。尚飨！

皇妣太夫人祭文

嗣子具官修谨以清酌庶羞之奠，及平昌、荥阳郡太君、安定郡、永国太夫人告身四通，告于皇妣太夫人之灵曰：

修有不孝之罪，不得躬亲省视松柏者，于兹十年。无岁不请于朝，而讫不获报。遂以贪冒荣禄，留连岁时。独幸天子仁恩，教人以孝，俾得宠及其亲。故自嘉祐之元殆今，凡四被追封之告，亦足以少慰乌鸟之心。

而备官东府，任责至重，不得退徇其私。有司所下告第之制，所以诞扬休命、宠褒幽显者，不能躬自临事，则又以永负至慈罔极不报之恩。不胜悲慕哀怆之情，谨遣兄之子嗣立以告。尚飨！

祭王深甫文

嗟吾深甫！孝悌行于乡党，信义施于友朋。贫与贱不为之耻，富与贵不为之荣。虽得于内者无待于外物，而不可掩者盖由其至诚。故方身穷于陋巷，而名已重于朝廷。若夫利害不动其心，富贵不更其守，处于众而不随，临于得而不苟。惟吾知子于初，世徒信子于久。念昔居颍，我壮而子方少年。今我老矣，来归而送子于泉。古人所居，必有是邦之友，况如子者，岂止一邦之贤。举觞永诀，夫复何言！

【解题】

王深甫，名回，居颍州汝阴，治学宗法欧阳修，精通史传谱学。欧阳修曾荐举任馆职，朝廷刚颁布任官敕命，王氏于治平二年（1065）七月二十八日溘然去世，年四十三。祭文赞颂王氏的孝悌信义，淡泊清高，哀悼其英年早逝。文句参差，感情激越，颇有感染力。

祭宋侍中文

惟灵明诚敏识，清方粹直。由初考终，不变一德。忽然云亡，天子之恻。富于文章，玉质天葩。施之朝庙，炳耀光华。自兹而绝，学者之嗟。既文且贤，周达善问。惟此不朽，有司之信。辖车其行，礼备哀荣。奠觞为诀，修等之诚。尚飨！

【解题】

治平三年（1066）四月十八日，宋庠卒于京师。欧阳修另有《宋司空挽辞》，系于本年。宋庠，初名郊，安陆人，天圣二年进士第一，官至宰相，以司空致仕，卒，赠太尉兼侍中，谥元宪。祭文赞颂逝者道德文章。

祭丁学士文

呜呼元珍！善恶之殊，如火与水，不能相容，其势然尔。是故乡人皆好，孔子不然，恶于不善，然后为贤。子之美才，懿行纯德，谁称诸朝，当世有识。子之憔悴，遂以湮沦，问孰恶子，可知其人。毁善之言，譬若蝇矢，点彼白玉，濯之而已。小人得志，暂快一时，要其得失，后世方知。受侮被谤，无如仲尼，巍然衮冕，不祀桓魋。孟轲之道，愈久弥光，名尊四子，不数臧仓。是以君子，修身而俟。扰扰奸愚，经营一世，追荣华之销歇，嗟泯没其谁记？是皆生则狐鼠，死为狗彘。惟一贤之不幸，历千载而犹伤。自古孰不有死？至今独吊乎沅湘。彼灵均之事业，初未见于南邦，使不遭罹于放斥，未必功显而名彰。然则彼谗人之致力，乃借誉而揄扬。

呜呼元珍！道之通塞，有命在天，其如予何，孔孟亦然。何以慰子，聊为此言，寄哀一奠，有涕涟涟。尚飨！

【解题】

作于治平四年（1067）四月，时丁宝臣卒于常州，年五十八。祭文歌颂逝者的“美才”、“懿行”，悲伤其“憔悴”、“湮沦”。愤而成篇，声泪俱下。句式参差不齐，读之感人肺腑。茅坤称赞本文“悲痛慷慨”（《宋大家欧阳文忠公文钞》卷三十一）。

祭胡太傅文

维治平四年岁次丁未十一月乙亥朔某日，具官修谨以清酌庶羞之奠，致祭于故太子太傅致仕胡公之灵：

自昔并游儒馆，当世英豪，譬如花卉，先后零凋。惟公松柏，凛凛寒标。他人磨砻，争出圭角；公独浑然，不见其璞。廊庙之器，谁能测度？晚登大用，蔚有嘉言。予文之鄙，惧不能传。三十年间，既亲且旧。哭不及丧，行不送柩。写恨临风，有怀莫究。尚飨!

【解题】

治平四年(1067)六月十一日,胡宿卒于杭州,年七十三。祭文回忆三十年间亲密交情,感伤故旧零落,抒写孤独寂寞的情怀。

祭石曼卿文

维治平四年七月日,具官欧阳修谨遣尚书都省令史李敭至于太清,以清酌庶羞之奠,致祭于亡友曼卿之墓下,而吊之以文曰:

呜呼曼卿!生而为英,死而为灵。其同乎万物生死而复归于无物者,暂聚之形;不与万物共尽而卓然其不朽者,后世之名。此自古圣贤,莫不皆然,而著在简册者,昭如日星。

呜呼曼卿!吾不见子久矣,犹能仿佛子之平生。其轩昂磊落、突兀峥嵘而埋藏于地下者,意其不化为朽壤,而为金玉之精。不然,生长松之千尺,产灵芝而九茎。奈何荒烟野蔓,荆棘纵横,风凄露下,走磷飞萤。但见牧童樵叟,歌吟而上下,与夫惊禽骇兽,悲鸣踯躅而咿嘤。今固如此,更千秋而万岁兮,安知其不穴藏狐貉与鼯鼪?此自古圣贤亦皆然兮,独不见夫累累乎旷野与荒城?

呜呼曼卿!盛衰之理,吾固知其如此,而感念畴昔,悲凉凄怆,不觉临风而陨涕者,有愧乎太上之忘情。尚飨!

【解题】

治平四年(1067)七月,作者在知亳州任上,怀着孤独寂寞的心情,感念畴昔,作此文悼念已逝去二十六年的诗友石延年。祭文三呼曼卿,称赞他声名不朽,哀悼他死后凄凉,抒写盛衰之感和悲怆之思。全文感情浓烈，语言工丽而不失平易，骈散结合，一韵到底，读之令人回肠荡气。茅坤称赏为“凄清逸调”（《宋大家欧阳文忠公文钞》卷三十一），储欣评述说：“运长短句，一气旋转。”（《唐宋八大家类选》卷十四）

英宗皇帝灵驾发引祭文

维治平四年岁次丁未，八月丁未朔，八日甲寅，具官臣欧阳修伏睹大行皇帝灵驾发引。臣以官守有职，不得攀号于道左，谨择顺天门外，恭陈薄奠，瞻望灵舆。臣修西望泣血顿首死罪言曰：

伏惟大行皇帝至仁至孝，本尧、舜之心；克俭克宽，躬禹、汤之圣。德泽被物，威灵在天。今者因山为陵，卜万世而叶吉；同轨毕至，无一人之后期。而臣受恩最深，报国无状，不能秉翣持绋，以供贱事。而古人可慕，有愧三良之殉身；罔极衔哀，但同百姓之丧考。尚知豺獭之荐，冀伸犬马之诚。臣无任号天擢绝哀慕感切之至。臣修西望泣血顿首死罪。谨言。

【解题】

治平四年（1067）八月二十七日，英宗葬于永厚陵。欧阳修时任亳州知州，作此文遥祭。

祭吴大资文

维年月日，具官修谨遣某人，以清酌庶羞之奠，致祭于资政侍郎吴公之灵曰：

惟公以孔、孟之学，晁、董之文，佐佑三朝，始终一节。顾惟庸缪，敢企光尘？而金门玉堂，早接俊游之末；紫枢黄阁，晚陪国论之余。虽出处之略同，在进退而则异。余实衰病，久思返于田畴；公方盛年，宜复还于廊庙。岂期白首，来哭素帷？饮釂百分，尚想平生之意气；写哀一奠，不知涕泪之纵横。尚飨！

【解题】

作于治平四年（1067）。原系嘉祐四年，以吴大资为吴育，误。题目“吴大资”原校：“一作‘长文’。”吴长文，名奎，晚年以资政殿大学士出知青州。据刘攽《吴公墓志铭》，吴氏卒于治平四年七月二十七日，年五十八。祭文赞颂逝者才德，哀悼其盛年早逝。回肠九转，一往情深。

祭刘给事文

惟熙宁元年岁次戊申，四月壬寅朔，十五日丙辰，具官修谨遣通引官行首庞简，以清酌庶羞之奠，致祭于亡友留台给事原甫之灵曰：

呜呼！金百炼以为鉴，而万物不能遁其形。及为物蚀而蔽其光，顽然无异乎瓦甓。然而一遇良工之药，磨而莹之，则可以见肝胆而数毛发。盖其可昏者光，不可昏者性。其或废而或用，由有幸与不幸。若吾原甫者，敏学通于今古，精识造乎幽微，乃百链之英，而万事之鉴也。一为末疾昏之，至使良医不能措其术，百药无所施其功。遂埋至宝，衔恨无穷！此所以士夫惊呼，莫不为朝廷而痛惜。至于不知命者，皆有疑于造物之工，况相知于道义，而久接于游从。念以身而莫赎，徒有泪而沾胸。尚飨！

【解题】

熙宁元年（1068）四月八日，刘敞卒于南京，年五十。祭文赞颂逝者敏学精识，感伤其英年早逝。文章巧用比喻手法，句式参差错落，笔锋饱蘸激情，具有浓厚抒情色彩。

祭蔡端明文

维年月日，具官修谨遣三班奉职指使李敭，以清酌庶羞之奠，致祭于故端明殿学士、尚书吏部侍郎蔡公君谟之灵曰：

呜呼！盛必有衰而生必有死，物之常理也；生为可乐而死为可哀，人之常情也。而又有不幸于其间者，宜其为恨于无穷也。

自公之奋起徒步而名动京师，遂登朝廷，列侍从。其年壮志锐而意气横出，材宏业茂而誉望伟然。方公之辉华显赫之时，而其亲享寿考康宁之福。夫得禄及亲，人以为幸也，而公以荣名显仕为之养；彩衣而戏，昔以为孝也，而公以金章紫绶悦其颜。使天下为子者，莫不欲其亲如公之亲；为父母者，莫不欲其子如公之为子也。其荣且乐，可谓盛哉！

及其衰也，母夫人丧犹在殡，而公已卧病于苫凷之间，而爱子长而贤者遽又卒于其前，遂以奄然而瞑目。·孤藐然，以为二丧之主。呜呼，又何其不幸也！此行路之人闻之，皆为之出涕，况于亲戚朋友乎！况如修者，与公之游最久，而相知之最深者乎！

夫世之举远以为言者，不过曰四海。而闽负南海，齐临东海，使修不得躬一觞之奠，写长恸之哀。此其为恨，又可涯哉？尚飨！

【解题】

作于熙宁元年（1068）。原系治平四年，误。蔡襄治平四年八月卒于福建。据祭文“齐临东海”等句，可知作于次年九月作者移知青州以后。文章感叹人世间的生死盛衰，称颂逝者的名节、才华和孝道，哀伤其晚年家门不幸。行文用散体，一唱三叹，令人唏嘘感愤。

赠保顺军节度使张惟吉祭文（堂祭　二月二十六日）

维至和二年岁次乙未三月己未朔，皇帝遣入内内侍省内西头供奉官、勾当延福宫康为政，致祭于赠保顺军节度使张惟吉之灵：

惟灵忠勤之节，克保于有终；存殁之恩，备隆于异数。仍加祖奠，式表哀荣。尚飨！

【解题】

此十一篇祭文，原存《欧阳文忠公集·内制集》，前八篇作于至和二年（1056），后三篇作于嘉祐五年（1060）。这是为仁宗代撰的一组祭奠皇亲、大臣或贵夫人的文字。今依本书体例，移放于此。（以下十祭文解题从略）

赠保顺军节度使张惟吉祭文（坟所　二月二十六日）

惟灵佐佑宣力，始终不渝。载嘉遗忠，实用追恻。奠尔临圹，魂其有知。

故秦晋国夫人祭文（路祭　八月二十二日）

惟灵蔚有令仪，著于茂则。顾追褒之宠数，已极恩荣。念永闷于佳城，载深恻怛。列兹奠礼，用慰营魂。

故秦晋国夫人祭文 （夜排敕祭　八月二十三日）

惟灵懿德惟旧，嘉问克彰。奄然沦逝，恻尔追感。侑以礼奠，庶乎来歆。

故秦晋国夫人林氏祭文
（堂祭　八月二十六日）

维灵归全叶礼，卜吉有期。念将闷于幽扃，俾载陈于祖奠。歆兹芳洁，尚体追怀！

故秦晋国夫人祭文
（坟祭　八月二十六日）

惟灵寿考有终，劳能可录。安兹宅兆，备有物容。载申奠诀之恩，式尽追荣之美。

赠昭信军节度使遂国公宗颜祭文 （堂祭　九月十三日夜）

维尔幼而敏明，长克有立。胡谓为善而不永年，奠斝在兹，营魂其慰！

赠昭信军节度使遂国公宗颜祭文（欑所　九月十三日）

维尔禀质甚秀，享龄不遐。日月有期，厝安惟吉。陈兹奠酹，实悼余怀。

故赠濮王允让十月九日坼欑祭文（九月二十六日）

日月惟吉，山川既佳。启兹欑涂，往即襄事。顾歆薄奠，宜体哀悰。

故赠濮王允让十月十八日起灵祭文（九月二十六日）

仪物既备，川涂甚夷。往即佳城，卜兹吉日。灵其顾享，副此哀怀。

故赠濮王允让十月三十日下事祭文（九月二十六日）

惟灵禀德甚茂，享年不遐。余心所哀，恤典斯备。往即安宅，享兹克诚。

祭桓侯文

谨以彘肩卮酒之奠，告于桓侯张将军之灵：

农之为事亦劳矣，尽筋力，勤岁时，数年之耕，不遇一岁之稔。稔则租赋科敛之不暇，有余而食，其得几何？不幸则水旱，相枕为饿殍。夫丰岁常少，而凶岁常多。今夏麦已登，粟与稻之早者，民皆食之矣。秋又大熟，则庶几可以支一二岁之凶荒。岁功将成，曷忍败之？

今晚田秋稼将实而少雨，雨之降者，频在近郊，山田僻远，欲雨之方，皆未及也。惟神降休，宜均其惠而终成岁功。神生以忠勇事人，威名震于荆楚；没食其土，民之所宜告也。尚飨！

【解题】

作于景祐四年（1037）秋，时作者知夷陵县。因秋雨失调，祈神为山田僻远地方赐雨。这是封建迷信举动，却也是作者爱民政治的表现。

求雨祭文

年月日，乾德县令欧阳修谨以清酌庶羞之奠，祭于五龙之神曰：

百里之地一时而不雨，则民被其灾者数千家。然则水旱，重事也，天之庇生斯民者，岂欲轻为之乎？不幸而遭焉，则归其说于二者：一曰吏之贪戾，不能平民，而使怨吁之气干于阴阳之和而然也；一曰凡山川能出云为雨者，皆有神以主之，以节丰凶，而为民之司命也。故水旱之灾，不以责吏，则以告神。

呜呼！民不幸而罹其灾，修与神又不幸而当其事者，以吏食其禄而神享其祀也。今岁旱矣，令虽愚，尚知恐惧而奔走；神至灵也，得不动于心乎！尚飨！

【解题】

此三篇作于宝元元年（1038），时作者为乾德县令。天旱成灾，循依封建社会的惯例，祈神求雨，赐民洪福。（下二文解题略）

求雨祭汉景帝文

维年月日，具官修告于汉孝景帝之神：

县有州帖，祈雨诸祠。县令至愚，以谓雨泽颇时，民不至于不足，不敢以烦神之视听。癸丑，出于近郊，见民稼之苗者荒在草间，问之，曰："待雨后耘耔。"又行见老父，曰："此月无雨，岁将不成。"然后乃知前所谓雨泽颇时者，徒见于城郭之近，而县境数百里山陂田亩之间，盖未及也。

修以有罪，为令于此，宜勤民事神以塞其责。令既治民狱讼之不明，又不求民之所急，至去县十余里外，凡民之事皆不能知，顽然慢于事神，此修为罪又甚于所以来为令之罪。惟神为汉明帝，生能惠泽其民，布义行刚，威灵之名，照临后世，而尤信于此土之人。神其降休，以答此土之民之信。尚飨！

祭五龙祈雨文

伏以去秋之潦，丰不补凶，饥民食糟麦为命，而天久不雨，苗将槁焉。旱非人力之能移，徒知奔走；雨者龙神之所作，其忍不为！薄奠拙辞，致诚而已。尚飨！

祈晴文

吏之所以食民之赋而神之所以享民之祭祀者，吏以刑政庇民而神能以祸福加之也。冤枉之无诉，刑罚之不明，此人力能为，而吏不举之，其过宜在吏。水旱而不时，饥馑而疾疫，此人力所不能及，而皆职神之由。

今自冬涉春，雨雪不止，居人无食，市肆不开，人皆食糟以延旦夕之命，至于无食有自杀者。此县吏不能治民，以致神祸之过。此宜罚县令之身，使为病恙灾殃以塞其责，不宜使数千户人皆受其灾。雨雪虽久，及今而止，民犹有望焉。惟神闵之！

【解题】

原无系年，当作于景祐、宝元间。时作者为知县，经冬历春，雨雪不止，民生困窘，欧阳修祈神赐晴，并愿以身代罪，保佑苍生。

北狱庙赛雨祭文

古者诸侯之国，水旱丰凶，山川所祷，各即其封。祀薄秩卑，止于一国，而神所降休，亦不过其国中。岂如巨岳，四方之镇，天下之雄，天子命祀，公王之崇。而修之职，既非一邦之守，凡河北千里，上给下足，皆责于厥躬。故修之祷，非镇一州而止，自河以北，冀厥惠之咸蒙。况神之主，又非河北而已，利泽之广，宜及于无穷。既获赐矣，而又敢黩，幸神听之惟聪。尚飨！

【解题】

作于庆历五年（1045）春夏间，时作者为河北都转运按察使。本文祈求北岳山神赐雨，救民困苦。

修城祈晴祭五龙文

雨泽于物，博哉其利。及其过差，患亦不细。民劳于农，将熟而败。吏勤于职，已成而坏。龙于吏民，何怒何戾？山湫有祠，乐可潜戏。宜安尔居，静以养智。冬雪春雨，其多已太。浸润收畜，足支一岁。旱则来告，否当且待。

【解题】

此四篇作于庆历七年（1047），时作者知滁州。均为修葺城墙、祈神止雨而作。(下三文解题略)

又祭城隍神文

雨之害物多矣，而城者神之所职，不敢及他，请言城役。用民之力，六万九千工，食民之米，一千三百石。众力方作，雨则止之。城功既成，雨又坏之。敢问雨者，于神谁尸？吏能知人，不能知雨。惟神有灵，可与雨语。吏竭其力，神佑以灵。各供其职，无愧斯民。

祈晴祭城隍神文

昨者王伦为盗，攻劫城市，州民被虐，余毒未瘳，非待修言，乃神所见。近蒙朝旨，许理城隍，所以戒往弊，防未然。惟神爱福此州，必有阴助。今兴役有期，而大雪不止，沮民害事，咎必有归。惟修不能事神治民，当有明罚。而城之成否，自系神民。惟神之灵，敢以诚告，数日之内，豁然阳开，尚不失时，在神而已！尚飨！

又祭汉高祖文

民常患不勤于农，农勤矣而雨败其稼；吏常患不修其职，职修矣而雨害其功。吏与民慢，则惧神罚。妨民沮吏，岂又神聪！今麦虽已失，犹有望于谷。城尚可补，敢不劳厥躬？咎难追于已往，神幸惠于其终。

祈雨祭汉高皇帝文

维年月日，具官欧阳修谨以清酌庶羞之奠，致祭于汉高皇帝之灵而言曰：

吏有常职，来官于滁者，不三四岁而易也。神食于此，无穷已也。神与吏，于滁人孰亲且久？孰宜爱其人之深也？滁人敢慢其吏而犯吏法者有矣，未闻有敢慢神而犯威灵也。其畏信勤事于吏，孰若畏信勤事于神也？吏于凡小事，犹皆动有法令约束，违则有罚，孰若神之变化不测，而能与民转灾为福也？吏朝夕拜祷，弥旬越月而无所感动；神之召呼风云、开阖阴阳而役使鬼物，倾刻之间也。今民田待雨急矣，吏知人力不能为，犹竭其力而不得已，况神之易为也。况滁人畏信勤事之久而亲，神宜爱之，而又有可以转灾为福、变化不测之能也。

吏谁敢与神较，而修辄以此为黩者，盖哀民之急辞也。其政不善而召灾旱，又以为黩，神宜降殃于修而赐民以雨，使赏罚并行而两得也。民之幸也，修之愿也。尚飨！

【解题】

此二篇作于庆历七年（1047），求神降雨，赐民丰年。（下文解题略）

汉高祖庙赛雨文

谨以清酌庶羞之奠，致祭于汉高皇帝之神：

古之为政者，率人甚勤，备灾甚谨，而自勉甚笃。故劝农节用，均丰补败，虽有水旱之岁，而无饥殍之民。一遇天灾，则厚自贬责，务修人事之阙，而复阴阳之和。今乃不然。当无事之时，不能勤民于农，而亡备灾之具。一月不雨，使民惶惶，又不自责以修其阙，而动辄干神。赖神聪明，知厥过之在吏，闵斯民之可哀，赐之丰年，遍及远迩。神之大惠，如何可报？吏之大过，如何可逃？惟与民永永事神，无敢懈。尚飨！

祈雨祭张龙公文

维年月日，具官修谨以清酌庶羞之奠，致祭于张龙公之神曰：

刺史不能为政而使民失所，其咎安归！而又顽傲愚冥，无诚悫忠信之心可以动于物者，是皆无以进说于神，虽其有请，宜不听也。然而明天子闵闵忧劳于上，而生民嗷嗷困苦于下，公私并乏，道路流亡。于此之时，以一日之雨，救一方之旱，用力至少，其功至多。此非人力之所能为，而神之所甚易也。苟以此说神，其有不动于心者乎？幸无以刺史不堪而止也。

刺史有职守，不获躬走祠下，谨遣管界巡检田甫，布兹恳迫。尚飨！

【解题】

作于皇祐二年（1050）春夏间，时作者知颍州。为求神赐雨而作。

祭沙山太守祈晴文

修谨告祭于沙山太守之神：

修扶护母丧，归祔先域，大事有日，阴云屡兴。修不孝罪逆，赖天地鬼神哀怜，行四千里之江，得无风波之恐。今即事矣，幸神宽之，假三日之不雨，则始终之赐，报德何穷！尚飨！

【解题】

作于皇祐五年（1053）秋。时作者扶护母丧归葬吉州沙溪泷冈，求沙山之神止雨赐晴，以襄母葬。

青州求晴祭文

维年月日，具官修谨以清酌之奠，致告于东岳天齐仁圣帝而言曰：

夫麦之为物，历四时而后实，凡所以生育长养成就之功，可谓至矣。以四时之功而成之，以数日之雨而坏之，此殆非天之意也，非神之欲也。

农服耒耜，有劳筋苦骨之勤，而水旱之灾，螟蝗之孽，丰岁常少而凶岁常多，所得常不补其所失。天之至仁，悯斯民之若此也，故于其间，时赐一大丰之岁以偿之。夫丰岁，可谓难得也，既赐与之，又遽夺之，此非天之意也，非神之欲也。

今在田者垂穗而蔽野，在场者其积而如坻，民彷徨而视之，穗者不得施其手，积者不得入于廪，使皆化为羽翼而飞扬之，岂不可惜也哉！此非天之意也，非神之欲也。

惟神之惠，假以十日之不雨，以成天之大赐，使收获得以时，而民足食，公足用。是则赖神之灵，假之旬浃之顷，而九州数千里之地，公私皆受其赐矣。盖所假者少而所利者多，故敢以为请。尚飨！

【解题】

作于熙宁二年（1069），时作者知青州，充京东东路安抚使。祭文求神止雨，保民收获。

祭东岳文

某比者获解郡章，许还里闬，方巾车而即路，属暑雨之时行。辄以愚诚，仰干大造，蒙神之惠，赐以不违。吹清飚而散阴，暴秋阳以涸辙，遂无道路之阻，得返草茅之居。荷德之深，不知为报，一觞之洁，谨用荐衷。尚飨！

【解题】

作于熙宁四年（1071）七月，时作者获准以观文殿学士、太子少师致仕。此文感激山神止雨，保佑自己无道路之阻，得以安然归居颖州。

太祖皇帝忌辰道场斋文（至和元年九月八日）

维至和元年岁次甲午，九月辛酉朔，十九日己卯，皇帝遣入内内侍省内侍殿头、勾当太平兴国寺开先殿刘立言，请僧三七人，于太平兴国寺开先殿开启太祖皇帝忌辰道场一月日。

伏以受命开先，肇基兴运。昭祖功而丕显，绵宝祚于无疆。用深追远之诚，式奉明齑之荐。载严净刹，以集善因。伏愿觉力常资，威灵如在。延鸿宗祏，集庆眇冲。庶邦咸被于余休，品物共均于博施。谨言。

【解题】

本文以下一百零三篇，原属《欧阳文忠公集·内制集》，是欧阳修代皇帝撰写的祭祀祖宗神灵的文字，包括斋文、功德疏右语、青词、祝文、密词，还包括少量上梁文、谢表、默表等。参看本书《诏册》部分有关《内制集》文章的题解。（以下一百零二篇解题从略）

太祖皇帝忌辰道场功德疏右语　（九月八日）

右，伏以当天开运，聿隆创始之功；继统承休，方罄奉先之孝。爰戒彻音之日，用资作善之祥。严法会于金园，启灵文于贝叶。伏愿超登妙果，高证真乘。瞻不动以常存，祐无疆而永固。下均氓庶，咸获乂宁。

皇帝本命兖州会真宫等处开启道场青词　（九月二十日）

维至和元年岁次甲午，十月辛卯朔，二十日庚戌，嗣天子臣某谨遣某人，开启本命灵宝道场三昼夜，罢散日设醮一座，谨上启太上开天执符御历含真体道玉皇大天帝：

宝祚无疆，苍穹垂祐。吉日式临于元命，醮科爰举于旧章。荐诚悫以惟精，延圣真而并集。仰希灵贶，敷锡眇冲。四时叶序于和平，品汇均休于康泰。无任恳祷之至。谨词。

建隆观开启追荐温成皇后道场青词（九月二十五日）

伏以苍圆降鉴，列象纬以昭垂；蠲洁备陈，荐馨香而上达。载严仙宇，恭按科仪。眷内则之遗芳，冀高真之冥祐。仰祈阴贶，永助灵游。

福康公主宅修筑地基祭告太岁已下祝文（九月二十七日）

维至和元年岁次甲午，十月辛卯朔，七日丁酉，皇帝遣宫苑使、荣州防御使、内侍省内侍右班副都知任守忠，致祭于太岁、土地诸神：

《礼》崇下嫁，《诗》美宜家。惟筑馆之有初，方涓辰而叶吉。冀百灵之来护，期不日以斯成。尚飨！

景福殿库开启冬节道场斋文（十一月十二日）

伏以国财丰衍，资民力以为先；禁宇深严，迩天居而甚邃。式戒一阳之候，俾修众善之因。诵贝叶之遗文，集金园之净侣。庶延梵福，用副精衷。

军器库开启冬节道场斋文 （十一月十二日）

伏以储戎器以戒不虞，敢忘武备；肇新阳而集多福，爰届令辰。俾法侣之精虔，修胜因之妙善。仰瞻毫相，载绎真文。冀昭鉴之甫回，契偃兵之盛际。

舒州灵仙观开启上元节道场青词 （十一月十五日）

伏以万物熙春，肇新阳于首岁；三元纪序，标令节于真经。爰即灵场，俾遵科式。荐虽陈于菲薄，诚已达于精明。伏愿穹昊垂休，紫清降鉴。邦家锡庆，永叶于泰宁；民物遂生，并臻于和乐。

皇帝本命兖州会真宫等处开启道场青词 （十一月二十一日）

伏以荷三灵之乃眷，获奉宝图；隆万寿于无疆，遐资道荫。爰荐精衷之祷，及兹元命之辰。伏愿诚洁上通，真灵甫鉴。如松之茂，永固于延长；一物虽微，并均于贶施。

醴泉观真君殿开启年交道场青词 （十一月二十四日）

伏以元气均调，运三正而并用；岁功肇序，谨五始之惟初。

爰敞福庭，恭陈净醮。伏冀精衷上达，灵鉴甫回。却凝阴伏沴之余，顺和气发生之造。旁沾庶物，并集多休。岂惟眇冲，膺此纯嘏。

添修开先殿祭告土地祝文（十一月二十七日）

伏以神游所格，秘寝有严。役事时兴，方勤于缔葺；后祇安静，颇惧于震惊。菲荐式陈，明灵昭鉴。

兖州会真宫等处开启上元节青词（十二月十五日）

伏以万物资生，肇新于阳月；三元纪节，式按于仙经。爰款殊庭，恭陈净醮。荐精诚而交感，企真驭以来临。冀集灵休，下均群品。

内中福宁殿开启三长月祝圣寿道场青词

伏以真游飚欻，秘殿邃严。惟首月之正时，叶新阳而布庆。俾陈法供，仰荐明诚。伏冀敷祐眇躬，保千龄而永固；跻民寿域，均万国以同休。

万寿观斋殿内权奉安真宗皇帝御容祝文（十二月二十五日）

伏以斋室洁严，睟容清穆。涓辰叶吉，具礼有仪。冀真驭之妥安，符孝心之虔奉。

东太一宫开启祝圣寿年交金箓道场密词（十二月十日）

伏以积阴穷候，始变于三阳；庶物更新，宜均于百福。是陈法供，载肃严祠。延真驭以来临，冀明灵之洞鉴。眇冲集佑，期万寿之无疆；遐迩同休，俾兆民之咸赖。

万寿观告迁真宗皇帝御容祝文

伏以宗庙之礼，是为典彝；衣冠以游，实有故事。载严宝构，以奉威灵。涓吉日以有初，庶真驭之斯格。

万寿观造温成皇后相仪祝文（十二月二十九日）

式营丛构，俾俟灵游。顾落成之有初，惟筮日而斯吉。冀兹往宅，庶以即安。

景灵宫奉真殿看经堂开启真宗皇帝忌辰黄箓道场青词（至和二年正月十一日）

伏以崇妙道于清虚，实惟先志；感时恩于雨露，式表孝心。按金箓之真科，即琳宫之福地。荐兹精洁，庶以感通。冀善应之无方，期永资于冲荫。

景灵宫广孝殿看经堂开启章懿皇后忌辰黄箓道场青词（正月十一日）

伏以坤仪永闷，昭厚德于无疆；蕊馆载严，奉真游而如在。式临远讳，用感孝思。荐时品之惟新，启斋场而增肃。仰祈歆鉴，永集祥祺。

慈孝寺开启真宗皇帝忌辰资荐道场斋文（正月十一日）

伏以仙驭乘云，式临于远日；春阳濡露，载感于孝思。爰即梵居，俾延净侣。瞻玉毫之妙相，启贝叶之真文。集此胜因，仰资冥祐。

集英殿开启真宗皇帝忌辰道场斋文（正月十一日）

伏以神游斯远，方仰于轩威；讳日兹临，载深于舜慕。虔依正觉，俾集善因。敞禁殿以有严，启法筵而夙设。仰祈冥助，用慰孝思。

载稽道秘，实有旧章。粲然玉简之清文，蜿若金鳞之瑞质。兹为镇信，辅以精诚。伏冀冲鉴昭临，纯祺锡羡。保邦家之永固，均动植以蒙休。

雄州开启北朝皇帝尽七道场斋文（八月二十六日）

伏为北朝皇帝世结邻欢，岁交聘问。方睦敦隆之好，遽闻讣告之音。深极哀怀，用伸资荐。广梵筵而斯启，陈法供以惟严。冀仰助于仙游，庶永孚于冥祐。

内中福宁殿罢散三长月祝圣寿道场青词（八月三十日）

伏以清霜肃候，资万物以将成；嘉月斋心，延百祥而并集。有严秘殿，来格众灵。冀真鉴之妙冲，答精衷之蠲洁。保鸿图而绵固，均庶品以阜康。

太平兴国寺开先殿开启太祖皇帝忌辰道场斋文（九月八日）

伏以绍百王而开统，昭著于祖功；植众善之妙因，爰凭于觉力。循有邦之旧典，稽讳日以先期。载肃斋场，并延净侣。瞻玉毫之具相，诵贝叶之灵文。仰依慈慧之仁，遐荐清真之驭。庶资冥祐，式广孝思。

太平兴国寺开先殿开启太祖皇帝忌辰道场功德疏右语（九月八日）

伏以受命造邦，耀无穷之丕烈；以时荐福，资妙用于能仁。爰及讳辰，式遵彝宪。即神居之宝殿，延法侣于只园。仰冀觉慈，广敷胜利。威灵如在，冥助于真游；运祚克昌，永隆于卜世。

增修青帝朝日风师先蚕等坛祭告逐坛并当处土地祝文（九月十二日）

坛壝之严，神明所格。以时修旧，式叶彝仪。涓此吉辰，用伸昭告。

吴王院上梁祭告土地祝文（九月十五日）

本支之盛，栋宇有严。吉日既涓，修梁始构。冀神之祐，永壮厥居。

南京鸿庆宫开启皇帝本命道场青词（九月二十三日）

伏以帝运开先，建别都而雄壮；神游钦奉，肃真馆以邃严。

适临元命之辰，恭按仙科之式。荐兹嘉洁，仰彼穹灵。敢祈善应之祥，永固无疆之寿。

启圣禅院修设故秦晋国肃恭贤正夫人林氏尽七大会斋一中斋文（十月二日）

伏以觉慈广被，兼济于含生；冥福所资，必凭于慧力。惟懿柔之秉德，享寿考而有终。隆睿眷以不忘，集胜缘而增备。愿乘妙果，超荐真乘。

西太一宫开启皇帝本命道场青词（至和三年二月十五日）

伏以真游所集，灵宇载严。聿临元命之辰，恭按仙科之式。冀紫清之垂鉴，感蠲洁以潜通。百福来臻，克彰于善应；万龄增固，永保于无疆。

建隆观翊教院开启皇帝本命道场青词（闰三月四日）

伏以道妙无方，默运清真之气；日躔有次，式临元本之辰。恭按仙仪，俾陈净醮。伏愿苍灵昭鉴，福嘏骈臻。万寿无疆，永隆于鸿算；群生咸遂，均被于余休。

东太一宫开启保夏祝圣寿金箓道场密词（四月二十七日）

伏以风薰纪候，阜庶物以蕃滋；道妙无言，集百祥而善应。即琳宫之福地，考金箓之秘文。荐此令芳，通乎肸蚃。冀延纯锡，保乃昌图。资寿考于无疆，均蠢生而咸被。

天贶节谢内中露香表（五月七日）

伏以薰风应候，滋阜于群生；嘉节纪时，恭承于景贶。已严净馆，虔奉秘词。仍假薰修，附通精意。苍灵昭鉴，纯祉来臻。

万寿观延祥殿开启中元节资荐真宗皇帝道场青词（七月七日）

伏以道生万物，运元气于无形；节正三元，纪清商之令序。洪惟先圣，邈矣真游。贻睿业以嗣承，增孝思之时感。式陈净醮，仰荐精衷。伏愿灵驭在天，愈资于冥祐；宝图绵世，永庇于群生。

东太一宫开启年交祝圣寿金箓道场密词（十二月十日）

伏以三阳肇序，始变于凝阴；万寿无疆，宜膺于茂祉。俾延净侣，祗款严祠。按金箓之仙科，格紫清之真驭。冀迎福应，永固丕图。下逮庶邦，咸均纯锡。

东太一宫开启保夏祝圣金箓道场密词 （嘉祐二年四月二十六日）

伏以道妙无言，惟一资生于万物；岁功有序，以时均播于五行。当火德之盛明，顺南讹而阜育。式稽金简，祗即琳宫。祈降集于上灵，冀迎来于众福。伏愿齐天永算，益保于鸿休；触类赋形，皆均于纯锡。

大相国寺开启为民祈福道场斋文

伏以薰风协序，阜百物以蕃昌；慧福均慈，蒙万生而广被。顾惟编俗，属此烦蒸。庶依妙觉之仁，护此含灵之众。祓除时沴，迎集天祺。凡载坤舆，共臻寿域。

醴泉观感通殿开启为民祈福道场青词

伏以瑞泉涵液，湛一勺之灵源；琳馆凝华，严众真之福地。眷兹炎郁，闵彼蒸黔。俾肃按于仙科，冀导迎于善气。伏愿紫清昭鉴，飚欻来临。旁均海寓之遐，下逮翾蠕之细。并蒙道荫，咸被时禧。

福宁公主宅开启道场青词（七月十五日）

伏以妙道无形，宅真灵于杳默；精衷有感，延福应之纯庬。眷外馆之有严，肃行车而伊始。俾遵科式，祓以芬芳。冀冥祐之敷垂，集休宁而永保。

内中福宁殿开启三长月祝圣寿道场青词（八月二十六日）

伏以凛秋肃物，嘉岁序之成功；吉月延祥，按仙科之旧式。瞻彼清真之驭，敞兹禁密之廷。荐以芬芳，通于杳默。伏冀寿龄永固，福应来臻。隆宝历以遐昌，均庶邦而康靖。

玉津园开启保祐圣躬为民祈福道场青词（八月二十六日）

伏以祗绍庆图，抚宁方夏。仰荷百祥之时集，思同庶品以均休。乃即清郊，载严净侣。诵蕊宫之真训，瞻璇极之高灵。伏愿圣寿无疆，永锡庬鸿之祐；物生咸遂，并臻康泰之期。

南京鸿庆宫开启皇帝本命道场青词（九月十三日）

伏以宝图兴运，兹惟受命之邦；琳馆凝祥，肃奉真游之驭。

惟本元之令日，荐精洁之明诚。按金箓之科仪，瞻紫霄之杳默。伏冀众灵敷祐，百福来臻。保遐算于无疆，均含生之赖德。

集禧观凝祥池崇禧殿开启祝圣寿年交金箓道场密词（十二月十日）

伏以璇霄默运，推四序以循行；玉历更新，集万灵而交会。俾清琳宇，延格高真。荐兹精一之诚，祈乃纯厖之祉。冀绵福祚，均及含生。

琼林苑开启保祐圣躬祈福道场青词（十二月十二日）

伏以四时成岁，嘉庶汇之咸新；百福自天，荷众真之冥贶。俾开灵囿，恭讲仙科。恢宝祚之延长，锡寿康之遐永。是惟降鉴，享乃克诚。

琼林苑开启保祐圣躬祈福道场默表

伏以荷天地之鸿休，席祖宗之丕业。载惟励翼，敢怠忧勤？属岁律之更端，冀时禧之茂集。俾严禁御，祗率旧章。庶通芬洁之诚，仰格清真之驭。伏冀锡龄斯永，降福孔多。保邦祚于无穷，均物生而咸被。

启圣院斋殿内权奉明德元德章穆皇后今告迁赴普安院重徽隆福两殿奉安祝文

向以雨水为灾，殿涂增缉。亦既新于丛构，庶来复于真游。爰揆灵辰，冀兹安妥。缅惟慈佑，丕鉴乃诚。

皇帝亲诣启圣禅院告迁明德元德章穆皇后赴普安院奉安祝文

向者因霖灾之为沴，饬殿构以增新。涓谷旦之惟良，奉神游而还止。载深感慕，躬荐芬馨。式慰孝思，冀兹临格。

琼林苑交年祷祭太岁诸神祝文

天行有度，运三统以环周；岁德所临，从百神而拱列。载涓谷旦，荐此令芳。惟阴鉴之享诚，委时祥而昭佑。

集禧观奉神殿开启谢雪道场青词

近以温阳干时，雨雪愆候，载惟寡薄，敢罄精纯。明灵孔昭，嘉应斯获，兆丰年而有望，消疠气于未形。惟物蒙休，以时申报，冀清真之来格，期福贶之永依。

景灵宫雅饰元天大圣后圣容并侍从等开启预告道场青词（嘉祐三年正月二十日）

伏以珍宇邃严，奉真灵而有素；玉容清穆，谨修祓以惟时。爰按仙科，俾伸虔告。载瞻道荫，宜鉴冲诚。

开宝寺福胜院开启道场于乾元节日支散袈裟并设大会斋一中斋文

伏以正阳旅月，方及于嘉时；万寿齐天，式标于令节。启真乘之秘藏，集净侣于法筵。仰惟慈妙之仁，茂委纯厖之祉。永隆丕算，均福群伦。

东太一宫开启保夏祝圣寿金箓道场密词（四月二十四日）

伏以寂然妙道，推善应以无方；瞻彼高灵，荐精诚而必达。届此长赢之候，是惟茂育之时。爰稽玉笈之真文，载洁云坛之净醮。冀敷昭鉴，来集纯禧。固寿历之延昌，溥苍黔而均祐。

天齐仁圣帝庙开启祈祥迎福催生金箓道场密词（三月二十日）

伏以高穹降庆，方垂佑于邦家；弥月告期，用荐诚于科箓。

冀众真之昭鉴，臻百顺以储休。

广圣宫开启催生道场默表（三月二十日）

伏以带韣迎祥，庆禖祠之叶应；洁坛修荐，致精悫以冥祈。俾因鳞瑞以通诚，仰冀灵真之报福。

内中福宁殿开启天祺节道场青词（三月二十日）

伏以候临初燠，节纪嘉名。肃严秘殿之居，降集清真之驭。荐之馨苾，报以善祥。岂惟敷佑于眇躬，兼冀均休于庶品。

内中福宁殿罢散天祺节道场青词（三月二十日）

伏以薰风应候，瑞节纪时。按琳简之真文，严紫庭之邃宇。众灵来格，冥感交通。嘉乃群生，蒙兹百福。载倾虔意，鉴此明诚。

后苑亲稼殿开建镇星祈福道场青词（三月二十日）

伏以祠禖叶应，弥月告祥。肃依科箓以荐诚，仰冀照临之降鉴。锡之祉福，佑以休宁。惟集庆于邦家，永延鸿于基绪。

万寿观开启求嗣保安道场青词

伏以庙社降祥，宫廷叶庆。载涓吉旦，交荐明诚。期仰格于清真，俾敷延于祉福。永昌基祚，遐企灵休。

景灵宫天兴殿开启催生保庆道场青词

伏以诞弥叶庆，蠲洁修诚。严秘殿于灵宫，诵真文于蕊简。通此苾芬之荐，祓其灾害之虞。仰冀昭回，丕符鉴祐。

护国显应公庙开启保安催生道场青词

伏以正阳旅月，载育开祥。式因灵宇之严，交荐精衷之洁。仰冀众真之贶，敷昭百顺之休。永祚皇图，实希道荫。

西太一宫续催生道场密词（四月二十六日）

伏以吉月迎祥，灵禖叶应。爰即清真之宇，虔修科式之仪。冀祓涤于害灾，俾敷昭于福应。载昌储庆，永佑基图。

东太一宫开启保夏祝圣寿金箓道场密词（四月二十六日）

伏以珍馆邃严，格真灵而来宅；明诚蠲洁，荐馨苾以交修。导迎百顺之祥，及此长嬴之序。伏愿宝图绵固，寿历延长。永敷佑于邦家，溥均休于品庶。

为将来祫享礼毕奏谢内中福宁殿并景灵宫等处诸神表（六月二十五日）

伏以清庙有严，仲冬正序。乃先时祭，躬讲礼文。赖真灵之集休，俾容典之咸举。仰膺佳贶，弥励丹衷。

为将来祫享礼毕奏谢诸寺院表（六月二十五日）

伏以宗庙之严，祭祀惟重。矧兹合食之义，尤为盛礼之文。乃顾眇躬，克成大飨。实繄贶祐，用荐菲诚。

内中为将来祫享礼毕奏谢露香表（六月二十五日）

伏以月正仲冬，礼成大飨。所以序昭穆之位，格祖宗之灵。荷清穹之降休，俾盛典之获举。敢伸昭谢，冀达精衷。

为将来袷享礼毕奏谢诸寺院神御表（六月二十五日）

伏以兹者祇率孝心，躬修合祭。洁精诚而是荐，蒙顾享之来临。惟慈圣之降休，俾眇冲之成礼。敢忘励翼，永荷基图。

为将来袷享礼毕奏谢永安陵等处表（六月二十五日）

伏以恭承先烈，获守庆基。式因冬物之有成，载肃庙容而合食。上繄丕贶，克展孝思。是惟感慕之诚，益励祇寅之志。

为将来袷享礼毕奏谢泰山庙等处表（六月二十五日）

伏以兹者因岁物之冬成，讲祭容而时举。豆笾有序，礼乐交修。顾惟眇躬，克遵盛典。实赖明灵之佑，敢忘报贶之诚？

内中福宁殿开启袷享预告道场青词（十月十九日）

伏以宗庙之严，袷祭为重，乃卜孟冬之吉，躬修合食之仪。仰企上灵，冥孚阴佑，俾克成于盛礼，冀永锡于纯禧。式展孝思，用膺神贶。

在外五岳四渎四海并诸神庙等处谢祫享礼毕祝文（十月十九日）

属者卜吉孟冬，致飨清庙。圣灵来格，福祉沓臻。荷神贶之不违，俾缛仪之克举。敢忘神报，达此明诚！

泗州塔下并峨嵋山开启谢祫享礼毕道场斋文

兹者冬物告成，因飨亲而达孝；神厘来贶，既均庆之以时。惟盛礼之弗违，荷巨慈之旁祐。即灵场而申报，冀冥鉴之孔昭。荐此诚明，期于福应。

太平兴国寺开先殿开启孝明皇后忌辰道场斋文（十一月一日）

伏以柔明之范，瞻厚德而已遐；感慕之思，托洪慈而申荐。载严宝殿，恭启贝函。惟净福之是资，冀灵游之永祐。

太平兴国寺开先殿开启孝明皇后忌辰道场功德疏右语

右，伏以真觉之慈，应物溥示于能仁；孝思之感，以时式临于讳日。俾延净侣，交奏梵功。冀承胜利之因，永获冥深之祐。

镇潼军华阴县云台观修整真宗皇帝御容等殿今已了当扶请御容入本殿奉安祝文（十一月十四日）

屹尔名山，斯为福地。翼然宝构，式奉威灵。缮完既新，考卜惟吉。鉴兹悬至，永以妥安。

镇潼军华阴县云台观修整圣祖及真宗御容等殿今已了当乞请御容入本殿奉安青词（十一月十四日）

伏以灵峰甚峻，仙宇载严。爰考吉辰，奉宁真圣。式伸祇告，昭鉴乃诚。

西太一宫开启祝圣寿年交金箓道场青词（十一月二十三日）

伏以万物坚成，乐岁功之斯就；四时迭运，荷乾施之无穷。爰即灵场，载启科式。荐以芬芳之洁，通于杳默之神。伏愿威鉴昭临，福禧穰集。固穹隆之寿历，延绵永之皇图。下逮群生，咸均余祐。

万寿观宁华殿开启温成皇后忌辰道场青词（十一月二十九日）

伏以妙道无方，推乎善应；清真昭格，通以明诚。追内则之有仪，蔼余芳而未远。式临讳日，俾按醮科。爰即琳宫，肃延羽士。冀资冥福，永助仙游。

内中福宁殿开启天庆节道场青词

伏以新阳叶律，肇正于岁端；嘉节纪时，盖遵于国典。载严秘殿，遐企上真。荐兹蠲洁之诚，杳达清冥之应。冀承灵贶，永祐皇图。

内中福宁殿罢散天庆节道场青词

伏以元符肇贶，先圣是膺。纪为令节之名，著乃仙科之式。用严禁密，恭荐苾芬。冀真驭之昭临，贶嘉祥而茂集。基图永固，动植均休。

内中御侍已下贺皇帝年节词语

妾等言：伏以尧官谨历，万物惟新；夏数得天，四时以正。恭惟尊号皇帝陛下，睿明禀哲，慈俭保邦。正朔颁行，极舟车之所至；仁恩溥及，顺天地以发生。妾等忝备掖庭，获瞻黼座。顺三微之首月，祝万寿于无疆。

集英殿告迁宣祖皇帝昭宪皇后御容赴奉先禅院庆基殿奉安祝文

伏以祖烈昭宣，威神缅邈。顾祠庭之夙敞，崇宝构以载新。冀即妥安，永伸严奉。

奉先禅院法堂上告迁宣祖皇帝昭宪皇后御容赴内中奉安祝文

伏以早严宝殿，以伫神游。今奉威灵，即安清禁。仰惟鉴格，歆此精衷。

景灵宫奉真殿开启真宗皇帝忌辰道场看佛经都功德疏语

伏以威神在天，奉真游而时格；觉慈宣化，敷慧福以无穷。追讳日之甫临，演秘言而申荐。永繄仁佑，式慰孝衷。

景灵宫奉真殿真宗皇帝忌辰道场看道经都功德疏语

伏以琳宫严敞，奉真驭以来临；宝笈飞华，演灵篇而甚秘。

式届遏音之日，载深濡露之怀。遐荐福因，永资道荫。

景灵宫广孝殿章懿皇后忌辰道场看佛经都功德疏语

伏以讳日斯临，孝心增感。永慕至慈之德，载瞻大觉之雄。既集善因，遐资福果。

景灵宫广孝殿章懿皇后忌辰道场看道经都功德疏语

伏以春露既濡，孝思罔极。即仙庭之秘邃，诵金简之精微。仰冀清真，永资遐福。

内中御侍已下贺皇帝乾元节词语 （嘉祐五年正月二十六日）

妾等言：正阳旅月，式符诞圣之期；令节称觞，共献无疆之寿。伏惟尊号皇帝陛下，法尧聪睿，躬禹俭勤。厚德浸于黎元，至仁同于覆载。舟车所及，声教咸均。罄兹率土之滨，共效南山之祝。妾等欣逢嘉会，获侍严宸。敢望清光，恭陈善颂。无任歌时乐圣欢呼激切之至！

大相国寺大殿上开启为民祈福道场斋文 （五月三日）

伏以南薰被物，方兹长育之明；西觉称雄，允赖慈仁之济。俾延净侣，虔启法筵。冀迎百善之祥，普洽万生之众。

东太一宫立冬祝文 （九月二十四日）

四时适序，万物坚藏。嘉岁事之有成，繄神休之是赖。承兹灵贶，报以吉蠲。惟冀享诚，益敷多祐。

延福宫性智殿开启皇后生辰道场斋文 （九月二十四日）

伏以坤德流徽，式临于诞日；贝文宣妙，恭仰于巨慈。载严秘邃之庭，骈集清修之侣。冀资寿福，时启灵场。伏愿毫相分光，法云假荫。凭兹胜利，永保遐龄。

延福宫性智殿开启皇后生辰道场密词 （九月二十六日）

伏以寒律正时，适临于良月；曾沙诞庆，爰纪于嘉辰。夙清秘殿之严，并集祇园之侣。冀因胜利，延锡禧祥。永辅坤仪，益隆寿祝。

顺祖惠元睿明皇帝忌辰斋文

伏以积仁累德，王业始于艰难；追远奉先，孝治刑于遐迩。式临讳日，祗率旧章。顺祖惠元睿明皇帝肇启庆基，克光前烈，昭圣谟而贻厥，隆庙德而可观。今皇帝嗣继大明，克昌盛业，属讳辰而增感，因佛事以荐严。顺祖皇帝伏愿如在之威，亘百年而可畏；无疆之祚，佑亿世以垂休。今皇帝伏愿圣寿延鸿，丕图永固，然后愿钧衡旧德，宗室群英，下洎巨民，咸均福祐。

【解题】

原无系年。这是作者代皇帝撰写的祭祀宋顺祖忌辰的文章。顺祖即赵珽，又称“惠元皇帝”，是宋太祖的曾祖父，历官藩镇从事，累官赠御史中丞。

圣节五方老人祝寿文

东方老人

但某太山老叟、东海真仙。溜穿石而曾究初终，松避雨而备知岁月。羲氏定三百六日，尝守寅宾之官；夷吾纪七十二君，尽睹登封之事。遇安期而遗枣，笑方朔之偷桃。风入律而来自岩前，斗指春而光临洞口。昔汉武帝，尝怀三岛之胜游；有羡门生，欲谒巨公于昭代。今则紫庭降圣，华渚开祥，远离朝日之方，来展望云之恳。千八百国，咸归至治之风；亿万斯年，共祷无疆之寿。遥望天庭，敢进祝圣之颂：

东海蓬莱第一仙，遥瞻西北祝尧天。愿皇长似东君寿，与物为春亿万年。

【解题】

此五篇原无系年，写作年月失考。这是皇帝诞辰节日里，欧阳修拟写的五岳老人祝寿词。虽以四六行文，多用典故，然文风平易，遒逸可诵，开有宋一代变体四六之先河。（以下四篇解题从略）

西方老人

但某秦川故老、华岳幽人。询仙掌之遗踪，咸知始末；恋莲峰之绝顶，不记岁时。漱流玉乳之泉，枕石云阳之洞。逍遥物外，笑傲林间。奉王母之蟠桃，尝延汉帝；指老聃之仙李，永佑唐基。掌中五色之丸，世上千年之寿。欣逢圣代，来至尘寰。当洪河澄九曲之时，是甲观诞一人之日。祥麟游于泰畤，天马来于大宛。景星见而朱草生，瑞露降而赤乌集。既遇无为之化，宜歌有道之君。是以驾青牛而度函关，指丹凤而趋魏阙。唯愿庆源流远．齐河海以无穷；睿算绵长，等乾坤而不老。遥望天庭，敢进祝圣之颂：

华岳峰头万叶莲，开花今古世相传。愿皇长似莲峰久，结实盘根不记年。

中央老人

但某栖心嵩极，振迹伊川，年高而可等松椿，气粹而尝飧芝术。洞里之烟霞不老，壶中之日月偏长。当圣主之盛时，居天心之奥壤。但见璿玑运而寒暑正，土圭测而阴阳和。冠带被于百蛮，玉帛来于万国。龙在沼而麟在薮，河出图而洛出书。民跻寿域之中，俗乐春台之上。今则尧眉诞秀，舜目开祥。远离王屋之间，来入帝畿之内。仰瞻天表，莫非岳降之神；上祝皇图，岂止山呼之岁。遥望天庭，敢进祝圣之颂：

嵩高维岳镇中天，王气盘基降寿仙。惟愿吾皇等嵩岳，三灵齐祝万斯年。

南方老人

但某托迹炎洲，游神衡岳。非海滨之野叟，乃星极之老人。当火德为治之朝，是离明继照之日。里社鸣而圣人出，泰阶正而王道平。百蛮向风，重译来贡。屡睹丰年之上瑞，故知百姓之欢心。鼓腹而歌，治世之音安以乐；曲肱而枕，化国之日舒以长。斯可谓唐虞之民，又岂止成康之俗！今则流虹诞圣，绕电开祥。来趋北阙之前，上祝南山之永。云翔雾集，既罗仙籍之班；地久天长，以祷皇家之祚。遥望天庭，敢进祝圣之颂：

南极星中一老人，南山为寿祝吾君。愿君永奏南薰曲，当使淳音万国闻。

北方老人

但某修真北岳，常倾葵藿之心；混俗幽都，不避草茅之迹。潜神自得，味道为娱。易水歌风，曾识荆轲于往岁；燕山勒石，亲逢窦宪于当年。仙家之景物常春，人世之光阴易老。华表之鹤，未久还来；莲叶之龟，于时屡见。但处积阴之境，每输就日之诚。望干吕之青云，庆流虹于华渚。当万域来王之际，是千龄诞圣之初。是以历沙漠而朝宗，叩天阍而祝颂。惟愿庆基不朽，永齐金石之坚；宝祚无疆，更等山河之固。遥望天庭，敢进祝圣之颂：

北岳神仙九转丹，持来北阙献君前。愿将北极齐君寿，万国陶陶共戴天。

会老堂致语

某闻安车以适四方，礼典虽存于往制；命驾而之千里，交情罕见于今人。伏惟致政少师一德元臣，三朝宿望。挺立始终之节，从容进退之宜。谓青衫早并于俊游，白首各谐于归老。已释轩裳之累，却寻鸡黍之期。远无惮于川涂，信不渝于风雨。幸会北堂之学士，方为东道之主人。遂令颍水之滨，复见德星之聚。里闾拭目，觉陋巷以生光；风义耸闻，为一时之盛事。敢陈口号，上赞清欢：

欲知盛集继荀陈，请看当筵主与宾。金马玉堂三学士，清风明月两闲人。红芳已尽莺犹啭，青杏初尝酒正醇。美景难并良会少，乘欢举白莫辞频。

【解题】

作于熙宁五年（1072）五月。题下原注：“熙宁壬子，赵康靖公自南京访公于颍，时吕正献公为守。”时赵概已致仕，自南京单车来访，颍州知州吕公著设宴招待赵、欧，人们戏称宴饮堂为“会老堂”，作者又有《会老堂诗》。本文抒写私交之情，赞美的却是真挚的生死不渝的友谊。

万寿观启建上元祈福道场青词

万物熙春，肇新阳于首岁；三元纪序，标令节于真经。爰即灵场，俾遵秘式，荐虽陈于菲薄，诚已达于精明。伏愿穹昊垂休，紫清降监。邦家锡庆，永叶于泰宁；民物遂生，并臻于和乐。

【解题】

此二篇据宋刻本《圣宋名贤五百家播芳大全文粹》卷六十一补。写作年月失考。（下文题解从略）

洞霄宫启建立春祈福道场青词

和历发春，苍神受职，肇生万宝，平驭九农。瞻惟岳灵，分奠坤载，乘熙春之启序，肆华醮以迎釐。披缊祈真，洁薰攘疠。庶缘顺贶，有庇群元。

皇后生辰功德疏

涂山启夏，邦家必本于闺门；封人祝尧，臣子各伸其忠孝。敢因庆诞，恭演秘函，凭最上之妙因，祈无疆之遐算。皇后陛下伏愿降年有永，如月之明。承天而时，行懋著徽柔之德；眉寿无有，害永光熙洽之朝。

【解题】

据宋刻本《圣宋名贤五百家播芳大全文粹》卷六十五补。写作年月失考。

真宗忌辰道场疏

紫极收神，永悼六飞之驾；灵宫追福，式研众妙之门。恭惟真宗皇帝仁洽九围，道超千古，奉绿图于翠水，封玉检于石闾。脱屣之期，遽游于仙岳；遗弓之感，空慕于尘寰。今皇帝明笃孝诚，遹祗典则，载履彻音之旦，重深濡露之思。是用宣九清之秘文，资三洞之真果。真宗皇帝伏愿储精玉镜，度品珠台，永保在天之灵，下绥卜世之福。今皇帝伏愿抚国长懋，纳民太和，跻圣德于日升，等帝龄于天覆。然后愿荫周群辟，长扶巩固之基；乐及含生，尽沐希夷之化。

【解题】

据宋刻本《圣宋名贤五百家播芳大全文粹》卷六十六补。写作年月失考。

紫宸殿启建祈晴道场青词

素积适中，积阴为沴，眷言霪雨之变，罹此下民之灾。载竭精衷，庶乎善应，祓秘楹之靖密，按宝箓之渊微。永锡顺祺，丕冒涵宇。

【解题】

据宋刻本《圣宋名贤五百家播芳大全文粹》卷七十二补。写作年月失考。

修前殿告祭祝文

神游所格，秘寝有严。役事时兴，方勤于缔葺；后柢安静，颇惧于震惊。菲荐式陈，明灵昭鉴。

【解题】

此三篇据宋刻本《圣宋名贤五百家播芳大全文粹》卷七十三补。写作年月失考。（下二文解题略）

安御容祝文 一

宗庙之礼，是为典彝。衣冠以游，实有故事。载严宝构，以奉威灵。涓吉月以有初，庶真驭之斯格。

安御容祝文 二

雨水为灾，殿涂增缉。亦既新于丛构，庶来复于真游。爰揆灵长，冀兹安妥。缅为兹佑，丕鉴乃成。

十二 杂体

洛阳牡丹记

花品序第一

牡丹，出丹州、延州，东出青州，南亦出越州，而出洛阳者今为天下第一。洛阳所谓丹州花、延州红、青州红者，皆彼土之尤杰者，然来洛阳，才得备众花之一种，列第不出三已下，不能独立与洛花敌。而越之花以远罕识，不见齿，然虽越人，亦不敢自誉以与洛阳争高下。是洛阳者，果天下之第一也。

洛阳亦有黄芍药、绯桃、瑞莲、千叶李、红郁李之类，皆不减他出者，而洛阳人不甚惜，谓之果子花，曰某花、某花。至牡丹，则不名，直曰花。其意谓天下真花独牡丹，其名之著，不假曰牡丹而可知也。其爱重之如此。

说者多言洛阳于三河间，古善地。昔周公以尺寸考日出没，测知寒暑风雨乖与顺于此。此盖天地之中，草木之华，得中气之和者多，故独与他方异。予甚以为不然。

夫洛阳于周所有之土，四方入贡，道里均，乃九州之中；在天地昆仑旁薄之间，未必中也。又况天地之和气，宜遍被四方上下，不宜限其中以自私。夫中与和者，有常之气，其推于物也，亦宜为有常之形。物之常者，不甚美亦不甚恶。及元气之病也，美恶鬲并而不相和入，故物有极美与极恶者，皆得于气之偏也。

花之钟其美，与夫瘿木臃肿之钟其恶，丑好虽异，而得分气之偏病则均。洛阳城圆数十里，而诸县之花莫及城中者，出其境则不可植焉，岂又偏气之美者独聚此数十里之地乎？此又天地之大，不可考也已。凡物不常有而为害乎人者曰灾，不常有而徒可怪骇不为害者曰妖。语曰："天反时为灾，地反物为妖。"此亦草木之妖而万物之一怪也。然比夫瘿木臃肿者，窃独钟其美而见幸于人焉。

余在洛阳，四见春。天圣九年三月始至洛，其至也晚，见其晚者。明年，会与友人梅圣俞游嵩山少室、缑氏岭、石唐山、紫云洞，既还，不及见。又明年，有悼亡之戚，不暇见。又明年，以留守推官岁满解去，只见其蚤者。是未尝见其极盛时。然目之所瞩，已不胜其丽焉。

余居府中时，尝谒钱思公于双桂楼下，见一小屏立坐后，细书字满其上。思公指之曰："欲作花品，此是牡丹名，凡九十余种。"余时不暇读之，然余所经见而今人多称者才三十许种，不知思公何从而得之多也。计其余，虽有名而不著，未必佳也。故今所录，但取其特著者而次第之：

姚黄	魏花
细叶寿安	鞓红（亦曰青州红）
牛家黄	潜溪绯
左花	献来红
叶底紫	鹤翎红
添色红	倒晕檀心
朱砂红	九蕊真珠
延州红	多叶紫
粗叶寿安	丹州红
莲花萼	一百五
鹿胎花	甘草黄

一擫红　　　　玉板白

【解题】

作于景祐元年（1034）。本年二月，作者西京秩满，五月往京师，六月就任馆阁校勘。本文是我国现存最早的研究牡丹的专著。牡丹是我国特产，古人称为花王，唐代又有“国色天香”之誉。到了宋代，牡丹成为洛阳城中普遍种植的名花。文中《花品序》，记载二十五种牡丹的各自特色；《花释名》解释牡丹品种得名由来；《风俗记》叙述洛阳赏花风习，介绍牡丹栽培技术。文章融科学性、文学性、实用性于一体，以说明为主，结合叙述、描写与议论，内容翔实，语言简练。（下二文解题略）

花释名第二

牡丹之名，或以氏，或以州，或以地，或以色，或旌其所异者而志之。姚黄、牛黄、左花、魏花以姓著，青州、丹州、延州红以州著，细叶、粗叶寿安、潜溪绯以地著，一擫红、鹤翎红、朱砂红、玉板白、多叶紫、甘草黄以色著，献来红、添色红、九蕊真珠、鹿胎花、倒晕檀心、莲花萼、一百五、叶底紫皆志其异者。

姚黄者，千叶黄花，出于民姚氏家。此花之出，于今未十年。姚氏居白司马坡，其地属河阳。然花不传河阳，传洛阳。洛阳亦不甚多，一岁不过数朵。

牛黄亦千叶，出于民牛氏家，比姚黄差小。真宗祀汾阴，还过洛阳，留宴淑景亭，牛氏献此花，名遂著。

甘草黄，单叶，色如甘草。洛人善别花，见其树知为某花云。独姚黄易识，其叶嚼之不腥。

魏家花者，千叶肉红花，出于魏相仁溥家。始，樵者于寿安山中见之，斫以卖魏氏。魏氏池馆甚大，传者云，此花初出时，人有欲阅者，人税十数钱，乃得登舟渡池至花所，魏氏日收十数缗。其后破亡，鬻其园，今普明寺后林池乃其地，寺僧耕之以植桑麦。花传民家甚多，人有数其叶者，云至七百叶。钱思公尝曰："人谓牡丹花王，今姚黄真可为王，而魏花乃后也。"

鞓红者，单叶深红花，出青州，亦曰青州红。故张仆射齐贤有第西京贤相坊，自青州以馲驼驮其种，遂传洛中。其色类腰带鞓，故谓之鞓红。

献来红者，大，多叶，浅红花。张仆射罢相居洛阳，人有献此花者，因曰献来红。

添色红者，多叶花，始开而白，经日渐红，至其落乃类深红。此造化之尤巧者。

鹤翎红者，多叶花，其末白而本肉红，如鸿鹄羽色。

细叶、粗叶寿安者，皆千叶肉红花，出寿安县锦屏山中，细叶者尤佳。

倒晕檀心者，多叶红花。凡花，近萼色深，至其末渐浅。此花自外深色，近萼反浅白，而深檀点其心，此尤可爱。

一擫红者，多叶，浅红花，叶杪深红一点，如人以手指擫之。

九蕊真珠红者，千叶红花，叶上有一白点如珠，而叶密蹙其蕊为九丛。

一百五者，多叶白花。洛花以谷雨为开候，而此花常至一百五日开，最先。

丹州、延州花，皆千叶红花，不知其至洛之因。

莲花萼者，多叶红花，青趺三重如莲花萼。

左花者，千叶紫花，出民左氏家。叶密而齐如截，亦谓之平头紫。

朱砂红者，多叶红花，不知其所出。有民门氏子者，善接花以为生，买地于崇德寺前治花圃，有此花。洛阳豪家尚未有，故其名未甚著。花叶甚鲜，向日视之如猩血。

叶底紫者，千叶紫花，其色如墨，亦谓之墨紫花。在丛中，旁必生一大枝，引叶覆其上。其开也，比他花可延十日之久。噫，造物者亦惜之耶！此花之出，比他花最远。传云唐末有中官为观军容使者，花出其家，亦谓之军容紫，岁久失其姓氏矣。

玉板白者，单叶白花，叶细长如拍板，其色如玉而深檀心。洛阳人家亦少有，余尝从思公至福严院见之，问寺僧而得其名，其后未尝见也。

潜溪绯者，千叶绯花，出于潜溪寺。寺在龙门山后，本唐相李藩别墅。今寺中已无此花，而人家或有之。本是紫花，忽于丛中特出绯者，不过一二朵，明年移在他枝，洛人谓之转枝花，故其接头尤难得。

鹿胎花者，多叶紫花，有白点如鹿胎之纹。故苏相禹珪宅今有之。

多叶紫，不知其所出。

初，姚黄未出时，牛黄为第一；牛黄未出时，魏花为第一；魏花未出时，左花为第一。左花之前，唯有苏家红、贺家红、林家红之类，皆单叶花，当时为第一。自多叶、千叶花出后，此花黜矣，今人不复种也。

牡丹初不载文字，唯以药载《本草》。然于花中不为高第，大抵丹、延已西及褒斜道中尤多，与荆棘无异，土人皆取以为薪。自唐则天已后，洛阳牡丹始盛。然未闻有以名著者，如沈、宋、元、白之流，皆善咏花草，计有若今之异者，彼必形于篇咏，而寂无传焉。唯刘梦得有《咏鱼朝恩宅牡丹》诗，但云“一丛千万朵”而已，亦不云其美且异也。谢灵运言永嘉竹间水际多牡丹，今越花不及洛阳甚远，是洛花自古未有若今之盛也。

风俗记第三

洛阳之俗，大抵好花。春时，城中无贵贱，皆插花，虽负担者亦然。花开时，士庶竞为游遨，往往于古寺废宅有池台处，为市井，张幄帟，笙歌之声相闻。最盛于月陂堤、张家园、棠棣坊、长寿寺东街郭令宅，至花落乃罢。

洛阳至东京六驿，旧不进花，自今徐州李相迪为留守时始进御，岁遣衙校一员，乘驿马，一日一夕至京师。所进不过姚黄、魏花三数朵，以菜叶实竹笼子藉覆之，使马上不动摇，以蜡封花蒂，乃数日不落。

大抵洛人家家有花而少大树者，盖其不接则不佳。春初时，洛人于寿安山中斫小栽子卖城中，谓之山篦子。人家治地为畦塍种之，至秋乃接。接花工尤著者，谓之门园子（盖本姓东门氏，或是西门，俗但云门园子，亦由今俗呼皇甫氏多只云皇家也），豪家无不邀之。姚黄一接头直钱五千，秋时立契买之，至春见花乃归其直。洛人甚惜此花，不欲传，有权贵求其接头者，或以汤中蘸杀与之。魏花初出时，接头亦直钱五千，今尚直一千。

接时须用社后重阳前，过此不堪矣。花之木去地五七寸许截之，乃接，以泥封裹，用软土拥之，以蒻叶作庵子罩之，不令见风日，惟南向留一小户以达气，至春乃去其覆。此接花之法也。

种花必择善地，尽去旧土，以细土用白敛末一斤和之。盖牡丹根甜，多引虫食，白敛能杀虫。此种花之法也。

浇花亦自有时，或用日未出，或日西时。九月旬日一浇，十月、十一月，三日、二日一浇，正月隔日一浇，二月一日一浇。此浇花之法也。

一本发数朵者，择其小者去之，只留一二朵，谓之打剥，惧分其脉也。花才落，便剪其枝，勿令结子，惧其易老也。春初既去蒻庵，便以棘数枝置花丛上，棘气暖，可以辟霜，不损花芽，他大树亦然。此养花之法也。

花开渐小于旧者，盖有蠹虫损之，必寻其穴，以硫黄簪之。其旁又有小穴如针孔，乃虫所藏处，花工谓之气窗，以大针点硫黄末针之，虫乃死，虫死花复盛。此医花之法也。

乌贼鱼骨以针花树，入其肤，花辄死。此花之忌也。

牡丹记跋尾

右，蔡君谟之书，八分、散隶、正楷、行狎、大小草众体皆精。其平生手书小简、残篇断稿，时人得者甚多，惟不肯与人书石，而独喜书余文也。若《陈文惠公神道碑铭》、《薛将军碣》、《真州东园记》、《杭州有美堂记》、《相州昼锦堂记》，余家《集古录目序》，皆公之所书。最后又书此记，刻而自藏于其家。方走人于亳，以模本遗予，使者未复于闽，而凶讣已至于亳矣。盖其绝笔于斯文也。

于戏！君谟之笔既不可复得，而予亦老病不能文者久矣。于是可不惜哉！故书以传两家子孙。

【解题】

原无系年，据《欧集》卷七十二《洛阳牡丹记》后编者按："花谱，蔡君谟所书，至今流传。熙宁元年，公跋云：君谟绝笔于斯文。"可知作于熙宁元年（1068），今附于《洛阳牡丹记》后。

州名急就章 （并序）

叙曰：古者史掌文书，以识天地四方、古今事物、名言字训，而教学之法始于童子，谓之小学，君子重焉。《急就章》者，汉世有之，其源盖出于小学之流，昔颜籀为史游序之详矣。余为学士，兼职史官，官不坐曹，居多暇日，每自娱于文字笔墨之间，因戏集州名，作《急就章》一篇，以示儿女曹，庶几贤于博塞尔。章曰：

别州自禹郡于秦，废置经革难具陈。皇家垂统天下定，疆理万方承政令。近征远贡各有宜，或畀吏治或羁縻，九域披图指可知。分音比类慎讹疑，文差字析极精微。若夫锦居遐裔，孤音无比。隰、集、梓、泗，剑、陕、涪、幽，骈声相附，可如类求。则有夔、绥、随，果、贺、播，滑、达、越，和、河、罗，连三前叶，其四谓何？乃有瓜、沙、嘉、巴，凤、陇、雍、宋，歙、峡、合、叠，淄、资、思、师，化、雅、华、夏，密、吉、蔚、悉，永、郢、鼎、颍，不宜吃讷。又如保、邵、道、赵、耀，郓、信、润、晋、慎，凡五声而一韵。柳、寿、茂、窦、宥、凑，宪、兖、汉、简、万、演，海、岱、解、蔡、泰、爱，钦、浔、金、深、郴、黔，蜀、濮、福、睦、复、陆，乃六律而同音。七言惟一：白、泽、虢、石、益、德、壁。八音相望：广、象、相、阆，绛、奖、党、宕；开、莱、台、怀，阶、崖、雷、梅；澧、棣、冀、利，济、蓟、费、智；郑、邓、定、孟，庆、应、静、胜；廉、潭、儋、南，岚、盐、甘、嵓。至于许、汝、婺、处，楚、普、潞、叙、古；魏、惠、桂、贵，遂、贝、瑞、嶲、会，言过乎九，难宣于口。于是有岳、鄂、亳、薄、洛，莫、涿、朔、廓、拓；眉、黎、齐、池、蕲，施、伊、西、夷、溪；濠、曹、饶、昭、韶，潮、辽、交、洮、牢。右皆十。邛、通、龙、洪、蓬、蒙，邕、同、戎、忠、松、笼右十二。连、绵、澶、安、延、丹、端，宣、檀、骦、兰、潘、田、峦；湖、苏、舒、滁、庐、渝、泸，梧、蒲、徐、鄜、扶、儒、禺。右皆十四。秦、邠、麟、汾，均、陈、温、春，筠、辰、文、循，银、云、勤、岷；杭、扬、江、黄，常、漳、康、襄，房、坊、商、沧，洋、昌、瀼、长。右皆十六并、青、瀛、登、成、明，衡、彭、英、琼、邢、洺，泾、宁、升、荣、横、藤，汀、兴、营、平、庭、澄。右二十四。联章断句，不能遽数。真定、河源，以讳不举。若乃物有疑似，同音异字，则有陵、灵，原、袁，府、抚，乾、虔，滨、宾，融、容，渭、卫，全、泉，绣、秀，易、翼，渠、衢，归、妫，龚、恭，汴、辨，凉、梁，祁、岐，鄯、单，宿、肃，磁、慈，潍、维。峰、封暨丰，沂、宜及仪，乃一号而三之。音或不同，相近者亦借以足之。剑、环、恩、顺，镇、霸、真、雄，又音文之两同。至于太平、郁林，万安、平琴，武安、洮阳，新定、建康，二名虽美，远小不彰。若监若军，四十有六：保定、信安，广信、安肃，镇戎、保安，岢岚、火山，顺安、宁化，实控三边。其余琐琐，皆不足言。其后因检《九域图》，有高、富、陇、当四州偶遗不录，以文句杂移，不复增入也。

【解题】

作于至和元年（1054）九月至嘉祐五年（1060）七月之间。时作者任翰林学士、兼史馆修撰，官不坐曹，居多暇日，于是戏集州名成此篇，供儿女们诵习。这是一篇童蒙读物，句式整齐，合辙押韵，便于童子记诵。

笔　说

老 氏 说

前后之相随，长短之相形，推而广之，万物之理皆然也，不必更言其余。然《老子》为书，比其余诸子已为简要也，其于核见人情，尤为精尔，非庄周、慎到之伦可拟。其言虽若虚无，而于治人之术至矣。

【解题】

此十九篇原为《欧阳文忠公集》卷一二九，题作《笔说》。作于嘉祐年间（1056—1063），后人杂录欧阳修手书墨迹而成，与《试笔》本无区别。分为两书，并非作者本意，只是出于编者分别纂次而已。此十九篇均以“说”为题，内容涉及书法、诗论、经学、艺术等。篇幅简短，言近旨远，立论精辟。（以下十八篇解题略）

富贵贫贱说

贫贱常思富贵，富贵必履危机，此古人之所叹也。惟不思而得、既得而不患失之者，其庶几乎！富贵易安而患于难守，贫贱难处而患于易夺。居富贵而能守者周公也，在贫贱而能久者颜回也。然为颜回者易，为周公者难也。君子小人之用心常异趣，于此见之。小人莫不欲富贵而不知所以守，是趣祸罪而惟恐不及也。君子莫不安于贫贱，为小人者不闵则笑，是闵笑人之不舍其所乐而趋于祸罪也。其为大趣相反如此，则其所为，不得不事事异也。故与小人共事者难于和同，凡事不和同则不济。古之君子有用权以合正者，为至难也。若其事君之忠，主于诚信，有欲济其事，顾不害其正，亦有用权之助者，此可以理得，难以言传。孔子所以置而不论也。推诚以接物，有害其身者，仁人不悔也，所谓杀身以成仁。然其所济者远矣，非常情之可企至也。

钟莛说

甲问于乙曰：“铸铜为钟，削木为莛，以莛叩钟，则铿然而鸣，然则声在木乎？在铜乎？”乙曰：“以莛叩垣墙则不鸣，叩钟则鸣，是声在铜。”甲曰：“以莛叩钱积，则不鸣，声果在铜乎？”乙曰：“钱积实，钟虚中，是声在虚器之中。”甲曰：“以木若泥为钟则无声，声果在虚器之中乎？”

驷不及舌说

俗云“一言出口，驷马难追”，《论语》所谓“驷不及舌”

也。若较其理，即俗谚为是。然则泥古之士，学者患之也。

学书静中至乐说

有暇即学书，非以求艺之精，直胜劳心于他事尔。以此知不寓心于物者，真所谓至人也；寓于有益者，君子也；寓于伐性汩情而为害者，愚惑之人也。学书不能不劳，独不害情性耳，要得静中之乐者惟此耳。

夏日学书说

夏日之长，饱食难过，不自知愧，但思所以寓心而销昼暑者，惟据案作字，殊不为劳。当其挥翰若飞，手不能止，虽惊雷疾霆，雨雹交下，有不暇顾也。古人流爱，信有之矣。字未至于工，尚已如此，使其乐之不厌，未有不至于工者。使其遂至于工，可以乐而不厌，不必取悦当时之人，垂名于后世，要于自适而已。嘉祐七年正月九日补空。

学书自成家说

学书当自成一家之体，其模仿他人，谓之奴书。安昌侯张禹曰："书必博见，然后识其真伪。"余实见书之未博者。庐陵欧阳修，嘉祐三年十一月冬至日。

李白杜甫诗优劣说

"落日欲没岘山西，倒着接篱花下迷，襄阳小儿齐拍手，大家争唱白铜鞮"，此常言也。至于"清风明月不用一钱买，玉山自倒非人推"，然后见其横放，其所以警动千古者，固不在此也。杜甫于白得其一节，而精强过之。至于天才自放，非甫可到也。

薛道衡王维诗说

"空梁落燕泥"未为绝警，而杨广不与薛道衡解仇于泉下，岂荒炀所趣止于此耶？“大风”、“飞云”信是英雄之语也，若“漠漠水田飞白鹭，阴阴夏木啭黄鹂”，终非己有，又何必区区于窃攘哉！

峡州诗说

“春风疑不到天涯，二月山城未见花”，若无下句，则上句何堪？既见下句，则上句颇工。文意难评，盖如此也。

辨甘菊说

《本草》所载菊花者，世所谓甘菊，俗又谓之家菊，其苗泽美，味甘香，可食。今市人所卖菊苗，其味苦烈，乃是野菊，其实蒿艾之类，强名为菊尔。家菊性凉，野菊性热，食者宜辨之。余近来求得家菊，植于西斋之前，遂作诗云：“明年食菊知谁在，自向栏边种数丛。”余有思去之心久矣，不觉发于斯。

博物说

蟪蛄是何弃物，草木虫鱼，诗家自为一学。博物尤难，然非学者本务。以其多，不专意，所通者少，苟有一焉，遂以名世。当汉、晋武帝，有东方朔、张华，皆博物。

道无常名说

道无常名，所以尊于万物；君有常道，所以尊于四海。然则无常以应物为功，有常以执道为本。达有无之至理，适用舍之深机，诘之难以言穷，推之不以迹见。

物有常理说

凡物有常理，而推之不可知者，圣人之所不言也：磁石引针，蝍蛆甘带，松化虎魄。

世人作肥字说

世之人有喜作肥字者，正如厚皮馒头，食之未必不佳，而视其为状，已可知其俗物。字法中绝将五十年，近日稍稍知以字书为贵，而追迹前贤，未有三数人。古之人皆能书，独其人之贤者传遂远。然后世不推此，但务于书。不知前日工书，随与纸墨泯弃者，不可胜数也。使颜公书虽不佳，后世见者必宝也。杨凝式以直言谏其父，其节见于艰危；李建中清慎温雅，爱其书者兼取其为人也。岂有其实，然后存之久耶？非自古贤哲必能书也，惟贤者能存尔，其余泯泯不复见尔。

转笔在熟说

昨日王靖言转笔诚是难事，其如对以熟，岂不为名理之言哉！往时陈尧咨以射艺自高。尝射于家圃，有一卖油里翁释担而看。射多中，陈问："尔知射乎？吾射精乎？"翁对曰："无他能，但手熟耳。"陈忿然曰："汝何敢轻吾射！"翁曰："不然，以吾酌油可知也。"乃取一胡卢，设于地上，置一钱，以杓酌油沥钱眼中入胡卢，钱不湿，曰："此无他，亦熟耳。"陈笑而释之。

李晸笔说

余书惟用李晸笔，虽诸葛高、许颂皆不如意。晸非金石，安知其不先朝露以填沟壑？然则遂当绝笔，此理之不然也。夫人性易习，当使无所偏系，乃为通理。适得圣俞所和《试笔诗》，尤为精当。余尝为原甫说，圣俞压韵不似和诗，原甫大以为知言。然此无他，惟熟而已。蔡君谟性喜书，多学，是以难精。古人各自为书，用法同而为字异，然后能名于后世。若夫求悦俗以取媚，兹岂复有天真耶？唐所谓欧、虞、褚、陆，至于颜、柳，皆自名家，盖各因其性，则为之亦不为难矣。嘉祐四年夏，纳凉于庭中，学书盈纸，以付发。

峡州河中纸说

夷陵纸不甚精，然最奈久。余为县令时，有孙文德者，本三司人吏也，尝劝余多藏峡纸，云其在省中见天下账籍，惟峡州不朽损。信为然也。今河中府纸，惟供公家及馆阁写官书尔。

诲学说

玉不琢，不成器；人不学，不知道。然玉之为物，有不变之常德，虽不琢以为器，而犹不害为玉也。人之性因物则迁，不学，则舍君子而为小人，可不念哉！付奕。

试笔

南唐砚

某此一砚，用之二十年矣。当南唐有国时，于歙州置砚务，选工之善者，命以九品之服，月有俸廪之给，号砚务官，岁为官造砚有数。其砚四方而平浅者，南唐官砚也。其石尤精，制作亦不类今工之侈窳。此砚得自今王舍人原叔，原叔家不识为佳砚也，儿子辈弃置之。予始得之，亦不知为南唐物也。有江南人年老者见之，凄然曰："此故国之物也。"因具道其所以然，遂始宝惜之。其贬夷陵也，折其一角。

【解题】

此三十篇，原为《欧阳文忠公集》卷一三〇，题作《试笔》。当作于嘉祐年间（1056—1063）。卷末原附苏辙、苏轼跋语。苏辙题跋称《余于箧中得十数帖》，苏轼题跋说："此数十纸皆文忠公冲口而得，信手而成，初不加意者也。"由此可知，此卷初为二苏所编。有似《笔说》，荟萃欧阳修平日手书杂帖，内容涉及书法、诗论、经学等，篇幅短小，言简意深，语言直率，论点鲜明。(以下二十九篇解题从略)

宣　笔

宣笔初不可用，往时圣俞屡以为惠，寻复为人乞去。今得此，甚可用，遂深藏之。

琴　枕　说

介甫尝言夏月昼睡，方枕为佳。问其何理，云睡久气蒸枕热，则转一方冷处。然则真知睡者耶。余谓夜弹琴，唯石晖为佳，盖金蚌、瑟瑟之类皆有光色，灯烛照之则炫耀，非老翁夜视所宜。白石照之无光，唯目昏者为便。介甫知睡，真懒者；余知琴晖，直以老而目暗耳。是皆可笑。

余家石晖琴得之二十年。昨因患两手中指拘挛，医者言唯数运动，以导其气之滞者，谓唯弹琴为可。亦寻理得十余年已忘诸曲，物理损益相因，固不能穷至于如此。老庄之徒，多寓物以尽人情，信有以也哉！

鉴　画

萧条淡泊，此难画之意，画者得之，览者未必识也。故飞走、迟速、意浅之物易见，而闲和、严静、趣远之心难形。若乃高下向背、远近重复，此画工之艺尔，非精鉴者之事也。不知此论为是不？余非知画者，强为之说，但恐未必然也。然世谓好画者，亦未必能知此也。此字不乃伤俗耶。

学书为乐

苏子美尝言，明窗净几，笔砚纸墨皆极精良，亦自是人生一乐，然能得此乐者甚稀。其不为外物移其好者，又特稀也。余晚知此趣，恨字体不工，不能到古人佳处。若以为乐，则自足有余。

学书消日

自少所喜事多矣，中年已来渐以废去，或厌而不为，或好之未厌、力有不能而止者。其愈久益深而尤不厌者，书也。至于学字，为于不倦时，往往可以消日。乃知昔贤留意于此，不为无意也。

学书作故事

学书勿浪书。事有可记者，他时便为故事。

学真草书

自此已后，只日学草书，双日学真书。真书兼行，草书兼楷。十年不倦，当得书名，然虚名已得，而真气耗矣。万事莫不皆然，有以寓其意，不知身之为劳也；有以乐其心，不知物之为累也。然则，自古无不累心之物，而有为物所乐之心。

学书费纸

学书费纸，犹胜饮酒费钱。曩时尝见王文康公戒其子弟，云："吾平生不以全幅纸作封皮。"文康，太原人。世以晋人喜啬资谈笑，信有是哉。吾年向老，亦不欲多耗用物，诚未足以有益于人。然衰年志思不壮，于事少能快然，亦其理耳。

学书工拙

每书字，尝自嫌其不佳，而见者或称其可取。尝有初不自喜，隔数日视之，颇若稍可爱者。然此初欲寓其心以销日，何用较其工拙而区区于此，遂成一役之劳，岂非人心蔽于好胜耶？

作字要熟

作字要熟，熟则神气完实而有余。于静坐中自是一乐事，然患少暇。岂其于乐处常不足耶？

用笔之法

苏子美尝言用笔之法，此乃柳公权之法也。亦尝较之，斜正之间便分工拙，能知此及虚腕，则羲、献之书可以意得也。因知万事皆有法。扬子云："断木为棋，刓革为鞠，亦皆有法"，岂正得此也？

苏子美论书

苏子美喜论用笔，而书字不迨其所论，岂其力不副其心邪？然万事以心为本，未有心至而力不能者。余独以为不然，此所谓非知之难而行之难者也。古之人不虚劳其心力，故其学精而无不至。盖方其幼也，未有所为，时专其力于学书，及其渐长，则其所学渐近于用。今人不然，多学书于晚年，所以与古不同也。

秋霖不止，文书颇稀，丛竹萧萧，似听愁滴。顾见案上故纸数幅，信笔学书。枢密院东厅。

苏子美蔡君谟书

自苏子美死后，遂觉笔法中绝。近年君谟独步当世，然谦让不肯主盟。往年予尝戏谓君谟学书如溯急流，用尽气力，不离故处。君谟颇笑以为能取譬。今思此语已二十余年，竟如何哉？

李　邕　书

余始得李邕书，不甚好之，然疑邕以书自名，必有深趣。及看之久，遂谓他书少及者。得之最晚，好之尤笃，譬犹结交，其始也难，则其合也必久。余虽因邕书得笔法，然为字绝不相类。岂得其意而忘其形者邪？因见邕书，追求钟、王以来字法，皆可以通。然邕书未必独然，凡学书者得其一，可以通其余。余偶从邕书而得之耳。嘉祐五年春分日，雪中西窗信笔。

风　法　华

往时有风法华者，偶然至人家，见笔便书，初无伦理，久而祸福或应。岂非好怪之士为之迁就其事耶？余每见笔辄书，故江邻几比余为风法华。

九　僧　诗

近世有九僧诗，极有好句，然今人家多不传。如“马放降来地，雕盘战后云”，“春生桂岭外，人在海门西”，今之文士未能有此句也。

吊　僧　诗

谢希深尝诵《哭僧诗》云：“烧痕诗入集，海角寺留真”。谓此人作诗不求好句，只求好意。余以谓意好句亦好矣。贾岛有《哭僧诗》云：“写留行道影，焚却坐禅身。”唐人谓烧却活和尚，此句之大病也。

郊岛诗穷

唐之诗人类多穷士，孟郊、贾岛之徒尤能刻篆穷苦之言以自喜。或问二子其穷孰甚，曰：“阆仙甚也。”“何以知之？”曰：“以其诗见之。郊曰：‘种稻耕白水，负薪斫青山。’岛云：‘市中有樵山，我舍朝无烟。井底有甘泉，釜中乃空然。’盖孟氏薪米自足，而岛家柴水俱无，此诚可叹。然二子名称高于当世，其余林翁处士用意精到者，往往有之。若‘鸡声茅店月，人迹板桥霜’，则羁孤行旅、流离辛苦之态见于数字之中。至于‘野塘春水漫，花坞夕阳迟’，则春物融怡，人情和畅，又有言不能尽之意。兹亦精意刻琢之所得者耶。”

谢希深论诗

往在洛时，尝见谢希深诵“县古槐根出，官清马骨高”；又见晏丞相常爱“笙歌归院落，灯火下楼台”。希深曰：“清苦之意在言外，而见于言中。”晏公曰：“世传寇莱公诗云‘老觉腰金重，慵便枕玉凉’，以为富贵，此特穷相者尔。能道富贵之盛，则莫如前言。”亦与希深所评者类尔。二公皆有情味，而善为篇咏者，其论如此。

温庭筠严维诗

余尝爱唐人诗云“鸡声茅店月，人迹板桥霜”，则天寒岁暮，风凄木落，羁旅之愁，如身履之。至其曰“野塘春水漫，花坞夕阳迟”，则风酣日煦，万物骀荡，天人之意，相与融怡，读之便觉欣然感发。谓此四句可以坐变寒暑。诗之为巧，犹画工小笔尔。以此知文章与造化争巧可也。

作诗须多诵古今诗

作诗须多诵古今人诗。不独诗尔，其他文字皆然。

汉人善以文言道时事

汉之文士，善以文言道时事，质而不俚，兹所以为难。

苏氏四六

往时作四六者多用古人语，及广引故事，以衒博学，而不思述事不畅。近时文章变体，如苏氏父子以四六述叙，委曲精尽，不减古人。自学者变格为文，迨今三十年，始得斯人，不惟迟久而后获，实恐此后未有能继者尔。自古异人间出，前后参差不相待。余老矣，乃及见之，岂不为幸哉！

王济讥张齐贤

张齐贤形体魁肥，饮食兼数人，然其为相尝有边功，国朝宰相惟宋琪与齐贤知边事。然其常与王济不相能。济，刚峭之士也。其后齐贤罢相归洛阳，买得午桥裴晋公绿野堂，营为别墅。一日，济自洛至京师，公卿间有问及齐贤午桥别墅者，济忿然曰："昔为绿野堂，今作屠儿墓园矣。"闻者皆笑。

晦明说

藏精于晦则明，养神以静则安。晦所以畜用，静所以应动。善畜者不竭，善应者无穷。此君子修身治人之术，然性近者得之易也。付棐。

廉耻说

廉耻，士君子之大节，罕能自守者，利欲胜之耳。物有为其所胜，虽善守者或牵而去。故孟子谓勇过贲育者，诚有旨哉！君子之道暗然而日彰，而今人求速誉，遂得速毁以自损者，理之当然。

系辞说

书不尽言，言不尽意。然自古圣贤之意，万古得以推而求之者，岂非言之传欤？圣人之意所以存者，得非书乎？然则书不尽言之烦，而尽其要；言不尽意之委曲，而尽其理。谓书不尽言、言不尽意者，非深明之论也。予谓《系辞》非圣人之作，初若可骇，余为此论迨今二十五年矣，稍稍以余言为然也。六经之传，天地之久，其为二十五年者将无穷而不可以数计也，予之言久当见信于人矣，何必汲汲较是非于一世哉！

论乐说

清浊二声为乐之本，而今自以为知乐者犹未能达此，安得言其细微之旨？

六经简要说

妙论精言，不以多为贵，而人非聪明，不能达其义。余尝听人读佛书，其数十万言，谓可数谈而尽，而溺其说者以谓欲晓愚下人，故如此尔。然则六经简要，愚下人独不得晓耶。

奏事录

论孙长卿为台谏所劾事

孙侍郎长卿罢环庆路总管，拜集贤院学士，为河东都转运使。台谏交章论列长卿守边无状，宜加降黜。中书以长卿无败事，昨因朝廷起孙沔于致仕，欲委以西事，而长卿以岁满得代，无过可黜。而台谏论奏不已。

最后贾中丞二章，六月十一日进呈。上厉声曰："已行之事，何可改易！"臣修奏曰："臣等不为已行难改。若朝廷果是除授不当，能用台谏之言改正，足以上彰陛下从谏之圣。至于臣等能不遂非而服义，改过不吝，圣贤所难，亦是臣等好事。但以长卿除授不为过当，若曲从台官之言，使彼衔冤受黜，于理岂安？故难行也。”韩公曰：“自陛下亲政已来，台谏所言，施行者少。外人之议，谓致人主有拒谏之名者，是臣等之过。若其言有可行者，臣等岂敢不行？直以长卿无过，难徇言者滥行黜罚耳。”上皆然之。

上又曰：“人言台谏夺权。”臣修奏曰：“此则为陛下言者过也。朝廷置台谏官，专为言事，若使默然，却是失职。苟以言事为夺权，则台谏无职可供矣。”

【解题】

此八篇原为《欧阳文忠公集》卷一一九，总名《奏事录》，属杂记文。卷首有注：“自治平二年六月十一日已后。其曰‘追书’者，乃已前事，忘其月日矣。”这是欧阳修在政府任参政时，亲手记录与英宗的对话，有重要的史料价值。最末三篇，原题为《又三事》，今分为三篇，各拟标题。其中的《辨蔡襄事》与同卷《辨蔡襄异议》略同，或为后者初稿。（以下七篇解题从略）

辨蔡襄异议

蔡侍郎襄，自给事中、三司使，除礼部侍郎、端明殿学士、知杭州。

初，上入为皇子，中外相庆，知大计已定矣。既而稍稍传云有异议者，指蔡公为一人。及上即位，始亲政，每语及三司事，便有忿然不乐之色。蔡公终以此疑惧，请出。既有除命，韩、曾二公因为上言：“蔡襄事出于流言，难以必信。前世人主以疑似之嫌害及忠良者，可以为鉴也。”

臣修亦启曰：“或闻蔡襄文字尚在禁中，陛下曾亲见之乎？”上曰：“文字即不曾见，无则不可知其必无。”

臣修奏曰："若无文字，则事未可知。就使陛下曾见文字，犹须更辨真伪。往时夏竦欲陷富弼，乃先令婢子学石介书字，岁余学成，乃伪作介与弼书，谋废立事。书未及上，为言者廉知而发之。赖仁宗圣明，弼得免祸。至如臣，自丁母忧服阕，初还朝时，有嫉臣者乃伪撰臣一札子，言乞沙汰内官，欲以激怒群阉。是时家家有本，中外喧传。亦赖仁宗保全，得至今日。由是而言，陛下曾见文字，犹须更辨真伪，何况止是传闻疑似之言，何可为信？"上曰："官家若信传闻，蔡襄岂有此命？"

独　对　语（治平二年八月十四日）

是日，昭文与西厅赵侍郎皆在告，集贤私忌。臣修独对崇政殿，进呈文字毕，敛笏将退。

上有所问。臣修因奏曰："近闻台谏累有文字，弹奏臣不合专主濮王之议。上荷陛下保全，知此议非臣所得独主，台谏文字既悉留中，言者于是稍息。"上曰："参政性直，不避众怨。每见奏事时，或与二相公有所异同，便相折难，其语更无回避。亦闻台谏论事，往往面折其短，若似奏事时语。可知人皆不喜也。今后宜少戒此。"臣修对曰："臣以愚拙，敢不如圣训。"

上曰："水灾以来，言事者多云不进贤。"臣修曰："近年以来，进贤之路太狭。此诚当今之患，臣每与韩琦等论议未合。"上曰："何谓进贤路狭？中书常所进拟者，其人皆如何？"臣修对曰："自富弼、韩琦当国以来，十数年间，外自提刑、转运，内则省、府之类，选擢甚精，时亦得人，比于往年，绝不同也。然皆钱谷、刑名强干之吏，此所谓用材也。如臣所言进贤之路，谓馆职也。"

上曰："如何？"臣修曰："朝廷用人之法，自两制选居两府，自三馆选居两制。是则三馆者，辅相养材之地也。往时入三馆有三路，今塞其二矣，此臣所云太狭也。"上曰："何谓三路?”臣修曰：“进士高科，一路也。大臣荐举，一路也。因差遣例除，一路也。往时进士五人已上及第者，皆入馆职，第一人有及第才十年而至辅相者。今第一人及第者，两任近十年，方得试馆职。而第二人已下，无复得试。是高科一路塞矣。往时大臣荐举，随即召试。今但令上簿，候馆阁阙人与试。而馆阁人无员数，无有阙时，则上簿者永无试期。是荐举一路又塞矣。惟有因差遣例除者，半是年劳老病之人也。此臣所谓进贤之路太狭也。”

后数日，上因中书奏事，遂处分，令择人试馆职。

御药陈承礼监造衮冕事 （治平二年八月）

先是，三司奏：“造作诸物，旧属少府监、文思院、后苑作紫云楼下。近年多别置局，以内臣监作，各争占工匠。乞一切依旧，归于有司。”遂依奏。

既而少府监申造衮冕，内批令御药院陈承礼监造。中书覆奏。上以南郊日近，须内臣庶可办集。韩、曾二公奏以冲改近降指挥，不若令承礼就少府监作。上意未决。

臣修奏曰：“此是陛下新降指挥。从来所患，朝令夕改。今若依前用承礼监作，只是移御药院置局就少府监中耳。如此，何害集事?”上遂曰：“可。”

内降补僧官 （治平二年九月十九日）

先朝僧官有阙，多因权要请谒，内降补人。当时谏官、御史累有论列。先帝深悟其事，因著令僧职有阙，命两街各选一人，较艺而补。至是，鉴义有阙，中书已下两街选一人，未上。而内臣陈承礼以宝相院僧庆辅为请，内降令与鉴义，中书执奏以为不可。韩、曾二公极陈其事。

臣修亦奏曰：“补一僧官，当与不当，至为小事，何系利害。但中书事已施行，而用内降冲改先朝著令，则是内臣干挠朝政。

此事何可启其渐?”又奏曰:“宦女近习,自前世常患难于防制。今小事若蒙听许,后有大事,陛下必以害政不从。是初欲姑息,而反成怨望,不若绝之于渐,此一小事,陛下不以为意而从之,彼必自张于外,以谓为上亲信,朝政可回。在陛下目前似一闲事,外边威势不小矣。”上遽可中书所奏,令只依条例选试。

臣修又奏:“事既不行,彼必有言‘万事只由中书,官家岂得自由行一事’。陛下试思,从私请与从公议,孰为得失?”而韩、曾二公亦所陈甚多,上皆嘉纳也。

辨蔡襄事

三司使、给事中蔡襄,除端明殿学士、尚书礼部侍郎、知杭州。

初,上自濮邸立为皇子,中外欣然无间言。既即位,以服药故,慈寿垂帘听政,尝为中书言:“仁宗既立皇子,因追思鄂王等,悲伤涕泣。宦官、宫妾,争相荧惑。而近臣亦有异议者,可怪者,一二知名人也。”因言执政数人不顾家族以定社稷之计,而小人几坏大事。又云:“近臣文字,只在先帝卧床头,近日已于烧钱炉内焚之矣。”然莫知为谁也。中书不敢问其姓名,但唯唯而退。已而外人亦稍稍言蔡襄尝有论议,而莫知虚实。

既而上疾愈亲政,数问襄如何人。一日,因其请朝假,上变色谓中书曰:“三司掌天下钱谷,事务繁多,而襄十日之中,在假者四五。何不别用人?”韩公已下共奏曰:“三司事无阙失,罢之无名。今更求一人材识名望过襄者,亦未有。”修奏曰:“襄母年八十余,多病。况其只是请朝假,不趁起居耳。日高后便却入省,亦不废事。”然每奏事,语及三司,未尝不变色。襄亦自云,每见上,必厉色诘责其职事。其后谅祚攻劫泾原,西边日有事宜。上遂督中书以边事将兴,军须未备,三司当早选人。韩公等初尚挥解,上意不回,因奏待其陈乞,可以除移。

初，传者多端，或云上在庆宁已闻蔡异议，或云上入宫后亲见奏牍尚在。至是因蔡乞罢札子，韩公遂质于上。上曰：“内中不见文字。然在庆宁，即已闻之。”韩公曰：“事出暧昧，若虚实未明，乞更审察。苟令襄以蜚语获罪，则今后小人可以构害善人，人难立矣。”曾公曰：“京师从来善造谤议，一人造虚，而众人传之，便以为实。前世以疑似之言陷害忠良者，非惟臣下被祸，兼与因家为患。”

修曰：“陛下以为此事果有果无?”上曰：“虽不见其文字，亦不能保其必无。”

修曰：“疑似之谤，不唯无迹可寻，就令迹状分明，犹须更辨真伪。只如先朝夏竦欲害富弼，令其婢子学石介字体，久之学成，乃伪作介为弼撰废立诏草。赖仁宗圣明，弼得保全。又如臣，至和末丁母忧服阕，初至阙下。小人中有嫉忌臣者，伪撰臣乞沙汰内官奏稿，传布中外，家家有之，内臣无不切齿。只判铨得六日，为内臣杨永德以差船事，罢知同州，亦赖仁宗保全。未久，知其无罪，遂却留住至今。以此而言，就令有文字，犹须更辨真伪，况此无迹状。陛下幸不致疑。”韩、曾又各进说。

上曰：“数家各有骨肉。”又曰：“造谤者因甚不及他人?”据此，似圣意未解也。

谏仁宗立皇子事

仁宗既连失褒、豫、鄂三王，遂更无皇子。自至和三年正月得疾，逾时不能御殿，中外忧恐。既而康复，自是言者常以根本为急，交章论述，每辄留中。故枢密副使包公拯、今翰林学士范景仁所言尤激切。其余不为外人所知者，不可胜数。今枢密富相与昭文韩相亦屡进说。虽余亦尝因大水言之，然初无采纳之意。如此五六年，言者亦已稍息。

嘉祐六年秋，余自枢庭过东府，忽见内降一封，乃谏官司马光言立皇子事。既而知江州吕诲亦有疏论述。昭文与集贤曾公及余晚议，来日当将上，相顾以为如何。韩公曰："若上稍有意，即当力赞成之。"曾公与余偕曰："此吾侪素所愿也。"既而明日奏事垂拱殿，二章读毕，未及有所启，仁宗遽曰："朕有意多时矣，但未得其人。"余自为校勘，及在谏垣，忝两制，迨此二十年，每进对，常极从容，至此始闻仁宗自称朕。既而又左右顾曰："宗室中孰为可？"韩公惶恐对曰："不惟宗室不接外人，臣等不知，此事岂臣下敢议，当出自圣择。"仁宗曰："宫中尝养二子，小者甚纯，然近不惠，大者可也。"遂启曰："其名谓何？"仁宗即道今上旧名，曰名某，今三十岁矣。余等遂力赞之，议乃定。余等将下殿，又奏曰："此事至大，臣等未敢施行，请陛下今夕更思之，臣等来日取旨。"明日奏事崇政殿，因又启之。仁宗曰"决无疑也。"余等遂奏言："事当有渐，容臣等商量所除官，来日再奏。"既退，遂议且判宗正。时今上犹在濮王丧，乃议起复，自大将军、遥郡团练使除泰州防御使。来日将上，仁宗大喜曰："如此甚好。"二公与余又奏曰："此事若行，不可中止，乞陛下断在不疑。仍乞自内中批出，臣等奉行。"仁宗曰："此事岂可使妇人知？只中书行可也。"余等喜跃称贺，时六年十月也。

命既出，今上再三辞避。有旨，候服除取旨。至七年二月一日，服除，今上坚卧称疾，前后十余让。至七月，韩公议曰："宗正之命始出，则外人皆知必为皇子也。不若遂正其名，使其知愈让而愈进，示朝廷有不可回之意，庶几肯受。"曾公与余皆以为然。及将上今上累让表，仁宗问如何。韩公未对。余即前奏曰："宗室自来不领职事，今外人忽见不次擢此子，又判宗正，则天下皆知陛下将立为皇太子也。今不若遂正其名，命立为皇子。缘防御使判宗正，降诰敕，宗实得以坚卧不受。若立为皇子，只烦陛下命学士作一诏书，告报天下，事即定矣，不由宗实受不受也。”仁宗沉思久之，顾韩公曰：“如此，莫亦好否?”韩公力赞之。仁宗曰：“如此，则须于明堂前速了当。”遂降诏书，立为皇子，仍更今名。

自议皇子事，凡所奏请，皆余与西厅赵侍郎自书。其改名札子，余所书也。初择日旁十字，请仁宗点之。其最下一字，乃今名也，是仁宗亲点，今封在中书。今上自在濮邸，即有贤名。及迁入内，良贱不及三十口，行李萧然，无异寒士，有书数橱而已。中外闻者相贺。

辨韩虫儿事

嘉祐八年上元，京师张灯如常岁。岁常以十四日，上晨出，游幸诸宫寺，赐从臣饮酒，留连至暮而归。遂御宣德门，与从臣看灯，酒五行而罢。是岁自正初，上觉体中不佳。十四日，遂不晨出。至晚，略幸慈孝、相国两寺。御端门，赐从臣酒，三行止。自是之后，虽日视朝前后殿，而浸若不佳。

既而韩虫儿事稍稍传于外，云去岁腊月，上闲居，见一宫婢汲井，有小龙缠其汲绠而出，以问左右，皆云不见。上独见之，以为异，遂召宫婢。视之，乃宫正柳瑶真之私身韩虫儿也。其后柳夫人宿直阁中，明日下直，遣虫儿取夜直坐墪。上独处阁中，召而幸之，遂有娠。虫儿自云上已幸我，取我臂上金锃子一只，云：“尔当为我生子，以此为验。”外人所传如此。而虫儿于宫中，亦自道云：“上幸我，有娠。”又言金锃子，上与黎伯，使藏之矣。黎伯者，上所爱扶侍内臣黎永德也。

是月二十七、八间，春寒微雨。上不御崇政殿，祇坐延和见群臣奏事，而殿中炽炉火，云圣体畏风寒。盖自上临御四十年，盛暑未尝挥扇，极寒未尝御火，至是，始见御前设炉火也。自是之后，上益不豫，至于大渐。今上即位于柩前，中外帖然，无一言之异。惟韩虫儿事籍籍不已，云大行尝有遗腹子，诞弥当在八九月也。

九月十七日，余以服药，请一日假家居。晚传内出宫女三人送内侍省勘，并召医官产科十余人、坐婆三人入矣。十九日，入对内东门小殿，帘前奏事。将退，太后呼黄门索韩虫儿案示中书。

余等于帘前读之，见虫儿具招虚伪事甚详，云自正月至今，月水行未尝止，今方行也。医官、坐婆军令状皆云："去岁腊月，黎永德奉使成都未还，不在阁中，而锭子埋在柳夫人佛堂前阈下。"太后使人监虫儿至埋所自掘之，深尺余，得金锭子一只，折为三段矣。合之，以比臂上者，同。秤之，各重一两半，两锭重轻又同。信为是矣。因以金锭俾余等传看之。太后言问虫儿何为作此伪事？云以免养娘笞捶，庶日得好食耳。盖自虫儿言有娠，太后遣宫人善护之，日给缗钱二千，以市可食物。如此，至其月满无娠，始加穷诘耳。

余等遂前奏曰："虫儿事，外已暴闻。今其伪迹尽露，可以释中外之疑。然虫儿当勿留，庶外人必信也。"太后曰："固当如是。"既而枢密院奏事帘前，示之如前。明日，福宁上大行谥册罢，见入内都知任守忠于廷中，云虫儿决臀杖二十，送承天寺充长发。

濮　议

濮 议 序

臣某顿首死罪言：臣闻事固有难明于一时而有待于后世者，伯夷、叔齐是已。夫君臣之义、父子之道至矣，臣不得伐其君，子不得绝其父，此甚易知之事也。方武王之作也，人皆以为君可伐。濮议之兴也，人皆以为父可绝，是大可怪骇者也。盟津之会，诸侯不召而至者盖八百国，是举世之人皆以为君可伐矣。彼夷、齐者，眇然孤竹之二羁臣也，以其至寡之力，欲抗举世之人，而力不能胜，言不见察。二子以谓吾言废，则君臣之义废，而后世之乱无时而止也，乃相与务为高绝之行以警世，于是不食周粟而饿死首阳之下，然世亦未之知也。后五百余年，得孔子而称其仁，然后二子之道显。使孱王弱主得立于后世，而臣不敢伐其君者，二子之力也。夫以甚易知之事，二子为之至艰如此，犹须五百年得圣人而后明。然则濮园之议，其可与庸人以口舌一日争耶？此臣不得不述其事以示后世也。

方濮议之兴也，儒学奋笔而论，台谏廷立而争，闾巷族谈而议，是举国之人皆以为父可绝矣。世又无夷、齐以抗之。虽然，赖天子圣明仁孝，不惑群议，据经约礼，置园立庙，不绝父子之恩，以为万世法，是先帝之明也。今士大夫达于礼义者，涣然释其疑，盖十八九矣，固不待夷、齐饿死，孔子复生，而后明也。

然有不可不记者，小人之诬罔也。盖自汉以来，议事者何尝不立同异。而濮园之议，皆当世儒臣学士之贤者，特以为人后之礼世俗废久，卒然不暇深究其精微，而一议之失，出于无情，未足害其贤。惟三数任言职之臣，挟以他事，发于愤恨，厚诬朝廷而归恶人主，借为奇货以买名。而世之人不原其心迹，不辨其诬罔，翕然称以为忠，使先帝之志郁郁不明于后世，此臣子之罪也。臣得与其事，而知其详者，故不得已而述焉。

臣某谨序。

【解题】

此八篇原为《欧阳文忠公集》卷一二〇至卷一二三，题为《濮议》，约作于治平四年（1067）前后。

濮议，指宋英宗时朝廷大臣关于英宗生父濮安懿王赵允让应奉典礼的一场争议。仁宗死，英宗即位。治平元年五月，韩琦等

便可施行矣。”不期是夕忽遣高居简就曾公亮宅降出皇太后手书，云“濮王许皇帝称亲”，又云“濮王宜称皇，三夫人宜称后”，与中书所进诏草中事绝异，而称皇称后二事，上亦不曾先有宣谕。从初中书进呈诏草时，但乞上直降诏施行，初无一语及慈寿宫，而上但云欲白过太后然后施行，亦不云请太后降手书。此数事皆非上本意，亦非中书本意。是日韩琦以祠祭致斋，惟曾公亮、赵概与臣修在垂拱殿门阁子内，相顾愕然，以事出不意，莫知所为，因请就致斋处召韩琦同取旨。少顷琦至，不及交言，遂同上殿。琦前奏曰：“臣有一愚见，未知可否？”上曰：“如何？”琦曰：“今太后手书三事，其称亲一事可以奉行，而称皇、称后，乞陛下辞免。别降手诏止称亲，而却以臣等前日进呈诏草以茔为园，即园立庙，令王子孙奉祠等事，便载于手诏施行。”上欣然曰：“甚好。”遂依此降手诏施行。（手诏具别卷）

初，中外之人为台官眩惑，云朝廷尊崇濮王，欲夺仁宗正统，故人情汹汹，及见手诏，所行礼数止于如此，皆以为朝廷处置合宜，遂更无异论。惟建皇伯之议者犹以称亲为不然，而吕诲等已纳告敕，杜门不出，其势亦难中止。遂专指称亲为非，益肆其诬罔，言韩琦交结中官苏利涉、高居简，惑乱皇太后，致降手书；又专指臣修为首议之人，乞行诛戮，以谢祖宗。其奏章正本进入，副本便与进奏官，令传布。诲等既欲得罪以去，故每对见，所言悖慢，惟恐上不怒也。上亦数谕中书云：“诲等遇人主，无复君臣之礼。”然上圣性仁厚，不欲因濮王事逐言事官，故屈意含容久之。至此知其必不可留，犹数遣中使还其告敕，就家宣召。既决不出，遂各止以本官除外任。

盖濮园之议自中书始初建请，以至称亲立庙，上未尝有一言欲如何追崇，但虚怀恭己，一付大臣与有司，而惟典礼是从尔。其不称皇伯，欲称皇考，自是中书执议，上亦无所偏执。及诲等累论，久而不决者，盖以上性严重，不可轻回，谓已降手诏罢议，故称伯称考一切置而不议尔，非意有所偏执也。上尝谕韩琦等云："昔汉宣帝即位八年，始议追尊皇考。昨中书所议，何太速也！"以此见上意慎重，不敢轻议耳，岂欲过当追崇也？至于中书，惟称号不敢用皇伯无稽之说，欲一遵典故耳。其他追崇礼数，皆未尝议及者，盖皇伯皇考称呼犹未决而遽罢议，故未暇及追崇之礼也。其后所议，止于即园立庙而已。如诲等广引哀、桓之事为厚诬者，皆未尝议及也。

初，诲等既决必去之意，上屈意留之不可得。赵瞻者在数人中尤为庸下，殊不识事体，遂扬言于人云："昨来官家但不曾下拜留我耳。"以此自夸，有得色。而吕诲亦谓人曰："向若朝廷于台官所言事十行得三四，使我辈遮羞，亦不至决去。"由是言之，朝廷于濮议岂有过举，逐台官岂是上本意，而诲等决去，岂专为濮议耶？士大夫但见诲等所诬之言，而不知濮事本末，不究诲等用心者，但谓以言被黜，便是忠臣，而争为之誉。果如诲等所料，诲等既果以此得虚名，而荐诲等者又欲因以取名。夫扬君之恶而彰己善犹不可，况诬君以恶而买虚名哉！呜呼，使诲等心迹不露而诬罔不明，先帝之志不谕于后世，臣等之罪也，故直书其实，以备史官之采。

濮议答问

或问："罢议之诏有权罢之文。议者谓权罢者，有待之言也。盖朝廷迫于皇太后，不得已而罢，故云权罢者，欲俟皇太后千秋万岁后，复议追崇耳。朝廷之意果如是乎？"答曰："此厚诬之一事也。使朝廷果有此意，手诏虽无'权'字，他日别议追崇，何施不可，何必先露此意示人！是时台谏方吹毛求疵，以指为朝廷过失，若君臣果有此意，亦当深谋密计，岂肯明著诏令以资言者之口？"

问者曰："然则，何故云权罢？"答曰："事体自当如此尔。

追崇以彰圣君之孝而示天下也，本无中罢之理，今不得已而罢，当为迤逦之辞，故云权罢集议，更令礼官徐求典礼者，乃体当如此。此事人所易知，而吕诲等欲恐迫人主，故厚诬以有待之说也。先帝每语及此事，则不胜其愤，仰天而叹曰：‘天鉴在上，岂有此心？’”

或问：“皇太后既已责中书不当议称皇考，而手书复有称皇、称后等事，议者谓韩琦交结高居简，惑乱皇太后，请降手书，其称亲、称皇、称后，皆非皇太后本意。果若是乎？”答曰：“手书非皇太后本意，事出禁中，非外人所得知也。若云因韩琦使高居简请降手书，则又厚诬也。何以明之？若手书是韩琦所请，既降出便合奉行，岂敢却有沮难，又请上别降手诏也。以此而言，但见韩琦沮止手书称皇称后二事，不见琦请降手书也。”问者又曰：“然则，出于上意乎？”答曰：“亦非也。若出于上意，亦当先谕中书商议，安得绝无一言及之？又若上意果有所主，而中书虽欲不奉行，犹须再三论列，方可回圣意，岂有韩琦一言，上即从之，略无难色？以此知上意不主也。”

问者又曰：“然则，称皇、称后，是哀、桓之事，中书以为非而不奉行者也。而吕诲表乃云‘致主之谋，不耻哀桓之乱制’者，何谓也？”答曰：“此所以为厚诬也。且称亲、置园寝及称皇考，皆是汉宣、光故事，吕诲等指以为哀、桓之乱制，乃是指鹿为马尔。以此见其诬罔何所不至也。据《汉书》，师丹上疏云：‘定陶恭皇谥号既已前定，义不可复改。’据此，则恭王称皇，乃师丹许以为是者，故云不可复改尔。昨国家于濮王固自不议称皇，就使称皇，亦是师丹所许者也。”

问者曰：“若此，则师丹当时与汉争论何事？”答曰：“董宏欲去定陶国号而止称恭皇，及欲立庙京师尔。此二事是师丹所争也。盖恭皇之号，常系于定陶，则自是于诸侯国称皇尔，与汉不相干也。若止称恭皇而不系以国，则有进干汉统之渐。又立庙京师，则乱汉宗庙。此师丹不得不争也。作濮王既不称皇而立庙止在濮园，事无差僭。而吕诲等动以师丹自比，不知朝廷有何过举，诲等果争论何事也？”

问者曰：“诲等所论者称亲也，称亲果是乎？”答曰：“称亲是矣，此乃汉宣故事也。谨按宣帝之父曰史皇孙。初，丞相蔡义议称亲，谥曰悼，裁置奉邑而已。其后魏相始改亲称皇考，而立庙京师。至哀帝时议毁汉庙不合礼经者，于是毁悼皇考庙在京师者。是时丞相平晏等百余人议曰亲，谥曰悼，裁置奉邑，皆应经义。由是言之，立庙京师则当毁，称亲、置奉邑则自合经义也。所谓应经义者，即《仪礼》云‘为人后者为其父母报’是也。亲者，父母之称也。”

问者曰：“京师庙既毁，而又毁奉明园者，何也？”答曰：“汉制，宗室诸侯王皆有园。悼皇考自合置园。初名奉明园，置奉邑三百家，可矣。其后增为一千六百家，而改奉明园为县，则僭天子之制矣，故议毁之也。今国家追崇濮王，其礼数三而已：称亲一也，置园二也，立庙三也。称亲，则汉儒所谓应经义者也；置园，则汉宗室诸侯王之制也；立庙，则一品家庙之制也。如汉诸王庙当在本国，今濮国虚名，无立庙处，故即园而立庙尔。其依经合古，可以为万世法也。”

问者曰：“汉儒既以称亲为应经义，又以两统贰父为非者，何谓也？岂其议自相矛盾乎？”答曰：“两议皆是，不相矛盾也。其初称亲而置邑也，止在下国，与汉朝不相干，故不违经义也。及其后立庙于京师，与汉祖宗并立。至元帝时议毁亲尽之庙，时昭帝既以亲未尽不毁，悼皇考亦以亲未尽不毁，是则悼皇考与汉祖宗并为世数，此为两统贰父也。元帝既上承昭、宣，而又承悼皇考为世，所谓违离祖统者，其议皆是也。使悼皇考庙在奉明园，而不与汉朝宗庙相干，岂有两统贰父之说乎？”

问者曰：“父有贰乎？”答曰：“何止贰也！父之别有五，母之别有八，皆见于经与礼。而父之别曰父也、所生父也、所后父也、同居继父也、不同居继父也。不同居继父者，父死而母再适人，子从而暂寓其家，后去而异居矣，犹以暂寓其家之恩，终身谓其人为父。而所生父者，天性之亲也，反不得谓之父，是可谓不知轻重者也。”

问者曰：“父母之名，果不可改乎？”对曰：“能深嫉为后者，尊其父母，莫如魏明帝也。明帝之诏曰：‘有谓考为皇、称妣为后者，大臣共诛之。’然则，称皇与后，是其所禁，而考妣之名虽明帝不能易也。明帝之不能易，是不可改也。”

问者曰：“所生、所后父之名，徒见于礼文，而今世未尝用也。今公卿士大夫至于庶人之家养子为后者，皆以所生父为伯叔久矣。一旦欲用古礼而违世异俗，其能使众论不喧乎？”答曰：“礼之废失久矣。始于闾阎鄙俚之人不知义礼者坏之，而士族之家因相习见，遂以成风。然国家之典礼则具存也。今士大夫峨冠束带，立于朝廷，号为儒学之臣，为天子议礼，乃欲不遵祖宗之典礼（谓《开宝通礼》、《五服年月》等书。），而徇闾阎鄙俚之弊事，此非臣某之所敢知也。使臣以此得罪，臣固无惭而不悔也。况所谓以养子所生为伯叔父者，今但行于私家尔。有司之议礼议律，则未尝不遵典礼也。方礼官议以濮王为皇伯也，是时王子融卒。初，故相王曾之无子也，以其兄子融之子绎为后。及子融之死也，礼官议绎服所生父齐衰期而心丧三年。夫以子融为所生父，是典礼也；以濮王为伯，是闾阎之所称也。两议并发于一时，而为臣下议则用典礼，为天子议则用闾阎，其任情颠倒有如此，而人莫与之辨也。”

问者曰：“或谓所生父之名出于《丧服记》，止可为议服而言，其他不可称也。果若是乎？”答曰：“律言‘所养父杀其所生父，听其子告’者，又岂因议服而言乎？”

问者曰：“礼有明文而世不用者，何也？”答曰：“圣人以立后为公，不畏人知，故不讳。不讳，则其子必有所生父母也。小人不知义礼，以养子为私，畏人知之，故讳其自有父母，欲一心以为我生之子，故惟恐讳之不密也。尝试论之曰：古之不幸无子，而以其同宗之子为后者，圣人许之，著之礼经而不讳也。而后世闾阎鄙俚之人则讳之，讳之则不胜其欺与伪也。故其苟偷窃取婴孩襁褓之子，讳其父母而自欺，以为我生之子，曰不如此则不得其一志尽爱于我，而其心必二也。而为其子者，亦自讳其所生，而绝其天性之亲，反视以为叔伯父，以此欺其九族，而乱其人鬼亲疏之序。凡物生而有知，未有不爱其父母者，使是子也能忍而真绝其天性欤，曾禽兽之不若也；使其不忍而外阳绝之，是大伪也。夫闾阎鄙俚之人之虑于事者亦已深矣，然而苟窃欺伪不可以为法者，小人之事也。惟圣人则不然，以为人道莫大于继绝，此万世之通制而天下之至公也，何必讳哉！所谓子者，未有不由父母而生者也，故为人后者，必有所生之父，此理之自然也。其简易明白，不苟不窃，不欺不伪，可以为通制而公行者，圣人之法也。又以谓为人后者所承重，故加其服以斩，而所生之亲恩有屈于义，故降其服以期。服可降，父母之名不可讳，故著于经曰：'为人后者，为其父母报。'自三代以来，有天下国家者，莫不用之。"

问者曰："以濮王称亲，则于仁宗之意如何？"答曰："大哉，仁宗皇帝之至圣至明也！知立后为公，不畏人知而不讳也。故明诏天下曰，是濮安懿王之子也。然则，濮安懿王者为所生父可知矣。此仁宗先告于天下矣，所谓简易明白，不苟不窃，不欺不伪者，圣人之法也。"

问者曰："议者以谓恭爱之心分施于彼，则不得专一于此也。（此两制议称皇伯议状之文也）如是，则恭爱可专施于一而不分施于二也。使上之待濮王也，既不施恭，又不施爱，是以行路之人待其所生也，不亦过乎？"答曰："行路之人，遇其乡闾之长者与有德者，则必竦然有肃恭之容；遇其交游故旧久不相见者，则必忻然有欢爱之语。今遇其所生，而既不施恭，又不施爱，是不如行路之人也。忍为斯言者，谁乎？君子之为言也，度可行于己，然后可责于人。今斯人也偶不为人后耳，使其自度为人后，而能以不恭不爱待其父母，则能忍而为此言也。”

问者曰：“为人后而不绝其所生之恩者，施于臣民可矣。施于国家，而有宗庙社稷之重，则将干乎正统，奈何？”答曰：“濮园之称亲立庙，今二岁矣，而与宗庙朝廷了不相关也。其于正统有何所干乎？于此足以见言者之诬罔也，复何疑乎！”

议濮安懿王典礼札子　治平二年十月撰，不曾进呈

臣伏见朝廷议濮安懿王典礼，两制、礼官请称皇伯，中书之议以谓事体至大，理宜慎重，必合典故，方可施行，而皇伯之称，考于经史皆无所据。方欲下三省百官，博访群议，以求其当，陛下屈意手诏中罢，而众论纷然，至今不已。臣以谓众论虽多，其说不过有三：其一曰宜称皇伯者，是无稽之臆说也；其二曰简宗庙致水灾者，是厚诬天人之言也；其三曰不当用汉宣、哀为法，以干乱统纪者，是不广本末之论也。臣请为陛下条列而辨之。

谨按《仪礼·丧服记》曰：“为人后者为其父母报。”报者，齐衰期也。谓之降服，以明服可降，父母之名不可改也。又按《开元》、《开宝礼》、国朝《五服年月》、《丧服令》皆云：“为人后者为其所生父齐衰，不杖期。”盖以恩莫重于所生，故父母之名不可改；义莫重于所继，故宁抑而降其服。此圣人所制之礼，著之六经，以为万世法者，是中书之议所据依也。若所谓称皇伯者，考于六经无之，方今国朝见行典礼及律令皆无之，自三代之后秦汉以来，诸帝由藩邸入继大统者亦皆无之，可谓无稽之臆说矣。

夫《仪礼》者，圣人六经之文；《开元礼》者，有唐三百年所用之礼；《开宝通礼》者，圣宋百年所用之礼；《五服年月》及《丧服令》亦皆祖宗累朝所定、方今天下共行之制。今议者皆弃而不用，直欲自用无稽之臆说，此所以不可施行也。

其二曰简宗庙致水灾者，臣伏以上天降灾，皆主人事，故自古圣王逢灾恐惧，多求阙政而修之，或自知过失而改悔之，庶几以塞天谴。然皆须人事已著于下，则天谴为形于上。今者濮王之议，本因两制、礼官违经弃礼，用其无稽之臆说，欲定皇伯之称，中书疑其未可施行，乃考古今典礼，虽有明据，亦未敢自信而自专，方更求下外廷博议，而陛下遽诏中罢，欲使有司徐求典礼。是则臣下慎重如此，人君谦畏如此，君臣不敢轻议妄举，而天遽谴怒，杀人害物，此臣所谓厚诬天也。议犹未决，仍罢不议，而便谓两统二父以致天灾者，厚诬人也。

其三引汉宣、哀之事者，臣谨按《汉书》，宣帝父曰悼皇考，初称亲，谥曰悼，置奉邑寝园而已。其后改亲称皇考，而立庙京师。皇考者，亲之异名尔，皆子称其父之名也，汉儒初不以为非也。自元帝以后，贡禹、韦玄成等始建毁庙之议，数十年间毁立不一。至哀帝时，大司徒平晏等百四十七人奏议，云：“亲谥曰悼，裁置奉邑，皆应经义。”是不非宣帝称史皇孙为亲也。所谓应经义者，即《仪礼》云“为人后者为其父母报”是也。惟其立庙京师，乱汉祖宗昭穆，故晏等以谓两统二父非礼，宜毁也。定陶恭王初但号共皇，立庙本国，师丹亦无所议。至其后立庙京师，欲去定陶，不系以国，有进干汉统之渐，丹遂大非之。故丹议云，定陶恭皇谥号已前定议，不得复改，而但论立庙京师为不可尔。然则称亲置园，皆汉儒所许，以为应经义者，惟去其国号、立庙京师则不可尔。

今言事者不究朝廷本议何事，不寻汉臣所非者何事，此臣故谓不原本末也。中书之议本谓称皇伯无稽，而礼经有不改父名之义，方议名号犹未定，故尊崇之礼皆未及议。而言事者便引汉去定陶国号、立庙京师之事厚诬朝廷，以为干乱大统，何其过论也！

夫去国号而立庙京师，以乱祖宗昭穆，此诚可非之事。若果为此议，宜乎指臣等为奸邪之臣，而人主有过举之失矣。其如陛下之意未尝及此，而中书亦初无此议，而言事者不原本末，过引汉世可非之事以为说，而外廷之臣又不审知朝廷本议如何，但见言事者云云，遂以为欲加非礼干乱统纪，信为然矣。是以众口一辞，纷然不止，而言事者欲必遂其皇伯无稽之说，牵引天灾，恐迫人主，而中书守经执礼之议，反指以为奸邪之言，朝廷以言事之臣礼当优容，不欲与之争辩，而外廷群论又不可家至而户晓，是非之礼不辨，上下之情不通，此所以呶呶而不止也。

夫为人后者既以所后为父矣。而圣人又存其所生父名者，非曲为之意也。盖自有天地以来，未有无父而生之子也。既有父而生，则不可讳其所生矣。夫无子者得以宗子为后，是礼之所许也，然安得无父而生之子以为后乎？此圣人所以不讳无子者立人之子以为后，亦不讳为人后者有父而生，盖不欺天、不诬人也。故为人后者承其宗之重，任其子之事，而不得复归于本宗，其所生父母亦不得往与其事。至于丧服，降而抑之，一切可以义断。惟其父母之名不易者，理不可易也，易之则欺天而诬人矣。

子为父母服谓之正服，出为人后者为本生父母齐衰期，谓之降服，又为所后父斩衰三年，谓之义服。今若以本生父为皇伯，则濮安懿王为从祖父，反为小功；而濮王夫人是本生嫡母也，反为义服；自宗懿已下本生兄弟，于礼虽降，犹为大功。是礼之齐衰期，今反为小功；礼之正服，今反为义服。上于濮王父也，反服小功；于宗懿等兄弟也，反服大功。此自古所以不称所生父为伯父叔父者，称之则礼制乖违，人伦错乱如此也。

伏惟陛下聪明睿圣，理无不烛，今众人之议如彼，中书之议如此，必将从众乎，则众议不见其可；欲违众乎，则自古为国未有违众而能举事者。愿陛下霈然下诏，明告中外，以皇伯无稽，决不可称，而今所欲定者，正名号尔。至于立庙京师、干乱统纪之事，皆非朝廷本议，庶几群疑可释。若知如此而犹以谓必称皇伯，则虽孔孟复生，不能复为之辨矣。

为后或问 上

或问："为人后者，不绝其所生之亲，可乎？"曰；"可矣，古之人不绝也，而降之。""何以知之？"曰："于经见之"。"何谓降而不绝？"曰："降者所以不绝也，若绝则不待降也。所谓降而不绝者，礼，为人后者降其所生父母三年之服以为期，而不改其父母之名者是也。"

问者曰："今之议者以谓为人后者，必使视其所生若未尝生己者，一以所后父为尊卑疏戚。若于所后父为兄，则以为伯父；为弟，则以为叔父。如此则如之何？"

余曰："吾不知其何所稽也。苟如其说，没其父母之名，而一以所后父为尊卑疏戚，则宗从世数，各随其远近轻重，自有服矣，圣人何必特为制降服乎？此余所谓若绝则不待降者也。稽之圣人则不然。昔者圣人之制礼也，为人后者，于其父母，不以所后之父尊卑疏戚为别也，直自于其父子之间为降杀尔。亲不可降，降者，降其外物尔，丧服是也。其必降者，示有所屈也，以其承大宗之重，尊祖而为之屈尔，屈于此以伸于彼也。生莫重于父母，而为之屈者，以见承大宗者亦重也，所以勉为人后者知所承之重，以专任人之事也。此以义制者也。父子之道，天性也。临之以大义，有可以降其外物；而本之于至仁，则不可绝其天性。绝人道而灭天理，此不仁者之或不为也。故圣人之于制服也，为降三年以为期，而不没其父母之名，以著于六经，曰‘为人后者为其父母报’。以见服可降而父母之名不可没也。此所谓降而不绝者，以仁存也。夫事有不能两得，势有不能两遂，为子于此，则不得为子于彼矣。此俚巷之人所共知也。故其言曰‘为人后者为之子’，此一切之论，非圣人之言也，是汉儒之说也，及众人之所能道也。质诸礼则不然。方子夏之传《丧服》也，苟如众人一切之论，则不待多言也，直为一言曰‘为人后者为之子’，则自然视其父母绝若未尝生己者矣，自然一以所后父为尊卑疏戚矣。奈何彼子夏者独不然也？其于传经也，委曲而详言之，曰：‘视所后之某亲。’某亲则若子，若子者若所后父之真子以自处，而视其族亲，一以所后父为尊卑疏戚也。故曰‘为所后者之祖父母妻、妻之父母昆弟，昆弟之子若子’，犹嫌其未备也，又曰‘为所后者之兄弟之子若子’，其言详矣。独于其所生父母不然，而别自为服，曰‘为其父母报’。盖于其所生父母不使若为所后者之真子者，以谓遂若所后者之真子以自处，则视其所生如未尝生己者矣，其绝之不已甚乎！此人情之所不忍者，圣人亦所不为也。今议者以其所生于所后为兄者遂以为伯父，则是若所后者之真子以自处矣。为伯父则自有服，不得为齐衰期矣，亦不得云‘为其父母报’矣。凡见于经而子夏之所区区分别者皆不取，而又忍为人情之所不忍者，吾不知其何所稽也。此大义也，不用礼经而用无稽之说可乎？不可也。”

问者曰：“古之人皆不绝其所生，而今人何以不然？”曰：“是何言欤？今之人亦皆然也，而又有加于古焉。今《开宝礼》及《五服图》乃国家之典礼也，皆曰‘为人后者为其所生父母齐衰期’。服虽降矣，必为正服者，示父母之道在也；为所后父斩衰三年，服虽重矣，必为义服者，示以义制也。而律令之文亦同五服者，皆不改其父母之名，质于礼经皆合，无少异。而《五服之图》又加以心丧三年，以谓三年者父母之丧也，虽以为人后之故，降其服于身，犹使行其父母之丧于其心，示于所生之恩不得绝于心也。则今人之为礼，比于古人又有加焉，何谓今人之不然也?”

为后或问　下

问者曰:“子不能绝其所生,见于经,见于《通礼》,见于《五服之图》,见于律,见于令,其文则明矣。其所以不绝之意如之何?”曰:“圣人以人情而制礼者也。”

问者曰:“事有不能两得,势有不能两遂,为子于此,则不得为子于彼,此岂非人情乎?”曰:“是众人之论也,是不知仁义者也。圣人之于人情也,一本于仁义,故能两得而两遂。此所以异乎众人而为圣人也,所以贵乎圣人而为众人法也。父子之道正也,所谓天性之至者,仁之道也;为人后者权也,权而适宜者,义之制也。恩莫重于所生,义莫重于所后。仁与义,二者常相为用,而未尝相害也。故人情莫厚于其亲,抑而降其外物者,迫于大义也;降而不绝于其心者,存乎至仁也。抑而降,则仁不害乎义;降而不绝,则义不害乎仁。此圣人能以仁义而相为用也。彼众人者不然也,其为言曰‘不两得’者,是仁则不义,义则不仁矣。夫所谓仁义者,果若是乎?故曰不知仁义者众人也。呜呼!圣人之以人情而制礼也,顺适其性而为之节文尔。有所强焉不为也,有所拂焉不为也,况欲反而易之,其可得乎?今谓为人后者必绝其所生之爱,岂止强其所难而拂其欲也,是直欲反其天性而易之,曰‘尔所厚者为我绝之,易尔之厚于彼者,一以厚于此’,是其可以强乎?夫父母犹天地,其大恩至爱无以加者,以其生我也。今苟以为人后之故,一旦反视若未尝生我者,其绝之固已甚矣。使其真绝之欤,是非人情也;迫于义而绝之欤,则是仁义者教人为伪也。是故圣人知其无一可也,以谓进承人之重而不害于仁,退得伸其恩而不害于义,又全其天性而使不陷于为伪,惟降而不绝,则无一不可矣,可谓曲尽矣。夫惟仁义能曲尽人情,而善养人之天性,以济于人事,无所不可也。故知义可以为人后，而不知仁不绝其亲者，众人之偏见也。知仁义相为用，以曲尽人情，而善养人之天性，使不入于伪，惟达于礼者可以得圣人之深意也。”

问者曰：“为人后而有天下者，不绝其所生，则将干乎大统，奈何?”曰：“降则不能干矣。自汉以来，为人后而有天下者，尊其所生多矣，何尝干于大统?使汉宣、哀不立庙京师以乱昭穆，则其于人统，亦何所干乎?”

汉魏五君篇

治平二年秋八月，京师大雨水，坏官私庐舍，而民被压溺者千余人。或谓：“是时方议濮王典礼，议者以谓天灾之应，信乎?”曰：“议犹未决，而天已降灾，杀人害物，此厚诬天人之言也。余已论之详矣。”

问者曰：“前世已验之事，如之何?”

曰：“自汉以来，由诸侯入继大统之君多矣，不可遍举。今略举入继大统之君追尊所生父母者二人，不追尊父母者三人，而试推以祸福之验，可以知之矣。其追尊所生者二人，曰汉宣帝也、光武也。宣帝初称其父曰亲，置园邑而奉之，汉儒以为应经义者也。光武称其父为皇考，立庙南阳而祭之，后世无非者。是皆进不干大统，退不绝本亲，最为得礼。而宣帝为前汉中兴之主，光武为后汉世祖，其德业隆盛，天下富安，享国长久。此二人者追尊所生者也，天不降以祸而降之以福，生为明帝，殁享荣名，为万世所尊者也。其不追崇所生者三人，曰魏废帝也、高贵乡公也、常道乡公也。魏自明帝无子，养齐王芳以为子，乃下诏后世有入继之主敢追尊父母者，大臣共诛之，故终魏之世，谨遵其约。然自明帝下诏后，连三世皆以宗子入继，皆不敢追尊其父母。其一曰齐王芳，立十六年而被废，谓之废帝。其次曰高贵乡公，立七年为司马文王所弑。其次曰常道乡公，立七年为晋所篡，魏遂以灭亡。此三人者能不追尊其所生者也，天不降以福而降之以祸，一被废，一被弑，一被篡，丧身亡国，为万世所悲者也。彼汉魏五君者，其享国盛衰、长短，虽自有历数，系于天命，不系于追尊所生与不追尊也。然就以祸福推之，追尊者未必不享福，不追尊者未必不得祸也。"

晋　问

或谓："为人后者改其所生父母之名，考于六经与古今典礼，固无之矣。而前世有天下之君多矣，果无之乎？"

曰：有而不足法也。盖自汉以来，由藩侯入继大统，其为人后合礼而得正之君，皆无之也。惟五代晋出帝尝以其所生父为皇伯矣，此何足道也！彼出帝者立不以正，非为后继统之君也。盖其不当立而立，必绝其所生则得立，不绝则不得立，故不得已而绝之也。出帝父曰敬儒，高祖之兄也。敬儒早卒，高祖怜出帝孤而养以为己子，而高祖自有子五人。高祖疾病，以其子重睿托于大臣。及高祖崩，晋大臣背约，欲得长君，故舍重睿而立出帝。其义不当立，惟欺天下以为高祖真子，故得立，则其势岂敢复顾其所生父也哉？其以为皇伯者，不得已也。盖立不以正之君，又不得已而至此，其可为后世法哉？呜呼！五代之际，礼乐崩坏，三纲五常之道绝，先王之制度文章于是扫地矣。盖篡逆贼乱之始也，而晋氏尤甚。自高祖与契丹为父子，出帝以耶律德光则为祖，以其所生父则臣而名之，是其可以人理责乎？是其可以为世法乎？出帝既立，不旋踵而契丹灭晋，迁其族于北荒，幽之黄龙府，举族饿死，永为夷狄之鬼。其灭亡祸败，自古未有若斯之酷也。议者谓汉哀、桓乱世不足为法可矣，若晋出帝者，果可为法乎？

欧阳氏谱图

《欧阳氏谱图》序 石本

欧阳氏之先，本出于夏禹之苗裔。自帝少康封其庶子于会稽，使守禹祀，历夏、商、周，以世相传。至于允常，子曰勾践，是为越王。越王勾践传五世，至王无疆，为楚威王所灭。其诸族子分散争立，皆受封于楚。而无疆之子蹄，封于乌程欧余山之阳，为欧阳亭侯，其后子孙，遂以为氏。

当汉之初，有仕为涿郡太守者，子孙遂居于北，或居青州之千乘，或居冀州之渤海。千乘之显者曰生，字和伯，为汉博士，以经名家，所谓“欧阳尚书”者是也。渤海之显者曰建，字坚石，所谓渤海赫赫欧阳坚石者是也。建遇赵王伦之乱见杀，其兄子质，以其族南奔，居于长沙。其七世孙曰景达，仕于齐，不显，至其孙頠。頠子纥，仕于陈。纥子询，询子通，仕于唐，四世有闻，遂显。自通三世生琮，为吉州刺史，子孙因家于吉州。自琮八世生万，又为吉州安福令。其后世，或居安福，或居庐陵，或居吉水。而修之皇祖始居沙溪。至和二年，分吉水置永丰县，而沙溪分属永丰，今谱虽著庐陵，而实为吉州永丰人也。

盖自亭侯蹄因封命氏，自别于越，其后子孙散亡，不可悉纪。其可纪者，千乘、渤海而已。千乘之族，自生传八世至歙，子复无后，世绝，经不传家。其他子孙，亦皆微弱，遂不复见。而渤海之后独见于今，然中间失其世次者再。盖自质奔长沙，至于景达，七世而始见。自琮至于安福府君，又八世而始见。其后遂不绝。

安福府君之九世孙曰修，当皇祐、至和之间，以其家之旧谱问于族人，各得其所藏诸本，以考正其同异，列其世次，为《谱图》一篇，自景达以后，始得其次叙。

【解题】

此三篇原系熙宁二年（1069），当指定稿时间，初作于皇祐、至和年间。欧阳修慨叹唐末五代以来谱牒衰微，于是参考司马迁《史记》表、郑玄《诗谱》，略依其上下旁行，创作谱图。

谱图以五世为限，五世以外，另外开辟一个世系。这种图表，以时间为经、以人物为纬，每人名下记载子孙姓名，人物事迹，如迁徙、婚嫁、官封、名谥等，凡见于史传及家谱的，附在图后，其记事繁简，则以远近亲疏为别。

《欧阳氏谱图》一问世，以其简明清晰，方便实用，被世人广为取法，成了明清两代新谱牒的规范之作。从这个意义上讲，欧阳修重新开创了宋以后的新谱牒学，为史学繁荣、中华文化的发展，做出了重要贡献。

《欧阳氏谱图》今存石本、集本两种，此篇为石本，下篇为集本。两本稍有出入，今并录。（以下两图一序解题从略）

谱　图

景达生一子	僧宝生三子	颀生二子	纥生四子	询
				亮
				德
				器
			约生一子	胤
		盛阙		
		邃阙		
询生四子	长卿阙			

续表

	肃生一子			
	伦阙			
	通生二子	幼明生一子	昶生二子	璟
				琮
		幼让阙		

自琮已下谱亡，至其八世孙曰万，始复见于谱。

万生一子，名亡	某生一子	雅生二子	效生三子	谟
				托
				远
			楚生三子，二名亡	某
				某
				戌
托生三子	鄠阙			
	郴生八子	俊生一子	翱生一子	葛三
		伸生一子	宏生一子	至
				起
		仪生四子	猛生二子	丽
				绶
			谷生二子	焕
				炳
			宽生五子	曦
				旹

续表

				晃
				晓
				煦
			载生一子	鉴
		伾生一子	素生三子	霈
				晓
				蔼
		信生一子	端无子	
		偃生三子	观生二子	昞
				脩
			旦生二子	宗古
				宗道
			晔生三子	宗颜
				宗闵
				宗孟
		佺生二子	翦生三子	暹
				凯
				勋
			羽无子	
		做生三子	颍生二子	景
				昱
			顗生一子，名亡	
			项生一子，名亡	
	邦阙			

惟欧阳氏自得姓以来，子孙众多，而谱随亲疏，宜有详略。其上世远而支分疏者，事或具于史，或各见其家谱。今自吉州府君而下，具列如左：

吉州府君讳琮，葬袁州之萍乡，而子孙始家于吉州。当唐之末，黄巢攻陷州县，府君率州人捍贼，乡里赖以保全，至今人称其德。

安福府君讳万，事迹阙。

处士讳雅，字正言。高年不仕，德行称于乡里。夫人龙氏。

韶阳府君讳效，字德用，为韶州韶阳主簿。夫人周氏。

处士讳托，字达明。隐德不仕，乡里称之。凡民有争决之官府者，后多复诉讼；有从处士平其曲直者，遂不复争。夫人王氏。

令公府君讳郴，字可封。仕南唐，为武昌令、吉州军事衙推官，至检校右散骑常侍兼御史大夫。性至孝，兄弟相友爱。有紫芝，一茎两葩，生于楹。乡人以为孝德所感，为著赋颂。享年九十有四，葬欧桂里横溪保之燕湖。夫人刘氏。府君累赠金紫光禄大夫、太师、中书令，夫人累封楚国太夫人。

屯田府君讳偡，仕南唐，为洪州屯田院判官，享年五十七，葬栗源。夫人李氏。

处士讳伸，守道不仕，享年七十有三，葬滁陂。夫人萧氏。

屯田府君讳仪，字象之。仕南唐，举进士及第，官至屯田郎中。府君之登进士第也，父母皆在，乡里荣之，乃改庐陵之文霸乡安德里为儒林乡欧桂里，其所居履顺坊为具庆坊。享年五十有五，葬官山。夫人王氏。

处士讳伾，守道不仕。夫人王氏、张氏。

静江府君讳信，仕南唐，为静江军团练使，享年二十有五，葬曾家庄。夫人郭氏。

令公府君讳偃，少以文学著称南唐，耻从进士举，乃诣文理院上书，献其所为文十余万言。召试，为南京街院判官。享年三十八，葬吉水之回陂。夫人李氏。府君累赠金紫光禄大夫、太师中书令兼尚书令，夫人累封吴国太夫人。

处士讳佺，晦迹不仕，享年四十有七，葬东田。夫人陆氏。

工部府君讳僦，仕皇朝，为许田令，葬奉新，累赠工部侍郎。夫人李氏。

处士讳翱，事迹阙。

处士讳宏，事迹阙。

处士讳猛，葬马家坑。夫人郑氏。

水部府君讳谷，为筠州团练副使，官至检校水部员外郎，葬傅家坑。夫人王氏。

封州府君讳宽，为封州司理参军，葬早禾坑。夫人边氏。

工部府君讳载，字则之。淳化三年进士及第。欧阳氏自江南归朝，以进士登科者自府君始。为人方重寡言，真宗皇帝尝自择御史，府君以秘书丞拜监察御史。后知泗州，毁龟山佛寺，诛妖僧数十人。为政清廉简静，所至官舍，不窥园圃，至果烂堕地，家人无敢拾者。官至尚书工部郎中，享年六十有八。夫人金坛县君米氏。

处士讳素，事迹阙。

处士讳端，事迹阙。

崇公讳观，字仲宾。事具《泷冈阡表》，享年五十有九，葬吉水沙溪之泷冈，累赠金紫光禄大夫、太师中书令兼尚书令，追封崇国公。夫人彭城郡大君郑氏，累封魏国太夫人，享年七十有二，祔葬泷冈。

处士讳旦，隐德不仕，事母以孝，为乡里所称，葬乌龟塘。夫人彭氏。

兵部府君讳晔，字日华，咸平三年进士及第，官至都官员外郎。历知桂阳监、端、黄、永三州。所至有能称，尤长于决疑狱。所得俸禄，分养孤遗。其兄之子修少孤，教之如己子。享年七十有九，葬安州应城之彭乐村。夫人福昌县君范氏。其后兄子修者以参知政事遇今上登极恩，赠府君兵部员外郎。

处士讳翦，事迹阙。

处士讳羽，事迹阙。

职方府君讳颖，字孝叔。咸平三年进士及第，官至尚书职方郎中，历知万、峡、鄂、歙、彭、岳、阆、饶八州，为政务严明，有威惠。以本官分司，享年七十有三，家于荆南，遂葬焉。夫人广陵县君曾氏。

奉职府君讳颉，为三班奉职。

殿直府君讳项，为右班殿直。

谱例曰：姓氏之出，其来也远，故其上世多亡不见。谱图之法，断自可见之世，即为高祖，下至五世玄孙，而别自为世。如此，世久子孙多，则官爵功行载于谱者不胜其繁。宜以远近亲疏为别，凡远者、疏者略之，近者、亲者详之，此人情之常也。玄孙既别自为世，则各详其亲，各系其所出。是详者不繁，而略者不遗也。凡诸房子孙，各纪其当纪者，使谱牒互见，亲疏有伦，宜视此例而审求之。

《欧阳氏谱图》序　集本

吉州　庐陵县　儒林乡　欧阳里。

欧阳氏之先本出于夏禹之苗裔。自帝少康封其庶子于会稽，使守禹祀，传二十余世至于允常。允常之子曰勾践，是为越王。越王勾践卒，子王鼫与立。自鼫与传五世，至王无疆，为楚威王所灭。其诸族子分散争立，滨于江南海上，皆受封于楚。有封于欧阳亭者，为欧阳亭侯。欧阳亭在今湖州乌程欧余山之阳。其后子孙遂以为氏。汉高祖灭秦，得无疆之七世孙摇，复以为越王，使奉越后。而欧阳亭侯之后有仕汉为涿郡太守者，子孙遂居于北。一居冀州之渤海，一居青州之千乘。其居千乘者曰和伯，仕于汉世为博士，以经名家，所谓“欧阳尚书”者是也。其居渤海者，仕于晋，最显曰建，字坚石，所谓渤海赫赫欧阳坚石者是也。建遇赵王伦之乱见杀。其兄子质以其族奔于长沙，由是子孙复居于南。仕于陈者曰頠，威名著于南海。頠之孙曰询，询之子通，仕于唐尤显，皆为名臣，其世居长沙，犹以渤海为封望。自通三世生琮，琮为吉州刺史，子孙因家焉，今为吉州吉水人也。自琮八世生万，万为安福县令。万生某，某生雅，雅生效，效生托，托生皇高祖府君。府君生子八人，于世次为曾祖。今图所列子孙，皆出于八祖。自安福府君以来，遭唐末五代之乱，江南陷于僭伪，欧阳氏遂不显，然世为庐陵大族。而皇祖府君以儒学知名当世，至今名其所居乡曰儒林云。及宋兴，天下一，八祖之子孙稍复出而仕宦。然自宋兴三十年，而吾先君、伯父、叔父始以进士登于科者四人。后又三十年，某与其兄之子乾、曜又登于科。今又殆将三十年矣，以进士仕者又才二人。盖自八祖以来，传六世百年，或绝或微，分散扶疏，而其达于仕进者，何其迟而又少也！今某获承祖考之余休，列官于朝，叨窃荣宠，过其涯分，而才卑能薄，泯然遂将老死于无闻。夫无德而禄，辱也，适足以为身之愧，尚敢以为亲之显哉！呜呼，自通而上，其行事见于史，自安福府君而下，遭世故而无所施焉。某不幸幼孤，不得备闻祖考之遗德，然传于其家者，以忠事君，以孝事亲，以廉为吏，以学立身。吾先君诸父之所以行于其躬，教于其子弟者，获承其一二矣。某又尝闻长老言，当黄巢攻破江西州县时，吉州尤被其毒，欧阳氏率乡人捍贼，赖而保全者千余家。子孙宜有被其阴德者，顾某不肖，何足以当之？传曰：“积善之家，必有余庆。”今八祖之子孙甚众，苟吾先君诸父之行于其躬、教于其子孙者守而不失，其必有当之者矣。故图其世次，传于族人，又志于其石以待。自八祖以来，迁徙婚嫁，官封名谥，与其行事，则具于谱。

谱　　图

景达生一子	僧宝生三子	颀生二子	纥生四子	询
				亮
				德
				器
			约生一子	胤
		盛阙		
		邃阙		
询生四子	长卿阙			
	肃生一子	顗阙		
	伦阙			
	通生二子	幼明生一子	袒生二子	璟
				琮
		幼让阙		

自琮以下七世，其谱亡。琮之八世孙曰彪，彪弟曰万，万生某，某生雅。自万以下世次具如左：

万生一子，名亡	某生一子	雅生二子	效生三子	谟
				托
				远
			楚生三子	长子名亡
				第二子名士
				戍

续表

托生二子	鄠阙			
	郴生八子	俊生一子	翱生一子	葛
		伸生一子	颙生二子	至
				起
		仪生四子	猛生二子	绶
				丽
			谷生二子	焕
				炳
			宽生四子	曦
				玮
				晃
				煦
			载生一子	鉴
		伾生一子	素生一子	霈
		信生一子	端无子	
		偃生三子	观生二子	昞
				修
			旦生二子	宗古
				宗道
			晔生三子	宗颜
				宗闵
				宗孟

续表

		佺生一子	翦生二子	凯
				勋
		俶生三子	颖生二子	景
				昱
			凯生一子	
			项生一子	

右，自亭侯蹄因封命氏，自别于越，其后子孙散亡，不可悉纪。其不可纪者，千乘渤海之后。盖其后亡在乎人，有其人，虽历千载不绝；其人无所称，其世辄没不见，可不勉哉！千乘之族以“尚书”显于汉，自生传歙八世，歙子复无后，世绝，经不传家，其他子孙亦遂微弱不复见。而渤海之后独见于今，然或微或绝，中间失其世次者再。盖自质奔长沙，至于景达，七世而始见。自琮至于安福府君，又八世而始见，其后遂不绝。安福府君之九世孙曰修，当皇祐、至和之间，以其家之旧谱问于族人，各得其所藏诸本，以考正其同异，大抵文字残阙，其言又不纯雅。然取其所同多者，并列其世次，为《谱图》一篇，而略存其旧谱所载。旧谱前列魏司空清河崔林、宋太保王弘、齐太尉王俭、梁御史中丞王僧孺、尚书兵部马将臣贾贽等上。又列唐吏部尚书高士廉、中书舍人徐令言等重定。其谱多载千乘之族，至歙而止，魏晋已后，无复次序，疑其脱乱不真。其尤可疑者：《汉书》曰“生子和”，而谱自涿郡太守而下列其十世而无生。太守亡其名字，有其夫人曰楚春申君之女也，生子曰睦，字公安。睦夫人陈氏，生子曰钦，字子敬。钦夫人张氏，生三子，曰容、曰述、曰兴，皆不著其字，而云同受业于济南伏生。容为博士，其夫人夏侯氏，生子曰巨，字孝仁。巨夫人，戴德之女，生子曰远，字叔游。远夫人，倪宽之女，生子曰高，字彦士。高夫人，

孔安国之女，生子而亡其名，有其字曰仲仁。仲仁夫人赵氏，生子曰地余，字长宾。地余夫人戴氏，生二子，曰崇、曰政。政字少翁，夫人孙氏，生子曰歙，字正思。汉氏以歙为和伯八世孙。然今谱无生而有容，又云容受《尚书》于伏生，自容至歙八世。疑汉所谓欧阳生者，以其经师谓之生，如伏生之类，而其实名容。容字和伯，于义为通。此其可疑者也。《汉书》曰“高字阳”，而谱字彦士，小不同，此不足怪。其夫人世家无可考证，莫知其是非，故存之。至于他说，可知其缪者，皆不录。渤海之族自景达以下至于通，事见于《史记》，谱尤详。自幼明以下至于今，或见于谱，或得于家，而多阙，谨录乎左，以俟乎将来。

谱例曰：姓氏之出，其来也远，故其上世多亡不见。谱图之法，断自可见之世，玄孙而别自为世。如此，世久子孙多，则官爵、功行载于谱者，不胜其繁。宜有远近亲疏之限，凡远者、疏者略之，近者、亲者详之。此人情之常也。玄孙既别自为世，则各详其亲，各承其所出。是详者不繁，而略者不遗也。凡诸房子孙，各纪其当纪者，使谱牒互见，亲疏有伦，宜视此谱为例而审求之。

又集本《谱图序》自“以其族奔”至“则具于谱”有大段异文，今录于后：“以其族南奔。已而晋室大乱，欧阳氏之诸族曰举、曰迹、曰纯，亦以其族随晋渡江，散居丹阳、吴郡、豫章，然皆不显。而质之族居于长沙。其七世孙曰景达，仕于齐无所称。至其孙頠，頠子纥，纥子询，询子通，仕于唐，四世有闻，遂显。自通三世生琮，为吉州刺史，子孙因家于吉州。自琮八世生万，万又为吉州安福县令。其后世或居安福，或居庐陵，或居吉水，而谱著庐陵县儒林乡欧阳里为定者，因其旧也。初，景达家于长沙之临湘，故自頠至通，史皆以为临湘人。而询之旧谱，则以渤海之重合县都昌乡仁贵里为著定者，亦因其旧矣。自修皇祖，始居吉水之沙溪。至和二年，分吉水置永丰县，而沙溪属永丰。今谱虽著庐陵，而修之世实为吉州永丰人也。自唐末之乱，士族亡其家谱，今虽显族名家，多失其世次，谱学由是废绝。而唐之遗族，往往有藏其旧谱者，时得见之。而谱皆无图，岂其亡之，抑前世简而未备欤？因采太史公《史记》表，郑玄《诗谱》，略依其上下、旁行，作为《谱图》。上自高祖，下止玄孙，而别自为世。使别为世者，上承其祖为玄孙，下系其孙为高祖。凡世再别，而九族之亲备，推而上下之，则知源流之所自；旁行而列之，则见子孙之多少。夫惟多与久，其势必分。此物之常理也。凡玄孙别而自为世者，各系其子孙，则上同其出祖，而下别其亲疏。如此，则子孙虽多而不乱，世传虽远而无穷。此谱图之法也。”

九　射　格

九射之格，其物九，为一大侯，而寓以八侯。熊当中，虎居上，鹿居下，雕、雉、猿居右，雁、兔、鱼居左。而物各有筹，射中其物，则视筹所在而饮之。射者，所以为群居之乐也。而古之君子以争九射之格，以为酒祸起于争，争而为欢，不若不争而乐也。故无胜负、无赏罚。中者不为功，则无好胜之矜；不中者无所罚，则无不能之诮。探筹而饮，饮非觥也，无所耻，故射而自中者，有不得免饮，而屡及者亦不得辞，所以息争也。终日为乐而不耻不争，君子之乐也。

探筹之法，一物必为三筹，盖射宾之数多少不常，故多为之筹以备也。凡今宾主之数九人，则人探其一，八人则置其熊筹，不及八人而又少，则人探其一而置其余筹可也。益之以筹，而人探其一或二，皆可也。惟主人临时之约，然皆置其熊筹。中则在席皆饮，若一物而再中，则视执筹者饮量之多少。而饮器之大小，亦惟主人之命。若两筹而一物者，亦然。

凡射者一周，既饮釂，则敛筹而复探之。筹新而屡变，矢中而无情，或适当之，或幸而免。此所以欢然为乐而不厌也。

【解题】

原无系年，这是一篇说明文，介绍九射格的构成，争九射格的宗旨，以及具体的探筹之法。作者赞赏九射格的不耻不争，为乐不厌，称之为君子之乐，实际上是其生活态度的表现。

砚　　谱

端石出端溪，色理莹润，本以子石为上。子石者，在大石中生，盖精石也。而流俗传讹，遂以紫石为上。又以贮水不耗为佳，有鸜鹆眼为贵。眼石病也。然惟此岩石则有之。端石非徒重于流俗，官司岁以为贡，亦在他砚上。然十无一二发墨者，但充玩好而已。歙石出于龙尾溪，其石坚劲，大抵多发墨，故前世多用之。以金星为贵。其石理微粗，以手摩之，索索有锋芒者尤佳。余少时又得金坑矿石，尤坚而发墨，然世亦罕有。端溪以北岩为上，龙尾以深溪为上。较其优劣，龙尾远出端溪上，而端溪以后出见贵尔。

绛州角石者，其色如白牛角，其纹有花浪，与牛角无异。然顽滑不发墨，世人但以研丹尔。

归州大沱石，其色青黑斑斑，其纹理微粗，亦颇发墨。归峡人谓江水为沱，盖江水中石也。砚止用于川峡人，世未尝有。余为夷陵县令时，尝得一枚。聊记以广闻尔。

青州紫金石，纹理粗，亦不发墨，惟京东人用之。又有铁砚，制作颇精，然患其不发墨，往往函端石于其中，人亦罕用。惟研筒便于提携，官曹往往持之以自从尔。

红丝石砚者，君谟赠余，云此青州石也，得之唐彦猷。云须饮以水使足乃可用，不然，渴燥。彦猷甚奇此砚，以为发墨不减端石。君谟又言，端石莹润，惟有芒者尤发墨；歙石多芒，惟腻理者特佳。盖物之奇者，必异其类也。此言与余特异，故并记之。

青州、潍州石末研，皆瓦砚也。其善发墨非石砚之比，然稍粗者损笔锋。石末本用潍水石，前世已记之，故唐人惟称潍州。今二州所作皆佳，而青州尤擅名于世矣。

相州古瓦，诚佳，然少真者。盖真瓦朽腐不可用，世俗尚其名尔。今人乃以澄泥如古瓦状，作瓦埋土中，久而斲以为砚。然不必真古瓦，自是凡瓦皆发墨，优于石尔。今见官府典吏以破盆瓮片研墨作文书，尤快也。虢州澄泥，唐人品砚以为第一，而今人罕用矣。《文房四谱》有造瓦砚法，人罕知其妙。向时有著作佐郎刘羲叟者，尝如其法造之，绝佳。砚作未多，士大夫家未甚有，而羲叟物故。独余尝得其二，一以赠刘原父，一余置中书阁中，尤以为宝也。今士大夫不学书，故罕事笔砚。砚之见于时者，惟此尔。

【解题】

原无系年。据文中刘羲叟“物故”及“余置中书阁中”等句，可知作于嘉祐五年（1060）至治平四年（1067）之间。刘卒于嘉祐五年，作者治平四年辞去中书出知亳州。这是一篇研究石砚的专论。除了端石、歙石以外，还论及绛州角石、归州大沱石、青州紫金石、红丝石砚、青州或潍州石末研、相州古瓦等多种。这是当时作者所能见到的全部砚类。欧阳修一一辨析其优劣利弊。作者论砚，重“发墨”而轻色理，反映其尚实尚质的思想。